AF672401

„Bücher sind wie Fallschirme. Sie nützen uns nichts, wenn wir sie nicht öffnen."

Gröls Verlag

Redaktionelle Hinweise und Impressum

Das vorliegende Werk wurde zugunsten der Authentizität sehr zurückhaltend bearbeitet. So wurden etwa ursprüngliche Rechtschreibfehler *nicht* systematisch behoben, denn kleine Unvollkommenheiten machen das Buch – wie im Übrigen den Menschen – erst authentisch. Mitunter wurden jedoch zum Beispiel Absätze behutsam neu getrennt, um den Lesefluss zu erleichtern.

Um die Texte zu rekonstruieren, werden antiquarische Bücher von Lesegeräten gescannt und dann durch eine Software lesbar gemacht. Der so entstandene Text wird von Menschen gegengelesen und korrigiert – hierbei treten auch Fehler auf. Wenn Sie ebenfalls antiquarische Texte einreichen möchten, finden Sie weitere Informationen auf www.groels.de

Viel Freude bei der Lektüre wünscht Ihnen das Team des Gröls-Verlags.

Adressen

Verleger: Sophia Gröls, Im Borngrund 26, 61440 Oberursel

Externer Dienstleister für Distribution & Herstellung: BoD, In de Tarpen 42, 22848 Norderstedt

Unsere „Edition | Werke der Weltliteratur“ hat den Anspruch, eine der größten und vollständigsten Sammlungen klassischer Literatur in deutscher Sprache zu sein. Nach und nach versammeln wir hier nicht nur die „üblichen Verdächtigen“ von Goethe bis Schiller, sondern auch Kleinode der vergangenen Jahrhunderte, die – zu Unrecht – drohen, in Vergessenheit zu geraten. Wir kultivieren und kuratieren damit einen der wertvollsten Bereiche der abendländischen Kultur. Kleine Auswahl:

Francis Bacon • Neues Organon • **Balzac** • Glanz und Elend der Kurtisanen • **Joachim H. Campe** • Robinson der Jüngere • **Dante Alighieri** • Die Göttliche Komödie • **Daniel Defoe** • Robinson Crusoe • **Charles Dickens** • Oliver Twist • **Denis Diderot** • Jacques der Fatalist • **Fjodor Dostojewski** • Schuld und Sühne • **Arthur Conan Doyle** • Der Hund von Baskerville • **Marie von Ebner-Eschenbach** • Das Gemeindekind • **Elisabeth von Österreich** • Das Poetische Tagebuch • **Friedrich Engels** • Die Lage der arbeitenden Klasse • **Ludwig Feuerbach** • Das Wesen des Christentums • **Johann G. Fichte** • Reden an die deutsche Nation • **Fitzgerald** • Zärtlich ist die Nacht • **Flaubert** • Madame Bovary • **Gorch Fock** • Seefahrt ist not! • **Theodor Fontane** • Effi Briest • **Robert Musil** • Über die Dummheit • **Edgar Wallace** • Der Frosch mit der Maske • **Jakob Wassermann** • Der Fall Maurizius • **Oscar Wilde** • Das Bildnis des Dorian Grey • **Émile Zola** • Germinal • **Stefan Zweig** • Schachnovelle • **Hugo von Hofmannsthal** • Der Tor und der Tod • **Anton Tschechow** • Ein Heiratsantrag • **Arthur Schnitzler** • Reigen • **Friedrich Schiller** • Kabale und Liebe • **Nicolo Machiavelli** • Der Fürst • **Gotthold E. Lessing** • Nathan der Weise • **Augustinus** • Die Bekenntnisse des heiligen Augustinus • **Marcus Aurelius** • Selbstbetrachtungen • **Charles Baudelaire** • Die Blumen des Bösen • **Harriett Stowe** • Onkel Toms Hütte • **Walter Benjamin** • Deutsche Menschen • **Hugo Bettauer** • Die Stadt ohne Juden • **Lewis Caroll** • *und viele mehr….*

Ludwig Ganghofer
Die Trutze von Trutzenberg

Inhalt

Kapitel 1

Vor dem Altarstein unter der alten Linde, deren Blätter noch feucht waren vom Tau des schönen Morgens, stand der Wanderpfaff in weißem Chorhemd und mit schwarzem Barett, sah entrückten Auges über die kleine andächtige Gemeinde hin, die sich im Burggärtlein des Trutzberges um ihn gesammelt hatte, und hielt die Sonntagspredigt.

„Wahrlich, ich sag' euch, ihr guten Christenkinder: alles vermag eine fromme Seel' zu erfechten mit festem Glauben, bloß mit dem Willen allein, wenn's nur der rechte ist! Wer mit bösem Willen den Höllenweg beschreitet, wird hinkommen, wo der Teufel hauset. Doch wer mit rechtem Willen hintrachtet zu Gott, wird eingehen in das liebe Himmelreich!"

Die Stimme des Predigers war rauh – und dennoch klang sie lind in Morgensonne und Frühlingsluft.

Eine wundersame Frühe schimmerte um die mächtige Linde her, überglänzte die Mauern des alten Edelsitzes und umfunkelte die Wetterfähnlein der steilen Giebel und die Kupferknäufe der spitzdächigen Wehrtürme. Dunkelblaue Schatten und gleißende Sonnenflecken woben sich auf dem Rasen zu einem zaubervollen Teppich ineinander. Jeder Blumenkelch war wie ein blitzender Edelstein, den ein farbiges Ringlein umschloß. An der tiefer liegenden Wallmauer hatten die Zinnenscharten strahlende Säume, und die Dächer des Schützenganges blinkten, als wären sie belegt mit goldenen Platten.

Immer krähte ein Hahn. Rauschende Taubenschwärme schwangen sich von den Türmen in das noch schattige Bachtal hinunter, aus dem der steile, von einem Buchenwald umschlungene Trutzberg emporstieg in das Blau. Und eine weite Ferne zitterte im Farbensegen dieser feiertäglichen Frühlingsfrühe. Gegen Süden stand, vom Gemäuer der Burg durchschnitten, die lange blaue Wand der Berge mit noch weißen Gipfeln. Den Ausblick gegen Westen verdeckte die von Sonne umbrannte Mauer des Söldnerhauses. Nach Osten – drüben über dem Wiesental, dessen Bach die Grenze zwischen den beiden nachbarlichen Edelsitzen bildete – stiegen aus sanft emporgebuckelten Wäldern die bescheidenen Mauern des Puechsteins auf, fast unerkennbar im blendenden Glanz der Morgensonne. Und gegen Norden sah man über Wiesen und flachgewordene Wälder weit hinaus zu bräunlichen Moorgefilden und zu einem dunklen Forst, hinter dem ein großer See gleich einem mächtigen Silberschilde funkelte.

„Nur wollen mußt du, gläubige Christenseele!" klang die Stimme des Predigers unter der alten Linde. „Nur wollen! Recht aus dem tiefsten Herzen wollen! Und das Wunder ist geschehen. Und eh noch deine blinden Erdenaugen des kostbaren Sieges merkhaft werden, hat dein frummer Wille dir ein goldenes Leiterlein gebaut bis hinauf ins erdürstete Himmelreich."

Von den hundert Christen, zu denen dieser Verkünder des allmächtigen Seelenwillens redete, lauschten die meisten mit gläubiger Andacht. Ihre Gesichter brannten heiß. In jedem Auge war ein träumender Wunsch, ein dürstender Wille, der auf Erfüllung hoffte. Aber nicht alle von diesen Wünschen flogen dem Himmelreiche zu.

Vor dem Prediger waren sechs mit rotem Samt beschlagene Faltstühle in das blumige Gras gestellt.

An der einen Ecke dieser Stuhlreihe, in einem Sessel, der um ein Erkleckliches breiter war als die anderen, ruhte sehr bequem, doch mit angespannter Nachdenklichkeit der Burgherr Melchior Trutz von Trutzberg, eine klobige, schwer ins Breite rinnende Gestalt. Er war sonntäglich in seine Hausfarben Grün und Rot gekleidet, mit Samt und Seide; aber dieses kostbare Gewand sah unordentlich und gar nicht sauber aus. Das graue Langhaar struwelte sich wirr um das gutmütige, schon etwas schwammige Bartgesicht, dem man es anmerken konnte, daß Herr Melcher ein Freund von behaglicher Ruhe und guten Schüsseln war. Früher hatte der Trutzberger als ein gefährlicher Fechter gegolten. Das war anders geworden, seit er bei einem Fehdegang den Mittel- und Zeigefinger der rechten Hand verloren hatte. Diesen Schaden pflegte er in einem ledernen Fäustling oder, wie eben jetzt, im Brustschlitz seines Wamses zu verstecken – wer diese Hand faßte, an der so viel Nötiges abgängig war, spürte immer ein gelindes Gruseln.

Reich begütert und wenig berührt von den Nöten der harten Zeit, in der die Christenheit an der fernen Donau drunten wider die Türken focht, zählte Herr Melcher das Denken nicht zu seinen Liebhabereien und ließ an seinen umfangreichen Gürtel immer nur jene Sorge herankommen, die eine Frage der nächsten Tage war und seine eigene Schüssel bedrohte. Eine solche Sorge lastete in dieser schönen Sonntagsfrühe auf seiner Seele. Seine nördlichen Nachbarn, die händelsüchtigen Brüder Peter und Heini von Seeburg, verursachten dem Trutzberger viel Verdruß. Gestützt auf ein altes, unklares Pergament, das sie durch Zufall aufgestöbert oder – nach Meinung von Herrn Melchers mißtrauischer Hausfrau – etwa gar gefälscht hatten, erhoben sie Anspruch auf den Jagdbann, den die Trutzischen in den wildreichen Seeforsten über die hundert Jahre als ritterliches Recht besaßen. Schon seit dem Winter wurde vor dem herzoglichen Gerichtshof zu München über diesen Streithandel hin und her geredet. Wohl hatte man die Brüder von Seeburg noch nie bei einem verfrühten Einfall in den Jagdbann der Seeforste betroffen; doch bei der letzten Netzjagd auf Rehwild und Butterhasen hatte Herr Melcher die unliebsame Entdeckung gemacht, daß des Gewildes ganz erschrecklich weniger geworden. Wenn diese heimliche Räuberei der Seeburger so weiterging, waren die Seeforste wildleer, bevor noch zu München ein Spruch in der strittigen Sache gefällt wurde.

Und als nun der Wanderpfaff so kraftvoll und überzeugend von der wunderwirkenden Macht des christlichen Willens redete, setzte Melcher von Trutz alle Stärke seines Willens nicht auf das Himmelreich, sondern auf dieses zunächst erstrebenswertere Ziel:

daß er seinen Prozeß vor dem herzoglichen Gerichtshof gewinnen, oder daß ein hilfreicher Teufel die beiden Seeburger holen möchte. Ins Himmelreich hoffte Herr Melcher natürlich auch zu kommen. Später.

Neben dem Burgherrn saß mager, lang und steif seine Hausehre, Frau Angela, in einem apfelgrünen Kleid, mit kirschroter Haube und weißer Kinnbinde. Diese Tracht war vor zwanzig Jahren Mode gewesen, als man *anno Domini 1425* geschrieben hatte. Doch dieses Kleid, das schon bei tausend Sonntagsfeiern und sonstigen Festlichkeiten seine Schuldigkeit getan hatte, sah noch immer aus, als wär' es erst kürzlich aus der Hand eines reinlichen Schneiders hervorgegangen. Kein Wunder, daß Herr Melcher an der Seite einer so sparsamen Hausfrau trotz seiner eigenen Schlamperei und Gefräßigkeit ein vermöglicher Burgherr geworden war und eine schier unzählbare Menge von jenen gelben Flöhen bewahrte, welche klingen, wenn sie hüpfen.

So unbeweglich Frau Angela während der langen Predigt saß, so ruhelos war sie als Hausfrau, war Tag und Nacht auf den Beinen, immer mißtrauisch, immer gereizt. Von der friedlos aufgerührten Galle hatte sie ein gelbes Gesicht bekommen. Frau Angela war alles, nur das eine nicht, was ihr Name besagte: ein Engel. Mit harten Händen meisterte sie das zahlreiche Gesinde und ärgerte sich täglich siebenmal über ihren Mann und über die Unordnung, die er im Haus verursachte. Sie liebte das Sprichwort: „Ein Fleck auf der Wad (Kleidung) ist ärgerer Schad als ein Teufelsrat." Und während der Predigt von der Wunderstärke des rechten Willens lichtete Frau Engelein alle Kraft ihrer Christenwünsche nur auf dieses Ziel: ihrem Melcher die verschwenderische Unsauberkeit auf seine alten Tage noch abzugewöhnen und dann in Bälde herauszubringen, welcher Eierschlecker unter dem Burggesinde daran schuld wäre, daß die vierundsiebenzig Trutzbergischen Hennen in diesem Frühjahr weniger Eier legten, als es die fünfundsechzig Hennen des vergangenen Jahres löblicherweise getan hatten.

An der anderen Ecke der Sesselreihe saß als Flügelmann Herr Korbin zu Puechstein, mit Schwert und Dolchgehenk, mit blauem Stahl gerüstet; trotz der friedsamen Stunde trug er so viel Eisenzeug, daß von seinen Hausfarben Gelb und Grün, die darunterstaken, nicht viel zu sehen war. Nur den Helm hatte er abgelegt. Noch nicht alt, kaum ein paar Jährchen über die Vierzig, war er schon ergraut, geselcht und gerunzelt in einem abenteuerlichen Kriegsleben. Von Mittelgröße, sehnig und aus festen Knochen gebaut, hatte er einen kurzhaarigen Steinschädel und ein sonnverbranntes, spöttisches, glattrasiertes Gesicht mit klugen Augen. Die Predigt von der Macht des Willens begann ihn zu erheitern, weil er sah, daß der Prediger um so heftiger schwitzte, je leidenschaftlicher seine Worte klangen. Als Herr Korbin dieses Zeitvertreibes – den abspritzenden Schweißtropfen des Wanderpfaffen nachzugucken – schließlich müde wurde, dachte er wieder an die Botschaft, die er des Morgens bei seiner Ankunft auf dem Trutzberg vernommen hatte: daß man an der Donau erbittert kämpfte, und daß die von Johann Hunyady dem ungarischen Statthalter, geschlagenen Türken unter Mogul Murad mit verstärkten Heeresmassen gegen die österreichische Christenheit heranrückten. Der Puechsteiner dachte an diese Dinge, wie man Sperlinge fliegen sieht. Aber lieber wär' es ihm doch gewesen: an der Donau wider die Türken zu fechten, als im Trutzbergischen Gärtlein die lange Predigt hören zu müssen.

Neben ihm saß seine andächtig lauschende Gattin, Frau Scholastika, in blauem Reitgewande, bei aller Sparsamkeit sehr schmuck gekleidet, mit hoher Spitzhaube, von der die Schleierbänder lang herunterhingen. Obwohl sie nur um wenige Jahre jünger war als ihr Gatte, glich sie in ihrer lind gerundeten Gestalt und mit dem etwas vergrämten Schmalgesicht noch immer einem Mädchen, das durch ermüdende Zeit des fernen Bräutigams hatte warten müssen. Seit achtzehn Jahren war sie vermählt. Doch wenn sie die Tage zusammenzählte, die Herr Korbin seit der Hochzeitsnacht unter dem Dache der Puechsteiner Burg verbracht hatte, kamen keine anderthalb Jahre heraus. In diesem Frühling schien es aber, als wollte Herr Korbin seßhafter werden. Weil er des Reitens und Fechtens im Dienste wechselnder Fürsten müde geworden? Oder weil er bei den unruhigen Zeiten in Sorge war um die Sicherheit seiner verwahrlosten und spärlich begüterten Burg? Oder hatte ihn gelegentlich einer Heimkehr, die nicht lange dauern sollte, der muntere Liebreiz seines aufsprossenden Töchterleins im Bannkreis des Puechsteines festgehalten?

So oder so, Frau Schligga – wie Herr Korbin sein Hausehre zu nennen pflegte, für deren langen Namen Scholastika seine Zunge zu ungeduldig war – Frau Schligga befand sich in einem Zustande von gehobenem Glücksgefühl, weil sie sich der Einsamkeit und einer bitteren Haussorge halb entrissen sah. Sie vergötterte ihren Mann, ließ ihm die scharf gewürzten Speisen kochen, die er liebte, ließ ihn trinken als Zecher und Ehemann, solang er Durst hatte, und wagte nie von der drohenden Stunde zu sprechen, die Herrn Korbin wieder aus dem Burgfrieden des Puechsteins entführen würde. Drum vereinigte sie bei der Predigt des Wanderpfaffen heiß und seelenvoll alle Kräfte ihres Willens auf dieses einzige: daß der liebe, allmächtige Gott den Ritter Korbin für immer und ewig an der Seite seiner getreuen Hausehre festhalten möchte.

Zwischen den beiden ungleichen Müttern saßen ihre zwei Kinder: das verlobte Pärchen Eberhard und Hilde. Frau Schligga hatte nur diese einzige Tochter, die zehn Monate nach der Hochzeitsfeier der Puechsteinischen zur Welt gekommen war, während der Vater schon wieder bei einem Kriegshandel der bayerischen Herzöge als adeliger Söldner diente. Zur Beschaffung weiterer Mutterfreuden für Frau Scholastika hatte die knappe Zeit des Herrn Korbin nicht ausgereicht. Dagegen hatte Frau Angela von Trutzberg in dreißig Jahren wohl sieben Kinder geboren, doch sechse waren an Krankheiten gestorben, für deren Kur die Hausmittel dieser sparsamen Mutter nicht ausreichen wollten. Nur Jungherr Eberhard, der sich immer hartnäckig gegen den Gebrauch der mütterlichen Arzneien gesträubt hatte, war am Leben geblieben und zählte jetzt vierundzwanzig Jahre. Vor zehn Sommern, als er im Alter von vierzehn

Jahren sein letztes Geschwister begraben und seinen ersten Hasen gehetzt hatte und Jungfrau Hilde von Puechstein als siebenjähriges Mägdlein das Lesen und Schreiben lernte, hatte man – um die beiden Edelsitze, die vor hundert Jahren ein ungeteiltes Herrengut gewesen, wieder zu vereinigen – die beiden Kinder verlobt und in geistlicher Ehe verbunden, mit der Bestimmung, daß diese Himmelsehe an Hildes achtzehntem Geburtstag auf irdische Weise vollzogen werden sollte. Dazu hatte man ein mit heiligen Eiden beschworenes und mit vielen Siegeln belastetes Testament errichtet: wenn Bräutigam oder Braut nach Gottes unerforschlichem Ratschluß das Zeitliche vor dem irdischen Vollzug der himmlischen Ehe segnen müßte, so sollte der überlebende Teil des Brautpaares das gemeinsame Kind der beiden zu Schutz und Wehr verbündeten Ehepaare sein und Erbe von Trutzberg und Puechstein werden.

Der Inhalt dieses unerschütterlichen Pergamentes zeitigte späterhin die üble Folge, daß in der mißtrauischen Seele der Frau Angela der Verdacht erwachte, als hatte ihr Söhnlein Eberhard von den Puechsteinischen die übelsten Gefahren für sein kostbares Leben zu besorgen. Aber Herr Korbin und Frau Scholastika waren redliche Leute, und Jungfrau Hilde benahm sich gütig und schwesterlich gegen ihren Bräutigam und Seelengatten. Der Verdacht, der sich im galligen Gemüt der Frau Engelein immer wieder bemerkbar machte, hatte seinen Urgrund nur darin, daß sie trotz aller Liebe zu dem ihr einzig verbliebenen Sohn den großen, für ein kommendes Eheglück bedrohlichen Unterschied nicht übersehen konnte, den jeder flüchtige Blick an den beiden Verlobten gewahren mußte.

Jungherr Eberhard – mit schiefen Tuchstreifen in Grün und Rot gekleidet – war eine sonderbare Mischung aus Vater und Mutter. Die untere Hälfte glich der langen, mageren Frau Angela, die obere Hälfte dem in die Breite wachsenden Vater. Ein hartgesträhntes, glanzloses Blondhaar umhing das gepolsterte Antlitz, das ihm Herr Melchior Trutz vererbt hatte. In diesem Gesichte funkelten die langwimprigen, unruhigen Augen der Mutter – Augen wie gelbbehaarte Hummeln, die immer davonfliegen wollten und nicht von der Stelle kamen, weil sie im Honig klebten.

Eberhard war herangewachsen wie andere Jungherren, mit der Peitsche in der rechten Hand, mit dem Sperber auf der linken Faust. Kein guter und kein böser Mensch, so einer von der Mittelstraße, fand er neben der ritterlichen Schulung im Waffengebrauch und Weidwerk noch reichliche Zeit für andere Dinge, bei denen die Mutter ihm allzu flinke Fortschritte nicht vergönnen wollte. Sonst ein fröhlicher, zu Streichen aufgelegter Kunde, war Eberhard vor einiger Zeit ein übelgelauntes Menschenkind geworden. Dieser bedauerliche Wandel hatte begonnen, seit Frau Angela, eine Gewohnheit ihrer ersten Ehejahre wiederholend, alle jungen Mägde aus der Burg entfernte und nur noch alte Jungfern und verwitwete Weiblein im Dienste behielt. Und des Schäkerspiels mit den drallen Bauerntöchtern in den Dörfern der hörigen Leute war der Jungherr überdrüssig geworden, seit ihn zwei vermummte Bauernburschen in einer Frühlingsnacht so unbarmherzig verprügelt hatten, daß er die Kratzwunden und blauen Male viele Wochen an sich herumtrug und zum erstenmal einiges Vertrauen zu den Salben der Frau Angela gewann.

Diese schmerzliche Lebenserfahrung fiel für Eberhard zusammen mit der Beobachtung, daß seine Brautgemahlin nach ihrem sechzehnten Lebensjahr aus einem hager aufgeschossenen Kind zu einem reizvollen und maienhaften Mägdlein zu erblühen begann. Und da bekehrte sich der mieselsüchtige Grobian plötzlich zu milden und freundlichen Sitten, nahm höfische Gebärden und zierlich gedrechselte Redewendungen an, trug hübsche Blumensträußchen zum Puechstein hinüber, drehte mit zärtlicher Geduld den Garnhaspel seiner heiteren Braut und machte in schlaflosen Mondscheinnächten Verse, die etwas feiner, doch sehr viel länger waren als die gesunden Vierzeiler der verliebten Bauernburschen. Bei jeder neuen Begegnung mit Fräulein Hilde hing ihm die Sehnsucht seines zum Besseren gewandelten Herzens mit gesteigerter Melancholie aus den dürstenden Hummelaugen heraus, mit jedem neuen Monat wurde der Hunger seines zur Karenz verdammten Blutes immer quälender. Und als er nun in dieser zaubervollen Frühlingsfrühe den Wanderpfaffen von der siegreichen Kraft des rechten Christenwillens predigen hörte und dabei immer die schmucke, reizumflossene Mädchenknospe an seiner Seite sah, richtete er alle Willensmacht nur auf den einen Gedanken: wie er den Tag der weltlichen Vermählung beschleunigen und das heiß ersehnte Himmelreich seines Lebens etwas rascher gewinnen könnte, als es ihm die gesiegelten Pergamente versprachen.

Während in der christlichen Seele des Jungherrn die Bilder solcher Himmelserfüllung glänzten, lauschte seine siebzehnjährige Brautgemahlin still und ahnungslos, andächtig und fröhlichfromm den feurigen Worten des Predigers. Sie dachte nur des wahren Himmelreiches da droben über dem schönen Blau, dem ihre Seele nach einem gottergebenen Leben dereinst entgegenfliegen würde. Von den kostbaren Gütern und Freuden der Erde wußte sie wenig. Die häusliche Knappheit, die auf dem Puechstein herrschte, hatte sie zur Genügsamkeit erzogen. Im Winter galt ihr das Schimmern der Schneekristalle als das schönste aller Dinge, und im Frühling und Sommer nahm sie jeden grünen Baum, jede Blume, jede schwergewordene Ähre und jeden Sonnenblitz auf gleitendem Wasser für das höchste Wunder in Gottes Schöpfung. Was ihr die Mutter, der selten heimkehrende Vater und die gealterten Puechsteinischen Knechte erzählten, das war alles, was sie vom Treiben der Welt erfuhr. Lesen und Schreiben, Reitschule und Kleidernähen, häusliche Arbeit, Sticken, Spinnen und Weben füllten ihre frohen Tage, ein fester Schlaf ihre Nächte. Brautstand und Himmelsehe hatten noch keinen Schatten auf ihre erblühende Jugend geworfen. Sie wußte: so war es, so ist es, und so wird es bleiben. Solcher Wahrheit, die als ein Gesiegeltes vor ihr stand, brauchte sie mit keinem aufgeschreckten Gedanken nachzuspüren. Jene Taten, mit denen Eberhard noch vor Jahresfrist die beiden Mütter in heftigen Zorn versetzt hatte, wurden vor Hilde verschwiegen. Zu beunruhigenden Vergleichen fand sie keine Gelegenheit – eine Braut bleibt sittsam zu Hause, geht nicht zu Hof und nicht zu Festen. Drum sah sie ihren Bräutigam und Seelengatten noch immer als den gleichen, den sie vor zehn Jahren gesehen hatte, damals in jener feierlichen Stunde, in der sie, scheu verlegen, mit halbem Verständnis und doch ein bißchen stolz auf das heilige Kränzlein in ihrem Haar, die zarte Kinderhand in die knochige Bubenfaust des reichgekleideten Jungherrn gelegt hatte. Damals trug er eine Goldkette um den Hals, einen toledanischen Degen am Gürtel, einen großen Siegelring am Zeigefinger der rechten Hand. Beim Hochzeitsmahl erzählte er von seiner ersten Hasenhetze und tat immer einen festen Trunk, sooft er dem Bräutlein, das nur Milch bekam, mit dem silbernen Becher zuwinkte. Darüber, daß ihm bald nach der Mahlzeit so entsetzlich übel geworden, war sie sehr erschrocken. Die Jahre hatten die Erinnerung an dieses unreinliche Bild in ihr verwischt. Und einer Frau muß doch ihr Mann gefallen! Nun hatte sie auch die hellen Mädchenaugen, mit denen sie sehen konnte, was sie früher als Kind nicht bemerkt hatte: wie höflich, wie galant und dienstbeflissen er war. Das gesiel ihr. Bei jedem Zusammensein war sie munter und schwesterlich gut zu ihm. Manchmal erschrak sie ein bißchen vor seinen sonderbaren Augen und wußte nicht, was diese Blicke ihr sagen wollten. Doch es war wohl so in der Welt: daß junge Frauen immer ein bißchen zittern müssen vor ihren Männern. War's nicht auch bei ihrer Mutter so? Freilich, auf dem Trutzberg schien Herr Melchior der Schwächere zu sein, und Frau Angela blieb ohne Furcht.

Den Trutzbergischen Farben zu Ehren trug Hilde ein grünes, kirschrot gesäumtes Reitkleid, das den knospenden, von ungelösten Lebenskräften flüsternden Mädchenkörper mit linder Glätte umschloß. Ein Kränzlein aus roten Nelken lag um das reiche, straffgezopfte Braunhaar, und viele braune Ringelchen überschatteten die Stirn und die dunkelblauen, in Ruhe fröhlichen Augen. Die schwellenden Kinderlippen waren beim Lauschen ein wenig geöffnet, und über dem zart gerundeten, bei allem Frohsinn seltsam strengen Gesichtchen spielten die Blätterschatten der Linde und die das Laub durchdringenden Sonnenlichter. Unbeweglich lagen die gefalteten Hände im Schoß, und das lauschende Köpfchen, einer von Tau beschwerten Blume gleichend, war nach vorne gebeugt. Gierig hingen die Hummelaugen des Jungherrn an der feingeschwungenen, reizvollen Nackenlinie, die sich unter dem roten Nelkenkranz hervorsenkte und umschleiert war von dunklen, im sanften Windhauch zitternden Löckchen. Ihres Verlobten und Seelengatten schien Hilde bei Gottes Wort vergessen zu haben. Während sie der Wunderbotschaft von der Macht des christlichen Willens lauschte, war in ihrem stillen Blick ein gläubiges Träumen von seligen Ewigkeiten eines Glückes, das ohne Körper, ohne irdisches Leben und ohne Namen war.

Fast der gleiche Blick einer ziellosen Sehnsucht, wie er in diesen gläubigen Mädchenaugen glänzte, war in den Augen der hörigen Leute, der Bauern und Bäuerinnen, die aus dem Burgdorf heraufgestiegen waren, um in ihrem harten Leben einen Trost und die Verheißung eines Himmels zu vernehmen, den sie sich so ähnlich vorstellten wie das Schlaraffenland mit unerschöpflichen Weinbrunnen und gebraten umherfliegenden Speckvögelchen. Steifknochig und in armseligem Sonntagsputze knieten sie an der Mauer entlang und in den Winkeln des Burggartens. Näher hatten sie sich an die Herrenleute nicht herangewagt.

Zwischen arm und reich, auf dem Rasen hinter den sechs Faltstühlen, knieten und saßen die vier grauköpfigen, in Grün und Gelb gekleideten, leicht gerüsteten Geleitsknechte des Puechsteiners und die vielen Burgleute des Herrn Melcher, unter Führung des langen, mageren Sergeanten Kassian Ziegenspöck, der, wenn Gott an ihm nicht ein Wunder wirkte, dem Säuferwahnsinn unaufhaltsam entgegenwandelte; er bot den Anblick eines grimmigen Kriegsmannes, hatte aber ein bitteres Schmerzensgesicht, wie Menschen, die von überschüssiger Magensäure gequält werden.

Sergeant, Söldner und Knechte des Herrn Melcher waren in Grün und Rot gekleidet. Nur ein einziger von den Trutzbergischen trug diese Farben nicht, trug ein grobes Hemd, einen rauhen, verblichenen Kittel, die kurze Berghose, verschnürte Lammfelle an den festen Waden und am Gürtel die lederne, vom Gebrauche vieler Jahre schon schwarzgewordene Salztasche. Das war der Schafhirt Lien, den die Leute, die ihn liebhatten, Liendl oder Lieni nannten.

Eigentlich hieß er Lienhard. Aber das ging nicht an, daß ein Scharfhirt zur Hälfte den gleichen Namen trug wie der edle Jungherr Eberhard. Drum hatte man dem Lien – der keines nennbaren Vaters Sohn, nur das Kind einer verstorbenen Mutter war – das ungebührliche Schwänzlein seines Namens abgezwickt, wie man ihm das Braunhaar wegschor von seinem harten, jungen, sonnverbrannten Schädel. Das Haar wollte heraus, wollte an die Sonne, sproßte wie dunkler Schatten auf der Oberlippe des braunen Gesichts und begann das Kinn und die Wangen zu umkräuseln, weil man es auf dem Kopfe nicht nach Belieben wachsen ließ. Unter der Stirne dieses derben und dennoch schmucken Kopfes glänzten zwei blanke Jünglingsaugen, die immer in aufmerksamer Spannung träumten, obwohl das Gehirn des Lien viel anderes nicht denken wollte, als wie er satt werden konnte und wie er seine dreihundertvierzehn Schafe vor Dieben und Wölfen sichern mußte.

Während der Wanderpfaff von der alles bezwingenden Macht des christlichen Willens predigte, hatte der junge Lien eine Sorgenfalte auf der Stirn, hörte kein Wort von der Predigt und spähte immer zu den fernen Moorflächen hinunter. In dieser braunleuchtenden Ferne, die von vielen Wassertümpeln blitzte, sah er einen kleinen, grauen, viereckigen Fleck. Das war der Pferch, in den er am vergangenen Abend seine Schafe getrieben hatte. Während er in der Haltung eines frommen Beters auf den Knien lag, streckte sich immer wieder der schlanke Körper mit dem kräftigen, langen Hals. Und wenn sich der Lien so streckte, preßte er das mürbe Hütl und die lange Schäferschippe mit dem blitzenden Eisenschäufelchen hart an seine Brust. Und dann hob auch der grau und schwarz gezottelte Schäferhund, der neben ihm lag, mit jähem Ruck den schlanknäsigen Kopf in die Höhe, ließ die Augen hinausblitzen gegen den fernen Pferch, bewegte unruhig die Spitzohren und peitschte mit dem buschigen Schweif das zerlegene Gras. Wie selbstverständlich und natürlich auch die beiden, der Lien und sein Wulli, anzusehen waren, so hatte ihr Bild doch auch etwas Fremdes, etwas schweigsam Heiliges, hatte etwas von jener biblischen Art, in der die frommen Täfleinmaler den jungen Sankt Johannes mit Hund und Schäferschippe zu konterfeien liebten,

„Wahrlich, ihr guten Christenkinder“, predigte der Wanderpfaff, der in der warm werdenden Sonne zu ermüden begann und über das ganze Gesicht bis in den Hals hinunter glänzte, „wer auf ein eilig Ding nit den rechten Willen hat, wird's nie und nimmer erringen. Das ist als wie mit einem Bauersmann. So er mit festem Willen zur Pflugschar greift und den Boden stürzet, wird er Segen in seiner Scheuer haben. So er aber nit pflügen will und die Fäust hinter den Rucken schiebt, wird sein Acker dürr bleiben, und der Bauer wird seinen Herren schädigen, wird selber Not erfahren und Hunger leiden in seiner Faulheit Ingeweid. Das ist als wie mit einem Kriegsknecht. So er mit herzhaftem Willen anrucket wider den Feind, wird er seinem guten Herren helfen und den eigenen Binkel fett machen mit kostbarem Kriegsgut. So er aber nit mutigen Willen haben, nit fechten und nit stechen mag, wird der Feind ihn überwerfen und ausrauben bis auf den letzten Faden. Das ist als wie mit dem Jäger. So er nit springen und hetzen und die Netz nit stellen will, fahet er nie ein Gewild, ist betrogen um sein Jägerrecht, und seines Herren Wildbretkeller muß trauern als ein ausgefressenes Ratzenloch. So er aber mit frischem Jägerwillen springt und hetzt und alles Haarwild und Federleinsvieh ins fängige Schlagnetz husset, wird seines Herren Tisch ein Paradies der irdischen Freuden sein, und des Jägers Pfann wird dampfen an jedem Abend. Was aber sind Netz und Schwert und Pflugschar neben dem rechten Himmelswillen einer sehnsüchtigen Christenseele? Gräslein sind sie neben dem Baum, Regentropfen neben dem See, ein Grillenloch neben der Herrenburg. Schauet den Baum! Grünet er nit dem Himmel zu? Schauet den See da draußen! Spiegelt er nit das Himmelsblau? Schauet die starke und stolze Burg, die mutig hinaufsteigt in das Himmelreich! Groß und stark wie Burg und See und Baum, so muß der rechte Himmelswillen in euren Seelen sein! Wahrlich, das Himmelreich ist euer, so ihr's wollet mit Kraft und Feuer! Die aber nit wollen fest und rein, bleiben draußen und gehen nit ein!“

Eine aufatmende Bewegung huschte über die Andächtigen hin. Sie wußten: wenn die Verse begannen, war die Predigt gleich zu Ende. Frau Angela schürzte mit ihren dürren Händen das Kleid, damit es beim Aufstehen sicher wäre vor der Nässe des Grases, Herr Korbin gähnte ein bißchen, Frau Schligga sah mit flehenden Augen zu Gott hinauf, Hilde erwachte lächelnd aus ihrem wesenlosen Traum von Glück und Seligkeit, Eberhard wandte die Hummelaugen zögernd von dem lieblichen Ziel seines aufgereizten Willens ab, und Herr Melcher nickte, als hätte er wider die Brüder von Seeburg einen heilsamen Entschluß gefaßt. Wulli, der Schäferhund, erhob sich lautlos, weil er sah, daß Lien einen raschen Blick hinüberwarf zum Pförtlein des Söldnerhauses und mit einem Ruck seiner nervigen Faust den Gürtel der Salztasche fester um die Hüften schnürte.

Schnaufend entraffte sich der Wanderpfaff seiner schweißperlenden Erschöpfung, steigerte die heiser gewordene Stimme und schüttelte die Hände mit gespreizten Fingern gegen das Blau hinauf:

„Nur wollen mußt du, o dürstige Seel', so wirst du finden und gehst nit fehl! Die da suchen, sind Kinder des Lichts, doch die nit wollen, die kriegen auch nichts. Sie fliegen nit auf zur seligen Ruh, Sankt Peter sperret das Türlein zu. Ausgestoßen von allen Freuden, müssen sie Glut und Hunger leiden, sind dem Teufel ein Höllensamen und müssen brennen in Ewigkeit, Amen!"

Nach einer devoten Verbeugung gegen den Burgherrn lüftete der Wanderpfaff das Barett, trocknete mit dem spitzenbesetzten Ärmel des Chorhemdes das erschöpfte Gesicht und ging auf die Tür der Burgkapelle zu, um sich zu kleiden für die heilige Messe.

Vor dem Altarstein unter der alten Linde, deren Blätter noch feucht waren vom Tau des schönen Morgens, stand der Wanderpfaff in weißem Chorhemd und mit schwarzem Barett, sah entrückten Auges über die kleine andächtige Gemeinde hin, die sich im Burggärtlein des Trutzberges um ihn gesammelt hatte, und hielt die Sonntagspredigt.

„Wahrlich, ich sag' euch, ihr guten Christenkinder: alles vermag eine fromme Seel' zu erfechten mit festem Glauben, bloß mit dem Willen allein, wenn's nur der rechte ist! Wer mit bösem Willen den Höllenweg beschreitet, wird hinkommen, wo der Teufel hauset. Doch wer mit rechtem Willen hintrachtet zu Gott, wird eingehen in das liebe Himmelreich!"

Die Stimme des Predigers war rauh – und dennoch klang sie lind in Morgensonne und Frühlingsluft.

Eine wundersame Frühe schimmerte um die mächtige Linde her, überglänzte die Mauern des alten Edelsitzes und umfunkelte die Wetterfähnlein der steilen Giebel und die Kupferknäufe der spitzdächigen Wehrtürme. Dunkelblaue Schatten und gleißende Sonnenflecken woben sich auf dem Rasen zu einem zaubervollen Teppich ineinander. Jeder Blumenkelch war wie ein blitzender Edelstein, den ein farbiges Ringlein umschloß. An der tiefer liegenden Wallmauer hatten die Zinnenscharten strahlende Säume, und die Dächer des Schützenganges blinkten, als wären sie belegt mit goldenen Platten.

Immer krähte ein Hahn. Rauschende Taubenschwärme schwangen sich von den Türmen in das noch schattige Bachtal hinunter, aus dem der steile, von einem Buchenwald umschlungene Trutzberg emporstieg in das Blau. Und eine weite Ferne zitterte im Farbensegen dieser feiertäglichen Frühlingsfrühe. Gegen Süden stand, vom Gemäuer der Burg durchschnitten, die lange blaue Wand der Berge mit noch weißen Gipfeln. Den Ausblick gegen Westen verdeckte die von Sonne umbrannte Mauer des Söldnerhauses. Nach Osten – drüben über dem Wiesental, dessen Bach die Grenze zwischen den beiden nachbarlichen Edelsitzen bildete – stiegen aus sanft emporgebuckelten Wäldern die bescheidenen Mauern des Puechsteins auf, fast unerkennbar im blendenden Glanz der Morgensonne. Und gegen Norden sah man über Wiesen und flachgewordene Wälder weit hinaus zu bräunlichen Moorgefilden und zu einem dunklen Forst, hinter dem ein großer See gleich einem mächtigen Silberschilde funkelte.

„Nur wollen mußt du, gläubige Christenseele!“ klang die Stimme des Predigers unter der alten Linde. „Nur wollen! Recht aus dem tiefsten Herzen wollen! Und das Wunder ist geschehen. Und eh noch deine blinden Erdenaugen des kostbaren Sieges merkhaft werden, hat dein frummer Wille dir ein goldenes Leiterlein gebaut bis hinauf ins erdürstete Himmelreich.“

Von den hundert Christen, zu denen dieser Verkünder des allmächtigen Seelenwillens redete, lauschten die meisten mit gläubiger Andacht. Ihre Gesichter brannten heiß. In jedem Auge war ein träumender Wunsch, ein dürstender Wille, der auf Erfüllung hoffte. Aber nicht alle von diesen Wünschen flogen dem Himmelreiche zu.

Vor dem Prediger waren sechs mit rotem Samt beschlagene Faltstühle in das blumige Gras gestellt.

An der einen Ecke dieser Stuhlreihe, in einem Sessel, der um ein Erkleckliches breiter war als die anderen, ruhte sehr bequem, doch mit angespannter Nachdenklichkeit der Burgherr Melchior Trutz von Trutzberg, eine klobige, schwer ins Breite rinnende Gestalt. Er war sonntäglich in seine Hausfarben Grün und Rot gekleidet, mit Samt und Seide; aber dieses kostbare Gewand sah unordentlich und gar nicht sauber aus. Das graue Langhaar struwelte sich wirr um das gutmütige, schon etwas schwammige Bartgesicht, dem man es anmerken konnte, daß Herr Melcher ein Freund von behaglicher Ruhe und guten Schüsseln war. Früher hatte der Trutzberger als ein gefährlicher Fechter gegolten. Das war anders geworden, seit er bei einem Fehdegang den Mittel- und Zeigefinger der rechten Hand verloren hatte. Diesen Schaden pflegte er in einem ledernen Fäustling oder, wie eben jetzt, im Brustschlitz seines Wamses zu verstecken – wer diese Hand faßte, an der so viel Nötiges abgängig war, spürte immer ein gelindes Gruseln.

Reich begütert und wenig berührt von den Nöten der harten Zeit, in der die Christenheit an der fernen Donau drunten wider die Türken focht, zählte Herr Melcher das Denken nicht zu seinen Liebhabereien und ließ an seinen umfangreichen Gürtel immer nur jene Sorge herankommen, die eine Frage der nächsten Tage war und seine eigene Schüssel bedrohte. Eine solche Sorge lastete in dieser schönen Sonntagsfrühe auf seiner Seele. Seine nördlichen Nachbarn, die händelsüchtigen Brüder Peter und Heini von Seeburg, verursachten dem Trutzberger viel Verdruß. Gestützt auf ein altes, unklares Pergament, das sie durch Zufall aufgestöbert oder – nach Meinung von Herrn Melchers mißtrauischer Hausfrau – etwa gar gefälscht hatten, erhoben sie Anspruch auf den Jagdbann, den die Trutzischen in den wildreichen Seeforsten über die hundert Jahre als ritterliches Recht besaßen. Schon seit dem Winter wurde vor dem herzoglichen Gerichtshof zu München über diesen Streithandel hin und her geredet. Wohl hatte man die Brüder von Seeburg noch nie bei einem verfrühten Einfall in den Jagdbann der Seeforste betroffen; doch bei der letzten Netzjagd auf Rehwild und Butterhasen hatte Herr Melcher die unliebsame Entdeckung gemacht, daß des Gewildes ganz erschrecklich weniger geworden. Wenn diese heimliche Räuberei der Seeburger so weiterging, waren die Seeforste wildleer, bevor noch zu München ein Spruch in der strittigen Sache gefällt wurde.

Und als nun der Wanderpfaff so kraftvoll und überzeugend von der wunderwirkenden Macht des christlichen Willens redete, setzte Melcher von Trutz alle Stärke seines Willens nicht auf das Himmelreich, sondern auf dieses zunächst erstrebenswertere Ziel: daß er seinen Prozeß vor dem herzoglichen Gerichtshof gewinnen, oder daß ein hilfreicher Teufel die beiden Seeburger holen möchte. Ins Himmelreich hoffte Herr Melcher natürlich auch zu kommen. Später.

Neben dem Burgherrn saß mager, lang und steif seine Hausehre, Frau Angela, in einem apfelgrünen Kleid, mit kirschroter Haube und weißer Kinnbinde. Diese Tracht war vor zwanzig Jahren Mode gewesen, als man *anno Domini 1425* geschrieben hatte. Doch dieses Kleid, das schon bei tausend Sonntagsfeiern und sonstigen Festlichkeiten seine Schuldigkeit getan hatte, sah noch immer aus, als wär' es erst kürzlich aus der Hand eines reinlichen Schneiders hervorgegangen. Kein Wunder, daß Herr Melcher an der Seite einer so sparsamen Hausfrau trotz seiner eigenen Schlamperei und Gefräßigkeit ein vermöglicher Burgherr geworden war und eine schier unzählbare Menge von jenen gelben Flöhen bewahrte, welche klingen, wenn sie hüpfen.

So unbeweglich Frau Angela während der langen Predigt saß, so ruhelos war sie als Hausfrau, war Tag und Nacht auf den Beinen, immer mißtrauisch, immer gereizt. Von der friedlos aufgerührten Galle hatte sie ein gelbes Gesicht bekommen. Frau Angela war alles, nur das eine nicht, was ihr Name besagte: ein Engel. Mit harten Händen meisterte sie das zahlreiche Gesinde und ärgerte sich täglich siebenmal über ihren Mann und über die Unordnung, die er im Haus verursachte. Sie liebte das Sprichwort: „Ein Fleck auf der Wad (Kleidung) ist ärgerer Schad als ein Teufelsrat." Und während der Predigt von der Wunderstärke des rechten Willens lichtete Frau Engelein alle Kraft ihrer Christenwünsche nur auf dieses Ziel: ihrem Melcher die verschwenderische Unsauberkeit auf seine alten Tage noch abzugewöhnen und dann in Bälde herauszubringen, welcher Eierschlecker unter dem Burggesinde daran schuld wäre, daß die vierundsiebenzig Trutzbergischen Hennen in diesem Frühjahr weniger Eier legten, als es die fünfundsechzig Hennen des vergangenen Jahres löblicherweise getan hatten.

An der anderen Ecke der Sesselreihe saß als Flügelmann Herr Korbin zu Puechstein, mit Schwert und Dolchgehenk, mit blauem Stahl gerüstet; trotz der friedsamen Stunde trug er so viel Eisenzeug, daß von seinen Hausfarben Gelb und Grün, die darunterstaken, nicht viel zu sehen war. Nur den Helm hatte er abgelegt. Noch nicht alt, kaum ein paar

Jährchen über die Vierzig, war er schon ergraut, geselcht und gerunzelt in einem abenteuerlichen Kriegsleben. Von Mittelgröße, sehnig und aus festen Knochen gebaut, hatte er einen kurzhaarigen Steinschädel und ein sonnverbranntes, spöttisches, glattrasiertes Gesicht mit klugen Augen. Die Predigt von der Macht des Willens begann ihn zu erheitern, weil er sah, daß der Prediger um so heftiger schwitzte, je leidenschaftlicher seine Worte klangen. Als Herr Korbin dieses Zeitvertreibes – den abspritzenden Schweißtropfen des Wanderpfaffen nachzugucken – schließlich müde wurde, dachte er wieder an die Botschaft, die er des Morgens bei seiner Ankunft auf dem Trutzberg vernommen hatte: daß man an der Donau erbittert kämpfte, und daß die von Johann Hunyady dem ungarischen Statthalter, geschlagenen Türken unter Mogul Murad mit verstärkten Heeresmassen gegen die österreichische Christenheit heranrückten. Der Puechsteiner dachte an diese Dinge, wie man Sperlinge fliegen sieht. Aber lieber wär' es ihm doch gewesen: an der Donau wider die Türken zu fechten, als im Trutzbergischen Gärtlein die lange Predigt hören zu müssen.

Neben ihm saß seine andächtig lauschende Gattin, Frau Scholastika, in blauem Reitgewande, bei aller Sparsamkeit sehr schmuck gekleidet, mit hoher Spitzhaube, von der die Schleierbänder lang herunterhingen. Obwohl sie nur um wenige Jahre jünger war als ihr Gatte, glich sie in ihrer lind gerundeten Gestalt und mit dem etwas vergrämten Schmalgesicht noch immer einem Mädchen, das durch ermüdende Zeit des fernen Bräutigams hatte warten müssen. Seit achtzehn Jahren war sie vermählt. Doch wenn sie die Tage zusammenzählte, die Herr Korbin seit der Hochzeitsnacht unter dem Dache der Puechsteiner Burg verbracht hatte, kamen keine anderthalb Jahre heraus. In diesem Frühling schien es aber, als wollte Herr Korbin seßhafter werden. Weil er des Reitens und Fechtens im Dienste wechselnder Fürsten müde geworden? Oder weil er bei den unruhigen Zeiten in Sorge war um die Sicherheit seiner verwahrlosten und spärlich begüterten Burg? Oder hatte ihn gelegentlich einer Heimkehr, die nicht lange dauern sollte, der muntere Liebreiz seines aufsprossenden Töchterleins im Bannkreis des Puechsteines festgehalten?

So oder so, Frau Schligga – wie Herr Korbin sein Hausehre zu nennen pflegte, für deren langen Namen Scholastika seine Zunge zu ungeduldig war – Frau Schligga befand sich in einem Zustande von gehobenem Glücksgefühl, weil sie sich der Einsamkeit und einer bitteren Haussorge halb entrissen sah. Sie vergötterte ihren Mann, ließ ihm die scharf gewürzten Speisen kochen, die er liebte, ließ ihn trinken als Zecher und Ehemann, solang er Durst hatte, und wagte nie von der drohenden Stunde zu sprechen, die Herrn Korbin wieder aus dem Burgfrieden des Puechsteins entführen würde. Drum vereinigte sie bei der Predigt des Wanderpfaffen heiß und seelenvoll alle Kräfte ihres Willens auf dieses einzige: daß der liebe, allmächtige Gott den Ritter Korbin für immer und ewig an der Seite seiner getreuen Hausehre festhalten möchte.

Zwischen den beiden ungleichen Müttern saßen ihre zwei Kinder: das verlobte Pärchen Eberhard und Hilde. Frau Schligga hatte nur diese einzige Tochter, die zehn Monate nach der Hochzeitsfeier der Puechsteinischen zur Welt gekommen war, während der Vater schon wieder bei einem Kriegshandel der bayerischen Herzöge als adeliger Söldner diente. Zur Beschaffung weiterer Mutterfreuden für Frau Scholastika hatte die knappe Zeit des Herrn Korbin nicht ausgereicht. Dagegen hatte Frau Angela von Trutzberg in dreißig Jahren wohl sieben Kinder geboren, doch sechse waren an Krankheiten gestorben, für deren Kur die Hausmittel dieser sparsamen Mutter nicht ausreichen wollten. Nur Jungherr Eberhard, der sich immer hartnäckig gegen den Gebrauch der mütterlichen Arzneien gesträubt hatte, war am Leben geblieben und zählte jetzt vierundzwanzig Jahre. Vor zehn Sommern, als er im Alter von vierzehn Jahren sein letztes Geschwister begraben und seinen ersten Hasen gehetzt hatte und Jungfrau Hilde von Puechstein als siebenjähriges Mägdlein das Lesen und Schreiben lernte, hatte man – um die beiden Edelsttze, die vor hundert Jahren ein ungeteiltes Herrengut gewesen, wieder zu vereinigen – die beiden Kinder verlobt und in geistlicher Ehe verbunden, mit der Bestimmung, daß diese Himmelsehe an Hildes achtzehntem Geburtstag auf irdische Weise vollzogen werden sollte. Dazu hatte man ein mit heiligen Eiden beschworenes und mit vielen Siegeln belastetes Testament errichtet: wenn Bräutigam oder Braut nach Gottes unerforschlichem Ratschluß das Zeitliche vor dem irdischen Vollzug der himmlischen Ehe segnen müßte, so sollte der überlebende Teil des Brautpaares das gemeinsame Kind der beiden zu Schutz und Wehr verbündeten Ehepaare sein und Erbe von Trutzberg und Puechstein werden.

Der Inhalt dieses unerschütterlichen Pergamentes zeitigte späterhin die üble Folge, daß in der mißtrauischen Seele der Frau Angela der Verdacht erwachte, als hatte ihr Söhnlein Eberhard von den Puechsteinischen die übelsten Gefahren für sein kostbares Leben zu besorgen. Aber Herr Korbin und Frau Scholastika waren redliche Leute, und Jungfrau Hilde benahm sich gütig und schwesterlich gegen ihren Bräutigam und Seelengatten. Der Verdacht, der sich im galligen Gemüt der Frau Engelein immer wieder bemerkbar machte, hatte seinen Urgrund nur darin, daß sie trotz aller Liebe zu dem ihr einzig verbliebenen Sohn den großen, für ein kommendes Eheglück bedrohlichen Unterschied nicht übersehen konnte, den jeder flüchtige Blick an den beiden Verlobten gewahren mußte.

Jungherr Eberhard – mit schiefen Tuchstreifen in Grün und Rot gekleidet – war eine sonderbare Mischung aus Vater und Mutter. Die untere Hälfte glich der langen, mageren Frau Angela, die obere Hälfte dem in die Breite wachsenden Vater. Ein hartgesträhntes, glanzloses Blondhaar umhing das gepolsterte Antlitz, das ihm Herr Melchior Trutz vererbt hatte. In diesem Gesichte funkelten die langwimprigen, unruhigen Augen der Mutter – Augen wie gelbbehaarte Hummeln, die immer davonfliegen wollten und nicht von der Stelle kamen, weil sie im Honig klebten.

Eberhard war herangewachsen wie andere Jungherren, mit der Peitsche in der rechten Hand, mit dem Sperber auf der linken Faust. Kein guter und kein böser Mensch, so einer von der Mittelstraße, fand er neben der ritterlichen Schulung im Waffengebrauch und Weidwerk noch reichliche Zeit für andere Dinge, bei denen die Mutter ihm allzu flinke Fortschritte nicht vergönnen wollte. Sonst ein fröhlicher, zu Streichen aufgelegter Kunde, war Eberhard vor einiger Zeit ein übelgelauntes Menschenkind geworden. Dieser bedauerliche Wandel hatte begonnen, seit Frau Angela, eine Gewohnheit ihrer ersten Ehejahre wiederholend, alle jungen Mägde aus der Burg entfernte und nur noch alte Jungfern und verwitwete Weiblein im Dienste behielt. Und des Schäkerspiels mit den drallen Bauerntöchtern in den Dörfern der hörigen Leute war der Jungherr überdrüssig geworden, seit ihn zwei vermummte Bauernburschen in einer Frühlingsnacht so unbarmherzig verprügelt hatten, daß er die Kratzwunden und blauen Male viele Wochen an sich herumtrug und zum erstenmal einiges Vertrauen zu den Salben der Frau Angela gewann.

Diese schmerzliche Lebenserfahrung fiel für Eberhard zusammen mit der Beobachtung, daß seine Brautgemahlin nach ihrem sechzehnten Lebensjahr aus einem hager aufgeschossenen Kind zu einem reizvollen und maienhaften Mägdlein zu erblühen begann. Und da bekehrte sich der mieselsüchtige Grobian plötzlich zu milden und freundlichen Sitten, nahm höfische Gebärden und zierlich gedrechselte Redewendungen an, trug hübsche Blumensträußchen zum Puechstein hinüber, drehte mit zärtlicher Geduld den Garnhaspel seiner heiteren Braut und machte in schlaflosen Mondscheinnächten Verse, die etwas feiner, doch sehr viel länger waren als die gesunden Vierzeiler der verliebten Bauernburschen. Bei jeder neuen Begegnung mit Fräulein Hilde hing ihm die Sehnsucht seines zum Besseren gewandelten Herzens mit gesteigerter Melancholie aus den dürstenden Hummelaugen heraus, mit jedem neuen Monat wurde der Hunger seines zur Karenz verdammten Blutes immer quälender. Und als er nun in dieser zaubervollen Frühlingsfrühe den Wanderpfaffen von der siegreichen Kraft des rechten Christenwillens predigen hörte und dabei immer die schmucke, reizumflossene Mädchenknospe an seiner Seite sah, richtete er alle Willensmacht nur auf den einen Gedanken: wie er den Tag der weltlichen Vermählung beschleunigen und das heiß ersehnte Himmelreich seines Lebens etwas rascher gewinnen könnte, als es ihm die gesiegelten Pergamente versprachen.

Während in der christlichen Seele des Jungherrn die Bilder solcher Himmelserfüllung glänzten, lauschte seine siebzehnjährige Brautgemahlin still und ahnungslos, andächtig und fröhlichfromm den feurigen Worten des Predigers. Sie dachte nur des wahren Himmelreiches da droben über dem schönen Blau, dem ihre Seele nach einem gottergebenen Leben dereinst entgegenfliegen würde. Von den kostbaren Gütern und Freuden der Erde wußte sie wenig. Die häusliche Knappheit, die auf dem Puechstein herrschte, hatte sie zur Genügsamkeit erzogen. Im Winter galt ihr das Schimmern der Schneekristalle als das schönste aller Dinge, und im Frühling und Sommer nahm sie jeden grünen Baum, jede Blume, jede schwergewordene Ähre und jeden Sonnenblitz auf gleitendem Wasser für das höchste Wunder in Gottes Schöpfung. Was ihr die Mutter, der selten heimkehrende Vater und die gealterten Puechsteinischen Knechte erzählten, das war alles, was sie vom Treiben der Welt erfuhr. Lesen und Schreiben, Reitschule und Kleidernähen, häusliche Arbeit, Sticken, Spinnen und Weben füllten ihre frohen Tage, ein fester Schlaf ihre Nächte. Brautstand und Himmelsehe hatten noch keinen Schatten auf ihre erblühende Jugend geworfen. Sie wußte: so war es, so ist es, und so wird es bleiben. Solcher Wahrheit, die als ein Gesiegeltes vor ihr stand, brauchte sie mit keinem aufgeschreckten Gedanken nachzuspüren. Jene Taten, mit denen Eberhard noch vor Jahresfrist die beiden Mütter in heftigen Zorn versetzt hatte, wurden vor Hilde verschwiegen. Zu beunruhigenden Vergleichen fand sie keine Gelegenheit – eine Braut bleibt sittsam zu Hause, geht nicht zu Hof und nicht zu Festen. Drum sah sie ihren Bräutigam und Seelengatten noch immer als den gleichen, den sie vor zehn Jahren gesehen hatte, damals in jener feierlichen Stunde, in der sie, scheu verlegen, mit halbem Verständnis und doch ein bißchen stolz auf das heilige Kränzlein in ihrem Haar, die zarte Kinderhand in die knochige Bubenfaust des reichgekleideten Jungherrn gelegt hatte. Damals trug er eine Goldkette um den Hals, einen toledanischen Degen am Gürtel, einen großen Siegelring am Zeigefinger der rechten Hand. Beim Hochzeitsmahl erzählte er von seiner ersten Hasenhetze und tat immer einen festen Trunk, sooft er dem Bräutlein, das nur Milch bekam, mit dem silbernen Becher zuwinkte. Darüber, daß ihm bald nach der Mahlzeit so entsetzlich übel geworden, war sie sehr erschrocken. Die Jahre hatten die Erinnerung an dieses unreinliche Bild in ihr verwischt. Und einer Frau muß doch ihr Mann gefallen! Nun hatte sie auch die hellen Mädchenaugen, mit denen sie sehen konnte, was sie früher als Kind nicht bemerkt hatte: wie höflich, wie galant und dienstbeflissen er war. Das gefiel ihr. Bei jedem Zusammensein war sie munter und schwesterlich gut zu ihm. Manchmal erschrak sie ein bißchen vor seinen sonderbaren Augen und wußte nicht, was diese Blicke ihr sagen wollten. Doch es war wohl so in der Welt: daß junge Frauen immer ein bißchen zittern müssen vor ihren Männern. War's nicht auch bei ihrer Mutter so? Freilich, auf dem Trutzberg schien Herr Melchior der Schwächere zu sein, und Frau Angela blieb ohne Furcht.

Den Trutzbergischen Farben zu Ehren trug Hilde ein grünes, kirschrot gesäumtes Reitkleid, das den knospenden, von ungelösten Lebenskräften flüsternden Mädchenkörper mit linder Glätte umschloß. Ein Kränzlein aus roten Nelken lag um das reiche, straffgezopfte Braunhaar, und viele braune Ringelchen überschatteten die Stirn und die dunkelblauen, in Ruhe fröhlichen Augen. Die schwellenden Kinderlippen waren beim Lauschen ein wenig geöffnet, und über dem zart gerundeten, bei allem Frohsinn seltsam strengen Gesichtchen spielten die Blätterschatten der Linde und die das Laub durchdringenden Sonnenlichter. Unbeweglich lagen die gefalteten Hände im Schoß, und das lauschende Köpfchen, einer von Tau beschwerten Blume gleichend, war nach vorne gebeugt. Gierig hingen die Hummelaugen des Jungherrn an der feingeschwungenen, reizvollen Nackenlinie, die sich unter dem roten Nelkenkranz hervorsenkte und umschleiert war von dunklen, im sanften Windhauch zitternden Löckchen. Ihres Verlobten und Seelengatten schien Hilde bei Gottes Wort vergessen zu haben. Während sie der Wunderbotschaft von der Macht des christlichen Willens lauschte, war in ihrem stillen Blick ein gläubiges Träumen von seligen Ewigkeiten eines Glückes, das ohne Körper, ohne irdisches Leben und ohne Namen war.

Fast der gleiche Blick einer ziellosen Sehnsucht, wie er in diesen gläubigen Mädchenaugen glänzte, war in den Augen der hörigen Leute, der Bauern und Bäuerinnen, die aus dem Burgdorf heraufgestiegen waren, um in ihrem harten Leben einen Trost und die Verheißung eines Himmels zu vernehmen, den sie sich so ähnlich vorstellten wie das Schlaraffenland mit unerschöpflichen Weinbrunnen und gebraten umherfliegenden Speckvögelchen. Steifknochig und in armseligem Sonntagsputze knieten sie an der Mauer entlang und in den Winkeln des Burggartens. Näher hatten sie sich an die Herrenleute nicht herangewagt.

Zwischen arm und reich, auf dem Rasen hinter den sechs Faltstühlen, knieten und saßen die vier grauköpfigen, in Grün und Gelb gekleideten, leicht gerüsteten Geleitsknechte des Puechsteiners und die vielen Burgleute des Herrn Melcher, unter Führung des langen, mageren Sergeanten Kassian Ziegenspöck, der, wenn Gott an ihm nicht ein Wunder wirkte, dem Säuferwahnsinn unaufhaltsam entgegenwandelte; er bot den Anblick eines grimmigen Kriegsmannes, hatte aber ein bitteres Schmerzensgesicht, wie Menschen, die von überschüssiger Magensäure gequält werden.

Sergeant, Söldner und Knechte des Herrn Melcher waren in Grün und Rot gekleidet. Nur ein einziger von den Trutzbergischen trug diese Farben nicht, trug ein grobes Hemd, einen rauhen, verblichenen Kittel, die kurze Berghose, verschnürte Lammfelle an den festen Waden und am Gürtel die lederne, vom Gebrauche vieler Jahre schon schwarzgewordene Salztasche. Das war der Schafhirt Lien, den die Leute, die ihn liebhatten, Liendl oder Lieni nannten.

Eigentlich hieß er Lienhard. Aber das ging nicht an, daß ein Scharfhirt zur Hälfte den gleichen Namen trug wie der edle Jungherr Eberhard. Drum hatte man dem Lien – der keines nennbaren Vaters Sohn, nur das Kind einer verstorbenen Mutter war – das ungebührliche Schwänzlein seines Namens abgezwickt, wie man ihm das Braunhaar wegschor von seinem harten, jungen, sonnverbrannten Schädel. Das Haar wollte heraus, wollte an die Sonne, sproßte wie dunkler Schatten auf der Oberlippe des braunen Gesichts und begann das Kinn und die Wangen zu umkräuseln, weil man es auf dem Kopfe nicht nach Belieben wachsen ließ. Unter der Stirne dieses derben und dennoch schmucken Kopfes glänzten zwei blanke Jünglingsaugen, die immer in aufmerksamer Spannung träumten, obwohl das Gehirn des Lien viel anderes nicht denken wollte, als wie er satt werden konnte und wie er seine dreihundertvierzehn Schafe vor Dieben und Wölfen sichern mußte.

Während der Wanderpfaff von der alles bezwingenden Macht des christlichen Willens predigte, hatte der junge Lien eine Sorgenfalte auf der Stirn, hörte kein Wort von der Predigt und spähte immer zu den fernen Moorflächen hinunter. In dieser braunleuchtenden Ferne, die von vielen Wassertümpeln blitzte, sah er einen kleinen, grauen, viereckigen Fleck. Das war der Pferch, in den er am vergangenen Abend seine Schafe getrieben hatte. Während er in der Haltung eines frommen Beters auf den Knien lag, streckte sich immer wieder der schlanke Körper mit dem kräftigen, langen Hals. Und wenn sich der Lien so streckte, preßte er das mürbe Hütl und die lange Schäferschippe mit dem blitzenden Eisenschäufelchen hart an seine Brust. Und dann hob auch der grau und schwarz gezottelte Schäferhund, der neben ihm lag, mit jähem Ruck den schlanknäsigen Kopf in die Höhe, ließ die Augen hinausblitzen gegen den fernen Pferch, bewegte unruhig die Spitzohren und peitschte mit dem buschigen Schweif das zerlegene Gras. Wie selbstverständlich und natürlich auch die beiden, der Lien und sein Wulli, anzusehen waren, so hatte ihr Bild doch auch etwas Fremdes, etwas schweigsam Heiliges, hatte etwas von jener biblischen Art, in der die frommen Täfleinmaler den jungen Sankt Johannes mit Hund und Schäferschippe zu konterfeien liebten,

„Wahrlich, ihr guten Christenkinder“, predigte der Wanderpfaff, der in der warm werdenden Sonne zu ermüden begann und über das ganze Gesicht bis in den Hals hinunter glänzte, „wer auf ein eilig Ding nit den rechten Willen hat, wird's nie und nimmer erringen. Das ist als wie mit einem Bauersmann. So er mit festem Willen zur Pflugschar greift und den Boden stürzet, wird er Segen in seiner Scheuer haben. So er aber nit pflügen will und die Fäust hinter den Rucken schiebt, wird sein Acker dürr bleiben, und der Bauer wird seinen Herren schädigen, wird selber Not erfahren und Hunger leiden in seiner Faulheit Ingeweid. Das ist als wie mit einem Kriegsknecht. So er mit herzhaftem Willen anrucket wider den Feind, wird er seinem guten Herren helfen und den eigenen Binkel fett machen mit kostbarem Kriegsgut. So er aber nit mutigen Willen haben, nit fechten und nit stechen mag, wird der Feind ihn überwerfen und ausrauben bis auf den letzten Faden. Das ist als wie mit dem Jäger. So er nit springen und hetzen und die Netz nit stellen will, fahet er nie ein Gewild, ist betrogen um sein Jägerrecht, und seines Herren Wildbretkeller muß trauern als ein ausgefressenes Ratzenloch. So er aber mit frischem Jägerwillen springt und hetzt und alles Haarwild und Federleinsvieh ins fängige Schlagnetz husset, wird seines Herren Tisch ein Paradies der irdischen Freuden sein, und des Jägers Pfann wird dampfen an jedem Abend. Was aber sind Netz und Schwert und Pflugschar neben dem rechten Himmelswillen einer sehnsüchtigen Christenseele? Gräslein sind sie neben dem Baum, Regentropfen neben dem See, ein Grillenloch neben der Herrenburg. Schauet den Baum! Grünet er nit dem Himmel zu? Schauet den See da draußen! Spiegelt er nit das Himmelsblau? Schauet die starke und stolze Burg, die mutig hinaufsteigt in das Himmelreich! Groß und stark wie Burg und See und Baum, so muß der rechte Himmelswillen in euren Seelen sein!

Wahrlich, das Himmelreich ist euer, so ihr's wollet mit Kraft und Feuer! Die aber nit wollen fest und rein, bleiben draußen und gehen nit ein!“

Eine aufatmende Bewegung huschte über die Andachtigen hin. Sie wußten: wenn die Verse begannen, war die Predigt gleich zu Ende. Frau Angela schürzte mit ihren dürren Händen das Kleid, damit es beim Aufstehen sicher wäre vor der Nässe des Grases, Herr Korbin gähnte ein bißchen, Frau Schligga sah mit flehenden Augen zu Gott hinauf, Hilde erwachte lächelnd aus ihrem wesenlosen Traum von Glück und Seligkeit, Eberhard wandte die Hummelaugen zögernd von dem lieblichen Ziel seines aufgereizten Willens ab, und Herr Melcher nickte, als hätte er wider die Brüder von Seeburg einen heilsamen Entschluß gefaßt. Wulli, der Schäferhund, erhob sich lautlos, weil er sah, daß Lien einen raschen Blick hinüberwarf zum Pförtlein des Söldnerhauses und mit einem Ruck seiner nervigen Faust den Gürtel der Salztasche fester um die Hüften schnürte.

Schnaufend entraffte sich der Wanderpfaff seiner schweißperlenden Erschöpfung, steigerte die heiser gewordene Stimme und schüttelte die Hände mit gespreizten Fingern gegen das Blau hinauf:

„Nur wollen mußt du, o dürstige Seel', so wirst du finden und gehst nit fehl! Die da suchen, sind Kinder des Lichts, doch die nit wollen, die kriegen auch nichts. Sie fliegen nit auf zur seligen Ruh, Sankt Peter sperret das Türlein zu. Ausgestoßen von allen Freuden, müssen sie Glut und Hunger leiden, sind dem Teufel ein Höllensamen und müssen brennen in Ewigkeit, Amen!“

Nach einer devoten Verbeugung gegen den Burgherrn lüftete der Wanderpfaff das Barett, trocknete mit dem spitzenbesetzten Ärmel des Chorhemdes das erschöpfte Gesicht und ging auf die Tür der Burgkapelle zu, um sich zu kleiden für die heilige Messe.

Kapitel 2

Ein Funkeln von Eisen in der Sonne, ein Leuchten und Durcheinandergleiten bunter Farben. Hundert Menschen bewegten sich. Dennoch war, außer dem Säuseln der Lindenblätter und dem Taubengurren, kaum ein vernehmliches Geräusch im Burggärtlein. Der Rasen dämpfte den Schritt der drei adligen Paare, die sich an erhobenen Händen gefaßt hielten und zur Kapelle gingen.

Die Söldner, die alten häßlichen Burgmägde und die hörigen Leute guckten mit Wohlgefallen dem Fräulein von Puechstein nach. Nur Lien, der Schäfer, war mit seinen blitzenden Augen weit da draußen im Bruchland; von der langen Predigt haftete, das Amen ausgenommen, kein Wörtlein mehr in ihm, und während Wulli schon mit ungeduldig pendelndem Schweif beim Söldnerhaus stand, spähte Lien noch immer in Sorge nach seinem Pferch. Was kümmerten ihn die Herrenleute? Man ist ein Treuer und dient. Beschützen konnten die Herren sich selber. Aber die Schafe brauchten den Lien und hatten sonst keinen, der ihnen half.

Ohne zu grüßen, sauste Lien in das Söldnerhaus und kam in eine spitzgewölbte Halle, in der es kühl und dämmerig wie in einer Kirche war, weil nur spärliches Licht durch die winzigen, vergitterten Fenster hereinfiel. An Holzgestellen, die sich rings um die Wände zogen, hingen Hellebarden, Zwiehänder, Armbrusten, Faustbüchsen, Eisenhüte und Wehrstücke. Ein steinernes Wendeltrepplein schlängelte sich zu den Söldnerstuben hinauf, und durch eine offene Tür ging's über einige Stufen hinunter in eine dampfende, duftende Küche, aus der man Blechgeklapper und die Stimmen alter Weiber hörte. In der Mitte der Halle stand zwischen lehnenlosen Bänken ein langer, plumper Tisch, nicht mit Tuch bedeckt, nur bestellt mit Zinntellern und großen Holzschüsseln, in denen dicke Brotscheiben, Sauerkäse, Selchfleisch und schmalzgebackene Krapfen waren.

Während Wulli unter leisem Zittern gegen die dampfende Küche schnupperte, sprang Lien auf diesen Tisch zu, packte mit beiden Händen, was er zu fassen bekam, und stopfte alles in seine lederne Salztasche.

Eine zeternde Weiberstimme: „Du Lausbub, du gottvergessener! Laß deine schmierigen Hand von meinem Schüsselzeug!“ Aus der Küche kam eine alte Frau herausgesurrt, die Schloßhauserin, brennend von Küchenhitze und Zorn, in einem ziegelroten Kleid, mit weißer Schürze umgürtet, auf dem Kopf ein mit Draht ausgesteistes Ungeheuer von grüner Haube.

Lien, der noch immer einhamsterte, sagte ruhig: „Mich hungert, Margaret! Seit dem Freitag ist dem Wulli und mir die Zehrung ausgegangen. Gestern zur Nacht bin ich spät gekommen, du hast geschlafen, und alles ist schon gesperrt gewesen. Ich hab' ins Stroh gebissen, und der Wulli hat Mäus gefangen. Schau, laß uns nehmen, eine Woch ist lang!“

Die Hauserin keifte noch immer weiter. Doch während sie schimpfte, half sie dem Lien die große Ledertasche polstern und brachte ein Säcklein, das schon bereitgestanden, und Mehl, drei Brotlaibe und die Schmalzschachtel enthielt. Lachend schwang der junge Schäfer den schweren Pack an den Tragstricken hinter die Schultern. „Wulliwulli, jetzt kriegst du was!“ Der Hund begann wie irrsinnig zu kläffen. Erschrocken machte ihn der Schäfer schweigen und sagte ernst: „Nit, Wulli! Im Kirchlein segnet man den Leib des Himmelsherrn. Da müssen wir armen Erdenleut das Maul halten.“ Er nickte der Hauserin dankbar zu. „Die heilige Jungfrau soll dich segnen, du gute Margaret!“

Indessen die alte Frau noch immer brummte, sprangen Lien und Wulli aus der Halle hinunter in das innere Wehrgehöft und durch ein schwer geschütztes Tor in den größeren Burghof. Die Erker und kleinen Spitzfensterchen des Herrenhauses waren noch von Schatten umwoben. Die Mauerzinnen und die groben Wände der Wehrtürme wuchsen still in die Sonne hinauf. Niemand war zu sehen. Von irgendwo in der Höhe ließ sich der Schritt eines Wächters hören, und in den niederen Ställen, die unter die

Schützengänge eingebaut waren, stampften die Rosse und rasselte das Heimvieh an den Ketten. Ein goldfarbener Hahn krähte zornig, als möchte er zu Lien und Wulli sagen: „Macht, daß ihr weiterkommt! Der Hof ist mein!" Glucksende Hennen spazierten umher und pickten am Fuß der Mauer die Schnecken von den schmalen Rasenstreifen und aus dem Efeugeschling. Tauben flogen auf und nieder, fünf Ziegen lagen in einem sonnigen Winkel, und friedlich grunzte ein flink und neugierig umherzappelnder Schwarm von rosigen Ferkelchen. Innerhalb so enger Mauern war es bei dem vielen Tierzeug nicht zu ändern, daß Man im Trutzbergischen Burghof einen etwas unlieblichen Duft verspürte.

Eine tiefe, finstere Torhalle. Während Wulli verachtungsvoll das Feder- und Borstenvieh des Hofes übersah, rief Lien mit halber Stimme an der Wand des Torturmes hinauf: „Die Brück herunter! Ich muß zu meinem Pferch." Ketten klirrten, ein Haspel ächzte, und ohne daß ein Mensch sich zeigte, legte sich die schwere Fallbrücke über den Wassergraben hinaus und ließ noch einen zweiten Bohlenlappen über den Grabenpfeiler hinüberfallen bis zur Kante des schmalen Burgsträßleins.

Wie ein goldener Engel flog eine Sonnenwoge in das Tor herein, besäte das grobe Pflaster mit farbigen Edelsteinen und umsäumte den Wulli und Lien mit so wundersamen Glanzlinien, als hätte das goldene Himmelskind an diesen beiden etwas abgestreift von seinem Heiligenschein. Doch draußen, wo nur noch Sonne war, sahen Lien und Wulli wieder aus wie gewöhnliche und nicht sehr reinliche Erdenkinder.

Wulli jagte dem Sträßlein nach. Für Lien waren die vielen Schlangenwindungen des niederkletternden Reitsteiges ein zu weiter Umweg. Er sprang gerade durch den steilen Wald hinunter, und unter seinen schwer mit Eisen beschlagenen Holzschuhen schwirrten die kleinen Steine und Rindensplitter hervor wie Vögelchen und Schmetterlinge, die sich flink wieder in den nächsten Stauden verbargen.

Als Lien herunterkam zum rauschenden Bach im Wiesental, stieg Wulli triefend mit glattgestrichenem Haar und erschrecklich mager aus dem Wasser heraus, kam schweifwedelnd und wasserspritzend herangetänzelt und hatte quer im Maul eine pfundige Forelle, die heftig mit der Schwanzflosse zappelte. Flink warf Lien die Schäferschippe ins Gras, haschte den Hund, zog ihm das Gebiß auseinander und atmete erleichtert auf, als die Forelle sich über den Rasenhang wieder hinunterschlug in das schießende Wasser.

Wulli bekam ein schlechtes Gewissen und zog den dünngewordenen, reichlich tröpfelnden Schweif unter den Bauch hinein. Hätte Lien bei der Predigt besser aufgepaßt, so hätte er wissen müssen, daß man nur zu wollen braucht wie der Wulli, um seine hungernde Seele rasch belohnt zu sehen durch den Himmelsbissen einer edlen Fischart. Lien aber hatte während der Predigt von der Allmacht des Christenwillens nur an seine Schafe gedacht; und weil er wußte, daß der Forellendiebstahl in den Trutzbergischen Gewässern bei schwerer Strafe verboten war, machte er ein strenges

Gesicht und sprach: „Ein Mensch muß hungern können. Stehlen darf man nit. Tust du's wieder, so kriegst du Prügel!"

Der Hund fing zu zittern an. Und da wandte der Schäfer sich hastig ab, griff nach der Schippe, warf einen prüfenden Blick zur Burg hinauf und begann zu springen. Fromm trabte der magere Wulli hinter ihm her und schlapperte mit der roten Zunge gegen die schwarze Nase. Erst nach einer Weile fand er den Mut, das Wasser aus seinem Pelz zu schütteln, und war nun plötzlich wieder so dick und so rund wie früher.

Der Schäfer sprang, daß Wulli traben mußte, um dicht hinter seinem Herrn zu bleiben. Immer spähte Lien gegen den Pferch hinaus, niemals drehte er den Hals nach rückwärts. Und die kleine Mühe hätte sich doch gelohnt! Es war ein wundervolles Bild: wie die starke Burg sich in der Sonne aus den Buchenkronen hinaufstreckte zum Himmelreich und flimmernd sich abhob von der Wand der blauen Berge. Aber für den Lien war die Burg seines Herrn eine notwendige Sache nur an jedem Samstagabend, wenn er heimrennen mußte, um die neue Wochenzehrung zu holen. Als Schäfer tat er seine Pflicht. Was gingen ihn die Burgen der Trutzbergischen und des Puechsteiners an? Burgen sind steinerne Gesetze. Was Gesetz heißt, ist nach Bauernmeinung eine üble Sache, hat ein doppeltes Gesicht, ein gutes und ein böses, dreht das gute den Herren zu, das böse den Armen und Geplagten.

Der Weg des Schäfers ging an kleinen Dörfern der hörigen Leute und an hoch umzäunten Gehöften vorüber. Kein Mannsbild war zu sehen, nur manchmal ein altes Weib, das Kehricht und Unrat über den Flechtzaun schüttete. Durch die faulen Moosdächer der versteckten Hütten dunstete der bläuliche Herdrauch, und wo ein Haus war, hörte man das Geschrei eines kleinen Kindes, Hennengegacker und Schweinegrunzen.

Aus den Feldern, auf denen sich das grüne Getreide schon streckte, klang zuweilen der Schlag einer Wachtel, aus den kleinen Wäldchen das Locken der Wildtauben und der Kuckucksruf. Als hinter den letzten Sauerwiesen die von glänzenden Tümpeln durchsetzten Moorflächen begannen, hing das Geschrei der Kiebitze, das Pfeifen der Bekassinen und das Geschnatter hin und her streichender Wildenten wie ein ruheloser Lärm in der dunstigen Sonnenluft. Hoch droben im Blau, da flogen mit schönem Schwingenzuge oder standen mit kurzem Geflatter die Wanderfalken, die Sperber und Habichte. Stieß einer herunter gegen das Röhricht, so klang ein schmerzvoller Vogelschrei.

Seit Lien das feste, den Moorboden durchziehende Seesträßlein verlassen hatte, konnte er den Pferch nimmer sehen. Erlenstauden und Schilfbestände verdeckten ihn.

Jetzt tat sich eine weite Lichtung auf mit fetten Grasflecken, mit verschwenderisch wuchernden Blumenhaufen rings um die blitzenden Wasserbecken. Das Blau der Vergißmeinnichtbeete, der rote Blutschein des Heidekrautes und die Goldfarben der

Dotterblumen wirrten sich ineinander wie zu einem auf die Erde gefallenen Heiligenmantel. Schwärme von Bläulingen und von weißen, gelben und sandbraunen Faltern gaukelten umher, und überall in der Sonne sangen die Grillen. Manchmal blitzte was Flinkes handhoch über das Moos herauf: eine Eidechse, die gesprungen war, um einen Schmetterling aus der Luft zu reißen. Überall Leben, überall auch der Tod.

Inmitten eines leidlich trockenen Bruchbodens, neben dem Schäferkarren, der sich ansah wie ein brauner Sarg auf zwei Rädern, stand der Pferch mit den dreihundert schlämmgrauen Schafen, umschwärmt von Fliegen und Schnaken. Als die Tiere ihren Hirten kommen sahen, streckten sie blökend die Hälse, drängten gegen eine Ecke des Pferches und trampelten sich zu einem so dicken Hauf zusammen, daß unter ihren Bäuchen die erst wenige Wochen alten Lämmer verzweifelt zu meckern begannen.

Ein klingender Ruf des Lien, Wulli umjagte den Pferch, die Schafe wichen in die Mitte des umhürdeten Raumes zurück, und die Lämmer hatten wieder Luft.

Lien stellte den Mehlsack nieder und leerte den Inhalt der Ledertasche in einen mit Blech ausgeschlagenen Winkel des Karrens. Auf der Deichsel stehend, das Kinn auf den Schaft der Schäferschippe gestützt, sah er aufmerksam dem Wulli nach, der ruhelos um den Pferch revierte, mit der Nase auf der Erde. Dem Hund fiel nichts Verdächtiges auf; also war in der Nacht weder Fuchs noch Dieb gekommen, und kein Schaf hatte die Hürde übersprungen. Lien fuhr sich mit dem Handrücken über die heiße Stirn und lachte. Jetzt war ihm die Welt wieder schön. Flink, immer singend und pfeifend, häufte er ein Bändel Reisig zusammen, schlug Feuer und kochte über dem knisternden Flämmlein in der alten Hundspfanne den Sterz für den Wulli. Dem Sonntag zu Ehren, an dem doch alles Getier die Liebe Gottes merken muß, schnipselte er einen Brocken Selchfleisch hinein. Die Sache duftete ein bißchen brenzlig; Frau Angela schied für den Schäfer immer jenes Schmalz aus, das schon zu verderben drohte; ein Glück, daß Wulli und Lien einen Magen hatten, der Steine vertrug und noch Schlimmeres.

Als der dampfende Sterz schon in der hölzernen Hundeschüssel war, kam für Lien eine harte Arbeit: den gierig gewordenen Wulli so lange zu zerstreuen, bis die Speise kühl geworden, die auf der Zinne des Schäferkarrens dampfte. Der Hund machte Sprünge wie ein Heuschreck. Um ihn abzuwehren, gab es kein anderes Mittel: Lien müßte mit dem Wulli raufen. Dabei vergaß der Hund auch seinen zweitägigen Hunger. So begann zwischen Lien und Wulli ein Spiel, das sich ansah wie ein ernster Kampf zwischen Mensch und Tier, wie eine Gefahr für Leib und Leben des Schäfers. Hätten Weiber das gesehen, sie hätten geschrien vor Angst. Lien aber lachte immer, wenn er mit dem Ellenbogen den anspringenden Hund von sich abprellte oder mit flinker Faust das klaffende, schnappende Gebiß des Wulli haschte und den Hund im Kreis um sich herumwirbelte wie eine vierbeinige Fahne. Zart waren sie nicht miteinander, diese beiden. Und plötzlich, als Wulli wieder in bedenklicher Spielfreude gegen den Schäfer anstürmte, streckte sich Lien und hob den Arm: „Gut ist's, Wulli! Komm! Jetzt kriegst du dein Sach!"

Der Hund mußte, bevor er fressen konnte, sich eine Weile hinlegen, die zappende Zunge triefen lassen und mit dem Schweif die pumpende Flanke peitschen. Gleich einem gebändigten Raubtier stand er auf und begann so gierig wie ein Wolf zu schlingen. Lien guckte zu und lachte. Im Nu war die große Schüssel leer. Wulli ging zu einem Tümpel, soff mit Behagen und war nun wieder der aufmerksame und willige Arbeitskamerad des Schäfers.

Für die beiden kam eine schwere Plage. Lien hatte die Ledertasche mit Salz gefüllt, Schaf um Schaf wurde durch das schmale Pförtlein aus dem Pferch gelassen, und während Wulli und die Schippe den Nachdrängenden die Freiheit wehrten, bekam jedes aus der Hürde tretende Tier der Herde ein Maulvoll Salz aus der linken Hand des Schäfers. Es dauerte fast eine Stunde, bis alle Schafe und der letzte der zwanzig bösen Zuchtböcke den Pferch verlassen hatten.

Die hungrigen Tiere fingen gleich zu weiden an, und die Mutterschafe säugten ihre Lämmer.

In weitem Bogen umkreiste Wulli die Herde und hielt sie in lockerem Häuf beisammen. Da konnte Lien nun für sich selber sorgen. Er begann in der hölzernen Schäferschüssel einen Teig aus Mehl, Salz und Wasser anzurühren und mischte ihn mit Speckwürfeln und mit zerbröseltem Sauerkäs. In der sauber gehaltenen Schäferpfanne kochte das Wasser schon, als Lien die Kasknödel rollen wollte. Bevor er diese kunstvolle Sache begann, sah er plötzlich seine Hände an und lachte. Ja, ja, die Margaret hatte schon recht: diese Hände waren ein bißchen schmierig.

Er holte aus dem Karren einen Brocken Seife heraus, ging zu einem Tümpel und wusch die Fäuste. Dann wurden die Knödel gerollt. Und während diese kinderkopfgroßen „Specknocken" im brodelnden Wasser tanzten – sie brauchten eine Stunde, um gar zu werden –, suchte Lien einen klaren, tiefen Weiher, legte die Kleider ab, dehnte die festgewölble Brust, daß alle Rippen hervortraten, und streckte die sehnigen Arme. Wie das schöne Werk eines großen Meisters stand dieser braune, schlanke, knabenhaft keusche Jünglingskörper in der Sonne des reinen Frühlingstages. Kleine blaue Schmetterlinge umgaukelten seine Schenkel.

Als er ins Wasser sprang, daß eine weiße Garbe aufspritzte, hüpften auch viele Frösche erschrocken in den Weiher hinein, und aus dem Röhricht ruderte mit Geschnatter ein aufgescheuchtes Entenpärchen davon.

Lien schwamm wie ein Hund, mit allen vieren fuchtelnd. Lange hielt er's in dem kalten Quellwasser nicht aus. Neben der Kälte gab's da noch eine andere Gefahr: die Roßegel, die überall in diesen Tümpeln wohnten. Als er wieder am Ufer stand, tat ihm die Sonne so wohl, daß er tanzte wie ein kleiner Junge. Und weil's nun schon mit der Reinlichkeit in einem hinging, wusch er auch das Hemd, den groben Kittel, die kurze Zwilchhose und die Wadenfelle. Fein säuberlich spreitete er alles zum Trocknen in der Sonne aus und kehrte zu seiner qualmenden Pfanne zurück. der Adam eines Paradieses, in dem schon die Kochkunst erfunden war.

Die Nocken waren lind geworden. Sie wurden, als das Wasser ausgegossen war, noch fein geschmälzt. Ja, der Lien verstand seine Sache, ohne daß es ihn wer gelehrt hatte. Der fand, wie sonst in allen Dingen, auch bei der Pfanne so gute Einfälle, daß er für den deutschen Kaiser hätte kochen können. Nun lag er ausgestreckt zwischen den roten Heideblumen, und in der Sonne schimmerte seine braune Haut wie poliertes Kupfer. Er aß mit dem Hornlöffel aus der Pfanne. Die zähen Fäden, die der gesottene Käse zog, hätten einen Eilfertigen zur Ungeduld gereizt. Lien war beim Essen wie ein sanftmütiges Kind und ließ sich Zeit. Immer einen Brocken von den spinnenden Nocken, dann wieder ein Bröcklein von dem schwarzen Brot. Dabei guckte er fleißig zu seinen weidenden Schafen und zum revierenden Wulli hinüber oder guckte hinauf ins Blau oder vor sich hin in das Farbenwunder der vielen Blumen. So flink sich der Lien bei allen sonstigen Hantierungen seines jungen Lebens erwies, beim Essen war er von den Langsamsten einer.

Zur Nachkost vergönnte er sich noch zwei schmalzgebackene Krapfen aus dem Schatz der Margaret. Bis er das Geschirr gesäubert und die Hände wieder gewaschen hatte, waren seine Kleider trocken geworden. Hose, Hemd und Kittel bügelte er über dem nackten Knie; zwischen den Fäusten rieb er die starrgerunzelten Lammfelle mürb. Bevor er sich ankleidete, machte er noch Ordnung in seinem Karren, in den durch ein Schuberloch eine goldene Hand der Sonne hereingriff. Liens Bett in dem engen Sarg bestand aus Schilfstroh mit einer Pferdedecke und zwei Wolfsfellen, die er selber erbeutet hatte. Hornlöffel und Messer, Pfanne und Zinnschüssel des Schäfers, Pfanne und Holzschüssel des Hundes staken hinter einer Latte. Ein Becher war nicht da; zum Trinken nahm Lien den Hut oder die Hände – oder auch gar nichts.

Zwei Ecken des Karrens waren mit Blech ausgeschlagen; in der einen war der Sack mit dem Schafsalz verstaut, in der anderen wurden die Kostbarkeiten der Margaret, das Brot, die Schmalzschachtel und das Mehl geborgen. An der Decke des engen Schlafkastens hing noch ein speerartiges Eisen wider die Wölfe und eine alte Armbrust wider die Lämmergeier. Mit dieser klapperigen Waffe schoß der Lien viel besser als der beste von den Trutzbergischen Armbrustern, und mit diesem langen Eisen, das halb Schwert und halb Lanze war, spaltete er jeden Distelkopf in gleiche Hälften und warf so sicher, daß ihm noch nie ein Fischotter entronnen war. Aber droben in der Truhburg stellte er sich bei allem Waffenwerk, daß Herr Melcher zu sagen liebte: wie ein Geißbock beim Seiltanzen. Immer fürchtete sich Lien vor diesem Schrecklichen: unter die Söldner eingereiht zu werden. Hätte man ihn von der Heide weggenommen, er hätte sterben müssen. In jedem Winter bekam er eine kranke Seele und genas mit dem Morgen, an dem er die Schafe aus den muffigen Ställen trieb.

Als er wieder in den Kleidern stak, guckte er lachend an sich hinunter. Das reinliche Zeug gefiel ihm.

Sein mürbes Hütl gegen die Sonne gedreht, ein Blumensträußl hinter der Hutschnur, stand er neben der äsenden Herde, auf die Schippe gestützt, und ließ den Wulli an seiner Seite rasten. Wenn eins von den Schafen zu weit ausgraste, faßte er mit dem Schippenschäufelchen einen Rasenbrocken und warf. Immer platzte das Geschoß eine Handbreit vor der Nase des Schafes, das hurtig kehrtmachte. Dann lachte der Lien, lehnte das Kinn wieder auf die Schippenstange, sang eins von seinen Schäferliedchen oder pfiff sich was. Dabei glänzte in seinen Augen eine ruhige Zufriedenheit.

Seit er satt war, hatte er keinen anderen Wunsch und Willen mehr als nur den einen, daß keines von seinen Schafen die Räude, den Hirnwurm oder den Durchfall kriegen möchte.

Die Sonne brannte über ihm, bei den Wassertümpeln zitterte die erwärmte Luft, ein leises Geraschel huschelte durch die Röhrichtfelder, alle Wildvögel schwiegen und waren verschwunden, die Schmetterlinge flogen hoch, und der herbe Geruch der vielen Bruchlandsblumen dampfte hinauf ins Blaue, wo kein Sperber und Falke mehr zu sehen war.

Vom fernen Trutzberg klang ein feines Gebimmel her. Dort läutete man auf dem Kapellentürmlein die Mittagsglocke.

Kapitel 3

In der niederen, aber sehr geräumigen Erkerstube der Trutzburg saß Herr Melcher mit seinen Gästen und Hausgenossen bei der Mahlzeit, die fast schon zu Ende war. Auf der weißen Tischleinwand, in deren roten Stickereien sich die Blumen, Tierbilder, Ornamente und Menschenfigürchen schwer voneinander unterscheiden ließen, standen nur silberne und zinnerne Becher von verschiedener Größe. Da hätte man vermuten können, daß die Mahlzeit nun erst beginnen sollte. Aber das, Weinfeuer auf den Gesichtern des Burgherrn, des Puechsteiners und des Jungherrn war verräterisch und erzählte von einer Tafelsitzung, die schon lange gedauert hatte. Jeder Zweifel wurde noch völlig entschieden durch einen Blick, der den Tischplatz des Herrn Melcher und seine der Tafel zugewandte Mannesbrust samt Halskragen einer kundigen Betrachtung unterzog. Schon ein flüchtiger Augenschein vermochte an untrüglichen Beweisen festzustellen: daß es eine Safransuppe gegeben hatte, geröstete Fische an Holzspießchen, junges Geflügel von zartem Knochenbau, Brunnenkresse mit gefärbten Eiern und

Hasenläufe mit Hagebuttentunke. Doch von einer süßen Speise war noch keine verlorene Spur an Herrn Melcher oder in seiner Nähe zu gewahren. Also mußte diese Köstlichkeit erst noch kommen.

Mit dieser Tatsache hing der wunderliche Befehl zusammen, den die vor Zorn und Ärger spitznäsig gewordene Frau Angela einem Tafelknecht in das Ohr zischelte: „Für meinen Gemahl das Röhrlein!" Sie warf einen erbitterten Blick zu dem unverbesserlichen Missetäter hinüber. Verleitet durch die Nachwirkung der Sonntagspredigt von der Kraft des Willens, hatte sie vor der Mahlzeit sehr eindringlich mit Herrn Melcher gesprochen und unter Hinweis auf die Gäste ein Gefühl der Scham in ihm zu wecken versucht. Aber nie noch hatte er so grauenvoll gekleckst wie gerade heute. Frau Angela schien in gereiztem Mißmut zur Erkenntnis zu gelangen, daß sich für Herrn Melcher das Himmelreich der Reinlichkeit auch durch die Allmacht des heißesten Hausfrauenwillens nicht erfechten ließ. Er war sogar weit davon entfernt, ein schlechtes Gewissen zu verraten, legte sich mit breiten Ellenbogen über seinen Tafelplatz, erörterte in wachsender Weinhitze mit dem ihm gegenübersitzenden Korbin von Puechstein den Prozeß um den Jagdbann in den Seeforsten und machte geheimnisvolle Andeutungen über eine heilsame Lunte, die er unter den Diebsnasen der Brüder von Seeburg ins Bremseln bringen wollte.

„Die Lunt allein wird's nit tun", meinte Herr Korbin, „da mußt du den Seeburgern erst die Nasenlöcher mit Pulver füllen. Aber ich sorg', sie werden schneuzen, eh du parat bist mit der Lunt."

Außer den beiden Herren beteiligte sich niemand an diesem Wortgefecht. Frau Angela überwachte mit bösem Blick die Hantierungen der Tafelknechte, die neben dem Anrichtkasten die zierlichen Schüsselchen aus Buchsbaumholz mit einem Bäuschlein von Schachtelhalmen ausrieben und in einer großen Kupferwanne spülten. Frau Scholastika schwärmte stumm und mit glücklichen Augen ihren Gatten an und errötete stolz bei jedem derben Scherz, den er im Gespräch zu finden wußte. Der Wanderpfaff, der unter der Linde so mächtig geredet hatte, besaß jetzt keine Stimme mehr, nur noch eine schluckende Kehle und zwei aufmerksame, immer lauschende Ohren.

Sein Nachbar an der Tafel, der dreiundneunzigjährige Burgkaplan, schien sich mit Geduld der Beschäftigung des Wiederkauens hinzugeben. So sah es aus. Aber das ruhelose Gemummel seines Unterkiefers war nur eine ihm selber unbewußte Schwäche seines hohen Alters. Eine müde, hilflos in sich versunkene Gestalt, vom schwarzen Kuttenrock umschlottert, ein Runzelkopf, der das letzte Härchen schon längst verloren hatte, mit sanften, kindisch gewordenen Augen. Um seine Geisteskräfte war es schon übel bestellt. Predigen konnte er seit vielen Jahren nimmer, seit ihm die letzten Zähne ausgefallen waren. Bei der zunehmenden Schwäche seines Verstandes war von allen guten und starken Worten seines frommen Priestertums nur dieses einzige noch völlig hell in ihm zurückgeblieben: „Kindlein, liebet einander!" Doch wenn er so sprach, mußte man von früheren Zeiten wissen, wie es lauten sollte. Sonst verstand man's nicht. Halbwegs deutlich konnte er nur noch einsilbige Wörter herausbringen, zu denen man keine Zähne nötig hat, wie „Gott“ und „Ach“ und „Oh“ und „Weh, ach weh!“ Sooft er Ursache fand, ein solches Wort zu sagen, füllten sich seine rotgeränderten Kinderaugen mit großen Tränen, die immer lange in den tiefen Lidergruben hängenblieben, bevor sie über das weiße Runzelgesicht herunterkollerten.

Während der ganzen Mahlzeit hatte der Greis keinen Laut gesprochen, hatte nur immer hilflos, verlegen und dankbar vor sich hingenickt, wenn Hilde, die seine Nachbarin an der Tafel war, ihm die Speisen vorlegte, ihm das Fleisch zerkleinerte, ihm das Schüsselchen gegen die Brust rückte, ihn freundlich bediente und seinen Wein mit Wasser mischte.

Zwischen Schüssel und Schüssel, während die anderen Männer am Tische fleißig becherten, hatte er, tief in den Sessel zurückgesunken, immer dieses liebliche Mädchengesicht betrachtet, und sein stummes Kiefermummeln hatte sich verwandelt in ein Lächeln der Freude und des Wohlgefallens. Und weil er einmal wunderlich sehnsüchtig hinaufguckte zu den roten Nelken in Hildes Haar, zog sie eine der blutfarbenen Blüten aus ihrem Kranz und steckte sie dem erschrockenen Greis in ein ausgefranstes Knopfloch seines schwarzen Kuttenrockes. Als er darauf das Schüsselchen auslöffelte, darin ihm Hilde den Hasenbraten kleingerupft und mit Hagebuttentunke Übergossen hatte, hüllte er, während er mit der Rechten aß, die hohle Linke ängstlich über die rote Blume an seiner Brust.

Diesen Vorgang hatte Hildes Bräutigam und Seelengatte mit Ärger bemerkt. Er hielt in seinem zierlichen Geflüster inne, blieb schweigsam und ließ sich zweimal von einem Tafelknecht den hastig geleerten Becher füllen. Was in seinem Gesichte spielte, war nicht gut zu erkennen. Er saß mit dem Rücken gegen das Licht des Erkers, hatte Schimmerlinien um die starr von den Ohren abstehenden Blondsträhne und ein dunkel überschattetes Antlitz, in dem die großwimperigen Hummelaugen so heftig funkelten wie polierte Messingknöpfe.

Erst nach einer Weile wurde Hilde seines Schweigens gewahr und fragte lustig: „Eberhard? Schläfst du?“

„Ich wache, wie jene wachten, die mit brennendem Lämplein ihr Glück erwarteten.“ Obwohl der Ärger und noch etwas anderes in ihm tobten, sprach er so höfisch zart wie immer seit Jahresfrist. „Ich schwieg nur, weil ich sinnen mußte über ein schmerzvolles Ding.“

„Schmerz?“ Sie schien nicht zu verstehen.

„Ich bin in Fehde geraten mit meiner Jugend, muß meinen blühenden Jahren zürnen und mich getrösten mit dem Glück meines kommenden Alters. Da wirst du mir auch das

Schüsselein behüten, das Becherlein füllen und für die Treue meines Herzens mit einer Blume danken."

Sie betrachtete ihn verdutzt. Dann sagte sie heiter: „Ach, du! Sei froh, daß du junge, gesunde Hände hast, um dir selbst zu helfen. Alt sein, heißt warten müssen auf die Hilfe der anderen." Der Klang ihrer Stimme wurde herzlich. „Wenn du von meinen Blumen haben willst, warum sagst du's nicht? Was mir gehört, ist alles dein."

Hilde nahm drei Nelken aus ihrem Kranz. Er griff in gieriger Hast nach den Blumen und stammelte: „Alles mein!"

Als seine Faust ihre Finger umklammerte, fühlte sie die heiße Glut seiner Hand und fragte in ehrlichem Schreck: „Bist du krank?"

Unter dem Gebrüll, mit dem Herr Melcher gegen die bösen Brüder und Pergamentenschnüffler von Seeburg wetterte, fand Eberhard ein flötendes Gleichnis von einem blutenden Herzen und von Amors Pfeil.

Seine Brautgemahlin wurde ernst und sagte mit leisen Worten: „Ich fürchte, du hast zu schnell getrunken. Tu es mir zuliebe und trinke nimmer."

Wie zu heiligem Eidschwur legte er die Hand auf seine Brust, faßte den Becher, schüttete den Wein über seine Schulter auf den Estrich, übersah den furiosen Blick der Mutter und stülpte den Silberkelch verkehrt auf die Tafel hin.

Einer von den weißbeschürzten Knechten stellte die mit Silber eingelegten Buchsbaumschüsselchen vor die Mahlgäste, einer legte die aus Horn geschnitzten Löffelchen dazu, und zwei andere brachten die beiden Schalen mit der süßen Speise: Ziegenrahm, der mit Honig und Erdbeersaft zu einem dicken rosenfarbenen Brei verrührt war.

Flink bediente Hilde ihr dankbar mummelndes Sorgenkind. Dann sagte sie lachend zu Eberhard: „Komm, du Greis! Gib mir dein Schüsselein! Laß dich päppeln, du Alterchen!"

Herr Melcher war an der Tafel der einzige, der keinen Hornlöffel bekommen hatte, sondern ein aus Silberblech gelötetes Röhrchen, mit dem er die süße Speise schlürfen mußte. Nun konnte er nimmer klecksen. Doch er hatte keinen glückhaften Tag. Denn kaum er zu schlürfen begonnen hatte, machte er mit dem Röhrchen eine fahrige Bewegung. Das Schüsselein kippte um und bekleckerte Herrn Welcher von den Brustknöpfen bis hinunter auf die Strumpfhosen mit einem rosigen Breistrom.

Unter dem Gelächter der anderen sprang Frau Angela auf und klagte in galligem Zorn: „Das ist, um zu verzweifeln!"

Herr Melcher, während ihn ein Tafelknecht mit der Handzwehle säuberte, antwortete gutmütig: „Das laßt sich jetzt nimmer ändern. Gib mir meine zwei verlorenen Finger wieder, so will ich mich geschickter anstellen."

Korbin von Puechstein tröstete lachend: „Guck, Melcher, das ist nie kein rechter Fuhrmann, der nit auch umschmeißen kann!“ Bevor er mit diesem Weisheitsspruche zu Ende kam, rief Frau Angela in der Härte ihres Ärgers dem Hausherrn zu: „Einmal, da hast du deine zwei Finger noch gehabt. Selbigsmal bist du schon das gleiche Schwein gewesen.“

Erschrocken sagte der greise Burgkaplan als erstes Wort dieses Tages sein zahnloses: „Oooh!“, indessen Herr Melcher von Trutz die Augenbrauen schweigsam in die Höhe zog und einen tiefen Trunk aus seinem großen silbernen Becher tat. Frau Scholastika war vor Angst erblaßt. Und Herr Korbin, der sich mit seinem Freunde verbündet fühlte wider allen weiblichen Übergriff und von den Schlachtfeldern an das Heraushauen bedrängter Mannsleute gewöhnt war, schob das Buchsbaumschüsselchen fort und sagte unbarmherzig: „Frau Engelein, Eure süße Speise ist überständig. Sie gärt und säuert. Besser, daß sie dem Melcher auf den Hosen liegt, als daß sie ihm Löcher in den Magen beißt.“

„Wahr ist's!“ nickte Trutz von Trutzberg, fuhr mit dem Becher über den Tisch hinüber und verschüttete den Wein. „Komm, hilfreicher Bruder, stoß an mit mir, auf daß du lange lebest und daß es dir wohl ergehe auf Erden! Und bleib bei mir! Solang' du da bist, geschieht mir nichts!“

In diese friedsame Rede fuhr die scharfe Zunge der Frau Angela hinein: „Woher wisset denn ihr Puechsteiner, was überständig heißt? Ihr da drüben habt doch nicht gar so viel zu schlecken, daß euch der Honig gärt oder ein Käslein schimmlig wird.“

Entsetzt umklammerte Frau Scholastika den Arm ihres Mannes. Der lachte nur: „Recht hat sie! Wer die Wahrheit redet, den muß man loben. Bevor auf dem Puechstein ein Bissen verderben kann, ist er lang schon einem hungrigen Magen wohlbekommen. Gelt, Schligg? Wir lassen nit sauer werden, was süß ist!“ Er gab seiner Hausehre einen schnalzenden Kuß auf den Mund, und während Frau Scholastika in Stolz und Glück des heiße Gesicht an seine Schulter schmiegte, hob er den Becher gegen die Trutzin von Trutzberg: „Euer Wohlsein, liebe Frau Engelein! Das müßt Ihr uns nachmachen mit dem Melcher!“

Wie es im Lauf der letzten Jahre sich schon mehrmals ereignet hatte, war an der gefährdeten Brücke zwischen dem Trutzberg und dem Puechstein wieder ein drohender Riß verstopft. Doch es blieb, obwohl man häufig lachte, eine ungemütliche Stimmung zurück, die sich am deutlichsten in Hildes erschrockenen Augen spiegelte. Den Vorwurf der Nothaberei wider Vater und Mutter, bei denen ihr das Leben als das schönste aller Dinge erschienen war, hatte sie wie eine tiefe Kränkung empfunden, die kein zärtliches Flüsterwort des Bräutigams in ihr beschwichtigen konnte. Viel kindliche Wärme für die harte Trutzbergerin hatte sie in ihrem Inneren nie zu erwecken vermocht. Dieser Wahrheit wurde sie nun plötzlich bewußt. Und während man zum Nachtisch die Nüsse des vergangenen Herbstes knackte, von den Hutzelbirnen und Dörrpflaumen knabberte und den gesüßten Würzwein schluckte, der die zwei angeduselten Herren noch lauter krakeelen machte, mußte Hilde zum erstenmal mit einer bangen Sorge der kommenden Zeit gedenken, in der sie unter der bitteren Fuchtel der Frau Angela auf dem Trutzberg Hausen sollte, von Vater und Mutter geschieden durch dicke Mauern und durch ein tiefes Tal. Was sie da zu ihrem jungen frohen Leben heranschleichen sah, das hatte ein anderes Gesicht als das leuchtende, jubelnde, namenlose Glück, von dem sie unter der Linde hatte träumen müssen, während der Predigt vom Himmelreich und von der sieghaften Allmacht des Christenwillens. In ihrem Traume hatte sie das Glück als einen goldschimmernden Engel gesehen; doch was da kommen mußte, hatte ein gelbes Gesicht, eine spitze Nase und eine gallige Stimme.

Als Tochter ihres Vaters und als gute Christin schlug sie aus diesem Schreck rasch ein Brückensteglein zu einem kindlichen Trost hinüber. Sie tat in ihrer Seele das Gelübde: dereinst auf der Trutzburg an jedem Morgen aus dem Bettlein zu springen, bevor Frau Angela noch erwachte, und von den Kleidern des Herrn Melcher – dem sie trotz seiner Unsauberkeit von Herzen gut war – alle Flecken bis auf den letzten grauen Hauch herauszuputzen. Und wenn ein rechter Christenwille so sieghaft ist, wie es der Wanderpfaff gepredigt hatte, dann mußte ihr mit froher Geduld auch das gelingen: das harte Wesen der Frau Angela durch ruhelose Dienstbereitschaft und inssonders durch makellose Reinlichkeit in freundliche Güte zu verwandeln.

Während sie mit etwas erleichtertem Herzen diese guten Vorsätze faßte und dabei so nasse Augen bekam, wie der greise Burgkaplan sie seit einer Weile hatte, fiel es ihr mit keinem Gedanken auf, daß in diesen Träumen vom kommenden Himmelreich auf dem Trutzberg ihr Bräutigam und Seelengatte nicht die geringste Rolle spielte. Drum erschrak sie heftig, als er plötzlich, um sie ihrem Schweigen zu entreißen, mit seiner heißen, zitternden Hand ihre kühlen Fingerlein umklammerte. Mühsam, unter der halben Empfindung eines bösen Gewissens, suchte sie nach einem herzlichen Wort. Weil sie keines fand, und weil im gleichen Augenblick ein Taubenschwarm vor dem Erkerfenster vorüberwirbelte, fragte sie verlegen: „Habt ihr schon junge Täublen auf dem Turm?"

Mit so seltsamer Freude, als hätte aus diesem Kinderwort ein geheimnisvoller, nur ihm allein verständlicher Sinn gesprochen, sprang Eberhard auf und stammelte wie ein lustig Betrunkener: „Magst du sie mit mir beschauen?"

Verwundert blickte sie an ihm hinauf.

Er drängte: „Komm! Sonst möcht' es geschehen, daß sie ausgeflogen sind, bis du wieder auf, dem Trutzberg speisest."

Stumm erhob sie sich, reichte ihm die Hand und ließ sich führen.

Frau Angela in ihrem ruhelosen Mißtrauen streckte den mageren Hals und bohrte die scharfe Stimme durch den Lärm der beiden Herren: „Wohin, ihr zwei?"

Eilfertig antwortete der Jungherr: „Die Täublen beschauen."

„Die könnt ihr sehen vom Fenster aus."

„Geh, laß die Kinder!" sagte Herr Melcher, seine brüllende Litanei von den üblen Eigenschaften der Seeburgischen Brüder unterbrechend. Er nickte lachend zu Eberhard hinüber, der seine Brautgemahlin hurtig zur Tür zog. „Wie der Imm das Blüml zum Honigtragen, so braucht die Jugend ihr lützel Freud zum Leben, Weib, jetzt bist du alt und wüst. Aber einmal, lang ist's her, da, bist du jung gewesen, und Süßigkeiten haben dir Spaß gemacht." Schwermütig hob er den Becher und bekleckste mit dem braunen Würzwein seine Halskrause und die Wohnstatt seines redlichen Herzens.

„Frau Engelein", fügte der Puechsteiner bei, „mein Mädel darf mit jedem Mannsbild auf den Turm steigen. Das Mannsbild dürft' noch gefährlicher sein, als Euer Jungherr ist." Dazu nickte Frau Scholastika. „Bremseln tut's in ihm!" Herr Korbin lachte. „Das hat Euer Unverstand dem Buben eingewirtschaftet. Eure Tugend ist wie verregnetes Pulver. Das tut keinen redlichen Krach und schmeißt keine Mauer um. Es raucht bloß und stinkt."

Was der Vater da sprach, und was Frau Angela in erneutem Zorn erwiderte, das konnte Hilde nimmer vernehmen. Jungherr Eberhard hatte die Tür der Erkerstube sehr hurtig zugezogen. Und bis er die Hand von der Klinke brachte, huschte seine Brautgemahlin, die sich auf das höfisch-zierliche Schreiten nicht verstand, mit geschürztem Reitkleid über die steile Wendeltreppe hinunter, jagte lachend durch den schattenkühlen Hof und verschwand in der Halle des Burgfrieds, der unter den drei Wehrtürmen der höchste und schönste war. Wie eine steinerne Riesenlanze stieg er ins Blau hinauf, oben gekrönt durch einen ausladenden Schützensöller, in dessen Mitte sich das Taubentürmlein mit spitzigem Dach erhob.

In der dunklen Turmhalle blieb Hilde stehen und guckte zum Herrenhaus hinüber. Sie sah ihren Seelengatten aus der Tür stürmen. Obwohl es zwischen den hohen Mauern des Wehrhofes fast windstill war, schien dem Jungherrn die frische Luft nach allem Weindunst der Erkerstube einen Stoß vor die Brust zu geben, als wäre das Schattenlüftchen ein starker Braus, wie er droben in der Höhe der Türme wehte.

Ein etwas beklommenes Lachen. Und Hilde, mit beiden Händen das Reitkleid raffend, surrte über die finstere Holztreppe hinauf. Im ersten Turmgeschosse kam sie an einer offenen Tür vorbei, am Stübchen des greisen Burgkaplans: ein kleiner Raum mit zwei winzigen Fensterchen, durch deren eines die Sonne hereinfiel; weißgetünchte Wände, viele alte Bücher in schweinsledernen Deckeln, ein kleiner Tisch, ein dreibeiniger Schemel, ein plumper Lehnstuhl, ein morsches Bett und an der Mauer ein Kruzifix. In dem Stäbchen war, um zu lüften und sauber zu machen, eine Magd zugegen, eine vierzigjährige Witib, von den Burgmägden die jüngste. Sie hatte ein häßliches Gesicht, aber einen festen und drallen Körper.

Oberhalb des Pfaffenstübchens ging die hölzerne Wendeltreppe frei durch die Mitte des Turmes hinauf. Fünf Wehrböden, einer über dem anderen, jeder mit Waffen und Faustbüchsen, mit Pulverkisten und Kugelsäcken. Keiner von den Söldnern war zugegen; die hatten Frieden und Feiertag.

Nun kam in höchster Höhe der offene Söller. Als Hilde vorsichtig mit dem Kopf durch die Luke hinauftauchte, erhob sich über ihr ein ohrenbetäubendes Rauschen und Geflatter. Ein so großer Schwärm von Tauben wehte in die Luft hinaus, daß für ein paar Augenblicke die Sonne verfinstert wurde. Die Männchen und die Nestlosen senkten sich auf die tieferen Dächer und ins Tal hinunter, die Mütter flogen ängstlich um die Turmzinne.

Auf dem Söller sah es nicht reinlich aus; bis zu dieser Höhe erstreckten sich die häuslichen Tugenden der Frau Angela nicht; hier mußte der Regen waschen, der Sturmwind kehren.

„Ach, ihr Täublen, ihr kleckset ja noch übler als wie Herr Melcher!“

Sobald Hilde den brausenden Lufthauch fühlte, wurde ihr wohl und heiter um das beklommene Herz. Kein Sturm. Was an schönem, wolkenlosem Tage so kräftig wehte, war nur der heiße Sonnenwind, der vom ebenen Lande herkam und in Sehnsucht zu den winkenden Bergen rannte.

Das Reitkleid mit den Lederschlingen an den Gürtel nestelnd, trat Hilde auf die Brutlöcher des Taubentürmchens zu. In vier Ringen zogen sich diese kleinen Mauerhöhlen um das Türmlein herum, das durch die vielen Ausflugbrettchen das Aussehen eines versteinerten Stachelwesens gewann. Auch droben auf dem spitzigen Schindeldache waren noch drei Ringe solcher Nesthöhlen. Ein eisernes Leiterchen führte steil hinaus bis zum kreischenden Wetterhahn. Fast in allen Löchern waren halbflügge Jungtauben, die sich vor dem lieblichen Gesicht mit seinen frohen Neugieraugen erschrocken in den dunkelsten Schatten der Höhlen zurückzogen und die noch in den Spulen steckenden Federchen sträubten.

Eine weiße Taube, deren erstes Gelege verdorben war, saß auf den zweiten Eiern, regungslos und ohne Furcht. Wie nah auch Hilde herantrat, die Taube bewegte keine Schwinge und verließ ihre werdenden Kinder nicht. Das Gesicht des Mädchens bekam einen ernsten, sinnenden Zug, und die Augen wurden groß. In ihrem jungen Leben sang eine leise, geheimnisvolle Saite: „Auch du wirst Mutter werden!“ Langsam das Köpfchen drehend, blickte sie hinüber zum tieferliegenden Puechstein, der fast aussah wie eine Ruine, noch bewohnt in wenigen Stuben. Wieder betrachtete sie die unbewegliche Taube und trat Schrittlein um Schrittlein zurück, mit kaum merklichen Bewegungen. Während sie zu den Scharten des Söllers hintrat, hörte sie von der Stiege herauf einen keuchenden Atem und hastende Schritte. Als der Jungherr mit erhitztem Gesicht aus der Treppenluke tauchte, hob sie die Hände und flüsterte: „Tu still! Da sitzt ein Muttertäublein auf seiner Brut.“ Um die Taube nicht zu stören, trat sie auf den Fußspitzen gegen die Nordseite des Söllers hin, und als sie bei einer Scharte stand und über Dächer und Tal hinausblickte zu den blühenden Moorflächen, zum schimmernden See und zur leuchtenden Schönheit der ebenen Welt, da litt sie es gern, daß Eberhard seinen Arm um ihren schlanken Leib schmiegte. Sie wußte, daß er sie nur beschützen wollte wider den Braus der wehenden Lüfte, und sie fühlte, daß sie ihm noch nie so von Herzen gut gewesen war wie in dieser Stunde, in der sie die furchtlose Muttertaube gesehen hatte.

Der kräftige Luftstrom ließ die Falten ihres Kleides rauschen, machte ihre Löcklein flattern und zauste so bedrohlich an ihrem roten Nelkenkranz, daß Hilde ihn festhalten mußte mit der Hand. Und plötzlich lachte sie froh und deutete mit dem anderen Arm. „Ach, guck nur, guck, da draußen im Moorland seh' ich die Schafe deines Vaters! So gute Augen hab' ich!“

Nach dem hastigen Treppenrennen atmete Eberhard noch immer schwer. „Sehen deine Sperberäuglein nur das Ferne? Sehen sie nicht auch, was nah deinem Herzen ist?“

„Aber guck nur, guck, wie lieb das aussieht; alle die vielen rührsamen Mehltüpflein auf dem braunen Moor!“ Sie merkte nicht, daß er sie immer fester an sich zog. Wie in ernster Hausfrauensorge sagte sie: „Da draußen im Bruch ist gefährlicher Boden. Da kann ein Lamm versinken, man weiß nit wie. Ihr habt doch einen verläßlichen Hirten, gelt? Der nit faul ist und nit branntweinet? Wer hütet deines Vaters, Schafe?“

Er schnaufte durch die Nase, hatte dunkelrote Flecken auf den Backenknochen, und seine funkelnden Hummelaugen gingen irr. „Wer ... was meinst du? ...“

„Wer die Schafe deines Vaters hütet?“

„Der Lien.“

„Der?“ Ein unklares Erinnern an versunkene Kinderzeiten erwachte in ihr. „Der ist noch allweil da?“

„Hast du ihn nit gewahrt? Im Gärtlein? Bei der Predigt?“

Sie schüttelte den Kopf.

Er zog sie gierig an sich. „Hast du nur mich gesehen? Du Süße!“ Seine glühende Wange an die ihre schmiegend, muschelte er die zitternde Hand um ihre junge Brust.

Das war ihr unbehaglich. „Laß! Ich mag das nit. So tun die Knecht mit den Mägden. Wer höfisch ist wie du ...“ Sie wollte sich ihm entwinden.

Mit beiden Armen umklammerte er den schmiegsamen Mädchenleib. „So tut der Kaiser mit der Kaiserin, so tut der Herzog mit der Herzogin, jeder Mann mit seiner Frau, so tut dein Vater mit deiner Mutter..."

„Das ist nit wahr."

„Alle, die sich liebhaben, tun so, wenn sie dürsten."

„Heut hast du mehr als genug getrunken. Laß mich!" In strengem Unwillen hatte sie sich frei gemacht.

Da wollte er sie packen in seiner sinnlos gewordenen Gier. Erschrocken wich sie zurück, sah sein verzerrtes Gesicht und sah dieses Grauenvolle und Unbegreifliche in seinen Augen, Ein klingender Schrei. „Du! Nit!" Bevor er sie fassen konnte, gewann sie das eiserne Leiterchen am Taubentürmlein, hastete über die hohen Sprossen, hinaus, umwirbelt von einer weißlichen Wolke des Vogelschmutzes, kletterte über das steile Dach und klammerte sich mit der rechten Hand an die rostige Eisenstange des Wetterhahns. Der bog sich ein bißchen, und die schlanke Spitze des Türmleins zitterte.

Hilde mußte die Augen schließen.

In allen Nesthöhlen kreischten und flatterten und raschelten die Jungtauben. Nur die weiße Mutter saß unbeweglich in ihrem Horst.

Eberhards heisere Stimme bettelte: „Um des gütigen Himmels willen, herzliebe Braut, so komm doch herunter, ich tu dich bitten! Wenn das Leiterlein bricht, und es geschieht dir was, ich müßt' versterben vor Weh!"

Als sie die Augen aufschlug, sah sie ihn mit erhobenen Händen, hilflos und zitternd, da drunten stehen im weißgrauen Taubenmist des Söllers. Der Wind legte ihm die Blondsträhne gleich einer schmalzfarbenen Narrenkappe über die Stirn und peitschte seine gezahnten Ärmelflügel nach vorn, so daß der Jungherr neben den natürlichen Armen noch zwei ausgestopfte zu haben schien, die grün und rot gesprenkelt waren in den Hausfarben der Trutze von Trutzberg. Das war drollig anzusehen. Aber Hilde konnte nicht lachen. Bleich bis in den kleinen Mund hinein, mit weitgeöffneten Augen, hing sie, an das Leiterchen und an den Wetterhahn geklammert. Der Wind hatte ihr den Nelkenkranz in den Nacken geblasen, ein paar von den roten Blüten waren davongeweht, die anderen hingen noch an den grünen Seidenbändern, mit denen der Kranz an die Zöpfe geknotet war. Und jeder neue Windstoß peitschte das grüne Reitkleid eng und glatt an den schlanken Mädchenleib.

Während aufgeregte Tauben den Turm umflogen, bettelte Eberhard, halb noch in Schreck und Ärger, halb im neuerwachenden Durst seines nach dem Himmelreiche trachtenden Christenwillens: „Was muß ich tun, daß du herunterkommst?"

Streng gebot sie: „Geh hinüber auf die andere Seite des Söllers!"

Er gehorchte unter einem Zähneknirschen. Als sie ihn hinter dem Taubenturm verschwinden sah, glitt sie flink über das Leiterchen herunter und huschte in die Luke des Söllerbodens. Sie konnte hören, wie er ihren Namen kreischte, und vernahm sein Gepolter auf der steilen, dunklen Holztreppe, über die sie hinunterjagte. Aus der Pfaffenstube kam die Magd herausgesprungen und rief erschrocken: „Edles Fräulein! Herr Jesus! Was ist denn?“ Wortlos hastete Hilde an dem Weib vorüber.

Drunten in der Halle atmete sie auf beim Anblick der offenen Tür, durch die noch ein schmaler Blink der Sonne hereinleuchtete. Während sie den weißen Staub von ihrem Kleide schüttelte, klang aus dem Turmgeschoß, in dem die Pfaffenstube lag, ein erstickter Schrei herunter. Dann ein Gepolter, ein Wechsel keuchender Stimmen.

Kam er? Schlug er in seinem Zorn die schuldlose Magd da droben?

Während Hilde mit zitternden Händen an ihrem Kranz und an ihren Zöpfen nestelte, floh sie hinaus in den Hof und konnte nimmer hören, daß Jungherr Eberhard aller höfischen Zierlichkeit vergaß und wie ein betrunkener Stallknecht fluchte: „Gotts Tod, du Gans! Wenn du das Maul auftust, so druck ich dir die Augen aus dem Gesicht!“

Im Hof befahl das Fräulein von Puechstein einem Knecht ihres Vaters: „Tu alles richten, Veit! Wir reiten heim.“ Das sagte sie ruhig, aber doch so ganz verloren und verstört, daß sie ihr mummelndes Sorgenkind übersah: den greisen Burgkaplan, der von der Mahlzeit kam, um zurückzukehren in sein Pfaffenstübchen.

Als der humpelnde Greis unter vielen mühsamen Atemzügen über die Turmtreppe hinaufgeschlichen war, und seine Zelle betreten wollte, erschrak er wie beim Anblick eines Gespenstes und lallte sein zahnloses Wörtlein: „Oh!“

Sonst, bei allen passenden und unpassenden Gelegenheiten, pflegte er gerne zu sagen: „Kindlein, liebet einander!“ In diesem Augenblick unterließ er es.

Kapitel 4

In der Erkerstube gab's ein Aufsehen, als Hilde so plötzlich auf der Schwelle stand, ohne Nelkenkranz, über dem Haar das grüne Hütlein mit den beiden Schwanenfedern und fertig zum Heimritt.

Frau Scholastika erschrak. Herr Korbin aber dachte sich gleich das Richtige und rief zwischen Zorn und Lachen: „Mädel! Hast du merken müssen, daß auf dem Trutzberg das Pulver nit trocken ist?“

Der Burgherr in seinem ausgewachsenen Rausche hatte steife und ratlose Augen, wahrend seine säuerliche Hausehre von einem dunklen Anfall ihres Mißtrauens überrumpelt Wurde und sorgenvoll gegen das schweigende Mädchen hinkreischte: „Wo ist mein Sohn? Was hast du meinem Sohn getan?“

Ohne zu antworten, trat Hilde auf ihre Mutter zu und sagte ruhig: „Mir ist nit gut. Auf dem Taubenturm ist mir schwindlig worden. Tu mich heimführen, Mutter!“

Schwermütig lallte Herr Melcher in seinem Sessel: „Wird halt auch ein lützel zu viel gesoffen haben!“ Es war nicht völlig klar, wen er meinte.

Herr Korbin schien auf den Jungherrn zu raten und sagte: „Frau Engelein! Sucht Euren Buben auf! Mir deucht, seine Ohren sind grün. Schlagt ihm ein Dutzend feste Tachteln drauf. So lang, bis sie rot werden. Es ist nötig, daß die Trutzbergischen Farben friedsam miteinander hausen.“

Frau Angela hatte nicht die Absicht, diesen Rat zu befolgen. Aber sie entfernte sich mit großer Eile, das Mutterherz beschwert von einer bangen Sorge um Leben und Gesundheit des ihr einzig verbliebenen Sprößlings. In ihrem gereizten Mißtrauen sah sie allerlei böse Bilder, sah den Sohn mit einem Haarpfeil erstochen bei den Taubennestern sitzen, sah ihn mit zerschmetterten Gliedern unter dem Burgfried liegen. Doch wenige Minuten genügten, um Frau Angela von diesen romantischen Angstbildern zu erlösen und ihre tugendstrenge Seele zu der Einsicht zu bringen, daß der Ratschlag des Ritters Korbin von Puechstein nicht vollständig abzulehnen war. Nach kurzem Verhör, bei dem der greise Burgkaplan Veranlassung fand, eine größere Zahl von schwer verständlichen Wörtern zu sprechen, verwandelte sich die besorgte Mutter Angela in eine erbitterte Sittenrichterin. Ihr Zorn hatte einen Zug von Gerechtigkeit. In diesem Zorne schlug sie noch viel wirksamer drein, als Herr Korbin ihr geraten hatte.

Das Himmelreich, das Jungherr Eberhard sich an diesem reizvollen Junitag mit aller Macht seines strebsamen Christenwillens erfochten hatte, war nicht goldfarben oder silberschön, sondern grün und rot. Sogar noch ein bißchen blau dazu. Im Besitze dieser mehrfarbigen Seligkeit verzichtete er aus höfischen Gründen darauf, sich von seiner Braut und Seelengattin zu verabschieden, die beim Tor des Brückenturmes bereits im Sattel ihrer ungeduldig scharrenden Fuchsstute saß, während Herr Korbin seine sorgenvolle Gemahlin auf einem frommen Schimmel hob.

Wie der Jungherr, so blieb auch die Hausfrau des Trutzberges bei diesem Abschied unsichtbar. Nur Herr Melcher hatte sich, aller Unsicherheit seines Rausches zum Trotz, über die Treppe heruntergewagt, war in der Melancholie seines besoffenen Elends tief gerührt, umarmte den Freund und Verbündeten etwa ein dutzendmal mit wachsender Zärtlichkeit und flehte: „Korbi, sei ein Christenmensch! Geh nit fort! Bleib bei mir und laß uns selbander weitersaufen. Tust du mich allein lassen, so putzt mir das schieche Weib meine Flecken aus!“

Lachend riet der Puechsteiner: „Zieh die Wad herunter, leg dich nackicht ins Bett und häng den Kittel mit Strumpfhosen und Kräuslein an den Nagel! Da spürst du's nit, wenn Frau Engelein rippelt und klopft."

Kreischend fiel die Brücke herunter, die vier Geleitsknechte des Puechsteiners ritten los.

Hilde ließ ihren ungeduldigen Goldfuchs traben, und Frau Scholastika flüsterte unter der Torhalle ihrem Gatten die beklommene Frage zu: „Glaubst du, daß es mit den Kindern auseinandergeht?"

Er schüttelte ruhig den Kopf, auf dem die blaue Stahlhaube funkelte: „Ist doch alles verbrieft und gesiegelt, Und der Melcher steht allweil zu uns, solang ich ihn nit allein laß. Drum muß ich daheimbleiben, bis wir das Mädel unter dem Trutzbergischen Betthimmel haben." Über das Gesicht der Frau Scholastika glitt eine heiße Röte, während Herr Korbin weitersprach: „Gar so was Schieches mag ja wohl auf dem Taubenturm nit geschehen sein. Der Bub wird halt ein lützel schleckig vor der Zeit. Und guck ich das liebe Mädel an, so kann ich's dem Jungherrn nit verargen. Und da wird halt das Mädel erschrocken sein. Ist ein junger, grüner Spatz, der noch allweil nit weiß, was Falken sind. Heut laß das Mädel zur Ruh kommen! Aber morgen red mit ihr! Ich mein, man sollt die Hochzeit beschleunen. Da will ich mit dem Melcher schwatzen drüber, in einer nüchternen Stund."

Frau Scholastika erblaßte und nahm sich vor, alle Himmelskraft ihres Willens darauf zu richten, daß die Hochzeit der Kinder nicht wider Pergament und Siegel beschleunt, sondern um Wochen und Monate, vielleicht um ein Jahr verschoben würde. Nach dem ersten Schreck erwachte in ihr ein Gefühl der Freude. Nun hatte sie ein hilfreiches Wort gefunden: „Reitest du fort von daheim, so geht's mit den Kindern auseinander." Sie wußte, wie sehr es ihm anlag, sein Kind aus der knappen Not des Puechsteins zu erlösen und in das sichere Wohlleben der Trutzbergischen hineinzusetzen.

Die Knechte hatten den Forellenbach erreicht und wollten den Weg zur Puechsteiner Grenze nehmen. Herr Korbin rief ihnen zu: „Wir reiten gegen den Seeforst. Ich will mit dem Jäger reden. Und ein frisches Lüftl auf festem Umweg wird uns bekommen. Frau Engeleins Mahl ist mager und ohne Würze gewesen, aber der Wein, den der Melcher schluckt, ist schwer. Ein lützel spür ich ihn auch."

Es ging auf die vierte Nachmittagsstunde. Obwohl der Abend noch ferne war, bekam die Sonne schon einen goldenen Glanz.

Die Gäule gingen im Schritt. Auf dem Seesträßlein konnten Vater, Mutter und Tochter Seite an Seite reiten. Die Knechte ritten paarweis unter heiterem Schwatzen voraus. Auch Herr Korbin fing lustig zu plaudern an, rühmte an seinem Freunde Melcher alle Tugenden eines edelfesten Lebens, versöhnte sich mit unterschiedlichen Eigenschaften der Frau Angela und schilderte den Trutzbergischen Jungherrn als eine noch nicht völlig entwickelte, aber doch unanzweifelbare Blumenknospe der Ritterschaft. Auch Frau Scholastika begann in dieses Loblied auf den Jungherrn einzustimmen, nachdem Herr Korbin ihr ein paarmal mit deutlicher Mahnung zugeblinzelt hatte.

Hilde verhielt sich stumm und guckte über das blühende Moor hinaus, in dem der mild und farbig heranziehende Abend das Federwild aus den Schlupfen zu locken begann. Viele Schmetterlinge flatterten über die Straße hin und her und am Damm entlang. Hilde bemerkte die lieblichen Gaukler nicht. Immer blickte sie mit erhobenem Näschen nach der Richtung, in der sich aus Stauden und Röhricht ein graubraunes Ding hervorhob, das einem auf zwei Räder gestellten Sarge glich. Dennoch sah sie weder den Schäferkarren, noch die Trutzbergischen Schafe, noch den Hirten, dessen Schippenschäufelchen manchmal in der Sonne blitzte. Daß ihr sonst so heller Blick alle Dinge verschwommen sah, war eine Folge des feuchten Schimmers, der ihre Augen umflorte.

In ihrem jungen Leben zitterte noch immer der sonderbare Schreck, den sie auf dem Taubenturm hatte erleben müssen. Diese Erinnerung war in ihr wie ein Schmerz, wie ein übler Schimpf. Doch während sie den Vater und die Mutter so viel Gutes über den Jungherrn reden hörte, wurde sie ruhiger und suchte sich darüber klar zu werden, was denn eigentlich auf dem Taubenturm geschehen war? Sicher wußte sie nur dieses eine: daß sie einen namenlosen Schreck verspürt hatte. Weshalb: Weil Eberhard sie streicheln, sie liebkosen, sie in seine Arme nehmen wollte? Hatte er dazu als ihr Bräutigam und Seelengatte nicht ein Recht? Freilich, er hatte seiner höfischen Sitte ein bißchen sehr vergessen. War das eine unverzeihliche Schuld? Ein Taubenturm ist keine adlige Stube. Auch hatte Eberhard ein wenig getrunken. Der Wein verführte doch auch ihren eigenen Vater zu Worten und Dingen, die er in nüchternem Zustande vermied. Von Herrn Melcher gar nicht zu reden!

Während sie diese versöhnliche Rechnung zu machen versuchte, sah sie plötzlich wieder jenes grauenvolle Gesicht mit den Augen, vor denen sie so namenlos erschrocken war. Solche Gesichter müssen böse Menschen haben, wenn sie morden wollen. Ein Grauen rieselte durch ihre Seele. Dennoch mußte sie lächeln. So töricht war der Gedanke, der sie befallen hatte! Eberhard? Und sie ermorden? Er, der sie liebhatte, sie täglich mit Blumen und zärtlichen Versen beschenkte, mit seinem Geschmeid und seidenen Bändern? Hatte sie dieses böse Gesicht denn auch wirklich gesehen? Öder nur in ihrem närrischen Schreck? So, wie Kinder Gespenster sehen – nicht, weil die Gespenster kommen, nur, weil die Kinder sich fürchten! War es so, dann war sie allein die Schuldige. Ihr blindes, unverständiges Davonrennen hatte den Bräutigam gedemütigt und so schwer gekränkt, daß er es in adligem Stolz vermeiden mußte, ihr zu folgen und zum Brückenturm zu kommen, um ihr beim Abschied die Hand zu bieten.

Sie atmete auf. Um wieviel leichter ist das: eine Schuld an sich selbst zu erkennen, als üble Schuld an einem Menschen zu sehen, dem man gut sein muß, weil man ihm angehört für das ganze Leben.

Zwei glitzernde Tropfen rollten über Hildes lächelnden Mund. Nun sah sie alle Dinge der schönen Welt wieder unverschwommen, klar und deutlich. Sie sah auch den Schäferkarren und den leeren Pferch. Nur den Lien und die Schafe konnte sie nimmer sehen, weil die Herde, die hinüberweidete gegen den vom Seeforst zum Puechstein führenden Straßendamm, hinter dem Gestrüpp des Bruchbodens verschwunden war.

Als Herr Korbin den freundlichen Sonnenaufgang im Gesicht seines Kindes gewahrte, stuppte er Frau Schligga lachend mit dem Ellbogen an und rief seinen Knechten zu: „Wir müssen ein lützel traben, soll mir Zeit verbleiben für einen Ritt durch den Seeforst. Sonst haben wir die Nacht auf dem Buckel, eh wir daheim sind.“ Um den Besuch des Jägerhauses und den Erkundungsritt durch den Seeforst war es ihm nicht sonderlich zu tun. In seinem Herzen, darin sich väterliche Zärtlichkeit ganz wunderlich mit der derben Wildheit eines abenteuernden Kriegsfahrers mischte, dachte Herr Korbin: „Nun ist das liebe, dumme Mädel zu Besinnung und Ruh gekommen; das wird standhalten in ihr, wenn sie jetzt nimmer denken und grübeln kann, sondern tüchtig mit ihrem Gaul zu schaffen bekommt.“ Drum begann er im Gold der Sonne einen so flotten Ritt, daß Frau Scholastika ein glühendes Gesicht und Hilde bei guter Laune zwei fröhlich blitzende Augen bekam. Wollten die etwas steifbeinigen Mähren der Knechte schlapp werden, so befahl Herr Korbin: „Flinker! Ihr reitet ja, als hätt' ein jeder von euch zwischen Sattel und Quartier einen Igel hocken.“

Auf dem steinigen Sträßlein klapperten die Hufe der Gäule, und die Kiesel spritzten. Doch ein feines, behagliches Galoppieren kam auf dem linden Waldweg, der sich zwischen Gehölz und Moorland ein halbes Stündlein entlang dem Seeforst hinzog bis zum Puechsteiner Straßendamm. Sanft versanken die Hufe der Pferde in Gras und Heidekraut und machten einen kaum noch merklichen Lärm. In dieser Stille, die nur wenig gestört wurde durch das leichte Eisengeklirr und das Schnauben der Rosse, schienen die Knechte ein Ding zu bemerken, das ihnen nicht geheuer war. Immer streckten sie lauschend die Hälse und tuschelten miteinander. Als sich aber einer im Sattel wandte, um seinen Herrn anzurufen, bekam er aus des Puechsteiners funkelnden Augen einen strengen Wink und verhielt sich stumm. Was die Knechte bemerkten, hatte auch Herr Korbin mit seinen scharfen Ohren schon längst vernommen: ein fernes Stimmengeräusch und ein ruheloses Pochen, als schlügen viele Leute mit Stöcken gegen Baumstämme. Und tief im Walde mußte das sein, drüben auf der Seeseite des Forstes.

Dem Puechsteiner schwollen vor Zorn die Adern an den Schläfen wie dicke Schnüre heraus. Der Lärm, den er hörte, war leicht zu deuten. Die Brüder von Seeburg, denen der Prozeß um den angemaßten Jagdbann in den Trutzbergischen Seeforsten zu langsam vorwärtsging, wollten ihr erlogenes Recht auf flinkere Beine bringen. Und dachten:

„Nimm, so hast du!“ Und wußten vielleicht, daß an diesem Sonntag auf der Trutzburg eine Wanderpredigt und ein Freundschaftsmahl gehalten wurde! Und nützten den schönen Tag, um Herrn Melchers Hasen und Rehe in die Seeburgischen Netze zu klopfen.

Dieses Vergnügen gedachte Herr Korbin den ritterlichen Wildräubern zu versalzen. Aus bundesbrüderlicher Treue für Herrn Melcher.Und weil die Trutzbergischen Rehe und Hasen auch halb schon Eigentum seines Kindes waren. Man bestahl den Freund, man bestahl sein Mädel. Der Puechsteiner hatte, um solch ein Verbrechen ohne flinkes Richteramt geschehen zu lassen, nicht das Mannsbild sein müssen, das er war. Und ein Abenteuer, eine Gelegenheit zum Dreinschlagen? So was zog bei Herrn Korbin noch fester als ein Ochs vor dem Kinderwagen.

Indessen Hilde und Frau Scholastika in ahnungsloser Fröhlichkeit an seiner Seite galoppierten, flogen in seinem aus der Friedensruhe aufgerüttelten Gehirn die rechnenden Gedanken wie spursichere Windspiele.

Dunkel war ihm nur das eine: warum der Trutzbergische Jäger nicht Lärm geschlagen? Der hatte wohl seinen Sonntagsrausch? Oder die Seeburger hatten ihn maultot gemacht?

Alles andere war für Herrn Korbin eine klare Sache. Wenn irgendwo, so standen die Wildnetze weit da draußen in der Schlucht, die der Trutzbergische Forellenbach seit Erschaffung der Welt durch den Seeforst gewühlt hatte. Da mußten die Treiber noch zwei Stunden klopfen, und der Einsprung des umkreisten Wildes in die Netze würde wohl erst eine halbe Stunde vor Anbruch der Dämmerung stattfinden. Zeit genug, um eine Schlacht zu gewinnen. Und viel Geleitschaft in Wehr und Waffen hatten die Seeburgischen zu dieser edlen Weidmannstat kaum mitgenommen, außer den Netzjägern nur das hörige Volk, das mit den Stecken klopfen mußte und für den Puechsteiner nicht zählte.

Aber Herr Korbin und vier Knechte? Ein bißchen wenig war das. Soll einer zum Trutzberg reiten und Hilfe holen? Auf Herrn Melcher war an diesem Sonntag nimmer zu rechnen. Der ließ sich entweder geduldig von Frau Engelein die Flecke ausputzen oder lag als ein Nackichter in seinem Bett und verschlief den Rausch. Und kam ein Trutzbergischer Hilfstrupp, so kam auch der dumme Lausjung mitgeritten, der heut das liebe Mädel gekränkt hatte. Nein! Das war Hilfe, auf die Herr Korbin verzichtete. Heute hieß es: die Fliegen selber fangen. Aber die drei anderen Mannsleut vom Puechstein mußten noch her. Die Zeit reichte. Frau Schligga und Hilde mußten erweisen, daß sie reiten konnten. Und morgen wird sich Herr Korbin lachend hinstellen vor das Bett des Melcher Trutz und wird sagen: „Du bist mir ein Feiner! Derweil du deinen Sums aus dem Schädel schnarchst, muß dir dein Korbi als treuer Bundeskamerad die Rehböck und Butterhasen aus den Seeburgischen Diebsnetzen herausstampern! Also? Wie wär das jetzt, wenn ich geblieben wär und hätt' weitergesoffen mit dir? Da hättest du hundert

Wildstück weniger in deinem Forst, aber hundert Weintrenzer mehr auf Kittel und Strumpfhosen! Und Frau Engelein hätt' den Teufel im Leib!“

Auf solchen Gedankenwegen beruhigte sich sein erster Jähzorn, und das Abenteuer, dem er entgegengaloppierte, bekam für ihn das Gesicht einer lustigen Sache.

Als man den Puechsteiner Straßendamm erreichte, von dem ein Waldweg zum Jägerhause zog, sprengte Herr Korbin voraus, verhielt seinen Gaul und erhob die Hand. Die Pferde blieben stehen.

„Schligg! Ich hab' da mit den Knechten im Wald zu schaffen. Bis mein Geschäft erledigt ist, kann es dunkel werden. Das könnt ihr nicht abwarten, ihr zwei! Reitet heim! Und reitet so flink, als die Gäul euch tragen. Und schickt mir die drei Leut heraus, die noch daheim sind. Sie sollen festes Eisen antun und sollen sich tummeln. Kommen sie nit, bevor die Sonn hinuntergeht, so reiß' ich ihnen die Ohren vom Grind. Fort! Flink, ihr zwei! Gott behüt euch.“

„Jesus!“ stammelte Frau Scholastika in Sorge. „Mann, was hast du denn für?“

Der Puechsteiner wurde ungeduldig. „Frag nit! Dich hab' ich auch noch nie gefragt, wieviel Eier du an die Leberknödel tust. Das Deine ist dein, das Meine ist mein. Tu, was ich sag, und schau, daß du heimkommst! Flink!“

In wachsender Angst wollte Frau Schligg den Arm ihres Mannes fassen. Doch Hilde, die an des Vaters Schläfen die Zornadern schwellen sah, griff hurtig nach dem Zügel des frommen Schimmels, den die Mutter ritt, und brachte das Pferd in Gang; eine Sorge war auch in ihr; aber des Vaters Wille galt ihr als das höchste Gesetz des Lebens; und es war doch Friedenszeit, in der man schlimme Dinge nicht befürchten mußte. Tapfer sagte sie: „Komm, Mutter! Der Vater will's haben. Da müssen wir's tun. Gott schütz dich, lieber Vater! Tu dich nit sorgen, ich bring' die Mutter heim, und alles soll geschehen, wie du's haben willst.“

Herr Korbin, dessen Zorn schon wieder geschwunden war, nickte seinem Mädel freundlich zu und sah dann lächelnd den beiden Gäulen nach, die auf dem Puechsteiner Sträßlein im Glanz der Sonne dahinschossen und immer kleiner wurden.

Bei aller Geschwindigkeit des Rittes drehte Frau Scholastika fleißig den Hals. Solange sie ihren Gatten noch gewahren konnte, wagte sie nicht zu reden. Doch als sie ihn mit den Knechten gegen das Jägerhaus davonreiten und im Wald verschwinden sah, bekam sie nasse Augen und sprudelte alle Angst ihres Herzens mit einem Wortschwall heraus, den ihr die harten und flinken Stöße des Sattels in unzusammenhängenden Silben zerrupften. Das ahnungsvolle Lied ihrer Sorge klang zuweilen so undeutlich wie der berühmte Bibelspruch des Trutzbergischen Burgkaplans.

„Hab' nit Leid, Mutter!“ tröstete Hilde. „Der Vater lebt doch in Frieden. Ich mein', es geht nur um den Jagdbann. Da wird man hadern und schelten, nit das Eisen schwingen.

Und tät es Händel setzen – du weißt doch, daß der Vater von allen der Klügste und Stärkste ist." Sie hatte da ein Wort gefunden, das auf Frau Scholastikas brennende Herzenssorge wie wohltuender Balsam wirkte. Gibt es ein stolzeres Frauenlos, als das auserlesene Weib des Stärksten und Klügsten zu sein?

Um sich des herrlichen Mannes in dieser Stunde würdig zu erweisen, stachelte Frau Schligg den frommen Schimmel, daß er sich, entgegen seiner gewohnten Seelenruhe, zu einer unerhörten Schnelligkeitsleistung aufraffte. Trotzdem war die Fuchsstute immer um eine neugierige Nase voraus, und Hilde mußte bei dem pumpenden und glucksenden Schimmel immer wieder mit dem Rütlein nachhelfen. Jeden seiner Sprünge bewachte sie mit sorgsamen Augen und spähte dann wieder über den Weg voraus, um jedes Straßenloch und jede Wasserfurche rechtzeitig zu gewahren.

Als bei einer Biegung der Straße hinter zurückweichenden Stauden ein weites Bruchland auftauchte, sah Hilde etwas Dickes, Großes und Graues hastig davonwimmeln. Wie ein ungeheurer Tausendfüßler sah es aus und war die Herde des Lien, die vor den jagenden Rossen und vor den wehenden Schleiern und Reitgewändern ein bißchen scheu geworden.

Der bellende Wulli fühlte sich als eine höchst wichtige Persönlichkeit und machte lange Sprünge, um die Herde in Ordnung beisammenzuhalten. Aber der Hirte schien sich über die Angst seiner Schafe nicht sonderlich aufzuregen. Scharf abgehoben vom goldglänzenden Spiegel eines Wassertümpels, stand er unbeweglich im Moor, auf den Schaft seiner Schippe gestützt, wie eine fein aus braunem Stein herausgeschnittene Gestalt.

Es fiel dem Schäfer nicht ein, das Hütlein zu rücken. Sah er die beiden Reiterinnen nicht? Oder war er der Meinung, daß man Herrenleute über die Weite eines Steinwurfes nimmer zu grüßen braucht? Er guckte das hübsche Bild der jagenden Pferde an und dachte nur: „Das ist die alte Puechsteinerin. Und die andre, das ist die junge, die übers Jahr meine Herrin sein wird."

Und Hilde dachte: „Der lange Lümmel da drüben? Also, das ist der Lien! Der mit mir, wie ich noch ein Kind gewesen, nicht spielen hat wollen, wenn er vom Trutzberg eine Botschaft zum Puechstein brachte? Und immer dagestanden ist wie ein Stücklein Holz? Und solch ein wunderliches Lachen hatte? Und der –"

Mit dieser Erinnerung kam Hilde nimmer zu Ende. Aus dickem Röhricht neben der Straße rauschte unter Geschnatter und Schwingengeprassel ein Schwarm Wildenten heraus und überflog den Damm und die Pferde. Frau Scholastikas frommer Schimmel machte sich wenig aus diesem lärmvollen Ereignis, fand in ihm nur genügende Veranlassung, nach aller schweißtreibenden Plage eine behagliche Gangart anzunehmen. Doch der Fuchsstute war die Besorgnis, daß ihr diese schnatternden Vögel gegen die empfindsamen Ohren fliegen könnten, äußerst unbehaglich. Sie machte ein paar irrsinnige Sprünge, bockte nach links und bockte nach rechts, stieg vorn in die Höhe und schlug dann wieder nach hinten aus. Der Angstruf, den Frau Scholastika ausstieß, steigerte noch die gereizte Seelenstimmung der Stute, so daß sie sich, alle Zügelgebote ihrer Reiterin mißachtend, wie ein flinker Kreisel um die eigene Mitte zu drehen begann und dabei über den Straßendamm hinuntertappte. Und plötzlich knallte unter dem Bauch des Pferdes etwas entzwei. Mit leisem Schrei, der halb noch ein Lachen war, kam Hilde ins Gleiten, der Sattel rutschte, und gerade noch rechtzeitig konnte die Reiterin den Fuß aus der Bügelschale bringen und sich durch einen hurtigen Sprung vor dem Sturz bewahren. Die Stute hatte den Sattel gleich einer leeren Blumenampel unter dem Bauch, verlor wie durch ein Wunder alle Reizbarkeit, betrachtete überrascht die Folgen ihrer törichten Angst vor schnatterndem Wildgeflügel und war genau so ruhig wie der fromme Schimmel.

Aber nun hatte die Unruh einen anderen angefallen, der sonst die menschgewordene Ruhe war. Gleich einem Hirsch, hinter dem die Hunde her sind, jagte Lien der Schäfer über den Bruchboden auf die Straße zu. Und neben ihm der Wulli, mit hohen Sprüngen. Schon auf halbem Weg erkannte Lien, daß die Sache, die sehr übel ausgesehen hatte, für die Herrischen ohne Unfall abgelaufen war. Die Eile seiner Beine mindernd, atmete er auf und sprach mit heiterem Lachen in die Sonne: „Gut ist's! Alles ist heil! Bloß ein Riemen ist hin!“ Im gleichen Augenblick gewahrte er auch den Hund an seiner Seite und wurde zornig. „Wulli! Du Lump! Weißt du nit, wo du hingehörst? Was gehen die herrischen Leut dich an? Wirst du zu den Schafen gehen? Auf der Stell!“

So erschrocken, als hätte ihm der Schäfer wieder eine verbotene Forelle aus den Zähnen gerissen, trabte Wulli zur Herde zurück, immer wieder den Kopf nach seinem Herrn drehend. Vermutlich dachte er, daß nicht nur der Hund, sondern auch der Schäfer zu den Schafen gehört.

Solche Weisheit fiel aber dem Lien in dieser Minute nicht ein. Mit hohen Sätzen ein paar Tümpel überspringend, rannte er vollends zur Straße hinüber, vergaß zu grüßen, stieß seine Schippe in den Rasen der Dammböschung, zog die Fuchsstute vom Bruchboden auf die Straße hinauf und begann mit festen Händen an dem baumelnden, nur von den Schmuckbändern noch festgehaltenen Sattel zu arbeiten, während er lachend sagte: „Ist nichts geschehen, gelt, nein? Vergelt's dem lieben Herrgott! Der hat's wieder gut gemacht.“

Frau Scholastika, vom Schreck des Augenblicks erlöst, gedachte ihres Mannes und fing zu klagen an: „Ach Gott, ach Gott, wir verlieren Zeit! Herr Jesus, wieviel Zeit verlieren wir! Und wir müssen noch heim! So schnell, wies geht!“

Und Hilde, die mit heißem Gesicht über den Damm heraufkletterte, fragte den Schäfer: „Kannst du den Sattel wieder in Ordnung bringen?“

„Das wird nit gehen. Der Gurt ist hin. Man braucht einen neuen Riemen.“

„Hast du einen?“

„Wohl! Einen guten. Drüben in meinem Karren.“

„Wie lange brauchst du, um den Riemen zu holen?“

„Bis man ein lützel flink zweihundert Vaterunser betet. Mein Karren steht weit da drüben.“

Voll Schreck übersetzte Frau Scholastika diese Schäferzeit ins ührliche. Mehr als zweihundertvierzig Vaterunser konnte auch der flinkste Christ nicht beten zwischen dem ersten und letzten Sandkorn eines Stundenglases. Sie jammerte: „Das geht nit! Nein! Was hilft uns der Riemen in deinem Karren? Wir müssen heim und dürfen nit Zeit verlieren. Wir müssen reiten.“

Lien lachte. „So reitet halt! Es stehen die Gäul' doch da!“

„Ach, du Dummer!“ Das Fräulein von Puechstein wurde ungeduldig. „Wenn der Gaul keinen Sattel hat!“

„Ich bin nit dumm!“ Wieder lachte der Schäfer. „Ohne Leder geht's auch. Reiten tut doch der Mensch, nit der Sattel!“

„Du, freilich, weil du ein Mannsbild bist. Ich bin doch ein Mädel. Das ist was anderes!“

„Ein lützel! Ja!“ Lien sah das Fräulein von unten bis oben an und schmunzelte.

Da klagte Frau Scholastika, während ihr vor Angst die Tränen kamen: „Mensch! So tu doch helfen! Mein lieber Mann ist in Gefahr. Wir müssen heimreiten und Beistand holen.“

Das Gesicht, des Lien wurde ernst. Und diese Strenge auf der sonnverbrannten Stirn des Schäfers weckte in Hilde ein solches Vertrauen, daß sie ihre Hand auf seinen Arm legte und leise bat: „Guter Lien! Hilf meinem Vater! Ich will dir's danken.“

Er nickte stumm, schleuderte seinen Hut zur Schippe hinunter, löste mit raschen Hängen das wirre Zierzeug vom Leib des Pferdes, warf den Sattel und das Riemenwerk in eine Staude und schickte noch einen spähenden Blick zu seiner Herde hinüber. Dann nahm er die Zäume der beiden Gäule in seine linke Faust, sprang der Fuchsstute auf den nackten Rücken, beugte sich zu Hilde hinunter und sagte: „Komm! Stell dein Füßlein auf meinen Schuh!“ Er griff mit dem rechten Arme zu und lupfte so kräftig, als galt' es eine schwere Last zu heben. „Höi! Bist ja wie ein Federlein!“ sagte er lachend, nahm sie vor seiner Brust auf den Gaul und hielt sie um den Gürtel herum mit dem Arm umschlungen. Das tat er so vorsichtig, als wäre was Zerbrechliches an ihr. Doch die Fuchsstute mußte keuchen unter dem groben Druck seiner Schenkel und fing zu rasen an, während Lien den sehr verwunderten Schimmel der Frau Scholastika neben sich herzerrte.

Wie das alles geschah, war's eine ganz natürliche, selbstverständliche Sache. Nur der dumme Wulli wollte die Notwendigkeit dieses Vorganges nicht begreifen. In wachsender Aufregung die trabende Herde umkreisend, stieß er immer wieder ein klägliches Gewinsel aus, als wäre er in der Sorge um seinen Schäfer so übler Ahnungen voll wie Frau Scholastika in der Angst um ihren Ehegemahl. Auf jeden Hügel des Bruchbodens sprang er hinauf, ließ die Zunge lechzen, streckte sich und hob sich auf die Hinterbeine, um seinen verschwindenden Herrn noch einmal zu erspähen. Und als vom Lien nicht das geringste mehr zu sehen war, begann im Wulli ein qualvoller Seelenkampf zwischen Liebe und Pflicht. Man pflegt von den Hunden zu sagen, daß sie alle Wege doppelt machen. Wulli tat es zwanzigmal; immer in flinkem Saus eine Strecke hinter dem verschwundenen Reiter her und wieder zurück zu der aufgeregten Herde. Schließlich entschied er sich für seine Pflicht als Schäferhund, weniger aus verständiger Erwägung, als aus Angst vor Schlägen. Er schien zu denken: „Soll jetzt geschehen, was mag, ich tu' meine Schuldigkeit." Dabei wurde er ruhiger, hielt die Herde gewissenhaft in einem dicken Knäuel beisammen und drängte die weidenden Schafe gegen den leeren Pferch hinüber.

Im Gold des Abends begann von den Bergen her ein kühler Wind zu wehen, und die Schmetterlinge verschwanden, während das Wildleben des Moores sich ermunterte. Hasen und Rehe zogen aus dem Gestrüpp auf die Bruchwiesen heraus, und vom Seeforst kam ein Reiherpaar zu den Tümpeln geflogen, um Jagd zu machen auf singende Frösche. Bekassinen zuckten auf und verschwanden wieder, die Kiebitze trieben ihre Flatterspiele, und ernste Entenmütter führten ihre noch unflüggen Jungen auf den spiegelnden Wasserflächen spazieren.

Angestrahlt von der Sonne, glänzten die Burgen des Trutzberges und des Puechsteins wie goldfunkelnde Märchenschlösser vor dem blauen Samt der Berge.

Kapitel 5

In dem Trutzbergischen Jägerhaus, das auf einem kleinen Waldgeräumt inmitten des Seeforstes aus Blöcken errichtet war, entdeckte Herr Korbin einen so schnöden Friedensbruch, daß er seinen Zorn in grimmigen Flüchen entladen mußte.

Die zwei Wolfshunde des Jägers lagen erstochen im umzäunten Hof, die alte Mähre hockte mit entzweigeschnittenen Hessen im Stall, und auf dem Lehmboden der Stube fand man den graubärtigen Wildhüter neben seinem Weib, beide an Händen und Füßen gefesselt, mit Wollstöpseln in den Ohren, mit dicken Leinwandknebeln in den Mäulern.

Als man die beiden befreit und zur Ermunterung mit kaltem Wasser gewaschen hatte, fiel es ihnen schwer, dem Puechsteiner zu berichten, was ihnen geschehen war. Sie litten an der Kieferstarre und konnten nur lallen. Obwohl sie noch alle Zähne hatten, sprachen sie fast so undeutlich wie der greise Burgkaplan. Und genau so wie dieser hatten sie die Augen voll dicker Tropfen, nicht, weil sie leicht zu bekümmernde Gemüter besaßen, sondern weil ihnen der Schmerz die Tränendrüsen ausspreßte.

Erst nach längeren Schwierigkeiten kam es verständlich zutage, was sie erlitten hatten. Um die elfte Mittagsstunde, als sie beim Mahl gesessen – die Schüssel mit der kaltgewordenen Linsensuppe stand noch auf dem Tisch, der so reich bekleckst war, als hätte Herr Melcher hier ohne Röhrchen gespeist – waren plötzlich die Hunde laut geworden, hatten aber gleich wieder geschwiegen. Dann waren sechs Kerle mit schwarzberußten Gesichtern in die Stube hereingerumpelt, hatten den Jäger und sein Weib überwältigt, des Jägers Waffen gestohlen und den Kasten ausgeplündert.

Herr Korbin brauchte nicht lange zu grübeln, bis es ihm klar wurde, daß hier die Seeburgischen Troßleute ein bißchen Räuber gespielt hatten, um den Jäger unschädlich zu machen und ihre Herren vor dem Anschein eines friedensbrecherischen Überfalles zu behüten.

Der Puechsteiner fluchte nicht. Ganz ruhig sprach er. Doch er hatte ein aschgraues Gesicht und an den Augenlidern rote Ränder. Ein solches Gesicht hatte Herr Korbin immer bekommen, wenn auf einer Kriegsfahrt seine Spießknechte wegen des rückständigen Soldes den Gehorsam verweigerten; dann hatten immer ein paar von diesen Eidvergessenen mit Anbruch des nächsten Morgens an einem kräftigen Baum gehangen.

Das heulende Weib schien für den Puechsteiner nicht vorhanden zu sein. Zum Jäger sagte er: „Komm, du! Mit!“ Weil dem Manne die Glieder noch so starr waren, daß ihm das Gehen sauer wurde, mußte ihn einer von Herrn Korbins Knechten zu sich auf den Gaul nehmen. So kam es, daß in dieser goldschönen Abendstunde zwei Pferde doppelt zu tragen hatten: die Mähre eines Söldners und die feine Fuchsstute des Fräuleins von Puechstein.

Beim Straßendamm, der durch das Moorland gegen die Burg des Herrn Korbin zog, wurde der Jäger abgesetzt. Der Puechsteiner spähte über das Moor, konnte aber seine Frau und Tochter nirgends entdecken, weil sie, schon nahe der Burg, hinter einem Buchenwäldchen verschwunden waren. Er nickte befriedigt. „Da bleibst du!“ sagte er zu dem Jäger. „Es werden drei Knechte kommen. Zu einem springst du auf den Gaul und führst die Leut. In der Bachschlucht wart' ich auf euch.“ Herr Korbin winkte den Knechten und trabte mit ihnen davon.

Der Jäger setzte sich ins Heidekraut, rieb seine Handgelenke und machte mit dem Unterkiefer Bewegungen wie ein Nußknacker. Während er so die Zähne aufeinanderklappen ließ, um sie für den Genuß des ersehnten Nachtmahls einzuüben, sah er in der Richtung gegen die Puechsteiner Burg aus einem kleinen Wald die wirbelnden Figürchen der zwei reitenden Frauen auftauchen, von denen die eine einen lebendigen Sattel hatte: den Schoß und die Schenkel des Lien.

Aus der Weite besehen, war's ein zierliches, von Farben flatterndes Bild. In der Nähe beschaut, sah die Sache wesentlich gröber aus. Die beiden Gäule schwitzten und keuchten vor Erschöpfung, und Frau Scholastika bot den Anblick einer zur Auflösung verdammten menschlichen Erscheinung. Das Kleid saß verdreht und hatte widersinnige Falten, die Zöpfe schlotterten, und der lose gewordene Spitzhut mit den wehenden Schleierbändern machte Tanzbewegungen wie ein irrsinniger Vogel. Immer versuchte Frau Scholastika zu reden, um trotz ihrer Sorge für den Gatten diesen schrecklichen Schäfer zu bitten, daß er ein bißchen langsamer reiten möchte. Aber der Schimmel, der in seiner Ermüdung immer falsch galoppierte, stieß so fürchterlich, daß Frau Scholastika bei dem schmerzvollen Gehops nicht zu reden wagte, weil sie mit der Zunge zwischen die Zähne zu geraten fürchtete. Und wenn sie, um die dem Schimmel selbst sehr unangenehme Geschwindigkeit zu dämpfen, mit schwachen Kräften am Zügel zerrte, spürte das nicht der Schimmel, nur der Lien, der mit vorgestreckter Faust die Zaumriemen des Schimmels und der Stute kurz gefaßt hatte, um die Köpfe der häufig stolpernden Pferde hochzuhalten. Und wenn Frau Schligga so zerrte, glaubte der Schäfer immer, daß die edle Frau in ihrer Angst um Herrn Korbin noch schneller reiten möchte. Darum befeuerte er die Fuchsstute mit lautem Zungenschlag und versetzte dem Schimmel ein paar mahnende Püffe mit dem Holzschuh.

In solchem Mißverständnis wurde Lien durch die Tatsache bestärkt, daß Hilde, die bei kreisrunden Augen ein wie Kohlenfeuer glühendes Gesicht hatte, immer aufs neue flüsterte: „Schneller! Schneller!" Dieser Wunsch entsprang zum größeren Teile gewiß der Sorge um den Vater. Aber es sprach dabei auch die Sehnsucht mit, so schnell wie möglich diesem nicht völlig passenden Sattel zu entrinnen. Das edle Fräulein von Puechstein saß augenscheinlich ein bißchen unbequem. Denn erstens – obwohl der Lien sie mit einem Arm von stählerner Unbeweglichkeit sicher vor dem Sturz behütete – rutschte sie immer seitwärts hin, so daß der Schäfer unablässig lupfen und nachhelfen mußte. Und zweitens war dieser Sattel eine sehr bucklige Sache, dazu noch eine höchst unruhige, weil Lien immer fest mit den Knien zu arbeiten hatte, um den ungebärdigen, der doppelten Last schon überdrüssigen Gaul zu bezwingen und für sich selbst den verläßlichen Sitz zu erkämpfen. Und weil er seine ganze Aufmerksamkeit den immer schwieriger zu behandelnden Pferden zuwenden mußte, konnte er nicht bemerken daß seine Schutzbefohlene mancherlei Dinge als nicht ganz behaglich empfand.

Alles an dem edlen Fräulein von Puechstein wehte und flatterte: das Kleid, die Löcklein und dazu die Schwanenfedern des Hutes, der ihr in den Nacken geglitten war und mit seinem straffgespannten Sturmbändel den Atem des seinen Hälsleins hart zu behindern schien. Mehrmals versuchte Hilde, den baumelnden Hut zu haschen; doch bevor sie ihn erwischen konnte, mußte sie wieder einen flinken Griff machen, um sich bei der

Unsicherheit des Sitzes verläßlich am Lien zu verankern. Anfänglich hatte ihr, wenn sie so kräftig zugreifen mußte, immer ein bißchen gegraust. Man weiß doch, daß Schäfer und ähnliche Leute sich nicht auszuzeichnen pflegen durch absonderliche Sauberkeit. Hilde merkte aber dennoch bald, daß sie mit solchem Verdachte diesem Schäfer unrecht tat. Und weil sie nicht wußte, daß sie glücklicherweise den Lien gerade ein paar Stunden nach seiner gründlichen Wochenreinigung erwischt hatte, verallgemeinerte sie die Beobachtung dieser günstigen Minuten und kam zu der Überzeugung, daß Lien ein Mannsbild von seltener Reinlichkeitsliebe war und sehr gut nach Heideblumen und menschlicher Gesundheit roch. Und seit er Schäfer geworden, mußte er ausgiebig gewachsen sein; das Gewand war ihm eng geworden; wo man es fassen mußte, bekam man auch ein lebendiges Stück des Lien als Dreingabe. Und gar nicht kitzlig war er. Während Hilde jeden notwendigen Druck seines Armes mit wachsender Reizbarkeit, mit einer wunderlichen Mischung von Sicherheitsgefühl und Mißvergnügen zu spüren begann, schien es der Lien kaum zu beachten, wenn sich das edle Fräulein an ihm festklammern mußte mit beiden Händen.

Nur die Zipfel seines mürben Kittels pluderten. Alles übrige saß fest an seinem Leib, der so straff war wie eine gespannte Armbrustsehne. Und den braunen festen Jünglingsschädel mit den strengen Zügen und den blitzenden Augen trug er vorgeschoben in den Wind, der pfeifend hinwehte über das kurzgeschorene Haar.

Die Pferde übersprangen eine steinige Wasserfurche. Während Frau Scholastika einen klagenden Wehruf ausstieß und über den Sattel hinaus eine tiefe Verbeugung machte, äußerte auch Hilde unter einem bedrohlichen Ruck ihr Unbehagen in so deutlicher Weise, daß Lien sich seiner Aufmerksamkeit für die Gäule entzog und erschrocken fragte: „Edel Fräulen? Gelt, du hockst nit gut? Wart, ich schwing dich herum nach der anderen Seit. Da wirst du's besser haben, weil ich dich ums Brüstl viel fester lupfen kann.“

Damit er den linken Arm freibekäme, wickelte er flink die Zügel der beiden Gäule um den vorgestreckten Holzschuh. Nun faßte er das Fräulein am Gürtel. Unter stammelnden Worten machte Hilde einen Versuch, diese notwendige Sache zu hindern. Aber bevor sie noch richtig zappeln konnte, wurden ihre Füßlein schon mit kräftigem Schwung hinübergeschlenkert über den Kopf der Fuchsstute, die ihre Ohren zurücklegte, sich der Wildenten zu erinnern schien und einen scheuenden Sprung machte. Für einen zweiten ließ ihr der Lien, dessen flinke Faust die Zügel schon wieder vom Holzschuh weggerissen hatte, keine Zeit mehr. Und während seine Linke die Gäule bändigte, spannte er den rechten Arm gleich einem Geländer um die Bust des Fräuleins und sagte unter frohem Lachen ein Wort, das er schon einmal gesprochen hatte: „Wie ein Federlein bist du!“ Wieder lachte er. „Und gelt? Jetzt hockst du ein lützel besser?“

Es war unleugbar: Hilde saß jetzt wie in einem verläßlichen Armstuhl. Nach vornehin konnte sie nimmer rutschen – dafür sorgte der Lien – und hinter dem Rücken hatte sie

Brust und Schulter des Schäfers als feste Lehne. Dennoch war sie nicht zufrieden und grollte: „Mensch, du gehst ja mit mir um wie ein ungutes Kind mit seinem Püpplein!“

„Herr Jesus, edel Fräulen, ich bin doch am End nit grob gewesen?“

Der kummervolle Klang seiner Worte zwang sie, das Gesicht zu drehen. Und als sie in den glänzenden Braunaugen des Lien diesen ehrlichen Schreck erkannte, schüttelte sie den Kopf, blieb ruhig so sitzen, wie sie sitzen mußte – und weil sie jetzt die Hände frei hatte, fing sie den baumelnden Hut und band ihn fest.

Lien ließ den Schimmel der Frau Scholastika von seiner Hand und hielt nun die Fuchsstute so sicher in der Faust, daß der jagende Galopp ein sanftes und gleichmäßiges Wiegen wurde.

So ritten die beiden in den Puechsteiner Burgwald ein, zwischen dessen alten Stämmen kühl ein purpurner Schatten lag, während die Kronen und höchsten Zweigspitzen der Bäume vom Glanz der Abendsonne verwandelt waren in ein schimmerndes Kunstwerk des ewigen Goldschmiedes. Zärtliche Wildtauben lockten, und viele Amseln flöteten. Das konnten Hilde und Lien nicht hören, weil die Fuchsstute auf dem steinigen Pfad sehr heftig mit den Hufen klapperte.

Als der Weg gegen die Burg zu steigen begann, sagte Lien in einem Ton des Erbarmens zu der Stute: „Rössl, dein Herr ist in Not, jetzt mußt du noch schnaufen ein lützel!“ Und der Gaul – als käme er zu der Einsicht: „Wie flinker ich renne, um so schneller ist die doppelte Mühsal vorbei!“ – fing unter Keuchen ein so tolles Rasen und Springen an, daß Reiter und Reiterin bei jedem aufwärtsschnellenden Ruck des Pferdes zurückgeworfen wurden gegen die Kruppe der Stute. Schoß und Brust des Schäfers verwandelten sich für Hilde aus einem Lehnsessel in eine Art von Schaukelstuhl. Dabei mußte Lien vor dem Brüstlein des edlen Fräuleins für ein sehr festes Geländer sorgen. Dies wurde für Hilde der Anlaß zu einem Vergleiche, dessen sonderbares Ergebnis sie selber nicht recht begriff. Der eiserne Arm des völlig nüchternen Lien drückte viel gröber, als auf dem Taubenturm die betrunkene Hand des Trutzbergischen Bräutigams und Seelengatten geschmeichelt hatte. Eine klare Logik hätte da den Schluß gezogen: daß dieses bäuerische Verhalten des Lien zu verdammen, hingegen die kleine Verfehlung, die der Jungherr Eberhard von Trutz zu Trutzberg wider die ritterliche Sitte begangen hatte, bei vernünftiger Nachsicht zu entschuldigen war. Aber im heiß und wirbelig gewordenen Mädchenkopf des edlen Fräuleins von Puechstein entwickelte sich eine gegenteilige Erscheinung. Während sie beim Anblick des väterlichen Brückentores erleichtert aufatmete und den eisernen Armschutz des Schäfers als eine notwendige und unvermeidliche Sache zu erkennen begann, wurde sie erneut von einer grollenden Erbitterung gegen ihren Bräutigam befallen. Es keimte bereits die sonderbare Meinung in ihr, daß die gedankenlose Derbheit eines von vornehmer Sitte sehr weit entfernten Knechtes unter Umständen eine viel hübschere Sache wäre als das zierliche Tändelspiel eines höfisch geschulten Jungherrn. Dieser Trugschluß wurde plötzlich durch ein leises, lustiges Lachen des Lien sehr empfindlich in ihr erschüttert. „Du?“ fragte sie zornig, während sich die heiße Glut ihres Gesichtleins noch vertiefte. „Warum lachst du?“

Lien antwortete ehrlich: „Weil mir die Federlein von deinem Hütl allweil im Gesicht herumfahren, als tätest du Grillen kitzeln mögen aus meinen Nasenlöchern.“

Da mußte sie selber lachen. Und Lien, der sich reckte, fing zu schreien an: „Die Brück herunter! Flink die Brück herunter! Das edel Fräulen von Puechstein kommt!“

Heiter sagte sie: „Du bist doch auch dabei!“

Eine ruhige Antwort: „Ich zähl' doch nit.“

Über den von übelriechendem Wasser erfüllten Mauergraben fiel eine alte, morsche, vielfach mit Eisenbändern geflickte Torbrücke herunter. Durch eine enge, dunkle Halle galoppierte Lien hinein in einen kühlen, ein bißchen muffigen Hof, der umzogen war von brüchigem Gemäuer. Verwitterte, schiefgetretene Holztreppchen kletterten zu kleinen Türen hinauf. Ein altes Weib und eine junge lustige Magd, deren hübsches Köpfl von rotem Haar umzaust war, guckten zu hochgelegenen Fensterluken heraus, vier Schweinchen rannten grunzend davon, ein Schwarm von Hennen stob gackernd auseinander, Tauben flogen auf, und sehr verwundert guckten drei alte Knechte drein. Sie saßen auf einer Holzbank und hatten um den Sold geknöchelt, den ihnen der Ritter Korbin von Puechstein seit Wochen schuldig geblieben war.

Während der alte Brückenwärtl immer was Unverständliches vom Turm herunterkreischte, rief Hilde den Knechten zu: „Alle Leut in Wehr und Eisen! Und schnell auf die Gäul' hinauf! Ihr müßt zum Seeforst reiten! So flink, wie's geht! Da harret mein Vater. Der ist in Not.“ Zwei Knechte rannten zur Söldnerstube, einer sprang in den Stall. Und Hilde sagte zum Schäfer: „Jetzt kannst du lucklassen. Ich will hinunter.“

Lien ließ das Fräulein über sein Knie hinübergleiten, hielt aber seine Schutzbefohlene mit dem Arm so lange noch fest, bis ihre Füßlein auf den Steinen waren. Seine Lippen bewegten sich, doch er sagte nichts. Und Hilde, das verkrümpelte Reitkleid aufraffend, wollte hinüberlaufen zum Herrenhaus. Da drehte sie sich wieder um, hastig atmend, mit brennendem Gesicht. Sie trat zur Stute heran, guckte zum Schäfer hinauf und sagte wunderlich ernst: „Lien, das mit den Gäulen, das hast du gut gemacht. Ich muß dir ein Vergeltsgott bieten. Du bist ein Trutzbergischer, dem ich heut noch nit zu befehlen hab'. Aber willst du mir einen Gefallen tun, so reit mit unseren Knechten und hilf meinem Vater. Ich mein', ich kann ruhiger sein, wenn ich weiß, du bist dabei. Vergelten tu' ich's, wenn ich deine Herrin bin. Bei mir sollst du satter werdet als bei der Frau Engelein. Willst du, Lien?“

Er nickte stumm und hatte so seltsam erstaunte Augen, als sähe er das Fräulein von Puechstein zum erstenmal. Dabei bekam sein Gesicht einen Ausdruck, der drollig war, beinahe ein bißchen dumm. Während Hilde leis auflachen mußte, kam Frau Scholastika auf dem schleichenden Schimmel zum Tor herein. Kein Zügelgebot und kein Fersenzeichen der Reiterin konnten den Gaul in Trab versetzen. Langsam stellte er einen Huf vor den anderen hin, ließ den von Schweiß überronnenen Kopf tief hinunterhängen und sah mit unfreundlichen Augen den Schäfer an.

Frau Schligga, dem Weinen nahe, begann eine verzweifelte Klage um ihren Gatten. Mit herzlichen Worten beruhigte Hilde die Erregte und hob sie aus dem Sattel. „Jetzt brauchst du dich nimmer sorgen, Mutter! Es reitet der Lien mit den Knechten."

„Ach, geh, du Kind, du unverständiges!" jammerte die edle Frau. „Wie soll denn so ein Schäferbub deinem Vater helfen, der von allen der Stärkste ist!" Von Hilde und der jungen, rothaarigen Magd, die gesprungen kam, ließ Frau Scholastika sich hinüberführen zum Haus. Solche Führung war nötig,. Das Reitkleid hatte sich in eine so verdrehte Sache verwandelt, daß der erschöpften, an allen Gliedern zitternden Reiterin kein Schrittlein ohne stolpernde Verwicklung gelingen wollte.

Um den Schimmel kümmerte sich niemand. Er ging allein in den Stall. Sehr langsam.

Auch die Fuchsstute schien eine heftige Sehnsucht nach Ruhe zu haben. Immer wieder drehte sie den Kopf nach dem von Pferdedünger umschanzten Türlein, in dem der Schimmel verschwunden war. Sie machte auch einen Versuch, sich umzudrehen. Aber sie mußte stehenbleiben, wie sie stand. Unter dem Lien hatte sie keinen eigenen Willen mehr.

Wie aus Stein geschnitten, saß er auf dem schimmernden Rücken des Pferdes. Nur seine Knie gingen unter den pumpenden Atemzügen der Stute ein bißchen hin und her. Alles andere an ihm war unbeweglich. Und so guckte er mit den wunderlich dummen Augen immer zum Türtrepplein des Herrenhauses hinüber, obwohl da nicht das geringste zu sehen war. Aus diesem tauben Schauen erwachte der Schäfer erst, als die Gäule der drei von Eisen rasselnden Knechte über die Torbrücke hinausstolperten. Erschrocken riß er die Stute herum, gab ihr die Fersen und jagte den Knechten nach. Draußen im Burgwald sah er sie nimmer. Er sprang vom Gaul und faßte die Stute kurz am Gebiß. „Komm, Rössl, du müdes! Bergab geht's leichter und flinker auf sechs Füßen." Er surrte mit dem bockenden Pferd durch den Wald hinunter. Drunten im Wiesental, neben dem Grenzbach zwischen Puechstein und Trutzberg, saß er schon wieder auf dem Gaul, als die drei Knechte, die dem gewundenen Burgsteig nachgeritten waren, aus dem Wald herausklapperten. Einer lachte: „Bub? Kannst du hexen?"

Der Schäfer hob die geballte Faust und schrie: „Hurtig, ihr Leut! Das edel Fräulen will's haben." Er ließ der Stute die Zügel schießen und begann ein tolles Rasen, umschimmert vom Gold der Abendsonne, die in einer Scharte der waldigen Vorberge schon hinuntertauchen wollte hinter die feingeschnittene Säge der fernen Fichtenwipfel. Immer befeuerte er den Gaul durch schnalzende Zungenschläge und durch ein leises jauchzen: „Hjubba, hjubba!“ Und wollte das bei der müden Stute nimmer helfen, so streckte er lachend die Hand und kitzelte das Pferd an den empfindsamen Ohren. Dabei machte er sich so leicht und legte sich so weit nach vorne, daß der jagende Gaul den federnden Jünglingskörper kaum noch zu spüren schien.

Bei diesem Ritt ereignete sich eine wundersame Sache, die der Lien, da er nur auf den Weg und die Stute achtete, gar nicht sah.

Hinter ihm in der westlichen Höhe, da droben auf der Waldbergscharte, hinter deren gezahnten Wipfelkamm die Sonne sich verstecken wollte, verwandelten sich alle die schlanken Baumspitzen in brennende Finger, die hinaufdeuteten zum feuerschönen Himmelreich. Wie ein aus rotglühendem Kupfer geformter Igel glitt die sinkende Sonne hinter die schwarzblaue Waldkuppe.

Kühle Schatten flossen um den Trutzberg und Puechstein, über das Wiesental und um den hetzenden Reiter. Doch das ebene Moorland, dem er entgegenritt, dehnte sich mit Büschen, Röhricht, Bruchböden und Tümpeln wie ein leuchtender Blutsee gegen den rosenfarbenen Seeforst.

Nun blinzelte der glühende Sonnenigel auf der anderen Seite der blauschwarzen Waldkuppe wieder heraus, verwandelte sich in einen großen, scharfumrissenen Glutball und flog ohne Flügel langsam zwischen Himmel und Erde hin. Ein Sonnenaufgang am Abend! Und die Dünste, die dem Moor entstiegen, verzauberten das letzte Leuchten des Tages zu einem traumhaften Farbenkleid der Erde, das gewoben schien aus den roten, gelben, grünen, blauen und violetten Bändern von hundert Regenbogen.

Für dieses Schöne hatte der Lien keinen Blick. Er sah auch die kreischenden Kiebitze, die schnatternden Wildenten und die pfeifenden Bekassinen nicht, die in der Nähe des Straßendammes erschrocken herausflatterten aus dem rotbrennenden Röhricht und aus den in Blut verwandelten Gewässern. Er sah nur den Weg und achtete nur der keuchenden Stute, deren Sprünge immer müder wurden. Manchmal warf er über das Moor einen Blick nach der Richtung, in der die Pferchstätte seiner Schafe lag. Nun lachte er, leis und froh. Der Pferch da drüben war angefüllt mit dem grauen Gewimmel der Herde. Und undeutlich schollen die Kläfflaute des Hundes herüber. Lien, auf dem Gaul sich streckend, tat einen gellenden Schrei. Gleich antwortete ein klagendes Geheul des Hundes.

„Wulliwulli! Heut mußt du geduldig sein, das edel Fräulein will's!“

Beim Weiterhetzen waren nur zwei Gedanken im Lien. Der eine: ob dem Hunde kein Lamm entronnen, ob keiner von den widerspenstigen Zuchthammeln aus der Herde gebrochen wäre? Und der andere: daß er, wenn der Schäferkarren näher bei der Straße stünde, nur ein paar Sprünge machen müßte, nur einen flinken Griff, um seine Armbrust und sein Wolfseisen zu haschen.

Aus einer Staude kam ein metallenes Geflimmer. Da lag der Sattel des Fräuleins im Versteck.

Und über den Straßendamm ragte ein dünner Stab aus Eschenholz herauf – die Schäferschippe. Lien erhaschte sie im Vorüberjagen. Lachend schwang er den Schaft wie einen Speer. Wohl war das eiserne Schippenschäufelchen noch lange nicht so groß wie eine hohle Hand. Aber ein Eisen war es doch! Und ein scharfes!

In der westlichen Ferne des Moorlandes stoß der glühende Sonnenball beim Niedertauchen zu einer blutroten Mütze auseinander, als Lien den Waldweg zwischen Bruch und Seeforst erreichte.

Der Jäger, der mit den Fäusten die Kinnbacken scheuerte, sprang aus dem Heidekraut.

Lien schrie: „Wo ist der Puechsteiner Herr?“

„Sell drunten im Bachgraben. Kommen die Knechtleut nit?“

Mit dem Ärmel den Schweiß von der Stirn trocknend, wandte Lien das Gesicht. Von den Knechten war nichts zu sehen. „Die trenzen, ich weiß nit, wo!“ Nun mußte die Stute wieder springen. Auf dem linden Waldweg waren ihre Hufschläge nur ein dumpfes Pochen. Drum hörte Lien aus dem Seeforst heraus das näselnde „Hup, hup!“ der Treibleute und das Steckengeklapper an den Bäumen. Dieses Geräusch verriet ihm ungefähr, was los war. Von dem Streit, der zwischen Herrn Melcher Trutz und den Brüdern von Seeburg wegen des Jagdbannes ausgebrochen war, hatte der Schäfer noch nichts vernommen. Doch er wußte, daß es Wilddiebe gab. Sehr viele. Die müssen für Rehleber und Hasenbraten ihr Leben in die Waage schmeißen und müssen grob werden, wenn Jagdherr und Jäger kommen. Und im Seeforst schienen sich die Wildschnapper an diesem heiligen Sonntag zu einem festen Häuf zusammengetan zu haben. Da war Herr Korbin einem üblen Handel entgegengeritten. Aber viel heißer noch als die Sorge um den Puechsteiner und seine Knechte brannte im dummen Lien der Gedanke: „Gott's Tod! Die Lumpen stehlen dem edel Fräulen die Hasen und Rehlein!“

Der Schäfer hämmerte mit beiden Holzschuhen, und die Stute mußte sich strecken, daß sie fast um die Hälfte länger wurde.

An die drei Gewaffneten, die irgendwo hinter ihm zurückgeblieben waren, dachte er nimmer. Er dachte nur noch an die Rehe und Hasen des Fräuleins von Puechstein.

Kapitel 6

Auf dem erschöpften Goldfuchs erreichte Lien im schwindenden Rotglanz des Abends den breiten und tiefen Graben, den der Bergbach durch die Hügel des Seeforstes gerissen hatte. Seine Sperberaugen fanden gleich die Fährte des Puechsteiners und seiner

Geleitsleute. Beim Sprung in den rauschenden Bach spritzte das weiße Wasser hoch über den Reiter hinauf. Drüben, auf dem lehmigen Steilberg, drohte die Stute niederzubrechen. Der Schäfer sprang ab und hielt das Pferd in der Höhe. „Wie, Rössl, sei noch gescheit ein lützel!“ Ein paar Sprünge, und die beiden waren droben. Auf dem festen Moosboden schnellte sich Lien wieder auf den Gaul und trabte unter dem glühenden Himmel mit Lauschen und Spähen in den dämmernden Wald hinein. An den Hufrissen auf dem Grund, an geknickten Zweigen und gewendeten Birkenblättern erkannte er immer den Weg, den die Puechsteinischen genommen hatten.

Der Wald wurde schütter. Lien konnte hinüberschauen zum anderen Rand des Bachgrabens und sah da drüben die grobmaschigen Wehrnetze stehen, mit weißen Flattertüchern, „Ei, guck, die Wildschnapper Hetzen wie ritterliche Herren!“ Nun ritt er vorsichtig und langsam, sich immer deckend. Das tat er nicht aus irgendeinem klugen Gedanken. Er tat es, ohne zu wissen, warum – weil er einer von jenen Menschen war, die immer das Richtige tun müssen, bevor sie darüber nachdenken.

Da drüben hinter dem Wehrnetz, das vom glühenden Himmel einen roten Schimmer hatte, tauchten flüchtende Rehe auf und verschwanden wieder. Ein Fuchs schnürte windend am Netz entlang. Bockelnde Hasen stellten sich zu unbewegt lichen Männchen auf, wurden wieder rührsam und sausten davon. Ein Mannsbild erschien und tauchte hinter einen Moosbuckel. Immer näher klangen die Steckenschläge an den Bäumen und die näselnden Huplaute der Zutreiber, die schon in dichter Kette zu gehen schienen. Wirres Geschrei und Gelächter. Und ein Hirsch mit noch unfertigem Bastgeweih übersetzte in herrlicher Flucht das Netz, das nach den Landesgesetzen „nit höcher als eines gutgewachsenen Mannes Scheitel“ sein durfte – nur so hoch, daß es die Hirsche noch überspringen konnten, die den Wildbretschüsseln des niederen Adels entzogen und dem Jagdrecht des Herzogs und der Bischöfe vorbehalten waren.

Von solchen Weidwerksbräuchen wußte der Schäfer nichts. Drum plagte ihn auch kein Gedanke, der mit den Wunderlichkeiten dieser Stunde hatte rechnen müssen. Er sah die prachtvolle Flucht des Hirsches, sah das Wassersprühen im Bach, sah dag edle Tier heraushetzen über den Steilhang – und das war eine so schöne Sache, daß Lien für einen herzklopfenden Augenblick nicht nur des Herrn von Puechstein, sondern auch aller Rehlein und Hasen des edlen Fräuleins völlig vergaß. Auch mußte er die Stute, die beim Vorüberprasseln des Wildes zu scheuen drohte, fest zwischen die Knie nehmen.

Als der Hirsch im Dickicht verschwunden war, lachte der Lien ein bißchen. Doch plötzlich wurde er wieder ernst und streckte lauschend den Kopf. Aus einer nahen Senkung des Waldes meinte er eine knirschende Stimme vernommen zu haben, wie Herr Korbin von Puechstein sie hatte, wenn er zornig war.

Der Schäfer glitt von der Stute herunter und huschelte sich flink mit dem Gaul durch die Stauden. Er kam zu einem steilen Abhang. Und da drunten, auf der anderen Seite des

Baches, vor einer aus den Waldhügeln flach in den Wassergraben herauslaufenden Sunke, war zwischen den Flanken der Wehrtücher der ausgebauchte Sack des Fangnetzes an Stäben aufgestellt. Viele Rehe und Hasen zappelten schon in den engen Maschen, und immer neue wurden von der herandrängenden, aber noch unsichtbaren Treiberkette in den hänfenen Tod gesprengt. Grüngekleidete Jägerknechte und einer, der in herrischer Weidmannstracht auf einem Rappen mit flatterndem Schweifbusch und wehender Mähne saß, stachen unter fröhlichem Geschrei mit ihren langen Jagdspeeren in die von Leben wimmelnden Maschen des Netzes hinein. Die sinkende Dämmerung umwob dieses Bild mit ihren grauen Schleiern.

Nahe vor dem Lien, hinter den Stauden der Waldsenkung, klang jene knirschende Stimme wieder: „Gott's Not und Elend! Die stechen dem Melcher das ganze Gewild zuschanden. Da kann ich auf Beistand nimmer harren. Wir müssen das Netz in Fetzen schlagen. Los!"

Fünf Reiter rasselten gegen den Bach hinunter, voraus Herr Korbin von Puechstein mit geschwungenem Eisen. Das Wasser spritzte unter den zwanzig Hufen. Drüben ein wirres Gebrüll, ein Zusammenlaufen der Jägerknechte, ein Vorwerfen der blinkenden Spießklingen. Und im dunkeln Wald das Steckenklopfen und das näselnde „Hup hup!" der anrückenden Treiber.

Allen Lärm überschrillte die stahlharte Stimme des Puechsteiners: „Kerl, du! Schänder deines adligen Wappens! Was tust du da?"

„Was ich als Herr und Edelmann schon allweil getan hab!" klang es mit höhnendem Lachen aus einer groben Kehle. „Und was nach Brief und Siegel mein Recht ist."

„Nit Edelmann und Herr! Ein hundsföttischer Wildräuber bist du! Leut! Schmeißet dem Kerl das Diebsnetz über den Haufen!" Bei diesen Worten begann Herr Korbin mit dem blanken Eisen auf die Spannstränge des Fangnetzes einzuschlagen. Seine Leute taten es ihm nach. Die Wehrtücher hüpften auf und pluderten auseinander. Die Holzstäbe zersplitterten, der mit zappelndem und erstochenem Wild angefüllte Sack des Fangnetzes wälzte sich über den Boden hin, die noch lebenden Tiere wurden frei, viele rannten frisch und gesund davon, manche mußten wanken und humpeln.

Als aus dem niedergerissenen Fangnetz die Garbe des befreiten Wildes auseinandergestoben war, hatte Lien über diese possierliche Sache lachen müssen. Doch beim Anblick der vielen täppelnden Invaliden eines üblen Weidwerks wurde er von Erbarmen und Zorn befallen. Dabei gewahrte er, daß der Grüngekleidete auf dem Rappen seinen langen Jagdspeer fällte und gegen den Puechsteiner losrannte. In dem heißen Schreck, der den Schäfer um des edlen Fräuleins willen befiel, mußte Lien nun abermals etwas tun, ohne vorher zu denken. Ein flinker Schippenschwung. Der faustgroße Steinbrocken, den der Schäfer aus dem Boden gestochen hatte, sauste pfeifend durch die Luft. Und in dem Augenblick, als Peter von Seeburg dem Puechsteiner den Jagdspeer zwischen die Herzrippen bohren wollte, machte der Angreifende einen sonderbaren Tunker über den Sattel hinaus. Die Speerspitze glitt nach abwärts, zerschnitt noch das Schenkelfleisch neben den stählernen Beinplatten des Herrn Korbin und viel zu Boden. Der Seeburger, dem ein dunkler Blutguß über die rechte Wange herunterfuhr, stürzte seitwärts aus dem Sattel, wie von einem unsichtbaren Blitz erschlagen, und lag gleich einem unbeweglichen Stück Holz auf der Erde, während der reiterlos gewordene Rappe davonsauste.

Herr Korbin, durch die kreischenden Zurufe seiner Leute gewarnt, hatte den Gaul herumgerissen, um sich zu schützen. Er brauchte keinen Streich mehr zu machen, alle Arbeit zur Wahrung seines Lebens war getan. Ein bißchen verwundert senkte er das Eisen, sah zu dem Unbeweglichen hinunter, in dessen blassem, von Blutfäden überronnenem Gesicht er den Tod erkannte, und sagte mit ruhigem Ernst: „Peter Seeburg! Heut' hast du bei deiner unheiligen Sonntagsjagd einen kalten Hasen gefangen. Den kann dir auch eines Bischofs geschickter Koch nimmer aufwärmen. Gott soll dir gnädig sein da droben im Himmelreich, nach dem du wohl nit mit christlichem Willen getrachtet hast!“

Die Leute des Seeburgers hatten unter Zorngeschrei einen Angriff wider die Puechsteinischen unternommen. Doch als sie ihren Herrn so wunschlos auf dem rotgefärbten Moosboden liegen sahen und das Eisengeklirr der drei Schwergewaffneten vernahmen, die mit dem Trutzbergischen Jäger durch den Bachgraben heranjagten, fühlten sie sich in der Minderzahl, bekehrten sich zu klagendem Frieden und versuchten den Erschlagenen vom Boden aufzurichten.

Herr Korbin gebot ihnen: „Tragt ihn heim zu seinem fürsichtigen Bruder, der heut' am Sonntag lieber gebetet hat, als daß er die Butterhasen des Melcher hetzte. Eure Waffen bleiben am Fleck. Für das erstochene Gewild wird sich der Trutzberger bei euch bedanken, weil ihr ihm eine Jägermüh erspart habt. Das Netzwerk pfänd' ich. Macht, daß ihr weiterkommt! “ Den hörigen Treibleuten brauchte, der Puechsteiner das gleiche nicht zu befehlen. Die waren schon im Zwielicht des Waldes wie graue Schemen verduftet. Ganz schweigsam war es im Seeforst geworden. Man hörte außer dem Rauschen des Bergwassers nimmer viel.

Schweigend beugte sich Herr Korbin aus dem Sattel herunter und betrachtete die Schläfenwunde des Erschlagenen. Sie schien von einem Streithammer herzurühren, vom wilden, kraftvollen Stoß eines Schwertknaufes oder eines Speerschaftes.

Als der Seeburger von seinen Jägern davongetragen wurde, nickte der Puechsteiner seinen Leuten freundlich zu und fragte: „Wer hat mich erlöst von dem Kerl?“ Weil die Knechte schwiegen, fügte er bei: „Der's getan hat, soll guten Lohn haben. Viel Pfifferling ist mein Leben nit wert. Aber fehlt's an Dukaten, so hat man auch den Heller noch gern im Sack.“

Nun gab's ein Erstaunen. Keiner von den Knechten hatte den erlösenden Streich getan. Das war geschehen wie ein unbegreifliches Wunder. Weder Herr Korbin noch einer von den Vieren, die bei ihm waren, hatte den Lien gesehen. Die Viere wußten nur, daß die Seeburgische Speerklinge schon dicht neben der Herzstelle ihres Herrn gefunkelt hatte. Auch der Trutzbergische Jäger und die drei Schwergewaffneten hatten des Schäfers längst vergessen. Der zählte nicht.

Herr Korbin lachte: „Soll's geschehen sein, wie's will! Dem Himmelreich wär' ich für heut' entronnen."

Da lallte der Jäger, der die Kieferstarre noch nicht völlig überwunden hatte: „Jesus, Herr, Euch tröpfelt das Blut vom Schenkel."

Nun erst entdeckte der Puechsteiner, daß er verwundet war. Er stieg vom Gaul. In der sinkenden Dämmerung ließ er sich die Beinplatten abschnallen und den durchlöcherten, mit Blut getränkten Strumpfschlauch herunterziehen. Eine spannenlange Fleischwunde ging schief über die Außenseite des Oberschenkels hin. Der Schnitt, obwohl er heftig schweißte, hatte kein bedenkliches Aussehen. Als Herr Korbin ein paar Beugbewegungen mit dem Bein machte, gehorchten alle Muskeln und Sehnen. Er sagte: „Eine Läpperei! Das wird bei meiner guten Heilhaut in drei, vier Tagen überstanden sein!"

Einer von den Knechten holte Wasser in seinem Eisenhut. Man wusch die Wunde, verband sie mit der seidenen Schärpe des Herrn Korbin, nestelte den Strumpfschlauch wieder an den Gürtel und schnallte die Stahlplatten drüber. Während dieser Kur des blessierten Ritters war rings um ihn herum in der Dunkelheit des Abends ein stummes Gezappel und ein lautloser Todeskampf der durch die Seeburgischen Speerstiche verwundeten Rehe, die nimmer von der Stelle kamen. Denen verband man die Wunden nicht; der Jäger des Herrn Melcher Trutz erlöste sie von ihren Leiden.

Ohne Hilfe konnte der Puechsteiner in den Sattel steigen. „Schafft das Netzwerk, die Waffen und das erstochene Wild zum Jägerhaus! Meine Knechte bleiben als Wache dabei und halten Ausguck nach der Seeburg! Am Morgen soll man alles hinaufkarren zum Trutzberg!" Er wandte den Gaul und winkte dem ältesten seiner Knechte. „Du, Veit, mit mir!"

Zwischen den schwarz werdenden Waldsäumen und unter einem Himmel, der seine schöne Blutfarbe zu verlieren begann, ritten die beiden durch den Bachgraben davon. Bevor Herr Korbin das Pferd über den Hang hinauflenkte, wandte er das Gesicht und murrte verdrießlich: „Das ist abgelaufen wie eine Kirchweih ohne Geigen und Blatterpfeif."

Es ärgerte ihn, daß ihm die Arbeit dieses Abends so leicht geworden. Der Gedanke an den verewigten Peter von Seeburg bedrückte ihm keine Faser seines Gewissens. In den zwanzig Jahren seiner Söldnerdienste und Kriegsfahrten war ihm, was Menschenleben hieß, eine billige Ziffer geworden. Und der Friedensbruch des Erschlagenen war unleugbar. Beim Gerichtshandel wird es sich auch erweisen lassen, wie es mit dem Seeburger zugegangen. An einen wundertätigen Engel, der mit einer Gottesbüchs aus dem Himmelreich heruntergeschossen, glaubte Herr Korbin nicht. Es wird wohl der Peter Seeburg bei einem scheuenden Sprung seines Gaules aus dem Sattel gepurzelt sein? Und ein Stein oder Wurzelknorren hat ihm die Schläfe zerschlagen?

So oder so, für den überlebenden Bruder des Erschlagenen war's eine Lehr und Warnung. Der wird die Hasen und Rehe des Melcher von heute an in Ruhe lassen. Aber klagen wird er – bei Herzog und Reich – und verlieren! Kann auch Krawall machen, morgen den Fehdebrief schicken und nach drei, vier Tagen anrücken mit dem Seeburger Leuthaufen. Beim Gedanken an diese Wahrscheinlichkeit verbesserte sich der üble Humor des Puechsteiners. Das brächte ein bißchen Abwechslung in die Langweil dieser blumensatten Frühlingswochen.

Als Herr Korbin vom Waldsaum auf den das Moor durchziehenden Straßendamm einlenkte, spähte er durch die tiefe Dämmerung prüfend nach den Giebeln und Turmspitzen seiner Burg.

Eine Heimat war ihm das halbzerfallene Mauerloch da droben noch nie gewesen. Viel zu halten war da nicht. Es fehlte an allem. Rückt der Heini von Seeburg an, so wird's keine vier, fünf Tage dauern, bis der rote Hahn auf dem Puechsiein sitzt und seinen Feuerschrei hinausgackert in die Nacht. Ein hartes Ding! Wird aber auch sein Gutes haben! Kommt schlechtes Wetter und regnet's dem Mädel in das dachlos gewordene Bettlein, so muß man auf dem Trutzberg eine flinkere Hochzeit halten. Und liegt das liebe Kind unter dem Trutzbergischen Betthimmel, so kann Herr Korbin an die Donau reiten, wo man Männer gegen die Heiden braucht – oder sonst wohin, wo ein rechtschaffener Handel los ist. Die Toten haben nur ein einziges Himmelreich. Für die Lebenden gibt's einen Himmel überall, wo eine feste Mannesfaust ihren Wert hat.

Der ruhige Ernst dieser Rechnung wurde für Herrn Korbin durch einen heiteren Gedanken unterbrochen. Gingen die Dächer des Puechsteins in Rauch und Flammen auf, so mußte doch auch Frau Schligga bei ihrem vermählten Kind auf dem Trutzberg hausen. Frau Schligga und Frau Engelein als Gegenschwiegerinnen unter dem gleichen Dach! Katz und Hündlein am gleichen Bändel! Bei aller Sanftmut, deren Frau Scholastika fähig war, konnte sie auch eine streitbare Seele erweisen, wenn es herging um das Glück ihres Kindes oder um das Ansehen ihres fernen Gatten. „Gott's Teufel! Da wird's Funken und Scherben geben! Die zwei geraten einander in die Zöpf, daß die Haar fliegen! und der gute Melcher hockt zwischen drinnen, tröpfelt sich an und weiß nit, zu welcher er halten soll."

Herr Korbin lachte bei diesem Gedanken so lustig in die tiefe Dämmerung hinaus, daß der alte Veit seinen Ritter verwundert anguckte.

Graue Nebel hingen über dem Moor. Nur gegen Westen war noch ein rötlicher Schimmer, als wäre dort der ferne Himmel überzogen von einem langen Glutstreif. Von diesem neblig verschleierten Rotschein hob sich plötzlich der schwarze Umriß eines Pferdes ab.

„Was ist da?“ Der Puechsteiner griff nach dem Eisen, wurde aber gleich wieder ruhig. Der Gaul war ohne Reiter, hielt den Kopf gesenkt und hing mit dem Zügel an einem Weidenast. Erst dachte Herr Korbin an den Rappen des Seeburgers. Beim Näherreiten erkannte er die Fuchsstute seiner Tochter. Der Frauensattel mit der zerrissenen Gurte lag nebenan auf der Straße.

In einer Sorge, wie sie sonst seinem Herzen nicht geläufig war, schrie der Puechsteiner den Namen seines Kindes in die sinkende Dunkelheit.

Von irgendwo aus dem Nebel heraus, über hundert Schritte her, kam mit klingender Stimme die Antwort: „Nit ängsten, Herr! Das edel Fräulen ist gut daheim!“

Nun lachte Herr Korbin und fragte seinen Knecht: „Der da schreit? Wer ist denn das?“

„Irr ich nit, so ist es der Lieni, Herr! Der Trutzbergische Schäfer. Ist ein verläßlicher Bub.“

„So? Nimm den Gaul! Und flink! – Was muß es denn da gegeben haben?“

Diesen Wortwechsel und den Hufschlag der drei Pferde konnte der Schäfer nimmer hören. Er rannte über den feuchten Bruchboden hin, daß unter seinen Sprüngen das Wasser aufklatschte. Für solche Eile hatte er zwei gute Gründe: er wollte einer Frage entrinnen, die er nicht gern beantwortet hätte, und mußte heim zu seinem schutzlosen Pferch.

Wulli, der seinen Herrn kommen hörte, begann wie irrsinnig zu kläffen und zu winseln, verließ aber doch das offene Türlein des Pferches nicht, weil die Schafe sonst wieder ausgebrochen wären. Auch die Herde schien zu fühlen, daß irgend etwas an diesem Abend nicht ganz in Ordnung war; statt zu rasten, trampelten die Tiere blökend und aufgeregt in der Hürde herum. Sie wurden erst ruhig, als Lien das Pferchgatter geschlossen hatte.

„Sind alle drin? Hast du keins vergessen, Wulli?“

Weil der Hund nicht suchen wollte, wußte Lien, daß kein Stücklein der Herde sich verlaufen hatte. Nun wurde Wulli gelobt. Närrisch tollte der Hund an dem Schäfer hinauf. Der fing ihn plötzlich, mit dem Arm um den Hals herum, drückte die Wange an Wullis Schnauze und blieb so eine Weile stehen, wortlos, ohne sich zu rühren. Der Hund hielt diese ungewöhnliche Sache geduldig aus; als er seine Freiheit hatte und wieder auf allen vieren stand, zuckte er mit den Ohren und spähte staunend dem Schäfer nach, der langsam zum Karren hinüberging. Gut war sein Herr wohl immer zu ihm gewesen – zärtlich nie. Nach diesem Rätsel kam aber gleich wieder etwas Verständliches, etwas

Gewohntes, das sich an jedem Abend ereignete, solange die schimmligen Brotlaibe der Frau Angela dazu ausreichten. Lien saß im Nebeldunkel auf der Deichsel des Karrens, und Wulli hockte vor ihm, mit dem Kopf auf dem Knie des Schäfers, welcher Scheiblein um Scheiblein vom Laib heruntersägte, immer das eine dem Hunde hinbot und das nächste selber speiste. Bei diesem Vorgang war Wulli sehr guter Laune und dennoch ein bißchen zerstreut. Von der Tatsache, daß im Kalender ein Sonntag stand, an dem sich eine Christenseele, was Besonderes vergönnen durfte, hatte er wohl kaum eine klare Vorstellung. Aber seine Nase verriet ihm, daß heut' im Schäferkarren viel feinere Dinge vorhanden waren als Frau Engeleins Schimmelbrot. Warum holte der dumme Lien die Köstlichkeiten der Margaret nicht heraus?

Immer schnupperte Wulli gegen das offene Karrentürchen. Der Schäfer blieb für die Klugheit seines Hundes blind, hatte Sonntag, Schmalzkrapfen und Selchfleisch völlig vergessen, zerbiß das trockene Brot und war ernst, schweigsam und nachdenklich.

Ein Mensch? Das war doch schließlich was anderes als ein Wolf, den man lachend niederschlägt, wenn er eins von den Schafen reißen will. Immer wieder rieselte dem Lien in der lauen Frühlingsnacht etwas Kaltes über den Nacken, durch das Herz, durch alle Glieder. Dabei wußte er aber: wenn es heute nicht geschehen wäre, und es käme morgen so, dann müßte er's wieder tun! Man kann doch dem edlen Fräulein von Puechstein nicht den Vater niederstechen lassen wie ein Osterschwein! Und sie hat's doch haben wollen, „Hilf meinem Vater!“ Hätte er's nicht getan, so müßte sie, wenn sie die Herrin auf dem Trutzberg wird, zu ihm sagen: „Du bist ein treuloser Knecht! Geh mir aus den Augen! Ich such' mir einen besseren Schäfer!“

Lien drehte langsam den Kopf und sah zum Pferch hinüber – etwas Heißes und Schmerzendes fing in seiner Seele zu brennen an. Aus dieser Qual erlöste er sich mit einem Lächeln: „Ich bin doch gehorsam gewesen! Ich muß doch bleiben dürfen!“

Freilich, böse Dinge würde es absetzen! Als der Grüngekleidete den Sturz aus dem Sattel getan, da hatte Lien verstanden, gegen wen er den Stein geworfen. Und hatte sich im ersten Schreck mit der Fuchsstute heimlich davongestohlen. Wenn Herren hadern, wird allweil ein Knecht zum Sündenbock. Die Großen brocken ein, die Kleinen müssen austunken. Aber soll's nun kommen, wies mag! Es war geholfen. Was ging ihn das andere an? Und daß es der Lien getan? Hat das einer gesehen? Die Steine, die dem Lien von der Schippe sausen, sieht man nicht fliegen in der Luft. Sie treffen nur. Und verständig den Schnabel halten, das heißt noch lange nicht: Lügen.

Schwer atmend schob der Schäfer zur großen Enttäuschung des Wulli den Brotlaib in den Karren. Das Nachtmahl war kürzer gewesen als sonst.

„Genug, Wulli! Jetzt muß man schlafen. Leg dich!“

Gehorsam streckte sich der Hund zwischen den Karrenrädern in das Heidekraut.

Auf der Deichsel stehend, reckte sich Lien und lauschte hinüber gegen den im Nebel unsichtbaren Seeforst. Der Wald war still. Nur das Bachwasser rauschte. Und aus weiter Ferne klang undeutlich das Bellen zweier Füchse, die auf den Fährten der wundgestochenen Rehe zu jagen begannen.

In dicken Schwaden zog der Nebel über den Moorboden hin. Gegen die Höhe wurde er dünner und ließ zuweilen den zerflossenen Schimmer eines großen Sternes heruntersickern. Lien entkleidete sich und schlüpfte in den Karren. Als er in dem engen schwarzen Käfig auf den Wolfshäuten lag, bekreuzigte er das Gesicht, faltete über der Brust die Hände und betete drei Vaterunser für eine arme Seele, deren Namen er dem lieben Herrgott nicht nannte. Droben im Himmelreiche würden sie schon wissen, wen er meinte. Er betete langsam und sehr gewissenhaft. Das machte ihn ruhiger. Und die Müdigkeit schenkte ihm bald einen Schlaf, der freilich von mancherlei schweren Träumen ein bißchen gestört wurde. – – –

Um die gleiche Stunde glänzten auf dem Puechstein, der sich hinaushob über den ziehenden Moornebel, zwei erleuchtete Fensterchen wie rote Augen in die von zahllosen Sternen durchfunkelte Frühlingsnacht. Neben den zwei hellen Fenstern war etwas tiefer ein drittes, das nur einen matten, kaum noch erkennbaren Schimmer hatte.

Es war das Fenster von Hildes winziger Schlafkammer, in die aus dem Ehegemach der Eltern ein sechsstufiges Wendeltrepplein herunterführte. Durch die offene Tür fiel eine zuckende Helle herein und warf einen Lichtstreif über die weißgetünchte Mauer hin. Davon bekam die Kammer einen milden Dämmerschein, in dem alles Gerät wie von zartem Schleier umhangen schien: die Fenstertruhe mit Spinnrad und Stickrahmen, zwei Holzschnitte an der Erkerwand, der kleine Webstuhl in der Ecke, die Feuerhöhlung, das Bänklein mit Waschbecken und Handzwehle, das Stühlchen mit dem sorgsam ausgeglätteten Gewand, ein kleines, aus Kupfer gegossenes Kreuzbild und das kurze, von linnenen Vorhängen umfältete Bett, in dem Hilde seit drei Jahren nimmer ausgestreckt, nur mit aufgehuschelten Knien liegen konnte.

Jetzt lag sie nicht. In ihrem blaßblauen Nachtkleide, über das die zwei aufgenestelten Zöpfe lang herunterhingen, saß sie zwischen dem Kissen und der aus Lammsfellen zusammengestückelten Bettdecke und streckte in erregtem Lauschen das Köpfchen gegen die offene Tür.

Da droben im Ehegemach der Eltern redeten Vater und Mutter immer von der Schenkelwunde, die Herr Korbin als „Läpperei", Frau Schligg unter Tränen und Seufzern als „unbegreifliches Versäumnis der göttlichen Fürsicht" bezeichnete. Mit allen Aufgebot ihrer ärztlichen Hausfrauenkunst hatte Frau Scholastika die Wunde gereinigt, mit Harzpflaster überklebt und frisch verbunden. Aber noch immer wußte sie nicht, wie ihr Gemahl in diesen „schrecklichen Zustand" geraten wäre. Herr Korbin wollte nicht reden, wollte vorerst seinen Durst und Hunger stillen. Und Ruhe wollte er haben, um alles Nötige für die nächsten Tage bedenken zu können.

„Ach, Mann, so red doch!“ bettelte Frau Schligg unter neuen Tranen. „Die Angst erwürgt mich ja schier! So sag doch, was im Seeforst geschehen ist!“

„Meinetwegen!“ Der Puechsteiner war verdrießlich. „Die Neugier ist bei den Weibern allweil das Stärkste. Und erfahren mußt du's ja doch. Hängt der Teufel den Schwanz in die Welt, so merkt man, daß er Borsten hat.“ Ein Lachen. Und der Deckel einer zinnernen Weinkanne klapperte. Dann dämpfte sich die Stimme des Herrn Korbin. „Das Mädel schlaft wohl schon? Geh, Schligg, und mach die Tür zu!“

Hilde sah die Mutter im Rahmen der niederen Tür erscheinen, bekleidet mit der weitfaltigen, gelben Schlafkutte, das Haar von einem verblichenen Seidenhäubchen umschlossen. Aber wie Frau Schligga so dastand, im Schatten der starken Helle, erkannte man an ihr keine Farbe mehr. Ganz schwarz war sie und warf ein verzerrtes Schattenbild über die beleuchtete Mauer des Kämmerchens. Als sie die Türe zuziehen wollte, flüsterte Hilde mit zerdrückter Stimme: „Laß mich hören, Mutter! Ich tu mich doch gerad so um den Vater sorgen wie du!“

„Nit erschrecken!“ rief Herr Korbin unter gemütlichem Lachen. „Was jung ist, muß tapfer sein. Es genügt, wenn ich deine Mutter heulen seh'. Die Tür kann offen bleiben. Komm, Schligg, setz dich her zu mir!“

Die Tränen bezwingend, mit dem festen Willen, tapfer und vor allem noch ein bißchen jung zu erscheinen, wandte sich Frau Scholastika in das Zimmer zurück, das erleuchtet war von einer lebhaft flackernden Talglampe. Den halben Raum nahm das mächtige, grün und gelb überhimmelte Ehebett ein, in welchem Herr Korbin trotz seiner Magerkeit die größere Hälfte für sich beanspruchte. Seine Kleider lagen wirr umher, und auf einem Schemel stand neben dem Verbandzeug noch die Kupferschüssel mit rotgefärbtem Wasser. Die gespreizten Beine von grobem Linnlaken bedeckt, in einem Hemd mit mürbhängender Halskrause, saß Herr Korbin in seiner anspruchsvollen Betthälfte, hatte den hohen, zinnernen Weinkrug neben sich auf dem Dielboden stehen und hielt auf dem Schoß einen flachen Holzteller mit Weißbrot, Käse und kaltem Fleisch.

Behaglich kauend, das Trockene immer fleißig befeuchtend, erzählte er von des Seeburgers rechtswidriger Klopfjagd im Seeforst.

„So was leidt man nit. Ich bin doch des Melchers redlicher Freund. Rechte Freundschaft muß durch Feuer und Wasser springen. Sonst ist sie ein Hennenmist.“ Er zog mit den Fingern das weiße Fleisch von einer Hühnerbrust. „Kannst dir denken, wie ich dem Kerl das Netz in Scherben geschmissen hab'!“ Lachend schob er den Bissen zwischen die festen Zähne und redete beim Kauen weiter: „Der Seeburger, natürlich, der will mich anrennen mit dem Jagdspeer –“

„Jesus!“ stammelte Frau Schligg erblassend.

„Närrlein, ich leb' ja doch! Aber das ist nit mein Verdienst. Ich hör' die Gesindleut schreien, wend' mich und will mich wehren. Da macht der Seeburger einen Torkler aus dem Sattel, und sein Eisen läppert mir neben den Stahlplatten noch ein lützel über den Schenkel her. Dann ist der Peter von Seeburg dagelegen. Wie's geschehen ist, weiß ich nit. Von den Knechten hat's keiner getan. Tät ich an Wunder glauben, so müßt' ich sagen: der junge David ist als ein Unsichtbarer vom Himmelreich heruntergehupft und hat sein Goliwatstückl wieder aufgespielt.“ Herr Korbin griff nach der Weinkanne und tat einen Trunk. „Mag's sein, wies will. Wär's geschehen um einen Schnaufer später, so tätst du heut' heulen müssen, Schligg, mit gutem Grund. Jetzt tust du's ohne triftige Ursach.“

Die beiden hatten aus dem Kämmerlein keinen Laut vernommen, keinen Klapp eines nackten Fußes. Sie sahen nur plötzlich, daß Hilde auf der Schwelle stand. In dem weiten und langen Schlafkittel, mit dem bleichen Gesicht und den großen, heißglänzenden Augen war sie anzuschauen wie ein ekstatisches Nönnlein.

„Vater?“

Herr Korbin guckte verwundert sein Mädel an, in der einen Hand ein Rinkelchen Weißbrot, in der anderen ein Hühnerbein. „Kind? Was ist denn los?“

„Hast du ihn nit gesehen, Vater?“

„Wen?“

„Den Starken, der geholfen hat, wie der Seeburger dich erstechen hätt' mögen?“

„Was für ein Starker soll's denn gewesen sein?“

„Ein junger David.“

„Ach, geh, du Märleinspinnerin!“ Erheitert lachte der Vater. „Red nit so närrisches Zeug! Oder meinst du am End den Lausbuben von Schäfer? Der ist doch gar nit dabei gewesen. Beim Sträßl im Bruch, da hat er dein Rössl an eine Staud gebunden. Und aus dem Nebel hab' ich ihn schreien hören: ich sollt' nit Sorg haben, mein Kindl wär gut daheim.“

Hilde atmete tief und nickte. Ihre glänzenden Augen sahen ins Leere, während in ihrem verstörten Gesichtchen ein irrendes Lächeln erwachte.

„Tu dich schlafen legen! Und komm –“ Herr Korbin stellte den Holzteller in die leere Betthälfte hinüber und säuberte an seinem Hemd die Finger. „Gib deinem Vater noch einen Schmatz zur guten Nacht!“

Lächelnd kam sie. Auf der Bettkante sitzend, hing sie an seinem Hals. Er küßte ihr Haar, ihre Stirn, ihre Wange, wiegte in seinen Armen diesen feinen, knospenden

Mädchenleib, beschloß seine Zärtlichkeit mit einem festen Klaps und sagte lachend: „Mädel, ich kann's dem jungen Trutz nit verargen, daß er dich knutschen möcht'. Bist ein holdseliges Bröcklein! Jetzt geh schlafen, steh morgen mit Lachen auf und sei gescheit! Gelt, ja?“

Sie nickte. „Gut Nacht, herzlieber Vater!“ Mit ihrem träumenden Lächeln ging sie lautlos davon und tauchte hinunter in das Zwielicht ihres Kämmerchens.

Inzwischen war Frau Scholastika blaß und wortlos in der Stube umhergegangen. Um ihre Tränen zu verheimlichen und das untapfere Zittern ihrer Angst zu überwinden, machte sie Ordnung im Ehegemach und wollte das rotgefärbte Wasser, das in der Kupferschüssel war, durch ein offenes Fenster hinausgießen. Sie mußte die Augen schließen, um das fertigzubringen: daß sie mit dem Wasser auch ihres Mannes Blut hinunterschüttete ins Bodenlose der Nacht. Sie hätte schreien mögen vor Weh und Sorge, als sie das Wasser in der Tiefe klatschen hörte.

Herr Korbin in seiner größeren Betthälfte streckte sich behaglich. „Komm, Weibl! Trenz nit so lang umeinander!“

Schweigend drückte sie an Hildes Kämmerchen die schwere Türe zu, und mit der rechten Hand sich bekreuzigend, stülpte sie mit der Linken das Kupferhütchen über die Flamme der Talglampe.

Die Stube wurde schwarz. In den zwei offenen Fensterluken flimmerten die kleinen Sterne wie goldene Nadelspitzen.

Ein erschrockenes Flüstern: „Aber Korbi! Denkst du denn nit an dein wehes Bein?“

„Das tut nit weh.“ Der Puechsteiner lachte. „Und wenn! Wie weher einem ist, um so besser schmecken die lieben Sächlein des Lebens. Nit Zeit versäumen. Alles Irdische hat einen kurzen Schopf.“

„Mann, ach, Mann, mich erwürgt die Angst! Der Peter Seeburg ist erschlagen –“

„Gott geb' ihm die ewige Ruh!“

„Und allweil denk' ich in Sorg, was kommen wird!“

„Laß kommen, du Zitterhäslein! Was kommt, ist allweil anders, als wie man's hofft oder fürchtet. Der Wanderpfaff hat ein Maul ohne Hirn. Nie kommt, was die Dummen aus schwachem Willen erschreien. Es kommt nur, was kommen muß. Und was ein Starker erzwingen kann.“ Wieder lachte Herr Korbin. „Gelt, ja? Dich zwing' ich noch!“

Was Frau Schligga noch stammeln wollte, erlosch unter den Küssen ihres Mannes. Ein heißer Trunk des Vergessens betäubte in ihr jeden Sorgenschrei.

Kapitel 7

Mit kräftigem Wehen zog der Nachtwind von den Bergen über das ebene Land und blies den Nebel des Moores gegen den fernen See hinaus. Nur mannshoch über dem Bruchboden, zwischen Stauden und Röhricht, blieben die grauen Schleier noch hängen, dick zusammengepreßt.

Aus den rührsamen Nebelschwaden, über denen die tausend Sterne des stahlblauen Himmels funkelten, lugte wie ein schwarzer Keil das Dächlein des Schäferkarrens heraus.

Ein leises Geklapper.

Lien hatte den hölzernen Schuber aufgestoßen. Er war erwacht, konnte nimmer einschlafen, und in dem engen Kasten begann es ihm schwül zu werden.

Er saß in der Finsternis gekrümmt auf dem heißen Wolfsfell, mit der Stirn über den aufgezogenen Knien, um die er die Arme geschlungen hielt.

„Lieni, du Narr, wie kannst du so Unsinniges träumen."

Nach einer unbeweglichen Weile tat er einen schweren Atemzug und hob das Gesicht an das Schuberloch. Er sah den schwarzblauen Himmel und die flimmernden Sterne.

„Ich wollt', daß es tagen tät!"

Noch niemals in seinem Leben hatte Lien etwas ersehnt mit so dürstendem Christenwillen. Es kam nicht. Und hätte Lien von der Predigt des Wanderpfaffen außer dem Amen noch ein anderes Wort behalten, er hätte in dieser schleichenden Nacht wie Herr Korbin von Puechstein sagen müssen: Das ist Maul ohne Hirn gewesen. Man kann doch nicht als Erfüllung eines Willens bezeichnen, was erst zu erscheinen beginnt nach unerträglichen Ewigkeiten.

Dem Schäfer dauerte das Warten auf den Morgen zu lange.

Er öffnete das Türlein und schob sich ins Freie. Während er nackt auf der Deichsel des Karrens stand, fühlte er an seiner Wade die kühle Schnauze des Wulli. Zu sehen war vom Hunde nur ein undeutlicher Umriß. So dick lag unterhalb der Brust des Schäfers der langsam ziehende Grundnebel.

Irgendwo das Gezwitscher einer Schnepfe, der erste Lebenslaut des nahenden Morgens.

Gegen Osten erbleichten die Sterne, und der Himmel hellte sich auf, in Gelb und Grün, als trüge er die Puechsteinischen Farben.

In diese bunte Helle zog wie eine schwarze Stachelschlange die ferne Waldspitze des Seeforstes hinein. Immer spähte der Schäfer über das graue Nebelgebuckel zu dem Wald hinüber, von dem nur die Wipfelzacken zu sehen waren.

„Ich hab's doch getan, weil ich's tun hab' müssen. Was für Nächt' müssen Menschen haben, die einen umbringen aus Gier oder Schlechtigkeit!“

Diesen Gedanken fühlte Lien wie einen Trost, der ihn ruhiger machte, wie etwas Gutes und Frommes, das der erwachende Tag ihm schenkte.

Nährend er sich ankleidete, sprach er wie an jedem Morgen sein Vaterunser. Bei einem nahen Tümpel wusch er Gesicht und Hände. Dann schnallte er die Salztasche um, nahm die Schippe, setzte das Hütl auf und stieß die nackten Füße in die schweren Holzschuhe.

„Komm, Wulli!“

Mit höchstem Erstaunen betrachtete der Hund seinen vom Nebelgrau umflossenen Herrn, der heute zu vergessen schien, wie gerne Mensch und Tier an jedem Morgen ihr Frühstück einnehmen. Lien vergaß das nur für den Wulli und für sich. Nicht für die Schafe. Weil es für den Austrieb noch zu dunkel war, schwang er sich über den Flechtzaun des Pferchs. Wulli, der für die Schafe bedeutete, was für die Menschen der Teufel ist, mußte draußen bleiben.

Die Schafe ruhten noch. Als die ersten aufstanden und den Hirten umdrängten, kamen auch die anderen aus dem Grau herausgetrottet. Das Blöken der Mütter und Jungschafe, das Geblätter und Murren der Böcke und das zarte Klagen der Lämmer vermischte sich zu einem wunderlichen Morgenlied, bei dem die Schnatterlaute der Wildenten einfielen, das Gekreisch der Kiebitze, ein Drosselschlag und der Gurgelgesang eines Birkhahns.

Lien kannte seine dreihundertvierzehn Weidekinder an Wolle, Gestalt und Gesichtern so gut, daß es keinem der gierigen Naschmäuler gelang, zweimal das Salz aus der Hand des Hirten zu erschleichen.

Als alle Schafe gesalzt waren, fing er eines von den Lämmern, ein zartes und schneewolliges Tierchen, hob es auf den Armen an seine Brust und lachte ein bißchen, weil das Lamm an des Schäfers Hals zu saugen begann. „Gelt, da kriegst du nit viel!“ Er nahm das Köpfl des Tierchens in seine Faust und betrachtete es im Grau des Morgens lang und aufmerksam, um das werdende Gesicht seinem Gedächtnis einzuprägen. Während er das Lamm zu Boden setzte, sagte er: „Dich laß ich nit schlachten. Und weißt du, wie ich dich taufen tu? Mein „Silberweiß“ bist du und bist mein „Edelfräulen“!“

Nun öffnete er den Pferch und ließ die Schafe hinausweiden in den zerfließenden Nebel, der von der nahenden Sonne und vom Widerglanz des Himmels einen rosigen Schein bekam.

Wieder erlebte Wulli ein unverständliches Ding. Sonst trieb der Schäfer an jedem Morgen gegen den Seeforst, nach der Mittagsstunde gegen die Trutzbergische Moorstraße, am Abend zum Puechsteiner Straßendamm und wieder heim zum Pferch. Heute zum erstenmal machte der unbegreifliche Lien die Sache umgekehrt und ließ die Herde gegen den Puechstein weiden. Wulli wurde dadurch ein bißchen verwirrt. Es erging ihm wie den Philosophen, wenn sie an den Säulen des Lebens und an der Wirklichkeit der Dinge zu zweifeln beginnen. Allerlei Trugschlüsse verleiteten ihn zu Dummheiten, die den Zorn seines Herrn erregten. Und schließlich, als er ein ganz richtig gegen das Puechsteiner Sträßlein weidendes Mutterschaf an der Wolle faßte, bekam er einen sicher gezielten Rasenbrocken hinter die Ohren. Er war gekränkt. In solchem Gemütszustände stellte er das rechte Spitzohr trotzig nach aufwärts, während er das linke wehmütig nach abwärs schlappern ließ.

Ganz rosenfarben wurde der Nebel. Leuchtend hing er um Himmel, Wasser, Stauden und Blumen her, wie ein seidener Schleier um das Gesicht einer schönen Frau.

Auf dem Straßendamm, der zum Puechstein führte, klapperte was. Immer näher, immer deutlicher.

Wulli schlug an. Nur einen einzigen scharfen Kläfflaut ließ er hören. Dann erinnerte er sich, daß er beleidigt war, blieb schweigsam und drängte die Herde vom Puechsteiner Straßendamm zurück. Weil er nichts hinter die Ohren bekam, befestigte sich in ihm die Überzeugung, daß Lien, der Rätselvolle, jetzt endlich wieder zu klarer Vernunft gekommen wäre. Mit gesteigertem Fleiß revierend, trieb Wulli die Herde gegen den Seeforst hinüber, wie es seit Hundesgedenken für jeden Morgen so bestimmt war durch ein unerschütterliches Gesetz der Ewigkeit.

War der Schäfer blind geworden? Er schien nicht zu sehen, was Hund und Herde taten. Aber seine Augen waren offen, seine Augen glänzten. So stand er in unbeweglichem Lauschen, den Hals gestreckt, das Kinn auf dem Schippenschaft.

Es klapperte und pochte, immer deutlicher, immer näher.

Im Gesicht des Schäfers spannte sich jeder Zug.

Hat einer die Augen, die Ohren und die Sinne des Lien – und er reitet auf einem Gaul vom Moor zum Puechstein und vom Puechstein wieder zum Moor –, da muß er um Herrgotts willen den Eisenschlag eines Pferdes doch kennen wie die eigene Stimme. Nicht zwei Menschen, nicht zwei Hunde, nicht zwei Schafe haben das gleiche Gesicht. Da kann es auch nicht zwei Pferde geben mit dem gleichen Hammerton der galoppierenden Hufe.

„Heilig! Das ist ihr Rössl!"

Lien machte ein paar rasende Sprünge und blieb wieder stehen, wie versteinert.

Es pochte und klapperte, immer deutlicher, immer näher.

Jetzt tauchte auf dem ebenen Straßenstrich der graue Schemen des Gaules im leuchtenden Nebel auf und hielt.

Eine klingende Mädchenstimme.

„Schäfer!"

Er schwieg und rührte sich nicht. Der graue Schatten huschte in galoppierenden Sätzen weiter und erstarrte wieder.

„Schäfer!"

Weil Lien noch immer stumm blieb, hielt es Wulli für dringend notwendig, eine Warnung vernehmen zu lassen. Während er die Herde noch flinker gegen den Seeforst hinüber trieb, kläffte er drei scharfe Laute in den Farbenzauber des Nebels. Das bedeutete in der Hundesprache: „Herr, paß auf! Was Gefährliches kommt."

Auf dem Straßendamm ein feines freudiges Auflachen. Und der graue Schemen des Gaules, auf dem sich die neblig zerflossene Gestalt der Reiterin mit farbigem Schimmer zu säumen begann, stapfte über das Gehäng des SträßleinS in den Bruchboden herunter.

Da wurde der steinerne Schäfer lebendig, obwohl er die Warnung des Wulli gar nicht vernommen hatte. „Gotts Not! Die reitet doch grad in die Wasserlöcher hinein!" Er mußte an die bösen Blutegel denken, die zu Hunderten in diesen Tümpeln wohnten, und rief erschrocken: „Du! Wirst stehen bleiben oder nit!" In so fahrigem Zickzack, wie eine aufgescheuchte Bekassine fliegt, sprang er mit rasender Schnelligkeit zwischen den Sumpfgruben über die festen Bodenstriche hin und bekam den Zaumriemen der Fuchsstute rechtzeitig noch zu fassen, bevor sie in das von Moorgeschling überwachsene Wasser hineintappte. Der Gaul scheute ein bißchen, erkannte den schrecklichen Schäfer und schien zu besorgen: „Jetzt wird's wieder rennen heißen wie verrückt." Das Gegenteil geschah. Der Schäfer stand ruhig, gleich einer hölzernen Säule.

Und während seine braune Faust der Stute kein Schrittlein mehr vergönnte, sagte er mißmutig: „Edel Fräulein! Bist du unsinnig? Was tust du denn da?"

Wie eine Träumende lächelnd, beugte sich Hilde, die bei dem heimlichen und flinken Morgenritt heiße Wangen bekommen hatte, aus dem mit einem neuen Riemen gegürteten Frauensattel herunter und blickte forschend in die Augen des Lien. Sie trug nicht das grüne Reitkleid, nur ein braunes, schmuckloses Hauskittelchen, das ihr beim Sitz im Sattel kaum handbreit über das Knie reichte und die aus Hasenwolle gestrickten, an den Fußknöcheln zugebundenen Beinhöschen sehen ließ. Der eine Fuß stak in dem großen Schalenbügel, der andere war umhüllt von einer rehledernen Hausschlappe mit blauem Bändel. Bis zu den Händen fielen die weitfaltigen Leinwandärmel des Hemdes. Eine Marderkappe bedeckte halb das noch ungestrählte, zu vielen Löcklein zerwirrte Haar.

Während die beiden einander schweigsam betrachteten – Hilde unter frohem Lächeln, Lien mit Unbehagen und in wachsender Sorge – glänzte durch das feine Geriesel des bald sich verdichtenden, bald wieder dünn zerfliegenden Nebels ein zartes Farbengeheimnis der Sonnenfrühe. Wenn die Dünste sich lösen wollten, durchzüngelte sie ein leuchtender Goldschein des Morgens, und die veilchenblauen Schatten des Schäfers und der Reiterin fielen lang hinaus über Wasser und Bruch, umschimmert von hellen Lichtkreisen. Wurde der Nebel wieder dichter, so verschwanden die zwei märchenhaften Schatten, und durch das rieselnde Dunstgekräusel spannten sich, hurtig erwachend und langsam wieder verschwindend, jene dreitönigen Farbenbogen, wie man sie manchmal sieht im Tropfenfall eines großen Springbrunnens oder im Wasserstaub eines Sturzbaches.

Hilde und der Schäfer hatten für diese himmelschöne Erscheinung nicht die verdiente Aufmerksamkeit. Immer sahen sie einander in die Augen.

Noch tiefer beugte sich das Fräulein herunter. „Lien!" klang eine leise Stimme, in. der sich Freude mit Bangen mischte, wie Tag und Nacht sich verweben zu Dämmerung. „Ein Mensch hat sterben müssen. Das ist hart. Aber sündig bist du nit. Du hast meinem Vater geholfen, daß er leben darf. Hättest du nit geholfen, mein Vater hätt' sterben müssen."

Der Schäfer wurde bleich. „Edel Fräulen, ich weiß nit, was du redest."

„Tu dich nit verstecken, Lien! Keiner hat dich gesehen. Nit der Vater und nit der Veit. Niemand weiß es. Bloß ich allein. Du bist der Starke gewesen, der geholfen hat. Ich hab' dich gesehen, allweil in der Nacht."

Er lachte wie in Schmerzen. Dann zogen sich seine Brauen hart zusammen, und seine Stimme ging durch die Zähne: „Wenn ich aber doch nit versteh!"

„Lien!" sagte sie streng. „Was hast du gestern getan, wie du fortgeritten bist vom Puechstein?"

„Ich bin vor den Knechten hergetrappelt. Und derweil die Lahmnocken gewesen sind, ich weiß nit, wo, da hab' ich dein Rössl an eine Staud gebunden."

„Wenn du betest, Lien, sagst du bloß: Vaterunser und Amen? Da ist noch viel dazwischen. Sag mir's, Lien!"

Seine Stimme wurde rauh. „Dazwischen ist gewesen, daß ich mich sorgen hab' müssen um meinen Pferch."

Ein Zug von Kummer erschien in ihrem heißen Gesicht. „Lien, du lügst!"

Er streckte sich. „Gelogen hab' ich noch nie. Das tät' kein richtiger Schäfer sein, der sich nit sorgen müßt' – wenn, er weit vom Pferch ist."

Bei seinen letzten Worten mußte sie lächeln. „Lien, sag mir, wie weit du werfen kannst mit einem gewichtigen Stein?"

„So weit ich's halt fertig bring!" Das Blut war ihm in die Stirn gefahren. „Ist's weiter, so wirf ich nit."

Sie blickte durch den schwindenden Nebel über das in Sonne sich aufhellende Bruchland hin und deutete mit dem Arm. „Siehst du den scheckigen Vogel, Lien?"

Langsam drehte er das Gesicht und nickte. Auf hundertunddreißig Schritte zwischen dem Farbengewimmel der Blumen war eine Elster beim Schneckenschmaus.

„Kannst du werfen so weit?"

Er schwieg.

„Sei gehorsam, Schäfer! Wirf! Ich tu's gebieten als deine Herrin, die ich werd' einmal!"

Lien gab den Zügel des Pferdes frei. Um seinen Mund war ein trotziges, fast spöttisches Lächeln, während er mit der Schippe einen Kiesel aus dem Moorboden herausstach. Er warf. Der Stein pfiff nicht im Fluge, war sichtbar in der Luft und verfehlte das Ziel so weit, daß die Elster, als sie den feinen Plumps des fallenden Kiesels vernahm, nur ein bißchen aufgackerte, zu einer Staude flog, verwundert herumguckte und dann mit Fleiß die unterbrochene Schneckenjagd wieder aufnahm.

Ruhig sagte Lien: „Jetzt siehst du's, gelt!"

Lange schwieg das Fräulein und blickte zu der hüpfenden Elster hinüber, mit einer wunderlichen Trauer in den Augen. Nun sah sie den Schäfer an und sagte wie in Kummer und Zorn: „Ein David soll nit lügen mit Wort und Stein. Die Starken müssen ehrlich bleiben. Gestern ist ein Böser gestorben, und es wird Leut geben, die weinen um ihn. Ihr Kummer erbarmt mich auch. Aber ich hab' mich freuen müssen um meines Vaters willen. Die ganze Nacht, bis es Tag geworden, ist was Schönes in meinem Herzen gewesen. Das hast du mir jetzt verdorben. Drum wollt' ich, daß ich daheimgeblieben wär'. Da hätt' ich mein Schönes noch." Sie wandte das Pferd, ließ es hinaufklettern auf den Straßendamm und trabte gegen den Puechstein hin. Lien stand unbeweglich und sah dem Fräulein erschrocken nach. Keines von den beiden merkte, daß der Nebel völlig verschwunden war, und daß die reine, schöne Sonne hinleuchtete über das Bruchland.

Umflossen vom Goldglanz des Morgens und umhaucht vom stärker werdenden Duft der Heideblumen, hatte der Schäfer ein sehr verdrossenes Gesicht. Während die Reiterin hinter dem hohen Gestrüpp der Weiden und Erlen verschwand, bekam er ein so übles Aussehen, als hätte er zum erstenmal in seinem Leben das zweifelhafte Sonntagsschmalz der Frau Angela nicht gut vertragen. Mit einem grimmigen Armstoß trieb er die Schippe tief in den Moorboden und murrte vor sich hin: „Was Schönes? So? Wenn die Seeburger mich aufknüpfen? Ein Schäfer möcht auch leben, nit bloß der Ritter von Puechstein." Er wandte sich und guckte verloren über die in der Morgensonne schimmernden Wassertümpel hin. Und was hatte er denn nur im Halse? Immer mußte er sich räuspern. Wie eine Klette unlösbar in der lockigen Wolle eines Lammfelles haftenbleibt, so blieb in seiner wunderlich bedrückten Seele der stechende Gedanke hängen: daß er dem edlen Fräulein von Puechstein etwas Schönes nicht hatte verderben dürfen. Er verstand nur nicht, was sie mit dem „Schönen“ gemeint hatte. Immer sann er darüber nach. Dann plötzlich erwachte er, und weil er keinen Wulli und keine Herde sah, guckte er so verwundert in der Welt herum, wie es die vom Steinwurf aufgescheuchte Elster getan hatte.

„Höia?“ schrie er mit hallender Stimme und hörte den Hund weit drüben beim Seeforst Antwort geben. „Mir deucht, heut ist der Wulli irrsinnig worden!“ Er fing zu rennen an und fand die Herde am Waldsaum, pflichtgemäß behütet vom Wulli, der jetzt auch das linke Spitzohr straff in die Höhe hielt und augenscheinlich sehr stolz darauf war, daß er die aus den Fugen gegangene Weltordnung wieder eingerenkt hatte.

Die Rätsel des Lebens nehmen nur leider nie ein Ende. Legt man die gelösten beiseite, dann kommen die neuen. Lien, der Unbegreifliche, sorgte dafür, daß Wulli an diesem Tage aus der Verzweiflung nimmer herauskam und schließlich nicht nur die beiden Ohren schlappern ließ, sondern auch noch die Schweifquaste andauernd zwischen den Beinen hatte – ein Zeichen höchster Ratlosigkeit und tiefster Bestürzung.

Dabei zählte die Tatsache, daß Lien an diesem Unglücksmorgen völlig vergaß, für sich und den Hund zu kochen, gar nicht mit. Wulli war ein allzu pflichtgetreues Hundekind, um das Knurren seines Magens als eine besonders wichtige Lebensforderung zu betrachten. Viel unbegreiflicher erschien ihm der Umstand, daß Lien, sonst der beste unter allen Schafhirten, seiner Herde die gute und reiche Äsung am Saume des Seeforstes nicht vergönnte, sondern sie hinübertrieb zu der schon gründlich abgegrasten Pferchstelle. Hier kam von allen Rätseln das dunkelste. Der aufgeschlagene Pferch mußte immer eine ganze Woche stehen, von Freitag zu Freitag; nun stand er doch erst drei Tage; vier Tage fehlten noch bis zum Umzug; dennoch begann der Schäfer die Stücke des Flechtzaunes niederzulegen und die Pflöcke auszureißen. Er ging und kam und schleppte bei jedem neuen Gang eine zentnerschwere Last auf seinem Rücken, um die Hürdenteile hinüberzuschaffen zu einem von hohen Stauden umschützten Bruchboden, den er als neue Pferchstelle gewählt hatte.

Diesen Vorgang empfand Wulli als eine Weltkatastrophe. Wie hätte er zu dem vernunftwidrigen Gedanken kommen sollen, daß der Schäfer an diesem Tag das ruhige Stehen nicht ertrug, sondern quälende Sehnsucht nach einer schweren, alle Kraft seines Körpers erschöpfenden Mühsal fühlte, um nicht immer darüber nachsinnen zu müssen: wieso er dem edlen Fräulein van Puechstein „was Schönes“ verdorben? Und um die drückende Einsicht loszuwerden: daß er aus dummer Besorgnis um sein wertloses Häuflein Leben zwar nicht mit Worten, aber doch mit einem unehrlichen Steinwurf zum Lügner geworden war! Er zerrte an den Pfählen, schubste und wirbelte die schweren Zaunstücke, schleppte und rannte, daß ihm die Schweißfäden wie glitzernde Silberlinien über das braune Gesicht und über den sehnigen Hals auf die Brust herunterliefen.

Und Wulli, während er verstört und ruhelos die Herde umkreiste und immer, wenn er sich vom Schäfer entfernte, das Gesicht über den Rücken bog, setzte sich hundertmal für ein paar Sekunden in das Heidekraut, ließ die Ohren hängen, ließ die Zunge jappen, musterte ratlos den rätselvollen Schäfer und wurde von einer so betäubenden Zerstreutheit befallen, daß er die wichtigsten Dinge dieses Morgens übersah. Immer winselte er leise zu seinem Herrn hinüber, ließ aber keinen Laut vernehmen, als vier Puechsteinische Knechte aus dem Seeforst herausgaloppierten und über den Straßendamm nach Hause jagten – und schlug nicht an, nicht mit einem einzigen Kläffer, als der Trutzbergische Jäger und sein Weib, die in den Schleppgurten staken wie Ochsen im Joch, einen mit erstochenen Rehen und Hasen vollgepfropften Karren im Laufschritt über das Seesträßlein gegen die Burg des Herrn Melcher zogen.

Lien hörte wohl das Geholper des Karrens, warf aber keinen Blick zur Straße hinüber und belud seinen Rücken noch schwerer.

„Guck“, sagte das Weib des Jägers, „der Schäfer hat's auch schon im Wind, daß ein Elend kommt. Der schafft seinen Pferch in die Stauden.“

„Red nit!“ brummte der Mann. „Zieh lieber ein lützel besser!“

Die beiden schleppten mit vorgebeugten Schultern und unter keuchenden Atemzügen.

Bei den Bauerngehöften und in den kleinen Dörfern, die zu Füßen des Trutzberges lagen, rannten die kreischenden Kinder zusammen, die Weibsleute kamen schwatzend zum Wildkarren gesprungen, und die Mannsbilder bestürmten den Jäger mit Fragen, auf die sie keine Antwort erhielten.

Als der von einer schwärzlichen Fliegenwolke umsurrte und in der heißwerdenden Morgensonne übel duftende Karren sich dem Burgsteig näherte, begegnete ihm eine vierzigjährige Weibsperson, die ein häßliches Gesicht, aber einen festen und drallen Körper hatte. Ihre Augen waren verweint, in der Hand trug sie ein schweres Bündel, und der braune Rock war geschürzt wie zu einer weiten Wanderung. Es war die sündhafte Witib, die von Frau Engelein an diesem Morgen einen ungeschriebenen Laufpaß erhalten hatte, wodurch der Trutzbergische Baum der Erkenntnis für den Jungherrn Eberhard auch den letzten anbeißbaren Apfel verlor.

Bevor noch Herrn Melchers Torwärtl den nahenden Wildkarren gewahrte, hatten ihn die Fuchsaugen der Frau Angela schon entdeckt.

Die sittenstrenge Hausehre stand im grauen Morgenkittel auf einem steinernen Altänchen, das gleich einem aus Stein gesägten Schwalbennest an der hohen Mauer des Herrenhauses klebte. Verschiedene Kleidungsstücke in Rot und Grün waren auf dem Geländer in der Sonne ausgebreitet und dufteten sehr heftig nach Terpentin. Seit Sonnenaufgang, seit drei geschlagenen Stunden, war Frau Angela hier mit Bürste,

Stöcklein und Reiblappen emsig beschäftigt und putzte, klopfte, kratzte und rippelte die vielen Mahlflecken und Weintrenzer aus der Sonntagswad ihres achtfingerigen Ehegemahls.

Der lag noch im Bett, mit einem grauenvollen Katzenjammer behaftet. Durch die Altantüre klang seine schmerzvolle Stimme heraus, die dem Wanderpfaffen eine von ehrlicher Christensehnsucht nach Lebensruhe und ungestörtem Jagdrecht erfüllte Epistel an die Brüder Peter und Heini von Seeburg in die Feder sagte. Das war der große Schlag, den er bei der Predigt unter der Linde wider die ungerechten Bedränger des Seeforstes zu führen beschlossen hatte. „Denen sag' ich's! Die sollen ihre Luser spitzen!“ Bei dem Haarweh, das ihn hinter den Ohren mit hundert Nadeln stach, fiel ihm selber was Neues und Wirksames nicht ein. Drum stülpte er die Predigt von dem das Himmelreich erkämpfenden Christenwillen für die Anwendung auf jagdliche Verhältnisse um. Wie der Wanderpfaff den weidmännischen Eifer eines Jägers als Gleichnis für den sicheren Seligkeitsgewinn eines christlichen Herzens benützt hatte, so machte Herr Melcher den Himmelsfang eines guten Christen zum Gleichnis für den unausbleiblichen Wildzuwachs bei jagdnachbarlicher Harmonie.

„Gnädiger Herr Melcher Trutz“, mahnte der zum Schreiber gewordene Priester, „heilige Sachen sollt man nit als Leder über einen irdischen Leisten klopfen. Solch ein Exemplum geziemt sich in der Christenlehr, aber nit für einen Jägerzank.“

„Halt dein Maul, Pfäfflein! Du verstehst dich aufs Predigen, und ich – „ooh weh, ach weh“, sagt der alte Kaplan – ich versteh mich auf meine Jägersorg. Tunk ein und schreib: „Das ist als wie bei einem Wanderpfaffen. Reißt er das Maul zu fleißig auf, lärmet und klopft er in jeder Stund und stieret er allweil mit dem bußfertigen Stecken in der Christenseel herum, so husset er nit die teuflischen Füchs aus des Christen Herzrevier, sondern hetzet die Butterhäslein der frommen Geduld und die Reechlein der guten Fürsätz in ein unseliges Absterben. Grad so ist es mit einem schlechten Jäger und boshäftigen Nachbar, der die von Gott gesetzte Banngrenz nit einhalten und der notwendigen Schonzeit nit achten will.““

Als Herr Melcher, sich immer mit neuen Haarwehklagen unterbrechend, dieses herrliche Exemplum zum weidmännischen Seelenheil der Brüder von Seeburg weiterspann – das war der Augenblick, in dem Frau Engelein das letzte rosige Andenken an die süße Speise aus ihres lieben Gatten linkem Strumpfschlauch herausgerippelt hatte. Nun wollte sie den rechten in die Kur nehmen. Da gewahrte sie den über den Burgsteig heraufschleichenden Wildkarren und sah die vielen Rehläufe herausragen, wie klagend zum Himmel gestreckte Hände, von denen jede nur zwei Finger hatte. Gleich ärgerte sich Frau Angela so schrecklich, daß ihre Nase noch spitziger, ihr übernächtiges Gesicht noch gelblicher wurde. Von der letzten Jagd her standen in ihrem Keller noch drei Fässer mit gesurtem Wildbret. Nun hatte ihr Mann, dieser unbedachte Verschwender, ohne ihr Wissen ein neues Wildschlachten anbefohlen! Wer sollte die sündhaften Berge von Wildbret verschlucken? Das viele Fleisch mußte überständig werden! Oder man mußte wieder tiefe Schäffer voll der kostbarsten Speise hinüberschicken zum notigen Puechstein!

Im Herzen noch ein Restlein des Mutterzornes, von dem sie im Stübchen des Burgkaplans überfallen worden war, surrte sie bei diesem neuen Ärger in die eheliche Schlafstube hinein, über dem einen Arm den noch ungeputzten Strumpfschlauch, in der anderen Hand den frisch eingetauchten Terpentinlappen. „Ja Mann, ja Mann!“ begann sie zu keifen. „Bist du denn ganz von Gott verlassen?“

„Jöi, jöi, nit so laut!“ klagte Herr Melcher und fuhr sich mit beiden Händen an den Hinterkopf. „Jedes scharfe Wörtlein geht mir wie ein Hornaußenstich in den Schädel. Und wirf das stinkige Läpplein fort! Das ist ein Gerüchl, das mich zum Speien kitzelt!“ Um dieser gefährlichen Reizung zu entrinnen, hielt er sich die Nase zu und guckte in eine dunkle Ecke, in der ein Wendeltrepplein hinaufführte zu einer Magdkammer.

Frau Engelein wurde wütend.

„Warum saufst du so unmäßig, wenn du es nimmer vertragen kannst!“

„Ich weiß, ich weiß, aber ich tu's halt doch! Es ist schrecklich! Der Mensch ist wie ein störrischer Hammel, der sich nit bessern und zähmen laßt! Gelt, Pfäfflein, das weißt du vom Beichtstuhl her: wie dünnfädig der liebe Herrgott das Gute und wie dauerhaft der Teufel das Böse im Menschen erschaffen hat!“

Nach solcher Bekundung seiner Lebensweisheit nahm Herr Melcher die heilsame Beschäftigung wieder auf, in der ihn seine gereizte Hausehre unterbrochen hatte. Mit dem Messer, das seine dreifingerige Hand auf eine ganz seltsame Weise festhielt, schnitt er dicke Rauchwurstscheiben in eine Zinnschüssel, darin sich, mit Essig und Öl getauft, schon ein Gemenge von Zwiebeln, Sellerie und geselchten Forellenschnitten befand.

So nackicht, wie es ihm Herr Korbin von Puechstein geraten hatte, lag er unter der Decke des rot und grün überhimmelten Ehebettes, in dem er ebenfalls die weitaus größere Hälfte besetzt hielt, nicht, weil er der anspruchsvollere, nein, nur weil er der wesentlich dickere Teil des Trutzbergischen Glückes war. Haar und Bart standen aufgesträubt wie die Stacheln eines Igels, der den Fuchs in der Nähe wittert. Und aus dem rotgeäderten Rundgesichte traten die Augen hervor, als hätten sie die Absicht, sich in Schneckenhörnchen zu verwandeln. Dazu hatte er zwischen klagenden Wehgrimassen immer wieder ein gutmütiges Lachen. Herr Melcher Trutz war ein Christenmensch, den der versöhnliche Herrgott auch nackicht und selbst im Katzenjammer wohl liebhaben mußte.

Frau Engelein haßte ihren Gemahl in diesem Augenblick. Doch ihr Zorn wurde gedämpft durch die Anwesenheit des Wanderpfaffen, der neben dem Bette mit Kiel und Pergament an einem Tischlein saß, auf dessen Platte er die hölzerne Tintenkapsel mit dem Stahldorn befestigt hatte. Durch die Altantüre glänzte eine Goldwoge der Morgensonne herein, ließ Frau Angela einen langen, mageren, gegen den Betthimmel hinaufgeknickten Schatten werfen und siel mit freundlichem Schimmer über den schon übel bekleckten Pfühl und in die Zinnschüssel mit den sauren Köstlichkeiten. Bei der gereizten Klage, mit der Frau Engelein jede Verschwendung im allgemeinen und eine aberwitzige Wildbretvergeudung im besonderen verurteilte, wuchsen sich die Schneckenhörnchen in Herrn Melchers ernstgewordenem Antlitz noch größer aus. Es entwickelte sich zuerst eine Debatte, in der Herr Trutz seine Hausehre und Frau Angela ihren Gemahl nicht zu verstehen schien. Dann kam es – trotz der Anwesenheit des Wanderpfaffen, der sich blind und taub stellte – beiderseits zu äußerst feindseligen Redensarten. Frau Angela in ihrem Mißtrauen vermutete, daß der sinnlose Verschlamper kostbarer Lebenswerte das unschuldige Kindlein spielen und sich herauslügen möchte. Und Herr Melcher verlor mit der guten Laune auch die gemütliche Geduld, fühlte sich schuldlos in jeder Hinsicht, drehte sich im Bett herum, und wollte, um seine Ruhe zu erkämpfen, unter einem eindringlichen Kraftwort die seidene Decke übcrs Ohr zichen. Dabei dachte er nimmer an die Zinnschüssel. Öl und Essig, geselchte Forellenbröcklein, Zwiebelschnitten, Sellerie und Rauchwurstscheiben verteilten sich fächerförmig über die grüne Seide. Frau Engelein tat einen gellenden Klageschrei und gebrauchte neuerdings den Namen eines Tieres, das man in seinen Kindheitstagen als Ferkelchen zu bezeichnen pflegt. Herr Melcher guckte erschrocken drein, und während man aus dem Burghof herauf einen Lärm von vielen zornigen Stimmen hörte, klang draußen auf der Holzstiege ein Gepolter und eine brüllende Jünglingsstimme:

„Vater! Not und Mordio! Vater! Vater! Vater!“

Die feindlichen Parteien im Ehegemach verstummten, und über der Schwelle der aufgerissenen Türe stand Jungherr Eberhard wie ein rasender Ajax mit blanken Eisen und donnerte in Wut: „Die Seeburger haben gestern unseren Jagdforst ausgehetzt, an die dreißig Reh und Hasen sind erstochen, der Puechsteiner ist dazugekommen, ein schiecher Handel hat angehoben, Herr Korbin ist verwundt, und der Peter Seeburg ist totgeschmissen.“ Er mußte Atem schöpfen und lehnte sich gegen die braungetäfelte Mauer.

Ein kurzes, beklommenes Schweigem Der Nanderpfaff bekreuzigte das blasse Gesicht und begann zu beten. Frau Angela überschlug in einer halben Sekunde, mit wieviel Dukaten, Brandschaden und Raubgut der Trutzberg eine Blutfehde wider die Seeburgischen bezahlen müßte, fing zu weinen an und jammerte: „Not über uns! Und alles Elend vom Puechstein her! Alles vom Puechstein!“

Herr Welcher bewegte zuerst nur die Zunge, ohne ein vernehmliches Wort zu sagen. Dann tat er einen Fluch, der ihm die bedrückte Seele erleichterte. Er sprang aus dem Bett, benützte die grüne Seidendecke als ungenügendes Feigenblatt seiner Blöße und griff unter neuen Flüchen nach seinem blank an der Wand hängenden

Schlafstubendegen. Dabei stieß er mit der Hüfte an das Schreibtischlein und warf die Tintenkaspel um. Ein schwarzer Guß fuhr über die nun völlig entbehrlich gewordene Bekehrungsepistel an die Brüder von Seeburg hin, und ein Regen von Tintentropfen überspritzte die untere Hälfte des Herrn Melcher, seine grüne Notschürze und das weiße Linnlaken des verlassenen Bettes mit den zerstreuten Sauerbissen.

Frau Engelein, die einem Gespenste glich, schien durch das erste Entsetzen bei ihrem befleckten Ehebett zurückgehalten zu werden. Doch als sie ihren Gemahl, der von rückwärts einem ins riesenhafte entwickelten Amor glich, mit Eberhard aus der Stube hinausstürmen sah, riß sie kreischend ihres Mannes Werkeltagswad vom Sessel, raffte aus dem Kasten einen Waffenrock heraus und rannte verzweifelt hinter den zwei Entschwundenen her.

In der stillgewordenen Stube blieb nur das lächelnde Wanderpfäfflein zurück. Nach einer kurzen Besinnungspause stach es mit dem Federmesser die von der Tinte verschonten Rauchwurstscheiben, Zwiebelstücklein und Forellenfragmente aus dem schwarzgesprenkelten Linnlaken heraus und genoß sie als Ergänzung des Frühstücks, das ihm Frau Engelein sehr knauserig vorgemessen hatte.

Kapitel 8

Unter der schönen Morgensonne kam es im Trutzbergischen Wehrhof zu einer aufregungsvollen Szene. Alle Burgleute, an die vierzig Köpfe, umringten mit zornigem Lärm den zum Himmel stinkenden Wildkarren. Während der Jäger erzählte und Herr Melcher ununterbrochen fluchte und zehntausend Heilige des Himmelreiches zu unbarmherzigen Rächern des sündhaften Friedensbruches berief, gab sich Frau Engelein mit fahrigen Händen und unter erbittertem Schelten alle Mühe, ihren Ehegemahl sittsam in seine Werkeltagswad hineinzubringen. Sobald ihr diese schwere Arbeit gelungen war, sorgte sie gleich dafür, daß das Wildbret aus der Sonne und in den Keller kam.

Jungherr Eberhard entwickelte sich zum stimmkräftigen Helden, wetzte mit der blanken Klinge über die Pflastersteine und sakramentierte und berserkerte, obwohl er in der Tiefe seiner Seele das Geschehene als ein glückhaftes Ereignis pries, das zwischen sein Schuldbewußtsein und den moralischen Mutterzorn der Frau Engelein ein erlösendes Vergessen senkte. Schlimme Dinge des Lebens werden zu unwichtigen Kleinigkeiten, sobald eine größere Gefahr an das Haustor pocht.

Herr Melcher kam nach grimmigen Flüchen zu ruhiger Besinnung und sagte ernst: „Ich muß hinüber zum Puechstein und muß mich mit meinem Korbi beraten." Er befahl, den Sattel auf sein schweres Roß zu legen, bestimmte vier Knechte zu seinem Geleit und traf, nun völlig nüchtern geworden und wie durch ein Wunder von allem Haarweh kuriert, mit Umsicht alle nötigen Anordnungen. Obwohl er der Meinung war, daß man die heiße Suppe des verwichenen Abends in kühlerem Zustand auslöffeln würde, dachte er doch auch an die übelste Möglichkeit: an einen heimtückischen Überfall des Heini von Seeburg, der an Leuten, Rossen und Büchsen unzweifelhaft stärker war als Herr Melcher und der Puechsteiner zusammen.

Dem Sohn wurde das Amt übertragen, die Burg in wehrhaften Zustand zu versetzen, die Waffen und Vorräte zu beschauen, kriegsmäßig die Wachen auszustellen und aus den Dörfern der Hörigen die Männer und Buben herauszurufen, die zum Wehrdienst bei der Mauer verpflichtet waren.

Eberhard, der nach der Katastrophe im Pfaffenstübchen des Burgfrieds vorerst noch keine Sehnsucht fühlte, seiner Braut und Himmelsgemahlin auf dem Puechstein das Garn zu halten, oder den Haspel zu drehen, machte sich mit Feuereifer an sein verantwortungsvolles Werk. Bei den Dingen, die jetzt nötig wurden, mußten die Weibsleute zurücktreten und schweigen. Wenigstens war das ihre Pflicht. Drum fühlte sich Eberhard dem sittlichen Zorn der Mutter gegenüber als der wesentlich Stärkere und geriet in eine fröhlich aufatmende Laune.

Herr Melcher kehrte nicht mehr ins Haus zurück. Die Knechte schleppten ihm alles herbei, was er für einen verläßlichen Ausritt nötig hatte. In der schönen Sonne zog man ihm die bockledernen Reithosen über die Knie hinauf, schnallte ihm die Sporen an, die Beinschienen, den Plattenküraß und das Wehrgehenk. Auf das edle Haupt bekam er den mit einer silbernen Katze gezierten Helm – die durchaus kein Sinnbild der sprungbereit auf Herrn Melchers Nacken sitzenden Frau Engelein sein sollte, sondern seit Jahrhunderten das Wappentier der Trutze von Trutzberg war – und seine rechte Faust umhüllte man mit dem Eisenhandschuh, der zwei bewegliche Stahlhaken als künstliche Finger besaß. So war Herr Melcher aus einem überfütterten Amor in einen glanzvollen Kriegsgott verwandelt, der sich freilich an diesem Morgen noch nicht gewaschen hatte. Dies unterließ der edle Trutz auch in friedlichen Zeiten sehr häufig.

Gerade wollte Herr Melcher sich unter Beistand von vier lupfenden Knechten in den Sattel heben, als Frau Angela aus dem Wildbretkeller in den Wehrhof zurückkehrte. Erschrocken und mißtrauisch eilte sie auf ihren Gatten zu, faßte ihn an der grünroten Schärpe derer von Trutzberg und kreischte: „Mann, Mann! Tu keine Dummheit machen! Wo willst du hin?“

„Zum Puechstein hinüber!“ Herr Melcher plumpste in die geräumige Sattelkufe. „Das wird wohl sein müssen!“

„Wohl! Das muß geschehen!“ Frau Engeleins Stimme klang wie eine harte Stahlsaite. „Dem Puechsteiner sagst du auf! Sein unsinniger Gächzorn soll nit Ursach werden, daß wir auf dem Trutzberg leiden müssen. Wie man den Peter von Seeburg erschlagen hat, ist keiner von den Unsrigen dabeigewesen. Da geht uns der ganze Handel keinen

Pfifferling an. Was sich der Puechsteiner eingekocht hat, soll er selber hinunterwürgen. Du bietest ihm keinen Mann, kein Roß, kein Pulverkörnlein und keinen schwarzen Heller. Wegen des Jagdbanns vertragen wir uns mit dem Heini von Seeburg. Wildbret haben wir mehr als genug. Und machst du es anders, so hast du's mit mir zu tun!"

„Das tät mir nichts Neues sein!" erwiderte Herr Melcher in übler Laune. „Seit dreißig Jahren hab' ich's allweil mit dir zu tun. Aber sei zufrieden, Weibl! Ich tu geloben, daß ich auf dem Puechstein nit essen und nit trinken will. Da ist's ein unmögliches Ding, daß ich an meiner sauberen Wad einen Fleck mit heimbring." Um jede Antwort seiner Hausehre abzuschneiden, gab er dem schweren Roß die Sporen und ritt zur Torhalle, in der die vier Knechte schon ihres Herrn warteten.

Die Grabenbrücke rasselte herunter und hob sich wieder hinter den fünf ausreitenden Gäulen.

Während der klobige Scheck, auf dem der Burgherr saß, mit vorsichtigen Hufen über den steilen, grobsteinigen Bergpfad hinunterkletterte, guckte Herr Melcher freundlich in den schönen Vormittag. Wohl war in ihm der Zorn über die Seeburgische Missetat noch nicht völlig beschwichtigt; auch hatte er Ursach, mit Sorge an die kommenden Tage zu denken. Aber es freute ihn, daß sein Freund und Herzbruder, sein treuer, verläßlicher Korbi, das Seeburgische Diebsnetz so flink über den Haufen geschmissen hatte, als es herging um die Trutzbergischen Hasen und Reechlein. Den schweren Mann wandelte eine Art von glücklicher Rührung an, wenn er des Blutes gedachte, das Herr Korbin für das Trutzbergische Haarwild vergossen hatte. Dazu war in Herrn Melcher noch das unbewußte Gefühl, daß er sich bei jedem Huftritt seines Gaules um einen festen Ruck aus der Nähe der Frau Angela entfernte. Seit vielen Jahren war das immer so gewesen, daß ihm bei jedem Ausritt aus der Trutzburg die Seele leichter wurde, auch wenn es hinausging zu Fehde und Männermord. Drum kam es auch heute so: Herr Melcher war frohen Herzens.

Als er mit seinem Geleit durch den Burgwald des Freundes hinaufritt, fing der Puechsteinische Torwärtl zu tuten an, und die Knechte des Herrn Korbin zeigten sich mit ihren Faustbüchsen in den Schießscharten des Tores. Die paar Leute, die den Puechstein betreuten atmeten wohlig auf, als sie den in Waffen dritthalb Zentner schweren, friedsamen Kriegsgott auf dem schwitzenden Schecken einherzotteln sahen. Die morsche, geflickte Brücke fiel herunter. Bevor Herr Melcher ihr sein Leben anvertraute, ließ er seine Geleitsknechte drüberreiten.

Die Besatzung des kleinen Hofes bestand aus Tauben, Federvieh und Schweinchen, die nicht ahnten, daß die Tage ihres Lebens bereits gezählt waren.

Beim Herrenhaus wurde Herr Melcher von einer alten Magd empfangen, die ihm klagte, daß es dem Herrn gar nicht gut ginge.

Der freundliche Kriegsgott tröstete: „No, no, no, es wird nit so gefährlich sein!"

Bei dem keuchenden Aufstieg über die drei steilen Holztreppen, die zum Ehegemach des Puechsteiners führten, schnallte Melcher ein Waffenstück ums andere von sich herunter. Ohne Eisen wurde ihm das Steigen leichter.

Auf einem Bänklein vor der Stube saß der alte Veit, für eine Reise gerüstet, mit der ledernen Botentasche.

„Veitl, wo mußt du hin?"

„Nach München hinein, zum Herzog Albrecht."

Herr Melcher lachte. „Der Korbi hat doch allweil gleich den besten Einfall!" Er legte seinen Helm auf das Bänklein und trat in die Stube. Mutter und Tochter eilten dem Gast entgegen, Frau Scholastika verstört und mit sorgenvollen Augen, Hilde in einer wunderlichen Mischung von Kummer und Geistesabwesenheit. Ehe die beiden noch zum Reden kamen, befahl Herr Korbin aus dem Bett heraus: „Die Weibsbilder aus der Stub! Jetzt müssen wir Mannsleut vernünftigen Rat halten." Ohne einen Widerspruch zu wagen, verließen Mutter und Tochter das Zimmer und stiegen in Hildes Kämmerchen hinunter.

Herr Melcher stapfte lachend auf die grün und gelb überhimmelte Bettlade zu, darin der Puechsteiner gegen einen Wall von Kissen gelehnt saß, mit einer Schreiblade über dem Schoß. „Herzbruder! Vom Jäger weiß ich schon alles! Fein hast du dreingehauen! Bei dir merkt man, was Kameradschaft heißt. Vergeltsgott, lieber Gesell!"

„Geh, laß! Was sich von selbst versteht, will keinen Dank nit haben!" murrte Herr Korbin. „Aber ich sorg', daß ich einen Unsinn verzapft hab'. Statt loszurennen in der Wut, hätt' ich den Peter Seeburg lebendig hoppnehmen sollen. Da hätt' man ein gutes Pfand in der Faust gehabt."

Ernst nickte Herr Melcher. „Freilich, ja! Gescheiter wär's gewesen. Da hätt' man ihm die Prozeßkosten ausrupfen können."

„Man lernt nit aus. Wie ich die Reh und Hasen im Netz gesehen hab', ist's nimmer anders gegangen. Ich hab' drauflos müssen und das Garn in Fetzen hauen."

„So ist der Mensch!" philosophierte Herr Melcher verständnislos. „Allweil rennt er lieber dem Schöneren zu, anstatt dem Klügeren. Aber sag, Bruder, wie steht's mit deiner Wund?"

„Eine Läpperei! Freilich, mein gutes Weibl fürchtet, die Schramm tät schwären ein lützel. Viel wird's nit sein. Muß mich halt schonen ein paar Tag. Das ist mir unbequem. Ich sorg', der Heini von Seeburg wird aufmucken. Flinker, als es mir lieb ist."

„Soll nur mucken! An meiner Mauer wird er sich den Grind voller Dippel stoßen."

„Die meinig wird Löcher kriegen. War ich mein eigener Feind, ich tät den Puechstein überrennen in der ersten Nacht. Gar lang wird auch der Heini nit säumen. Er rüstet.

Meine Soldaten haben in seiner Burg am See die Pfannenfeuer brennen sehen bis zum Morgen und haben zwei von den Unsrigen auf die Lauer geschickt. Die sind noch allweil nit da."

„Soll ich die Meinigen nachschicken?"

Herr Korbin schüttelte den Kopf. „Tu dich nit schwächen um meinetwegen! Du mußt zusammenhalten, was du hast. Anders tät's deinem Weibl nit taugen."

„So? Meinst?" Herr Melcher bekam eine rote Stirn.

„Frau Engelein hat recht. Wer Verstand hat, bleibt unter Dach, wenn es Mistgabeln regnet."

„Herzbruder, du, bist ein redlicher Freund, aber ein schlechter Menschenkenner. Du mußt dir mein Weibl noch ein lützel besser anschauen."

Ohne diesen knurrenden Einwurf zu beachten, redete Herr Korbin weiter: „Mein Mädel gehört zu euch. Die nimmst du mit. Sie wird nit wollen, aber sie muß. Meine gute Schligg soll bleiben dürfen. Der Veit muß auf Botschaft reiten. Da sind wir noch unser sieben. Dazu drei Weibsleut und zwölf hörige Bauern. Ich selber geh für ein halbes Dutzend. Meine Mauer ist kurz. Ich mein, daß ich sie halten kann, bis ich Beistand oder ein hilfreiches Fürstenwort hab'."

„Korbi?" fragte Herr Melcher gekränkt. „Magst du dich nit lieber an mich halten? Du bist für mich ins Wasser gesprungen. Ich zieh dich auch wieder heraus. Oder ich, ersauf mit dir!"

„Freilich, das war das Richtige!" Der Puechsteiner lachte. „Hupft ein Hundsfloh ins Wasser, so muß man den Hund nachschmeißen und hinter dem Hund, den Herrn und seine Burg. Hund, Herr und Burg versinken. Der Floh kann schwimmen und hupft heraus. Jetzt lies, was ich an Herzog Albrechts Gnaden geschrieben hab'! Kratz deinen Namen drunter, und gib das Mitsiegel!" Er reichte dem Freunde das Pergament, das mit kleinen, steilen Buchstäbchen bekritzelt und mit Wachs gesiegelt war. „Ich red nit gern von Treu, die ich einem anderen erwiesen hab'. Heut hat's geschehen müssen." Mit ernsten Augen sah er zur Tür von Hildes Kämmerchen hinüber. Und während Herr Melcher zu lesen anfing, machte der Puechsieiner unter dem Linnlaken eine langsame, vorsichtige Bewegung mit dem verbundenen Bein, hatte einen Zug von Schmerz im Gesicht und biß die Zähne übereinander.

Die Bettlade krachte, als Herr Melcher sich auf die Kante niederließ. Vom Lesen erhitzte sich sein Gesicht noch mehr als vom Treppensteigen. Die knappe, aber kräftige Darstellung des Friedensbruches im Jägerhaus und des Wildraubes im Seeforst erregte ihn so leidenschaftlich, daß er unter Fluch und Armschwung das Niederschmeißen des Netzes mitmachte. Dann wurde er wieder ruhig, und bei der Schilderung des „Wunders", das den Peter Seeburg „wie nach himmlischer Fürsicht“ aus dem Sattel geworfen, schmunzelte er ein bißchen.

„Herzbruder, das hast du fein gedreht. Wenn deine Knechtleut gut bei der Stang halten, wird dir kein Teufel was beweisen können.“

„Denk nit besser von mir, als ich bin. Wie ich's geschrieben hab', so ist's gewesen.“

Herr Melcher bekam runde Augen. „Aber wie soll's denn geschehen sein?“

„Ich weiß nit. Wie länger ich drüber nachdenk, um so unverständlicher wird mir's. Mein dummes Mädel scheint zu glauben: den hilfreichen Stein hätt' der Lien geworfen.“

Nach kurzem Schweigen fragte Herr Melcher zögernd: „…Wer?“

„Dein Schäfer. Aber das ist Unsinn.“

„Das ist mehr als Unsinn. Da muß ich lachen!“ brummte der Burgherr von Trutzberg. Doch er lachte nicht, sondern schien sich zu ärgern. „So ein Lapp! Schaut aus, daß man seine Freud an ihm haben könnt. Aber begehrst du was Mannhaftes von ihm, so stellt er sich wie ein Geißbock beim Seiltanzen. Schon lang hätt' ich den Buben gern als Söldner genommen. Da könnt er im Leben doch aufwärtskommen. Aber zu was Rechtem ist er nit zu gebrauchen. Bloß zum Sautreiben und Schafhüten. Ich versteh's nit. Seine Mutter ist ein feines Weibsbild gewesen. Weiß der Teufel, was für ein Stalltepp da in die Quer geraten ist!“

„Hoi? Melcher?“

„Laß gut sein. Der ungeschickte Lümmel ist mir wie eine Flieg an der Wand!“ Nach dieser dunklen Erledigung des Gesprächs vertiefte sich Herr Melcher wieder in das Studium des Pergaments. Stumm nickte er zu der Schilderung der üblen Dinge, deren man sich auf Puechstein und Trutzberg bei der landkundigen Händelsucht und Gewalttätigkeit des Heini von Seeburg zu versehen hätte. Und dann endete der Brief mit dem Satze, den Herr Korbin nicht gerne geschrieben hatte: „Mögen Euer Gnaden neben Gerechtigkeit und landsfürstlicher Fürsorg deß gedenken, daß der Korbin zu Puechstein Eures hochseligen Vaters Zorn und Ungnad nit geforchten, hingegen mit Treu und Festigkeit der Eurige gewesen in Euer Gnaden Kümmernis um Frau Nese Bernauerin.“

Herr Melcher legte nachdenklich das Pergament auf das Schreibpult hin, kritzelte seinen Trutzbergischen Schnörkel dazu und drückte den Siegelring in die kleine Wachsscheibe. Dann sagte er ernst: „Viel wird's nit helfen. Eher sorg' ich, es wird den gnädigsten Herren verdrießen, daß du wieder aufstöberst, was er lang schon vergessen hat.“

„Vergessen?“ Der Puechsteiner schüttelte den Kopf. „Mehr als ein Dutzend Jahr! Viel Wasser ist unter der Straubinger Brück davongeronnen. Verwunden hat er's noch allweil nit. Sag tausendmal: Lieb! Neunhundertneunundneunzigmal ist's' nit mehr als ein

Fensterwind. Fahrt in die Stub herein und blast in das Kerzenlicht und ist wieder, ich weiß nit, wo. Und einmal ist's wie ein Baum, wie ein Berg, wie ein See, ist Leben und Sterben. So ist's gewesen in dem hohen Herren, und so ist's noch allweil. Kann sein, daß ihn beim Lesen ärgert, was ich geschrieben hab'. Fürsten sind wehleidiger als verzogene Kinder. Aber drei Nächt' lang wird er nimmer schlafen können. Und am vierten Morgen wird er tun müssen, was uns hilfreich ist – wird's tun um der lieben Frau willen, die man zu Straubing mit Stangen unters Wasser hinuntergestoßen hat wie eine überzählige Katz.“ Ein harter Zorn war im Gesicht des Puechsteiners.

Scheu sagte Herr Melcher: „Das ist eine grausame Mahnung. Schreib einen anderen Brief!“

„Ein anderer tät' nit helfen. Grausam? Da hast du recht. Gern hab' ich das nit geschrieben. Es gibt harte Trommeln. Die brauchen einen groben Schlag, bis sie laut werden. Es könnt' so kommen, Melcher, daß du von deinem Burgsöller mit Ungeduld ausguckst, ob die Staubwolk' der landsfürsllichen Reiter noch allweil nit dampfen will. Hätt' ich einen gesunden Haxen, so wär's anders. Jetzt bin ich letz, hab' driefach Gehirn im Schädel, aber bloß eine halbe Faust.“

Herr Melcher nickte. Dann sprach er ruhig: „Das bringt mich wieder drauf, weswegen ich zum Puechstein hab' reiten müssen.“

„Müssen?“ Herr Korbin lächelte ein bißchen, zog aber die Brauen zusammen.

„Ja, Herzbruder! Müssen! Ich selber bin im Denken ein lützel langsam. Mir wär's nit eingefallen, daß ich zum Puechstein reit'. Mein gescheites Weibl hat's haben wollen. Die ist einwendig viel besser, als wie sie auswendig zum Anschauen ist.“

Der Puechsteiner schlug ein brüllendes Gelächter auf.

„Wahr ist's!“ beteuerte Herr Melcher. „Man merkt's bloß ein lützel hart. Aber heut? Wie der Jäger alles erzählt hat? Da ist's meines Weibls erstes Wörtl gewesen: „Mann, du reitest zum Puechstein!““

„Und sagst dem gächzornigen Unfried auf! Der soll nur ausschlecken, was er sich eingerührt hat!“

Ruhig schüttelte Herr Trutz den gewichtigen Kopf. „Ich sag's ja, Korbi, du bist ein mißträulicher Unchrist und kennst die Menschen nit. Meines guten Weibleins erste Red ist gewesen: „Jetzt liegt dein treuer Gesell verwundt, muß sich pflegen, kann nit fechten um Haus und Leben; Mann, da ist kein ander Mittel; du reitest zum Puechstein und holst den Korbi mit Weib und Kind, mit Roß und Leut, mit Karren und Hausrat, mit Vieh und Geflügel; und das muß gleich geschehen; vor Abend müssen die Puechsteinischen auf dem Trutzberg sein; und bringst du sie nit, so sperr' ich das Tor, und du selber kannst draußen bleiben.““

„Melcher! Was bist du für ein guter Kerl!“

„Bei was muß ich schwören, daß du mir glaubst?“

„Bei deiner Nüchternheit von gestern.“

„Gut! Ich schwör'!“

„Halt, Bruder! Ich hab' mich verschwatzt. Du mußt schwören bei deinem gestrigen Rausch.“

„Gilt, lieber Gesell! Ich schwör'.“

Der Puechsteiner wurde heiter, obwohl ihm der Schmerz aus den Zügen redete. „Melcher, Melcher? Was für ein Eid ist jetzt der falsche gewesen?“

„Keiner!“ Herr Trutz fing gemütlich zu lachen an. „Gestern vor der Mahlzeit bin ich nüchtern gewesen, gestern nach der süßen Speis besoffen wie ein Hochzeiter. Stimmt alles! Da kannst du dir's aussuchen nach deiner Wahl!“

Der Widerstand des Puechsteiners war bezwungen. Seine Vernunft sagte ihm auch, daß der Wille des Freundes von allen Ratschlägen der klügste war. Er streckte ihm die Hand hin und geriet in lustige Laune. „Gut, Melcher! Deinen Schwur in Ehren! Und ich will den Wanderpfaffen nit Lügen strafen. Ist unser Umzug das einzige Himmelreich, nach dem Frau Engelein mit ehrlichem Christenwillen trachtet – in Gottes Namen – da soll dein mißverstandenes Weibl selig werden und nit zu des Teufels Großmutter fahren müssen.“ Er lachte. „Geh, Melcher, und sag meinen Weibsleuten, daß sie packen müssen. Ich will derweil den Veitl abfertigen mit der Botschaft. Höi! Veit!“

Während der Knecht in die Stube gesprungen kam, stieg Herr Melcher mit zufriedenem Schmunzeln in Hildes Kämmerchen hinunter. Und da verwirrten sich nun die zwei Stimmen ineinander: die hastig redende Stimme des Herrn Korbin, der den Knecht für den Ritt nach München unterwies, und der rauhe, aber ruhige Kehlklang des Trutzbergers, der drunten im Kämmerchen zu Mutter und Tochter sagte: „Edle Frau! Mein liebes Mädl! Flink ein lützel! Wir halten Umzug auf den Trutzberg! Kramet von eurem Zeug zusammen, was Wert hat. Das Gelumpert lassen wir liegen. Das kann man neu wieder anschaffen. Besser, als wie's gewesen ist. Und Dächer baut man wieder auf. Und Mauern, die flickt man wieder.“

Der alte Veit tat den Botenschwur und das Schweiggelöbnis in seines Herren Hand. Als er zur Tür sprang, konnte er noch die von Tränen erstickte Stimme des Fräuleins hören: „Vater, Vater!“ – und die schluchzenden Worte der Frau Scholastika: „Herr Gott im gnädigen Himmelreich! Ach, lieber Mann, so sag doch, ob's wahr ist, daß wir verlassen müssen, was uns als heilig und kostbar gilt?“

Draußen vor der Schlafstubentür standen die bejahrte Hauserin und die junge, rothaarige Magd mit blassen Gesichtern und erschrockenen Augen. In ihrer Sorge hatten sie gelauscht. „Fort, Weibsleut!“ grollte der alte Veit, der es liebte, die Worte seines Herrn nachzureden. „Jetzt ist Schaffenszeit für die Mannsbilder.“ Während er hinunterpolterte über die drei steilen Holztreppen, fand er überall ein schimmerndes Eisenrelikt des Trutzbergischen Kriegsgottes.

Auf dem besten Gaul des Puechsteinischen Stalles, auf Herrn Korbins eigenem Roß, jagte der Bote in der strahlenden Mittagssonne über den Moordamm hinaus zum Seeforst und am Waldsaum entlang, der Richtung zu, in der auf versteckten Holzwegen die nach München ziehende Frachtstraße zu erreichen war.

Hinter den Röhrichtfeldern schlug der Schäferhund an, der den Hufschlag des Gaules vernommen hatte. Auch Lien, der zum Bau des neuen Pferches die Pfähle in den Boden trieb, ließ den Holzschlegel ruhen und hob lauschend den Kopf. Er konnte den Reiter nicht sehen, vernahm nur das gedämpfte Eisengehämmer des jagenden Pferdes. Nach einer wunderlichen Erregung, die ihn befallen hatte, wurde er gleich wieder ruhig. „Das ist nit ihr Rössl." Was hatte er sich um andere Gäule zu kümmern?

Mit grimmigen Streichen begann er wieder auf einen Pferchpfahl loszuschlagen.

Gegen die zweite Nachmittagsstunde war die neue Hürde vollendet. Als nun der Schäfer nach seiner Herde sah, fiel ihm das vorwurfsvolle Gebaren des Wulli auf. Der Hund hatte zwei schlappernde Ohren, schnappte nach jeder Hummel, die an ihm vorüberflog, und begann in auffälliger Weise Gras zu fressen. Das tat er sonst nur, wenn er nach Verspeisung sehr vieler Knochen an Verstopfung litt, oder wenn schlechtes Wetter kommen wollte. Heute tat er's, weil ihn hungerte.

„Komm!" sagte Lien. „Dir will ich nit auch was Schönes verderben. Muß ich halt kochen!"

Während der Schäfer das Reisig zur Feuerstelle trug, wurde Wullis Verstörtheit durch eine kurze Rückkehr zur gewohnten Seelenruhe unterbrochen. Jetzt verstand er seinen Herrn wieder. Doch bevor er noch richtig in ein fröhliches und erwartungsvolles Schweifwedeln hineinkam, überrumpelte ihn schon wieder eine neue Unverständlichkeit des Lebens. Denn der Schäfer, der das Reisig schon angezündet hatte und jetzt die Hundspfanne und den Mehlsack aus dem Karren herauslupfte, straffte plötzlich den Körper, warf Sack und Pfanne wieder in den Schlafkasten hinein, schwang sich flink auf das Karrendächlein und reckte sich auf. Angestrahlt von der Sonne, unbeweglich, ragte er für Wullis verdutzte Augen wie eine kupferne Säule in das reine Himmelsblau.

Über den spähenden Augen des Schäfers waren die Brauen hart zusammengezogen. Seine Fäuste ballten sich.

„Richtig! Jetzt ist der Teufel los!"

Zwei Puechsteinische Reiter waren auf hetzenden Gäulen aus dem Seeforst herausgetaucht. Der eine sauste über den Straßendamm davon, der zur Burg des Herrn Korbin führte; der andere jagte am Waldsaum entlang und gewann die Trutzbergische

Seestraße. Als dieser Reiter in der Nähe des Karrens vorüberklapperte, hob der Schäfer die Arme und tat einen klingenden Schrei. Und der Reiter, ohne den Gaul zu verhalten, rief mit einer vom Gehops des Rittes zerrissenen Stimme: „Du! Bring deine Herd in Sicherheit! Sonst fressen morgen die Seeburgischen deine Lämmer. Sie rucken schon haufenweis auf den Seeforst zu, mit Roß und Leuten, mit Antwerk und Feldschlangen! Rühr dich, Schäfer!“

Lien stand unbeweglich auf dem Dach seines Karrens. Sein Gesicht war bleich. Alles, was Denken heißt, schien erloschen in ihm. Doch seine Augen brannten wie zwei zornige Flammen.

Nun sprang er mit den Bewegungen eines Irrsinnigen vom Karrenfirst auf den Boden hinunter. Und das Unbegreifliche, das sich jetzt ereignete, geschah mit einer so rasenden Schnelligkeit, daß Wulli, dessen verblüffte Seele solch einem Wirbel von Rätseln nimmer zu folgen vermochte, sich ratlos auf die Hinterbacken niedertat und mit dem Kopf Bewegungen machte, als flöge ihm ein zu stechender Bosheit aufgepeitschter Hornissenschwarm um die Ohren herum.

Lien hatte das Wolfseisen und die alte Armbrust mit dem ledernen Bolzensäcklein aus dem Karren herausgerissen und um Brust und Hüfte geschnallt. Nun warf er die Schmalzkrapfen, das Selchfleisch und die Käsbrocken der Margaret dem Wulli hin. Doch der Hund, der seinen Charakter in der Schule seines Herrn gebildet hatte und den Fraß nicht für das Notwendigste der irdischen Dinge hielt, war so verdutzt, daß er seines Hungers völlig vergaß, nicht zu schlingen begann, sondern erschrocken seinem Herrn zuguckte, der ein Dutzend kopfgroßer Steine aus dem Boden riß und in den Schlafkasten hineinschleuderte. Lien drückte das Türlein zu und stieß den sperrenden Holzkeil in die Öse. Mit beiden Fäusten packte er die Deichsel, drehte den Karren, begann zu schieben, schneller, immer schneller, und als der Karren am Ufer eines tiefen Tümpels in hüpfenden Schwung geriet, versetzte ihm der Schäfer aus allen Leibeskräften noch einen wilden Stoß. Durch das aufspritzende Wasser fuhr der Schlafsarg mit seinen Rädern weit in den Teich hinein, gluckste und schluckte, taumelte hin und her, sank immer tiefer und tauchte völlige hinunter in das schlammig gewordene Wasser. Während die Luftblasen heraufbrodelten, knirschte Lien: „So, du! Jetzt bist du sicher! Dich machen die Seeburgischen nit zum Raubgut.“

Ein Griff nach der Schippe. Und der gellende Schrei: „Höia! Wulli! Wir fahren heim!“

Noch immer wollte das verstörte Gemüt des Hundes den Sinn dieser Vorgänge nicht erfassen. Doch als er seinen Herrn so springen sah, und als von der rastlosen Schippe die Rasenbrocken in flinker Folge über die Schafe hinflogen und die ganze Herde unter Geblök und Gemecker zu traben anfing, erwachte auch in Wullis verdunkelter Seele ein scharfes Licht. Das Warum verstand er nicht; er begriff nur: was und wo. Und da begann er loszurasen, begann in Zorn zu kläffen und zu heulen, hetzte die Schafe, zauste die

Säumigen an der Wolle und trieb die galoppierende Herde gegen die Trutzbergische Seestraße.

Auf dem Wegdamm waren die dreihundertvierzehn Schafe mit ihren klagenden Lämmern zusammengeklumpt zu einem langen, dicken, hopsenden Wollwurm. Am Saum der Straße überholte Lien mit jagenden Sprüngen die ganze Herde. Und plötzlich riß er aus dem rennenden Häuf ein schmälendes Lamm heraus und hob es zu seiner Brust empor. „Mein Silberweißlein! Mein Edelfräulein! Komm! Du sollst dich nit plagen müssen!“ In der Rechten die Schippe schwingend, auf dem linken Arm das Lamm, das die zitternden Vorderfüße gegen die Schulter des Schäfers spreizte und ängstlich den Kopf an seine Wange preßte – so rannte Lien der Herde voraus, immer den Schrei wiederholend: „Höia! Höia! Höia!“ Ein blökendes Altschaf, die Mutter des Lammes, blieb immer dicht hinter den Waden des Schäfers. Dann kam, bald locker auseinandergerissen, bald wieder dick zusammengedrängt, die ganze springende, Herde mit wackelnden Wollwülsten und klunkernden Schwänzen. Und hinter dem Schwall der Schafe kläffte der in Serpentinen jagende Wulli, machte den Nachzüglern flinke Beine und hetzte jedes ausgebrochene Schaf vom Moorboden wieder auf die Straße hinauf.

In Wolken und Wirbeln begann der aufgerührte Staub die flüchtende Herde zu umqualmen. Das Innere dieser Wolke wurde ein dickes Grau; doch in den auswehenden Staubfetzen machte der Sonnenschein die aufgewirbelten Steinsplitterchen flimmern, so daß die ganze rennende Menge der Schafe umgeben war von einem Schimmer, ähnlich dem Geglitzer von vielen, winzigen Schneekristallen, die im Winde treiben.

Nur die Spitze der fliehenden Herde blieb unverschleiert. Und während der Schäfer sprang und immer sein „Höia! Höia!“ zurückschrie über die Schulter, mußte er rechnen, wie die Herde zu teilen und zu sichern war.

Kamen die Seeburgischen, so flog der rote Hahn auf alle Dächer der hörigen Bauern. Da blieb kein Stall mehr stehen, der die Schafe hätte bergen können. Und wird die Trutzburg umzingelt und belagert, so muß Herr Melcher mit den Seinen satt werden an jedem Tage, wer weiß, wie lang!

Drum teilte Lien: hundertzwanzig Schlachtschafe zur Burg hinauf, und zwar die unfruchtbar gebliebenen Altschafe und die bösen Hammel, „um die nit schad ist!“ Alle Muttertiere mit den Lämmern, die guten Zuchtböcke und alles hoffnungsvolle Jungzeug gegen die Berge hin, zu versteckten Almen! Wahrend der Schäfer so rechnete, war ihm leid um jedes Stücklein der Herde, das er dem Schlachtmesser zutreiben mußte. Hätt' er doch nur den unseligen Stein nicht geworfen! Doch ehe dieser Gedanke noch richtig in ihm fertig wurde, sagte er selber: „Narretei! Das hat sein müssen.“ Aber verhehlen, was man getan hat? Sich selber in Sicherheit halten und um seiner Tat willen die anderen leiden lassen? Das ist unsauber. Kein Wunder, daß man vor so einem Kerl die Fuchsstute herumdreht, kein Wörtlein nimmer redet und traurig davonreitet. Hat man was

Schieches angestiftet, so muß man auch sagen: „Ich bin's gewesen!" Da wird Herr Melcher schon wissen, was er tun muß. Und soll's dann kommen, wie's mag – dem Puechsteiner ist geholfen, und man wird nimmer sagen dürfen zum Lien: „Jetzt hast du mir was Schönes verdorben!"

Er machte noch flinkere Sprünge, und sein ruhelos klingender Lockruf wurde wie ein fröhliches Jauchzen: „Höia! Höia! Höia!"

Kapitel 9

Den gleichen Fluchttrieb, von dem die Schafherde befallen war, hatte der Puechsteinische Reiter auch in die Gehöfte der hörigen Bauern geworfen. Da begann in jedem Hag ein Rennen und Hasten, ein zorniges Schelten der Männer und ein grillendes Geschrei der Weibsleute. Jetzt kam das „Himmelreich", von dem ihre sehnsüchtigen Christenseelen bei der Predigt des Wanderpfaffen geträumt hatten. In Wirklichkeit sah es wesentlich anders aus, als es in ihren Träumen sich angesehen hatte. Da war's gewesen wie ein hoher Feiertag im Schlaraufenland, mit Tanz und lustigem Frieden, mit vollen Geldsäckeln und wunschlosem Magen, mit dem Duft gebratener Ochsen und mit dem lieblichen Geplätscher des aus unerschöpflichen Brunnen strömenden Weines. Das Himmelreich, das nun zu kommen drohte, hatte den Vorgeschmack von rinnendem Blut, den Geruch von brennenden Häusern und das grinsende Gesicht aller Lebensnot.

Mit dem wirren Stimmengekreisch der Männer und Weiber mischte sich das Geplärr der Kinder, das Brüllen der Kühe, das Gackern, Geschnatter und Flügelschlagen des Federviehs. Man fing die Hennen, Enten und Gänse von den Misthaufen weg und sperrte sie in hohe Körbe, die aus Stroh oder Weidenruten geflochten waren. Mit Stricken knüpfte man die Rinder an den Hörnern zusammen, die Ziegen an den Hälsen, die Schweine und Ferkel an den Füßen. Den armseligen Hausrat lud man auf die Karren; Gewand, Geschirr und Nahrungsmittel wurden in die Waldsäcke gestopft.

Nur an dieser Habe, die man schleppen und treiben konnte, hing die Sorge der Flüchtenden. Ein heimatliches Hängen an den bedrohten Dächern, die sie jetzt verlassen mußten, kannten sie nicht. Diese Häuser und Hütten waren für die Armen, die da wohnten, ein unsicheres und häufig wechselndes Lehen und waren, wie die Ställe und Scheunen, Besitz des Burgherrn, der diese Dächer, wenn ein Feind sie niederbrannte, neu wieder aufbauen mußte. Statt sein Haus zu lieben, dachte der hörige Bauer: ein frisches Dach hält den Regen besser aus als ein morsch gewordenes, und für das Vieh ist ein neuer Stall gesünder als ein alter. Doch die fahrende Habe, die sein Eigentum war, konnte Raubgut der feindlichen Söldner werden. Und übel mußten die Mannsleute sich sorgen um ihre Mütter und Bräute, um ihre Weiber und Töchter. Man kriegt nicht gern ein Kind, von dem es schwer zu erraten ift, wem es gleichschaut. Die Greise, die halbwüchsigen Buben, die Weibsleute und Mädchen hoben die Säcke und Körbe auf den Rücken, nahmen die schreienden Kinder an die Hand, begannen die zusammengekoppelten Viehhaufen zu treiben und die Karren zu schleppen, flüchteten gegen die verläßlichen Schlupfwinkel der Berge und beteten dabei mit Inbrunst, daß der liebe, barmherzige Gott keinem anderen den Sieg verleihen möchte als Herrn Melcher Trutz und dem Ritter Korbin von Puechstein.

Die rüstigen Mannsleute und die wehrfähigen Burschen gaben den Flüchtigen unter klugen und törichten Ratschlägen das Geleit, bis die bergenden Wälder begannen. Dann kehrten sie um und zogen mit ihren Hauswaffen und Schanzwerkzeugen zur Burg ihres Herrn hinauf. Hier langten sie gerade rechtzeitig an, um die Heimkehr des Trutzbergischen Kriegsgottes und die Ankunft der Puechsteinischen Auswanderer mitzuerleben. Es war ein langer Zug, der sich über die vielen Schlangenwindungen des steilen Burgpfades heraufbewegte. An der Spitze dieses halb kriegerisch und halb friedsam ausschauenden Heerwurmes ritt Herr Melcher, wieder umfunkelt von seinen Waffen, auf dem Haupt die springende Katze, mit dem ernsten Blick eines sorgenvollen, seiner Verantwortung tief bewußten Feldherrn. Diesen Führerposten hatte er gewählt, damit er als erster in die Burg käme und vor dem Eintritt der Puechsteinischen Gäste noch Zeit hätte, den voraussichtlich sehr heftigen Zorn der Frau Angela zu beschwichtigen.

Neben der Tatsache, daß er ihren ausdrücklichen Wünschen zuwidergehandelt hatte, mußte er ein bedrohliches Aufbrennen ihrer Reizbarkeit noch aus einem zweiten Grunde befürchten. Seinen Schwur, auf dem Puechstein weder zu essen, noch zu trinken, hatte er treulich gehalten. Solche Gewissenhaftigkeit war ihm dadurch erleichtert worden, daß es Frau Scholastika in ihrem Kummer und bei der Plage des flinken Packens völlig übersehen hatte, dem Gast einen Trunk oder Bissen anzubieten. Und dennoch hatte Herr Melcher sich ganz entsetzlich bekleckert. Beim Ausritt aus dem Puechstein hatte in der Torhalle die springende Katze seines Helmes einen mit Kalk gefüllten Kübel vom Mauergesims heruntergestoßen, und von der Schulter war ihm der weiße Farbstrom über Küraß, Waffenrock und Beinschienen bis auf den Sporn geronnen. Eigentlich sah das gar nicht unsauber aus. Es hatte nur den Anschein, als wäre der grimme Kriegsgott zur linken Hälfte in einen weißen Friedensengel verwandelt. Daß auch der Scheck, auf dem er geritten kam, von dem Kalkregen was Erkleckliches abbekommen halte, das merkte man gar nicht, weil der Gaul ohnehin schon mit weißen Sprenkeln versehen war.

Hinter Herrn Melcher kamen die von des Puechsteiners hörigen Bauern geführten, von Ochsen und Kühen gezogenen Karren, jeder hoch beladen mit Truhen, Hausrat, Geschirr, Weinfässern, Mehlsäcken, Waffen, Kugelbeuteln, Gewand, Schmalztöpfen, Pulverkisten und Käsekorben. Das Wertlose war in der verlassenen Burg zurückgeblieben, nur das Beste hatte man mitgenommen, und dennoch sah diese Karrenreihe aus wie der Umzug eines Trödelmarktes. Einen grotesken Anblick bot der letzte der Karren, den man auf Frau Schliggas inständige Bitten mit ihrem mächtigen Ehebett beladen hatte. Weil es der Länge nach auf dem Karren keinen Halt gefunden, hatte man es senkrecht auf die Fußwand stellen müssen. Aus Bettzeug, Kissen und Linnlaken aufragend, umweht von den grünen und gelben Fähnchen seines Himmels, kam es angewackelt wie eine jener lustigen Faschingskanzeln, die in den Städten am närrischen Dienstag umhergefahren werden. Es fehlte nur der Narr mit seinen zynischen Knittelversen. Freilich, beim Aufladen im Hof des Puechsteins hatte Frau Scholastika mancherlei Späße vernehmen müssen. Unter Tränen hatte sie den Spott der üblen Stunde geschluckt. Was den Scherz der anderen weckte, war für sie eine Schatzkammer der verzettelten Seligkeiten ihrer entschwundenen Jugend, ein Perlenschrein der ungezählten Tränen, die sie aus sorgenvoller Sehnsucht nach dem immer fernen Gatten vergossen hatte in tausend einsamen Nächten, und das zärtlich behütete Heiligtum ihres neu erblühten Spätglückes, für dessen Erhaltung sie in jeder Stunde einen verschwiegenen Schrei zum Himmel schickte.

Im Gefolge dieses letzten Karrens, der für Frau Scholastika der einzig zählende war, meckerten die Ziegen und grunzten die Schweinchen einher, die von der alten Schloßhauserin Barbara und der jungen, hübschen, rothaarigen Magd Pernella getrieben wurden. Auf dem Rücken der beiden Weibsleute flatterten die Hennen und Enten in den hohen Weidenkäfigen.

Nun kam Herr Korbin geritten, auf einem zahmen Gaul seines Söldnerstalles, mit einem schmerzhaften Ausdruck im heißen Gesicht und doch belustigt durch das komische Bild der eigenen Armut, die da auf Reisen ging. Er trug seine schwersten Waffen; nur das verwundete Bein war ohne Stahlplatten und umwickelt mit linden Tüchern.

Zu beiden Seiten des Puechsteiners ritten Frau Scholastika und Hilde mit blassen Gesichtern und feuchten Augen, in den gleichen Kleidern, die sie an dem schönen Sonntagsmorgen bei der Predigt des Wanderpfaffen getragen hatten. Statt des Kränzleins aus roten Nelken saß der Hut mit den zwei Schwanenfedern auf dem Braunhaar des Fräuleins. Immer hingen die Blicke der beiden in tiefer Sorge an dem lachenden Reiter. Und sooft das ungetüme Ehebett auf dem letzten Karren einen bedrohlichen Wackler machte, erschrak Frau Scholastika bis tief ins Herz und streckte die Hand, als müßte sie stützen und helfen.

Die drei, die erst auf halber Höhe des Burgwaldes ritten, konnten das Tor und die Mauer noch nicht sehen. Aber sie hörten das Geknatter und Gerassel, mit dem die Zugbrücke herunterfiel. Heiter sagte der Puechsteiner: „Jetzt wird Frau Engelein vor Schreck einen Purzelbaum schlagen und aus der Haut fahren. Hoffentlich hat sie eine andere zur Hand, die ihr paßt. Sonst muß sie als geschundene Heilige durchs Leben wandern.“ Er sah die gequälten Gesichter seiner Frau und Tochter an und lachte wieder. „Meine zwei lieben Weiblein, nehmt das Ding nit so hart! Wir reiten einer flinken und lustigen Hochzeit entgegen. Wird Frau Engelein zum Vorspiel ein lützel grob, so muß man's schlucken mit Heiterkeit. Sie kann nit anders. Alles ist und bleibt, wie's Gotts Weisheit erschaffen hat.“ Den Schritt des Pferdes verhaltend, drehte er den Kopf. Hinter ihm kamen die Geleitsknechte des Herrn Melcher, die paar Söldner und der alte Torwärtl des Puechsteiners; sie waren neben der eigenen Wehr, die sie trugen, noch mit allem Waffenzeug beladen, das man auf den Karren nimmer untergebracht hatte. Freundlich nickte Herr Korbin den Leuten zu und rief: „Ein lützel langsamer! Herr Melcher wird Zeit brauchen zum Turnei mit seinem Hausvergnügen.“

Im gleichen Augenblick vernahm man vom Tor herunter das Hufgepolter des schweren Schecken auf der Brücke.

Der halb zum Friedensengel gewordene Kriegsgott ritt in die Trutzburg ein. Seine Augen guckten ein bißchen scheu. So blicken die Feiglinge, wenn sie wissen, daß sie in die Nähe des Feindes geraten.

Im großen Hofe waren schon beim Anmarsch der hörigen Bauern alle Grünroten zusammengelaufen, und Jungherr Eberhard war eben dabei, die Dorfleute in die Losamente der Schützengänge zu verteilen. Ein aus Aufregung und Heiterkeit gemischter Stimmenlärm erhob sich beim Eintritt des bekleckerten Burgherrn und beim Erscheinen des ersten Plunderkarrens.

Im dunklen Spitzbogentor des Herrenhauses tauchte Frau Engelein auf.

Melcher Trutz zu Trutzberg bekreuzigte die Nase, die man als fürstlich bezeichnen konnte, weil sie Purpur trug. Mit einer für seine Leibesfülle sehr ungewohnten Eile schwang er sich aus dem Sattel, klirrte auf seine Hausehre zu und machte beschwichtigende Zeichen mit der Eisenhand, die zwei stählerne Haken an Stelle der verlorenen Finger trug. Bevor er noch reden konnte, schlug Frau Angela schon die Hände über dem Kopf zusammen. Der Schreck, den sie über die grauenvolle Bekleckerung ihres Ehegemahls empfand, war so sinnverwirrend, daß sie die durch das Tor hereinholpernden Plunderkarren gar nicht zu gewahren schien.

„Ja, Mann! Ja, Mann! Wie siehst du schon wieder aus! Wo hast du denn Kindermus gegessen?“

„Sei versöhnlich, Weibl!“ stammelte Herr Melcher. „Ich hab' meinen Schwur gehalten, hab' auf dem Puechstein nit gegessen und nit getrunken. Aber der Mensch entrinnt seinem Schicksal nit.“ Er guckte an sich herunter. „Das ist kein Kindermus, meine gute Angela! Das ist geloschener Kalch.“

„Jesus, Jesus!“ klagte die Trutzbergerin. „Kalch ist doch wie Feuer für alles, was Faden heißt.“ Gleich begann sie am Waffenrock ihres Gemahls zu rippeln und hatte Tränen in den Augen, „Richtig, schau nur, da brechen schon die Löcher hinein.“ Sie richtete sich auf, wollte ihrem Gatten etwas sehr Hartes ins Gesicht sagen, blieb aber stumm und bekam ein gelb verzerrtes Gesicht, weil sie die mit Hausrat beladenen Karren gewahrte und im Sonnenschein außerhalb des Torbogens das ungetüme Ehebett der Puechsteinischen mit der grünen und gelben Himmelsfahne heranwackeln sah.

Herr Melcher sagte herzlich: „Guck, Weibl! Du bist doch in Sorg gewesen, wer das viele Wildbret verschlucken soll, bevor es überständig wird. Jetzt kriegen wir liebe Gäst'. Die helfen uns speisen. Wirst sehen, da bleibt nichts übrig."

Einem Weinkrampf nahe, begann Frau Angela die überkochende Schale ihres Zornes auf die noch unbekleckerte Hälfte des Gatten zu entleeren. Sein Waffenrock bekam davon keine Flecken, aber sein Gesicht nahm eine blaurote Färbung an. Mit dem Stahlhaken, der ihm den verlorenen Zeigefinger ersetzte, faßte er seine Hausehre am Brustlatz und sagte sehr schnell und kräftig: „Weib! Die jetzige Stund ist allzu ernst, als daß ich's mit dir zu tun haben möcht'. Ich hab' mir viel gefallen lassen mein Leben lang. Beschämst du mich jetzt vor Freund und Gesind' – da könnt's geschehen, Weib, daß ich mich aller schuldigen Ehrfurcht entschlag' und so kotzenmäßig und saugrob mit dir umspring, wie du's von mir in dreißig geduldigen Jahren nie noch erfahren hast!"

Frau Engelein stand wie versteinert. Da bekanntlich den Steinen die Gabe der Sprache versagt ist, ließ auch die Trutzin von Trutzberg, obwohl ihr Mund sich ein bißchen zu bewegen anfing, keinen merkbaren Laut vernehmen.

Wesentlich anders als auf die Hausehre des Herrn Melcher wirkte der Einzug der Puechsteinischen auf Hildes Bräutigam und Himmelsgatten. Den lustigen Lärm, den die im Hofe versammelten Menschen bei dem Gegaukel des aus der Torhalle heraustauchenden Ehebettes erhoben, schien Jungherr Eberhard nicht zu vernehmen. Ein hurtiger Wechsel seelischer Wallungen führte ihn durch Verblüffung, Scham, Verlegenheit und ratloses Zaudern, bis in seinem leichtbeweglichen, auf das Himmelreich eines beschleunigten Glückes gerichteten Christenwillen eine neue Hoffnung zu keimen begann. Sich flink aus einem berserkerischen Kriegsmann in den höfisch gezierten Galan verwandelnd, sprang, er zur Brückenhalle hinüber, riß am Fensterlein der Wärtlstube die roten Blüten von den Blumenstöcken, fügte sie zu einem hübschen Sträußchen, schmiegte sich unter dem Tor an den einmarschierenden Ziegen und Ferkeln vorüber und stand inmitten des verklärenden Sonnenschimmers auf der Zugbrücke, als Herr Korbin mit Frau und Tochter geritten kam.

Die Puechsteinerin gab sich alle Mühe, freundlich zu schauen. Und Herr Korbin sagte lachend: „Jungherr, mir deucht, der Seeburger hat nit bloß für deinen Vater das Wild ins Garn getrieben. Er treibt auch deiner ungeduldigen Sehnsucht das flinke Glück an den Hals."

Durch dieses Wort ermutigt, tänzelte Eberhard mit zierlichem Schritt auf die Fuchsstute seiner Seelengattin zu, faßte den Zaum des Pferdes, küßte den Steigbügel, machte eine höfische Reverenz und bot seiner Braut die roten Blumen mit dem schnellgefundenen Verslein: „Meine Treu, ergeben frumm, bietet mit Blumen den Willekumm. Schönste der Schönen! Tu mich begnaden mit gütigem Blick! Tu mich belehnen mit Lieb und Glück!“

Aus Hildes Gesicht verschwand die Blässe, die ihr der Kummer dieser Stunden und die Sorge um den Vater auf die Wangen gegossen hatte. Ein heißes Brennen rann ihr vom Halse hinauf bis unter die Löcklein an Stirn und Schläfen. Das glich aber nicht dem holdseligen Erröten einer glücklichen Braut. Fast war es wie ein Glühen in Scham und Zorn. Und während sie ihren Bräutigam mit den großen, in Tränen schwimmenden Augen stumm betrachtete, war in ihrem Blick ein fremdes, erschrockenes Staunen und ein ratloses Suchen nach etwas Verlorenem, das sich nimmer finden ließ.

„Mädl!“ mahnte Herr Korbin ungeduldig. „Laß die zimpferliche Kinderei und nimm die Blumen! Hast du deinem Bräutigam wegen des Späßleins auf dem Taubenturm noch nit verziehen, so denk der herzlichen Güt', die Herr Melcher uns bietet. Guck auf! Da steht das Tor deiner künftigen Heimat. Zieh friedsam ein!“

Unter irrendem Lächeln, das der erzwungenen Heiterkeit einer leidenden Seele glich, streckte Hilde die Hand und wollte die roten Blumen nehmen. Da kam ein Hindernis. Hinter den Herrenleuten erhoben die Söldner auf ihren scheuenden Gäulen einen unmutigen Spektakel; man hörte das heisere Gekläff eines Hundes; und nun fingen auch die Pferde des Herrn Korbin, der Frau Scholastika und des Fräuleins zu bocken an, was auf der immerhin breiten, aber geländerlosen Zugbrücke auch für tapfere Seelen keine angenehme Sache war. Drohte da auch kein Todessturz, so drohte doch ein unerquickliches Bad in dem nicht sehr reinlichen Wasser des Torgrabens. Herr Korbin haschte die Zügel des Schimmels und der Fuchsstute. Das tat er unter grimmigen Flüchen, obwohl er den Pferden die bockende Unruhe nicht verdenken konnte. Unter ihren Bäuchen kam mit Geblök und Gemecker, mit Wackelbuckeln und Klunkerschwänzen eine dicke, wilde Sache über die Brücke gefahren, ähnlich einem weißwollenen Teufel. Es waren die hundertzwanzig von der Herde des Schäfers ausgesonderten Schlachtschafe, getrieben und gehetzt vom Wulli. Der kümmerte sich in seiner Pflichttreue und Gewissenhaftigkeit nicht um Menschen und Gäule, nicht um Söldner und Herrenleute, sondern hußte die Schafe in das Burgtor, wie sein Schäfer es ihm drunten beim Forellenbach befohlen hatte.

Mitten unter dem Wollgewimmel klapperten die drei Puechsteinischen Pferde in die Torhalle hinein. Und Eberhard, um von dem rasenden Klunkerteufel nicht über die Brücke hinausgestoßen zu werden, klammerte sich schleunigst an den Schwanz von Frau Scholastikas Schimmel und sah sich gerettet. Aber die schönen, roten Willekummsblümchen waren verschwunden.

Im Burghof gab es nach dem überstandenen Schreck ein befreiendes Gelächter. Sogar das Fräulein von Puechstein wurde ein bißchen heiter. Doch immer huschten ihre

Augen suchend umher, als wäre es für sie eine schwerbegreifliche Sache, einen Schäferhund ohne Schäfer gewahren zu müssen.

Unter den mahnenden Blicken des Herrn Melcher lief der Empfang der Gäste durch die Burgherrin glimpflich ab. Freilich war Frau Engeleins gallenfarbene Höflichkeit noch immer ausreichend, um die Augen der Puechsteinerin mit Tränen zu füllen.

Für diese wenig feierliche Empfangszeremonie hatte Wulli kein Interesse. Er tat, was seines Amtes war und drängte die hundertzwanzig Schafe in ihren Winterstall. Trotz allem Gewühl, das mit Menschen, Gäulen, Vieh und Karren den Burghof füllte, entging ihm nur ein einziges der ihm anvertrauten Herdenkinder, ein alter, bockbeiniger Hammel, der vor der Stalltür immer wieder auskniff, um sich unter die Karren und zwischen die Röcke der kreischenden Weibsleute zu flüchten. Während Wulli hinter dem Ausreißer herkläffte, konnte er die herzliche Fürsorge nicht beachten, mit der das Fräulein von Puechstein und der weißgestreifte Kriegsgott den hinkenden Ritter Korbin über die Steinstufen zum Herrenhaus hinaufgeleiteten; konnte nicht sehen, wie ängstlich Frau Scholastika das Abladen ihres mächtigen Perlenschreins behütete, dem die heiter zuguckenden Bauernburschen einen sehr unehrerbietigen Namen gaben; und konnte nicht vernehmen, daß Frau Engeleins zornschrillende Stimme einen höchst bedrohlichen Aufruhr innerhalb des geheiligten Burgfriedens zu entzünden drohte.

Die mühsam erzwungene Selbstbeherrschung, die sie unter den drohenden Funkelblicken ihres Gemahls betätigt hatte, ging plötzlich in die Brüche, als sie die junge Puechsteinische Magd, die hübsche, runde, rothaarige Pernella entdeckte. Wurde Frau Angela um der roten Haare willen abergläubisch? Oder hatte sie noch andere Ursache, tragische Verwicklungen vorauszuahnen? Wie eine Rasende fuhr sie auf das erschrockene Mädel los und kreischte: „Hinaus! Die soll nit eingehen unter meinem sauberen Dach! Der geb' ich den Weg zu meinen Stuben nit frei! Die soll sich nit umwargeln in meinen ehrsamen Betten! Hinaus mit der rothaarigen Föhl! Hinaus! Hinaus!“

Im ersten Schreck wollte Pernella gegen die Torhalle flüchten und Reißaus nehmen, mitsamt den Hennen und Enten, die sie in dem Weidenkäfig noch auf dem Rücken trug. Da sperrte eine lebendige Mauer von etwa vierzig Mannsbrüsten ihren Fluchtweg. Sei es, daß der grausame Gemütsumschlag der Burgherrin das menschliche Erbarmen in den Herzen des dienenden Mannsvolkes weckte; sei es, daß die Söldner und Bauernburschen die rote Haarfarbe Pernellas für minder gefährlich hielten und weniger abergläubisch waren als Frau Engelein; oder sei es, daß die Kriegsmänner, die ihr Blut und ihre Haut zu Markte tragen sollten, ein rundes, hübsches Gesicht mit jungen Augen als nötig zur Stärkung ihrer Tapferkeit erachteten – so oder so, es blieb der Trutzin die unliebsame Erkenntnis nicht erspart, daß die vom Seeburger drohende Fehde ihren Anfang nahm mit einer lärmvollen, zwischen Zorn und Heiterkeit baumelnden Meuterei im eigenen Burgfrieden.

Es erhob sich ein so schreiender Tumult, daß ihn sogar der halbtaube Burgkaplan in seinem Pfaffenstübchen vernehmen mußte. Sein verstörtes Gesicht erschien in dem kleinen Turmfenster, er streckte die beiden Arme heraus, machte beschwichtigende Gesten mit den Händen und bewegte dabei den zahnlosen Mund, als müßte er wieder einmal predigen: „Kindlein, liebet einander!“

Von dieser frommen Mahnung verstand man im Lärm des Hofes keinen Laut. Hier brüllte ein halbes Hundert von rauhen Männerstimmen: „Das gute, schuldlose Mädel soll bleiben! Die Brück hinauf! Die Brück hinauf!“ Und weil der Torwärtl nicht gleich gehorchen wollte, sprang ein Dutzend der entschuldbaren Aufrührer zur Kettenwinde und begann die Fallbrücke hochzuziehen.

Das geschah in dem gleichen Augenblick, in dem der Schäferhund den eigensinnigen Hammel glücklich in den Winterstall hineingebissen hatte. Nun rannte Wulli auf der Suche nach seinem Herrn zum Tor, jagte über den schon halb emporgezogenen Brückenboden hinauf und beförderte sich durch einen waghalsigen Sprung ins Freie. Für ein paar Sekunden glich der tapfere Wulli einer riesenhaften Fledermaus. Das tolle Heldenstücklein des Schäferhundes wirkte auf die Meuterer so belustigend, daß ihr Aufruhr sich in Heiterkeit verwandelte. Ehe sie des Lachens noch satt wurden, war Wulli schon im Burgwald verschwunden, raste über das Waldgehänge hinunter zum Forellenbach und sauste auf der Fährte seines Herrn davon, den nahen Bergen entgegen.

Die rotgewordene Sonne wollte schon sinken, als Wulli, inmitten eines steil aufsteigenden Waldes, plötzlich herumgerissen wurde wie vom Zug einer unsichtbaren Kette. Dieser Tag der Unbegreiflichkeiten gab ihm eine neue Rätselnuß zu knacken. Mit lechzender Zunge und unter heftigem Pumpen seiner Flanken blieb er stehen und betrachtete ratlos die geheimnisvolle Welthälfte, die vor ihm lag. Die andere Hälfte, die hinter ihm in der Tiefe geblieben war, ging den Wulli nichts mehr an, seit die Schlachtschafe im Stall waren. Was galt ihm der lärmvolle Trutzberg und der stille Puechstein im roten Blutglanz des Abends? Was kümmerten den Wulli die herdenlos gewordenen Bruchböden der Heide und die zwei starken, von Staub umwirbelten Kriegshaufen, die vom Seeforst langsam über die beiden Moorstraßen heranzogen? Ihn beschäftigte nur die unerklärliche Tatsache, daß die Fährte des Lien durch den Wald hinüberzulaufen schien nach dem Puechstein, während die Herde unverkennbar zwischen den Spuren von anderem Vieh und vielen Menschen bergauf und gegen die Almen gezogen war.

In wachsender Seelenbedrängnis schlapperte der Hund mit Lefzen und Nase über die geheimnisvolle Sprache des Bodens hin. Je länger er schnupperte, je weiter er im Zickzack hin und her revierte, um so unerklärlicher wurde die Sache. Daß Lien beim Anblick der nahenden Kriegshaufen den Rest seiner Herde dem Fluchtschwarm der Hörigen anvertraut hatte und wie ein Sinnloser gegen den Puechstein gesprungen war –

dieses völlig Undenkbare konnte dem Wulli doch nicht einfallen! Es stimmte nur für seine Nase: daß Lien ein treuloser Schäfer geworden und die Herde verlassen hatte.

Wahrhaftig, Wulli befand sich in der Zwangslage, schlecht von seinem Herrn denken zu müssen, und ließ in Kummer die beiden Ohren schlappern. Aber wie es Mütter gibt, die ihre guten Kinder vernachlässigen und mit doppelter Zärtlichkeit an mißratenen Söhnen hängen, so gibt es auch Schäferhunde, die in Verzweiflung und wider besseres Wissen einem zum Verbrecher gewordenen Hirten in wandelloser Treue ergeben sind. Wulli wußte ganz genau, daß sein Platz bei der verlassenen Herde war, deren klagendes Geblök noch deutlich von der Höhe des Bergwaldes herunterklang. Weil aber der verlorene, irrsinnig gewordene Schäfer doch auch nicht ohne hilfreichen Beistand bleiben durfte, und weil doch Wulli an diesem Rätsel- und Unglückstage der amtsgemäßen Heldentaten schon sehr viele geleistet hatte, ließ er in dem neuerlichen Kampfe zwischen Pflicht und Liebe die letztere siegen und stellte die Ohren wieder auf. Wie es in Sachen der Liebe häufig zu geschehen pflegt, schien auch Wulli zu denken: Einmal ist keinmal! Und schien der Meinung zu sein, daß ein Verbrechen aus Liebe um so entschuldbarer ist, je schneller es begangen wird. Gleich einer fliegenden Pelzkugel sauste er seitlich durch den Bergwald und erreichte das offene, unbetreute Tor des Puechsteins, bevor die Sonne sich in einen glühenden Igel verwandeln und hinter den brennenden Hügelgrat mit den zum Himmelreich weisenden Feuerfingern hinunterkriechen konnte.

Wie ein verzaubertes Märchenschloß, offen, doch menschenleer, schweigsam und doch erfüllt von redenden Geheimnissen, stand die schon etwas zerbröckelte Puechsteiner Burg im triefenden Blut des Abends. Ihre zweifelhaften Schätze waren bewacht von einer einzigen vergessenen Henne und von etlichen Tauben, die unbeweglich auf Turm und Firsten saßen. Ein leiser Schauer hätte jedes Menschenkind beim Eintritt in dieses rotglühende, von gespenstigen Schatten durchwirkte Schweigen befallen. Doch Wulli, unbewandert in allem, was Märchen heißt, empfand weder Staunen noch Gruseln. Seine Nase fuhr über das grobe, löcherige Pflaster hin. Winselnd schlug er Haken und Kreise und verlor immer wieder die Spur seines Herrn, obwohl sie auf den Pflastersteinen so frisch zu erschnuppern war, als hätte Lien diese langen Sätze durch den Burghof jetzt eben erst gemacht.

Daß der irrsinnig gewordene Schäfer in der Hast seiner Sorge gleich fünf Stufen des zum Herrenhause führenden Holztreppleins übersprungen hatte – auf solch eine vernunftwidrige Vermutung konnte Wulli unmöglich verfallen. Was hatte der Schäfer im Herrenhause zu suchen? Ein Hund ist klüger, als Menschen sind, und denkt immer logisch. Drum sauste Wulli durch die leeren Ställe, durch die verlassenen Söldnerstuben und wollte, um sich auf der Rückfährte von der Verläßlichkeit seiner Nase zu überzeugen, wieder zum Brückentor hinausjagen. Da klang von irgendwo die hallende Stimme eines Unsichtbaren: „Edel Fräulen … edel Fräulen … edel Fräulein …“ Und Wulli, alle Logik mißachtend, nur der Liebe und seinem Ohr gehorchend, rasselte über die steilen Treppen des öden Herrenhauses hinauf, surrte durch verwüstete Stuben, übersprang den wertlosen Plunder, der auf den Dielen umherlag, kam in ein Ehegemach, aus dem das Ehebett verschwunden war, und kam zu dem Trepplein, das hinunterführt in Hildes Kämmerchen.

Unglaublich, aber es stimmte: hier war der Lien! Beim Anblick des Heißgesuchten wurde plötzlich in Wulli das böse Gewissen viel stärker als die Freude des Wiedersehens. Was hat ein Schäferhund, der zur Herde gehört, beim Fräulein von Puechstein zu schaffen? Ganz klein und still geworden, duckte Wulli sich mit fieberndem Bauch und hängender Zunge auf den Boden hin, staubte mit der ruhelosen Schweifquaste die Türschwelle ab und betrachtete vorwurfsvoll diesen unbegreiflichen Lien.

In dem kleinen Raum, durch dessen Fensterchen noch ein blutfarbener Feuerschein der sinkenden Sonne hereinfiel, stand der Schäfer unbeweglich, berührt von einem lähmenden Zauber. Halb wie ein Jäger und halb wie ein Kriegsmann sah er aus, mit der Schäferschippe als Speer, mit dem Wolfseisen am Gürtel, mit der Armbrust über dem leeren Waldsack. Nach dem schweren Schreck, der ihn beim Anblick des verödeten Burghofes befallen hatte, kam er, trotz seiner langsamen Art zu denken, nun doch der beruhigenden Wahrheit auf die Spur: daß Herr Korbin und die Seinigen sich vor dem nahenden Feinde hinter die festen Mauern der Trutzburg gerettet hatten, und daß dieses verlassene Kämmerchen die Schlafstube des Fräuleins von Puechstein war. Langsam zog er das Hütl herunter und hielt es an seine Brust gedrückt, als stünde er in einer Kirche. Nun ließ er sich gar aufs Knie fallen und bekreuzigte das strenge, erhitzte Gesicht. Während er betete, sah er nicht zu dem kleinen Kreuzbild an der Wand hinauf, sah nur immer das alte, viel zu kurze Bettlein an, das ohne Kissen und Decken war und nur noch einen Strohsack und einen weißleinenen Himmel hatte.

Nun erhob er sich. So stehen Menschen auf, die was Notwendiges zu tun haben. Sein Blick huschte durch den kleinen Raum. Was mußte er da noch in Sicherheit bringen, bevor die Seeburgischen kamen? Die Bettlade? Auf dem Trutzberg haben sie Betten genug. Auch Truhen und einen Webstuhl hat Frau Angela, und Spinnräder und Garnhaspel. Sie hat auch ein Kreuzbild in jeder Stube. Aber ein Menschenkind soll den Herrgott nicht im Stich lassen, mit dem es zu reden gewohnt ist. Könnt' sein, daß das edel Fräulein seinen Herrgott nötig hat in den nächsten Tagen.

Mit flinker Hand nahm Lien das kleine, plump aus Kupfer gegossene Kreuzbild von der Wand und schob es in seinen Waldsack.

In der Fensternische sah er zwei Bilder hängen. Wenn das edel Fräulein hier auf der Truhe sitzt und spinnt, da muß sie doch allweil die zwei Bilder sehen und muß sie liebhaben. Die wird sie missen, wenn sie auf dem Trutzberg den Faden zieht. Die müssen mit.

Es waren zwei Holzschnitte in Rähmchen aus Birkenholz, das die weiße Rinde noch hatte. Jedes ein Doppelbild, Freude und Not aus dem Leben eines jungen Weibes. Das eine Bild zeigt eine gepanzerte Jungfrau, die inmitten vieler Ritter einem knienden König die Krone auf die Locken setzt; und darunter ein flammender Holzstoß, auf dem eine junge, schöne Hexe im Ketzerhemde verbrannt wird. Das andere Bild zeigt einen höfischen Tanz, bei dem die Reihe der festlichen Paare geführt wird von einem fürstlichen Jungherrn und einem schmucken, feinhälsigen Bürgermädchen; und darunter ein Strom und eine Brücke, auf der sich viele Menschen drängen, und in den Wellen schwimmt eine junge Frau, streckt hilfesuchend die Hände, und zwei Henkersknechte fassen sie mit langen Stangen am reichen Haar und stoßen sie unter das Wasser. Unter jedem Doppelbilde stand ein Name: „Joanne Darc" – „Frau Nese Bernauerin". Aber der Schäfer konnte nicht lesen. Während er die zwei Bildchen, mit den Gesichtern gegeneinander gekehrt, in seinen Waldsack schob, vernahm er aus dem Tal herauf einen dumpfen Lärm. Er guckte zum Fenster hinunter. „Höi! Jetzt hat's aber Eil!" Flink faßte er die Schippe und sprang über das Trepplein hinauf. „Komm, Wulli!" Es schien für den Schäfer eine selbstverständliche Sache zu sein, daß der Hund da auf der Schwelle lag. Und Wulli, von der Last des bösen Gewissens erlöst, ließ seine Freude toben und warf mit dem Ungestüm seiner Liebe den Schäfer beinahe zu Boden.

Über die steilen Treppen hinunter – das war wie eine Schlittenfahrt. Durch den kühl und dunkel gewordenen Hof zur offenen Torhalle, in der man ein rotglühendes Stücklein des Himmels sah. Draußen legte der Schäfer die Schippe, den Waldsack und die Armbrust in eine Staude. „Wulli! Das tust du mir hüten! Bist du nicht treu, ich reiß' dir die Ohren vom Grind!" Und in das Tor zurück. Man kann doch nicht dem Fräulein von Puechstein die Burg so stehenlassen, offen für jeden Seeburgischen! Lien drehte mit keuchender Hast die Kettenwinde und zog die Brücke hinauf. Draußen winselte der Wulli. Unter den vielen Hanfstricken, die vom Packen der Plunderwagen noch umherlagen, wählte der Schäfer den längsten. Zur Mauerkante hinauf! Das Seil um eine Zinne, so wie der Trutzbergische Burgkaplan beim Predigen die Stola um den mageren Hals hat! Zwischen den beiden Seilsträngen rutschte Lien über die Mauer hinunter, wie ein Marder über einen Baumstamm zu Boden fährt. Das Seil riß er hinter sich her, weil er's drüben auf dem Trutzberg wieder nötig hatte; da wird doch die Brück schon in der Höh sein; die laßt man doch, wenn schon die Seeburgischen herumschnufeln, nicht wieder herunter, nur weil der Lien hineinwill.

„So, Wulli, jetzt komm!"

Durch den dämmernden Wald hinunter. Das ganze Tal war schon erfüllt von Lärm und Hufgetrappel. Gleich zwei grauen, fliegenden Schatten jagten Schäfer und Hund über das Sträßlein und über die nebelnde Wiese, dem Saum des Trutzbergischen Burgwaldes entgegen. Zornige Stimmen schrien den Buben an. Es kam ein Augenblick, in dem er dachte: „Jetzt könnt' ich's dem Seeburger selber sagen, wer seinen Bruder vom

Gaul geschmissen! Und Herr Korbin und Herr Melcher haben Frieden und Ruh! Aber muß denn nicht das edel Fräulein zuerst den nötigen Herrgott und die lieben Bildlein haben?“ Der Schäfer sprang. Hinter ihm ein aufblitzendes Flämmchen und ein Geknatter. Neben dem Lien pfiff etwas Grobes in den Boden hinein und warf den Rasen auseinander. Er lachte: „Ja! Schnecken! Aber nit den Lien!“

Während er hinaufkeuchte durch den steilen Burgwald, knüpfte er das Seil an den Schippenschaft und legte den Strang in Schlingen.

Nun kam der breite, baumlose Gehängstreif, der den Fuß der Mauer umzog.

Droben in den Scharten fingen die Söldner und Hörigen des Herrn Melcher gleich zu lärmen an, als sie den springenden Menschen gewahrten. '

„Nit schießen!“ schrie der Schäfer. „Ich bin's, der Lien! Ich muß dem Fräulein von Puechstein was Nötiges bringen. Hoppla, fanget das Seil!“ Die Schäferschippe flog und trug das Ende des Stranges über den Bord der Mauer hinüber.

Mit fünffacher Schlinge wickelte Lien seinen rechten Arm in das Seil hinein, umklammerte mit dem linken seinen Wulli hinter den Vorderbeinen und sagte ernst: „Sei gescheit, du, und tu nit zappeln! Sonst muß ich dich fallen lassen. Ich tät's nit gern.“

Droben begannen sie lustig am Seil zu ziehen. Die gespreizten Beine gleich einer eisernen Gabel wider die Mauer spreizend, ließ sich der Lien mit dem Wulli aufwärtslupfen und näherte sich bei dieser mühsamen Sache, die ihm den Arm fast aus der Schulter riß, sehr merklich dem Himmelreich. Auf dem Bord der Mauer unterbrach er seine Reise.

Man empfing ihn mit heiterem Geschrei. Die hörigen Bauern wußten wohl mancherlei vom Lien; aber für die Söldner des Herrn Melcher war es was Neues, als sie zu merken bekamen, welch ein kecker und schneidiger Luderskerl dieser „Unschick und dumme Lümmel“ von Schäfer war.

Der Himmel wurde des leuchtenden Abends müd. Es kam die Nacht. In den Höfen und auf den Wehrtürmen der Trutzburg begannen die Pechfeuer zu lodern.

Gegen die sechste Morgenstunde erwachte Lien. Bei der ersten Bewegung, die der Schäfer machte, richtete auch Wulli sich auf, der neben seinem Herrn auf dem von Mauslöchern durchwühlten Lehmboden gelegen.

Als Lien am verwichenen Abend dem Fräulein von Puechstein die drei nötigen Sachen, das kupferne Kreuz und die Bilder der Joanne Darc und der Frau Nese Bernauerin, ins Herrenhaus hinaufgeschickt und nach einem Tag, welcher Hunger und Plage gewesen, den Wulli und sich selber gefüttert hatte, war er in einen bleiernen Schlaf gefallen. Jetzt beim Erwachen fand er sich nicht zurecht. Er suchte das Moorland, den Pferch und seine Herde und mußte sich erst an das Bild gewöhnen, das ihn umgab. Ein großer, kahler, matt erhellter und unsauberer Raum – eins von den Losamenten, die zwischen den

Ställen unter die Schützengänge eingebaut waren. Solcher Stuben gab es in der Trutzburg für das niedere Gesind und die hörigen Wehrleute genau ein Dutzend, Die Herrschaft bezeichnete sie nach den Monatsnamen. Die Stube, wo der Lien geschlafen hatte, hieß die Maistube. In der Gesindsprache hatten die Losamente ganz andere Namen: Zeckenloch, Ratzenstadel, Flohkeller usw. Bei den Knechten hieß die Maistube: der Mauskäfig. Daß es ein Wohnraum war, das sah man nur an dem aus Feuerstein gemauerten Ofen, an den paar Schüsseln und Krügen, die umherstanden, an dem Kram, der die Gesimse der Fensternischen füllte, und an den Zapfenbrettern, von denen Kleider und Waffen herunterhingen. Sieben Strohsäcke lagen rings um die Wände herum. Sechse waren leer; die Bauern und Buben, die da bis Mitternacht gelegen, waren seit der Morgenwende auf Wache. Den müden Lien hatten sie schlafen lassen.

„Wulliwulli!" Nach dem Erwachen war das sein erstes Wort. „Gotts Not! Wie stinkt's da in der Stub! Draußen auf der Heid schmeckt's besser."

Er bekreuzigte das Gesicht und betete. Als er sich erhob, brauchte er, um fertig gekleidet zu sein, nur die nackten Füße in die Holzschuhe zu stecken. Vor der Türe bürstete er mit einem Besen den Fluchtstaub der Herde von seinem Gewand. Am Brunnen wusch er sich. Sehr sauber. Die Seeburgischen sollten, wenn man ihn auslieferte, nicht sagen: „So ein Schmierfink hat unseren Herren totgeschmissen."

Nach dem Sechsuhrläuten kamen die Kameraden des Mauskäfigs von der Mauerwache. Der Stubenälteste brachte die Arbeitslosung mit, die der Jungherr schon ausgegeben hatte. Lien war der Schmiede zugeteilt und mußte beim Kugelgießen helfen. Das sollte nach der Frühmahlstunde beginnen. Zwei von den alten Mägden des Trutzberges trugen die Suppenschüssel herbei, den Korb mit Brot und Selchfleisch, dazu die große hölzerne Weinbitsche. Es gab im Mauskäfig über den reichlich zugemessenen Wein ein gerechtes Staunen; doch gleich beim ersten Trunk merkte man, daß Frau Engelein die größere Hälfte des Gesindweins aus dem Brunnen kelterte. „Zur Tapferkeit hilft das nit", sagte einer von den Bauernbuben, „aber die Nasen bleiben weißer."

Unter dem Geschwatz der anderen verzehrte der Schäfer schweigend seine paar Bissen; was er vom Frühmahl absparte, gab er dem Wulli. Dann wies er ihn auf den Strohsack. „Da tust du warten! Schauen wir halt, wie's geht!" Er schritt zur Türe.

Der Ältestmann des Mauskäfigs rief ihm nach: „Hast ja noch Zeit!" Er meinte: zur Arbeit.

Lien schüttelte den Kopf und ging davon. Im Burghof, über den die Sonne schon herunterblinzelte, liefen Söldner und Mägde die Kreuz und Quer. Aus allen Losamenten hörte man die Männerstimmen. Überall ein ruhiges Reden. Nur droben auf dem Söller des Brückenturmes ging es lustig zu. Hier verteilte die junge, hübsche, rothaarige Pernella das Frühmahl. „Die Supp ist mager, da muß man Fleisch einbröckeln!" sagte ein alter Söldner und zwickte das nette, lachende Mädel in die Schattenseite.

„Du?“ fragte Lien im Hof eine alte Magd. „Ist das edel Fräulein von Puechstein schon auf?“

„Was geht's dich an? Mach, daß du weiterkommst!“

„Gut, mir eilt's nit!“ Er trat in die Halle des Burgfrieds und stieg zum Pfaffenstüblein hinauf. Von einem der Wehrböden klang die Stimme des Jungherrn herunter, und undeutlich hörte man das Gurren vieler Tauben.

In der kleinen, weißen Turmstube griff die Morgensonne mit rosiger Hand zum Fenster herein und streichelte die runzlige Wange des greisen Priesters, der neben dem unberührten Bett im Lehnstuhl schlummerte. Erst der Handkuß des Schäfers weckte ihn.

„Oh?“ Die gütigen Kinderaugen des Greises fragten.

„Tätst du mir nit die Beicht' hören, guter Herr? Könnt' sein, daß ich sterben müßt', ich weiß nit, wie bald.“

Ein gähnendes Lallen. „Wa willtu?“

Lien hob die Stimme: „Beichten, Herr!“

Der Kaplan verstand erst völlig, als der Schäfer eine Handbewegung von seinem Mund zum Ohr des Priesters machte. Nickend erhob sich der Greis, wobei ihm Lien behilflich war, legte die Stola um den mageren Hals, holte ein weißes Tuch, nahm es gleich einem Schleier über Kopf und Gesicht, ließ sich wieder in den Lehnstuhl fallen und neigte die Wange gegen den Schäfer hin.

Auf beiden Knien liegend, über der Sessellehne die braunen Hände ineinanderklammernd, redliche Andacht in den blanken Augen und in dem strengen Jünglingsgesicht, fing Lien am Ohr des Priesters zu flüstern an. Immer nickte der Greis, um sein Beichtkind glauben zu machen, daß er alles gut verstünde. Die Sonne spielte über die beiden hin. Neben dem Taubengurren und dem Gepolter auf den Wehrböden des Turmes, neben dem Stimmengeräusch, das aus den Burghöfen und von den Schützengängen kam, tönte auch aus dem tiefen Tal herauf ein dumpfes Gelärme, während der Schäfer flüsternd seine Sünden bekannte: Fluchreden und schieche Gefräßigkeit; Speisenstehlen aus den Körben und Schüsseln der Margaret; arge Trotzgedanken wider die Herrenleute; Unachtsamkeit bei der Sonntagspredigt; Zorn und Grobheit gegen Hund und Schaf; verstecktes Lügen, um nicht ein Söldner werden zu müssen; arge Not am jungen Leib und im jungen Blut; unsauberes Träumen, das so kommt in der Nacht, man weiß nicht, was es ist und was es will; nach der toten Mutter ein Sehnen, das oft stärker ist als die Christenlieb zu Gott und den guten Heiligen; um der toten Mutter willen ein böses Denken wider ein Mannsbild, das man nicht kennt und nie gesehen und nie hat nennen hören; nicht verzeihen können, wenn Menschen schlecht gewesen; unchristliche Verachtung gegen solche, die schwach sind und sich fürchten müssen; ein grausliches Lügen und Heucheln mit Wort und Stein; vom

Vaterunser bloß den Anfang und das Amen sagen; verderben müssen, was einem gütigen Maidlein ein Schönes ist; in Not und Fährnis untreu werden als Schäfer und die Herd' verlassen; und das Ärgste von allem Argen: Schuld haben am Tod eines Menschen und nicht bereuen können und denken müssen, man tat' es wieder und allweil wieder, wenns dem Herrn von Puechstein ans Leben geht.

Der Sünder schwieg. Und der greise Priester hielt noch immer das Ohr hinuntergebogen und nickte und nickte, als ginge die Beichte immer noch weiter. Daß sie schon zu Ende war, merkte er erst, als Lien nach geduldigem Harren das heiße Gesicht erhob und auf den Knien den schlanken Körper streckte. Das weiße Beichttüchlein vom Kahlkopf herunterziehend, drehte der Greis den mageren Hals und sah dem Schäfer ängstlich forschend in die bittenden Augen. Der Glanz des Morgens schimmerte breit und schön um die beiden her. Je länger der alte Burgkaplan dem Lien in die jungen Augen sah, um so freundlicher wurde sein Blick. Jetzt lächelte er ein bißchen und hob die Hand mit gespreizten Fingern. Das bedeutete: fünf Vaterunser zur Buße!

„Guter Herr", stammelte Lien erschrocken, „das ist zu wenig für so viel Sünd!"

Lächelnd bekreuzigte der Priester die Stirn und den Mund des Schäfers, strich ihm freundlich mit der zitternden Runzelhand über das kurzgeschorene Haar und lallte lateinische Worte, zu denen Cicero und Horaz, die sich gut auf die Sprache Roms verstanden, sehr verwundert den Kopf geschüttelt hätten. Der Schäfer Lien, der kein Latein verstand, lauschte diesem Gestammel in Andacht und mit aufatmender Seele. Dankbar küßte er die Hand des Greises.

Flink hinunter über die Holzstiege des Burgfrieds. Der Schritt des Schäfers federte, als wären seine Sehnen aus toledanischem Stahl geschmiedet. In seinen Augen war ein froher Glanz – freilich, das Leben wird manchmal ein hartes Ding, es ist schon wahr – aber ein leichtes ist der Tod, wenn man eine frischgewaschene Seele hat. Da geht es aus dem Seeburgischen Profosenstrick geradeswegs hinauf ins liebe Himmelreich.

Ob wohl das Fräulein von Puechstein jetzt schon auf ist? Zu sehen war nichts von ihr. Da muß man geduldig sein. Die Herrenleute mögen das nicht gern, wenn man sie stört in ihrer Morgenruhe.

Der Schäfer sprang in die Schmiede, um sich zur Arbeit zu stellen. Hier war um die rote Esse herum ein lautes, aufgeregtes Gerede; die Leute wußten schon, daß die Seeburgischen während der Nacht den ganzen Trutzberg umzingelt hatten und sich im Burgwald, dem Brückenturm gegenüber, hinter festen Schanzen eingruben.

Man verstand nur nicht, warum es drüben auf dem Puechstein so still wäre.

Lien lächelte. Schweigsam tat er seine Arbeit und schwenkte die schwere Bleikelle aus der Eisenglut heraus, als wär's ein Suppenschluck. Bis die anderen ihre drei Kugelsätze gossen, hatte der Schäfer schon viere und fünfe fertig. Sie sahen aus wie silberne Kronreife, die man entzweigeschnitten und gestreckt hatte zu geraden Stänglein – heiße Kronreife eines kalten Königs, der ohne Vater und ohne Kinder ist und immer regiert für sich allein. Mit den zwölf Kugelsätzen, die der Lien hatte gießen müssen, und mit der Beißzange ging er in den Mauskäfig, damit der Wulli auf seinem einsamen Strohsack nicht Langweil bekäme. Wem das feine Hundl wohl gehören wird? Morgen? Oder später? Vielleicht so einem groben Unverständling, der nicht weiß, daß gesunde Prügel nur helfen, wenn man sie aufschmälzt mit freundlichen Worten?

Während Lien im leeren Mauskäfig auf dem Strohsack hockte und die schimmernden Kugeln sauber von den Bleihälsen herunterzwickte, rieb er immer wieder die Wange an der Schnauze des Wulli, der den Hals auf seines Herren Schulter gelegt hatte und bei der kriegerischen Tätigkeit des Kugelzwickens verwundert zuguckte. Plötzlich fuhr der Hund mit der Nase in die Luft und begann zu knurren. Als der Schäfer aufblickte, stand Hilde auf der Schwelle der Maistube, in dem braunen Hauskittelchen, das sie beim Morgenritt ins neblige Moorland getragen hatte. Ihr Gesichtl war blaß und kummervoll, doch in ihren Augen war ein Lächeln. „Schäfer, ich muß dir ein Vergeltsgott sagen."

Stumm und unbeweglich blieb er auf dem Strohsack sitzen.

„Du hast mir gestern mein Kammerkreuzlein und meine zwei lieben Bilder hinaufgeschickt. Wie ist das gekommen, Schäfer, daß du auf dem Puechstein warst?"

„Ich selber weiß nit, wie!" Lien erhob sich und umschloß mit der Faust die Schnauze des Wulli, der noch immer knurrte. „Aber gut ist's, edel Fräulein, daß du da bist! Ich muß dir was sagen."

Gleich rieselte ihr ein feiner Bluthauch über die Wangen. „Was, Lien?" Dabei lächelte sie, als wüßte sie schon alles.

Mit Worten brachte er's nicht heraus. Außerhalb der Pfaffenstube bekennt man nicht gerne, daß man gelogen hat. Durch das offene Fensterloch hinausspähend, neigte er sich vor und deutete mit dem Arm. „Siehst du das kleine Wetterfähnl auf dem Hausfirst droben?"

Sie nickte.

Er nahm aus seinem Hütl eine von den abgezwickten Bleikugeln. „Das ist so weit, wie im Bruch die Elster gewesen ist." Das eine Knie nach vorne stellend, beugte er das andere und bog den Körper nach rückwärts. „Guck, du!" Er warf. Dieses Bleiklümplein, das man nicht fliegen sah, war die erste treffende Kugel, die bei der Belagerung des Trutzberges verschossen wurde. Droben auf dem Hausfirst gab's einen scharfen Klirr. Dann fuhr das Wetterfähnchen ein dutzendmal wie rasend um die Stange herum. Ernst sagte der Schäfer: „Weißt du's jetzt?"

Ihre Wangen wurden wie reife Pfirsiche, und das junge Brüstlein hob sich unter einem frohen Atemzug. „Ich hab's doch allweil schon gewußt. Aber mein Vater hat mir's nit glauben mögen. Auch Herr Melcher nit. Komm, Lieni! Denen mußt du es selber sagen!“

Diese Notwendigkeit begriff er. „Gelt, ja! Nachher wird der Herr schon wissen, was er tun muß. Und der Puechstein hat wieder Ruh!“ Er streckte sich, wie es Menschen tun, die einer unlieben Pflicht gerecht geworden. Freilich, manches auf der Welt ist hart. Aber ein schönes Ding ist das Leben halt doch! Lien sah das Fräulein von Puechstein an. Schön oder nicht – wenn's sein muß, macht man ein Kreuz drüber. Und besser heut als morgen. Wer weiß, ob er nicht morgen schon wieder ein Häuflein Sünden auf der Seele hat? Dann ist, wenn das liebe Leben schon hin sein muß, auch das Himmelreich noch verloren. „So komm halt!“ sagte Lien zu dem Fräulein und deutete, als Wulli ihm folgen wollte, auf den Strohsack. „Du, sei gescheit und bleib!“ Er strich dem Hund mit zärtlicher Hand über die Stirn. Wie ein Abschied war's. Und Wulli, von einer sorgenvollen Ahnung befallen, ließ die Ohren schlappern und fing zu winseln an, als die beiden aus der Maistube gingen.

Seite an Seite schritten sie durch den lärmvollen, schon sonnig gewordenen Hof. Keines von den beiden hörte die aufgeregte Stimme des Jungherrn, die von irgendwo aus einem Schützengang herunterscholl. Die kleinen Füße des Fräuleins huschelten so flink, daß der Schäfer lange Schritte machen mußte, um nicht zurückzubleiben. In der Halle des Herrenhauses kam ihnen Frau Angela entgegen, sehr eilfertig, mit unruhigen Sorgenaugen und gallblassem Gesicht. In der grauen Hauskutte und der großen weißen Haube hatte sie etwas Gespenstiges und war anzusehen wie eine aus dem Grab heraufgestiegene Klosterfrau. So hatte Hilde die Trutzbergerin schon oft gesehen. Das konnte also nicht die Ursache sein, weshalb das Fräulein so wunderlich erschrak und eine Bewegung machte, als möchte sie den Lien an der Hand fassen.

Den Schäfer schien Frau Angela nicht sehen zu wollen. Ihr Blick vermied ihn so geflissentlich, als wäre er Luft. Sie guckte nur das Fräulein an und hatte ein zorniges Staunen in den Augen. Schon wollte sie eine strenge Frage stellen. Da zappelte eine alte Magd, die etwas in der gerafften Schürze trug, aus der Küchentür heraus und jammerte: „Frau, Frau, heut sind schon wieder um sieben Eier zu wenig in den Nestern gewesen!“ Dieses Unglück schien für Frau Engelein viel schwerer zu wiegen als alles andere, was ihr mißfiel. Während sie mit der Magd in einen heftigen Wortwechsel geriet, winkte Hilde dem Lien und eilte wie eine Flüchtende über die Stiege hinauf. Als er sie einholte, mußte er fragen: „Warum tust du so zittern?“

Schweigend schüttelte sie den Kopf.

Da beugte er sich zu ihr hin und fragte leis: „Ist dir noch allweil was Schönes verdorben?“

Wieder schüttelte sie stumm den Kopf; aber nun konnte sie lächeln, und ihr Schreck erlosch in einem Aufglänzen der blauen Augen. Sie ging so rasch davon, daß ihr braunes Kittelchen rauschte.

Trepplein auf und Trepplein nieder. Ein langer, enger Gang, durch dessen schmale, hohe Fenster die Morgensonne goldene Streifen auf die weiße Mauer warf. Und eine schwere, braune Tür, durch welche die lauten Stimmen des Burgherrn und des Korbin von Puechstein herausklangen.

Lien streckte seinen Arm vor das Fräulein hin. „Eh wir da hineingehen, muß ich dich noch was fragen."

Sie sah zu ihm auf. „Was, Lieni?"

„Magst du mir versprechen, daß du dem Wulli eine gute Herrin sein willst?"

„Wer ist das?"

„Mein Hund. Der ist mein. Sonst hab' ich nichts. Der Wulli hat's nit verdient, daß er schlechte Zeiten erleben müßt. Wirst du ihm gut sein?"

Lächelnd sagte sie: „Du bist ihm doch selber der beste Herr."

„Wer weiß, wie lang."

Was er meinte, verstand sie nicht. Sie glaubte nur, daß er an die Gefahr der nächsten Tage dächte. „Gelt, ja! Die Zeit wird hart werden für uns alle. Der liebe Gott soll dich schützen, Lieni, derweil du fechten wirst für uns!"

„Fechten?" Unter einem etwas unfrohen Lachen griff er an seinen Hals.

„Und gut ist's, Lieni, daß du mich gemahnt hast an die ernste Zeit! Dir bin ich ein Vergeltsgott schuldig. Du hast mir den Vater am Leben erhalten. Gelt, Lieni, jetzt darf ich auch was tun? Für dich!" Sie hob die Hände und knüpfte von ihrem Hals ein seidenes Schnürchen los, an dem eine kleine, schimmernde Münze hing. „Das ist ein Petersgroschen. Den hat der Heilige Vater zu Rom geweiht. Komm, Lieni, tu deinen Hals ein lützel herunter zu mir! Das heilige Ding wird dich schützen in aller Not!"

Der Schäfer sah aus, als hätte ihm ein Sonnenstich das Gesicht verbrannt. Ungeschickt und hölzern beugte er sich und schauerte ein bißchen, als die zarten Finger des Fräuleins seinen Nacken berührten.

„So, Lien! Da mußt du Obacht geben drauf! Gelt, ja?"

Er nickte stumm und straffte sich in die Höhe, zog mit beiden Fäusten vor seiner braunen Brust den mürben Kittel zusammen und schloß die eiserne Hafte, wie er es sonst nur im Frost des Winters tat. „Edel Fräulen!" Ganz erloschen klang seine Stimme. „Jetzt will ich's mit Freuden bekennen." Er selber streckte die Hand nach der Türklinke.

Als die beiden eintraten, sagte Herr Korbin aus dem Bett heraus zu Melcher Trutz: „Vor dem Bruckentor müssen wir uns Luft schaffen. Da steht der Wald zu nah. Ich hab' dir schon oft gesagt, daß du da roden mußt."

Herr Melcher, der rittlings auf einem Holzstuhl saß, brummte sorgenvoll: „Allweil ist mir leid gewesen um die schönen Bäum'."

„Jetzt kann sich der Seeburger hinter ihnen eingraben. Sobald der Sonnenwind fester gegen das Bergland zieht, schmeißen wir die Pechfässer in den Wald." Herr Korbin verstummte, sah lachend sein Mädel an und zog die Bettdecke über seine Blöße herauf.

„Geh, Korbi, tu dich doch ein lützel stillhalten!" mahnte Frau Schligg mit sorgenvoller Sanftmut, während sie die lange Leinenbinde des Verbandes vom nackten, haarigen Schenkel ihres Gemahls herunterwickelte.

An der Mauer der etwas kahlen Gästestube standen noch die Bretter des abgeschlagenen Bettes, das dem grün und gelb überhimmelten Perlenschrein der Frau Scholastika hatte Platz machen müssen. Waffenzeug und Kleider lagen zu hohen Stößen geschichtet. Um Ordnung zu machen, war der Puechsteinerin noch keine Zeit verblieben. Ihr Mann hatte eine unruhige Nacht verbracht, und nun blühten auf seinen hageren Wangen die Knospen werdender Fieberrosen. Das konnte ihm die gute Laune nicht verderben. „Mädel?" rief er heiter und hob das Bein, um seiner Frau die ärztliche Mühe zu erleichtern.

„Was willst du mit dem Schäfer? Glaubst du, wir sind Hammel, die man sälzen muß?"

Minder lustige Augen hatte Herr Melcher; er betrachtete den Lien so unfreundlich, als hätte seine wohlwollende Seele sich plötzlich verwandelt in das Gallengemüt der Frau Engelein.

Hilde war zum Bett getreten. Sie vermochte nicht gleich zu sprechen. Was sie vom Gesicht der Mutter las, erneute ihre Sorge um den Vater. Nun war ihr „das Schöne" wieder verdorben. Zwischen Schreck und Freude stammelte sie: „Schau, Vater! Da steht der Lien! Er hat es getan. Jetzt hat er es selber eingestanden."

„Was?" fragte Herr Korbin.

„Tu reden, Lien! Sag es so ehrlich, wie du's mir gesagt hast!"

Der Schäfer, der wie ein Träumender aussah, streckte sich gleich einem Erwachenden und nickte ein paarmal rasch mit dem Kopf. „Wahr ist's, ihr Herren! Ihr müßt Unfried leiden um meinetwegen. Ich bin's, der den Seeburger vom Gaul geworfen hat."

Der kurze, dicke Hals des Herrn Melcher schien plötzlich wachsen zu wollen. Und der Puechsteiner rief mit Lachen: „Bub? Wahrhaftig? Du?" Heiter stupste er mit den Zehen des gesunden Beines nach dem schweigsamen Trutz von Trutzberg. „Höi, Melcher? Was sagst du jetzt? So ein Lümmel und Unschick von einem Schäfer! Und schmeißt mit einem Stein, wie der beste Schütz nit schießt mit Büchs oder Armbrust."

Wieder nickte Lien. „Ist schon wahr, Herr! Ein lützel unschickig hab' ich's angestellt. Ich hätt' besser zielen können, es wär' genug gewesen, wenn ich ihm den Arm, mit dem er zugestochen, in Scherben geworfen hätt'. Da wär' dem Puechstein viel Unliebsames erspart geblieben. Aber wie man's halt macht in der Hitz!"

Immer vergnügter wurde Herr Korbin. „Komm her da, Bub! Und red! Wie bist du dazu gekommen?"

Um das zu sagen, brauchte Lien keine vierzig Worte. Dann sah er das Fräulein an, legte den Kopf in den Nacken zurück und sprach gegen die Stubendecke hinauf: „In Gottes Namen, ihr Herren! Jetzt laßt mir halt die Händ' binden! Man soll mich dem Seeburgischen Bruder zur Buß hinunterschicken! Und alles ist gut. Und der Puechstein hat wieder Fried."

Hilde erschrak, daß sie eine weiße Stirn und erweiterte Augen bekam. Auch Herr Korbin stellte das Lachen ein, wurde ernst und betrachtete erwartungsvoll den Burgherrn. Der hatte, obwohl er in der Morgenfrühe noch ziemlich nüchtern war, ein so krebsrotes Gesicht, wie man es sonst nur zu Beginn einer schweren Trunkenheit an ihm gewahrte. Man konnte diese Blutwallung für aufsteigenden Zorn, aber auch für etwas anderes halten. In diesem unklaren Gemütszustand sprach er seit dem Eintritt des Schäfers das erste Wort. Ein sehr grobes. „Du Schafskopf! Weißt du nit, wer ich bin?"

„Wohl, das weiß ich gut. Ihr seid mein Herr und könnet jetzt machen mit mir, was Euch ein Nutzen ist" Lien verlor seine Ruhe ein bißchen. „Aber, was ein Schaf ist, das weiß ich besser als die Herrenleut, die nit merken, wieviel Klugheit in so einem Viechlein steckt. Schafskopf muß man sagen zu einem Menschen, den man loben will. Zu einem, der gescheiter ist als ander Leut und besser sieht und besser hört. Und in der Nacht ein Giftkräutl wegscheidet von einem gesunden Halm. Und folgsam ist und treu und gelehrig. Freilich, so ein alter, unguter und ewig brunftiger Hammel! Der ist halt, wie er ist!"

„So? So?" knurrte Herr Melcher.

„Wohl, Herr, aber meine guten Schaf', die laß ich nit durch ein unbedächtiges Wörtl verschimpfen."

Herr Korbin hatte sein heiteres Lachen wiedergefunden, wurde aber unterbrochen durch einen leisen Schreckensruf seiner Gattin. Mit der Lösung des Verbandes beschäftigt, hatte Frau Schligg auf das Gerede der Mannsleute nicht geachtet. Beim Anblick der heiß entzündeten Wundränder schossen ihr die Tränen in die Augen. „Mann, ach. Mann, ich bitt' dich", bettelte sie, „so bleib doch ruhig ein lützel! Ich muß das Essigwasser holen. Kindl, du mußt mir helfen! So komm doch, komm!"

Hildes verstörte Augen irrten ratlos, zwischen Lien und dem Vater hin und her. Dann eilte sie stumm der Mutter nach, die in der Türe des anstoßenden Raumes verschwunden war.

Nun betrachtete auch Herr Korbin die Wunde. Sie schien ihm nicht zu gefallen. Er sagte: „Pfui Teufel!“ Dann lachte er wieder und winkte dem Lien. „Du! Ein Schäfer, heißt's allweil, kann mehr wie Kirschenessen. Komm her da und schau!“

Weil Lien nicht schnell genug zum Perlenschrein der Frau Scholastika hintrat, brüllte Herr Melcher in unbegreiflicher Erregung: „Wie, du! Wenn du gar so gescheit bist! So rühr' dich halt ein lützel!“

Aufmerksam betrachtete der Schäfer die Wunde; aus dem anderen Raume vernahm er das Geklapper einer Kupferschüssel und das Plätschern von Wasser; er drehte das ernste Gesicht zur Türe, sah den Ritter Korbin wieder an und dämpfte die Stimme. „Herr, so ist's einmal bei mir gewesen, wie mich ein halberschlagener Wolf noch gerissen hat. Da ist kein ander Mittel nimmer. Das muß man ausglühen. Sonst könnt' sich der Brand dazuschlagen. Bei mir hab' ich's mit der Schippenschaufel gemacht. Mit einem neuen Messer tät's besser gehen. Das könnt' ich ja schnell noch machen, ehe ich hinunter muß zu den Seeburgischen.“

„Du Narr!“ stammelte Herr Melcher in Zorn und Schreck und stieß mit seiner dreifingerigen Faust den Schäfer von der Bettlade weg.

„Laß den Buben!“ Der Puechsteiner war nachdenklich und bedeckte das wunde Bein mit dem Linnlaken. „Kann sein, daß er recht hat. Aber meine gute Schligg wird's nit leiden wollen. Da muß ich heut nacht erst reden mit ihr. In der Finsternis sind die Weibsleut allweil gescheiter als wie am Tag.“ Während er diese Worte langsam vor sich hinredete, hatte er sich in den Kissen aufgesetzt. Durch das offene Fenster, durch das der Lärm der Tiefe in die stille Stube hereinquoll, sah er immer zu dem von der Morgensonne umzitterten Puechstein hinüber. Und plötzlich, mit einer ganz anderen Stimme, sagte er: „Daß sich auf meiner Mauer noch allweil nichts rührt? Ich versteh's nit.“

„Gar so flink kommen die Seeburgischen nit hinein, Herr!“ tröstete Lien. „Gestern vor Nacht hab' ich die Brück noch hinaufgezogen.“

„Was hast du?“ schrie Herr Melcher.

Diesem sonderbaren Zorn gegenüber wurde Lien verlegen. „Wahr ist's, Herr, schon gestern am Abend hätt' ich's dem Puechsteiner gern gesagt, daß ich allein an allem Unfried schuld bin. Aber Hof und Stuben da drüben sind leer gewesen. Ich hab' gemeint: so dürft' man das Tor nit stehenlassen. Und hab' die Brück hinaufgehaspelt und hab' mich abgeseilt über die Mauer.“

Herr Melcher und Herr Korbin sahen einander an und musterten wieder den Schäfer, dem unter diesen Blicken unbehaglich zumut wurde.

Frau Schligg und Hilde kamen mit der Kupferschüssel und mit dem Verbandzeug. „Die fremden Leut müssen aus der Stub", klagte die Puechsteinerin, „schaut mir einer zu, so hab' ich keine ruhigen Händ."

Wie die zürnende Justitia einen üblen Verbrecher faßt, so packte Herr Melcher den Lien an der Schulter. Um besser greifen zu können, tat er's mit der fünffingerigen Linken. „Weil du gar so gescheit und schickig bist – und weil wir schon eh nit bleiben dürfen – jetzt komm einmal! Dich muß ich ein lützel besser anschauen."

Wit rauschendem Kittelchen kam das Fräulein von Puechstein zur Tür gelaufen, faßte den empörten Burgherrn am Arm und flehte: „Er hat's doch nur getan, um meines Vaters Leben zu wahren! Deswegen darf man ihn doch nit leiden lassen!"

Herr Welcher hatte kein Ohr für dieses Argument, dem einige Gerechtigkeit nicht abzusprechen war. Knurrend und brummend stieß er den Lien zur Türe hinaus, während der Puechsteiner im umfangreichen Schatzkästlein der Frau Scholastika mit Lachen rief: „Höi! Mädel! Spinnst du? Dem feinen Buben geschieht doch nichts!" ,

Im weißen Treppengang, wo Hilde dem Schäfer das hilfreiche Petersgröschlein um den Hals gebunden hatte, guckte Herr Melcher zur Linde des Burggartens hinunter. „Ei wohl! Da üben sie grad mit den Brusten. Jetzt komm!" Um eine Begegnung mit Frau Engelein zu vermeiden, nahm er mit seinem Häftling den Weg zum Burggarten nicht über die Hauptstiege des Herrenhauses, sondern durch verwinkelte Mauerschlüfte und über beschwerliche Holztreppen des Söldnerbaues. In der Wehrhalle huschte die hübsche, rothaarige Pernella lachend und mit heißen Wangen an den beiden vorüber, und dann lief ihnen der Jungherr Eberhard, der es eilig hatte, in den Weg. Verdutzt betrachtete er das blaurote Gesicht seines heftig schnaubenden Vaters und fragte: „Was ist mit dem Schäfer? Hat er ein schlechtes Ding getan?"

„Schau zu deinen Pflichten!" schrie Herr Melcher. „Der Feind ist vor der Mauer." Und zum Schäfer, den er noch immer am mürben Kittel gefaßt hielt, sagte er: „So, du! Jetzt komm! Jetzt muß ich einmal sehen, ob der Geißbock tanzen will auf einem ehrlichen Seil."

Im sonnigen Burggarten waren vier Söldner dabei, die neugefiederten Armbrustbolzen zu prüfen. Die schwarze Scheibe mit den zwei weißen Strichen, die sich kreuzten, hing am Stamm der Linde, unter deren weitgespanntem Gezweige der Wanderpfaff von der Macht des Christenwillens und vom erfechtenswerten Himmelreiche gepredigt hatte. Krachend schlugen die Bolzen in das Scheibenholz, und die Scheibe sah aus wie ein Igel, dem in der Mitte seines Rückens die Stacheln erst wachsen sollten.

Herr Melcher schrie: „Wo ist der Kassel, mein Serjant?"

Der wäre für einen Sprung hinauf in seine Stube. So sagte ein Söldner, sehr ernst; die anderen schmunzelten. Und da wußte Herr Melcher: daß der Kassel droben in seiner Serjantenstube aus dem heimlichen Rotweinfäßlein die leergewordene Gurke füllte. Das war in so kriegerischer Stunde ein schweres Vergehen. Der Burgherr hätte zürnen und strafen müssen. Aber er selber wußte am besten, was Durst bedeutet. Und wußte aus alter Erfahrung: je mehr dieser Kassel soff, um so nüchterner sah er aus, um so ruhiger, umsichtiger und verläßlicher war er. Einmal hatte Herr Melcher den Kassel drei Tage lang unter strenger Bewachung dürsten lassen und hatte ihm nur Wasser gestattet, das bekanntlich einen rechtschaffenen Durst nicht zu stillen vermag. Am Abend des dritten Tages glich der Serjant einem unzurechnungsfähigen Trunkenbold; man mußte ihm zehn Maß Wein verordnen, um ihn wieder nüchtern zu machen. „So!“ befahl Herr Melcher. „Gebt dem Buben da eine Armbrust!“ Gleich lachten alle Söldner. „Jetzt nimm dich zusammen, Schäfer! Spielst du wieder einmal den unschickigen Geißbock, so laß ich dir die Hörner strecken.“

Jeder Blutstropfen wich aus dem Gesicht des Lien, als er die Waffe faßte. Sein Blick flog hinaus zu dem seinen Bruchland. Der klügste von seinen klugen Gedanken riet ihm wieder: Stell dich dumm! Aber die gereinigte Seele mit einer Lüge beflecken? Und wer zum Profosenstrick der Seeburgischen hinunter muß, der braucht doch auch kein Söldner zu werden! Freilich, ein Schäfer kann man da auch nimmer bleiben! So oder so – das Lügen nützte nichts mehr, und die Wahrheit schadete nimmer. Er besah die Waffe und sagte ernst: „An das neue Brüstl bin ich nit gewöhnt. Mit meinem alten Scherben, da schieß' ich besser.“

„So! Also! Dann hol deinen Scherben! Und flink! Oder ich mach' dir Füß.“

Lien sauste davon. Eh man ein Vaterunser hätte beten können, war er wieder bei der Linde, mit seiner alten Armbrust, mit den Bolzen, die er selber gefiedert hatte, und mit dem Wulli, der sich in der ungewohnten Umgebung und gegenüber so vielen neuen Lebensrätseln immer dicht an die Wade seines Herrn schmiegte.

Während Lien die dicke Armbrustsehne ohne Hebel spannte und den Bolzen in die Rinne gab, guckten Herr Melcher und die Söldner sehr neugierig zu. Aber noch viel aufmerksamer war Wulli: der wußte doch, daß jetzt entweder ein Geier aus der Luft herunterfallen, oder ein Fuchs sich irgendwo überpurzeln, oder ein Marder aus der Linde zu Boden plumpsen wird.

Das Gesicht des Herrn Melcher wurde äußerst nachdenklich, als er den Schäfer so breitspurig stehen und mit der Waffe wie zu einem einzigen ehernen Ding verwachsen sah.

Die Sehne klang, ein Schlag im Scheibenholz, und Wulli raste im Burggarten umher, ohne den Geier, den Fuchs oder den Marder finden zu können. Ein neues Rätsel für ihn.

Die Söldner guckten verdutzt und ein bißchen eifersüchtig drein, als sie gewahrten, daß der Bolz des Schäfers mitten im weißen Kreuz der Scheibe stak. Hinter dem glückhaften Schützen machte Herr Melcher eine sonderbare Bewegung mit der Hand; doch er beruhigte sich und sagte: „Auch ein blinder Gockel findet ein Haferkorn. Schieß zum anderen Mal!"

„Da muß man erst den Bolz aus dem Kreuz ziehen. Sonst ist er hin."

„Wie!" knurrte Herr Melcher in Zorn. „Das muß ich erst sehen."

Der Schäfer schoß. Der zweite Bolz zersplitterte den Schaft des ersten, Holzstücke und Fiederung flogen davon, und im Kreuz der Scheibe stak nur ein einziger Bolz, der zwei stählerne Spitzen hatte.

„So, so?" sagte Herr Melcher und schlug den Lien von hinten her übers Ohr. Sehr kräftig. Ein Glück, daß es mit der dreifingerigen Hand geschehen war. Sonst hätte man auf der Wange des Lien fünf rote Striche brennen sehen.

„Herr!" Der Schäfer wuchs um einen halben Kopf. Von den drei glühroten Flecken abgesehen, war er bleich bis in den zugeheftelten Hals hinunter. „Warum schlaget Ihr mich?"

Der Trutz von Trutzberg faßte ihn am Arm. Doch aus seiner Stimme, so grob sie sich anhörte, klang etwas anderes als Zorn. „Weil du mich seit fünf Jahren durch Lügen und Geißbockerei verhindert hast, den Sohn deiner feinen Mutter selig zu einem wahrhaften Mannsbild zu machen! – Jetzt komm!"

Kapitel 10

Herr Melcher zog den blassen, stumm gewordenen Lien zur Halle des Söldnerhauses und über eine steile Wendelstiege hinauf zum Losament des Sergeanten. Als die beiden in die geräumige, einem kleinen Arsenal gleichende Stube traten, in der es sehr heftig nach Rotwein säuerte, zeigte sich ihnen ein höchst unkriegerisches Bild. Am Fußende eines Bettes war auf den grauen Dielen die untere Hälfte eines rot und grün gezwickelten Söldners zu gewahren, der den Eintretenden die dunkle Sonne seiner Leiblichkeit entgegenstreckte. Diesem sichtbaren Menschenfragmente versetzte Herr Melcher einen gelinden Fußtritt. Und Wulli knurrte in feindseligem Mißtrauen. Hurtig kamen unter dem Bett heraus zwei Schultern, zwei Arme und ein von grauem Haar umstruwwelter Kopf zum Vorschein, dessen festes, ruhiges Gesicht, das zweifelhafte Weiße des Schnauzbartes ausgenommen, ein wirres Gesprenkel jener glühenden Farben aufwies, die beim Abschied eines schönen Tages am Himmel zu erscheinen pflegen. Dieser unkriegerisch beschäftigte Kriegsmann war der alte Trutzbergische Sergeant Kassian Ziegenspöck. Aufrecht, stahlsehnig, ruhig und streng, mit allen Anzeichen unbezweifelbarer Nüchternheit, stand er nun vor seinem Burgherrn und verwahrte ohne jegliche Spur von Verlegenheit im Brustschlitz seines Wamses die lange, gelbe Weingurke, die er aus dem heimlichen Fäßlein unter dem Bett gefüllt hatte.

„Mein guter, redlicher Kassel!“ sagte Herr Melcher vorwurfsvoll. „Durst? Freilich, ja, ich versteh's. Aber muß, man denn allweil saufen? Man kann doch auch Pausen machen.“

Streng schüttelte Kassian Ziegenspöck das graustruwwelige Heldenhaupt und sprach in rauhem Baß und mit der Ruhe eines tiefgründigen Philosophen: „Pausen machen? Das wär' Verschwendung. Ein neuer Rausch wird allweil eine kostspielige Sach. Hat man aber einen, und man laßt ihn nit entrinnen und pflegt ihn fleißig, so ist er billig.“

Herr Welcher verzichtete darauf, diesen goldenen Erfahrungssatz mit unzureichenden Vernunftsgründen zu bekämpfen. Er setzte sich auf die Bettlade. Bei seinem festen Hinplumpsen ließ sich unter der haarigen Wollkotze ein leises Krachen und Knirschen vernehmen. Wulli begann sofort zu schnuppern, und Kassian Ziegenspöck zog die dicken, grauen Augenbrauen scharf in die Höhe. Nur Herr Melcher, der daran gewöhnt war, daß alles krachte unter ihm, schenkte diesem schwer erklärlichen Knirschen keine Beachtung. Er sagte: „Kassel! Jetzt schau dir einmal den Buben an! Den nimmst du in deine Hut! Man soll ihm ein gutes Bett in deine Stub stellen. Du gibst ihm eine schmucke Söldnerwad und das beste Eisenzeug. Und willst du mir eine Freud machen, so schulst du ihn zu einem wehrhaften Mannsbild.“

Kassel musterte den Schäfer und schüttelte streng den Kopf. „Herr, mit dem scheinheiligen Lauser ist nichts anzufangen. Der lügt schon, wenn er den Finger biegt.“

„Gelt, ja? Heut bin ich ihm draufgekommen.“

Der blasse Lien, der wie eine hölzerne Säule dastand und die braunen Fäuste um die alte Armbrust klammerte, sagte durch die übereinandergebissenen Zähne: „Ich tu's nimmer. Ich will ehrlich sein.“

Da nickte Herr Melcher freundlich. „Also! Nimm ihn, Kassel! Hast du zu klagen über ihn, so komm! Was Gutes in ihm steckt, das brauchst du mir nit zu sagen.“ Man hörte von außerhalb der Mauern den Trompetenruf eines Parlamentärs vom Brückenturm die schmetternde Antwort des Wächters und aus den Burghöfen das Stimmengesumme vieler Menschen. „Guck, der Seeburgische Hasenspitzbub meldt sich.“ Schwer schnaufend erhob sich Herr Melcher, griff nach rückwärts, als hätte er da ein ungemütliches Gefühl, und ging auf den Schäfer zu. „So, du Stotz! Dir will ich das Lügen austreiben!“ Er schmunzelte ein bißchen. „Dem Kassel kannst du sagen, wie's mit dem Peter von Seeburg zugegangen ist. Redest du aber sonst noch zu einem Menschen ein Wörtl davon – exempelmäßig zu meiner lieben Frau Engelein, der ich keine Sorgen nit verursachen mag – so kriegst du wieder eine!“ Er zeigte die drei Finger.

Während er die Stube verließ, bemerkte der schwerbetrunkene und deshalb all seiner feinsten Sinne mächtige Sergeant Kassian Ziegenspöck, daß sein Burgherr über die ganze Hinterbreite der grünen Strumpfhosen einen gelben Fleck hatte. Der Trutz von Trutzberg war in seiner unteren Hälfte Puechsteinisch geworden.

Den gleichen großen gelben Fleck konnte man auch auf der Bettkotze gewahren, als Durchschlag von unten herauf. Vorsichtig begann Wulli an dieser rätselhaften Sache zu lecken und bohrte im Verlaufe seiner Untersuchung die Schnauze unter die Decke hinein. Schweigend erleichterte Kassel dem klugen Hund die wissenschaftliche Sache, schlug die Decke zurück und betrachtete kummervoll den auf dem Linnlaken ausgebreiteten Schlotterfladen von Eierschalen, Eiweiß und sieben zerquetschten Dottern.

Halb wie ein Träumender und halb wie ein Gelähmter stand Lien noch, immer auf der gleichen Stelle und sah mit großen, hilflosen Augen immer die Tür an, durch die Herr Melcher verschwunden war. Es fiel ihm nicht ein, um der sieben Eierdotter willen eine neugierige Frage zu stellen. Kassian Ziegenspöck aber fühlte die Notwendigkeit, dieses gelbe Rätsel klarzustellen. „Weißt du, Bub“, sagte er mit seinem krächzenden Baß, „wider das Gurgelbrennen, und daß mir die Stimm' ein lützel linder wird, muß ich mannigsmal ein paar Dötterlein schlucken. Wie mehr, so besser. Gelt, du verratst mich nit?“

Lien überhörte diese Frage.

Inzwischen hatte Wulli so fleißig geschlappert, daß außer den weißen Eierschalensplittern auf dem Linnlaken nur noch ein feuchter, farbloser Fleck zurückblieb, der diesem Kriegsmannslager einige Ähnlichkeit mit einem Kinderbettchen verlieh.

Nachdenklich sagte der bis zum Anschein klarster Nüchternheit betrunkene Philosoph: „Heut wird mir die Gurgel rauh und schmerzhaft bleiben. Aber dein Hundl, Schäfer, wird eine Stimm' kriegen wie ein römischer Kapellensänger.“ Sorgfältig sammelte er die Eierschalensplilter und warf sie ins Ofenloch. „Komm, Bub, jetzt laß dich anschauen!“ Er zog den Schäfer in die Fensterhelle und musterte ihn vom Wirbel bis zu den Holzschuhen. Als Zeichen seines Wohlgefallens zog er die gelbe Weingurke aus seinem Wams. „Da, trink!“

Stumm schüttelte Lien den Kopf.

„Ach, Bub, du wirst noch merken, was das Leben ist!“ philosophierte Kassian Ziegenspöck und „pflegte“ seinen billigen Rausch mit einem festen Schluck. „Einen Trost muß man haben. Sonst geht's nit. Himmelreich – sagen die Pfäfflein. Ich sag: einen guten Trunk und einen festen Hieb! – Jetzt bleib! Ich such' dir ein schmuckes Söldnerzeug, zusammen.“ Gerad und aufrecht ging er aus der Stube.

Den Händen des Lien entfiel die Armbrust. Er hockte sich auf die Stufe der Fensternische hin. Und während er den sehr verwunderten Wulli mit beiden Armen um den Hals nahm und das entfärbte Gesicht in das zottige Fell des Hundes vergrub, sah er das blühende Bruchland, fühlte den Duft der Heideblumen, sah die Wanderfalken und Sperber im Blau, sah den leeren, verlassenen Pferch, die Schlachttiere im Winterstall, die Mutterschafe und das klagende Edelfräulein Silberweiß auf fernen Berghalden bei groben, unachtsamen Hirten, sah aus tiefem Wasser das Dach des Schäferkarrens herausschimmern wie eine graue Unbegreiflichkeit und sah bei allem, was ihm vor die heißen, trockenen, schmerzenden Augen kam, ein weißes strenges Gesichtlein mit großen, gläubigen, glänzenden Veilchenaugen.

Dem Schäfer Lien, der nimmer Schäfer war, begann das Leben eine harte Sache ohne Trost zu werden. Und er fühlte auf seiner Seele schon wieder eine so schwere Sehnsuchtssünde, daß es aus dem Profosenstrick der Seeburgischen jetzt nimmer hinaufginge zum Himmelreich, sondern tief hinunter, viel tiefer, als ein versunkener Schäferkarren liegen mußte.

Mit steinernem Gesichte streckte er sich auf und sagte hart vor sich hin: „Das hat nit Sinn und hat nit End!“ Er grub seine Faust in das Fell des Hundes. „Komm, Wulli! Wir müssen umziehen. Es geht nimmer anders.“ Immer die Hand am Hals des Hundes, eilte er hinüber zum Mauskäfig, um das Wolfseisen, den leeren Waldsack und seine Schäferschippe zu holen.

Im Burghof hatte die Neugier auf den Seeburgischen Parlamentär alle Leute versammelt, die nicht auf der Mauer stehen mußten. An Seilen wurden die Pechfässer, die mit griechischem Feuerteig zusammengekneteten Lumpenbündel und die mit Schwefelguß getränkten Strohbauschen zu dem Antwerk hinaufgezogen, das auf dem Söller des Brückenturms stand.

Aus einem Fenster des Herrenhauses guckte lachend der Ritter Korbin herunter und schob mit dem Ellenbogen immer wieder seine Frau und Tochter von sich weg, die erregt und bittend auf ihn einredeten.

Unter dem Spitzbogentor der Halle stand Frau Engelein mit aschfarbenem Angstgesicht und harrte ihres Gemahls. Der befahl seinem Sohn: „Empfang den Seeburgischen auf der Bruck, sei von geziemender Höflichkeit, laß ihm die Augen verbinden und bring ihn zu mir herauf in die Prunkstub!“ Er ging zur Halle.

„Mann!“ Frau Angela umklammerte den Arm ihres Gatten. „Noch hast du Zeit! Überleg dir, was du tun mußt!“

Er sagte ruhig: „Will man eine Nuß speisen, so beißt man sie auf. Anders kommt man nit zum Kern. Das braucht kein Überlegen. So macht's der Dümmste und der Gescheiteste. Der Burgkaplan, der keine Zähne nimmer hat, muß klopfen.“ Seinen Arm befreiend, ging er zur Treppe.

Frau Engelein hängte sich an ihn und keuchte: „Mann! Mann! Du reitest dein Haus, dein Weib und deinen Sohn ins Elend hinein! Laß den Puechsteiner fahren! Er ist Not und Tod für uns! Laß ihn fahren!“

„So?“ Herr Melcher betrachtete seine Hausehre mit funkelnden Augen. „Dann fahr' ich mit. Oder willst du dich begnügen mit einem Mann, der schandbar ist?“ Er stieg die Treppe hinauf.

Sie hastete ihm nach, mit einem neuen Argument ihrer Sorge. Doch bevor sie ihn einholen und die geängstigte Seele erleichtern konnte, mußte sie einen Schreck erleben, der sie für ein paar Augenblicke sprachlos machte. Sie hatte auf der Schattenseite ihres Gemahls die schreckliche, dottergelbe Bekleckerung entdeckt. Alles andere Unglück der Stunde entschwand ihr beim Anblick dieser fürchterlichen Sache. „Jesus, Mann, um Christi willen, was hast du schon wieder an dir?“

„Ich? Wo?“ Er kratzte schuldbewußt an den Trenzflecken, die seine Mannsbrust entstellten.

„Aber nit da vorne!“ klagte Frau Engeleln. „Da hinten!“

Er fühlte mit der Rechten. Und besah seine drei Finger. „Gelt? Ich Hab' mir's aber gleich gedacht. Es hat allweil so gefeuchtelt.“

„Du mußt dich in was hineingesetzt haben!“ Sie guckte näher hin und wurde von einer aufregenden Ahnung befallen. „Jesus, Mensch, das ist doch Eiergelb!“

„Was dir einfallt! Seit dem Frühmahl Hab' ich kein Ei mehr gesehen. Das hab' ich doch vorne. Da bin ich doch nit gesessen drauf.“

„Aber freilich, freilich, freilich!“ Frau Engelein hatte hurtig gekratzt und untersuchte nun das gelbe Sichelchen, das sie unter dem Fingernagel hatte. „Heilig, Mann, das ist ungekochter Dotter von einem Ei!“ Gleich erwachte in ihr der Gedanke: hier war eine Fährte, um die Entdeckung des geheimnisvollen und himmelschreienden Verbrechens zu fördern, das seit dem Frühlingsanfang täglich an ihren Hennennestern verübt wurde. „Mann, jetzt sagst du mir auf der Stell', wo du seit dem Frühmahl gewesen, wer geredet hat mit dir und wo du gesessen bist!“

Die weitere Erforschung des Eierdiebstahls mußte verschoben werden. Jungherr Eberhard erschien mit dem Seeburgischen Parlamentär, dem die Augen verbunden waren.

Dann saßen Herr Melcher und der von seiner Binde erlöste Unterhändler in der Prunkstube und schluckten sehr würdevoll den reichlich aufgetragenen Willkommstrunk. Eberhard, gewaffnet, auf das blanke Eisen gestützt, stand hinter dem Sessel des Vaters; als er mit höfischer Zierlichkeit zu reden begann, sagte Herr Melcher: „Du schweigst!“

Der Parlamentär verlangte: Anerkennung des Seeburgischen Jagdrechtes in den Seeforsten, Ersatz der gepfändeten Netze, Auslieferung des Puechsteiners zum Gericht und Zahlung von zehntausend Dukaten Blutgeld für den auf unritterliche Weis erschlagenen Peter von Seeburg.

„Sonst nichts?“ fragte Herr Melcher ruhig. „Ist nit viel.“

Eberhard, das gelassene Wort des Vaters mißdeutend, wollte loswettern.

Wieder befahl ihm Herr Melcher: „Du schweigst!“ Und zum Unterhändler sagte er: „Euer Heini von Seeburg ist ein bescheidener Herr. Aber schad', ich bin ein bockbeiniges Luder. Was der Seeburger fordert, ist abgelehnt. Alles!“

„So ist mein Herr in Fehd wider Euch, und es kracht in der Mittagsstund der erste grobe Schuß.“

„Mit dem Herschießen allein wird's nit getan sein. Man wird auch hinschießen.“

„Besinnet Euch, Herr! Wir liegen zu Vierthalbhundert vor Eurer Mauer, mit Schlangen, die kopfgroß schießen. Es kann ein Mord nit ohne Sühn' bleiben.“

„Mord? Hat der Heini von Seeburg sein gutes Deutsch vergessen? Bei mir heißt's: notwendige Abwehr von üblen Dingen, die ich nit nennen mag. Man soll von einem Toten nur Gutes reden. Das kann ich nit. Drum müssen wir schweigen.“ Herr Melcher hielt es für nötig, auch den Münchener Botschaftsritt des Veitl unbesprochen zu lassen. „Was der Heini von Seeburg wider uns beginnt, ist Verstoß gegen das Landrecht und Überhebung. Der Entscheid steht beim Hofgericht des Herzogs. Ich will nit säumen, meine gerechte Klag beim gnädigsten Fürsten anzubringen.“

Der Unterhändler lächelte.

„Herr Trutz, da habt Ihr die rechte Stund' verpaßt. Wie jetzt ein Klagbot' aus Eurer Burg noch hinauskäm'? Da wär' ich neugierig.“

„Wegen Eurer Vierthalbhundert?“ Herr Melcher lachte, „Unser sind weniger. Ist wahr. Aber innen und außen ist zwiefach Ding. Wir haben die Inseit'. Für meinen Hosenlatz brauch' ich nur einen Lappen, der spannenbreit ist. Ihr hocket mir außen herum. Da reichen bei mir zwei Ellen Tuch nit. Ein Magerer tät' weniger brauchen. Mit solcher Weisheit, die mir der Heini von Seeburg nit bestreiten wird, wollen wir das nutzlose Gewörtel beschließen.“ Der Burgherr erhob sich; er hatte den gelben Eierfleck auf dem roten Samt des Lehnsessels in zwei unregelmäßigen, aber doch entfernt an getrennte Halbkreise erinnernden Figuren abgedrückt. „Nehmt für den mühsamen Weg noch einen festen Trunk, Herr! Nichts für ungut!“ Aus Kurtoasey gegen den Parlamentär faßte Herr Melcher den schweren Silberkupf mit der dreifingerigen Rechten. Das hatte zur Folge, daß auch seine Brust von dem Weine was Erkleckliches abbekam. Dabei war auch ein Vorteil. Der Wein wusch ein bißchen und machte die Frühstücksflecken blasser.

Während Eberhard dem Seeburgischen die weiße Binde wieder um die Augen knüpfte, gewahrte Herr Trutz mit Mißvergnügen die gelbe Symmetrie auf dem Sesselsamt. Er befahl dem Knecht, der die Becher bedient hatte: „Tu da sauber machen! Sonst muß sich mein gutes Weibl wieder giften."

Als die drei hinunterkamen in die Halle, stand Frau Angela bei der Treppe, umgeben von ihren neun Mägden, die zusammen ein halbes Jahrtausend auf mehr oder minder gebuckeltem Rücken hatten. Bei dieser runden Ziffer brauchte man die zwanzig Jährchen der hübschen, rothaarigen Pernella gar nicht mitzuzählen, die neugierig aus der Küchentüre herausguckte.

Frau Angela redete kein Wort; nur ihre angstvollen Augen fragten. Ernst nickte Herr Melcher seiner Gemahlin zu: „Ja, liebes Herz, es ist so wider Recht und Gesetz, wir haben Fehd."

„Jesus!" stammelte die bleiche Frau. Ihre Mägde liefen händeringend davon, so daß Frau Angela völlig allein blieb. In diesem Schreck übersah sie die noch feuchte Weingasse auf der Brust ihres Mannes, dachte nimmer des gelben Dotterflecks, nimmer des sündhaften Unrechts, das ihren Hennennestern mit jedem neuen Tage widerfuhr. Ihre naß umflorten Augen sahen Rauch und Feuer, Schaden und Raub, davonhüpfende Dukaten, erdrosselte Enten, erstochenes Vieh, Verarmung und Not, Wunden und rinnendes Blut. Zugleich verwandelte sich ihr altes Mißtrauen wider die Puechsteinischen in einen glühenden Haß. Und ein sinnloser Jähzorn befiel sie, als sie das heitere Lachen ihres Sohnes vernahm. Sie jagte auf ihn zu, umklammerte seinen Arm und keuchte: „Unmensch! Du! Wie kann man lachen in solcher Stund?"

Er tröstete tapfer und fröhlich: „Sei guten Muts, liebe Mutter! So heiß, wie die Seeburgischen kochen, speist man nit auf dem Trutzberg." Für so fröhliche Tapferkeit hatte Eberhard zwei gute Gründe: erstens wußte er, wie stark die Burgmauern seines Vaters waren, und zweitens freute er sich der Gelegenheit, sich vor den Veilchenaugen seiner Braut und Seelengattin so sehr als Held erweisen zu können, daß jene kleine Dummheit, zu der er sich auf dem Taubenturm und um einige Wehrböden tiefer hatte hinreißen lassen, in ewiges Vergessen versinken mußte.

Mit zitternden Knien war Frau Engelein in der Halle auf einen Sessel gefallen. Während sie das Gesicht mit den Händen bedeckt hielt, fing sie zu rechnen an: wie man Trank und Speise und Viehfraß und Hennenfutter einteilen mußte, um eine Belagerung von ungewisser Dauer überstehen zu können. Hundertzwölf Mäuler in der Burg! Die rote Pernella gar nicht mitgezählt – diese hundertdreizehnte! Da mußte man mit der Knappheit der Speisenreichung gleich am ersten Tag beginnen. Ihrem Melcher war's nur gesund, wenn er Fett verlor – vielleicht würde er auch weniger kleckern, wenn ihm der Bauch nicht mehr so weit herausstand? Und welche Tiere mußte man schlachten, um Heu und Stroh und Hafer zu sparen? Auf diese Frage antwortete Frau Engelein mit vielen

Todesurteilen, die noch im Laufe des Tages vollzogen werden sollten. Alle Hennen wurden begnadigt. Auch die Tauben. Die brauchten kein Futter, konnten hinausfliegen auf die Felder, in die Freiheit, die ihnen kein Zorn der Seeburgischen und kein hirnkranker Edelmut des Herrn Melcher verriegelte.

„Glückselige Vögel!“ Mit diesem neidvollen Seufzer begab sich Frau Engelein zu den Vorratskammern.

Inzwischen geleiteten der Burgherr und Eberhard den Parlamentär zum Brückentor. Herr Melcher winkte zum Fenster der Puechsteinischen hinauf, deutete auf den Unterhändler und machte die Geste eines Schusses mit der Hakenbüchse. Das verstanden auch die Leute im Hof; die einen blieben schweigsam und ernst, die anderen steckten die Köpfe zusammen und wisperten. Droben am Fenster lachte der Ritter Korbin und ließ sich endlich von der weinenden Frau Schligg zur Bettruhe bereden.

In der Torhalle, zwischen der hochgezogenen Brücke und dem niedergelassenen Balkenrost, mußte der Parlamentär sich bei Eberhards zierlichem Gespräch so lange gedulden, bis droben auf dem Turmsöller alles bereit war zum Auswurf der Waldzünder. Er hatte bei dieser Geduldsprobe noch einen Kameraden: den Wanderpfaffen, der seine Lehre vom ersiegbaren Himmelreich und der Allmacht des rechten Christenwillens unter einer anderen Linde zu verkünden gedachte. Herr Melcher hatte ihm den Abschied mit den Worten erleichtert: „Geh deiner Wege, frommer Mann! Zu dem, was jetzt an heiligem Amt auf dem Trutzberg noch nötig ist, wird unser alter Kaplan wohl ausreichen.“ Nun stand der Scheidende mit geschürzter Kutte, mit langem Stab und gepolstertem Zwerchsack zwischen Gatter und Brücke, bekreuzigte sich häufig und harrte unter murmelnden Gebeten des Auslasses.

Ein Hornruf versammelte alle Burgmannen, die nicht Wache auf der Mauer hatten, im kleinen Wehrhof um ihren Herrn. Der stand in ihrer Mitte, versteckte die dreifingrige Hand im Brustschlitz seines Wamses und begann mit kriegsherrlicher Kraft zu sprechen: „Meine wehrhaften und getreuen Leut! Ich muß euch sagen –“

Herr Welcher stockte. Die Augenbrauen hochziehend, betrachtete er einen jungen, schlanken Söldner, der für die schmucke, grün und rot gezwickelte Kriegertracht, für den funkelnden Küraß und den schimmernden Eisenhut wie geboren schien. Als glaubhafte Verheißung ausgiebiger Streiche hing ihm das feste, breite Schwert an der Gürtelkette. Der Hals war noch ohne Stahlberge und wuchs wie aus Kupfer gegossen zwischen den Rändern der Schulterplatten hervor, umzogen von einem dünnen Seidenschnürchen, das unter dem Küraß verschwand. Braungebrannt von der Sonne, streng und hager, lugte das vom Bartflaum umkräuselte Jünglingsgesicht mit den traumhaft glänzenden Augen aus dem Schatten des Helmschirmes heraus. Neben dem Söldner hockte ein Schäferhund auf den Hinterbacken, spähte sehr aufgeregt an dem jungen Krieger hinauf, schien eine rätselhafte Sache nicht begreifen zu können und schüttelte immer die Ohren, wie es empfindsame Hunde bei grellen Geräuschen zu machen pflegen.

Was dem Wulli die Seelenruhe störte, das war nicht die Stimme des Herrn Melcher. Der sprach jetzt in einem zu Milde und Freundlichkeit verwandelten Ton: „Ich muß euch sagen, meine lieben und guten Leut, daß uns der Seeburger wider Recht und Gesetz mit Fehd überzogen hat. Das wollen wir mannhaft von uns abwehren. Wie ich selber stehen will, bis mir die Knie brechen, so erwart' ich es von jedem unter euch. Zucht und Ordnung ist das erste. In Zeiten, die grob sind nach außen hin, muß der Mensch einwendig um so feiner werden. Was sonst ein 'ringes Versehen ist, wird unter Eisen und Blei zu einer groben Sünd, die man büßen muß ohn' Erbarmen. Ich hoff', das wird bei den Meinen nit nötig sein. Wir sind keine Seeburger. Wir sind Trutzbergisch und Puechsteinisch. Gelt, Leut? Ein jeder von euch soll hertreten und soll mir zum Treuverspruch die Hand bieten."

Einer nach dem anderen kam, eine lange Reihe. Weil Herr Melcher wußte, daß den Leuten um der zwei fehlenden Finger willen bei seinem Händedruck immer ein bißchen gruselte, bot er ihnen die Linke. Und immer übersah er den Jungsöldner, der ein Schäfer gewesen. Den sparte er sich als letzten auf.

„So, du Lugenschüppel! Willst du jetzt ehrlich und treu sein?"

Lien nickte.

„Hat dich der Kassel an der Mauer schon eingeteilt?" Lien schüttelte den Kopf.

„Jetzt wünsch einmal! Wo wär's dir am liebsten?"

„Auf der Bruck."

Herr Welcher lachte freundlich. „Schlecht gewunschen! Da wird's heiß werden."

„Eben drum! Der Kassel hat's auch gesagt: da stürmen sie am ehesten."

„Für solchen Posten muß man geschult sein."

„Gar so viel wird's nit brauchen. Wo ich hinhau, fleckt's."

„So? Und den Kopf ducken, wenn die bleiernen Vöglein und die stahlschnäbligen Schwalben über den Söller pfeifen – das muß man auch können."

„Ich will schon die Näs nit Hinhalten", sagte der Jungsöldner ernst, „man hat bloß eine, die braucht man." Er griff an seinen Hals und lächelte. „Mir geschieht nichts."

„Recht so, Bub! Ans Leben glauben, heißt sein Leben lang machen. Komm!" Nach einigen Schritten blieb Herr Melcher wieder stehen. „Du? Wie hat deine Mutter geheißen?"

„Germeid."

„Richtig, ja, Germeid!" Herr Melcher nickte nachdenklich. „Ist ein seltener Nam'. Den hätt' man sich eigentlich merken müssen. Und ist ein feines Maidl gewesen." In seine Stimme kam ein verdrossener Ton. „Ja, ja, im Leben gibt's Sachen, die man hart versteht! ... In Gottes Namen, kommt halt!"

Während dieses Gespräches war Wulli ein paarmal wie rasend zwischen Schafstall und Söldnerhalle hin und her gerannt. Nun kam er wieder hinter dem Jungsöldner nachgeschlichen, der mit Herrn Melcher durch das schwere Innentor zum Brückenturm hinüberging. Wulli sah aus wie das schlechte Gewissen, dem ein Pelz gewachsen. Scheu, mit Schlappohren, hinten geduckt, mit eingekniffenem Schweif, so schnupperte er an der Wade des Rätselvollen, von dem er nicht wußte: war's der Lien oder war er's nicht? Winselnd wollte Wulli davonsausen, kehrte wieder um und schnupperte noch gieriger. Es stimmte – und stimmte nicht! Unverkennbar roch dieser Rätselvolle genau so fest und gut nach Gesundheit wie der Schäfer. Aber dieses fettige Schuhleder, diese grün und rot gestreifte Wolle, dieses Eisen sogar – das alles roch beinahe wie der Kassian Ziegenspöck, der wesentlich anders duftete als das schöne Bruchland und die Heideblumen! Zum Verzweifeln war's! Und während Wulli sich verstört und gemartert durch diese schwere, tiefe Tragödie seiner Hundeseele kämpfte, sagte Herr Melcher mit dem Anschein gleichgültiger Ruhe: „Durch eine Schießschart' mußt du ohne Stahlhut nie von unten her hinausschauen, allweil von der Seit'. Besser: ein Ohr weg, als ein Bolzeisen oder eine Kugel im Hirn."

Der junge Söldner nickte. Und weil er etwas an seiner Hüfte spürte und jappenden Atem und leises Winseln vernahm, griff er mit der Hand hinunter und muschelte sie um das Auge des Hundes, wie es wohl tausendmal der freundliche Schäfer getan. „Wohl, Herr! Fürsichtig von der Seit'. Von unt' her bloß, wenn mich mein Eisenhütl deckt." O Not, o Glück, das war doch auch die liebe, feste Stimme des Lien! Obwohl sie von fremden Dingen redete, die kein schönes, klares, klingendes „a" besaßen wie die Seligkeitsworte Lamm und Schaf und Hammel. Wulli mußte noch immer zweifeln, doch seine leidende Sehnsucht peitschte ihn zum Glauben hinauf. Und da schmiegte er sich hart an den Schenkel des Söldners und fing heftig zu zittern an. Das wurde ein Schüttern und Gerüttel aller Glieder, wurde wie ein epileptischer Krampf. Diese Katharsis in der Tragödie einer Hundeseele war so auffällig und sah für Menschenaugen so komisch aus, daß Herr Melcher lachend fragte: „Tut dein Hundl sich fürchten?"

„Mein Wulli? Ich weiß nit, was er hat. Geforchten hat sich mein Hund noch nie. Vielleicht ist eine Katz in der Näh."

Wahrhaftig, da gibt es Menschen, die sich zu rühmen getrauen: wir wissen, was Tiere sind, und wissen, was lebt in ihnen. Hier starb ein Hund beinahe in aller Pein und Angst seiner Liebe. Und da sagte sein eigener Herr: „Vielleicht ist eine Katz in der Näh!" -

„Eine Katz?" Herr Melcher schüttelte den Kopf und wurde ernst. „Die sind unsauber, mein Weibl mag sie nit leiden, obwohl wir das springende Kätzl im Wappen haben. Sie macht's lieber mit Mausfallen und vergiftetem Speck. Aber eine Katz wird nit weit sein: die Sturmkatz der Seeburgischen. Komm, Bub! Wir müssen zum Turm hinauf. Die Zünder fliegen schon."

Immer mit der Schnauze an der Hand des Lien, tappelte der zitternde Wulli zwischen den beiden. Er war eine einfach organisierte Natur im Vergleich zu den Menschen, unter denen es so vielseitige gibt, daß sie, ähnlich wie der Jungherr Eberhard von Trutzberg, mehrere Tragödien oder Lustspiele der Liebe gleichzeitig erleben können. Wulli ging in diesem einen Zweifelsdrama und Trauerspiel seiner treuen Seele so völlig auf, daß alle übrige Welt um ihn her versank und seine sonst so aufmerksamen Augen völlig blind wurden für die vielen anderen Unerklärlichkeiten dieses schmerzvollen Morgens.

Sonst brennen doch die Steine nicht. Heute flammten und rauchten die Mauerscharten des Turmsöllers. Sonst fielen die Sternschnuppen nur in der Nacht, fielen vom Himmel zur Erde herunter; heute flogen sie am Tage, flogen von der Erde im Bogen gegen den Himmel hinauf; und einige waren so groß wie Monde und Sonnen – nur daß die gewohnte eine Sonne, die ruhig aus dem Blau des Himmels strahlte, keinen so atembeklemmenden Qualm aushustete und nicht so entsetzlich nach Schwefel stank, wie es die Wanderpfaffen vom Teufel zu erzählen lieben.

Draußen im Burgwald, der nach dem kriegskundigen Willen des Puechsteiners so weit wie möglich von der Mauer fortrücken mußte, versuchten die Seeburgischen, weil sie ihre schöne Deckung nicht verlieren wollten, das einfliegende Feuerwerk mit allen Mitteln zu ersticken. Es half nichts. Die welken Blätter des verwichenen Herbstes und die dürren Reiser wurden zu einer laufenden Flamme. Und bald begannen auch die Bäume zu glühen und zu lodern. Die Belagerer bekamen harte Stunden, weil ihnen der scharf gegen die Berge ziehende Sonnenwind den Rauch und die Glut entgegenwehte. Dennoch ließen sie, getreu ihrem ritterlichen Worte, pünktlich zur Mittagsstunde das erste grobe Wort einer hauptgroß schießenden Belagerungsschlange ertönen.

Die Kugel war schlecht gezielt, überflog die Mauer, das Herrenhaus, die Wehrtürme, traf nur aus üblem Zufall und schlug in das zierliche Taubenheim über dem Söller des Burgfriedes. Ein Geprassel in den Lüften und ein wirres, dickes, rauschendes Taubengeflatter. Mauerbrocken, Schindeln und ein Wetterhahn, eine Wolke von Vogelmist, zerschmetterte Federklumpen, unflügge Jungtauben, leere Nester und eines mit unausgebrüteten Eiern – alles klatschte auf die Dächer und in die Höfe herunter.

Der alte Burgkaplan fuhr mit dem Kahlkopf zu einem Fensterlein heraus und lallte sein zahnloses: „Weh, ach weh!" Und Frau Engelein, deren blasses Gesicht in einer Kellerluke erschien, weinte vor Zorn und Kummer. Jetzt sagte sie nimmer: „Glückselige Vögel!"

Sie sprach ein anderes Wort, das man nicht zu gebrauchen pflegt, wenn man die Männer als kluge Herren der Schöpfung bezeichnen will.

Kapitel 11

Von Tal zu Tal, quer über den Hügelrücken des Trutzberges hin, brannte der Wald immer näher gegen das Lager der Seeburgischen. Die hatten schwer zu schaffen, um eine Gasse durch den Buchenbestand zu hauen und den Brand von sich abzuwehren.

In der Trutzburg schaffte man nicht minder. Aber man hatte Zeit gewonnen, um alle Vorbereitungen zur Abwehr eines Sturmes zu treffen. Von Norden, Osten und Westen war ein ernstlicher Angriff bei der Steile des Berghanges und der Höhe der Mauern nicht zu besorgen, nur ein Scheinkampf, um die Verteidigung des Brückenturmes zu schwächen. Und solange das freundliche Waldfeuer loderte, war auch ein Sturm wider Graben und Fallbrücke ausgeschlossen. Ein ganz verläßlicher Bundesgenosse war diese riesige Flamme freilich nicht. Trotz des kräftig ziehenden Gegenwindes hauchte sie auch über die Trutzburg eine Hitze hin, daß die Leute bei der Arbeit schwitzen mußten wie Schmiede und Bäckergesellen. Die Burghöfe verwandelten sich in Provinzen des Schlaraufenlandes – Tauben und andere Vögel, die sich im Qualm des Waldbrandes verirrt hatten, fielen mit verkohltem Gefieder und halb gebraten auf das Pflaster herunter.

In den Stuben des Herrenhauses wurde die Hitze fast unerträglich. Frau Schligg betreute ihren fiebernden Gatten im dünnen Schlafkleid, und der ruhelose Ritter Korbin, der, kriegserfahrener als Herr Melcher, vom Perlenschrein der Frau Scholastika aus die Verteidigung der Trutzburg spiritualiter leitete, trug einen kühlenden Essigbund um die Stirn herum und steckte immer wieder das kranke Bein in eine Kufe voll kalten Brunnenwassers, obwohl Frau Schligg der schluchzenden Meinung war, daß ihm diese Roßkur erst recht die Hitze zum Kopf triebe. Auf seinen Wangen blühten so schön gefärbte Rosen, als vollzöge sich im Puechsteiner ein Verjüngungswunder. Man spürte die quälende Hitze sogar in den gewölbten, kleinfenstrigen Vorratsräumen und Kellern, wo Frau Engelein und Hilde mit vier Mägden beschäftigt waren, die Rationen zu teilen und die Masse des Fleisches einzupökeln, das vom Schlachthof gebracht wurde.

Das mörderische Werk der Metzgerburschen, die nach einem kriegstechnischen Ausdruck das Blut in Strömen rinnen machten und die vielen Todesurteile der Frau Angela an Rindern, Schweinen, Ferkeln, Hammeln und Schafen vollzogen, verursachte eine Verschärfung im Gemütszustände des Wulli. Wenn der Jungsöldner – von welchem Wulli beinahe schon glaubte, daß es der Lien wäre – sich vom Kassian Ziegenspöck in der Handhabung einer Hakenbüchse, in der Bedienung eines Turmgeschützes und sonst noch in eisernen Arbeiten unterweisen ließ, die wahrhaftig mit den Pflichten eines

Schäfers nicht die entfernteste Ähnlichkeit hatten, wurde im Wulli der halb schon niedergerungene Zweifel wieder lebendig. Für solche Qualmomente hatte er den Trost gefunden, vom Turmsöller auszukneifen, in den Schafstall zu rennen, sich mit lechzender Zunge da niederzulegen, und zu fühlen: „Hier weiß ich, was ich habe, hier bin ich daheim, hier ist klarverständliche Wahrheit, hier eine Welt, die ich restlos verstehe!“ Doch diese wollige, blökende, trippelnde Welt des Wulli wurde kleiner von Stunde zu Stunde. Und als er in der Abenddämmerung wieder einmal kam, eines tröstenden Anblickes heiß bedürftig, war die Welt des Wulli in ein leeres Nichts verwandelt. Verzweifelt setzte er sich aufs Hintergestell und heulte zur Decke des entvölkerten Stalles hinauf, als ginge da droben der Mond spazieren. Diese Helligkeit war aber nur ein Widerschein des mächtigen Pfannenfeuers, das im Burghof brannte. Nun blieb dem Wulli nichts anderes mehr übrig, als zu glauben, daß in dem jungen Söldner wahrhaftig der nach Gesundheit und Heideblumen duftende Lien verborgen wäre. Es erging ihm wie vielen unchristlichen Menschen, die ein Leben lang immer mäkeln und leugnen, um in Verzweiflung und Todesnot erleuchtet zu werden für den Glauben ans Himmelreich.

Wulli machte sich mit Schlappohren und in kummervollem Trott auf die Suche und fand den nun wesentlich glaubhafter gewordenen Lien im Burghof, inmitten von etwa hundert Menschen, die ähnlich und noch viel übler rochen als die neue Außenseite des verzauberten Schäfers.

Beim Flackerschein des Pfannenfeuers und unter dem Widerglanz der versinkenden Waldglut knieten die hundert Menschen auf dem Pflaster und hielten in Andacht die Hände gefaltet. Mit Albe und Stola stand der greise Burgkaplan vor ihnen, sprach den Segen über ihre gebeugten Köpfe und variierte mit schwerverständlichem Lallen das tiefste und schönste von allen Apostelworten: „Kindlein, liebet einander!“

Die kleine Glocke der Burgkapelle läutete dazu mit etwas heftigem Klang. Und hoch in den dunklen Lüften war ein Rauschen, das sich anhörte wie etwas Heiliges, wie Schwingennähe von Engeln. Da droben – in einer Höhe, bis zu der die Helle des Pfannenfeuers nimmer hinaufreichte – flogen noch immer die Tauben umher, die ihre Nester und Höhlen nicht mehr fanden.

Schweigsam ging die Trutzbergische Gemeinde auseinander, jeder zu seinem Posten auf die Mauer. Die Mägde trugen den gewässerten Abendtrunk und die schmalen Rationen zu den Schützengängen. Der Burgkaplan kehrte zu seinem Lehnstuhl zurück. Herr Melcher, Frau Engelein und Hilde traten ins Herrenhaus, um das Nachtmahl in der Krankenstube des Korbin von Puechstein einzunehmen. Der Burgherr hatte das, dem Widerstreben seiner Hausehre entgegen, so angeordnet. „Man weiß nit, wie lang man noch schnauft. Da soll man jedes Stündl nützen zu herzlichem Beisammensein.“

Jungherr Eberhard mußte in der Halle ein paar flinke Bissen verschlucken, weil er noch die Abendrunde durch die Schützengänge und Wehrtürme zu machen hatte.

Auf der Mauer gegen Osten, Norden und Westen waren nur Wachtposten aufgestellt, die beim Schein der Pfannenfeuer den vom Mauerfuße steil ins Tal hinunterfallenden Berghang im Auge behalten mußten. Doch Mann an Mann stand die Besatzung in den nach Süden gelegenen Schützengängen und auf dem Brückenturm, vor dem der Hügelrücken des Trutzberges flach gegen die höheren Berge hin verlief. Am verwichenen Abend hatte da noch der schöne Buchenwald gerauscht. Jetzt bog sich ein breites und langgestrecktes Glutfeld von Tal zu Tal über den Hügel hinüber; das war im rauchigen Dunkel des Abends anzusehen wie der feurige Sattel eines riesenhaften Höllenrosses, auf dem die Qualmgestalt eines gigantischen Dämons ritt: die Gestalt des Krieges! Sein wehender Rauchmantel umhüllte den Himmel. Funkelten die Sterne da droben? Oder hing ein Wettergewölk zwischen dem Himmelreich und allem Christenwillen der Erde? Von den Bergen fauchte ein scharfer Wind einher, der sich über der Glut erhitzte und ein feines Geriesel von Asche durch die Schießscharten der Mauer und des Brückenturmes hereinwehte in die Wehrböden und Schützengänge. Man hörte ein unbestimmtes Rauschen, hörte fernen Stimmenlärm und wirres Gehämmer, hörte den Hall von Axtschlägen und das dumpfe Krachen stürzender Bäume.

Jedem vergitterten Fensterloch und jeder Schießscharte gegenüber brannte vom Widerschein der Waldglut ein rosenroter Streif am Gemäuer der vom Flackerlicht der Spanfackeln und Talglampen unruhig erhellten Räume. Die Leute der Besatzung, angeblasen von der mit dem Winde hereinströmenden Backofenglut, schwitzten unter den Kürassen und Eisenhüten. Dabei waren sie guter Laune, machten derbe Scherze und schäkerten mit dem an Jahren gesegneten Weibsvolk der Frau Engelein und mit der jungen Pernella, die sich, wo sie ging und stand, der zwickenden Fäuste und der Söldnerspäße erwehren mußte. Sie tat es mit Lachen, immer heiter, immer mit einem schneidigen Wörtlein auf der Zunge, und lockte dadurch die lustigen Kletten, statt sie loszuwerden. Wo Pernellas muntere Stimme klang und ihr rotschwänziges Köpfl surrte, dachte keiner von den Söldnern an seinen nahen Tod, jeder nur an ein schmackiges Zusammenleben mit dem apfelrunden Mädel. Sehr viele von diesen willigen Christen ersehnten sich da das gleiche Himmelreich. Frau Engeleins wachsame Tugend hatte die Biederen ausgehungert.

In dem Schützengang neben dem Brückenturm verwandelte sich das lustige Schwatzen und Lachen zu ernstem Schweigen, als Jungherr Eberhard, klirrend in der Menge seines Eisens, auf der Abendrunde über die Holztreppe heraufgestiegen kam. Er schnaufte heftig und war sehr erhitzt. Den blanken Degen gebrauchte er wie einen Wanderstab. Der Helm, den er abgenommen hatte, hing mit dem Sturmriemen in der linken Armbeuge. Der kurzhalsige, dicke Kopf unter dem streifsträhnigen Blondhaar wuchs zwischen den Schulterplatten hervor wie eine große Runkelrübe mit gelbgewordenen Blättern.

Die Mannsleute strafften sich auf, die Weibsbilder mit den leeren Körben und Kannen liefen davon. Als Pernella an Eberhard vorbeikicherte, haschte er trotz der ernsten Stunde das Mädel am Schürzenbändel. Es war ein Gelegenheitsscherz ohne tugendwidrige Absicht. Seit dem Einzug der Puechsteinischen trachtete des Jungherrn gereinigter Christenwille nach einem holderen Himmelreich. Doch wie er – von jener kleinen Vergeßlichkeit auf dem Söller des Taubentürmchens abgesehen – im Angesichte seiner Braut und Seelengemahlin die höfischen Sitten bevorzugte, so liebte er's, unter Knechten und im Verkehr mit niederem Volke sich leutselig und dörpisch zu geben. Nur aus diesem einzigen Grunde zog er dem kichernden Mädel symbolisch die Schlinge des Schürzenbändels auf und fragte scherzend: „Du rotes Federspiel? Wo steht dein Bett?"

„Auf vier Füßen!" antwortete das Mädel flink. „Einer ist kürzer als die anderen. Darum wackelt meine Bettlad. Eure Frau Mutter hat mir die beste nit ausgesucht!"

Die Söldner schmunzelten. Und Pernella guckte im Davonhuschen lachend über die Schulter. Man sah es ihr an, daß sie gerne mit dem Jungherrn noch ein bißchen weitergespäßelt hätte. Erstens würde ihr das vor den Söldnern und Bauernbuben ein gewisses Ansehen gegeben haben, und zweitens wär's eine völlig gefahrlose, jeder ernsthaften Versuchung weit entrückte Sache gewesen. Denn Frau Engelein, in ihrem abergläubischen Mißtrauen gegen rote Haare, hatte das hübsche Mädel in ein winziges Firstkämmerchen einquartiert, zu dem es nur zwei Wege gab. Der eine führte auf einem Wendeltrepplein durch das Ehegemach der Burgfrau – der andere, zum Fensterloch des Kämmerchens, hätte von außen über das steile Dach des Herrenhauses führen müssen, ein Weg, so halsbrecherisch, daß nur ein Verrückter oder ein Mondsüchtiger ihn zu beschreiten gewagt hätte.

Jungherr Eberhard war weder das eine noch das andere. Und sobald das lustige Rotschwänzchen seinem Blick entschwand, verwandelte er sich wieder ganz in den würdevollen Sproß des Trutzbergischen Kriegsgottes. Mit kurzen, strengen Worten gab er Befehl und Losung aus und beschaute gewissenhaft jeden Mann nach Wehr und Waffen, untersuchte die Hakenbüchsen und Luntenschnüre, die Armbrusten und Bolzenbündel, die Pulverkisten und Kugelbeutel, wie alles, was zur Abwehr von Stürmenden bereit war: die fünfzinkigen Stoßgabeln, die Sandsäcke, die zu Haufen aufgeschichteten Felsbrocken, die Pechkränze und die mit Wasser gefüllten Kupferkessel. Unter ihnen brauchte man vor einem drohenden Sturme nur das Feuer anzustecken, um die Mauerkletterer mit brühheißen Grüßen empfangen zu können.

Zufrieden nickte der Jungherr und sagte wohlwollend: „Gute Rast, ihr Leut! Der Himmel soll uns mit einer friedsamen Nacht beschenken."

„Der Himmel tät's wohl!“ antwortete ein fürwitziger Bauernbub. „Bloß wir auf der Welt sind die unsinnigen Kälber...“ Er konnte seine Weisheit nicht zu Ende bringen; ein strenger Kriegerblick des Jungherrn machte ihn verstummen.

Um den Buben außer Gefecht zu setzen, sagte einer von den Puechsteinischen Söldnern: „Das Glutfeld da draußen meint's himmelreichisch. Aber ich sorg', der heilige Wettermacher ist kein Trutzbergischer Patron. Meine Gichtknöchelen sagen: „Es ist ein Regen nit weit.“ Wir haben Ruh, solang da draußen der Boden glüht.“ Er nahm den Eisenhut herunter und betete ernst: „Bitt', heiliger Petrus, tu dein Wasser verheben, bis mein Herr gesund ist!“

„Bitt', heiliger Petrus!“ fielen die anderen ein wie bei einer frommen Litanei.

Diese ehrliche Andacht schien den Jungherrn verdrießlich zu machen. „Kerl? Meinst du, wir auf dem Trutzberg sind ohne den Puechsteiner nit Manns genug?“ Ohne auf die Antwort des verblüfften Söldners zu hören, ging er klirrend davon und betrat den Brückenturm durch ein schweres, schmales Eisentürchen, das nur einem einzigen Menschen knappen Durchlaß gewährte.

Auf dem ersten Turmboden, den Eberhard betrat, und durch den die Ketten der Fallbrücke liefen, standen die zwei Mauerschlangen der Trutzberg, plump und grob gegossene Rohre, deren Mäuler im roten Glutschein der Schießscharten lagen. Ihre drehbaren Gestelle waren verkeilt durch ein federndes Gefüge von Holzklötzen, die beim Schuß den Rückstoß des Geschützes aufhielten. Die kinderkopfgroßen, mit Blei umgossenen Steinkugeln waren in zwei Pyramiden aufgebaut, die Pulverkisten beschlagen mit dickem Eisenblech – wie Schatztruhen eines Reichen sahen sie aus.

Die sechs Grobschützen, die das Schlangenpaar zu bedienen hatten, lagen auf der Diele und schliefen. Nur der Fürmann wachte und tat mit halblauter Stimme die Meldung: „Ist alles gut für den groben Schuß!“

Während Eberhard Kisten und Kugeln musterte, zärtlich das Erz der Rohre streichelte und über den Weidlöchern der Schlangen die Deckelchen aufklappte, um das in den Pfannen liegende Feinpulver auf seine Trockenheit zu prüfen, klang vom höheren Turmboden ein dumpfes Gerassel herunter und dazwischen manchmal der zornige Kläfflaut eines Hundes.

„Was ist da droben?“

„Der Kassel schult den Jungsöldner im Zwiehänderfechten.“

„... Wen?“

„Den Schäfer Liendl.“

„Der ist Söldner worden?“ Eberhard lachte. „Ui! Der wird das Trutzbergische Kraut aber fett machen.“

„Ist ein schickiger Bub, Herr!"

„So? Da bist du der erste, der's glaubt." Der Jungherr stieg über die Holztreppe hinauf.

Ein Raum wie eine große Stube, erhellt durch eine rußende Talglampe, reichlich bewehrt mit Büchsen, Armbrusten und Schießvorrat. Zwei Wachtposten gingen bei den rotglühenden Scharten hin und her. Zehn Feinschützen hockten und lagen am Fuß der Mauer, im Halbschlaf duselnd und schlechter Laune, weil sie bei dem Geschepper, das der Kassel und der Lien verursachten, keine Ruhe fanden. In der Mitte des Raumes standen sich die beiden gegenüber, in den dickledernen Schulpanzern, die Gestalten halb schwarz im Schatten, halb angestrahlt von dem roten Glutschein, der durch die Schießscharten hereinfiel. Sie rückten im Kreis herum, sie stießen vor und sprangen zurück, schlugen, parierten und keuchten unter der Mühe dieser Kriegsmannsarbeit. Hinter dem ausgebauchten Eisengitter der Schulhelme glitzerten ihre Gesichter von Schweiß. Und während die Hiebe der langen, stumpfen Schwerter fielen, grölte Kassel mit seinem rauhen, heute durch keinen Eiertrunk gemilderten Säuferbaß in gleichmäßigen Zwischenräumen: „Deck dich! ... Streck dich! ... Hau!" Und immer wieder: „Gut so!" Und hieß es von neuem: „Streck dich! Hau!" – dann machte der Schäferhund einen Reim dazu und bellte zornig: „Wawawawau!"

Wulli, obwohl er seines Llen noch immer nicht völlig sicher war, schien wenigstens über den so sauer wie Essig duftenden Sergeanten Kassian Ziegenspöck ganz im klaren zu sein und schien ihn grimmig zu hassen. Er fletschte die Zähne zu ihm hinüber, ließ in den glühenden Augen das Spiegelbild eines erbitterten Seelenzornes funkeln, blieb aber doch mit der Vorsicht eines klugen Geschöpfes außerhalb des Bereichs dieser blitzschnell umherzuckenden Schwerter, deckte sich hinter den Waden des Lien, sprang kläffend nach vorne und kniff mit weiser Schnelligkeit wieder nach rückwärts aus.

Diesem halb ernst, halb drollig wirkenden Fechterspiel sah Jungherr Eberhard eine Weile schweigend zu und schüttelte immer wieder den Kopf, als mißfiele ihm etwas. Nun schrie er unwillig: „Kassel? Bist du nüchtern, du Lappschwanz? Wie soll der Bub was lernen, wenn du allweil scherzest? Mach Ernst! Wisch ihm eins über den Schädel!"

Ohne diesem Befehl zu gehorchen, trat Kassel aus der Fechterstellung zurück, nahm den Schulhelm herunter und sagte mit grobem Lachen, aus dem es wie Zärtlichkeit herausklang: „Herr! Wenn ich ihm keinen Streich hineinbring', ist's nit meine Schuld. Der Bub ist ein Luder." Er zog die Gurke unter dem Lederpanzer heraus und „pflegte" seinen Rausch, der sich so tadellos ausgewachsen hatte, daß im Sergeanten Kassel alle fünf Sinne und alle Kräfte seines mageren Leibes beinfest beisammen waren.

Auch Lien hatte den Schulhelm heruntergenommen. Er tat einen tiefen Atemzug und sagte ehrerbietig: „Gotts Gruß, edler Jungherr! Beim Kassel ist gute Schul'. Da lernt man was." Er beugte das brennrote Gesicht nach vorne und beutelte heftig den Kopf, um die Schweißperlen abzuschlenzen. Eberhard hatte seinen blanken, mit dem springenden

Kätzlein und einem Federstoß gezierten Helm auf eine Pulverkiste gelegt. „Gib her!“ Er nahm das Langschwert und die eiserne Schulhaube des Sergeanten.

Kassel mahnte; „Herr, da müßt Ihr fürsichtig sein!“

„Wart's ab!“ Der Jungherr legte sich in Fechterstellung aus, und mit Verblüffung betrachtete Wulli diesen Wandel der Dinge. „Also, Schäfer! Jetzt denk, es wird Ernst!“

„Gut, Herr!“ Die Augen des Lien blitzten unter dem Helmgitter. Die Füße breitstellend, zog er die lange Klinge über den Boden nach rückwärts und übersah dabei die mahnenden Blinzelbewegungen des Kassian Ziegenspöck.

Ein paar von den Feinschützen standen auf, um besser zugucken zu können. Sie wußten, daß der Jungherr ein gutgeschulter und in Finten gewandter Fechter war.

Eberhard rückte hin und her, mehrmals zuckte seine Klinge zum Steinschlag auf. Lien rührte sich nicht. Nur seine Augen funkelten. Und Wulli begann zu knurren. Jetzt kam der Hieb wie ein Blitz – das Eisen des Lien zischte nach aufwärts, aus Eberhards Fäusten klirrte unter diesem wilden Gegenstreich das Langschwert zu Boden, und von seinem Helmdach sprühten die Funken weg.

Kassel und die Schützen mucksten nicht. Nur Wulli wollte eine Dummheit machen und gegen den Jungherrn losspringen. Gleich hatte ihn der Lien bei den Halszotten und beförderte ihn nach rückwärts – ein Griff, der den Glauben des Hundes an seinen verwandelten Schäfer sehr wesentlich stärkte. Harmlos lachend stellte Lien das Eisen vor sich hin, nahm den Schulhelm herunter und fragte: „Edelherr, ist's gut gewesen, so?“

„Mit schlecht!“ Eberhard enthüllte das Haupt. Seine steifen Blondsträhne starrten wirr durcheinander, und sein Gesicht, in einer Mischung von Zorn und Ärger, war anzusehen, als hätte man die Trunkenheitsfarbe seines Vaters mit einem heftigen Gallenerguß seiner Mutter durcheinander gerüttelt. Sehr freundlich sagte er zu Lien: „Dich wird man brauchen können.“

Der Jungsöldner freute sich dieses Wortes. Doch der wohlgepflegte Rausch des Kassian Ziegenspöck schien plötzlich verwandelt in unzurechnungsfähige Nüchternheit; der Sergeant betrachtete mit steifen Augen den Lien, blieb schweigsam und machte eine taumelnde Bewegung.

Eberhard, den Helm mit dem springenden Kätzlein an seinen Arm hängend, schien die völlige Unbrauchbarkeit des Kassel zu erkennen und fragte die Feinschützen: „Wie lang ist der Schäfer schon in der Söldnerschul'?“

Einer antwortete: „Seit dem Morgen, Herr! Viel Schul' ist da nit nötig. Der Bub hat's im Blut.“

Der Jungherr lachte und ging zur Treppe hinüber. Wulli huschelte hinter ihm her, roch mißtrauisch an den Trutzbergischen Waden, schüttelte die Ohren, kehrte zum Lien zurück und schnupperte. Das Ergebnis dieser letzteren Erkundung war für Wulli wesentlich freudenreicher.

„Was ist denn?“ fragte Lien verwundert und sah der Reihe nach die schweigsamen Leute an. Sie blieben stumm und zwinkerten gegen die Treppe hin.

Als die Schritte des Jungherrn auf dem unteren Turmboden verhallten, erwachte Kassian Ziegenspöck aus seinem nüchternen Elend wieder zu besoffenem Verstand und sagte ernst: „Bub! Jetzt hast du einen Feind!“

„Ich? Warum?“ Lien lachte. „Geh, was du redest! Wenn er wissen will, ob mich die Herrenleut brauchen können? Da muß ein Knechtl doch ehrlich sein. Gotts Tod, ich hab' mich fest zusammengenommen.“ Das Lachen des jungen Söldners wurde zu wunderlichem Ernst. „Der Jungherr kann's. Hätt' ich nit eine Hilfe gehabt, so hätt' ich wohl schlecht bestanden.“ Mit der Geste eines Betenden hüllte er die im Fechterfäustling steckende Hand um seinen von Schweißperlen überronnenen Hals.

Kassian Ziegenspöck sah zuerst die Feinschützen an, dann trat er dicht vor die Brust des Lien, faßte ihn an beiden Ohren und knurrte: „Bub! Entweder bist du ein Heiliger oder ein lieber Kindskopf oder ein unseliges Rindvieh!“ Sich abwendend, spuckte er heftig aus, zog die Gurke hervor und wollte seinen Verstand erziehen. Es gluckerte nur ein bißchen. „Gotts Teufel, schon wieder leer! Daß der Himmel so groß ist und die Gurken so winzig bleiben müssen! Bub, ich geh füllen! Bis ich komm', bist du Fürmann auf dem Schützenboden.“

Im Burghof brannte ein Feuerstoß. Zwei alte Bauern behüteten die Flamme und rösteten an langen Stecken die zerschmetterten Jungtauben, die sie vom Pflaster aufgelesen hatten.

Als der steife, aufrechte Kassian Ziegenspöck zum Söldnerbau hinübersteuerte, hörte er den jungen Trutz in der Halle des Herrenhauses rufen: „Flink, du rothaariges Federspiel! Bring mir ein Krüglein Wasser zu meiner Kammer! Ich muß mich schönmachen.“

Diesen Befehl vernahm auch die Schloßhauserin Margaret, die im nahen Hühnerstall aus Anordnung der Frau Engelein den beiden Puechsteinischen Hähnen die Hälse umdrehen sollte, weil es seit dem Morgen viel Eifersucht und Rauferei zwischen dem fremden und einheimischen Hühnervolk abgesetzt hatte. Mitschuldig an solchem Zerwürfnis waren wohl auch die Trutzbergischen Gockel, die sich ebenfalls auf Unterschiede und Rassebewahrung nicht verstanden; aber Frau Engelein schob die Sache ausschließlich den sündhaften Charakterzügen der beiden Puechsteinischen Hähne zu. Und nun sollte die Margaret im Hühnerstall das Todesurteil an den zwei schlechtrassigen Eindringlingen vollziehen; doch als sie, auch eingeweiht in alle sonstigen Tugendsorgen der Burgfrau, von der Sehnsucht des Jungherrn nach frischem Wasser Kenntnis erhielt, ließ sie die Sittenverwilderung des Hühnervolkes einstweilen auf sich beruhen, ließ unbedachterweise auch die Tür des Hühnerstalles offenstehen und rannte ins Haus, weil sie der rothaarigen Pernella das verdächtige Wasserkrüglein noch rechtzeitig zu entwinden hoffte. Sie kam zu spät und huschelte flink über die Treppe hinauf, um Frau Angela, damit sie selbst nach dem Rechten sehen möchte, von der Mahlzeit wegzurufen.

Das hatte für Kassian Ziegenspöck eine willkommene, für die hübsche Pernella eine sehr unliebsame Wirkung zur Folge. Erstens brauchte der in seinem gepflegten Rausch mit scharfen Sinnen beobachtende Sergeant für diesmal nicht heimlich durch die Dachluke des Hühnerstalles zu klettern; er könnte aufrecht durch die offene Türe schreiten, um an diesem Tage etwas verspätet noch zu seinem Eiertrunk zu gelangen, der ihm nicht nur die Stimme locker machte, sondern auch die Weinsäure beschwichtigte. – Uind zweitens wurde Frau Engelein, als sie sich in Eberhards Kammer unter dem Zwange voreiligen Mißtrauens, an das Kaplanstübchen des Burgfrieds erinnerte, zu einer folgenschweren Ungerechtigkeit hingerissen. In Wahrheit hatte sich nichts Schlimmeres ereignet, als daß die rote Pernella ein ganz harmloses Krüglein frischen Wassers mit einer Handzwehle brachte, und daß der Jungherr sie zur Anerkenung für diese freundliche und flinke Dienstleistung in die Wange kniff. Aber die leicht mißdeutbare Nähe, in die bei diesem unschuldigen Vorgang das kichernde Mädel und der seines kriegerischen Schmuckes wie auch schon mehrfacher Gewandstücke entkleidete Jungherr zueinander gerieten, verursachte in Frau Angela, als sie mit geisterhafter Lautlosigkeit auf der Schwelle des Kämmerleins erschien, eine schwer zu mißbilligende Verstörung aller Überlegungskraft.

Mag scin, daß bei dieser völligen Vernichtung eines menschlichen Gleichgewichtes noch andere Dinge mitwirkten: die schlechte Beleuchtung, der Anblick des etwas zerkrümpelten Jungherrenbettes, alle in Frau Angela angesammelte Erbitterung wider die Puechsteinischen, die schweren Belagerungssorgen, das ruhelose Denken an die zur Verminderung kostbarer Kellerwerte in der Burg vereinigten hundertdreizehn Mäuler, das peinigende Rätsel des Hühnerstalles, die Aufregungen der Mahlstunde, bei der die Trutzbergerin sich mit hundert heftigen Gründen einer irdischen Beschleunigung der Seelenheirat ihres Sohnes widersetzt hatte, und dazu noch der gallige Ärger, unter dem sie eine neuerliche, böse Selbstbekleckerung ihres Gemahls mit ansehen und dulden hatte müssen. Das alles wirkte wohl zusammen, um eine Katastrophe herbeizuführen, eine jähe Entladung des in Frau Engelein kochenden Zorngewitters.

In den schrillsten Tönen keifend, mit den Bewegungen einer Rasenden, riß sie der verdutzten Pernella die Handzwehle vom Arm und schlug dem Mädel in sinnloser Wut dieses aus Leinwand gewobene Schwert, welches rote Säume in Kreuzstich hatte, von links und rechts um die kleinen, hübschen Ohren herum, mit einer Schnelligkeit, die den gewandtesten Fechter hätte beschämen können. Die klatschenden Hiebe fielen so flink und schmerzend, daß Pernella unter lähmendem Entsetzen keinen hilfreichen

Gedanken zu finden wußte, sich in lautloser Duldung zusammenkrümmte und nur den Versuch unternahm, mit den gekreuzten Armen ihre Augen zu schutzen.

Auch Eberhard, das Wasserkrüglein in der Hand, blieb schweigsam. Mit scheuen Hummelaugen die zu einem Schreckbild der Ungerechtigkeit verwandelte Mutter betrachtend, schüttelte er vorwurfsvoll den Kopf, ließ geschehen, was er Dicht zu hindern wagte, und begann sich zu waschen und schön zu machen. Dem bedrängten Rotschwänzlein mußte ein anderer zu Hilfe kommen.

Herr Welcher, durch den schrillen Diskant seiner Hausehre vom Weinkrug weggerufen, erschien auf der Schwelle, mit reichlichen Beweisen zwischen Kinn und Gürtel, daß es Zwiebelsuppe und Wildbret in Einbrenntunke mit grünen Bohnen zum Nachtmahl gegeben hatte. „Ach, Herr Jesus!“ Mit beiden Händen haschte er den aufzuckenden Arm der Frau Engelein und entwand ihr die Leinwandwaffe. „Was ist denn los?“

Eberhard, der beim Waschbecken plätscherte, sagte ruhig: „Ich weiß nit, was die Mutter schon wieder hat.“

Während des kurzen Schweigens, das diesen Worten folgte, hatte Pernella den rettenden Einfall, flink davonzulaufen. Und draußen im langen Mauergang, mit beiden Händen das gedunsene Gesicht befühlend, Schmerz und Zorn und Tränen in den Augen, flüsterte das ungerecht mißhandelte Mädel rachsüchtig vor sich hin: „Jetzt grad mit Fleiß!“

Herr Melcher gab seiner Neugier weiteren Ausdruck. „So red doch, Weib! Was ist denn los?“ Streng betrachtete er den Sohn, der eine reichliche Menge von Seifenschaum erzeugte. „Ich will doch nit hoffen –“ Er wurde stumm.

Ebenso wortkarg verhielt sich Eberhard; entweder fühlte er sich doch ein bißchen schuldig, oder es reichte, wenn er sich schuldlos wußte, seine Logik nicht so weit, um die unterbrochene Redewendung seines Vaters zu Ende zu denken.

Der Burgherr wurde ungeduldig. „Gotts Not! So red doch, Weib!“

Erschöpft und keines Wortes mächtig, wankte Frau Engelein unter krampfhaften Schlucklauten in den Flur hinaus. Zögernd folgte Herr Melcher. Und hinter ihm schloß Eberhard rasch die Türe und schob in seiner Kammer den Riegel vor. Unter dem trüb brennenden Talglämplein des Flures fiel Frau Angela auf eine Bank, bekam einen Weinkrampf und zitterte fast so heftig, wie Wulli in den Zweifelkämpfen um seinen verzauberten Schäfer gezittert hatte.

Freundlich und barmherzig streichelte Herr Welcher seiner Hausehre den Rücken. „Geh, Weibl, sei gut und geduldig! Und tu nit übertreiben! Gar so was Schieches wird's nit gewesen sein! Hätt' der Bub sich unsauber benommen, das tät ich ihm arg verübeln. Aber Jugend, weißt du –“ Abermals konnte er einen Gedanken nicht zu Ende bringen.

Frau Engelein fuhr auf, als wäre das Wörtlein Jugend für ihre Empfindlichkeit wie eine glühende Nadel gewesen. „So? Ist jetzt die Jugend im Buben? Wie lang ist's her, daß du allwell von deiner hungrigen Jugend geredet hast?" Ein erwürgtes Schluchzen. „Wie der Baum, so der Apfel, wie der Apfel, so der Kern!"

Diese sprichwörtliche Weisheit verleitete nun auch Herrn Melcher zu ungerechten Folgerungen und zerdrückte in ihm jede gütige Regung. Er sagte hart: „Geboren hast ja doch du den Buben! Gib nit mir allein die Schuld an allem!" Mit den drei Fingern schlenkerte er die mannigfachen Erinnerungszeichen des Zwiebelsüppleins und der grünen Bohnen von seinem Wams. Seine unmutigen Augen waren ins Leere gerichtet und schienen in unerquickliche Vergangenheiten zu schauen. Dann drehte er langsam das Gesicht gegen die Kammer seines Sohnes. „Freilich! Wie hätt' der Bub anders ausfallen können, als daß er nach allem Genießbaren greift! Sooft du mir in den Armen gelegen, hast du an deine Hennennester im Stall und an die Krautfässer im Keller denken müssen." Ein kummervoller Zug verdüsterte dem Trutz von Trutzberg das gutmütige Antlitz. „Einmal...ich hab' gemeint, ich wär' bei den Seligen im Himmelreich... da hast du mich jählings gefragt: „Wir haben doch heut keinen Met gewürzt, wo hast du denn einen getrunken?" Ja, Weib! Wie man die Kinder drechselt, so schauen sie aus." Er dachte an die sechs kleinen Särge in der Trutzbergischen Gruft, wurde wehmütig und murmelte: „Was munter schnaufen soll, muß freudiges Blut und fröhliches Leben mitkriegen." Aus dunklem Zusammenhange dachte Herr Melcher auch an den Schäfer Lien und an ein feines Mädel mit dem seltenen Namen Germeid. Doch diesen Gedanken behielt er für sich.

Schon die wenigen Worte, die er gesprochen hatte, waren ausreichend gewesen, um Frau Engelein unter allen Anzeichen von Empörung und frauenhafter Scham in einen Zustand sprachloser Erstarrung zu versetzen.

„Ja, ja", nickte Herr Melcher, „und solche Sachen müssen geschehen bei uns, derweil das holdselige Bräutl im Haus ist und der Feind vor meiner Mauer liegt!" Er wurde freundlicher. „Jetzt geh! Komm herein zu den Gästen! Ich will sagen, es wär' dir eine Maus unter die Röck' gefahren. Die Weibsleut glauben das. Aber mein Korbi hat Verstand. Der wird sich was denken. Weit wird er nit fehl raten."

Er nahm Frau Engelein bei der Rechten, stapfte mit schweren Schritten auf die Türe zu und zog die wortlos widerstrebende Trutzin hinter sich her, die zum Trocknen ihrer Tränen nur die Linke frei hatte.

Kapitel 12

Eine fünfmäulige Lampe, die von der Holzdecke herunterhing und mehr Ruß als Helle gab, beleuchtete Frau Scholastikas grün und gelb überhimmelten Perlenschrein.

Ritter Korbin, mit den Glanzlichtern des Fiebers in den Augen, lag gegen einen Berg von Kissen gelehnt, hügelte mit aufgezogenen Knien die Bettdecke in die Höhe und klammerte die Faust um den Henkel der Weinbitsche, als bedürfte er eines festen Haltes wider die Schauerstöße seines Fiebers.

Der gedeckte Tisch war an die Bettlade herangerückt. Neben Herrn Korbins Kissen saß Frau Schligg, das Gesicht von Angst verstört und so glühend, daß man hätte glauben können, sie wäre viel kränker als ihr Mann. Auf der anderen Seite des Tisches, neben der Fußstelle des Vaters, saß Hilde in ihrem braunen, weißärmeligen Hauskittel, das ernste Gesichtchen von Blässe bedeckt, in den Augen einen ratlos suchenden Blick, der immer wieder in irgendeinem dämmerigen Winkel der Stube hängenblieb und etwas Unbegreifliches, etwas für die Augen der anderen gar nicht Vorhandenes in Schreck und Neugier zu betrachten schien. Neben der Sorge um den Vater war in ihrem Herzen nun auch noch dieses neue, wunderliche Rätsel. Es war erwacht in ihr, als der Vater, die Mutter und Herr Melcher bei der Mahlzeit davon zu reden begannen, daß die Not der Zeit es rätlich erscheinen ließe, das irdische Zusammengehören der Kinder zu beschleunigen. Lachend unter einem Rüttelstoß seines Fiebers hatte der Vater sie gefragt: „Was meinst du, Mädel, willst du Hochzeit halten, eh der Seeburger den ersten Sturm versucht?“

In kindlicher Ruhe hatte sie noch sagen können: „Ich will tun, was meines Vaters Will und der Wunsch meiner Mutter ist!“ Dann war ihr plötzlich ein seltsames Rieseln durch Leib und Seele geronnen und hatte einen schmerzenden Schreck in ihr geweckt. Warum? Würde nicht alles so sein, wie es immer gewesen? Und blieben nicht Vater und Mutter bei ihr auf dem Trutzberg? Warum mußte sie zittern? Warum wünschte sie die Augen zu schließen und nichts mehr von dieser abscheulichen Welt zu sehen? Weil sie ihrem Bräutigam und Seelengatten noch immer zürnte? Wegen seiner unhöfischen Widersitte auf dem Taubenturm? Nein! Ganz ruhig konnte sie jetzt an jene Stunde denken, die sie damals erschreckt hatte bis ins tiefste Blut. Das war so ferne, wie längst vergangene, spurlos versunkene Dinge sind. Und doch diese Angst in ihr? Warum? Sie fand keine Antwort. Aber den quälenden Widerwillen, den sie fühlen mußte, kannte sie. Seit ihrer Kindheit gab es eine Speise, die sie nie zu essen vermochte: Mehlmus mit gezuckerten Himbeeren. Wenn man das Schüsselchen zur Tür hereinbrachte, fühlte sie gleich einen peinigenden Ekel, bevor sie die entsetzliche Speise noch gesehen hatte – nur, weil das Näschen sie witterte. Nun war der gleiche Widerwille in ihr, bei jedem Gedanken an den Trutzbergischen Jungherrn, nein, bei jedem Gedanken an das ewige Zusammensein mit ihm – nein – sie wußte nicht, warum, und fühlte nur, daß es ein Unerträgliches war, ein bei Gottes Barmherzigkeit ganz Unmögliches! Und als Frau Angela zuerst in Ruhe und dann in wachsender Schärfe gegen die „sinnlose“ Beschleunigung der Hochzeit zu reden begann und sie bezeichnete als „übermütigen Spott auf die böse Zeitgefahr“, hatte Hilde dankbar aufgeatmet und zum erstenmal ein Gefühl der heißesten Zärtlichkeit für diese kluge, liebe, treffliche Frau empfunden.

Da war die Margaret erschienen und hatte die Hausfrau aus der Stube gewunken. Und Herr Welcher war neugierig geworden. Und beim Klang der schrillenden Stimme da draußen hatten der Vater und die Mutter einander sonderbar angesehen. Frau Schligga hatte ein heißglühendes Gesicht bekommen. Und Herr Korbin hatte ärgerlich ein paar unverständliche Worte gemurrt. Jetzt guckten Frau Scholastika und der Puechsteiner über die drei leeren Sessel des Tisches erwartungsvoll zur Flurtür hinüber. Und in Hildes verwirrter Seele war immer eine schreiende Stimme: „Lauf davon! Spring über die Mauer hinunter! Lauf in die Welt hinaus, bis wo sie ein End hat!" Nein, nicht so weit! In der Trutzburg mußte sie bleiben. Sie mußte! Nur nicht bleiben an diesem Tisch, vor diesen drei leeren Sesseln, von denen einer auf einen wartete, der noch schrecklicher war als Mehlmus mit gezuckerten Himbeeren! Ach, nur hinauslaufen dürfen in ihre große, öde, fremde Stube, deren Bett ihr, auch wenn sie sich streckte und die Arme auseinanderlegte, noch viel zu breit und zu lang war! Und die da drüben durch die offene Türe hereinsah wie ein Viereck voll schwarzer Finsternis.

Es war die Trutzbergische Ehrenstube, in der die Herzöge von München und Landshut und die Bischöfe von Chiemsee und Salzburg schliefen, wenn sie zu Gast kamen. In dieser Stube roch es nach Lavendel, Wachs, Wacholder und muffiger Seide. Auch ein mutiges Mädel hätte sich da ein bißchen fürchten können, weil man immer an hochselige Fürstlichkeiten und an erloschene Kirchenlichter denken mußte, die früher einmal diese Bettlade beschwert hatten und längst unter marmornen Blöcken begraben lagen. Und dennoch wäre diese gruselige Stube für Hilde jetzt wie eine Heimat der Erlösung gewesen – diese liebe, sichere, von schönen Dingen und lächelnden Träumen erfüllte Stube, in der ihr kupferner Kämmerleinsherrgott winzig von der großen Kopfwand des Himmelbettes herunternickte, und in deren Erker zwei gerettete Kostbarkeiten des Puechsteins hingen: die leis redenden Bilder der tapferen Joanne Darc und der unglückseligen Frau Nese Bernauerin. Bilder? Nein! Die kleinen Täfelchen waren wie Blumen und rochen stärker als Wacholder, Wachs und Lavendel; sie hatten den Duft der Heide, der Steinnelken im Bruchland, hatten den Duft von Treue, Gesundheit und Kraft. Ach, nur die sieben Sprünge bis da hinüber machen dürfen! Und bei diesen rettenden Bildern sein!

Mit viel Geräusch wurde die Flurtür aufgerissen. Hilde erschrak und atmete wieder auf, als sie nur Herrn Melcher und die hilfreiche Frau Engelein kommen sah. „Gott straf mich, lieber Korbi, es ist ein Jammer mit den Weibsleuten! Was für ein unschuldsvolles Ding ist ein Mäusl! Und für die Weiber ist's ein Ungeheuer, vor dem sie nach dem heiligen Jörgi schreien!" Lachend nahm Herr Melcher seinen Tischplatz ein. „So ein Geschrei machen! Wegen einer Maus, die einem über den Fuß hupft!" Heiter beugte er sich hinter dem noch leeren Sessel des Jungherrn gegen Frau Angela hin, die sich mit unverhehlter Erbitterung am Tisch niedergelassen hatte. „Und du, liebs Weibl, brauchst ja schon gar keine Sorg nit haben. Eine Maus ist bloß gelustig auf Speck. Da beißt sie doch dich nit an. Ein Speckschwartl bist du wahrhaftig nit.“ Er griff nach der Weinbitsche.

Frau Engelein war wie geistesabwesend und sah mit nassen Augen zur Stubendecke. Ritter Korbin guckte sie von der Seite an. „So, so? Ein Mäusl?“ sagte er und trank seinem Freunde Melcher nachdenklich zu. „Wie hat's denn ausgeschaut?“

„Grau halt, mit einem langen Schwänzl.“

„So sind die Puechsteinischen Mäus. Deine Trutzbergischen Rätzlein, lieber Melcher, müssen außerdem noch was Seltsams haben. Sonst wär' dein verständiges Weibl nit gar so über Maß erschrocken.“

Jetzt fing Frau Engelein zu reden an, hart, in unbeweglicher Haltung: „Schreck macht fürsichtig und weckt die Besinnung auf. Ich hab' mir's überlegt. Ich will, daß mein Sohn zu Ruh und Ordnung kommen soll. Morgen will ich alles zurichten, was nötig ist. Und übermorgen, in Gottes Namen, mögen die zwei ihr eilfertiges Beilager halten.“ Frau Angelas Gesicht entstellte sich. „Soll's kommen, wie's mag! Da bin ich als Mutter außer Spiel.“ Sie schoß einen unfreundlichen, fast boshaften Blick zu der blassen Braut hinüber. „Warum soll denn ich allein allweil merken müssen, was das heißt: ein Mannsbild auf dem Buckel haben?“

Nach diesem heftigen Rätselwort der Burgfrau blieb es in der Stube sehr still. Ein erschrockenes Mädchenherz pochte wohl wie ein irrsinnig gewordener Hammer; aber das geschah in verschlossener Brust und blieb unhörbar für die anderen. Hildes Augen sahen entgeistert über den Tisch zu dieser unbegreiflichen Frau hinüber, die vor wenigen Minuten noch ein gutes, verständiges und hilfreiches Mütterchen gewesen war und jetzt wie eine schreckenerregende Steinsäule auf ihrem Sessel saß: das feindseligste und gefährlichste Weib der Welt! Hätten Herr Korbin, Frau Scholastika und Herr Melcher einen Blick in Hildes Augen geworfen, so hätten sie reichliche Ursach zum Erstaunen gefunden. Doch sie betrachteten alle drei mit einigem Verwundern nur die säuerlich lächelnde Frau Engelein.

Der Puechsteiner räusperte sich wie bei einem Kitzel im Hals und richtete einen fragenden Blick auf seinen Freund und Bundesgenossen. Der trank, verkleckerte die Hälfte des zornigen Schluckes auf Wams und Strumpfhosen, stellte die tröpfelnde Bitsche nieder und sagte zu seiner Hausehre: „Auf den Buckel bin ich dir noch nie hinaufgestiegen. Ohwohl du mich schon des öfteren dazu eingeladen hast!“

Frau Schligg wurde verlegen, während der Puechsteiner heiter zu lachen begann: „Melcher, jetzt hast du den erlösenden Stoß getan. Die Schlacht ist gewonnen.“ Mit der Weinkanne winkte er spöttisch zur Burgfrau hinüber: „Gelt, Frau Engelein? Wie die Wörtlein klingen, so zählen sie nit. Allweil kommt's drauf an, was sie fertigbringen. Mit redlichem Christenwillen habt Ihr nach meines Kindes baldigem Himmelreich getrachtet. Der Wanderpfaff hat recht gehabt. Jetzt tut sich das selige Pförtlein auf. Und gucket, herzgütige Frau –" Er deutete nach der Stubentür, die sich öffnete. „Flink ist der unschuldsvolle Heilige da, der sich freuen kann!"

Ein Fieberschauer rüttelte den Puechsteiner, als Eberhard mit höfischem Tanzschritt in die Stube trat, gewaschen und gestrählt, voll Unschuld lächelnd, im Schmucke seiner grünroten Sonntagswad.

„Komm, Bub!" Herr Melcher erhob sich. Die am Gürtel hängenden Weintropfen kollerten ihm übers Knie herunter. „Tu deinem holden Bräutlein die Hand bieten! Um der Zeitnot willen soll euer Glück einen Vorsprung kriegen. Mit Zustimmung deiner gütigen Mutter haben wir ausgemacht, daß man euch übermorgen das Beilager rüstet." Er geriet in eine wehmütige Stimmung. „Bub! Was Glück heißt, muß man verdienen. Alle Freud der Menschen hat flinke Füß. Man muß ihr gütig zureden, wenn sie bleiben soll. In Gottes Namen, ihr lieben Kinder, jetzt kommet her, ich will euch segnen!" Bei seiner milden Rührung blieben ihm wohl die Lider trocken, aber sein Bauch glich einem breiten Gesichte, das ohne Augen war und sich doch darauf verstand viele Tropfen fallen zu lassen.

Im Blick des Jungherrn glänzte nach der ersten Verblüffung eine heiße dürstende Freude auf, die ihn merklich verschönte, In dieser strahlenden Befriedigung über die greifbare Nähe des nun siegreich erfochtenen Himmelreiches glich er einem guten, wahrhaft beglückten Menschenkinde. Der wohlgefällige Wandel, der sich in seinem Wesen vollzog, schien sogar auf die steife Härte der Frau Engelein mildernd einzuwirken, während Frau Schligg, der Sorge um den Gatten für einen Augenblick entrissen, alle redliche Freude ihres Muttergefühls in fließenden Tränen erschimmern ließ. Nur Herr Korbin schien dieser allgemeinen Rührung nicht teilhaftig zu werden. Halb aus den Kissen sich aufrichtend, im hageren, vom Fieber erhitzten Gesicht die Zeichen eines heftigen Wundschmerzes, betrachtete er zuerst verwundert, dann in wachsender Sorge sein stummes, blasses Kind.

Wie Hilde sich beim stürmischen Näherkommen ihres Bräutigams vom Sessel erhob, das glich dem erschrockenen Zurückweichen vor einer finsteren Tiefe, vor einer mörderisch anrauschenden Flutwoge. In ihren starren Bewegungen war's wie lallende Sprache eines erwürgten Willens zur Flucht. Als der Jungherr sie berühren wollte, riß sie ihre kleinen Hände bis an den Hals zurück. Verzweifelt irrten ihre Augen zum Bett hinüber. Die paar Wörtlein, die sie sagte, waren nur ein scheues Flüstern. Dennoch wirkten sie wie ein Schrei aus aller tiefsten Qual eines Menschenherzens: „Vater! Das kann ich nit."

Eberhards gelbbefranste Hummelaugen, die noch eben in gieriger Himmelsfreude gefunkelt hatten, guckten ein bißchen dumm in die Welt; wie mit kaltem Wasser begossen, stand er neben dem Tisch. Auch Herrn Melcher schien der Verstand ein wenig aus den Fugen zu geraten. Frau Schligg war erschrocken, daß sie zittern mußte. Und

Frau Engelein, in der bei jäh verwandeltem Gemütszustande der Sorgenmut einer Löwin um ihr Junges erwachte, sprach ein zorniges Wort über den zweifelhaften Segen, den alles Puechsteinische, Mensch und Federvieh, über den Trutzberg ausgoß, und eilte kampfbereit an die Seite ihres ratlos stotternden Sohnes.

Nur Herr Korbin blieb ruhig und fragte ernst: „Was, mein gutes Kind? Was kannst du nit?“

Auch Hildes Antwort hatte ruhigen Klang und war doch wie der inbrünstige Hilferuf einer in bodenlosem Wasser Versinkenden: „Ich kann nit das rote Kränzlein tragen, kann nit essen und nit das Becherlein heben, kann nit lachen und mich freuen, kann nit die Geigen hören und den Reihen tanzen, derweil mein Vater in Schmerzen leiden muß.“

Da lachte Herr Melcher. Nun tröpfelten ihm auch die Augen, nicht nur das Wams und der Gürtel. „Ach geh, du Dummerlein, du liebes! Wir wollen doch nit rauschig werden und dudeln bei deinem Glück. Bloß ein stilles Festlein wollen wir rüsten zu eurer Freud, eh der Seeburger dreinredet mit Feldschlangen und Hakenbüchsen. Wenn's Ernst wird, sollet ihr zwei doch wissen, daß ihr zueinander gehört.“

In Schauder sich zurückbeugend, schlug Hilde den Arm vor die Augen. „Ich kann nit! Ach, Vater Melcher, ich kann doch nit! Und wenn ich drum sterben müßt', ich kann's nit erzwingen von meiner Seel!“

„Jesus, Kindl?“ weinte die Puechsteinerin. „Was ist denn mit dir? Und Frau Engelein sing in galliger Schärfe zu reden an. Sie sprach von Leuten, die nehmen wollen, ohne daß sie was Rechtschaffenes zu geben hätten, erinnerte sich nimmer des Pfaffenstübleins im Burgfried, sondern stimmte ohne Rückhalt ihrem gekränkten Sohne bei, der aus seiner übel verwandelten Himmelreichsfreude eine etwas unzusammenhängende Reihe von stolzen, doch immer noch höfisch bleibenden Worten hervorholte.

Mit der befehlenden Geste eines erfahrenen Schlachtenlenkers streckte Herr Korbin seine Hand über den Tisch. „Ein lützel Ruh, ihr guten Leut! Ich merk', das Mädel ist verschüchtert, und ich will nit fragen, durch was. Frau Engelein, mein' ich, könnt' wissen, was für ein schreckhaftes Mäusl meinem Kind über die junge, saubere Freud gelaufen ist. Lassen wir's gut sein! Das wird sich klären.“ Er sah den Jungherrn an, dessen edel gedämpfter Stolz sich unter diesem funkelnden Blick in eine Mischung von Ärger und Verlegenheit verwandelte. „Das wird sich auch ändern müssen! Den Glücksboden soll man reinlich pflügen, er ist kein Krautfeld, das man düngen darf mit allem Dreck des Tierischen.“ Herr Korbin schob den Tisch von der Bettlade weg, faßte seine Tochter am weißen Leinenärmel und zog sie neben seinem Schoß auf die Kante des Bettes nieder. „So, liebes Kind! Jetzt schau deinem Vater grad und ehrlich in die Augen!“

Langsam hob Hilde das blasse, von tiefem Ernst versteinte Gesichtchen. Die Brauen waren hart zusammengezogen, und die großen Veilchenaugen flehten um Hilfe.

„Kind, was ist in dir?"

„Die Sorg', Vater, und – ich weiß nit, was –"

Frau Scholastika wollte sprechen. Ihr Gemahl wehrte mit der Hand. „Tu jetzt den Schnabel halten, liebe Schligg! Das Stündl, in dem du als Mutter reden mußt, wird kommen." Er strich das dunkle Haargeringel aus Hildes Stirne. „Mir scheint, lieb Kind, in deiner jungen Narretei und Unschuld weißt du noch allweil nit, was das heißt: eines Mannes Weib werden? Kränzlein tragen, Becherlein lupfen, Geigen hören und Reihen tanzen? Das ist es nit. Es ist was anderes, Kind. Und kann das Härteste im Leben eines Weibes werden. Aber auch das Beste, Schönste und Seligste." Er drehte das fieberheiße Gesicht und lächelte. „Gelt, liebe Schligg?"

Die beglückte Puechsteinerin sah nicht das heiße Fieberbrennen in diesem Blick, der fast wie das Abschiednehmen eines Sterbenden war. Sie fühlte nur die Freude über das kostbare Wort, das ihr Mann gesprochen hatte. Und während in den starren Augen der Frau Engelein, die steif und mit dünnen Lippen neben ihrem Sohne stand, ein neidischer Zorn der Armut aufglomm, erglänzte in dem sonst ein bißchen hausbackenen Milchgesicht der Frau Scholastika etwas wunderbar Schönes. Darüber schien Jungherr Eberhard sich zu erheitern, und Herr Melcher, der es gewahrte, wurde ärgerlich: „Du! Lus auf, mit ziemendem Ernst! Was mein Korbi redet, ist ein Heiliges."

Wieder strich der Puechsteiner mit der Hand über die dunkle Lockenfülle seines Kindes. „Die Mutter wird dir alles sagen. Und morgen wirst du mein mutvolles und verständiges Kind sein. Gelt?"

Stumm nickte Hilde. Ihr Köpfchen blieb gesenkt, als läge ihr ein drückender Stein auf dem Nacken.

„Daß ich wund bin und leiden muß, ist wahr. Der Himmel wird ein Einsehen haben und mich genesen lassen von der dummen Läpperei. Deiner Mutter Balsambüchsl und ein paar Fetzen Pechpflaster werden mithelfen. Wenn's Ernst wird, muß ich bei meinem Melcher auf der Mauer stehen. Aber mein Vaterherz ist ganz und heil. Des mußt du nit Sorg haben. Du sollst dich freuen, Kind! Lieber morgen als übermorgen. Daß ich dich sehen soll in einem festen, notfernen Glück und gut geborgen – Kind, das wird mir von allem Pflaster das beste sein und wird mithelfen zu meiner Genesung. Jetzt red, du liebe Maus, die kein schreckhaftes Schwänzl hat? Willst du gescheit sein und deinen Vater gesund machen? Und mich herauslupfen aus aller Sorg' um dich?"

Geschüttelt von einem Schluchzen, das ohne Schrei und ohne Tränen war, umklammerte Hilde den Hals des Vaters. „Ich tu's, ich tu's, ich tu's, mein Vater soll leben, und wenn ich sterben müßt'!"

„Jesus", stammelte Frau Schligg erschrocken, „Kindl, du tust ja dem Vater das Wundbein drucken."

„Das hat mir wohlgetan, nit weh." Herr Korbin lachte und richtete das Köpfchen seines Mädels auf. „Dich spürt man nit. Wie ein Federlein bist du!"

Welch ein Schreck verbarg sich in diesem zärtlichen Wort? Wieder war in Hildes Augen jenes irrende Suchen. Jetzt hatte doch ihr Vater gesprochen, das war doch seine Stimme gewesen: „Wie ein Federlein bist du!" Und immer, immer klang es wieder, klang mit der Stimme eines anderen, im Duft der Heide und beim Gehämmer jagender Hufe: „Wie ein Federlein bist du!"

Ganz heiter wurde der Puechsteiner. „Sterben? Was sagst du, Melcher? Daß die feinen Maidlen, wenn sie aufwachen sollen zum rechten Leben, doch allweil vom Sterben reden müssen! Solche Späßlein machen der Herrgott und das Blut im Menschen."

Über diese fröhliche Weisheit konnte Herr Melcher nicht lachen. Er mußte an ein feines Mädel mit seltenem Namen denken, das vor vielen, vielen Jahren vom Sterben geredet hatte, als es in heimlicher Nacht an seinem Hals gehangen.

„So, Kind!" sagte Herr Korbin. „Jetzt tu dich tapfer aufrichten und tu deinem Brautherrn die Hand bieten! Er ist schon ein lützel ungeduldig und will seinen Mannskuß haben von deinem lieben Schnabel."

Hilde erhob sich so langsam, als lägen ihre Glieder in eisernen Bändern gefangen. Ihre Augen waren erweitert und unbeweglich wie die Augen einer Blinden. Ein schmerzhaftes Lächeln irrte um ihren entfärbten Mund. „Wie Vater und Mutter es haben wollen..." sagte sie leis und streckte die zitternde Hand.

Hastig faßte Eberhard ihre Finger, umspannte ihre Hand, umklammerte ihren Arm, zog die Braut an sich und sprach ein himbeersüßes Wort seines hungrigen Glückes.

„Mit Gottes Will und gütigem Segen!" flüsterte Frau Scholastika in mütterlicher Andacht. Und Herr Korbin hob lachend die Weinkanne: „Komm, Bruder, wir stoßen an auf einen gesunden Trutz, der nit ausbleiben wird!" Auch Herr Melcher lachte, schlang den Arm um seine schweigsame Hausehre, lupfte vergnügt die Bitsche mit der dreifingrigen Hand, kleckerte sehr reichlich und holte ein Bröcklein von dem Latein heraus, das von der Ministrantenzeit seiner Knabenjahre in ihm verblieben war: *"Benedictus, qui venit in nomine Domini!* Den Seeburger mein' ich nit" –

Ein Wehlaut. Er klang wie das dünne Fieberlachen eines kranken Kindes. Und während Hilde unter einem Schauer den Kopf zurückpreßte in den Nacken, erstarrte ihr Blick. In dem heißen Gesichte, das sich zu ihr niederbeugte, sah sie die gleichen schrecklichen Augen, die sie auf dem Taubenturm gesehen hatte.

Die anderen, mitten in ihrer lachenden Freude, vernahmen einen Zornfluch des Jungherrn. Sie wußten nicht, was geschehen war – sie sahen nur, daß Hilde in ihre finstere Stube flüchtete, wie gejagt von einem Höllenschreck. Und Frau Scholastika, in sprachloser Sorge, lief ihrem Kinde nach.

Mit scharfer Stimme sagte Frau Engelein: „Da wird man doch fragen müssen –“ Vor Schreck verstummte sie, flink das Gesicht bekreuzigend, umlodert von einer blendenden Feuerhelle, die in mehrmaligem Aufzucken die Stube taghell beleuchtete, jedes Gesicht einer grünlichen Gespensterlarve ähnlich machte und alles Gerät des Raumes, die Mauern, den Zimmerboden und die Decke in weiß und bläulich wabernde Flammengebilde verwandelte.

Auch die Trutzbergische Ehrenstube, in die sich Hilde geflüchtet hatte, war erfüllt von diesem zuckenden Feuergeloder – und Frau Scholastika, zwischen beiden Räumen auf der Schwelle, sah in diesem grellen Flammenschein ihr Kind auf dem großen Fürstenbett knien, den Oberkörper hingeworfen gegen die Kopfwand des Betthimmels, mit beiden Händen hilfesuchend den Kämmerleinsherrgott umklammernd, den der Schäfer Lien aus der verlassenen Burg des Puechsteiners gerettet hatte.

Alles Helle erlosch, und die geblendeten Augen sahen eine schwarze Finsternis, in der sich die trüb brennende Talglampe nur langsam bemerklich machte.

„Gott sei Lob und Dank!“ sagte Herr Melcher ein bißchen beklommen, „es ist ein kalter Strahl gewesen, der nit gezunden hat.“

Mit Geraffel fiel der Donner aus den Lüften und rollte und dröhnte, daß alles Gemäuer zitterte.

Ritter Korbin brummte: „Jetzt wird der gütige Weltvater unmutig und wirft die himmlischen Milchschüsseln über die Kellerstieg herunter.“

Wieder Blitz und Donner, flammende Helle und ohrbetäubendes Gerassel. Keine Pause mehr dazwischen, Feuer und Dröhnen ineinandergewirbelt, und jetzt ein schweres und dumpfes Rauschen, als hätte irgendwo in der Höhe ein großer See das Ufer auseinandergerissen, um mit seinen Wasserfluten den Trutzberg und die ganze Welt zu ersäufen. Auf den steilen Dächern ein Getrommel wie von Millionen Fäusten; dazu das Gegurgel in den Dachrinnen, das Geplätscher der Wasserspeier, und immer wieder das wilde Zorngelächter des Donners und das blendende Blitzgeloder.

Frau Engelein betete mit lauter Stimme, gefoltert von der Sorge, daß der Blitz in die Eierkörbe schlagen könnte. Herr Melcher und der Puechsteiner sahen einander schweigend an. Sie wußten: dieser Regen löscht die Waldglut, dann werden die Schlangen des Heini von Seeburg donnern, und es kommt die blutige Arbeit beim Brückentor. Keiner von den beiden sprach. Sie reichten einander schweigend die Hände. Und während Frau Engelein sehr hastig das Vaterunser hersagte und sich bei jeder neuen Blitzflamme bekreuzigte, hörte man aus der Trutzbergischen Ehrenstube die Stimme der Frau Scholastika, die sehr aufgeregt zu ihrem Kinde redete. Jungherr Eberhard, in Verblüffung, Zorn und Ratlosigkeit, stand noch immer auf dem gleichen Fleck und guckte mit weit offenen Hummelaugen zur Tür der Ehrenstube hinüber. Nun sah er die

Mutter an und wartete, bis sie mit dem Vaterunser zu Ende kam; bevor sie ein neues beginnen konnte, sagte er rasch: „Wie ist das jetzt? Mit meinem Beilager?“

Ein neuer Blitz bewahrte ihn vor einem Zornwort seiner Mutter; sie mußte sich wieder bekreuzigen, mußte wieder beten.

Unter dem Rollen des Donners erklärte Herr Korbin: „Deine Sehnsucht, Jungherr, wird sich gedulden müssen. Mein Mädel ist wetterscheu geworden. Da ist nichts mehr zu machen heut. Morgen ist wieder ein Tag. Ich sorg' nur, es wird kein guter werden.“ Er wandte sich an den Burgherrn. „Geh, Melcher, und tu dich schlafen legen! Morgen mußt du gut ausgerastet sein!“ Ein eiserner Wille spannte alle Züge seines fieberheißen Gesichtes, „Und ich muß genesen in der heutigen Nacht. Ich will und muß!“

„Gott soll's geben, mein Gesell und Bruder!“ sagte Herr Melcher ernst. „Komm! Da laß uns drauf noch einen festen Trunk tun!“

Frau Engelein betete sehr zerstreut; sie hörte aus der Tiefe des Herrenhauses herauf ein wirres Geschrei der Mägde; und da wollte sie zur Türe laufen.

Eine flammende Blitzhelle. Von dem Schein geblendet, fuhr Herr Melcher beim Griff nach dem Bitschenhenkel daneben. Der hohe Holzhumpen plumpste unter dem Gerassel des Donners auf die Seite, goß die reichliche Menge seines Weines über das Tischtuch hin und schickte noch einen festen Guß in den Perlenschrein der Frau Scholastika.

„Hoi!“ lachte der Puechsteiner und rückte beiseite, um trockenen Grund zu finden.

Sehr erschrocken sah Herr Melcher seine Hausehre an und stotterte: „Tu mir verzeihen, liebs Weibl, es ist nit gern geschehen!“

„So! Ja!“ kreischte Frau Engelein in Zorn und Schadenfreude. „So hat's noch kommen müssen! Jetzt ist der Sauhirt römischer Kaiser worden!“ Unter schrillem Gelächter, das sie mit abgerissenen Worten des Vaterunsers untermischte, lief sie aus der Stube. Bevor sie die Türe zuschlug, konnte sie den Puechsteiner noch heiter sagen hören: „Das Unglück ist nit so groß. Dein Wein, lieber Melcher, ist allweil fein gekühlt. Er wird mir die Hitz meines Fiebers lindern.“

Das Geschrei der Weiber, das Frau Angela vernommen hatte, klang aus der Küche heraus.

Hier mußte die Burgfrau, eine schreckliche Bescherung finden. Man watete auf dem Küchenpflaster bis über die Fußknöchel im schlammigen Regenwasser, das vom Burghof und aus der Söldnerstube heruntersprudelte. Händeringend klagte Frau Engelein, daß sie die liebe, schöne Küche bis an ihr Lebensende nimmer sauber bekäme.

Die alten Weibsleute, die mit Gezappel und Geschrei gegen die Überschwemmung kämpften, trugen die Röcke bis übers Knie geschürzt; was man dabei zu sehen bekam, erinnerte entweder an dürre Bohnenstängelchen oder an fleischfarbene Schmalztöpfe. Nur die rote Pernella, die sich mit verschwollenem Gesicht und in sehr übler Laune an der nassen Arbeit beteiligte, glich im Schatten der gebauschten Röcke dem unteren Viertel einer hübsch und rund gedrechselten Eva. Das war ein Anblick, den Frau Engelein nicht ertragen konnte. In Zorn befahl sie: „Tu deinen Rock hinunter, du Unzüchterin, du ausgeschämte!" Pernella gehorchte stumm, mit einem spöttischen und rachsüchtigen Blick.

Auch bei den Türen des Söldnerhauses gab es schwere Arbeit, um die eindringenden Wasserbäche abzuleiten. Immer hörte man die befehlende Stimme des Kassian Ziegenspöck. Sie klang sehr deutlich. Sein rauher Säuferbaß hatte sich wie durch ein Wunder in ein Organ von auffallender Klarheit verwandelt.

Erst spät in der Nacht, als der Wolkenbruch des erlöschenden Gewitters sich zu einem gleichmäßigen Schnürchenregen milderte, wurde man der Überschwemmung Herr.

Nun hätte Frau Engelein ausatmen können. Doch von der Margaret mußte sie jetzt eine böse Nachricht hören. Innerhalb der kurzen Zeit, die die Schloßhauserin gebraucht hatte, um die Burgfrau vom Abendtische wegzuwinken, war aus jedem der zwanzig Legnester des Trutzbergischen Hühnerstalles das einschichtige Ermunterungsei verschwunden.

Zwanzig Eier! So unverschämt hatte es der rätselhafte Nesterdieb noch nie getrieben. Unter Zorntränen tat Frau Engelein den heiligen Schwur: das gotteslästerliche Naschmaul entdecken zu wollen, ehe drei Tage vergangen wären.

Eintönig rauschte der Regen durch die Nacht herunter, während die edle Burgfrau mit der Schloßhauserin in der Speisekammer beim Schein der Laterne ein geheimnisvolles Werk betrieb. Zwanzig Eier wurden vorsichtig angepickt. Die Margaret mußte mit einem Strohhalm aus jedem Ei den halben Dotter herausblasen. Dann wurde spanischer Pfeffer, durch ein spitziges Trichterchen in das Ei hineingeschüttet, bis es wieder voll war. Das Löchlein der Eischale wurde mit Gipsteig glatt verstrichen, das Ei durch ein unauffälliges Zeichen gemarkt. Und mit diesen bös geladenen Ermunterungseiern mußte Margaret die zwanzig Nester beglücken.

In die eine oder andere dieser Pfefferfallen mußte der Dieb hineintappen. Dann wehe ihm!

Auf solche Weise hatte Frau Angela schon einmal vor vier Jahren eine Eierdiebin entdeckt. Der spanische Pfeffer hatte der Spitzbübin den Schlund und Gaumen zu brennendem Feuer entzündet, und das Naschmaul war aufgeschwollen wie ein Kürbis.

Kapitel 13

Von einer ruhelos drückenden Sorge halb erlöst, begab sich Frau Engelein kurz vor Mitternacht zur Ruhe. Nur zwei, drei Tage noch, und auf der Trutzburg mußte der ungestörte Eierfriede wieder Einkehr halten. Wenn nur erst dieses Nötigste gesichert war! Da würde vielleicht der liebe Gott auch dem Melcher das Kleckern noch abgewöhnen, den Heini von Seeburg zur Vernunft bringen und die Puechsteinischen Blutzecken aus der Trutzburg hinausblasen, vor allem dieses schamlose Weibsbild mit dem Hexenhaar und den unsittlichen Waden! Und dann wird die Erde verwandelt sein in einen Vorgeschmack des Himmelreichs.

Frau Engelein mußte sich freilich sagen, daß die Erziehung des Herrn Melcher Trutz zur Reinlichkeit auch für Gottes Wunderkraft eine fast hoffnungslose Sache wäre. Um so verläßlicher würde sich alles andere ergeben. Der Puechsteiner mit seiner brandigen Wunde hatte doch schon den nahen Tod hinter den weißen Ohren. Dieses Erlösungswunder würde sich vielleicht noch flinker vollziehen als die Entdeckung des Eierdiebes. Das konnte Frau Engelein ruhig übersinnen, wie man an Bohnen und Erbsen denkt. Und war nur erst der unbequeme Puechsteiner nach Gottes sichtlichem Willen erledigt, so wird wohl auch im törichten Melcher Trutz die nötige Vernunft aufzuwecken sein, die ihn zu einem Vergleich mit dem Heini von Seeburg bereden muß. Einem Lebenden die nutzlose Treue halten? In Gottes Namen, Herr Melcher ist nun einmal solch ein Narr! Doch einem Toten gegenüber wird man aller Pflichten der Einbildung ledig. Und mit der Puechsteinischen Witib in ihrer hilflosen Trauer und mit dem zimpferlichen Bräutlein wird Frau Engelein fertig werden. Leicht! Und die rote Pernella wirft man aus der Mauer. Oder man sperrt sie über Nacht zusammen mit einem jungen Knecht in die Stallkammer. Das wird einem Genäschigen im Herrenhause das Wohlgefallen verleiden. Was vor vierundzwanzig Jahren wider das Mädel mit dem seltenen Namen half, das wird auch helfen wider die rote Pernella.

Unter solchen Christengedanken erreichte Frau Engelein ihr eheliches Schlafgemach. Herr Melcher lag bereits in bleiernem Schlummer, nahm die größere Hälfte des Bettes in Anspruch und sägte wie ein Zimmermann.

Beim Schein des Laternchens huschte Frau Engelein noch über die Wendeltreppe in die Firstkammer hinauf, um sich von der einsamen Anwesenheit der roten Pernella zu überzeugen. Das Mädel, mit dem Gesicht gegen die Wand gedreht, heuchelte einen festen Schlaf und mißbrauchte boshaft diese Verstellung, um der neugierigen Burgherrin ohne Hülle zu zeigen, was eine sittsame Jungfrau im Zustand des Wachens zu verbergen pflegt. Nach Frau Engeleins Meinung mußte aber auch der Schlummer noch eine züchtige Sache bleiben. Um das der runden Pernella beizubringen, bedurfte sie keines lauten Wortes. Zur Rettung der Sittlichkeit genügte das heiße Laternenblech. Ein erstickter Schrei. Dann klirrte der schwere Eisenriegel an der Falltüre. Als die tugendhafte Frau in ihrem weiten Schlafkittel stak und das Schlummerhaubchen über die dünnen Haarschwänze gebunden hatte, warf sie durch das Fenster noch einen sorgenvollen Blick in die schwarze, vom Regen durchrauschte Nacht hinaus.

Auf den Wehrtürmen glosteten die Pechfeuer wie große rote Augen. Eisenschritte klirrten über den Burghof, und aus einem Schützengang war die überraschend klare Stimme des Kassian Ziegenspöck zu vernehmen, der zur Mitternachtsstunde die Wachen ablöste.

Er war in guter Laune. Die eigene Stimme gefiel ihm, in seinem Inneren war nicht die leiseste Mahnung von Sodbrennen, und unter dem Strohsack seines Sergeantenbettes hatte er noch zehn Eier für die Stillung neu entstehender Magenschmerzen verstecken können. Auch hatte er zwei Stunden geschlafen, im Bett des Lien, der als Fürmann auf dem Turmboden die Wache hielt. Die Gurke war frisch gefüllt, und der rauschende Regen galt dem Kassian Ziegenspöck nicht als schlechtes Wetter. Das würde wohl noch so weiterpritscheln, wer weiß wie lang. Bis der liebe Herrgott das Himmelreich trockenlegte, hatte man auch Ruhe vor den Seeburgischen. Wenn es den Feldschlangen in die Weidlöcher und auf das Feinpulver regnet, unterläßt man das Schießen. Und auch die tapfersten Helden sind keine Freunde von nassen Hosenböden.

Nach Ablösung der letzten Wache stieg der Sergeant zu dem von rauchigem Zwielicht erfüllten Schützensöller des Brückenturmes hinauf. Die Luft war kühl geworden, und durch die Schießscharten leuchtete kein Glutschein mehr herein. Zwischen den Schützen, die schlafend auf den Holzbänken kauerten, stand Lien mit Hakenbüchse und brennender Lunte bei einem Mauerloch und spähte in die schwarze, rauschende Nacht hinaus. Neben seinen Füllen lag Wulli zu einer zottigen Pelzkugel zusammengeringelt; beim Schritt des Sergeanten hob der Hund den Kopf, schnupperte gegen die Beine des Lien und schob die Schnauze wieder unter den Bauch.

„Was Neues, Bub?“

Ein bißchen verwundert über die sanfte, klare Stimme des Kassel schüttelte Lien den Kopf. „Die guten Herrenleut können schlafen ohne Sorg. Die Nacht hat Ruh.“ Seine leisen Worte waren wie das Flüstern eines Träumenden. „Die Feindesleut rühren sich nit. Bloß weit da draußen ist hinter Stauden und unter Dach ein Feuer.“

„Wo?“ Der Sergeant trat zur Scharte hin.

Lien deutete: „Da draußen! Ich schätz' vierhundert Gäng.“

„Wo, Bub? Ich seh'nichts.“

„Den großen, schwarzen Brocken? Den mußt du doch sehen?“

„Mir ist alles schwarz.“

„Das ist ein mächtiger Stein oder eine Schanz. Daneben, zur Rechten, sind die Stauden. Und hinter den Stauden, unter einem Dächl, glostet das Feuer! Siehst du's nit?“

„Ich seh' bloß ein lützel was Milchiges.“

„Das ist der Feuerschein im Regen. Beim Feuer sind vier Leut. Und guck, jetzt kommt ein Fünfter dazu!“

„Hol's der Teufel, ich nimm's nit aus. Bub, du könntest als Wappenvieh auf unseres Herren Helm hocken. Augen hast du wie eine Katz!“ Kassel drehte das abgelaufene Dreistundenglas um, das in einer Mauernische stand. Nachdenklich betrachtete er den dünnen Sandfaden, der im Uhrglas zu fließen begann, und sagte mit herzlicher Milde: „Bub, jetzt kannst du schlafen, bis der Jungherr die Frührund macht. Geh hinüber und streck dich auf dein Bett. Aber hock dich nit aufs meinige. Das hat Eierfarb.“

„Laß mich bleiben! Auf dem Boden lieg' ich grad so gut. Und meinen Kopf kann ich dem Wulli auf den Buckel legen.“

„Meinetwegen! Es ist mir auch lieber, du bist in meiner Näh. Ich hab' Wein in mir, und du hast Augen. Da machen wir selbander einen ganzen Menschen aus.“

Lien legte den Eisenhut ab, wickelte sich in den braunen Söldnermantel und streckte sich auf die Bretter hin. „So, Wulli, jetzt mußt du geduldig sein!“ Mit der Hand den geweihten Petersgroschen an seinem Hals umschließend, schmiegte er die Wange in das Fell des Hundes und drückte die Augen zu.

Wulli hob die Schnauze. Behaglich war ihm die Sache nicht. Doch als er gegen Ohr und Haar des Jungsöldners hingeschnuppert hatte, bewies er, daß ein ruhiges, jedem Zweifel entrücktes Glück aus den Augen eines Tieres reden kann. Er wußte: was da schwer und warm in seinen Haaren lag, das war unleugbar der Kopf seines Schäfers.

Sooft sich einer von den schlafenden Schützen bewegte, knurrte Wulli, und seine Augen funkelten.

Manchmal juckte ihn das Fell. Er hätte sich gern gekratzt. Doch er tat es nicht, sondern machte nur symbolische Bewegungen mit dem rechten Hinterfuß, so zart, daß der schlummernde Jungsöldner davon nicht erwachte. Und die Flöhe, die den Wulli quälten, ließen den Lien in Ruhe. Der hatte jenes gesunde Blut, das allem Ungeziefer mißliebig ist.

Sehr unbehaglich schien auf Wullis Nase die Nähe des säuerlich duftenden Kassian Ziegenspöck zu wirken. Sonst aber gab der Sergeant dem Hunde keine Veranlassung, mißtrauisch zu werden. Fast regungslos, wie eine hölzerne Säule, die zwei gespreizte Beine hat, stand Kassel mit Hakenbüchse und glimmender Lunte bei dem Guckloch und betätigte die seltene Kriegsmannskunst: zu wachen, mit scharfen Sinnen zu lauschen und dabei doch zu schlafen. Auf die Minute erriet er's, daß die Dreistundenuhr abgelaufen war. Er ging zur Mauernische, drehte das Sandglas um und stellte sich wieder auf seinen Schlafwachposten.

In dicken Schnüren fiel der Regen herunter. Das erste matte Zwielicht des Morgens war erfüllt vom Traufengeplätscher und vom schönen Rauschen der angeschwollenen Talbäche. Regen, Gewölk und Nebel verzögerten das klare Erwachen des Tages. Erst gegen die fünfte Morgenstunde, als es im Burghof, in den Losamenten und in Frau Engeleins Küche schon rührsam wurde und auf dem beschädigten Taubenturm das Geflatter begann, erhellte sich das trübe Grau. Nun konnte auch Kassian Ziegenspöck durch den Schleier des Regens erkennen, was Lien in der finsteren Nacht gewahrt hatte. Hinter dem grauen, von verkohlten Baumstrünken durchsetzten und von Wasserfäden überrieselten Aschenfeld des niedergebrannten Burgwaldes lag der „große Brocken“: eine Schlangenschanze der Seeburgischen. Daneben die Stauden und das Dächlein, unter dem das erlöschende Wachtfeuer rauchte. Aus fernem Buschwerk guckten Zeltspitzen des feindlichen Gelägers heraus. Ein Kriegsmann in blankem Helm und mit wehendem Mantel stand auf der Schanze und schien den Trutzbergischen Brückenturm zu mustern. Ob's der Heini von Seeburg war? Und an die hundert Leut gruben und schaufelten an einem Wegbau. Die hatten ein sicheres Arbeiten. Über vierhundert Gänge reichte keine Armbrust und keine Hakenbüchse. Und die Kugeln der Turmschlangen mußte man sparen für bedrohliche Stunden.

„Gotts Teufel!“ murrte Kassel und nahm zur Schärfung seiner Sinne einen pfleglichen Schluck aus der Gurke. Er wollte den Lien wecken. Der schlief so fest, daß Kassian Ziegenspöck barmherzig wurde. Er rüttelte einen von den Schützen auf: „Geh, du! Und sag dem Jungherren die Frührund an!“ Seine Stimme klang viel rauher als in der Nacht; die mildernde Wirkung der Eidotter begann zu versagen.

Der Schütz rannte zum Herrenhaus hinüber, brauchte aber den Jungherrn nimmer zu wecken. Der kam schon in seinem klirrenden Eisen über die Treppe herunter, verdrießlich, mit übernächtigen Augen. Die Gewitterscheu seiner Braut und Seelengattin hatte ihm eine ruhelose Nacht verursacht. Vielleicht hatte ihm auch der Gedanke an das schuldlose Leiden der roten Pernella die Ruhe gestört? Wenigstens glänzte in seinen mißmutigen Hummelaugen ein wohlwollendes Erbarmen auf, als er das hübsche runde Mädel gewahrte, auf dessen Hals und Wangen der ungerechte Zorn der Frau Engelein eine rosige Färbung zurückgelassen hatte.

In der Halle saßen fünf alte Mägde und das Weib des Jägers auf einer Bank, um das Austragen der Frühmahlschüsseln und Weinkrüge abzuwarten, die in der Küche unter Frau Engeleins Aufsicht gefüllt wurden. Nur Pernella stand. Sie vermied das Sitzen, weil sie eine Brandblase hatte. Als Eberhard an dem Mädel vorüberging, winkte er heimlich mit den Augen.

Leis lachend spähte Pernella in die Küche, zuckte das rote Zungenspitzchen gegen Frau Engelein und huschte auf dem gleichen Wege davon, den Eberhard genommen hatte. Sie erreichte den Jungherrn am Fuß eines dunklen Trepppleins, das zu einem Schützengang hinaufkletterte. Eberhard saß auf einer Stufe. Er hatte, weiß Gott, keine bösen Absichten, wollte nur gerechtermaßen durch Freundlichkeit ein bißchen gutmachen, was seine Mutter in Ungerechtigkeit verschuldete. Gütig faßte er Pernella um die Hüfte und wollte das rote Federspiel auf seinen Schoß ziehen. Gegen das Sitzen sträubte sich Pernella. Sonst aber ließ sie sich in ihrer Rachsucht wider Frau Engelein mancherlei gefallen und hing am Halse des Jungherrn, ohne vom Sterben zu reden. Doch plötzlich schrie sie sehr heftig auf und lief davon, erschrocken über den eigenen Schrei. Weil Eberhard von der Brandblase, die er unwissentlich etwas derb behandelt hatte, nicht die geringste Kenntnis besaß, glaubte er, in Pernellas unerklärlichem Verhalten eine Mißachtung seiner wertvollen Persönlichkeit erkennen zu müssen und geriet darüber in sehr gereizte Stimmung.

Unter dieser üblen Laune hatten die Söldner und Hörigen im Schützengang zu leiden. Ein Puechsteinischer sagte mahnend: „Jungherr! Wenn Feindsleut vor der Mauer liegen, redet ein kluger Ritter gütig mit seinen Knechten.“ Die Antwort war ein Hagel berserkerischer Flüche. Eberhard drohte mit Block und Rutenhieben. Im gleichen Ton ging die Runde weiter. Obwohl alles war, wie es am verwichenen Abend gewesen, mißfiel dem Jungherrn jedes Ding, das er beschaute. Seine üble Laune kam zu jähzornigem Ausbruch, als auf dem Schützensöller des Brückenturmes der vom Kissendienst erlöste Wulli sehr unfreundlich gegen die Trutzbergischen Schienbeine losknurrte.

„Gotts Tod!“ kreischte Eberhard. „Schmeißt das fremde Hundsvieh über die Mauer hinunter!“

Erschrocken haschte Lien seinen Hund beim Hals und stammelte: „Verzeihet, guter Herr! Ein Tier ist unvernünftig. Wer es futtert, ist ihm lieb. Die anderen kennt es nit. Nichts für ungut. Ich will ihm beibringen, was Ehrfurcht vor den Herrenleuten heißt.“ Seine Stimme wurde streng. „Gelt, Wulli? Jetzt wirst du Fried halten!“ Er schob den Hund auf eine Weise, die ihm die Notwendigkeit lautloser Ruhe flink verständlich machte, unter eine Holzbank und warf seinen Mantel dazu.

Wulli muckste nimmer. Doch Eberhards Ärger blieb ungemildert. „Der Hund muß fort! Schäfer, hast du keine Ohren? Hörst du nit, was ich sag'?“

Lien war bleich geworden. Und Kassian Ziegenspöck, der die Hakenbüchs und den Luntenzagel fortlegte, bekam einen sehr langen Hals und hatte so steife Augen, als begänne in ihm das nüchterne Elend. „He da, Leut!“ schrie Eberhard die Schützen an, die straff an der Mauer standen. Wullis Erdenwallen schien erledigt zu sein. Aber ehe Lien in seinem langsamen Denken und der Sergeant in seiner Gewohnung an Gehorsam und Kriegsgesetz ein hilfreiches Wort zu finden wußten, rettete dem Wulli ein Zufall das Leben.

Als Lien sich beim Haschen und Verwahren des Hundes niedergebeugt hatte, war ihm der vergoldete Petersgroschen an dem grün und gelb gedrehten Seidenschnürchen aus dem Küraß herausgeglitten. Nun gewahrte der Jungherr die glitzernde Münze, sah sie mit steifglänzenden Augen an und vergaß des Schäferhundes. War das nicht die gleiche Weihmünze, die er seit Jahren immer am Hälslein seiner Himmelsgattin und Braut gesehen hatte? Und war's nicht die gleiche Seidenschnur in den Puechsteinischen Farben?

„Schäfer, was hast du an deinem Hals?“

Kassian Ziegenspöck und die Schützen, die dem Wulli gewogen waren, atmeten auf. Sie wußten, daß beim Jungherrn das Vergessen wie der Zorn eine schnelle Sache war.

Eberhards Stimme wurde scharf. „Red, Schäfer!“

Noch immer schwieg der Lien. Er schien aus seinem Sorgenschreck um den Hund zu erwachen und ein anderer Mensch zu werden. Sein Gesicht bekam harte Züge, und die Augen wurden ernst. Dabei streckte sich seine schlanke Jünglingsgestalt im Eisen, wie ein mutiger Mensch sich ruhig aufreckt, wenn er die Nähe einer Gefahr empfindet. Die Linke klammerte er um den Schwertgurt, mit der Rechten schob er die Münze hinter den Küraß und ließ die Hand da liegen.

„Was du an deinem Halse hast, frag' ich?“

„Was mein ist.“

Der Jungherr streckte die Hand. „Den Groschen will ich sehen. Gib ihn her!“

Lien trat einen Schritt zurück. „Das tu' ich nit. Mein Blut und Leben ist Euer, Herr! Das Ding an meinem Hals ist mein.“

Die Schützen guckten den Lien verwundert an, und Kassel tappte nach der Gurke, als hätte er einen Schluck zur Auffrischung seines Verstandes nötig; er trank aber nicht.

Dem Jungherrn trieb der Zorn eine dunkle Blutwelle ins Gesicht. „Du? Hast du den Groschen in der Burg gefunden?“

Lien blieb stumm, einen ruhigen Glanz in den Augen. Statt seiner sagte Kassel unter einem steifen Sorgenblick: „Herr, das ist nit so! Der Bub hat das Ding schon um den Hals gehabt, wie ich ihm den Schäfer ausgezogen und die Söldnerwad an den Leib getan hab'.“

„Es redet, wer gefragt ist.“ Eberhards Stimme wurde dem ungerechten Zornlaut ähnlich, mit dem Frau Engelein zu Pernella geredet hatte. „Schäfer? Hast du den Groschen gestohlen?“

Lien, immer mit der Hand am Halse, sah den Jungherrn ruhig an und schwieg. Seine sonnverbrannte Stirn wurde noch dunkler und bekam eine tiefe Furche. Dabei lächelte er.

Wie ein Verrückter schimpfte Kassian Ziegenspöck mit seiner rauhgewordenen Stimme: „Bub! Du dummes Luder! So red doch ein Wörtl! Jedweder weiß, du bist eine redliche Haut. So sag halt, was mit dem Gröschl ist! Gelt, das hast du von deiner seligen Mutter?“

Lächelnd drehte Lien das Gesicht zum Sergeanten hinüber. Im gleichen Augenblick tat Eberhard einen flinken Griff und riß dem Jungsöldner die Seidenschnur mit der Weihmünze vom Hals.

In der Kehle des Lien ein erwürgter Schrei. Mit erhobenen Fäusten sprang er auf den Jungherrn zu, der erblassend zurückwich und nach seinem Eisen griff. Ein Besinnen schien über den Lien zu kommen. Und die Schützen und Kassel faßten ihn um den Leib und an den Armen. „Bub? Du Narr!“ keuchte der Sergeant in Verdruß und Kummer. Unter der Holzbank hatte Wulli sich erhoben, zitternd, die Oberlippe von den Zähnen weggezogen. Ein stummer Blick seines Herrn zwang ihn wieder auf den Mantel hin.

„So einer bist du?“ sagte Eberhard mit dünnem Lachen. Langsam kehrte seinem Gesicht die Farbe zurück. Die Münze betrachtend, deren zerrissenes Seidenschnürchen ihm zwischen den Fingern hing, trat er auf eine Schießscharte zu. Schweigend sah er eine Weile durch den strömenden Regen nach dem Aschenfeld und zu der Schlangenschanze der Seeburgischen hinaus. Ohne den Kopf zu drehen, sagte er: „Kassel! Bist du gestern so nüchtern gewesen, daß du vergessen hast, deinem Lehrling beizubringen, was Zucht und Ordnung unter Sold und Kriegsnot ist?“

Kassian Ziegenspöck rüttelte den Lien. „Bub! Jetzt mußt du reden. Hab ich dir Gehorsam und Zucht gepredigt?“

Lien nickte. „Wohl!“

Der Jungherr ging auf ihn zu. „So wirst du wissen, was dir zusteht.“

Wieder nickte Lien. Immer hing sein Blick an Eberhards geschlossener Faust.

„Serjant!“ Der Jungherr schmunzelte. „Man soll ihm zwanzig auf den Buckel geben. Wer gnädig sein wollt', soll mich ungnädig finden. Was weiter geschieht, das wird ihm mein Vater sagen.“ Er sah die Münze wieder an und ging davon, um die Runde durch die nördlichen Schützengänge und Türme zu machen.

Als Eberhards Schritt verhallte, klagte Kassian Ziegenspöck: „Du Narrenschüppel! Was ist denn mit dir?“

„Tu nit fragen, ich sag's nit!“ Lien atmete tief. „Soll's sein wie's mag! Rauben dürfen auch die Herren nit. Mein Gröschel krieg' ich wieder.“

„Was anderes, kriegst du aber auch noch! Viel flinker als dein seltsames Gröschlein.“ Kassel mußte die Gurke hervorholen, um seine schwachwerdende Seele zu festigen. „Es muß geschehen, Bub! Tu deine Hände her. Wir müssen dich binden.“

„Ist nit nötig, Serjant!“ Lien lächelte, in den Augen einen Glanz, als hätte er süßen Wein getrunken. „Ich geh' mit dir und will sein wie mein Lämmlein Silberweiß. Bloß den Wulli muß ich anriemen. Der tät' den Strafknecht beißen, wenn er losprügelt auf mich.“

Kassel und die Schützen guckten, als wäre der Bub ein unverständliches Wunder.

Ruhig stülpte Lien seinen Eisenhut über den Schädel, nahm den Mantel um und faßte den Wulli bei den Halszotten. „So, Serjant! Ich bin fertig. Komm!“

Kassel befahl einem Schützen: „Bis ich komm', bist du Fürmann!“ Auf der Stiege drückte er seine Faust gegen die vom Küraß umschlossene Magengrube. „Gotts Teufel! Das saure Elend hebt schon wieder an!“ Seinen Kummer um den Buben, seinen verschluckten Zorn – alles schob er auf das Sodbrennen.

Als die drei – Lien, Wulli und der langsamere Kassel – im Burghof durch den Regen sprangen, liefen die alten Mägde mit Frühmahlschüsseln und Weinkrügen zu den Losamenten.

In der Sergeantenstube legte Lien das Eisen ab. Auch das Wams. Den Hund schnallte er mit dem Schwertgurt an den Fuß seiner Bettlade. Wulli liebte das nicht: am Riemen zu hängen. Dennoch gebärdete er sich, als möchte er vor Freude irrsinnig werden. Weil Lien jetzt nur noch das Hemd und die, Strumpfhosen trug, erkannte Wulli mit völliger Sicherheit: Das ist doch mein Schäfer. Nicht nur der Kopf da droben, auch alles andere ist gutriechender Schäferleib! So närrisch wurde der Hund, daß Lien darüber lachen mußte: „Ein Glück, daß der Wulli nit weiß, was mir zusteht.“

Kassel kam unter seinem Bett herausgekrochen, mit frisch geladener Gurke. „Komm, Bub! Jetzt bin ich auch fertig.“

Die beiden verließen die Stube, und hinter ihnen blieb das Gewinsel des Hundes. Da fragte Kassian Ziegenspöck: „Du? Eier wird der Wulli nit fressen? Gelt, nein?“

„Doch! Die mag er gern. Im Bruch ist er allweil hinter den Kiebitznestern und Entenlöchern her wie der Teufel.“

„Gotts Not!“ Kassel überlegte. „Geh derweil hinunter in die Strafstub'. Ich komm' gleich.“ Er tappte in die Stube zurück – und richtig, Wulli schnupperte schon an der Bettlade des Sergeanten. „Höi, liebs Hundl! Du hast nit Sodbrennen und brauchst keine linde Stimme nit zu haben.“ Kassian Ziegenspöck soff hurtig die zehn ersparten Eier aus, die er im Strohsack verwahrt hatte, und warf die zerknüllten Schalen ins Ofenloch. Dann stieg er hinunter zur Strafstube, die zwischen den Kellergewölben des Söldnerhauses lag. Handhoch stand hier das eingeronnene Regenwasser auf dem Pflaster. Kassel sagte mit sehr linder Stimme: „Ui, da nässelt's aber!“

„Ein lützel, ja!“ brummte der Strafknecht, ein mürrisches Mannsbild. „Da brauch' ich heut den Boden nit aufwaschen, wenn's rot hinuntertröpfelt.“ Er brach von einem Birkenzweig das dünne Ende herunter. „Wieviel kriegt er?“

Der Sergeant deutete zweimal mit den zehn Fingern.

„Da muß man ihn an die Stang binden.“ Der Knecht prüfte die Rute. „Sonst fallt er um.“

„Wird nit geschehen“, sagte Lien, während er das Hemd über den Kopf herunterzog. „Ich spreiz' die Füß auseinander und krall' mich an die Stang.“

„Ist nit der Brauch!“ murrte der Strafknecht.

„Laß den Buben!“ Kassian Ziegenspöck schien an einer Anwandlung von Nüchternheit zu leiden. Immer tunkte er mit dem Kopf, während er den schönen, von der Sonne gebräunten Rücken des Lien betrachtete. Ganz fein und zart wurde seine Stimme: „Alles auf der Welt hat einen Schaden. Und da ist ein Stückl Fleisch, das keinen Makel nit hat. Und das muß man mit Ruten in Fetzen reißen. Es ist ein Elend. Wenn unser Herrgott die nächste Welt macht, muß er sich mancherlei Sachen ein lützel besser überlegen.“

Lien hatte mit beiden Fäusten die Stange gefaßt, die von der Decke zum Boden ging, und spreizte die Beine. „So, Mensch, fang an! Wir zwei müssen bald wieder auf den Turm.“

Der Strafknecht stülpte den Hemdärmel hinauf.

Da sagte der wankende Kassel leis: „Nimm vier Rütlein auf einen Bund!“

„Ist nit der Brauch.“

„Tu's! Ein Bischof bist du auch nit. Und ich bin Serjant. Wer weiß, wie bald du mir unters Messer kommst?“

„Befiehl's halt!“ maulte der Knecht und griff nach den drei anderen Ruten.

„Befohlen ist's! Vier Rütlein auf einen Bund. Da ist's geschehen im fünften Streich. Und zwanzig sieht man. Soll einer zählen, wie er mag.“ Mit seiner haarigen Geierhand strich Kassian Ziegenspöck zärtlich über die nackte, blanke, straffe Schulter des Lien. „Tu fest bleiben, Bub!“

Lien nickte. „Ich bleib's. Laß anheben!“

Der Strafknecht hob die Ruten.

„Wart noch ein lützel!“ Der Sergeant faßte den Arm des Knechtes. „Ich muß mich stärken.“ Er soff die ganze, frischgefüllte Gurke aus, drehte die wässerigen Augen fort und brüllte: „Hau zu in Gottes und aller Heiligen Namen!“

Pfeifend sauste der erste Streich herunter.

„Viere!“ zählte Kassian Ziegenspöck.

Dem Lien war nicht der leiseste Laut durch die Zähne gefahren. Unbeweglich stand er an die Stange geklammert. Vier rötliche Striemen. Kein Tropfen Blut. Die blanke, von der Sonne gekochte und vom Regen gegerbte Haut hatte standgehalten.

Es klatschte. „Achte!" zählte Kassian Ziegenspöck.

Vier neue Striemen. Und wo sie sich mit den anderen kreuzten, sickerte in feinen Tropfen das gesunde, mohnrote Blut hervor. Lien stand unbeweglich; nur die Waden zitterten ihm unter den Strumpfschläuchen; und ganz leise sagte er immerfort durch die Zähne: „Mein Silberweißlein, mein Silberweißlein, mein Silberweißlein, mein Silberweißlein ..."

Die Ruten pfiffen.

„Zwölfe!" zählte Kassian Ziegenspöck.

Jetzt konnte man die Striemen nimmer zählen. Der Rücken des Lien war verwandelt in eine Sache, die aussah wie ein Mohnfeld in weiter Ferne. Ein heißes Lachen. In den weit geöffneten Jünglingsaugen ein Glanz wie von brennender Trunkenheit. Seine Fäuste klammerten sich um die Stange, daß ihm die Knöchel weiß wurden. Und unter diesem heißen Lachen immer das gleiche Wort: „Mein Silberweißlein, mein Silberweißlein!" Und dazu mit erlöschenden Lauten noch dieses andere: „Du feines, du liebes, du herzsüßes Dinglein."

Die Ruten sausten herunter und klatschten im Blut. Rote Tropfen sprühten auf.

Lien wurde stumm und taumelte. Die eine seiner Hände glitschte von der Stange weg. Gleich fing er sich wieder.

„Zwanzig!" brüllte Kassian Ziegenböck. „Aus ist's!"

Der Strafknecht sah ihn verwundert an, und der wankende Jungsöldner lallte: „Serjant, du hast dich verzählt."

„Zwanzig!" brüllte Kassian Ziegenspöck zum anderenmal. „Die Straf ist gegeben, die Buß ist aus. Ihr Schöpsen! Ich bin der einzig', der nüchtern ist und Gemerk hat und zählen kann." Er faßte einen von den beiden Wasserkübeln, die bereit standen, und leerte ihn über den Rücken des Gebüßten aus, nahm das Hemd des Lien, tauchte es in den anderen Eimer, rang das Wasser heraus, legte das naßkalte Linnen über die Wunden und band es dem Lien mit den Ärmeln um die Brust herum. „Komm, lieber Bub! Ich führ' dich hinauf."

Lien stand unbeweglich, mit geschlossenen Augen, und sagte leis: „Ein lützel tu warten. Ich muß nur ein paarmal schnaufen. Nachher seh' ich schon wieder." Man hörte das Rauschen des Regens, und schweigend patschte der Strafknecht durch das schmutzige Wasser davon, das spannenhoch über dem Pflasterboden der Bußstube lag. „So!" Lien nickte. „Jetzt komm, Serjant!"

„Tu dein Hemd an den Ärmeln heben, daß es fest anliegt und nit rutscht!“

Die beiden stiegen über die dunkle, steile Wendeltreppe hinauf. Als sie zu einem Absatz kamen, sagte Kassel: „Tu rasten, Bub, und schnauf!“

„Wär' nit nötig!“ sagte Lien, blieb aber stehen und atmete tief. „Kassel?“ Man hörte aus diesem flüsternden Wort ein Lächeln heraus, das man bei der Dunkelheit des engen Mauerschachtes nicht sehen konnte. „Jetzt weiß ich, was ich mir nie hätt' denken trauen.“

„Was denn, Bub?“

„Daß es ein leichtes Ding ist, um der himmlischen Jungfrau wegen ein seliger Marterer werden. Bloß glauben muß man und leiden in Freud.“ Ein schwellender Atemzug. „Ich glaub', Kassel! Und soll es einmal ans Leiden gehn, so will ich es tun mit Freuden.“

„Ach, du Narr!“ brummte Kassian Ziegenspöck. „Aber ein Glück ist's, daß ich heut kein Seliger bin. Da tät' ich schimpfen und fluchen im Himmelreich. Auf der Welt muß ich das Maul halten. Komm!“

Als die beiden in die Sergeantenstube traten, begann Wulli am Schwertriemen unter Gekläff und Gewinsel einen Jubeltanz.

„So, Bub! Hock dich her da! Auf mein Bett! Daß der Hund nit an dich ankann. Ist ein gutes Vieh. Aber besser als Hundslieb' ist Sauberkeit. Also? Hockst du gut?“

Lien nickte.

„Legen därfst du dich nit.“ Kassel beschaute den Rücken des Lien. Ein bißchen kam ihm das Gruseln. Doch ruhig sagte er: „Ist nit so arg. Ein Bröselein tröpfelt's noch. Ich bind' dir das Hemd als Blutfang um den Hosenbund herum. Aber wart! Erst muß ich die Gurk füllen. Mir nüchtert's ein lützel.“ Er kroch unter die Bettlade. Als dieses Notwendige erledigt war, drehte er das nasse, rotgetränkte Hemd zu einer Wulst zusammen und band sie dem Lien um die Hüften. „So! Jetzt bleib' so hocken, bis das Blut dürr wird. In einem Stündl komm' ich und tu, was sein muß. Da kannst du morgen wieder auf der Mauer stehen.“

Lien drückte seine Wange an die haarige Geierhand des Söldners und sagte: „Vergeltsgott, Mensch!“

„Geh, du!“ Kassel lachte und bürstete mit der Hand über das kurze Haar des Lien. „Dich mag ich, weißt.“ Wieder lachte er. „Ist schon wahr: wenn ich die runde, rote Pernella wär', mich könntest du haben auf der Stell.“

Da hob der Jungsöldner die heißglänzenden Augen und sagte ernst: „Ich tät' nit mögen.“

„Ui, guck, wie heikel der Grashupfer ist.“ Und lachend ging Kassian Ziegenspöck davon.

Lien saß unbeweglich auf dem Sergeantenbett, den Rücken gekrümmt, mit aufgezogenen Knien, die Arme draufgelegt, mit der Stirne auf seinen Händen.

Vor der anderen Bettlade hing Wulli am gespannten Schwertgurt, als wäre das Bett ein Wagen, den er ziehen müßte. Der Wagen ging nicht von der Stelle, und wie sich Wulli auch streckte, er konnte den Lien mit der Schnauze nicht erreichen. Winselnd klappte er die Ohren herunter und stellte sie wieder auf und windete und schnupperte da hinüber, wo sein Schäfer so gesund und köstlich duftete wie noch nie.

Das Winseln des Hundes ermunterte den Lien. Er legte das Gesicht auf die Wange, daß er den Wulli sehen konnte. Und lächelte immer. Und fragte leis und geheimnisvoll: „Wulliwulli? Bist du klug? So sag mir, wer mein Silberweißlein ist? Mein Edelfräulen Silberweiß? Red, Wulli. Weißt du das?“

Wulli schien der Meinung zu sein, daß man bei aller geistigen Arbeit sitzen muß. Er ließ sich auf die Hinterseite nieder, streckte den Hals und machte die Ohren spitz. Eine wundervolle Klugheit funkelte in seinen Lichtern.

Da lachte Lien. „Tu dein gescheites Köpfl nit plagen. Wer mein Silberweißlein ist, das weiß nur einer. Der sagt es nit.“ Er schloß die leuchtenden Augen und beugte wieder die Stirn auf seine Hände.

Kapitel 14

In der Trutzbergischen Ehrenstube, in der es nach Wachs, Wacholder und Lavendel roch und nach einer jungen, frischen, warmen Menschenblume duftete, lag noch ein graues Zwielicht um den Brokathimmel des großen Fürstenbettes. Ein Bilderteppich hing über die Scheiben des Erkers herunter und ließ von dem trüben Regenmorgen nur eine matte Helle hereinglimmen.

Draußen das Gurgeln und Plätschern eines Wasserspeiers. Aus der anderen Stube klang durch die geschlossene Tür undeutlich die laute, erregte Zwiesprach, die der Puechsteiner und Herr Melcher um Dinge der Verteidigung miteinander hielten, während sie gemeinsam das Frühstück genossen.

Auch in der Ehrenstube, auf einem Stühlchen neben dem Bett, stand eine Zinnplatte mit Milch und Honig und Weizenbrot. Alles noch unberührt. Von den beiden, die in der Stube waren, dachte keines an Hunger und Speise.

In dem träumenden Zwielicht keine Stimme, kein Laut. Nur der leise Hauch beklommener Atemzüge.

Frau Scholastika, von der Dämmerung umwoben wie von einem grauen Schleier, saß gebeugt auf der Kante des Bettes, in einer wirren Glücksbetäubung und dabci durchzittert von der Sorge um ihren Mann. Er hatte eine böse Fiebernacht mit Ungeduld, mit derben Lebenswünschen und eigensinnigem Genesungswillen überstanden und immer von einer nötigen Kur geredet, die so grausam und schrecklich war, daß Frau Schligg lieber sterben wollte als solchen Wahnsinn geschehen lassen. Ihr Korbi war doch nur verwundet von einem blanken Eisen, nicht gebissen von einem tollen Hund. Und zu dem herzlähmenden Schreck, den sie übertauchen mußte, hatte er noch lachen können, als wäre ihr Jammer ein drolliges Fastnachtspiel. Ach, manchmal verstand sie ihren Korbi nicht. Je heißer sie ihn liebte, je tiefer sie sich sorgte für ihn, um so weiter rückte er weg von ihr. Seiner Nähe war sie nur sicher, wenn er sie in seinen Armen hielt und ihren Körper umschraubte, daß ihr vor Schmerz und Seligkeit fast die Sinnen schwanden. Und als er sie beim Ergrauen des Morgens von seiner heißen Brust hinübergehoben hatte in das kühlgebliebene Drittel des Perlenschreins, da hatte er mit seinem unbegreiflichen Lachen gesagt: „Jetzt wirst du doch wissen, wie du mit unserem Mädel reden mußt. Geh, Schligg! Und bring' mir die Botschaft, die ich hören will. Es eilt ein lützel, daß unser Kind eines notfernen Lebens sicher wird.“ Nach diesen fröhlichen Worten hatten seine glänzenden Augen wunderlich ernst geblickt, beinahe traurig. „Ihr Glück muß die Trutzburg sein. Was dreingeht, wird schmecken wie überständiges Kletzenbrot. Könnt' ich's ändern, ich tät's. Geh, Schligg, und lüg das liebe Mädel mit allem an, was für dich eine süße Wahrheit ist.“

Nun hatte Frau Schligg am Bett ihres Kindes geredet, fast eine Stunde lang, und sie selber wußte nimmer, was. Ihrem flüsternden Wirrsal von Sorge, stolzer Seligkeit und verlegener Scheu hatte Hilde stumm und mit groß geöffneten Augen gelauscht, klein zusammengehuschelt unter der Seidendecke des mächtigen Bettes, in dem sie lag wie ein Mäuschen in der Haferkiste. Schon seit einer Weile wartete Frau Scholastika auf eine Antwort ihres Kindes. Hilde schwieg noch immer, brennende Scham auf den Wangen, in den blauen Augen einen ungläubigen Schreck und ein wachsendes Grauen.

„Kind?“

Da stützte sich Hilde aus den Kissen auf, ihr Blick irrte in diesem grauen Zwielicht umher, und wie eine Träumende, die gequält wird von bösen Bildern, redete sie ins Leere: „Der Kaiser und die Kaiserin, der Herzog und die Herzogin, ein jeder Mann und seine Frau? Das hab' ich ihn sagen hören. Ich weiß nimmer, wann. Was hat's mich angegangen? Nur weil er sagte: Mutter und Vater ...“ Ihre leise Stimme wurde wie ein erwürgtes Schreien: „Mutter, da hat mir gewidert vor ihm.“

„Kind?“ stammelte Frau Schligg. „Ich versteh' dich nit.“

Mit beiden Händen umklammerte Hilde den Arm der Mutter. „Ich kann's nit glauben, ich mag's nit denken – Mutter, Mutter, sind wir Menschen denn nit ein besser Ding als die Ziegen und Ferken im Hof?"

Frau Scholastika war gekränkt. Dieser üble Vergleich entweihte alle süße Heiligkeit ihres verspäteten Eheglücks „Kind? Willst du klüger und besser sein, als Vater und Mutter sind? Ein dummes, unwissendes Mädel bist du. Steh auf! Der Vater wird reden mit dir."

Immer schüttelte Hilde den Kopf, daß ihr das gelöste Braunhaar um Schultern und Wangen rieselte.

„Der Vater hat die besseren Wörtlein als ich. Er wird dir sagen, daß Lieb und Glück die süßeste Kostbarkeit eines Weibes sind." Frau Scholastika unterbrach ihre zürnende Rede mit einem schluchzenden Laut, weil sie an die Gefahr hatte denken müssen, von der die kostbare Süßigkeit ihres sonst so armen Lebens bedroht war. „Ach, Kind! Du mein liebes Kind! Hast du so reiches Glück nur erst erfahren an deinem eigenen Blut und Herzen, so klammerst du dich dran mit Augen und Händen! Und sagst: das ist das Schönste und Heiligste! Und sagst: das ist mein Himmelreich auf der Welt! Und sagst: das ist die seligste von allen Gnaden, die Gott uns Frauen auf Erden vergönnen mag!"

„Nein, Mutter!" Hilde saß regungslos in den Kissen, die leis zitternden Hände über dem Schoß, das blasse Gesicht umhangen vom dunklen Haar, die Augen geschlossen. „Was schön und heilig sein soll, ist mir widerlich und ein Grausen. Ich muß es fortstoßen mit meinen Fäusten." Ein wehes Lächeln. „Himmelreich sagst du? Ich tät' es spüren müssen wie eine Höll. Gott weiß, ich bin nit schlecht. Er kann nit wollen, daß ich verbrennen muß." Sie öffnete die Augen und sah die Mutter an. „Das sollst du meinem Brautherren sagen! Aus Lieb zu Vater und Mutter will ich seinen Namen tragen und will ihm eine redliche Hausfrau sein. Will schnaufen und sterben mit ihm. Sein Weib mag ich nit werden. Im Leben nit! Da tät' ich lieber, was mich reuen müßt' um meiner ewigen Seligkeit willen."

In Schreck und Ratlosigkeit nahm Frau Schligg ihre Zuflucht zu einer Lüge. „Kind, Jesus, hörst du nit, wie da draußen der Vater nach dir ruft? In seinen Schmerzen?" Das wirkte. „Steh auf! Und laß dir helfen, komm!" Sie zappelte in der grauen Dämmerung hin und her, brachte ihrem Kind das Unterkleid und das braune Hauskittelchen, die Strümpfe aus weißer Hasenwolle und die Schuhe mit den blauen Bändeln. Auf dem Bänklein rückte sie das Zinnschüsselchen mit dem Waschwasser zurecht, die Seife, das leinene Zahnläpplein und die Handzwehle. Mit zitternden Händen strählte sie ihrem Kind das Haar, flocht ihm die Zöpfe, wand sie um ihres Kindes Stirn und suchte mit einem Band die Fülle der widerspenstigen Löcklein zu fesseln. Dann mahnte sie: „Ein Bröslein mußt du noch essen!"

„Mich hungert nit. Ich will zum Vater."

„So komm!“ Frau Scholastika huschte zur Tür und sah nicht, daß Hilde, wie von einem Schwindel befallen, den Arm vor die Augen schlug und mit der anderen Hand nach einer geschnitzten Säule des großen Himmelbettes tastete.

Als die Puechsteinerin hinauskam in die helle Stube, saß Herr Korbin schweigend in seinen heißen Kissen, und Herr Melcher, an der Brust mit Milch und Honig bekleckert, hockte breit auf dem Bettrand. Beide lauschten der Meldung Eberhards, der beim Fußbrett des Perlenschreines stand und von der Schlangenschanze und dem Wegbau der Seeburgischen berichtete.

„Guck! Einen Weg bauen sie? Für den Sturmwagen?“ sagte Herr Korbin lachend. „Was gibt es sonst noch?“

„Viel Wasser!“ Auch Eberhard lachte. „Auf der Rund hab' ich alles in leidlichem Stand gefunden. Nur so einen Lauskerl hab' ich zur Bußstub schicken müssen. Ein Goldgröschel hat er gestohlen. Wie ich ihn des Diebstahls überführt hab', will mir der Lump an den Hals springen. Die Schützen haben ihn festgemacht. Und zwanzig Grobe hab' ich ihm zugesprochen. Jetzt hat er sie droben auf dem Buckel.“

„Recht so!“ nickte Herr Melcher mit einem gerechten Zornfluch. „Für Diebsgesindel und Revolter ist nit Raum in meiner Mauer. Ich schmeiß den Kerl aus dem Tor hinaus, noch eh mir's die Seeburgischen in Brocken schießen. Wer war's? Von den Hörigen einer?“

Eberhard antwortete nicht. Mit etwas verlegenem Lächeln sah er zur Tür der Ehrenstube hinüber.

Hilde stand auf der Schwelle. Sie wollte zu ihrem Vater und blieb erschrocken stehen und zitterte und schloß die Augen.

Eine Stille, in der man das matter werdende Rauschen des Regens und das Geplätscher des Dachwassers hörte. Frau Schligg, die Kissen aufschüttelnd, flüsterte ihrem Mann was ins Ohr. Und Herr Melcher sagte mit freundlichem Lachen: „Schön guten Morgen, du liebe Maus!“ Er winkte mit den drei Fingern, hörte zu lachen auf, guckte verwundert drein und richtete einen fragenden Blick auf Frau Scholastika.

In höfischer Zierlichkeit, die zu dem schweren, vom Regen besprühten Eisen nicht passen wollte, schritt Eberhard auf Hilde zu: „Gottsfröhlichen Frühgruß, holdes Bräutlein! Das liebe Himmelreich hat mein Herz begnadet, dir einen schönen Morgen bieten zu dürfen mit Freud und kostbarem Angebind.“ Er griff in seine Gürteltasche und lächelte himbeersüß. „Vermißt mein liebes Bräutlein nit ein heiliges Gut?“

Hilde hatte die Augen aufgeschlagen. Schweigend bog sie den Kopf zurück, mit weißem, steinernem Gesicht.

Eberhard schmunzelte und zog die Faust aus der Gürteltasche. „Willst du nit an dein Schwanenhälslein greifen und suchen, was dir fehlt?“

Stumm, mit der Bewegung einer Blinden, hob sie den Arm, und tastete nach ihrer Kehle. Da streckte ihr Eberhard lachend die flache Hand entgegen, auf der die Weihmünze mit dem zerrissenen Seidenschnürchen lag.

Ihre Augen öffneten sich weit. Rasch nahm sie die Münze und schauerte, als sie mit den Fingerspitzen seine Hand berührte, und fragte streng: „Wie kommst du zu seinem Gröschl?“

„Hol, Mädel?“ rief Herr Korbin und streckte den Hals. „Was ist mit dem goldenen Ding da? Das ist doch dein gewesen?“

Sie sah den Vater an und sagte ruhig: „Das hab' ich einem geschenkt und um das Hals gebunden, dem ich danken hab' müssen für meines Vaters Leben. Wen ich mein', das weißt du, Vater. Herr Melcher weiß es auch. Und die Mutter. Und er. Sonst keiner.“ Sie betrachtete das goldene Gröschlein und lächelte in Schmerzen. „Sieh, Vater, das Schnürlein ist gerissen. Er muß es verloren haben und weiß es nit. Mit Willen hätt' er es nie von seinem Hals gegeben.“ Die Lider senkend, verbarg sie mit zitternden Händen die Münze an ihrer Brust.

Halb verwundert und halb erschrocken riß Eberhard seine gelbbefransten Hummelaugen auf und stotterte: „Geschenkt? Nit gestohlen?“

Herr Melcher stemmte sich schnaufend vom Bettrand auf. Das rote Gesicht von einem wunderlichen Schreck überronnen, schrie er: „Bub, wer ist der Knecht, den du peitschen hast lassen?“

Der Jungherr stammelte verblüfft: „Wie ich ihm den Diebstahl vorgehalten, hat er geschwiegen. Wie hätt' ich denken mögen ...“

„Daß du kein Denker bist, das weiß ich.“ Herr Melcher faßte den Sohn am Arm und rüttelte ihn. „Ich frag', wer der Knecht ist, den du peitschen hast lassen?“

„Der Schäfer Lien.“

Ein Schrei. Und Frau Scholastika sprang erblassend zu ihrem wankenden Mädel hin.

„Du Narr! Du Narr du!“ schalt Herr Melcher in Zorn und Kummer. „Vor meiner Mauer liegt der Feind. Jeder feste Mann ist Gold wert. Und du tust mir den Besten unter den Meinen zuschanden hauen? Ohne Schuld! Das wirst du gutmachen! Wo liegt der Bub?“

Eberhard war bleich geworden. „Man hat ihn hinaufgetan in die Stub des Kassel.“

„Gotts Not! Gotts Not! Da muß ich aber gleich ...“ Herr Melcher wurde stumm. Und alle, die in der Stube waren, sahen mit großen Augen das Fräulein an, das wie irrsinnig auf eine Truhe zustürzte und in einem weißen Tuch die Arzneischachtel der Mutter, Schere und Salbenspachtel, Balsamtiegel und mit Essig gesäuerte Bauschen, Leinwandstreifen und Wundbänder an ihre Brust und zwischen die Arme raffte.

„Höi!“ rief Herr Korbin unter dem verdutzten Schweigen der anderen und ohne zu lachen. „Ist das die Wetterscheu?“

Taub für die Stimme des Vaters, blind für die drei anderen Menschen in der Stube, jagte das Fräulein von Puechstein mit ihren hilfreichen Schätzen zur Tür hinaus, das blasse, verstörte Gesicht von Tränen überkollert.

Schweigend wollte Frau Scholastika ihrem Kinde den Weg verlegen, nicht weil sie durchhellt war von einer seelischen Ahnung, nein, nur weil sie nicht dulden konnte, daß man für einen Schäfer davonschleppte, was sie dringend nötig hatte für ihren leidenden Mann. Herr Korbin schien anders zu denken. Sich halb aus dem Perlenschrein herauswerfend, haschte er mit beiden Händen eine Rockfalte seiner Gemahlin, zog sie zur Bettkante und befahl mit einer den Willen seines Weibes lähmenden Stimme: „Schligg, du bleibst!“ Jetzt lachte er. Und in unverhehlter Schadenfreude blitzten seine lustigen Fieberaugen den Jungherrn an, der bei der offengebliebenen Tür stand wie ein Vetter der in Salz verwandelten Frau Lot.

Auch unter dem struweligen Haardach des Herrn Melcher, der mit beiden Händen auf seiner Brust verschiedene Bewegungen der Ratlosigkeit ausführte und die Honigflecken in die Breite rieb, wollte der klare Verstand nicht erwachen. „Korbi? Was ist das?“

„Nur christliches Erbarmen, mein guter Herzbruder! Und Redlichkeit eines Kindes. Du weißt, wie mein Mädel das Leben des Vaters wertet!“ Frau Scholastika wollte sorgenvoll in die Worte ihres Mannes hineinreden. Er wehrte mit der Hand und befahl: „Tu deinen Schnabel halten, Schligg!“ Und sagte zu Herrn Melcher: „Für mein Mädel ist eine Ungerechtigkeit, was für eine Maus der vergiftete Speck ist, für Frau Engelein der bestohlene Eierkorb. Ob Herr oder Knecht, einen schuldlos Gebüßten kann mein Mädel nit leiden sehen!“

„Recht hat sie!“ bekräftigte Herr Melcher. „Mich selber treibt's hinüber zu dem guten, ehrlichen Buben. Heulen möcht' ich, wenn ich an seinen stracken, gesunden Buckel denk. Ich pick' ihm ein Pflaster auf. Ich geh' hinüber.“ Mit der Linken, die fester als seine dreifingerige Rechte greifen konnte, umschloß Herr Melcher das Handgelenk seines Sohnes. „Du gehst mit! Du gibst dem Buben eine freundliche Red um deines unseligen Irrtums willen!“

Eberhard, dem der Zorn auf der Stirne brannte, wollte seine Hand befreien. „Das tu' ich nit. Es steht mir eher zu, den Vater und die Mutter meiner Braut zu fragen –“ Weiter kam er nicht.

„Ui? Aufmucken willst du? Wider den Burgherren?“ schrie Herr Melcher mit einer Stimme, wie Eberhard sie vom Vater noch selten gehört hatte. „Weißt du nit, daß Kriegszeit ist? Und meinst du, dein füreiliger Unsinn redet sich unter den Knechten nit herum? Mußt du die Leut, die uns treu sind, boshaft machen? Wenn der Seeburger stürmt? Und du stehst auf der Mauer? Töriger Bub? Wer hütet dich, wenn dir einer das Eisen durch die Gurgel stoßen will?"

„Ich hüt' mich selber."

„Ja, freilich, weil du allmächtig und allwissend bist. Und Augen nach hinten hast wie der griechische Argus. Komm!"

Dieses Gleichnis, das von Herrn Melcher harmloser gemeint war, als es von Eberhard in rasch erwachendem Mißtrauen gegen die eigenen Knechte gedeutet wurde, dämpfte den stolzen Widerstand des Jungherrn.

Sohn und Vater gingen den gleichen Weg, den Hilde genommen hatte. Hinter ihnen blieb das heitere Lachen des fieberkranken Puechsteiners und das kummervolle Gestammel der Frau Schligg.

Den hilfsbereiten Engel, der so flink davongeflogen war, holten die zwei Trutze nimmer ein. Als sie sich vom Puechsteinischen Perlenschrein entfernten, jagte Hilde schon mit wehendem Kittelchen und pludernden Leinenärmeln über den Burghof.

War das Himmelreich bei diesem Werke der Barmherzigkeit ihr Bundesgenosse? Wollte der heilige Petrus auf die heilsamen Schätze, die sie an ihrem Herzen trug, keinen schädlichen Wassertropfen fallen lassen? Der Regen war versiegt, nur ein feines Nebelstäuben schwamm noch durch die Lüfte, und irgendwo in der Höhe erwachte ein feines, freundliches Leuchten, als möchte die Sonne ein Guckloch durch die Wolken brennen und die gründlich gewaschene Welt betrachten.

Die Kriegsknechte, die in der Söldnerhalle beim Frühtrunk saßen und sich vom Nachtdienst ausruhten, sprangen verwundert auf, als das Fräulein von Puechstein wie in Angst und Schmerzen an ihnen vorübereilte und mit erwürgtem Stimmchen nach der Stube des Kassel fragte.

Hildes linde Bundschuhe machten, so flink es auch hinaufging über die steile Wendeltreppe, auf den Steinstufen keinen merklichen Lärm. Doch ihr Kittelchen rauschte ein bißchen, ihr versagender Atem war vernehmlich – und in der Stube des Kassian Ziegenspöck befanden sich zwei, die scharfe Ohren hatten.

In dem gleichen Augenblick, in dem ein wässeriger Sonnenstrahl durch die kleinen Fenster hereinblinzelte, hob Wulli mit jähem Ruck den Kopf, spitzte die Ohren und betrachtete mißtrauisch die Tür. Lien sah das nicht; er hatte die Stirn auf den Händen liegen und saß noch immer in der gleichen Stellung auf dem Kellerdach und entleerten Eierkorb des Kassel, gekrümmt und unbeweglich, um die Wunden trocknen zu lassen. Jetzt blitzte sein Kopf in die Höhe. So blieb er, wie versteinert, und das Lauschen grub ihm eine Furche in die Stirn. Zuerst verfärbte sich sein Gesicht, dann fing es zu brennen an. Wer da kam, das hörte er so deutlich, wie er das wilde Gehämmer unter seinen Rippen fühlte. Aber glauben konnte er nicht und war wie gelähmt. Erst als die Tür aufgestoßen wurde und vor der Dunkelheit des Flurs dieses feine, zierliche, in Erschöpfung atmende Figürchen stand, tastete Lien unter einem Laut der Scham und des Schreckens nach seinem Mantel und wollte aufspringen.

Ein Schrei in Sorge: „Bleib sitzen, du!“

Er rührte sich nimmer. Und Hildes Hand schien festgewachsen an der Türklinke, während ihr linker Arm, mit dem sie das Bündel der hilfreichen Kostbarkeiten an ihrer Brust umschloß, sehr heftig zitterte.

Wulli knurrte nicht und ließ keinen Kläffer hören. In Erinnerung des freundschaftlichen Vorganges, den er im Losament der Maistube beobachtet hatte, bekundete er eine wohlwollende Neugier, guckte aufmerksam zwischen den beiden stumm gewordenen Menschenkindern hin und her und kehrte mit seinem buschigen Schweif den Stubenboden.

Immer heller und reiner wurden die glänzenden Fenster, immer dunkler das Gesicht und die Brust des Lien im Schatten. Etwas Rotes leuchtete, als wäre dem Lien ein Mohnblumenkranz um die Hüften geflochten. Erschrocken blickten die weit geöffneten, nassen Augen des Fräuleins nach diesen roten Blüten.

„Lien! Ach, Lien!“ Ihr Stimmchen verzitterte zu einem Hauch. „Warum hast du ihm nit die Wahrheit gesagt? Warum hast du nit geredet?“

Er schüttelte den Kopf, blieb wieder unbeweglich und sagte leis: „Was einem heilig ist, das redet man nit aus.“

Zögernd ging sie auf ihn zu, Schrittlein um Schrittlein. Die Tür stand offen, und aus der Söldnerstube klangen dumpfer Lärm und Geklirr von Eisen herauf. Hilde blieb stehen, schloß die Augen und fragte: „Hast du leiden müssen? Arg?“

„Ein lützel. Es ist nit grob gewesen. Die Ruten haben mich eh nur treffen können, weil ich mein Gröschl nit um den Hals getragen hab'.“ Er lachte mit einem wunderlich frohen Klang. „Gelt, Fräulen, mein Gröschl krieg' ich wieder?“

Sein Lachen machte sie mutig. Jetzt war sie eine ganz andere, flink und ruhig, ohne Zittern. Auf der Truhe des Kassel knüpfte sie das Bündel auf und kramte über dem weißen Tuch auseinander, was sie gebracht hatte. Und sagte: „Ja, Lien! Das sollst du wiederhaben. Ein lützel später, weißt du! Erst muß ich dir helfen, gelt!“ Erblassend schauerte sie zusammen beim Anblick der roten Schrift, die ihr Brautherr und Seelengatte auf den Rücken des Lien hatte schreiben lassen. Ein erloschener Hauch: „Tu verzeihen, Lien!“

Er wollte reden, blieb aber stumm. Das Fräulein hatte sich jäh zu ihm hingebeugt. Und da fühlte Lien auf seiner Schulter etwas Lindes und Zartes, wie eine Rosenknospe, die in der Sonne warm geworden – und fühlte zwei heiße Tropfen, die aus seinen Nacken fielen und über seine Schmerzen rieselten. Er lachte auf. Ganz leise. Ein Laut, der wie ein

Wunder des Lebens war. Lachen die begnadeten Seelen so, wenn sich das Himmelreich vor ihnen öffnet?

Drüben bei der leeren Bettstelle machte der angefesselte Wulli plötzlich mit dem Kopf und dem ganzen Körper sehr sonderbare Bewegungen, streckte die Schnauze senkrecht in die Höhe und zog die Oberlippe von den Zähnen zurück. Es war unverkennbar, daß sich Wulli in fröhlicher Stimmung befand.

„Lien?" fragte das Fräulein, wieder ganz die ruhige Helferin. „Ist da nit ein sauberes Wasser?"

Er schwieg und sah bei seinem stillen Seligkeitslächeln mit den schimmernden Augen immer ins Dunkel der offenen Tür.

Sie selber mußte suchen und fand einen irdenen Krug. „Jetzt tu dich stillhalten, gelt! Es wird dir ein lützel wehtun!"

Er schüttelte stumm den Kopf, und plötzlich preßte er die Augen auf seine Hände. So blieb er unbeweglich sitzen.

Hilde tauchte ein mürbes Stücklein Leinwand in das Wasser und begann mit zarter Vorsicht die aus den Wunden niedergeronnenen Blutgäßlein vom Rücken des Lien zu waschen. Manchmal mußte sie die Lider schließen, um den nassen Schleier loszuwerden, der immer wieder vor ihren Augen schwamm. Und wenn sie mit dem kühlen Läppchen wieder wusch und tupfte und trocknete, dann schauerte die glatte, goldbraune Haut des Lien wie das Fell eines empfindsamen Tieres. Das wurde so heftig, daß Hilde bekümmert fragte: „Tut es denn gar so weh?"

Wortlos schüttelte Lien den Kopf, lachte ein bißchen, bekam schnatternde Zähne und schauerte bei jeder Berührung, als säße er in kaltem Schnee. Das war so drollig, daß auch Hilde, obwohl ihr Gesichtchen so weiß war wie die Mauer, ein wenig lächeln mußte. „Guck, jetzt bin ich fertig mit dem kalten Wasser, jetzt kommt das Essigbäuschlein und das Balsamläppel. Das lindert und kühlt." Aber die Haut des Lien wurde immer empfindlicher, begann zu glühen und wurde ganz rosig unter dem Braun.

Weil die dicke, mit Blut vollgesogene Hemdwulst, die dem Lien um die Hüfte gebunden war, das Heilwerk behinderte, mußte er auf Hildes Gebot den Knoten lösen. Er tat es so langsam und ungeschickt, als hätte er Hände, so dumm, wie noch nie ein Mensch sie besaß.

Hilde faßte die blutgetränkte Leinwand mit den Fingerspitzen, war hilflos und zitterte. Auf den unsauberen Boden konnte sie doch das treue Blut des Lien nicht fallen lassen. Drum hängte sie den schweren Mohnkranz an den Riegelhaken des sonnigen Fensters. Kleine, rote Tropfen fielen auf das Gesimse. „Ach, Lien! Ach, Lien! Wie arg hast du bluten müssen um meinetwegen! Hast du denn noch ein Tröpfl in deinem Herzen?"

„Ui mein!“ Wieder sein leises Lachen und wieder sein feines Schauern, ohne daß ihre Fingerspitzen ihn berührt hatten. „So viel hab' ich, daß ich glaub', es brennt mir durch die Augen heraus.“

Da knurrte Wulli gegen die offene Türe hin. Aus dem Schacht der Wendelstiege war ein Schnauben und Scharren zu hören, als müßte ein schwerer Gaul über die steinernen Stufen klettern und täte das nicht gern. Lien hörte nichts. Auch Hilde war schon wieder so eifrig bei ihrem barmherzigen Werk, daß sie für andere Dinge nimmer Aug und Ohr hatte. Aber Wulli wurde immer aufgeregter, und nun fing er wütend zu kläffen an.

„Jesus! Bub, du guter!“ klang von der Türe her die Stimme des Herrn Melcher.

Jetzt erwachte Lien. Und weil er hinter dem alten Trutz den Jungherrn gewahrte, geriet er in Sorge um den bellenden Wulli, griff erschrocken hinüber, faßte den Hund bei den Halszotten, warf ihn auf die leere Bettstelle hinauf und knirschte durch die Zähne: „Nit mucksen, du!“ Wulli, der mit dem Hals am Schwertgurt hing, machte in der Luft eine etwas unnatürliche Schwenkung, blieb auf der Bettkotze liegen, wie er hinfiel, und hatte feindselig funkelnde Augen.

Das Fräulein, das über die heftige Bewegung des Lien erschrocken war, schalt in Kummer und Zorn: „Was tust du denn da? Jetzt mußt du stillhalten! Sonst brechen die Wunden wieder auf.“ Hurtig tauchte sie ein kleines Leinenbinkelchen in den Balsamtiegel, betupfte sehr flink die roten Striemen des schauernden Lien und sah weder den schwer herantappenden Herrn Melcher noch ihren Bräutigam und Seelengatten.

Der war auf der Türschwelle stehengeblieben, und während er mit weit aufgerissenen Hummelaugen den Lien und seine eifrige Samariterin betrachtete, wischte er mit dem Zipfel der Seidenschärpe von seinem Handgelenk den klebrigen Honig fort, den der Faustgriff seines Vaters da zurückgelassen hatte. Je länger Eberhard die beiden betrachtete, um so mehr verwandelte sich sein verblüfftes Staunen in ein zorniges Unbehagen. Sein in die Länge gezogenes Gesicht wurde gelb wie verregnetes Heu. Und plötzlich drehte er sich um und versank sehr hastig im Schacht der Wendelstiege. Niemand in der Sergeantenstube gewahrte das. Nur Wulli. Seine Feindseligkeit dämpfte sich. Mißtrauisch blieb er noch immer. Aber auch dieses Mißtrauen begann sich zu mildern, als Wulli den alten Trutz von Trutzberg, der ihm die breite Rückseite zudrehte und zwischen den beiden Betten stand, genauer beschnupperte. Herr Welcher roch ungemein deutlich nach verschiedenen guten Speisen, besonders nach Blütenhonig, der den Wulli an das blumige Bruchland und an die Stöcke der wilden Immen erinnerte.

Während Hilde in der Sonne beim Fenster stand und von einer Leinwand flink mit der Schere fingerbreite Streifen herunterschnitt, betrachtete Herr Melcher stumm und mit dunkelrotem Gesicht den Rücken des Lien und diese rosen- und veilchenfarbenen Hieroglyphen der Ungerechtigkeit.

Lien guckte ein bißchen scheu an seinem Burgherrn hinauf.

Da sagte Herr Melcher rauh: „Mein Sohn hat dir unrecht getan. Er sieht's ein. Ein lützel gähzornig ist er, aber sein Herz ist gut. Und arg erschrocken ist er über seinen füreiligen Spruch. Freiwillig ist er hergesprungen, um dir die freundliche Red zu geben, die du verdienst! ... Komm, Eberhard."

Niemand kam.

Herr Melcher guckte zur Tür hinüber, tat in Zorn einen Fluch und wollte zur Wendelstiege. Lien, dem das Gesicht brannte, haschte den Burgherrn am Schwertgehenk und stammelte erschrocken: „Nit, lieber Herr! Ist alles schon gut! Viel besser, als von eh. Mein Gröschl hab' ich nit lassen wollen. Ich hab' gemeint: was mein ist, muß mein sein dürfen. Aber wahr ist's: ich hab' unbotmäßig aufgemuckt wider den Jungherren und bin schuldig worden meiner Straf. Saget ihm, Herr: er soll mir den Unverstand nit nachtragen. Ich will ihm dienen in Treu!"

Da faßte Herr Melcher mit seinen acht Fingern auf eine wunderlich plumpe Art den glühenden Kopf des Lien, drückte ihn an seine von Honig glitzernde Brust, wurde sehr ernst und murmelte das rätselvolle Wort: „Mein oder nit! Mir bist du lieb geworden."

Weil Hilde bei ihrer hilfreichen Arbeit merkte, wie still sich der Lien jetzt hielt, sagte sie rasch und froh: „Recht so, Vater Melcher! Tu' ihm das Köpfl halten, daß er sich nimmer rühren kann! Da geht's mir leichter von der Hand."

Lachend hielt Herr Trutz den Lien bei den Ohren fest und guckte zu, wie diese kleinen, hurtigen und doch so achtsamen Mädchenhände ihre barmherzige Kunst betätigten. Eins ums andere von den veilchen- und rosenfarbenen Hieroglyphenzeichen verschwand unter festpickenden Pflastern. Wenn Hilde hinübersprang zur Truhe des Kassel, um die Harzsalbe auf ein neues Leinwandbändchen zu streichen, musterte Herr Melcher mit dem sachverständigen Blick eines alten Kriegsmannes den straffen Körper und die spielenden Muskeln des Lien. Er sagte ernst: „Bub, in dir ist so viel Kraft, als ein gesunder Vater hat geben können." Seine grobe Stimme wurde lind. „Von der Mutter hast du auch was: ein Häutl, wie es ein blondes Mädel nit glätter haben könnt'!"

„Vergelt's Gott!" sagte Lien, weil er von seiner Mutter reden hörte, und wartete in regungsloser Ungeduld auf die feinen Fingerspitzen, die er genau so fühlte wie einst beim Baden im Bruchwasser die kleinen, blauen Schmetterlinge.

Obwohl die Sonne auf den Fenstergesimsen schimmerte, war plötzlich ein dumpfes Dröhnen und ein wie Donner rollendes Echo zu hören. Dann ein Gerassel von fallenden Steinbrocken.

Wulli fuhr mit einem Knurrlaut in die Höhe, Lien zerrte ungebärdig seinen Kopf aus den acht Fingern, die ihn zärtlich gestreichelt hatten, und Herr Melcher sagte ernst: „Hui, jetzt fangt der Seeburger das Pumpern an!" Nach diesen Worten ging er schwer und doch so hurtig auf die Türe zu, daß die ganze Sergeantenstube ein bißchen zitterte, und tauchte fast so flink, wie Eberhard verschwunden war, in das Dunkel der Wendelstiege hinunter.

Nur Hilde schien den rollenden Hall nicht vernommen zu haben oder dachte nur, es käme ein neues Gewitter, und stand über die Truhe des Kassel gebeugt und strich mit achtsamer Genauigkeit die Harzsalbe auf den letzten Pflasterstreif. Mit den Fingerspitzen faßte sie das lange Bändchen vorsichtig an den Enden, zog es von der leinenen Unterlage weg, wandte sich um, sah erschrocken das leere Bett an, sah hinter dem Bett den niedergebeugten Rücken des Lien und stammelte in heißer Sorge: „Aber Mensch! Was tust du denn? So komm doch her! Ich muß dir ja noch das letzte Pflästerlein auslegen."

„Nit nötig! Ist alles schon gut!" Auf den Knien liegend, riß er unter der anderen Bettstelle seine Söldnerlade heraus und zerrte ein frisches Hemd hervor. „Ich hab' nimmer Zeit, ich muß mich rüsten, ich muß auf den Turm." Und Wulli wedelte, tänzelte, kläffte, war wie närrisch vor Freude und schnappte liebevoll nach Ohr und Schulter des Lien, der ihn mit dem Ellenbogen beiseitewarf: „Wie, du, gib Ruh!"

Tränen in den Augen, zwischen den Fingerspitzen die dünne, klebrige Pflasterschaukel, eilte Hilde um das rot beträufelte Sergeantenbett herum und klagte: „Nur das letzte, lieber Lien! Ach, schau! Nur das letzte noch!"

Ohne zu antworten, straffte er sich auf und schüttelte das Hemd auseinander. Die Pflasterstreifen auf seinem Rücken bekamen Runzeln, und aus der letzten, noch unbedeckten Rutenstrieme quollen winzige Granatperlen. Mit Kopf und Armen fuhr Lien in das Hemd.

„Nit! Nit! Das darfst du nit!" schrie das Fräulein, ließ das eine Ende der Pflasterschaukel fallen und umklammerte den Arm des Lien. „Du blutest wieder! So laß dir doch helfen!"

„Ich hab' nimmer Zeit. Was liegt an meinem Buckel? Der Herr ist in Not. Und du! Und dein Brautherr, dein Vater und deine Mutter!" Wieder krachte der Schuß einer Seeburgischen Feldschlange, und undeutlich war der Lärm vieler Männerstimmen zu vernehmen. „Hörst du denn nit? Die Feindsleut schießen. Laß luck!" Er zerrte. „Ich muß in mein Eisen schlupfen! Laß aus!" Mit heftigem Zuck befreite er seinen Arm.

Aus Hildes Hand flog das Pflasterbändel davon, blieb an Wullis Nase kleben und wickelte sich unter dem Gezappel des Hundes wie ein weißes Schlänglein um seine Schnauze herum. Bei der gewaltsamen Anstrengung, mit der sich Wulli von dieser unbehaglichen Sache zu erlösen suchte, vergaß er seines Lien, der hastig das Hemd hinter den Hosenbund stopfte, in das Wams schlüpfte und den Küraß drüberschnallte. Als er die abgenähte Helmhaube übers Haar zog, schien ihn etwas an seinen Händen zu belästigen. „Was ist da? Was pickt denn allweil so?" Er betrachtete seine Hände und roch daran. „Gotts Elend, ich schmeck' nach Honig und Hab' doch keinen gegessen." Da sah er die kämpfende Not des Wulli, mußte lachen, zog dem Hund die weiße Natter von der

Schnauze, machte ihn frei vom Riemen, schnallte den Schwertgurt um den Küras und tappte mit der einen Hand nach seinem Eisen, mit der anderen nach dem schweren, blinkenden Stahlhut. Alles tat er in einer seltsam heiteren Gehobenheit, mit einem frohen Leuchten in den Augen. Und Hilde stand daneben, unbeweglich, und sah ihn immer an, mit schimmernden Tropfen an den Wimpern, zwischen den Brauen noch einen Sorgenschnitt, im Blick den Glanz einer gläubigen Freude.

Mit klingenden Sprüngen jagte Lien auf die Türe zu, umtollt vom verrückten Jubel des Wulli, der zum erstenmal ohne Zweifel begriff, daß dieses Mannsbild im blinkenden Eisen sein unverzauberter Schäfer war.

Auf der Schwelle riß es den Lien herum. „Jesus, mein heiliges Gröschl!" Ganz zaghaft bettelte er: „Gelt, das krieg' ich wieder?"

Sie lächelte. „Ja, Lien! Das bind' ich dir um. Komm her!" Er kam, in der Rechten das Eisen, auf dem linken Arm den Stahlhut. Schwer und steif, wie ein ungeschickter Beter, fiel er auf die beiden Knie.

Schweigend beugte sich Hilde zu ihm nieder, knüpfte das Seidenschnürchen um seinen Hals und schob ihm die funkelnde Goldmünze hinter die eiserne Halskante seiner Wehr.

In Andacht sah er zu ihren Augen hinauf und sagte langsam und streng: „Edel Fräulen! Du Silberweißlein! Für dich leb ich und sterb ich!"

Sie blieb gebeugt, hatte die Hände auf seinen stählernen Schultern liegen und flüsterte: „Lien! Jetzt ist ein Schönes unverdorben in mir!"

Ein Donner des Heini von Seeburg rollte.

„Höi!" schrie Lien mit glockenhellem Lachen, sprang auf und war verschwunden.

Hilde stand noch immer unbeweglich, mit vorgestreckten Händen. Nun lächelte sie wie eine Träumende, ging zur Truhe des Kassian Ziegenspöck hinüber und kramte mit zitternden Fingerchen die hilfreichen Dinge in das Bündel.

Von den beiden Fenstern glänzten zwei breite Sonnenbänder bis zur Türschwelle, und der viele Staub der Sergeantenstube, wo Frau Engelein selten saubermachen ließ, qualmte wie Weihrauch durch den leuchtenden Schein.

Kapitel 15

Lien, mit der Nase des Wulli hinter den Waden, kam über die Wendelstiege heruntergerasselt in die Söldnerhalle. Hier standen nur die Zinnkrüge und Becher auf dem langen Tisch. Die Trinker waren zur Mauer und zu den Türmen gelaufen. Und den einen, der sich unter den Treppenstufen in den Schatten drückte, konnte Lien, der es eilig hatte, nicht sehen. Wulli ließ wohl einen zornig aufheulenden Laut vernehmen, mußte aber springen, weil Lien schon hinausklirrte in die Sonne des Türbogens. So flink war das gegangen, daß der Harrende im Stiegenschatten umsonst nach seinem Gürtel gegriffen hatte.

Nun kam er langsam aus dem Schatten heraus, noch immer die Hand am Heft seines Eisens. Das gallig verzerrte Gesicht hatte ein Lächeln, wie es junge Menschen zeigen, wenn ihnen übel ist und sie wollen es nicht merken lassen. Ratlos stand er, sah zum sonnigen Türbogen hinüber und wieder hinauf in den dunklen Treppenschacht. Aus der Küche hörte er das Gejammer der alten Weibsleute und ein paarmal die schrille Stimme seiner Mutter.

Wieder krachte ein Schlangenschuß. Steine polterten beim Brückenturm, und ein wirres Gesumme von Stimmen war zu hören.

Immer den Hals nach dem Stiegenschacht hinüberdrehend, tappte Eberhard mit den Schritten eines Betrunkenen über die Stufen zur Küchentür hinunter.

In der Küche fand er seine Mutter. Mit dem Kopf zwischen den Händen saß sie auf einer Bank. Alte Weiber waren um sie her; die einen klagten, die anderen trösteten voll Gottvertrauen.

„Mutter!“

Bei diesem schrillen Laut, der sich anhörte wie eine kreischende Kinderstimme, hob Frau Engelein erschrocken das blasse Gesicht.

„Komm! Feine Botschaft!“ Er faßte die Mutter am Arm und zog sie hinaus in die große, stille Burghalle, zog sie in einen Fensterwinkel und lachte grell: „Mein Beilager wirst du nit zu rüsten brauchen!“

In ihrer Betäubung sah sie ihn schweigend an. Die Antwort kam, ohne daß sie fragen mußte.

„Das Puechsteinische Weibsbild hat einen anderen lieb.“

Erst meinte Frau Engelein, er spräche von der roten Pernella. Der Anblick seines verzerrten Gesichtes erschütterte ihre Vermutung. In dunkel erwachender Sorge fragte sie: „Lieb? Einen anderen? Wen?“

„Den Schäfer Lien!“

Schon wieder beruhigt, konnte sie lachen. Das schien ihr zu gefallen: die rote Sündenföhl mit den verwerflichen Gottesgaben und dieser Schäfer, den das Mädel mit dem seltenen Namen ins Leben gesetzt hatte, wie Ungeziefer geboren wird!

In jagenden Worten fing Eberhard zu flüstern an. Und die Augen der Trutzbergerin erweiterten sich und wurden kreisrund. Doch als ihr Sohn vom Balsamtiegel der Frau Scholastika redete, war Frau Engeleins Verständnis erst, zur Hälfte ausgebrütet, so daß sie mit galligem Auflachen noch sagen konnte: „So? So? Deswegen hat sie droben mein Heilkästl plündern müssen! Alles für die Puechsteinischen! Alles! Wenn heut oder morgen, Gott behüt', meinem Melcher oder dir was Unliebsames begegnet, kann ich meine guten Salben vom brandigen Puechsteiner herunterschaben!“ Nach diesen Worten blieb sie stumm, weil sie völlig zu verstehen begann.

„So ist das, Mutter! Ich rühr' das treuvergessene Weibsbild nimmer an. Für eines Schäfers Nachkost bin ich mir zu gut.“

Eigentlich hätte Frau Engelein in Freude lächeln und aufatmen müssen. Nun hatte ihr der liebe Himmel doch das gegeben: daß Pergament und Siegel zerbrachen, und daß die Puechsteinischen Blutzecken ins Wandern kamen. Aber sie lachte nicht, sondern hatte ein gelbversteintes Gesicht, als Eberhard murrte: „Und wie's der Vater mit dem Lauskerl von Schäfer treibt! Mutter, ich kann's nit sagen, wie! Als wär' ihm der Schäfer ein Liebling. „Den Besten von den Meinen“ hat er ihn geheißen. Und gegen mich ist er grob gewesen, als wär' ich der letzte im Haus!“ Verstummend, weil ein Seeburgischer Donner krachte, griff Eberhard in Unbehagen an seinen Hals. Erziehung und Gewohnheit zogen ihn zur Mauer, Zorn und Galle hielten ihn fest, auch das Staunen über das aschig gewordene Steingesicht der Mutter.

Ins Unbestimmte blickend, sagte Frau Engelein mit erloschener Stimme: „Dein Vater macht Flecken auf alles. Da kann ich putzen, wie ich mag! Allweil schlagt die Unsauberkeit wieder durch!“ Sie umklammerte den Arm des Sohnes. „Der Schäfer muß aus der Mauer!“ In ihren Augen funkelte der aus der Asche vergangener Zeiten aufbrennende Haß. „Du! Bist du hilflos wie eine Flieg' ohne Stachel? Hast du unter deines Vaters Knechten keinen, auf den du dich verlassen kannst?“

Eberhard verstand nicht gleich. Als ihm die Erleuchtung zu kommen begann, verbündet mit seinem verspäteten Einfall unter der Wendelstiege, machte Frau Angela ein Schweigezeichen. Ihr glasiger Blick lichtete sich auf das Tor der Halle. Eberhard drehte den Hals und bekam eine krebsrote Stirn.

Mit dem weißen Bündel stieg Hilde aus dem Burghof über die Stufen herauf, ruhig und froh, wie eine kleine, liebe Heilige, die beim Wunderwirken war.

Sohn und Mutter sprangen ihr entgegen. Während Eberhard nach einer hohnvollen Anrede suchte und dabei schon wieder ein lästiges Dürsten nach dem gefährdeten Himmelreich empfand, warf Frau Angela dem Fräulein von Puechstein das schrille Gelächter einer Wahnsinnigen ins Gesicht.

Hilde schien die lachende Trutzin nicht zu gewahren. Sie sah nur den Jungherrn an, mit einem Blick, als müßte sie sich besinnen, wer das wäre. Dann sagte sie ernst: „Du bist nit auf der Mauer, Eberhard? Die anderen sind alle, wo sie sein müssen." Nun machte sie eine auflauschende Bewegung gegen die Treppe und vernahm ein zorniges Schelten ihres Vaters und verzweifelte Klagelaute der Mutter Schligg. Das kam nicht aus der Stube des Perlenschreins! Das war da droben im Mauergang, schon nah bei der Stiege! „Ach Gott, was ist denn mit Mutter und Vater?" In Sorge sprang sie der Treppe zu. Und als sie atemlos hinaufkam in den Mauergang und ihr Bündel auf eine Holzbank schob, sah sie die Mutter auf den Fliesen knien. Unter Gebettel und Schluchzen suchte Frau Scholastika mit ausgebreiteten Armen den Weg ihres Gatten zu sperren, der rot von Zorn und Fieber vor der Knienden stand, das eine Bein geschient, das andere klumpig umwickelt, sein Schwert wie eine Krücke führend, vom Gürtel aufwärts mit blauem Stahl gerüstet. Die Sonne, die durch alle Fenster fiel, machte den Puechsteiner leuchten und flimmern.

„Schligg!" drohte Herr Korbin. „Gib meinen Weg frei!" Er wollte schreiten.

Frau Scholastika warf sich ihm entgegen. „Ach, Mann! Das ist doch Unverstand, nit Tapferkeit! So krank, wie du bist –"

„Ich bin nit krank. Nur wollen muß man, hat der Wanderpfaff gesagt. Ich *will* gesund sein. Und ich bin's." Er stieß das Eisen auf den Boden. „Laß aus!"

„Ich laß dich nit! Und nit ums Leben!" schluchzte die Puechsteinerin. „Ich häng' mich an deinen Schuh, ich laß mich treten und schleifen –"

Er beugte sich hinunter zu ihr. „Ich hab' den Melcher in Not gestoßen. Soll ich ihn drin hocken lassen? Lieber das Bein verlieren, als tun wie ein Lumpenkerl!" Da gewahrte er sein Kind, verlor die Hälfte seines Zornes und lachte. „So, Mädel, kommst du vom Pflasterpicken? Also? Willst du mir auch das Eisen lind machen mit einer Milchsupp?"

„Vater!" stammelte Hilde. Und Frau Scholastika haschte ihr Kind am braunen Kittelchen und bettelte weinend: „Hilf mir! Dein Vater ist unsinnig! Hilf mir, Kindl!"

Keins von den Dreien sah, daß die Köpfe der Trutzin und des Jungherrn über die Treppe herauftauchten.

„Vater!" Während Hildes Augen zu ihm emporflehten, suchte sie den Griff des Eisens aus seiner Faust zu winden. „Dein kostbar Leben ist nit dein Gut allein! Ist meiner Mutter Himmelreich und ist mein Haus."

Er sagte ruhig: „Weib und Kind ist viel. Für einen Mann nit alles. Du Kind, in dem mein Blut ist, sei meine Richterin! Gehört dein Vater heut ins Bett, wie's deine Mutter will? Mein Melcher mit acht Fingern ist auf dem Turm, dein Brautherr wird nit weit von der Mauer sein, jedwedes Mannsbild ist, wo es sein muß. Nit? So red doch, liebe Maus! Der Lien mit seinem ungerecht verhauenen Buckel? Wo ist er? Liegt er wehleidig auf seinem Kreister?" Er lachte, als er das Glühen im Gesicht seines Kindes sah. „Gelt? Dein Vater weiß, was ein redlicher Mensch ist."

Verzweifelt klammerte Frau Schligg die Arme um den blauen Stahl ihres Mannes. Ehe sie reden konnte, schrillte eine höhnende Weiberstimme: „Der Puechstein brennt!“

Von den Dreien sah keines nach der Richtung hin, aus der diese Stimme kam. Ihre Augen flogen zum Fenster. Und da drüben, über dem schön bewachsenen Tal und über den grünen Buckeln des Waldes, sahen sie das Flammengezüngel und den schwarzen Qualm.

Hilde stand unbeweglich, die blassen Wangen von Tränen überrieselt. Frau Scholastika, für die sich tausend Kostbarkeiten des süßesten Erinnerns in Rauch und Asche verwandelten, preßte das Gesicht in die Hände und wurde auf den Knien ein kleines Häuflein Elend. Herr Korbin bekam tiefe Furchen auf der Stirn und einen verzerrten Mund. Ihm hatte seit seiner Knabenzeit das Puechsteinische Mauerloch nie viel gegolten. Jetzt zum erstenmal empfand er: das war seine Heimat! Und jetzt verbrannte sie. „Kind!“ sagte er rauh. „Ist mein Blut in dir, so schieb deine Schulter unter meinen Arm! Mir wird das Stehen sauer! Und bis zum Turm hinüber ist's weit.“ Zärtlich rüttelte er den gebeugten Kopf seiner Frau. „Komm, Schligg! Steh auf! Pack mich beim anderen Flügel. Ich möcht's erleben, daß du mein Weib sein kannst, auch wenn die Sonn' scheint. Nit bloß, wenn die Kerzen stinken.“

Wortlos taten die beiden, was er wollte. Langsam ging's über die Treppe hinunter. „Auf dem Büchsensöller kann ich sitzen!“ tröstete Herr Korbin sein stummes Weib. „Was ich brauch' beim Sitzen, ist zum Denken nit nötig. Fechten wird mein Gehirn.“

In einer sonnigen Fensternische tuschelte der Jungherr: „Mutter? Darf man's geschehen lassen? Der holt sich den Tod.“

Frau Engelein antwortete mit harter Ruhe: „Jeder holt sich, wovon er meint, es wär' das Beste für ihn. Laß die Narren wie Narren tun! Du sei klug!“ Sie lächelte. „Auf dem Turm sind schon ein paar zuviel. Nimm die Führung auf der Mauer, die gegen Norden ist.“

„Mutter?“ Die Schamröte war ihm ins Gesicht gefahren.

„Da bin ich der Mindere.“

„Um so länger lebst du.“

Sie tastete nach ihrem Schlüsselbund und ging davon. Und konnte schon wieder an die Metkufen und an die Krautfässer denken. Und an das Rätsel des Hühnerstalles. Blieben auch heut die Nester nicht ungebrandschatzt, so war's erwiesen: daß ein Weibsbild die Eier stahl – weil alle Mannsleute auf der Mauer waren, ausgenommen den alten Burgkaplan, den die fromme Christenseele der Frau Engelein nicht verdächtigte.

Als die Trutzin verschwunden war, stand Eberhard noch immer in der Fenstersonne. Unter seinem hartsträhnigen Blondhaar gaukelten wirre Gedanken. Mit den Bewegungen eines Nachtwandlers suchte seine Hand das Treppengeländer. Da vernahm er von der Stube des Puechsteinischen Perlenschreins zwei Magdstimmen, eine scheltende und eine, die heiter war. Diese Stimme kannte er, und nach den mannigfachen Erlebnissen des Morgens erwachte in ihm das entschuldbare Verlangen, über den Wert seiner Persönlichkeit ins klare zu kommen.

Am Ende des Mauerganges öffnete sich die Tür, und Pernella trat heraus, mit einem Pack Wäsche unter dem Arm. Als sie den Jungherrn gewahrte, warf sie alles, was sie trug, in eine Fensternische, zeigte mutige Augen und hütete sich nur, in die Nähe einer Bank zu geraten.

Wie ein Zürnender klirrte Eberhard durch den Gang hinunter und faßte das rote Federspiel an den Schultern. „Du? Warum bist du mir am Morgen ausgeschlitzt?"

„Ich hab' wen kommen hören."

„Du lügst! Da ist kein Mensch in der Näh' gewesen."

Sie machte erstaunte Augen. „Nit?"

Er schüttelte den Kopf, daß seine Blondsträhne gleich schwingenden Fächern in die Hohe stiegen.

Mit unverhehltem Bedauern sagte sie: „Ach, wie schad."

Da packte er das Mädel, küßte wie ein Blinder, war des Wertes seiner Persönlichkeit wieder völlig sicher und empfand noch eine Art von Rechtsgefühl. Wer beraubt wird, darf sich entschädigen. Schon maß er die Entfernung bis zur Tür seiner Jungherrnkammer. Doch das Gebrüll einer Seeburgischen Schlange und die Sorge, der Vater könnte seinen Heldensohn vermissen und suchen lassen, vergiftete ihm den schonen Augenblick. „Mädel?" zischelte er an Pernellas Ohr. „Wenn sich zur Nacht was rührt in deiner Kammer? Wirst du eine Gans sein und schreien?"

Sie wand sich kichernd aus seinen Armen, guckte lustig über die Schulter und verschwand in der Tür, aus der sie gekommen war.

Nach der anderen Seite schritt der Jungherr in Siegerlaune davon und baute auf seine nun klar bewiesene Unwiderstehlichkeit allerlei kühne Pläne. Redet man nicht von sieben Himmeln? Da muß man, ehe man den höchsten ersteigen kann, doch erst die niedrigen erklettern. Mit wachen Augen hatte Eberhard einen Traum, der halb an ein Jakobskapitel der Bibel erinnerte. Er sah die Himmelsleiter. Über die oberste der goldenen Sprossen schwang sich der junge Trutz von Trutzberg in das Reich aller Seligkeiten, während am dunklen Erdenfuß der Leiter ein unkenntlich Zerschellter lag – einer, den man nach dem Ratschluß der Frau Engelein über die Mauer hatte stoßen lassen, wo sie am höchsten war.

Kampflustig rasselte der Jungherr über die Treppe hinunter, während in sonniger Fensternische vergessen ein Häuflein Wäsche liegenblieb. Es war ein Leilach dabei, auf dem ein Verblutender gelegen zu haben schien: das Puechsteinische Leintuch, über das Herr Melcher unter Blitz und Donnerschlag seinen Rotwein ausgekleckert hatte.

Ein heftiges Geschepper. Glasscherben spritzten auseinander, und über die Steinfliesen hüpfte etwas Kleines und Schweres hin, gleich einem schwanzlosen, bleiernen Mäuschen, das sich verkriechen wollte.

Immer wieder klang's an der Mauer wie kurzer Hammerschlag. Aus den Wiesentälern tönte ruhelos ein krachendes Gebelfer herauf, als hätte der Schlangendonner kleine Kinder bekommen. Ihre lärmvolle Schulstube war das Waldversteck unter den nördlichen Schützengangen, in denen der Jungherr seine strengen Kriegsbefehle herumschrie. Häufig griff er selbst zu einer Hakenbüchse und schoß gegen die Waldlöcher hinunter, aus denen die grauen Pulverwölklein herauspufften. Da drunten war keine Nase eines feindlichen Mannes zu sehen. Aber nach jedem Schuß, den Eberhard hinunterschickte, verkündete er mit stolzer Sicherheit: „Den hat's überworfen!"

Obwohl er auf solche Weise zahlreiche Feinde vertilgte, geriet er in immer größere Besorgnis um die nördliche Mauer und schickte aufgeregte Botschaften zum Brückenturm.

Bei diesen Kassandrarufen des Sohnes drohte Herr Melcher die Besonnenheit zu verlieren. Schon wollte er von der Südmauer einen Teil der Besatzung zu Eberhards Beistand entsenden. Doch Herr Korbin, der auf den „Krähgockel" im Norden schlecht zu sprechen war, ließ keinen Mann von der Südmauer abziehen und richtete die Frage an den Burgherrn: „Wer befiehlt? Jedweder? Oder wer's versteht?"

Herr Melcher sagte begütigend: „Das beste Hirn hast du! Befiehl, Herzbruder! Ich will gehorsamen."

Beruhigt nickte der Puechsteiner: „Bist doch allweil der Richtige!" In dem von Mörtelstaub durchwirbelten Zwielicht des Büchsensöllers saß er rittlings auf einer Holzbank, die zwischen den beiden Mauerschlangen senkrecht gegen die Turmwand geschoben war; da brauchte er sich nur in den Hüften hin und her zu beugen, um rechts oder links durch eine Schießscharte ausspähen zu können nach der von Pulverdampf umqualmten Schlangenschanze des Heini von Seeburg. Über die Schulter rief er dem Lien und Kassel seine kurzen Befehle zu. Beim Schlenkern des kranken Beines traf er manchmal den Wulli, der an die Holzbank gebunden war und bei jedem groben Schuß der Seeburgischen einen Knurrlaut vernehmen ließ. Machte dem Puechsteiner das Fieber die Lippen trocken, so nahm er einen Trunk aus der Kanne. Immer war er in heiterer Laune und brachte mit seinen derben Späßen die Söldner zum Lachen. Nur einmal wurde er ungemütlich. Als Frau Scholastika das kreideblasse Gesicht durch den Söllerboden heraufstreckte, schrie Herr Korbin auf eine Weise, wie man kleine Kinder schreckt: „Wirst du machen, daß du weiterkommst!" Frau Schligg verschwand wie der

Blitz. Nun lachte der Puechsteiner wieder: „Das arme Weibl hat's von uns allen am härtesten."

Den Bumbardendonner des Feindes beantwortete Herr Korbin manchmal mit dem Schuß einer Turmschlange: „Nur, daß die Hundsfötter merken, wir schlafen nit." Die alten Trutzbergischen Rohre waren zu schwach, um Schaden an der feindlichen Schanze anzurichten; aber nach jedem Schusse gab's auf dem Büchsensöller ein Gelächter über die wahnsinnigen Zuckbewegungen des Wulli, der sich wohl an den fernen Donner, aber nicht an die heftigen Krachgeräusche in solcher Nähe gewöhnen konnte. Erst nach längerem Zureden des Lien wurde das gequälte Tier etwas ruhiger, ließ die Schnauze geduldig auf den Pfoten liegen und verwandte keinen Blick von seinem Schäfer. Der hatte viel zu springen und machte manchmal mit den Schultern eine Bewegung, als müßte er etwas Lästiges vom Rücken fortschütteln. Dabei war aber immer ein stiller Glanz in seinen Augen, ein Lächeln um seinen Mund. Alles, was geschah und was er selber tat, schien für den Lien eine fröhliche Sache zu sein.

Herr Korbin beobachtete ihn sehr aufmerksam; und Herr Melcher, der gern stand, wo der junge Söldner war, sagte einmal zum Puechsteiner: „Ich weiß nit, wie das kommt. Wo der Bub ist, spür' ich eine seltsame Sicherheit." Dieses Wort war prophetisch. Als eine der Seeburgischen Schlangen wieder brüllte, riß Lien den Burgherrn mit grobem Zuck von einer Scharte weg. Im nächsten Augenblick flogen die Steintrümmer durch den Söller, und der schmale Turmschlitz war verwandelt in ein rundes Loch. Während die Mörtelknechte gelaufen kamen, um den Schaden zu verpflastern, hob Herr Melcher die Zinnmuschel, die von der zersplitterten Steinkugel abgesprungen war, vom Boden auf. „Bub! Da laß ich dir einen Deckel auf einen festen Weinkrug gießen."

Die Seeburgischen, obwohl sie starke Schlangen hatten, schossen nicht gut, richteten aber trotzdem mancherlei Schaden an: bald hier und bald dort gab's Löcher, und vier durch Steinsplitter verwundete Leute mußten in der zum Spittel verwandelten Halle des Herrenhauses verbunden werden. Erst um die Mittagsstunde hatten die Seeburgischen ihre Schlangen eingeschossen und brachten fast jede Kugel gegen den Brückenturm. Treffer um Treffer machte das schwere Gemäuer zittern, während die hörigen Knechte den Wein und die Mahlkost für die Söldner umhertrugen. Und der Puechsteiner wurde nicht zornig und brüllte nicht, als Frau Scholastika und Hilde mit Körben und Krügen kamen; er redete freundlich, nannte Frau und Tochter seine „tapferen Geißlen", hatte immer die Augen bei den Scharten, schlang wie ein Wolf und soff wie ein dampfendes Roß. Mit Herrn Melcher ereignete sich ein Wunder, das Frau Engelein leider nicht zu sehen bekam; es war die erste Mahlzeit, bei der sich der edle Trutz von Trutzberg nicht bekleckerte, weil ihm Hilde die Schüssel hinaushob bis unter den Bart. Als er satt geworden, ging sie auf den Jungsöldner zu: „Komm, Lien! Tu dich stärken! Ich hab' gesorgt für dich."

„Vergelt's Gott! Ich hab' das Meinige schon gekriegt!"

Das Fräulein lächelte mit blassem Mund. „Daß du verschmähen könntest, was ich für dich gebracht hab', Lien, das glaub' ich nit."

„Gelt, nein?" sagte er schnell, in Scheu und Freude. Das Knie beugend, begann er langsam und reinlich aus der Zinnschüssel zu essen, die sie auf ihrem Schoß hielt. Nie sah er zu ihren Augen hinauf, immer hielt er den von Eisen umhüllten Kopf gebeugt.

Der Turm erzitterte unter einem Kugelschlag. Frau Scholastika tat einen Schrei und klammerte den Arm um ihres Mannes Hals. Er lachte sie aus und sagte: „Guck dein Mädel an! Die merkt nit, daß die Kugeln fliegen."

Mit erwürgten Lauten stammelte Frau Schligg: „Tu mich erlösen, Korbi. Sag mir ein einziges Wörtl! Ist dir gut?"

„Besser als im Bett. Heut bin ich ein Genesender, morgen ein Gesunder. So ist's, mein liebes Weib. Dein Korbi lügt nit."

Frau Scholastika atmete gläubig auf. Und Hilde stellte die leergewordene Schüssel fort und hob dem Jungsöldner die Weinkanne an den Mund.

„Komm, Lien! Tu trinken!"

Beim Weinschlucken mußte er das Gesicht erheben. Nun sah er in ihre Augen. Als er nach bescheidenem Trunke den Krug fortschob, sagte er: „Jetzt hast du mir Kraft gegeben. Ich will's erweisen."

Bevor er sich ausstrecken konnte, faßte sie seine Hand. „Hast du noch Schmerzen?"

Er schüttelte den Kopf und log: „Nit ein lützel!" Lächelnd wischte er nach Bauernart mit dem Handrücken über seinen Mund, sagte „Vergeltsgott!" und ging auf die Scharte zu, bei der sein Posten war. Das Gewoge des Mörtelstaubs umschleierte ihn.

Als Hilde sich zögernd von ihm abwandte, sah sie ein Lachen im glühenden Gesicht des Vaters. Und Frau Scholastika war erfüllt von ihrer gläubigen Freude: „Kind, dem Vater ist besser! Jetzt muß ich mich nimmer sorgen."

„Gelt nein?" Hildes Augen glänzten, als sie die Wange an den blauen Stahl ihres Vaters schmiegte.

Herr Korbin nahm sein Mädel auf das gesunde Bein Und legte den mit Eisen geschienten Arm so schwer um ihren schlanken Leib, daß sie ein bißchen stöhnen mußte. „Sei tapfer. Maus! Geh mit der Mutter und hilf ihr schaffen!" Er küßte sie auf die Wange. Dieser Kuß war wie der gierige Biß einer wilden Zärtlichkeit. „Und lus! Ich sag' dir noch ein Wörtl." Sein Mund war an ihrem Ohr. „Kind! Jede saubere Menschenfreud ist eine Gnad aus Gottes Hand. Du darfst sie genießen ohne Scheu."

Heiß erschrocken sah sie den Vater an. Da befahl er mit grober Stimme: „Schligg! Nimm das Mädel! Flink! Weiter!“ Er sah sich nimmer um, als sein Weib und Kind hinuntertauchten durch die Falltür.

Das war geschehen unter dem Gebrüll der Seeburgischen Schlangen, unter dem Beben des Turmes, unter dem Staubgewoge, in das die Sonne hereinglitzerte gleich verblichenen Goldbändern, und unter dem Lärm und Geschrei der Männer, die den Turm besetzt hielten. Von ihnen hatte keiner was anderes gewahrt, als daß mit den hörigen Knechten die Puechsteinerin und das Fräulein gekommen waren, um Trank und Speise herbeizutragen. Auch Herr Melcher, der über seinen unbekleckerten Zustand eine fast kindliche Freude empfand und mehrmals sagte: „Jetzt sollt mein gutes Weibl mich anschauen!“ – auch Herr Melcher hatte nichts Überraschendes entdeckt. Im Brückenturm befand sich nur ein einziges Geschöpf, das über den Vorgang der letzten Viertelstunde maßlos verwundert war: der nervös erregte Schäferhund unter der Holzbank. Daß keiner von den vielen, schmatzenden Menschen an den Hunger des Wulli gedacht hatte, nahm den Hund nicht wunder. Solche Mißachtung seiner dringendsten Lebensbedürfnisse war Wulli von der fremden Welt gewöhnt. Daß aber auch sein sonst so makelloser Schäfer eine große, große Schüssel leeren und völlig den sehnsuchtsvollen Wulli vergessen konnte – das war eine unbegreifliche Sache. Freilich, Wulli war mitschuldig. Er hatte sich vornehm verhalten, war nicht zudringlich geworden, hatte nicht gewinselt, nicht gebettelt. Er handelte nach dem Lehrsatz: Brave Hunde verlangen nichts. Und nun war es so, daß Wulli, eben weil er sich tadellos benommen, die pessimistische Erfahrung registrieren mußte: Brave Hunde bekommen auch nichts.

Seinem Schäfer wurde Wulli deswegen nicht gram, doch mit unverhehltem Mißmut betrachtete Wulli den gefräßigen Kassian Ziegenspöck. Der suchte aus Mangel an frischen Eidottern die saure Pein seines Innern durch ein halbes Dutzend süßer Käslaibchen zu beschwichtigen, goß nach Leerung des eigenen Kruges aus der Weinkanne des Lien seine hohlgewordene Gurke voll und schluckte den noch übrigen Inhalt der Kanne mit unglaublicher Flinkheit in seine brennende Seele.

Diese schwere Ladung machte den Sergeanten so hirnhell und scharfsinnig, daß er, als der Puechsteiner und Herr Melcher die harte Arbeit der kommenden Nacht beredeten, sehr nützliche Winke erteilen konnte. Und wenn die Steinsplitter durch die zerhackten Scharten hereinspritzten, sprang Kassian Ziegenspöck nimmer auf die Seite. Er stand wie ein Baum. Sehr ernst. Nur manchmal mußte er ein bißchen lachen: weil er weiße Eier über den Söllerboden kollern sah, genau so flink, wie die Mäuschen laufen.

In den Turmscharten wurde die Sonne rot, der Abend wollte kommen, und die Schlangen des Heini von Seeburg brüllten in immer rascherer Folge. Den schweren Quaderbau des Turmes konnten die Kugeln nicht fallen machen; sie zerbissen ihn nur, wie Spechte einen Baum zerhacken; auch trafen den Turm nur die irrenden Schüsse, die richtigen Treffer fuhren in die hochgezogene Fallbrücke, durchbohrten das Eisenbeschläg, zerfetzten die schweren Bohlen und zerrissen die Sandsäcke, mit denen man den Raum zwischen der Fallbrücke und dem Balkenrost der Torhalle ausgepolstert hatte.

Um die siebente Abendstunde, als der greise Kaplan wie in friedlichen Zeiten zum Mariengruß das Glöcklein der Burgkapelle läutete, zerquetschte ein feindlicher Schuß eine der zwei schweren Eisenketten, mit denen, die Fallbrücke hochgezogen war. Das schon grob zersplitterte Bohlengefüge schwankte halb gegen den Torgraben hinaus, und die aufgestapelten Sandsäcke rollten nach. Von der feindlichen Schanze quoll verschwommen ein johlendes Gebrüll herüber. Die Männer auf dem Turmsöller hatten strenge, harte Gesichter. Kassian Ziegenspöck machte seinen Zwiehänder blank und prüfte mit dem Daumen die Schärfe des Eisens. Lien, straff aufgerichtet, war neben den Puechsteiner hingesprungen. Der guckte von seinem hölzernen Sattel zu Herrn Melcher auf und sagte ruhig: „In deiner Burg sind gute Christen. Eh die Nacht kommt, mußt du sie beten lassen. Sie sind's gewöhnt."

Schweigend nickte Herr Trutz, ging zur Falltür, kehrte wieder um und legte seine drei Finger auf die Schulter des Lien: „Komm mit! Das Eisen an deinem jungen Leib ist alte War'. Ich will dir besseres Zeug geben."

Das friedsame Glöcklein tingelte, und die Seeburgischen Schlangen brüllten, während die beiden hinübereilten zum Herrenhaus. In der großen Halle, wo schon sieben Verletzte auf dem Stroh kauerten, lagen die edlen Frauen und Mägde auf den Knien und beteten unter dem Geläut der Marienglocke den christlichen Notschrei zum Vater des Himmelreiches. Aus den vielen Stimmen schrillte die Stimme der Frau Engelein heraus, die mit Gott redete, wie sie mit ihrem Melcher zu reden pflegte, wenn er eine gesäuberte Wad wieder neu beschädigt hatte. Nun wurde sie stumm. Weil sie neben ihrem Gatten den Lien gewahrte, wollte sie aufspringen. Herr Melcher winkte mit der Hand: „Ich muß nur in die Rüstkammer. Bleib, gutes Weibl. Und bet! Könnt sein, wir haben in der Nacht den Beistand des Himmelreichs nötig."

Auf der Schwelle der Rüstkammer wandte Lien das Gesicht. Zwischen den gebeugten Frauenhauben sah er einen tiefgesenkten Mädchenkopf und hörte ein Stimmchen, das mit heißer Inbrunst betete. Sein Leib streckte sich, als wären seine Muskeln geschmeidiger Stahl geworden.

In der dämmerigen Waffenkammer sagte Herr Melcher: „Such dir einen festen Zwiehänder aus, der dir gut in den Fäusten liegt. Nit zu lang. Im Bruckentor ist der Raum ein lützel eng."

Lien prüfte einen Stahl nach dem anderen. „Darf ich den behalten?"

„Einen feinen Griff hast du!" Herr Welcher lachte in seltsamer Erregung. „Das ist der meinige gewesen, wie ich noch als Zehnfingriger gefochten hab'. Jetzt muß ich einen leichteren führen. Sonst schnappen mir die kunstbaren Finger aus." Er sah dem Lien in die Augen, lang und forschend, faßte ihn an der Küraßkante und rüttelte. „Tu das Gelump herunter. Ich will dir aussuchen, was dir verläßlich das junge Blut beschirmt."

„Herr, da bin ich schon gut versorgt." Lien muschelte die Hand um seine Kehle.

In der Tür, die offengeblieben, erschien das fahle Gesicht der Frau Engelein und verschwand wieder. Das Geläut des Glöckleins und die Gebete der Frauen waren verstummt. Man hörte nur noch das Stahlgeklirr in der Rüstkammer und in der Halle die Stimmen der Verwundeten, die auf dem Stroh miteinander schwatzten, beinahe fröhlich; der Tag hatte ihnen übel mitgespielt – die böse Nacht, die jetzt heranrückte, konnte ihnen nimmer schaden. Und besser, warm bleiben mit Wunden, als kalt werden! So dachten die Knechte.

Als Herr Melcher und Lien wie zwei lebendig gewordene Eisensäulen aus der Waffenkammer herausrasselten, sprang Frau Engelein von ihrem Lauerposten aus der Küche herauf. Beim ersten Blick erkannte sie am Lien die schwere Augsburger Feldrüstung, die Eberhard bei seinem Ritterschlag vom Herzog zu Bayern-München als Geschenk erhalten, aber noch nie getragen hatte. In Zorn schrillte Frau Angela den Gatten an: „Vergeudest du unseres Sohnes Gut an einen Knecht?"

„Lien!" Herr Melcher blieb ruhig. „Such den Kaplan und heiß ihn die Mannsleut segnen!" Mit der eisernen Rechten, die jetzt drei Finger und zwei zangenförmige Stahlhaken hatte, faßte Herr Melcher das Kleid seiner Frau. „Mein gutes Weibl! Sei verständig! Es geht in der heutigen Nacht um Burg und Leben."

Sie schrie: „Hättst du den Unsinn nit gemacht!"

„Das ist ein ander Ding. Jetzt ist's, wie es ist. Unserem Buben wird nichts genommen. Das Augsburger Eisen hat er noch nie am Leib gehabt." In die Stimme des Herrn Melcher kam ein kummervoller Ton. „Auf der Mauer hat er sich ein Fleckl ausgesucht, wo ihm die leichte Wehr genügt. Meinetwegen! Ich denk: das hast du ihm als fürsichtige Mutter geraten. Ich will's nit ändern. Beim Turm, Weibl, müssen die Aufrechten stehen. Da muß ich mir meine Verläßlichen wahren. Der Bub ist von den Besten einer!"

Die Trutzin lachte höhnisch. „Ist ein Verläßlicher nit auch der Kassel? Warum tust du den nit rüsten mit deines Sohnes Wehr? Warum den Schäfer bloß? Den ein liederliches Weibsbild im Stall geheimset und im Stall verloren hat!"

Herr Melcher bekam eine glühende Stirn, bezwang sich aber und sagte leise: „Vergiß nit die Knechtleut, die hinter uns auf dem Stroh hocken! Aber weil du Stall sagst: im Stall ist schon mancherlei Gutes auf die Welt gekommen."

Erschrocken keuchte sie: „Willst du lästern?"

„Ich nit. Ich bin ein schlechter Christ. Es lästern nur allweil, die sich für fromm halten. Wer weiß, wie lang ich noch schnauf. Drum will ich jetzt ehrlich sein. Einmal – lang ist's her – da ist harte Reu in mir gewesen, und ich hab' mich gedemütigt vor deinem fleckenlosen Rocksaum." Zwei Schüsse der Seeburgischen donnerten ineinander. Herr Melcher schien nicht zu hören. „Eine brave Frau ist ein heilig Ding. Ich tu dich ehren, Weibl, und weiß, um wieviel minder ich bin. Was Mannsbild heißt, ist allweil ein Fleckschmirber. Jede Mutter hat das Recht, daß sie Mauern baut um ihr sauberes Sach herum. Aber Blut ist Blut. Und auch für Sünden muß man einstehen und sollt nit ins Elend fallen lassen, was man stützen müßt in schuldloser Not."

„Mann, ich versteh dich nit!" sagte Frau Engelein kalt. „Bist du krank? Oder hast du getrunken?"

„Ich bin nit der Kassel, nit der Korbi." Er faßte ihre Hand mit der Linken, weil die Stahlhaken seiner Rechten sie hätten schmerzen können. „Weibl! Hab' ich was verschuld't, so laß mich's ausgleichen in geziemender Weis! Das soll dir den Ärmel nit unsauber machen, soll unseren Sohn um kein Quentl seines Rechts berauben."

Ihr Gesicht versteinte. „Ich weiß nit, was du meinst."

Er sagte langsam: „Oft schon hab' ich denken müssen, daß du mir selbigsmal mit deiner Botschaft von der liederlichen Germeid und dem genäschigen Stallknecht nit die Wahrheit gesagt hast."

Frau Engelein lächelte dünn. „Hab' ich die zwei nit selber in der Sünd gefunden?" Sie schien in würdevollen Zorn zu geraten. „Willst du deine Edelfrau der Lüg bezichten?"

Den plumpen Kopf beugend, sagte Herr Trutz mit Trauer: „Da gibt's kein Wörtl nimmer! Ich muß dich ehren. Aber eins ist wahr, Weib: den Glauben, der mir ins Blut gefallen, ich weiß nit wie, den wirst du mir nimmer herausreißen." Er ging davon, im Klingen seines Eisens.

Erst lachte die Trutzin ein bißchen. Dann stieg sie müd in die Küche hinunter, wo Frau Schligg und Hilde an einem langen Tisch beim Austeilen der abendlichen Rationen halfen. Frau Engelein begann zu arbeiten, mit Bewegungen, wie man sie an Menschen in schwerer Schlafsucht gewahren kann. Ihre Augen gingen irr, während sie an die Schloßhauserin die leise Frage richtete: „Margaret? Bist du schon bei den Hennennestern gewesen?"

Die Alte tuschelte: „Noch nit, Frau! Im, Stall ist wenig Licht, und meine Händ sind rauh. Ich könnt die Märkzeichen nit spüren. An einer schiechen Verwechslung möcht ich nit schuld sein."

„Komm! Nimm das Laternlein mit!"

Die beiden huschelten im letzten Abendglanz über den von Lärm durchsurrten Burghof. Wie sonst in friedlicher Dämmerung stiegen viele Hennen unter leisem Glucksen über die Hühnerleitern hinauf und verschwanden in den Einschlupfen. Nur eine Kleinigkeit war anders als sonst: ein Trutzbergischer Gockel stelzte in später

Abendstunde noch einer Puechsteinischen Henne nach und ließ sich auch durch das Gebrüll der Seeburgischen Geschütze nicht vom Weg seines rassewidrigen Leichtsinns verscheuchen.

Frau Engelein spähte nach der Nordmauer und mußte fragen: „Wo ist die rote Pernell?"

„Die muß das Leinenzeug ihrer Herrschaft waschen."

„Freilich! Die Puechsteinischen haben so wenig Leinwand, daß sie waschen müssen jeden anderen Tag." Ein leises, galliges Lachen.

Im Hühnerstalle fand Frau Engelein eine überraschende und erfreuliche Sache. Die zwanzig Pfefferfallen und die Puechsteinischen Nestgeschenke abgerechnet, lagen in den Legkästen so viele Eier, als gäbe es in der Trutzburg keinen rätselhaften Dotterschlucker.

„Jetzt ist's erwiesen. Der Dieb ist ein Mannsbild, das heut die Mauer nit hat verlassen können. Wie halt die Mannsbilder allweil die Verbrecher sind!"

Mit den Fingerspitzen fühlend, entrückt jeder Möglichkeit eines Irrtums, sonderte Frau Angela die frischen Eier von den gepfefferten und wurde sich klar darüber, daß sie den Dieb, weil er ein Mannsbild war, nicht entdecken würde, bevor nicht friedliche Zeiten kamen. Dennoch richtete sie in jedem Nest die Pfefferschlinge wieder auf. Für alle Fälle.

Das geschah in der gleichen Dämmerstunde, in der die feindlichen Schlangen verstummten und der greise Kaplan im Brückenturme mühsam auf den Büchsensöller kletterte, um die knienden Kriegsleute zu benedeien. In den starren Linien des Eisens, mit den steif gefalteten Händen und von grauem Staub überbröselt, sahen sie aus wie steinerne Gruftgestalten.

Herr Korbin war der einzige, der nicht kniete, sondern auf der Holzbank ritt. Er betete mit lauter Stimme, was er schon viele Jahre nicht mehr getan hatte. Nach dem ernsten Amen schmunzelte er lustig und rief sehr laut: „Gutes Pfäfflein! Sag uns zur Seelenstärkung noch ein heiliges Wörtl!" Der zahnlose Mund des Greises lallte. Völlig unverständlich war's. Dennoch wußte jeder, wie es lauten sollte. Ein freundliches Lächeln ging über die harten Mannsgesichter. Und Herr Melcher sagte: „Wenn nur auch die Seeburgischen das verstünden!"

Kapitel 16

Es fiel die Nacht, und eine hetzende Arbeit begann. Wer sich auf Maurerei und Zimmermannswerk verstand, mußte mithelfen bei der Heilung der Schußschäden. Um nicht beleuchtetes Ziel zu werden, mußte man alles im Dunkel oder bei abgeblendeten Lichtern machen. Doch überall standen die Holzstöße und Pechpfannen bereit, um aufzuflammen, wenn es nötig wäre. Mit keuchender Mühsal arbeitete man in der Torhalle, um den verbogenen Balkenrost in die Höhe zu bringen und die Sandsäcke zu lupfen, die in die Nuten der halb nach auswärts hängenden Fallbrücke gerutscht waren. Im Sande wurden die eingedrungenen, zwischen den Säcken hängengebliebenen Kugeln gefunden. Mit Eisenhaken an langen Stangen suchte man den aushängenden Brückenteil wieder gegen die Mauer zu ziehen. Das zerschossene Bohlengefüge war wie in Brocken geklopft. Wo man mit einem Haken, anzog, rutschte ein zersplittertes Balkenstück aus dem Beschlag heraus.

Während die Knechte sich abzappelten an dieser aussichtslosen Arbeit, standen zum Schutz des halb erschlossenen Tores die Schwergerüsteten zwischen Hof und Brückenhalle: Herr Melcher, Kassian Ziegenspöck, der Lien, zwölf Trutzbergische und vier Puechsteinische Söldner.

Weil gegen die völlige Zerschlotterung der Fallbrücke und des Hallentores kein Rat mehr zu finden war, befahl Herr Korbin: „Hinter dem Sand die Hall vermauern! Mit einer Legmauer, anderthalb Ellen dick!“ Die Knechte begannen herbeizuschleppen, was man an Quadern vorrätig hatte, und rissen die großen Pflastersteine aus dem Hofboden. Da hörte man vom Büchsensöller die schreiende Stimme des Herr Korbin, und ein Schütz kreischte durch ein Mauerloch herunten: „Der Lien? Wo ist der Lien? Der Puechsteiner braucht den Lien!“

„Spring, Bub!“ sagte Herr Melcher.

Lien surrte über die steile Turmtreppe hinauf, als trüge er seinen leichten Schäferkittel am Leib, nicht einen halben Zentner Eisen.

Auf dem Söller brannte eine Wachsfackel, deren Licht gegen die Schießscharten abgeblendet war. Die Glutpfanne, die zum Anbrennen der Lunten diente, verbreitete einen roten Schein. Zwischen den Schlangen, neben denen die Schützen mit glimmenden Schnüren standen, saß Herr Korbin. Sein rechtes Bein war geschient, sein linker Schenkel, von dem er den Verband heruntergewickelt hatte, war nackt. Als der Puechsteiner den Lien kommen sah, fragte er unwillig: „Wo sind meine Weibsleut?“

„Soll ich sie holen, Herr?“

„Du Narr du! Nit um des Kaisers Kron! Ich frag', weil ich sicher sein muß vor ihnen. Wo sind sie?“

„Mit dem geistlichen Herrn beten sie in der Burgkapell.“

„Gut! Wenn Weiber beten, das dauert länger, als Mannsleut zum Sterben brauchen. Da bin ich sicher." Herr Korbin lachte. „Komm her, Bub! Es steht nit gut mit meinem angeläpperten Haxen. Ich halt's nit länger aus. Jetzt mußt du brennen, Lien! Hast du Mut?"

„Wohl, Herr! Ich will's fürsichtiger machen, als ich's tat an mir selber." Lien stellte flink den Zwiehänder fort, nahm den im Glutschein rotfunkelnden Helm herunter und zerrte die geschuppten Fäustlinge von den Händen. Den Wulli, der sich bemerklich machen wollte, schob er mit dem stählernen Knie beiseite. In diesem Augenblick, in dem die Sorge um den Vater des edlen Fräuleins dem Lien das Herz zerdrückte, war ihm sein Hund eine fremde Sache. Wulli zog sich gekränkt unter die Bank zurück, hatte vorwurfsvolle Hungeraugen, ließ zwischen den Zähnen die Zunge lang herunterhängen wie einen roten Haken und begann nach einer Weile, um sich auf andere Gedanken zu bringen, den Riemen zu benagen, mit dem er an die Holzbank gefesselt war.

Herr Korbin hatte die blutfleckige Leinwand seiner kurzen Leibhose bis zur Bauchschale des Panzers herausgezerrt. „So, Jetzt brenn! Meinen Dolch, der so sauber ist wie die Seel' meines Mädels, hab' ich schon in die Glut gelegt."

Während Lien den mit Lappen umwickelten Griff des Dolches faßte, aber den Stahl noch in den Kohlen ließ, beugte er das Gesicht über das kranke Bein des Puechsteiners. Seine heißen Wangen verfärbten sich, und in seinen Augen war ein Entsetzen, das eine stumm schreiende Sprache hatte. Er richtete sich auf. Ganz steif wurde sein Körper. Seine Stimme blieb ruhig, aber sie klang, als wär's die Stimme eines anderen Menschen: „Guter Herr! Ich sorg', es ist mit dem Brennen zu spät."

Der Puechsteiner sah ihn verdrießlich an. „Du dummer Bub! Die Wahrheit ist ein köstliches Ding. Aber man muß sie nit allweil sagen." Er beschaute aufmerksam die Wunde; sie glich einem wulstigen Mund, der schwarze Kirschen gegessen hat. „Zu spät oder nit. Man tut seine Schuldigkeit." Den Lien beiseiteschiebend, faßte Herr Korbin den Griff des Dolches und drückte den glühenden Stahl in den Wundschnitt. Ein kleines Wölklein pfurrte in die Höhe, der Puechsteiner keuchte einen dumpfen Laut durch die Zähne und sagte: „Ich kann mir viel denken, was süßer schmeckt." Unter einem irrenden Lächeln reichte er dem Lien den Dolch und die Scheide. „Den schenk' ich dir, Bub! Blut härtet gut. Da drüben steht ein Hafen mit Öl. Da stoß den Stahl noch ein lützel hinein!"

Stumm gehorchte Lien. Das Öl zischte und rauchte.

Herr Korbin legte vorsichtig den Pflasterstreif auf die Wunde und begann die lange Leinwandbinde um den Schenkel zu wickeln. Plötzlich hielt er inne und schloß die Augen.

„Lieber Lien! Gib mir einen Trunk! Mir übelt."

Lien hob den Krug an den Mund des Dürstenden. Der sog, wie es außer ihm nur der Kassian Ziegenspöck fertigbrachte.

Nun ließ sich Lien auf die eisernen Knienmuscheln fallen. Seine Hände zitterten ein bißchen, während er dem Puechsteiner die letzten Leinwandschlingen um den Schenkel herumlegte und achtsam den Strumpfschlauch hinaufzog. Dabei nestelte Herr Korbin mit den Fingern immer am Panzer des Lien. „Gute Augsburger Arbeit!“ Er lachte sonderbar. „Der Herzog, wenn er kommt, wird Augen machen.“ Wieder lachte er. „Jeder Deckel findet sein richtiges Häflein. Das ist von aller verdrehten Weisheit des Lebens die feinste.“

Lien hob die Augen, weil er den Sinn und Zusammenhang dieser Worte nicht verstand, und weil er fürchtete, daß der Puechsteiner im Fieber irr spräche.

Langsam faßte Herr Korbin das blasse Gesicht des Lien zwischen seine Hände, sah ihm in die Augen und sagte ernst. „Kann sein, daß du wieder der Gescheitere gewesen bist und saubere Händ' behalten hast, du weißt nit, wie, und weißt nit, warum.“ Er atmete tief, und sein Ernst wurde ein spöttisches Schmunzeln. „Wär' ich du, ich wüßt', was ich tät'.“ Nun lachte er lustig. „Schad! Als Vater muß ich dir meinen kostbaren Rat verschweigen.“

Lien betrachtete den Puechsteiner in wachsender Sorge. „Herr, ich versteh' kein Wörtl.“

Zärtlich packte ihn Herr Korbin an seiner Halsberge und zog ihn hin und her, wie ein Alter seinen Jungen rüttelt. „Drum bist du die beste Augsburger Arbeit wert! Weil du so dumm bist, Lien!“

Bei den Schießscharten rief eine Schildwach: „Herr! Allweil hör' ich ein Kreisten in der Nacht da draußen und kann's nit deuten. Sehen tut man nichts.“

Mit drei rasselnden Sprüngen war Lien bei der Scharte, Herr Korbin erhob sich und humpelte: „Guck! Es geht ja! Und gar nit schlecht!“ Bei der Scharte hängte er sich an die Schulter des Lien. „Bub? Siehst du was?“

„Wohl, Herr! Auf dem Aschenfeld, da schlupfen Leut umeinander. Jeder hat ein Ding wie eine ausgehobene Tür.“

„Sind Pavesenschilde, hinter denen die Schützen sich decken. Was siehst du noch?“

„Weit draußen seh ich eine große schwarze Sach. Die ist wie ein Haus. Das kreistet und wackelt mühsam auf uns her.“

„Höi! Der Sturmwagen!“ keuchte Herr Korbin. „Wo siehst du ihn, Bub?“

„Wo sie den Weg gegen das Burgsträßl geschaufelt haben. Ich schätz' dreihundert Gang. Da wird's nit fehlen um einen Kappenwurf.“

Der Puechsteiner, der nimmer hinkte, sprang zu einer Schlange hin. Noch bevor es Nacht geworden, hatte er die beiden Rohre gegen den Weg gerichtet, auf zweihundert Gänge. Mit dem Richtgestänge senkte er das Hinterteil der Schlangen, damit der Schuß um hundert Gänge gehoben würde.

„Glut ins Weidloch!"

Fast gleichzeitig krachten die beiden Schüsse. Weit blitzten die Feuergarben in die von winzigen Sternen überfunkelte Nacht. Da draußen ein wirres Geschrei. Und auf dem Söller machte der erschrockene Wulli einen so fürchterlichen Riß, daß die Holzbank einen Purzelbaum schlug und der angenagte Riemen entzweiging. Der Hund, sich kurz zusammenschiebend, sauste über die Treppe hinunter, während die Schützen die Puffhölzer aus der Spannung schlugen und die Schlangen zurückschoben, um sie frisch zu laden.

In der Ferne glomm ein Lichtschein auf. Und durch die Nacht kam etwas Leuchtendes geflogen, das aussah wie ein blauer Komet mit einem langen Rauchschwanz.

„Sie schwefeln!" brüllte der Puechsteiner. „Die nassen Tuchbinden um Maul und Nasen!"

Der brennende Schwefelklumpen klatschte gegen die Turmmauer. Vom Zinnensöller schleuderte man Sand und Asche gegen die Schwefelflamme. Wie eine höllische Ratte kroch sie über die Mauer hinunter, floß gegen die zerschossene Fallbrücke und steckte die splitterigen Bohlen in Brand. Immer neue Kometen kamen geflogen; und Stinkschachteln, die beim Zerplatzen einen grauenhaften Geruch verbreiteten; und große, schöne, wundervoll glitzernde Sterne aus griechischem Feuer, das im Wasser des Torgrabens weiterbrannte, die dunkle Nacht hell machte und einen atemwürgenden Rauch verbreitete. Schweren Schaden richtete das alles nicht an; es sollte nur dem Feinde behilflich sein, den Sturmwagen unbeschossen an die Mauer heranzubringen.

Obwohl der stickende Qualm auf dem Turme schon so dick geworden, daß man hinter den nassen Maulbinden kaum noch atmen konnte, feuerte Herr Korbin mit den zwei Mauerschlangen noch immer durch die wallenden Schleier ins Blinde hinaus und lauschte nach jedem Schuß, ob er kein Geschrei vernähme, das ihm einen Treffer bestätigt hätte.

Die Holzstöße flammten auf, die Pfannenfeuer loderten und rauchten, Schüsse und kreischende Stimmen klangen auch von der Nordmauer, in den Ställen brüllten die Rinder und hämmerten die Gäule, die aufgescheuchten Tauben durchschwirrten die Luft wie Gespenstervögel, und die im Hofe rennenden Gestalten waren schwarz vom Schatten und rot vom Pechfeuer. Auf dieses Bild, das sich ansah wie eine diabolische Orgie, guckte der greise Kaplan aus einem Fensterchen der Pfaffenstube herunter. Immer machte er verzweifelte Armbewegungen. Was er unter Tränen lallte, hörte niemand.

Und im Höllenspektakel des Hofes rannte ruhelos etwas Pelziges umher. Das war der hungrige Wulli, der eine verzehrbare Sache suchte. Seine feine Nase, sonst sein Glück und Stern, verlockte ihn zu einem verhängnisvollen Wege. Er wußte, daß er was Böses tat. Im Hunger mußte er's tun. Und Frau Engelein hatte an diesem Schreckensabend die Tür des Hühnerstalles nicht verschlossen. Geschult an den Nestern der Kiebitze und Wildenten, haschte Wulli die Ermunterungseier aus sieben Legkästen. Mit den Zähnen hob er das Ei, streckte den Kopf in die Höhe, zerknackte die Schale und schluckte was herausrann. Schon beim vierten Ei war ihm nimmer ganz geheuer; nach dem siebenten unterbrach er kopfschüttelnd und niesend das verbrecherische Mahl; die Pfefferfallen der edlen Trutzin schmeckten wesentlich anders als die guten Kiebitzeier und Wildentendotter.

Mit höchst sonderbaren Bewegungen begab sich Wulli in den lärmvollen, von Qualm und üblen Gerüchen durchpesteten Hof zurück.

In der Brückenhalle hatten die Knechte, versagt von den Schwefeldämpfen, die kaum begonnene Arbeit an der Sperrmauer unterbrechen müssen. Die Fallbrücke war weggebrannt, kriechende Flammen verzehrten den Zwilch der Sandsäcke, die Menge des Sandes rieselte auseinander, und der Balkenrost begann zu glühen. Auf dem Büchsensöller mußte man immer Wasser über den Boden ausschütten, damit der Torbrand nicht hinauffräße in den Turm.

Zu beiden Seiten der von Qualm erfüllten Torhalle standen die Schwergepanzerten, hustend, mit entzündeten Augen. Dieses Ausharren und tatlose Warten war etwas Schreckliches. Am härtesten litt Kassian Ziegenspöck, weil sich zur Qual seiner Augen und Nase noch die innere Säuferpein gesellte; sie wurde so gräßlich, als hätten ihm die Seeburgischen eine Schwefelkugel in den Magen geschleudert. Manchmal krümmte er sich im Panzer klein zusammen. Dann hielt er's nimmer aus; er mußte ein paar schmerzstillende Dotter hinunterschlucken. Taumelnd trat er vor den schwerschnaufenden Herr Melcher hin. „Gnädigster Herr! Ich muß austreten!“ Das klang wie eine Stimme aus Gräbern.

Ein paar von den Söldnern lachten. Und Herr Melcher brummte: „Tummel dich!“

Hurtig segelte Kassian Ziegenspöck gegen den Hühnerstall und warf einen forschenden Blick zum geschlossenen Tor des Herrenhauses und nach den erleuchteten Hallenfenstern, hinter denen die Schatten der Frauen und Mägde vorüberglitten. Das Türlein seiner heimlichen Apotheke fand Kassel offen. Er schloß es hinter sich. In diesem heiligen Raume der Genesung fand er sich nach der vielen Übung dreier Monate auch zurecht bei stockschwarzer Finsternis. Er griff in den ersten Legkasten. Leer. Er griff in den zweiten. Leer. Kassian Ziegenspöck tat einen schauerlichen Fluch, tappte weiter und sakramentierte immer lästerlicher. Erst im achten Neste fand er das erste Ei. Er trank es aus und fand im neunten Neste das zweite, im zehnten das dritte. Als er den vierten

Dotter verschluckte, klang im Lärmgewühl des Hofes die erschrocken schreiende Stimme des Lien: „Herr Jesus! Was hat denn der Wulli? Ob du herkommst! Wulli! Wulli! Ach gütiger Himmel! Mein Hund ist vergiftet! Mein gutes Hundl ist krank zum Sterben!“ Ganz deutlich hörte das der Kassian Ziegenspöck. Aber was ging ihn die bedrohte Gesundheit des Schäferhundes an? Er war dem Wulli gut, gewiß. Doch die eigene schmerzhafte Gesundheit war ihm wichtiger. Als er den neunten Eidotter verschluckt hatte, wurde er ein bißchen stutzig und schalt: „Gotts Not und Elend! Ist denn heut des Teufels Großmutter in den Nestern gesessen?“ Er griff und griff, beschleunigte seine Kur – und weil ihm von den Ermunterungseiern eines entschlüpfte und auf dem Boden zerbrach, verschluckte Kassian Ziegenspöck nur zwölf Genesungsdotter, ohne durch einen dreizehnten besonders gefährdet zu werden. Die vielen Hennen, die durch das Eisengeklirr des Gepanzerten aus dem ohnehin nicht festen Schlummer aufgeschreckt wurden, gluckten und gackerten leis auf ihren hohen Stangen. „Ja, ja! Vergeltsgott, meine hilfreichen Vögelen!“ sagte mit milder Stimme der dankbare Sergeant, der an Stelle des völlig erloschenen Sodbrennens etwas wundervoll Belebendes in seinem ausgepichten Inneren empfand.

Als Kassian Ziegenspöck den hilfreichen Arzneikasten verließ, befand sich im Flackerschein des Holzstoßes eine aufgeregte Truppe von Schwergepanzerten beim Brunnentrog. Vier hielten den Wulli an den Beinen fest, Herr Melcher hatte ihn mit den künstlichen Fingern am Hals gepackt, und während Wulli gurgelte, keuchte und zappelte, suchte Lien mit der Hand im Rachen und Schlunde des Hundes. Alle sechs Helfer hatten ein heißes Erbarmen mit dem leidenden Tier, und Lien, dem die Tränen wahrhaftig nicht locker saßen, war dem Weinen nahe. „Ich find' nichts“ schrie er, „ich kann nichts finden, ein Knöchelein hat er nit im Hals, aber alles, was ich da drinnen angreif, ist wie siedendes Öl.“ Als er die Hand zurückzog, machte Herr Melcher beim Feuerschein eine Entdeckung.

„Bub? Was hast du an den Fingern?“

Die ganze Hand des Lien war übertüpfelt von kleinen schwarzen Körnchen.

„Jetzt ist's klar!“ entschied Herr Melcher, dem es darum zu tun war, flink wieder zum Tor zu kommen. „Dein Hund! hat auf dem Büchsensöller Pulver gefressen. Das tut ihm nichts. Im Gegenteil. Der Salpeter putzt ihn aus.“

Lachend ließen die Söldner den Wulli los. Der jagte im Hof umher wie von einem Schreckgespenst gehetzt, heulte und winselte, machte mannshohe Sprünge, schüttelte den Kopf und begann zu niesen und zu husten, wirbelte sich im Kreis herum, wälzte sich auf dem Boden, scheuerte mit allen vier Pfoten an seinem Rachen – und jetzt putzte er sich aus, getreu nach der Prophezeiung des Herrn Melcher, nur in konträrer Richtung. Es war eine schreckliche Katastrophe, die an faulgewordene Eier erinnerte; doch neben dem Schwefelqualm und den fürchterlichen Düften der feindlichen Stinkschachteln verursachte dieser Vorgang keine merkliche Verschlechterung der Lüfte. Wesentlich erleichtert, raste Wulli dem Brunnen entgegen, sprang auf den Rand des Troges, tauchte den Kopf ins Wasser und schlapperte und sog und soff, wie es in solcher Ausdauer nicht einmal der Kassian Ziegenspöck verstand.

„Ihr guten Leut!“ schrie Lien in Freude. „Mein Wulli gesundet. Er sauft schon wieder.“

„Ja, ja“, sagte der Sergeant mit einer überraschend zarten Stimme, „saufen können ist allweil das Zeichen einer gottgesegneten Leibsbeschaffenheit. Was hat's denn gegeben mit deinem Hundl?“

„Ich weiß nit.“ Lien trat wieder in die Reihe der Schwergewaffneten. „Allweil ist der Wulli gesund gewesen. Jetzt jählings ist er erkrankt.“

Kassian Ziegenspöck ließ das Lachen eines überlegenen Philosophen hören. „So teilt das liebe Himmelreich seine Gnaden unterschiedlich aus. Allweil ist mir schmerzhaft zumut gewesen. Jetzt jählings bin ich gesund. Ich spür mich, als wär' ich jünger um zwanzig Jährlein. Ein feines Feuer ist in mir, wie bei der ersten Lieb. Herrgott! Täten jetzt die Seeburgischen kommen, da möcht ich Streich machen wie der Goliwat.“ Der in seiner steten Besoffenheit immer nüchterne Sergeant war sonst kein Aufschneider und Krakeeler. Doch jetzt, wie unter einem Johannistrieb seiner befeuerten Lebenskräfte, fuchtelte er mit dem Zwiehänder um den Stahlhut herum, daß das breite Eisen im Feuerschein blitzte, als flögen sieben funkelnde Klingen durch die Luft. Lachend stellte er das Schwert zu Boden. „Herrgott! Und dürsten tut mich! Wie verruckt! So saumäßig gesund bin ich!“ Er holte die Gurke heraus und setzte sie gleich einer Trompete an den Mund.

Beim ersten Schluck erschien im Gesicht des Kassian Ziegenspöck der Ausdruck eines namenlosen Staunens. Und plötzlich geschüttelt von mirakulösem Ekel, schleuderte er die Gurke in den flammenden Holzstoß. Der lachende Philosoph verwandelte sich in einen ungemein ernsten Denker. Er guckte drein, wie Wulli zu gucken pflegte, wenn er die Ohren hängen ließ und die Welt nicht begriff. „Das ist gespaßig!“ schwatzte Kassel vor sich hin. „Bis zu meinem fünften Jahr hab' ich meiner Mutter Milch gesoffen, nachher meines Vaters Wein. Wasser nie! Gespaßig! Jetzt zum erstenmal im Leben durstet mich nach dem Brunnentrog!“

Ohne zu melden, daß er austreten müßte, gaukelte er in seinem schweren Eisen zum Brunnen, hängte, dicht neben dem ruhelos schlappernden Wulli, den Oberleib über den Rand des steinernen Troges und trank sich den ersten, gespaßigen Wasserrausch seines Lebens in die jugendlich brennende Seele.

Das Bild des Burghofes war noch immer das gleiche wie vor Stunden. Doch das blaue Himmelreich, das seine ewigen Gottessterne und auch die irdischen Kometen des Heini von Seeburg verloren hatte, fing zu erblassen an.

Im frischwehenden Morgenwinde begann sich der dicke Qualm zu verflüchtigen, der die Mauern und Türme umschleierte. Und plötzlich tönte auf dem Zinnensöller des Burgfrieds ein wildes Horngetute. Gleichzeitig vernahm man einen Kommandoschrei des Puechsteiners, und zwei Schüsse der Turmschlangen donnerten ineinander. Von der Nordmauer hörte man Geschrei und Büchsengebummer. Von allen Schützengängen der Südmauer, von allen Söllerböden des Brückenturmes klang das aufgeregte Gebrüll der Männerstimmen, das Krachen der Hakenbüchsen, der Schnurrlaut vieler Armbrusten und das Gepolter der Felsbrocken, die Herr Korbin gegen den anrückenden Sturmwagen schleudern ließ.

Die Schwergepanzerten, die das ausgebrannte Brückentor bewachten, sahen gegen die leere, halbmannshoch mit Sand und Steinen angefüllte Halle von außen etwas heranwackeln wie ein großes Balkenhaus, dessen Dach mit Eisenblech beschlagen und mit triefenden Kuhhäuten bedeckt war. Während von den Söllern dampfende Wassergüsse, qualmendes Öl, flammende Pechkränze, geschwefelte Lumpenbündel und die Kugeln der Handbüchsen auf das feindliche Dach herunterprasselten, schob sich das lange, mit Bewaffneten erfüllte Balkenhaus über den Brückengraben gegen das Tor. Man sah noch keine Feinde; sie waren gedeckt durch die hohen, dicht aneinandergeschichteten Pavesenschilde; aber das Dach hatte schon Löcher bekommen; man hörte befehlende Stimmen, hörte das Keuchen der unsichtbaren Gäule, die den Sturmwagen schoben, hörte das Aufkreischen der Verwundeten, das Gewimmer der vom kochenden Öl und Wasser, vom flammenden Pech und Schwefel Gebrannten.

Schweigend standen zwischen Hof und Tor die Gepanzerten. Jeder hielt den Zwiehänder ausgezogen zum ersten Streich, Und da kam noch einer in schwerem Eisen vom Brunnen hergesprungen und jubelte mit klarer Mannesstimme: „Los! An den Feind!“

Herr Melcher riß ihn mit zornigem Griff zurück und schimpfte: „Kassel, du Narr, du bist ja nüchtern!“ Im gleichen Augenblick verwandelte sich der Sturmwagen unter wirrem Geknatter in eine Rauch und Feuer speiende Höhle. Die Büchsenkugeln pfiffen durch die Torhalle über den Hof und klatschten gegen den Burgfried. Dabei hörte man von der Nordmauer immer eine Trompete, die feindlichen Sturm meldete und um Verstärkung bettelte. Jetzt verlor Herr Melcher die Besonnenheit nimmer; er kannte seinen Sohn und murrte in Grimm: „Der braucht wohl eine frische Hos?“

Da verstummte das Büchsengeknatter im Sturmwagen, dessen First die Mauer berührte. Man vernahm das Gerassel der auseinanderfallenden Pavesenschilde; Schwertklingen und eiserne Köpfe tauchten über den Sandwall der Halle herauf. Herr Melcher brüllte: „Los! Mit Gott und der silbernen Katz!“ Diesen Ruf und allen tobenden Lärm übertönte ein gellender Jünglingsschrei, gleich der Trunkenheitsstimme eines Gepeitschten: „Mein Silberweißlein! Mein Silberweißlein!“ Als erster war Lien am eindringenden Feind. Seine frohe Stimme schrillte einen Gepanzerten an: „Wie, du, komm her!“ Die schwere Klinge, die der alte Trutz in seiner zehnfingrigen Zeit geführt hatte, sauste durch das Dunkel der Halle, und ein Seeburgischer Söldner rollte als schwerfälliger Eisenklumpen über die Steine hin. Ein Hauf der Feinde rannte gegen den Buben los. „Jesus!“ schrie Herr Melcher und sprang mit geschwungenem Stahl an die Seite des Lien. Und Kassian Ziegenspöck, in dem die spanischen Pfefferkörnchen der Frau Engelein im Verein mit gesundem Brunnenwasser ein Heldenwunder wirkten, war der dritte im Bund und drosch mit wahren Goliwatstreichen auf die Köpfe und Schultern und Arme der Stürmenden. Die drei mit ihren Eisenleibern und ihren zischenden Hieben sperrten die Breite der Halle, und die anderen, die hinter ihnen waren, halfen die feindlichen Hiebe parieren und stachen mit ihren Langschwerten durch die Lücken des ersten Gliedes. Herr Melcher, dem ein Pflasterstein – oder war's ein Toter? – gegen die Füße rollte, kam ins Wanken und stürzte zu Boden. Gleich stand der Lien mit gespreizten Beinen über ihm; die Hintermänner rissen den Burgherrn nach rückwärts, drückten ihm die künstlichen Stahlfinger wieder um den Schwertgriff, und Herr Melcher drängte sich von neuem ins erste Glied. Ein schauerliches Gerassel war's. Das Gewölb der Halle dröhnte, als wäre der Brückenturm beim Erwachen des Tages verwandelt in eine Kesselschmiede mit hundert Gesellen.

Über den Stahlhüten der Kämpfenden war immer das Kreischen einer Stimme. Vom Schlangensöller spähte ein Schütz durch ein Guckloch in die Halle herunter, und was er gewahrte, schrie er einem anderen zu, der auf der Treppe des höheren Schützenbodens war. Der rief es hinauf zu einem dritten, Und so kam jede Meldung zum Puechsteiner, der auf dem Zinnensöller des Turmes den Kampf gegen den Sturmwagen befehligte und die Arbeit mit Stein und Feuer und Wasser und Öl und Büchsen so werktätig mitmachte, als hätte er zwei gesunde Beine. Neben den qualmenden Kesseln waren bei ihm an die zwanzig Leute, die schleppten und schleuderten; mehr konnte er nicht von den Schützengängen herziehen, die immer von Plänklern beschossen und von Sturmleitern bedroht waren.

Herr Korbin, dessen Stimme vom Befehlsschreien ganz erloschen war, sah zum Erschrecken aus, mit den brennenden Augen in dem fahlen, halb von Ruß geschwärzten Gesicht, mit den verkohlten Lappen des Wappenrockes um den blindgewordenen Panzer. Seine geschuppten Fäustlinge, waren starr vom erhärteten Pech, und von der Brust bis zu den Füßen hinunter war er noch reichlicher bekleckert, als es Herrn Melcher bei einem üppigen Festmahl zu widerfahren pflegte.

Während die schöne Morgensonne kommen wollte, lauteten die Meldungen, die man durch die Turmböden herausschrie, immer ängstlicher. Und auf dem Zinnensöller ging schon zu Ende, was man schütten und schleudern konnte.

Der Mann bei der Treppe kreischte: „Man druckt die Unseren nach rückwärts. Aus dem Sturmwagen springen allweil mehr heraus.“

In suchender Gedankenqual verzerrte sich das Gesicht des Puechsteiners zu einer grauenvollen Fratze.

Der Mann bei der Treppe schrie: „Unser Kassel torkelt, der Burgherr ist schwer verwundt, der Lien wird müd!“

Da keuchte Herr Korbin: „Vier Leut zum Schlangensöller, eine Pulvertruh herauf, die schwerste von allen.“

In der Ungeduld des Wartens schlug er immer mit beiden Fäusten gegen seine Brust. Und sobald die Vier mit der schweren Truhe auf der letzten Treppe polterten, warf er sich neben der Falltür auf den Bauch, griff mit beiden Armen hinunter und half an der Truhe ziehen. Als die dick mit Eisen beschlagene Kiste auf dem Söller war, konnte Herr Korbin sich aus eigener Kraft nimmer aufrichten. Zwei Männer mußten ihn stützen, mußten ihn vom Steinpflaster in die Höhe lupfen. Nun saß er auf einer Bank, und ein wildes Lachen war in seinem entstellten Gesicht. Dem Mann bei der Treppe schrie er zu: „Meld hinunter, sie müssen im Tor noch aushalten zwei Vaterunser lang.“

Das tönte wie ein dreifaches Echo durch den Turm hinunter, immer schwächer.

„Leut!“ befahl Herr Korbin. „Schlagt mit den Beilen die mittlere Zinn hinaus.“

Zehn droschen mit Äxten gegen das Gemäuer los. Und während die Steinbrocken auf den Sturmwagen hinunterpolterten, saß Herr Korbin auf dem Boden neben der Pulvertruhe, vernagelte den Deckel, bohrte mit der Schwertspitze ein Löchlein in das Kistenholz, schob eine Luntenschnur ins Pulver und brannte sie an.

„Leut! Die Truh hinauf ins Zinnenloch!“

Die Schützen hatten blasse Gesichter und wollten nicht zugreifen, weil sie die Lunte schon dicht am Zündloch der Truhe rauchen sahen.

„Ihr Hosenklunkerer!“. brüllte der Puechsteiner. „Flink! Die Truh hinauf in das Mauerloch! Ein halbes Vaterunser ist noch Zeit. Wer nit gehorcht, soll hängen.“

Da griffen die Leute zu, hoben den zentnerschweren Pulverkasten auf den Mauerbord und wollten ihn in die Tiefe stürzen.

„Nit, nit!“ keuchte Herr Korbin. „Ist noch zu früh.“

Einige Pulverkörnchen, die an der Lunte klebten, verpufften zu einer kleinen Flamme, und erschrocken stoben die Leute davon.

Da krallte sich der Puechsteiner lachend an der Mauer empor, stand auf dem gesunden Bein, ließ das kranke baumeln und guckte in regungsloser Spannung' zu, wie die kleine rote Luntenglut hineinbrannte ins Holz der Pulvertruhe.

„So, Leut“, rief er lustig über die Schulter, „jetzt wollen wir mit redlichem Christenwillen für die Seeburgischen das Himmelreich erstreben.“ Er schob die Schulter unter die Pulverkiste und wartete noch, bis die Luntenglut völlig im Holz verschwunden war. Dann stemmte er sich auf und lupfte mit einer Anstrengung, daß er blauschwarze Aderwülste am Hals bekam. Die Kiste legte sich auf die Kante, kippte über den Mauerrand hinüber und fiel. Flink spähte Herr Korbin nach und achtete der Kugeln nicht, die vom Aschenfeld herüberpfiffen. Ein heftiges Krachen.

„Höia!" schrie der Puechsteiner vergnügt, als er das tischgroße Loch sah, das die Truhe durch das Sturmwagendach geschlagen hatte. Hurtig zog er den Kopf von der Mauer zurück. Ein Getöse, als spränge die Hölle mit hundertfachem Schlangengebrüll durch den Erdboden herauf. Das Gemäuer zitterte, alle Leute auf dem Söller taumelten, und höher, als der Turm war, stieg eine Rauch- und Feuersäule in die Luft, durchwirbelt von Balkentrümmern, Pavesenschilden, Pferdeköpfen und menschlichen Gliedmaßen.

Wankend an eine schwarzgewordene Zinne geklammert, sagte der Puechsteiner ruhig: „Wär das erstemal gewesen, daß ich mich verzählt hätt." Er hörte das frohe Geschrei, das vom Burghof und aus den Schützengängen zu ihm heraufscholl, und sah draußen auf dem Aschenfeld zwischen scheu umherrasenden Gäulen an die hundert Menschen in besinnungsloser Flucht gegen die Seeburgische Schlangenschanze rennen. Dann wurde ihm schwarz vor den Augen. Während die Erschöpfung seine letzte Kraft erwürgte, konnte er noch befehlen: „Alle Leut in den Hof. Nehmt gefangen, was im Tor noch ein lebendiger Seeburger ist!"

Indes die Leute davonsprangen, wollte der Puechsteiner zur Bank hinüber, torkelte mit tappenden Händen an ihr vorbei und rollte bewußtlos gegen die Mauer.

Kapitel 17

Unter johlendem Siegesgeschrei, wie Narren und Berauschte, polterten die Schützen, Söldner und hörigen Knechte über alle Treppen hinunter.

Im Burghof, den die schöne Morgensonne überglänzte, saß Herr Melcher zwischen Rauch und Flammengezüngel auf einem Sandsack, ohne Helm, mit zerhackter Stirn, rot übergossen von seinem Blut. Neben ihm stand der wankende Lien mit zersplittertem Helmvisier, die Augen geschlossen, die Beine weit gespreizt, noch immer den Zwiehänder in den Fäusten; hinter ihm hockte Wulli in einem Pflasterloch, heftig zitternd, schüttelte immer den Kopf und mußte keuchen und niesen. Beim Brunnen, den der Hund verlassen hatte, lag Kassian Ziegenspöck auf den Knien, mit dem ganzen Kopf im Trog. Schwergewaffnete in den Farben der Trutzburg und des Puechsteins taumelten zwischen Seeburgischen Söldnern im Hof umher – sie alle hatte der Luftdruck der Pulverflamme gleich einer mächtigen Sturmwoge aus der Turmhalle herausgeblasen, in der nur die Toten noch lagen und ein paar Verwundete an der Mauer hockten, umstreut von den üblen Dingen, die aus dem Sturmwagen über den Sandwall herübergeflogen waren.

Während man neun lebendige Seeburger gefangennahm, ihrer Wehr entkleidete und mit Stricken band, öffnete sich das Hallentor des Herrenhauses. Die Frauen und Mägde kamen gelaufen, Entsetzen und Hoffnung in den blassen Gesichtern. Frau Scholastika, deren Augen immer suchten, rannte zum Brückenturm und schrie: „Der Meinige? Wo ist denn der Meinige? Wo ist mein Mann?“ Sie verschwand im Turm. Und Hilde wollte ihr folgen, klammerte sich an den Pfosten des Treppentürleins und sah einen jungen Söldner, der im Stehen zu schlafen schien. Sie stammelte seinen Namen, hörte vom Turm herunter einen gellenden Schrei ihrer Mutter und sprang ihr nach.

Vor dem rotüberflossenen Burgherrn schlug Frau Engelein sprachlos die Hände über dem Kopf zusammen. Herr Melcher mißdeutete diese Bewegung, die er seit vielen Jahren kannte, und sagte schläfrig: „Ach, gutes Weibl, schimpf jetzt nit, weil ich mich so schiech bekleckert hab' mit meinem Blut.“

„Wasser!“ kreischte Frau Angela. „Da muß man Wasser bringen!“

Sie warf sich neben ihren sitzenden Mann auf den Boden hin, riß ihm die Schnallen des Panzers auf, bekam blutfleckige Hände und klagte: „Gelt, jetzt hast du's!“

Auf dem Zinnensöller des Brückenturmes schrillte eine verzweifelte Mädchenstimme: „Lien! Lien! Hilf meinem Vater, Lien!“

Der junge Söldner glich einem Erwachenden. Er ließ den Zwiehander fallen und drehte, weil er die Schnalle nicht fand, mit der Faust den Sturmriemen seines Helmes entzwei. Schwer tappend ging er zum Turm hinüber und zerrte den Eisenhut vom Kopf. Sein hartes Gesicht war von Schweiß überronnen, blutfleckig und mit blauen Malen bedeckt. Auf den steilen Treppen wurden seine Sprünge immer rascher. Der zitternde Wulli schlich niesend und winselnd hinter ihm her.

Als auf dem Zinnensöller das Fräulein dem Lien entgegensprang, hatte dieser Lebendige jenes leise, matte Lächeln, das auf den Gesichtern von Sterbenden ist, die mit ihrem Leben zufrieden waren.

„Lien?“ Hilde umklammerte seinen blutigen Schuppenfäustling. „Kannst du meinen lieben Vater tragen?“

„Ich bin müd. Aber wenn du dabei bist, kann ich's.“

In brennender Sorge sah sie an ihm hinauf. „Lien? Bist du verwund't?“

Er verneinte. „Ich hab's leichter gehabt als die andern. Mir hat nichts geschehen können. Mein Gröschl hat mich behütet.“

Tief atmend befreite Lien seine Hand und ging auf den Puechsteiner zu, dessen Kopf im Schoß der starr weinenden Frau Scholastika lag. Herr Korbin hatte die Lider offen, rührte sich aber nicht und sagte nichts. Nur seine glänzenden Augen bewegten sich ein bißchen und schienen etwas zu betrachten, das in der sonnigen Luft hing, unsichtbar für die anderen.

Lien reichte dem Fräulein seinen Helm und die Schuppenfäustlinge, die er heruntergezogen hatte. Auf dem Pflaster kniend, schob er seine geschienten, blutigen Arme unter den Puechsteiner. Mühsam stemmte er sich mit seiner Last in die Höhe. „Wohin muß ich den guten Herren tragen?"

Frau Schligg tat einen gellenden Schrei. Dann sagte sie schluchzend: „Zu meinem Bett."

Als Lien den Puechsteiner über den Burghof trug, war Frau Engelein damit beschäftigt, ihrem entwaffneten Gatten das Blut von den schweren Stirnwunden zu waschen. Obwohl Herr Melcher in duseligem Zustand war, erkannte er seinen Herzbruder. „Lebt mein Korbi?"

In Zorn sagte Frau Engelein: „Unkraut verdirbt nit. Sorg dich um dich selber. Sobald du wieder heil bist, müssen wir sauber machen in der Trutzburg.

„Weibl", lallte Herr Melcher, „heut könntest du's gut sein lassen mit Fleckputzen. Wär nit der Korbi mit seinem hilfreichen Hirn gewesen, so hätten wir jetzt die Seeburgischen Strick um die Fäust herum."

Frau Engelein war anderer Meinung: „Wär der Puechsteiner nit gewesen, so hätten wir Fried gehabt. Mann! Das ist eine kostspielige Lieb."

Ohne zu antworten, winkte Herr Melcher einen Knecht herbei und ließ den Kassian Ziegenspöck vom Brunnen holen.

Der Sergeant kam aufrecht einhergegangen, den Panzer von Wasser übertröpfelt. Er hatte nur fremdes Blut an seinem Leib. Aber einen groben Flachhieb schien er auf das Maul bekommen zu haben. Seine Lippen waren aufgedunsen wie Würste. Im übrigen hatte er ein fröhliches Aussehen und war augenscheinlich ohne Schmerzen in seinem Innern.

„Kassel!" Herr Melcher reichte dem Sergeanten die Hand. „Ich muß dir ein Vergeltsgott sagen. Du hast dich gehalten wie ein Held, der nüchtern ist. Du und mein guter Lien!"

Diesen Namen schien Frau Engelein nicht gern zu hören.

„Aber jetzt, lieber Kassel – ich weiß nit, ob ich nach einem Vaterunser noch bei Verstand bin – jetzt muß ich dir was befehlen. Du haftest mit Leib und Leben: daß man mir das Wundlager aufschüttet neben meinem Bundsbruder Korbi! Verstehst du?"

„Wohl, Herr!"

Die zwei kurzen Worte des Kassian Ziegenspöck hatten einen so absonderlich wulstigen Klang, daß Frau Engelein beim Blutfleckenputzen aufblickte. In ihrer mit Galle gemischten Sorge für den Gatten nahm sie sich aber nicht die Zeit, die Wirkung des Flachhiebes, den der Sergeant über den Schnabel bekommen hatte, genauer zu betrachten.

Während sie den Notverband um die Stirn ihres Mannes legte, war der Burghof durchwirbelt von Lärm und Leben. Auch auf der Nordmauer war das Geschrei und Büchsenkrachen seit einer Weile stumm geworden, und die Besatzung kam von dort gelaufen, um anzustaunen, was beim Brückentor geschehen war.

Als Kassian Ziegenspöck und zwei Söldner den taumelnden Trutz von Trutzberg unter Frau Engeleins Leitung in die Herrenhalle gängelten, vernahm die Trutzin den Schrei einer müden Stimme: „Mutter!“ Sie verließ den Gatten und lief mit ausgestreckten Armen gegen den Burgfried, aus dessen Halle ihr Sohn herausgetreten war. Wohl wußte sie, daß die Seeburgischen gegen die unbezwingbare Nordmauer nur einen Scheinsturm unternommen hatten, um Mannschaft vom Brückenturm abzuziehen. Aber Kugeln und Bolzen waren auch dort geflogen, ihr Sohn hatte in Gefahr gestanden, sah so verwüstet aus wie der Puechsteiner, hatte Brandlöcher im Waffenrock, war fleckig von Öl und Schwefel und hatte alle Zeichen der Erschöpfung im Gesicht. Mit der Sorge um den Sprößling ihres Leibes paarte sich in Frau Engeleins Seele der schreckhafte Gedanke an den gefährlichen Glauben, der aus dem verbrecherischen Herzen ihres Mannes nimmer herauszureißen war. Nicht so, als wäre Eberhard gesund einer Not entronnen, sondern so, als wäre ihr Sohn erst jetzt bedroht von einer dunklen, tückischen Gefahr, umklammerte sie seinen gepanzerten Hals und brach in schreiendes Schluchzen aus. In diesem Augenblick war alles Kleine, Gallige und Häßliche aus ihr hinausgeschoben. Obwohl sie mit ihrem verstörten, einer Schwäche gleichenden Geschrei für die in der Brückenhalle schanzenden Söldner und Knechte lächerlich wurde, war Frau Engelein bei diesen Tränen erfüllt von aller Kraft eines Weibes und von Gottes tiefstem und bewunderungswürdigstem Gedanken: vom Ewigkeitsgefühl der Mutter, die lieben muß, ohne die Frucht ihres Leibes werten zu können, und immer gezwungen ist, das eigene Kind für das kostbarste Leben der Erde zu halten.

Für dieses Heilige in den Tränen seiner Mutter hatte Eberhard keine sehenden Augen. Er wollte sich waschen, wollte essen, wollte schlafen. Die Ekstase ihrer Sorge wurde ihm lästig. Auch deutete er beim Gedanken an die Nordmauer das Schmunzeln der Söldner in einer Weise, die ihm Unbehagen verursachte. Seine übernächtigen Hummelaugen musterten scheu die Verwüstung der Brückenhalle, die Toten, die Verwundeten, die neue Sicherungsarbeit, zu der die Knechte Gebälk und Steine schleppten. Unmutig schob er die Arme der Mutter von seinem Hals. „Was tust du so? Ich bin doch am Leben. Und Hab' mir Ehr gewonnen.“ Er hob die Stimme so laut, daß alle im Hof ihn hören mußten. „Wie tät's mit der Trutzburg ausschauen, wenn ich nit gewesen wär? Der Sturm, den ich abgeschlagen hab', ist härter gewesen, als man's je berichtet hat in einem Kriegsbuch. Nit bloß der Vater, auch der Puechsteiner wird müssen gelten lassen, was ich geleistet hab."

Den Sohn mit nassen, starrglänzenden Augen betrachtend, sagte Frau Angela eintönig: „Der Puechsteiner muß sterben. Der Vater ist verwund't."

„Ist's arg? Mit dem Vater?" fragte Eberhard in einer Hast, bei der es unklar blieb, ob Schreck oder etwas anderes aus ihr redete.

„Ich sorg', der Vater wird liegen müssen, lang."

„So muß ich als Regent in der Mauer walten!" Des Jungherrn müde Augen belebten sich, während er den Arm der Frau Engelein unter jagendem Geflüster umkrampfte: „Erst muß ich ausschlafen, Mutter! Dann will ich weisen, wer ich bin. Jetzt muß Verstand regieren. Ich und du, wir halten's miteinander! Gelt? Eh wir verwüsten lassen, was unser ist, will ich guten Vergleich mit dem Heini von Seeburg suchen. Den toten Puechsteiner und seine Knechtleut soll er haben. Meintwegen auch den halben Jagdbann im Seeforst. Wir brauchen Ruh, Ich will meines jungen Lebens genießen, will Beilager halten und will –" Eberhard verstummte.

Aus dem Hallentor des Herrenhauses waren Lien und Kassian Ziegenspöck mit dem kränklich ausschauenden Wulli herausgetreten. Der Sergeant ging flink zum Brunnen, um zu trinken und seine brennende Maulgeschwulst im Wasser zu kühlen; Wulli, der nimmer zu wissen schien, wer sein Herr war, lief dem Kassel nach; und Lien, barköpfig, den verbeulten Helm im Arm, das Gesicht erschöpft und blaufleckig, im heißen Blick ein kummervolles Sinnen, hob seinen Zwiehänder von den Pflastersteinen auf und ging starrknochig in der übel zugerichteten Augsburger Rüstung zum Brückentor, um die Befehle des Burgherrn auszuteilen, die Verteidigungsarbeit anzuordnen und die Wachen zu stellen.

Eberhard, der die Rüstung erkannt hatte, sah wortlos die Mutter an.

Mit verstörtem Lächeln nickte sie zu ihm hinauf, als wüßte er um alle Gedanken, die in ihr brannten.

Er wußte nur, was er am Perlenschrein der Frau Scholastika und in der Sergeantenstube gesehen hatte. „Mein Panzer ist nit gestohlen, Mutter? Wieder geschenkt? Wie das Gröschlein meines Himmelreichs? Ist alles vernarrt in den da? Der Vater auch?" Sein Gesicht bekam eine Farbe, als wäre ihm übel. „Mutter!" Ganz ruhig sprach er. „Heut lauft noch einer um dich herum, den du morgen nimmer sehen wirst. Es ist gesorgt dafür." Leis lachend, im Geklapper seines schmutzfleckigen Eisens, ging er zum Hallentor des Herrenhauses.

Frau Engelein wollte aufatmen, wollte lächeln, wollte sich freuen an der in ihrem Sohn lebendig werdenden Erlösungskraft und hatte doch einen scheuen Sorgenblick in den Augen, den Ausdruck einer hilflosen Angst im Gesicht.

Mit dem Staunen einer aus geistiger Entrückung Aufgerüttelten sah sie zwei Knechten nach, die einen Verwundeten zur Spittelhalle trugen. Sie mußte folgen. Hier rief eine Frauenpflicht. Und Herr Melcher? Nun plötzlich dachte sie wieder an ihn und fing zu laufen an und blieb erschrocken stehen, weil sie aus dem Hühnerhaus ein aufgeregtes Gegacker von dreißig oder vierzig Hennen hörte, die in den Legkästen das gewohnte Ermunterungsbild vermißten und nicht wußten, wohin sie ihre zum Licht strebenden Eier legen sollten.

Als Frau Engelein in des Kassels heimlicher Apotheke die geplünderten Legkästen und die ausgestreuten Eierschalen sah, geriet auch sie in einen Zustand, in dem man die Welt nicht mehr begreift.

Vom Abend bis zum Morgen waren doch alle Mannsleut bei der Mauer gewesen. War hier der Teufel oder Geisterspuk im Spiel? Oder gab es ein Weibsbild, das so frech und schlecht sein konnte? Verbrecherischer, als Mannsleut sind? War es so, dann saß die Eierdiebin jetzt verläßlich in der Falle, mußte ein Maul haben wie ein Kürbis und im Pfefferbrand sich krümmen vor Schmerzen.

Am Brunnen vorüber, wo Wulli sich höchst sonderbar benahm und Kassian Ziegenspöck geduldig die Geschwulst eines Flachhiebes kühlte, eilte Frau Engelein mit keuchender Hast ins Haus, befahl der Margaret, die geplünderten Nester mit Ermunterungseiern zu belegen, und musterte auf dem Weg zu ihrem verwundeten Gatten in spähendem Mißtrauen jede Magd, die ihr begegnete.

Auch die rote Pernella nicht ausgenommen, die flink mit einem leeren Wasserkrüglein aus der Jungherrnkammer gelaufen kam und um Frau Engelein herum einen erschrockenen Bogen machte, hatten alle Weibsleute erhitzte, sorgenvolle Gesichter. Doch keine von den Mägden schien an Pfefferbrand zu leiden, jede hatte den gleichen, unverschwollenen Schnabel wie sonst.

Frau Engelein fuhr sich ruhelos mit den Fingerspitzen über die Stirn, ähnlich, wie es die Fieberkranken machen, wenn sie an Kopfschmerz leiden. Immer dachte sie an Eier, Hexen und Hölle, erwog den Plan, die Legkästen ihres Hühnerstalles durch den Burgpfaffen aussegnen zu lassen, und war schon verstört an allen Sinnen und völlig ratlos, als sie im Mauergang auch noch die vielen zerschossenen Fensterscheiben gewahren und gleich überschlagen mußte, wie teuer das Einglasen kommen würde. Und die vielen Erneuerungsarbeiten an Türmen und Gemäuer! Und die wochenlange Pflege der Verwundeten! Da würde von dem eingesalzenen Fleisch und dem gesurten Wildbret nimmer viel übrigbleiben! Und während Frau Engelein durch diese bösen Dinge fast zu einem neuen Schreikrampf erschüttert wurde, lief sie dem grausamen Lebensschreck entgegen: den ihr angetrauten Gatten in eines anderen Weibes Bettlade finden zu müssen, in die er auch als Verwundeter ebensowenig hineingehörte wie ein Gesunder.

Herzbrüderlich zueinander gesellt, lagen der Puechsteiner und Herr Melcher Seite an Seite im Perlenschrein der Frau Scholastika. Herr Korbin hatte die Augen offen und redete mit Anstrengung von der beim Brückenturm nötigen Arbeit, während Frau Schligg, das erschöpfte und gramvolle Gesicht von Tränen überflössen, mit Balsam und Verband beschäftigt war und beschwichtigend immer sagte: „Ja, lieber Korbi! Ja, lieber Korbi! Ich sag' dem Lien und dem Kassel alles!"

Herr Melcher war schweigsam, lag mit geschlossenen Augen, atmete in harten Stößen und schauerte immer ein bißchen unter dem Essigwasser, mit welchem Hilde in blasser Sorge die Wunden auf seiner Stirne wusch.

Als Frau Engeleln an jeder Seite des Perlenschreines einen barmherzigen Engel betätigt sah, blieb sie steif und beleidigt auf der Schwelle stehen und sagte in einer Mischung von Zorn und Kummer: „Ach so? Ist jeder schon versorgt? Da bin ich wohl nimmer nötig? Mir steht wohl als Hausfrau nichts Besseres zu, als daß ich die Knechtleut betreuen muß?" Unter schmerzhaftem Auflachen machte sie kehrt, hörte nimmer auf Hildes herzlich flehende Worte und zog hinter sich die Türe zu. Während sie durch den Mauergang davonhastete, empfand sie ein Gefühl der Reue. Gern wäre sie umgekehrt. Aber stärker als das Bewußtsein, daß sie ein Unrecht begangen, war in ihr der Trieb des falschen Zornes und ihr Widerwille vor dem Puechsteinischen Perlenschrein.

Dennoch schuf in ihr die Reue ein Gutes. Als sie in der Spittelhalle, wo schon siebzehn Verwundete auf dem Stroh lagen, unter Beihilfe der Margaret als Samariterin zu wirken begann, war sie so geduldig, daß die eigenen Knechte sie verwundert anguckten. Und einer von den drei Seeburgischen, die man aus der Torhalle herbeigetragen hatte, sagte zu seinem Strohkameraden: „Guck! Wie die Menschenleut lügen! So ein verschrienes Weib! Und ist barmherzig wie eine Mutter von vielen Kindern!"

Noch immer brachte man Verwundete und Bewußtlose getragen. Erst beim einundzwanzigsten sagten die Schleppknechte:

„Das ist der letzte. Jetzt kommen die Toten zu ihrem Recht."

Gegen die neunte Morgenstunde begann die kleine Glocke auf dem Kapellentürmchen zu tingeln. Im Burggarten – nicht weit von der schönen alten Linde, unter deren Zweigen der Wanderpfaff vom redlichen Christenwillen und vom erfechtbaren Himmelreich gepredigt hatte – seilte man die drei Trutzischen und die sieben Seeburgischen Toten in eine gemeinsame Grube hinunter. Alle waren geschält bis auf das blanke Hemd. Bekleidet und noch mit Eisenstücken bewaffnet waren nur die zerrissenen Gliedmaßen, die man hinter dem Sandwall der Torhalle hervorgezogen und aus dem Brückengraben herausgefischt hatte.

Knechte und Mägde standen betend um die Grube her, mit müden Gesichtern, mit trockenen Augen, jedes den tröstenden Gedanken im Herzen: Tot sind die anderen, ich bin lebendig. Nur ein einziger weinte. Der greise Kaplan. Sein Gesicht war so weiß wie die Albe, die um seinen zitternden Körper hing. Er benahm sich wie ein klagendes Kind und hatte so viele Tränen, daß sein schwer verständliches Lallen noch viel unverständlicher wurde. Neben ihm stand Kassian Ziegenspöck, steif und aufrecht, mit dem Aussehen eines grotesk erheiterten Mannes und mit einem ganz merklich aufgetriebenen Wasserbauch; seine klein gewordenen Augen blickten klar und zufrieden; sie waren unleugbar ein ehrlicher Spiegel schmerzloser Innenzustände; Kassel dachte gewiß sehr ernst vom Tode, der vor seinen Füßen mit Erdschollen überschüttet wurde; doch immer schien der Sergeant zu lachen; seine glanzvoll aufgedunsenen Lippen hatten, ob sie wollten oder nicht, den unveränderlichen Ausdruck einer grinsenden Heiterkeit. Kassian Ziegenspöck sah bei dem betrauernswerten Vorgang einer zehnfältigen Bestattung so komisch aus wie ein Menschenkind mit doppelseitiger Zahngeschwulst.

Während er in seinem Herzen als frommer Christ für die Toten betete, war in seinem Hirn die ruhelose Gedankenfrage, wie und wodurch dieses gegensätzliche Wunder sich an ihm vollzogen hätte: innerhalb seiner Zähne diese himmlische Milde, außerhalb seines Gebisses diese brennende Hölle? Seine Maulgeschwulst erklärte er sich mit einiger Leichtigkeit durch die Vermutung, daß beim Höllentrubel der hilfreichen Pulverkiste irgend etwas Gewichtiges gegen seinen Kopf geflogen wäre und ihm das federnde Stahlvisier gegen die Zähne geschmettert hätte. Früher, im Wirbel des Hauens und Stechens unter dem Brückengewölbe, hatte es ihm an Zeit und Ruhe gefehlt, um das Ziehen, Schwellen und Brennen seines Lippenhäutchens merklich zu empfinden. Aber das milde, immer nach gesundem Wasser sich sehnende Wunder in seinen Eingeweiden? Wie hatte sich das vollzogen? Hier blieb dem Kassian Ziegenspöck nach längerem Gedankenwälzen nur die einzige Hypothese: daß der seelische Aufruhr, den die Hennen während des unaufhörlichen Bumbardengedonners überstanden haben mußten, ganz unerklärliche Heilkräfte in ihren Dottern lebendig machte. Das war vor Gott kein unmögliches Ding. Man weiß doch auch, daß Eier, die während eines heftigen und blitzreichen Gewitters gelegt werden, wesentlich anders schmecken als Eier, die das Licht der Welt unter blauem Himmel erblicken. Kassian Ziegenspöck glaubte sich auch noch deutlich zu erinnern, daß die verschluckten Dotter, vom vierten oder fünften Ei nach aufwärts, einen unverkennbaren Feuergeschmack besessen hatten, und daß ihm immer was sonderbar Knirschendes zwischen den Zähnen gewesen war. So oder so – die Sache blieb ein erstaunliches Wunder.

Der Hügel über der Totengrube war aufgeschüttet, das Kapellenglöcklein schwieg, die Knechte und Mägde liefen zu ihrer schweren Arbeit, und der greise Kaplan, der das Grab seiner geliebten Kindlein nicht verlassen konnte, setzte sich weinend auf den mit Erdkrumen überpfefferten Grasboden.

Auch Kassian Ziegenspöck hatte als Christ das heilige Kreuzzeichen über Stirn und Nase gemacht; bei dem dritten Kreuz, das über seine wulstigen Lippenwürste ging, mußte er mit dem Daumen etwas weiter ausholen, um zum Kinn zu gelangen. Vom Grabe der gefallenen Freunde und Feinde führte ihn sein erster Weg zum Brunnentrog. Er konnte nicht trinken wie ein Mensch, mußte mit zusammengepreßten Lippen saugen, wie es die Kühe machen. Triefenden Bartes, an dem die Wasserperlen statt der gewohnten Weintropfen schimmerten, ging er zur Tormauer, wo er dem Lien die Arbeitsaufsicht und das Austragen der Befehle hatte überlassen müssen, weil er selber nicht reden konnte, wenigstens nicht verständlicher als der Burgkaplan. Wenn Kassel auch die Bewegungen des Mundöffnens machte, seine Lippen blieben immer geschlossen.

Lien war ruhelos von Turm zu Turm, von Mauer zu Mauer gelaufen. Wo die Befehle, die er austragen mußte, nicht reichten, fand er mit eigenem Griff das Notwendige und Richtige. Bei allen Wegen war Wulli hinter ihm her, immer kleingeduckt, mit eingezogenem Schweif; wo der Hund an einem Wasserkübel vorüberkam, fing er zu schlappern an; und etwas Sonderbares hatte sich mit seinem Kopf ereignet, der nimmer einem spitznästgen Schäferhundskopfe, sondern dem dicken Schädel eines Bullbeißers glich.

Zu allem, was Lien befohlen hatte, konnte Kassian Ziegenspöck zufrieden nicken. Er sagte immer: „Wwu, wwu!" Das sollte heißen: Gut, gut! In der Brückenhalle war eine zwei Ellen dicke Sperrmauer mit schmalem, schräg ausgespartem Durchgang fast vollendet; in Turm und Schützengängen klang das Steingeklopfe der Maurer und das Kellenpochen in den Mörtelkufen; neuer Schießvorrat war vom Burgfried zu allen Mauern ausgetragen. Jene Söldner, die noch Kraft in den Knochen hatten, standen auf Wache. Die Erschöpften hatte Lien zum nötigen Schlaf in die Losamente geschickt. Er selber sah übel aus, hatte rot entzündete Augen im hageren, blaufleckigen Gesicht, und in seinem ruhelos spähenden Blick war eine ergreifende Mischung von schlafsüchtiger Müdigkeit, ekstatischer Verklärung und zehrender Sorge. Zwischen Arbeit und Plage war er seit dem Morgen ein dutzendmal zum Trutzischen Haus hinübergesprungen mit der Frage: „Wie geht's meinen zwei guten Herren?" Es waren keine erfreulichen Nachrichten, die vom Perlenschrein der Frau Scholastika zur Spittelhalle herunterdrangen.

Gegen die Mittagsstunde, nachdem die Toten zur Ruhe gebracht und alle Verwundeten betreut waren, konnte Frau Engelein auch der Lebendigen und leidlich Gesunden denken. Mägde und Knechte schleppten die Suppenschüsseln, die Mahlkörbe und die reichlich gefüllten Weinkrüge zur Mauer und in die Losamente. Die Mannsleute schlangen und soffen wie Tiere, wenn es nach dürren Zeiten wieder zu grünen beginnt. Auch Lien, der sonst so Genügsame und bedächtig Speisende, litt an einem Heißhunger, den er in Hast zu stillen suchte. Für Kassian Ziegenspöck, der in Grausen den Wein verschmähte und nur Wasser schlürfte, wurde die Sättigung ein schwieriges

Kunststück; mit zwei Fingern der Linken mußte er die gedunsenen Lippen auseinanderspreizen, während die Rechte den Bissen in die enge Scheuer brachte. Und Wulli, obwohl ihm sein Herr sehr reichlich zuteilen wollte, verweigerte die Aufnahme jeglicher Nahrung; sooft man ihm einen Bissen hinhielt, sträubte er das Rückenhaar, zog den dickgewordenen Kopf zurück und bewahrte eine sehr gedrückte Stimmung. Er schien satt zu werden vom unaufhörlichen Lecken an seinen Lefzen.

Draußen, bei der feindlichen Schanze, rührte sich nichts. Auf dem Aschenfelde sah man noch immer die Barmherzigkeitsknechte mit den weißen Armlappen umherspringen und die Verwundeten auflesen, die bei der Flucht zu Boden gebrochen waren. Und vor dem Brückengraben lag eine wirre, qualmende Sache: der glimmende Aschenhaufen des Sturmwagens, gespickt mit gerolltem Eisenblech, verkohlten Knochen und zerknüllten Pavesenschilden.

Als nach der Mahlzeit die Söldner, die ein paar Stunden geruht hatten, auf Wache zogen, knüpfte Kassian Ziegenspöck einem alten Puechsteinischen Doppelsöldner die Sergeantenschärpe um den Leib, rüttelte den Lien an der Schulter und preßte zwischen den geschwollenen Lippen eine unentwirrbare Tonfolge heraus, deren lallender Klang einige Ähnlichkeit mit dem schönen Apostelspruche des greisen Kaplans besaß. Aber das sollte heißen: „Bub, jetzt mußt du dich schlafen legen!“ Weil Kassel sah, daß er nicht verstanden wurde, half er sich mit einer pantomimischen Darstellung des Schlummers.

Lien schüttelte den Kopf und trat zu einer Schießscharte hin.

Dem Kassel fuhr ein unartikulierter Laut aus den Schnabelwülsten heraus. Er machte eine kriegsmännisch befehlende Geste, faßte den Lien am Arm und zog ihn mit sich fort.

Von den Dreien, die den Weg zum Söldnerhause nahmen, war Wuill der erste, der die Sergeantenstube erreichte. Er wollte aus einer Schüssel mit rotgefärbtem Wasser saufen. Aber weil die Schüssel neben dem Ofen stand, witterte Wulli die im Feuerloche versteckten Eierschalen. Erschrocken zog er den Schweif ein, unterließ es, in so gefährlicher Nähe seinen Durst zu stillen, und fuhr wie der Blitz unter das Bett des Lien.

Nun kamen die zwei anderen. Während Kassel gleich sein Eisen herunterzuschnallen begann, blieb Lien auf der Schwelle des wenig sauberen Raumes stehen wie ein Mensch, der in frommer Scheu ein Heiligtum nicht zu betreten wagt. Seine müden Augen, in denen ein strahlender Glanz erwachte, glitten langsam umher, mit dürstendem Blick. Er sah die Schüssel mit dem roten Wasser, sah den Krug, den eine kleine, barmherzige Hand gehoben hatte, sah den starr und braun gewordenen Mohnkranz seines Bußhemdes am Fenster hängen und sah auf dem grauen Boden weiße Leinwandschnipfelchen liegen. Während er lächelte, fuhr er langsam mit dem geschienten Arm über die Augen. Wie lang war's her, seit diese weißen Sternchen gefallen waren? Dreißig Jahre? Oder dreißig Stunden? Oder dreißig himmelschöne Herzschläge nur?

Kassian Ziegenspöck, der schon in Hemdärmeln und barfüßig war, machte wieder eine kriegsmännische Befehlsgeste und knurrte was Unverständliches.

Schweigend sammelte Lien die weißen Leinwandstückchen, alle, und schob sie unter das Kopfpolster seines Bettes. Mit raschen Händen schnallte er die Wehrstücke der Augsburger Rüstung von seinem Leib herunter und streifte die Schuhe von den Füßen. Als er das Wams ausziehen wollte, ging's nicht; das Leder, mit der Leinwand des Hemdes, klebte unlösbar an seinem Rücken. Lächelnd nestelte er das Wams wieder zu, streckte sich so auf das Bett, bekam seinen heißen Sorgenblick und sagte: „Kassel! Ach, gütiger Herrgott! Wie wird's ihrem lieben Vater und unserem Herrn gehen?"

„Wwu, wwu!" antwortete Kassian Ziegenspöck, nahm den leeren Wasserkrug und ging zur Tür.

„Und mein Wulliwulli! Jesus! Wo ist denn mein krankes Hundl?"

Wulli erschien nicht, klopfte nur unter dem Bett mit der Schweifquaste auf den Fußboden. Und da tat der Lien einen tiefen Atemzug und legte sich auf die Seite, weil er auf dem Rücken nicht liegen konnte.

Als Kassel nach einer Weile wieder in der Stube erschien, mit Wassertropfen am Bart, in jeder Hand einen bis zum Rand gefüllten Brunnenkrug, lag der Jungsöldner schon in bleiernem Schlaf. Unter seinem Bett klopfte Wulli, noch immer mit der Schweifquaste.

Besorgte Kassian Ziegenspöck, daß die Seeburgischen ihre Schwefelkometen wieder fliegen lassen könnten? Er band sich eine mit Wasser getränkte Handzwehle um den geschwollenen Mund herum. Die Nase ließ er frei. Das hatte zur Folge, daß der Sergeant trotz seiner schweren Müdigkeit nicht einschlafen konnte, weil er immer einen grauenhaft säuerlichen Weingeruch verspürte. Das wurde für ihn eine unerträgliche Qual. Undeutlich unter der Maulbinde fluchend, kroch er aus der Decke, zog unter dem Bett das kleine Weinfäßchen heraus und stellte es vor der Türe in den dunklen Treppenschacht. Dann riß er noch die beiden Fenster auf. Jetzt schien ihm die Luft behaglicher zu sein. Wieder ausgestreckt im Bette, faltete er über seinem kugeligen Wasserränzlein die Hände, ließ unter der Schnabelbinde einen knurrenden Laut vernehmen und schloß als völlig schmerzloser Mensch die Augen, ohne zu gewahren, daß sein Scharfsinn und seine Geisteskräfte in diesem Zustande wachsender Nüchternheit eine erschreckende Einbuße zu erleiden begannen.

Der Schlummerfriede in der Sergeantenstube hatte keine lange Dauer. Schon nach einer Stunde begann Wulli so ruhelos in der Stube umherzuwandern, wie Raubtiere in winterlichen Nachtfrösten traben. Obwohl er immer an der Tür winseln und kratzen mußte, ließ er sich durch seinen Pfefferdurst aufs neue verleiten, bald aus dem einen, bald aus dem anderen Krug des Kassian Ziegenspöck reichliche Wassermengen herauszuschlappern, wodurch sein explosiver Zustand noch wesentlich verschärft wurde. Wulli war wirklich ein wohlerzogener Hund. Aber wenn die Stubentür andauernd geschlossen bleibt, geht auch die beste Wohlerzogenheit eines braven Tieres flöten. Dieses Naturgesetz vollzog sich in so turbulenter Weise, daß Kassian Ziegenspöck davon erwachte; und wie man blinzeln muß wenn man in die Sonne steht, wie man Tränen vergießt in der Nähe von Zwiebeln, wie man sich kratzt, wenn von Ungeziefer die Rede ist, so werden in einem Menschen, der ohnehin schon nahe dran war, beim Anblick eines von Schwächezuständen befallenen Tieres ähnliche Erscheinungen wachgerufen. Es war für das Bett des Kassian Ziegenspöck ein Glück, daß er um den geschwollenen Schnabel herum eine feste Binde trug, und daß er auch im dumpfen Schlafdusel noch so vorsichtig war, sie erst zu lösen, als er das Fenster schon erreicht hatte. Die Knechte, die im inneren Burghof arbeiteten, konnten die Wahrnehmung machen, daß auch bei schönem Wetter und unter blauem Himmel ein gotischer Wasserspeier überaus reichlich zu funktionieren vermag.

Dank den Pfefferfallen der Frau Engelein wurde der Seelenhandschuh des Kassian Ziegenspöck umgestülpt bis zur innersten Fingernaht, und die entfesselten Wasserfluten rissen gewaltsam alles mit sich fort, was für den von gärender Weinsäure belagerten Innenmenschen des Sergeanten seit Wochen und Monaten eine Quelle der bittersten Leiden geworden war. Der Brunnen seiner Schmerzen wurde restlos ausgepumpt und ausgewaschen. Als die Wunderkur schließlich doch ein Ende nahm, hatte Kassian Ziegenspöck in sich das Gefühl einer unsagbaren Leere und griff nach den beiden Wasserkrügen. Er bemerkte wohl, daß die Krüge, die er voll neben sein Bett gestellt hatte, zur Hälfte leer erschienen. Aber durch die ungewohnte Nüchternheit waren die spirituellen Kräfte des Sergeanten schon so sehr dem Stumpfsinn genähert, daß er sich diese Erscheinung nicht mehr erklären konnte. Er nahm sie für ein neues Wunder, trank den einen Krug bis auf den letzten Tropfen aus, feuchtete im anderen die Schnabelbinde an, band sie um den schon etwas zurückgegangenen „Flachhieb“ herum, legte sich wieder aufs Bett und schnarchte schon nach wenigen Minuten.

Wie die groben Belltöne, die Kassian Ziegenspöck im Verlauf seiner Kur ausgestoßen hatte, so drängten sich auch die Rasselgeräusche seines erneuten Schlummers als grausame Lautbilder in die schweren, unruhigen Traume des Lien. Immer bewegten sich die krampfhaft geschlossenen Fäuste des Jungsöldners, immer zuckten und stießen seine Beine, immer war sein Gesicht verzerrt von Zorn und Sorge, immer keuchte seine Brust, und unter den braunen Lidern bewegten sich die Augäpfel wie junge Vögelchen unter den Schwingen der Mutter.

Als er im Traume sein Silberweißlein aus dem brennenden Bruchland gerettet und vor einem Rudel bellender Wölfe behütet hatte, hörte er die Ketten rasseln, die der Heini von Seeburg dem Edelfräulein und allen Herrenleuten der Trutzburg um die Hände schmieden ließ. Halb erwachend, halb noch an Herz und Geist umklammert von diesen fürchterlichen Träumen, sprang er aus dem Bett und begann sich im Taumel seines Halbschlafes mit jagender Hast zu waffnen, während Kassian Ziegenspöck unter langgezogenen Schnarchtönen weiterschlummerte. Lien erwachte erst völlig, als er den zerbeulten Helm schon auf dem Kopf, das Schwertgehang schon um die Hüften hatte. Und da sah er kein Edelfräulein, keinen Seeburger, keine Ketten, sah nur die übel zugerichtete Stube und den unter Gewissensbissen zitternden Wulli, der in einer Ecke saß und die Ohren hängen ließ.

„Wulli! Du Schweinkerl du!" schrie Lien in Zorn.

Flinker, als eine verdammte Seele vor dem Teufel entfliehen möchte, fuhr Wulli unter das Bett des Kassel.

Und Lien, der sich lauschend aufstreckte, schien plötzlich in Stein verwandelt. Ihm war, als klänge aus weiter, weiter Ferne eine liebe, in Ängsten schreiende Stimme: „Lien! Der Lien? Wo ist der Lien?" Kam es näher wie Schwalbenflug? War es schon drunten beim Burgfried? Schon im Innenhof? Schon in der Söldnerstube? Er stammelte: „Jesus!" Und sprang zur Tür und sauste klirrend durch den Treppenschacht hinunter – jeder andere hätte sich im Gewicht des Eisens überschlagen und den Hals gebrochen.

Am Fuß der Treppe – in deren Schatten am verwichenen Morgen einer gestanden hatte, mit der zitternden Faust am Dolchgriff – kam Hilde ihm entgegengeflogen, Schmerz und Erschöpfung und Angst im schmalen Gesicht, ein verzweifeltes Betteln in den Augen. „Lien, ach Lien, tu meinem Vater helfen!" Sie klammerte sich an seine Schulter. „Der Vater ist letz zum Sterben, die Mutter weiß nimmer Rat, ein Medikus muß kommen. Tu reiten, Lien, mit dem weißen Fähnl, zum Heini von Seeburg! Du sollst ihm die gefangenen Leut als Lösung bieten, daß der Medikus freien Weg hat in die Burg. Den mußt du holen im Kloster am See –"

Da schob er sie mit dem geschienten Arm beiseite und sprang, daß ihm Hilde in ihrer Schwäche nicht folgen konnte.

Kapitel 18

Söldner und Knechte liefen zusammen, als Lien wie ein Irrsinniger zur Brückenhalle gesprungen kam, einer Magd die weiße Schürze vom Gürtel riß und die Leinwand an einen Langspeer knüpfte. Was die Leute durcheinanderkreischten, hörte er nicht. Immer sah er dieses blasse, von Gram entstellte Gesichtchen, immer diese flehenden Augen. Er brauchte nicht viel zu denken. Wieder war es so, daß alles in seinem Gehirn als fertige Sache stand, die geschehen mußte. Reiten? Durch das ausgesparte Gänglein der Sperrmauer war ein Gaul wohl durchzubringen. Doch über den Torgraben – der auch zu breit war für Sprünge, wie Lien sie machen konnte – mußte man für das Roß eine Brücke aus Balken legen. Bevor das geschehen konnte, getraute sich Lien die vierhundert Gänge bis zur feindlichen Schanze zweimal hin und her zu rennen. Und ist der Heini von

Seeburg barmherzig, so gibt er dem Lien auch einen Gaul, um zum Kloster am See zu reiten. Auch kann ein Medikus viel näher sein. Im Geläger der Seeburgischen. Und Soldleut mitnehmen als Geleit? Wozu? Ehrt der Seeburger das weiße Fähnlein der kranken Not, so tut's auch ein einziger, der flinker ist als vier oder fünfe mitsammen. Und sündigt der Seeburger wider den friedsamen Kriegsbrauch? Warum dann den guten Herrn Melcher um brauchbare Leute betrügen? Da ist's genug an einem einzigen. Kommt er nimmer, so spürt man's nicht.

Das alles stand fertig im Lien, noch ehe der weiße Magdschurz an den Langspeer gebunden war, noch ehe das Fräulein von Puechstein, das aus dem Burgfried heraustauchte, die Brückenhalle erreichen konnte.

Vom Tor des Herrenhauses klang eine heiser schreiende Stimme: „Was geschieht da?" Ausgeschlafen, frisch gekleidet und neu gerüstet, war Eberhard in den Hof getreten, um als Regent bei der Mauer zu walten. Über den Köpfen der Söldner sah er das weiße Fähnlein gaukeln, sah zwei Knechte ein langes Brett herbeischleppen und geriet in Sorge, daß da geschehen könnte, was seinen Vergleichsplänen zuwiderlief. Sein verdutztes Mißtrauen wuchs noch, als er bei dem weißen Fähnlein den Helm seiner Augsburger Rüstung gewahrte. „Ui, guck! Der Schäfer! Schon wieder!" Er wurde flink und schrie: „Bei Tod und Ruten! Ohne mein Geheiß geht niemand aus der Mauer."

Irrende Angst in den Augen, sprang Hilde ihm entgegen und breitete die Arme auseinander, um seinen Weg zu sperren.

Eberhard lachte und rief zu den Knechten hinüber: „Wer ein Brett über den Graben tut, steht unter Gericht." Dann machte er eine höfische Reverenz und sagte mit zierlicher Geste gegen Hildes ausgebreitete Arme: „Das sieht so aus, als tät' mein Bräutlein mich halsen mögen? Vor niederen Augen? Das wär' nit fürnehm. Tu dich gedulden auf meine Kammer, du Süße!"

Ihr Gesicht versteinte, während sie mit erloschenen Lauten bettelte: „Tu nit hindern, was nötig ist! Ein Medikus muß kommen ..."

„Ich bin gesund."

Hildes Augen erstarrten, während ihre Stimme weiterredete mit dem gleichen versunkenen Laut: „Dein Vater fiebert. Der meine ist nah dem Sterben."

Er fragte zögernd: „Was der Schäfer tun soll? Hat mein Vater das geboten?"

Lügen konnte sie nicht. Stumm schüttelte sie den Kopf.

Da lächelte Eberhard. „Will's der deinige so haben?"

„Mein Vater ist dawider gewesen und ist zornig worden. Mich hat die Mutter geschickt. Ich hab's geboten."

„Mein Herz und Leben will ich dir unter die kleinen Füßlein legen!“ sagte der Jungherr zärtlich. „Doch der Himmel soll mich behüten, daß ich geschehen ließ, was gegen den Willen deines edlen Vaters wär'. Das wirst du rühmen müssen als gutes Kind.“

Von der Brückenhalle, aus dem Lärm der Söldner, klang die zornig schrillende Stimme des Lien: „Her mit dem Brett! Mein Weg hat Eil.“

Der Jungherr kreischte dem erregten Häuf der Leute zu: „In meiner Mauer gilt mein Befehl!“

Hildes Arme fielen schlaff hinunter. Ihre feine, zarte Gestalt schien zu wachsen. Immer sah sie die Augen ihres Verlobten an. „Tu, was du mußt! Ich kann's nit raten. Dich kenn' ich nit. Wer der Lien ist, weiß ich.“ Sie wandte das blasse Steingesicht über die Schulter und wollte gehen.

Dem Jungherrn fuhr eine Blutwelle über die Stirne. Zorn und Unsicherheit kämpften in seinem suchenden Blick. Hastig faßte er die Hand des Fräuleins und sagte wie ein Zerstreuter, welcher redet und dabei an andere Dinge denkt: „Das Leid in deinen Augen hat größere Macht, als der pflichtsame Verstand in mir. Aus Lieb will ich tun, was ich versagen müßt' aus Bedächtigkeit des Kriegsmannes. Der Schäfer soll gehen dürfen. Ich will helfen dazu, will ihm geschriebene Botschaft mitgeben. Auf das Wort eines niederen Knechtes tät' der Heini von Seeburg nit hören.“

Sie nickte schweigend, entzog ihm ihre Hand und ging durch den Schwarm der schreienden Leute auf den Lien zu, der in der Linken den Langspeer hielt und den rechten Arm um das Brett klammerte, das er den Knechten entrissen hatte.

„Nit, Lien! Mein Gebot ist unwahr gewesen. Tu dem Sohn deines Herrn gehorchen. Wir haben nit anderen Weg.“

Stumm und ratlos sah er in ihre Augen und ließ das Brett fahren, das die Knechte wieder packten.

Während die beiden so voreinander standen, wurde der Lärm der Männer still, und verdutzte Augen guckten die zwei jungen Menschen an.

Hilde erhob die Hand und berührte scheu die blaufleckige Wange des Lien. „Tu dich nit sorgen! Tu das Zornfeuer auslöschen in deinen Augen! Du kannst, was du willst. Gut ist auch das Plätzlein, auf dem du stehen und harren mußt. Darf ein Redlicher nit laufen, so lauft sein Weg. Gott soll dich behüten, Lien! Ich geh' zu meinem Vater.“ Ein halbes Lächeln war um ihren entfärbten Mund. So nickte sie zum Lien hinauf. Dann ging sie.

Schauen und Ellbogenstupfen, Geflüster und halblaute Worte, auch Kichern und leises Lachen.

Unbeweglich, mit gespreizten Beinen, den weißgefähnelten Langspeer zwischen den Fäusten, stand Lien in der Torhalle. Immer sah er zum Herrenhaus hinüber, in dem das Fräulein von Puechstein verschwunden war.

Der Abend fing schon zu glühen an, als Eberhards Reitknecht ein verschnürtes und gesiegeltes Pergament brachte. „Befehl des Herren: das sollst du zum Heini von Seeburg tragen. Dir ist geboten unter Kriegsrecht, daß du nit reden sollst aus eigenem, nit Antwort geben auf eine Frag des Feindes. Den Ruckbrief sollst du dem Herren bringen ohne Verzug. Das ist dir geboten bei deinem Kopf." Der Knecht sagte zu den anderen: „Man soll ihm das Brett legen!"

Den Langspeer senkend, klirrte Lien durch den schrägen, finsteren Steinschacht, den man in der Sperrmauer ausgespart hatte. Hinter ihm brachten zwei Leute das Brett getragen, das sie über den Wassergraben hinüberfallen ließen zum Brückenpfeiler. Als Lien darüberschritt, bog sich unter dem Gewicht seines Körpers und Eisens das schwache Brett hinunter bis in das schmutzige Grabenwasser, auf dem ein wüstes Gemenge übler Dinge schwamm. Zur anderen Hälfte seines Notsteges mußte Lien das Brett vom Brückenpfeiler hinüberschwingen zum Bord des Sträßleins. Beim Weiterschreiten sanken seine Beine bis zu den stählernen Kniemuscheln in die noch heiße Asche des Sturmwagens. Von den Schützengängen und aus den Schießscharten des Brückenturmes sahen ihm hundert Augen nach; da droben war ein undeutliches Stimmengewirre. Als seine Füße freien Grund fanden, fing er zu laufen an, daß ihm unter dem rasselnden Eisen der Atem fast verging. Die rote Sonne war um ihn her, und obwohl sein Küraß, seine Schienen und sein Helm von Schmutz, Asche und Blutrost halb erblindet waren, hüpften Hunderte von rotglühenden Lichtfunken auf dem Stahlkleid des Springenden umher. Immer schwang er den Langspeer mit der weißen Magdschürze.

Bei der Schanze begann es lebendig zu werden. Man empfing den Lien nicht feindselig, doch mit Hohn und unflätigen Spottreden. Kein Seeburgischer hatte diesen jungen Kriegsmann je gesehen; jene, die beim Sturm in die Nähe des Lien gekommen waren, hatten den Heimweg nimmer gefunden.

Er mußte den Stahlhut und alle Waffen ablegen; man band ihm eine Schärpe dick und fest um die Augen. Zwei Fäuste führten ihn an den Armen. Er dachte nicht: jetzt mußt du lauschen, um zu erkunden, was sich erkunden läßt. Ohne Wissen und Willen tat er's, weil er Sinne hatte, die scharf und immer lebendig waren wie die Sinne freier und gesunder Tiere der Wildnis.

Deutlich hörte er das Geholper von schweren Karren, das Aneinanderklingen der Steinkugeln und das dumpfe Poltern der Pulvertruhen, die zur Schlangenschanze gefahren wurden. Und da wußte er: man rüstet zu einem neuen Sturm. Wann wird er beginnen? Noch am Abend? Oder erst am Morgen?

Er hörte Beilhiebe und Hammerschläge, hörte das eigentümliche, unverkennbare Klanggezitter von langen Holzstangen, die zu Boden fielen – und wußte: da werden Sturmleitern gezimmert. Der neue Sturm wird gegen eine Stelle der Mauer gerichtet sein, nicht gegen Tor und Brückenturm.

Nun kam ein kotiger, von unzähligen Stapfen durchsulzter Weg: die Lagergasse, die seit dem Gewitter noch immer sumpfig war. Im Abendwind, der kräftig von den höheren Bergen herunterhauchte, hörte Lien das Gepluder von Zelttüchern. Es waren viele Zelte, mehr, als man vom Turm aus hatte zählen können; der größte Teil des Seeburgischen Leuthaufens mußte sich hier versammelt haben. Vor der Mauer gegen Osten, Norden und Westen konnten nur schwache Kräfte zurückgeblieben sein.

In der Luft war der Geruch von Feuerstätten – so riechen die Feuer, wenn sie erlöschen; nicht, wenn sie zu brennen beginnen. Und im Lager, das sich quer über den Rücken des Hügelgrates hindehnte, war wenig Lärm, fast Stille. Man hatte sich da gesättigt, ehe der Abend kam; und wer nicht auf Wache stehen mußte, lag im Schlaf. Weil die Seeburgischen muntere Augen brauchten in der kommenden Nacht? Oder früh am Morgen?

Der Weg wurde besser. Das Zelt des adligen Führers mußte außerhalb des Gelägers stehen. Lien zählte siebzig Gänge, bevor man ihn warten hieß. Jetzt fühlte er den Zug des Abendwindes nimmer, hörte kein Rauschen eines Zelttuches. Aber ein Zelt mußte da irgendwo sein; Lien spürte den Duft von Räucherwerk und von Wachskerzen. Weil er den Bergwind nimmer fühlte, mußte das Herrenzelt am Saum eines dichten und hohen Waldes stehen, der den Luftzug abhielt. Und neben dem Eisengeklirr der Söldner, die ihn geführt hatten, hörte Lien das leise Waffenklingen zweier Wachen.

Wechselnde Stimmen, gedämpft, hinter Zelttüchern. Nun ein grobes Lachen.

Man führte den Lien, ohne ihm die Binde abzunehmen, in die leinene Feldstube des Heini von Seeburg. Lien hatte das Gefühl eines engen und schwülen Raumes. Noch stärker als der Duft des Räucherwerkes und des brennenden Wachses war ein anderer Geruch. Wie Essig war's – und so, wie das Balsamtiegelchen des barmherzigen Engels geduftet hatte, der in die Sergeantenstube gekommen war, um die Rutenstriemen des Lien zu kühlen.

Unter der Augenbinde begann dem Lien das Gesicht zu glühen bei dem Gedanken: der Heini von Seeburg ist verwundt! Ins Handgemenge war der Seeburger nicht gekommen. Er mußte im Sturmwagen gewesen sein und aus dem Höllenspuk der Pulverkiste eine Brandwunde davongetragen haben. Keine leichte. Weil er liegen mußte. Deutlich hörte Lien zu seiner Rechten das Gerassel des Lagers, von dem der Verwundete sich aufrichtete.

Wieder jenes grobe Lachen. „Bringst du die Übergab?“ Die Stimme hatte noch jungen Klang und erinnerte doch an die rauhe Kehle des Kassian Ziegenspöck, an seine Knurrlaute unter der Wirkung des Flachhiebes.

Schweigend streckte Lien die Hand mit dem Pergament und mußte denken: der Heini von Seeburg hat ein geschwollenes Gesicht. Kann nit befehlen und muß hinter dem Zelttuch liegenbleiben, wenn seine Kriegsleut stürmen.

Nach einer Weile sagte die Stimme: „Das sind nit die Kritzelfüß des alten Trutz! – Du? Wer hat den Brief geschrieben?“

Lien blieb unbeweglich und stumm.

„Red, du langer Lümmel! Liegen der Puechsteiner und sein toriger Bundsgenoß auf dem wohlverdienten Schragen? Weil der Jungherr siegeln muß in seines Vaters Namen? Du? Hörst du nit?“

Das gleiche Schweigen.

„Bist du aufs Maulhalten eingeschworen?“

Lien nickte.

„So steckt dahinter, ich weiß nit, was. Die sich nit scheuen müssen, reißen den Brotladen auf.“

Eine lange Stille. Lien hörte das Knistern des Pergamentes. Dann kam ein tobendes Zorngeschimpf, ein lästerliches Sakramentieren. „So ein Grasaff und Hinterhälter! Möcht' sich loskaufen mit den mageren Puechsteiner Mäusen! Bietet für meines Bruders Blut und Leben einen Taubendreck. Dem will ich Antwort geben! Ist die Burg nit mein auf Gnad und Ungnad, eh die Stern' erscheinen, so schieß' ich die Trutzischen Mauern auf einen Haufen zusammen, in dem man ein Menschengesicht nimmer scheidet von einer zerquetschten Katz. Hinaus mit dem maultoten Lümmel. Meinen Schreiber her'.“

Lien fühlte eine Faust am Arm und wurde aus dem Zelt geführt. Sein Schreck darüber, daß der Seeburger von keinem Medikus geredet hatte, und die Sorge um die Mauern seines Herrn und um alle, die sich hinter ihnen bargen, legte sich wie eine stählerne Klammer um seinen Hals. Undeutlich stieg der Gedanke in ihm auf, als wäre die Botschaft, die er getragen hatte, kein redliches Ding gewesen. Doch ehe sich das klären konnte in ihm, war es schon wieder versunken. Und neben der Sorge, die ihn bedrückte, war wieder dieses unbewußte, tierische Lauschen da, dieses Wissen ohne Denken. Keine Stimme mehr im Zelt? Nur der wunde Seeburger auf seinem Kissen? Vor dem Zelt zwei Wachen, hinter dem Zelt der Bergwald, in dem der Lien jeden Schlupf und Winkel kannte.

Mit dem Söldner, der zum Geläger hinubergelaufen war, kam der Schreiber gesprungen, der ein schwächliches Männlein sein mußte und den kaum vernehmlichen Täppelschritt eines Kindes hatte.

Die feindlichen Geleitsleute des Lien begannen mit den Wachen sehr spaßhaft über die Trutzbergischen zu reden. Auch sehr laut. Die Stimme, die dem Schreiber im Zelt die Antwort vorsagte, wurde undeutlich unter diesem Schwatzen und Lachen. Erst nach einer Weile, als der Seeburger einen Namen gerufen hatte und ein Söldner in das Zelt gesprungen war, konnte Lien wieder deutliche Worte vernehmen und ein grobes, höhnendes Lachen dazu: „Schließ die Anfrag unter die Schnur mit ein! Und schreib, das Trutzische Pergament wär' nit mürb genug zu verdientem Aufbrauch! Ich will mir lieber die Leinwand der Frau Engelein holen. Man sagt, sie spinnt einen feinen Faden.“ Nun wieder das Lachen des Seeburgers. Und die Söldner und Wachen lachten mit.

Dem Lien, der stumm und wehrlos diesen Hohn wider die Trutzbergischen verschlucken mußte, begannen die Fäuste zu zittern. Immer mußte er des Schweigbefehls seines Herrn denken, um nicht laut zu schreien: „Heini von Seeburg! Hütet Euch, daß wir uns nit im Bruchland begegnen, wenn ich wieder bei meinen Schafen bin. Da könnt's geschehen, daß Euch einer das zärtliche Häutl mit Disteln und Dornen rippelt.“

Noch immer brannte der Zorn in ihm, als die Söldner ihn zurückführten durch die Lagergasse; dazu die wachsende Sorge, die ruhelose Frage in seinem Herzen: Was ist mit dem Medikus? Der wird doch kommen?

Außerhalb der Schlangenschanze wurde ihm die Binde abgenommen. Die farbige Dämmerung eines schönen Abends war über Welt und Himmel gegossen. Nach der stundenlangen Finsternis erschien sie dem Lien wie strahlende Tageshelle. Seine Augen suchten. Er sah nur Männer in Waffen. „Der Medikus?“ fragte er mit erwürgter Stimme, des Schweigebefehls vergessend. „Wo ist der Medikus?“

Ein brüllendes Gelächter. Der lange Mensch mit der wunderlichen Angst, die ihm aus Blick und Zügen redete, wurde für die Seeburgischen eine heitere Sache. Einer spaßte: „Brauchst du eine stopfende Arznei? Hast du Bauchweh?“

Lien überhörte den Hohn, hörte nur die Sorge, die in ihm schrie: „Nit, Leut! Das ist ein ernstes Ding. Ich muß dem Silberweißlein doch sagen können ...“ Während er den Eisenhut über den blaugedroschenen Schädel stülpte und das Schwertgehäng um die Hüften nahm, durchzuckte der tröstende Einfall sein Gehirn: es wird im Brief stehen, was mit dem Medikus ist. Und wann er kommt. Wie flinker ich den Brief in die Mauer bring', um so flinker ist das edel Fräulen in Ruh. Den Langspeer fassend, fing er im schweren Eisen zu laufen an wie ein Narr. Ein vergnügtes Johlen blieb hinter ihm – und wahrhaftig, der Lien sah aus wie ein heiß Erschrockener, der mit jagenden Beinen Reißaus nimmt vor einer Gefahr.

Sogar auf der Trutzischen Mauer gab es Leute, die lachen mußten, als sie den Lien in der purpurfarbenen Dämmerung diese Heuschreckensprünge machen sahen. Eberhard, der auf dem Büchsensöller bei einer Scharte stand und in Ungeduld die Antwort des Heini von Seeburg erwartete, ließ die rote Pernella aus seinem Arm und sagte vergnügt: „Ui, guck, wie er hupft! Der Lauskerl hat die Angst in den Waden, es könnten ihm die Seeburgischen einen bleiernen Frosch auf die Ruckseit schmeißen." Lachend faßte er mit beiden Händen sein rots Federspiel an den Zöpfen, kümmerte sich nicht um die Gegenwart der Schützen, küßte mit Behagen und flüsterte an Pernellas Ohr: „Heut nacht ist Ruh in meiner Mutter Ehgemach. Sie muß den Vater pflegen. Du! Da wird sich's weisen, ob du eine Gans bist oder nit." Dieses Wörtchen – Gans – war eine von seinen sieghaften Erobererwaffen und hatte ihm schon des öfteren die Erfahrung vermittelt, daß die Weibsleut gern als ein Ausbund menschlicher Weisheit erscheinen möchten.

Seines Sieges völlig sicher, klingelte Eberhard in seiner leichten, schmucken Eisenschale über die Holzstiege hinunter und kam zur Sperrmauer in der Torhalle, als draußen schon das Brett auf dem Brückenpfeiler klapperte. Söldner und Knechte liefen zusammen.

Aus dem schwarzen Steinschacht tauchte der keuchende Lien heraus. Er warf den Langspeer fort und stammelte: „Wo ist das Fräulen?"

„Den Brief gib her!" Zwei Hände griffen nach dem verschnürten Pergament, das Lien in der Faust hatte.

Noch war es nicht dunkel. Man konnte die Gesichter sehen. Aber die erregte Stimme des Jungherrn klang so verändert, daß Lien sie unter dem Lärm der anderen nicht erkannte. „Tu die Händ' weg, du!" Er trat einen Schritt zurück. „Das ist für den Herrn!"

„Dein Herr bin ich!" Eberhards Stimme wurde so schrill, wie im Zorn die Stimme seiner Mutter war. „Den Brief gib her!"

Nun wußte Lien, wer mit ihm redete. Und als er das Gesicht und die Augen des Jungherrn betrachtete, schob er plötzlich das Pergament hinter die Halsberge seiner Augsburger Rüstung. Ohne zu denken, mußte er sagen: „Mir ist befohlen, den Ruckbrief meinem Herren zu bringen. Ihr seid meines Herren Sohn, in schuldiger Ehr. Mein Herr ist Euer Vater. Dem bring' ich den Brief, wie's befohlen ist." Er ging mit raschen, klingenden Schritten zum Herrenhaus hinüber.

„Leut! Leut!" kreischte der Jungherr mit seiner dünngewordenen Weiberstimme: „Reißt den unbotmäßigen Lauser zu Boden!"

Die Söldner zögerten. Sie hatten aus den Worten des Lien Verstand herausgehört.

„Wer mir den Brief bringt, soll mir der Beste von den Meinen sein. Wer nit gehorcht, soll's büßen."

Jetzt sprangen viele.

Lien hörte das Getrampel, wandte sich, riß das Eisen blank und sagte ruhig: „Ihr guten Leut! Der Jungherr muß trunken sein. Da müssen wir Knecht' die Nüchternen bleiben. Ich tu' nach unseres Herrn Befehl. Wer's hindern wollt', den müßt' ich niederschlagen." In der Faust die blanke Waffe, rückwärts schreitend, erreichte er das Tor des Herrenhauses und verschwand.

Hinter den lärmenden Söldnern schrie der Jungherr einen Namen. Immer wieder. Seine Stimme klang wie das Geschrill eines Tobsüchtigen. Eberhards Reitknecht kam gelaufen. Und der Jungherr faßte den Knecht am Arm und riß ihn mit sich fort, aus der Hörweite der anderen.

„Du! Der Treueste von den Meinen bist du! Was ich dir geboten Hab' in der Nacht – jetzt muß es anders geschehen. Sicher! Nit so, daß ein Zufall helfen kann oder nit. Sicher! Ich selber will helfen. Ich geb' ihm Freinacht, ich schick' ihn schlafen, ich laß ihn einen Krug vom schwersten Wein meiner Mutter saufen. Um die zehnte Nachtstund ruf' ich den Kassel zur Mauer. Da liegt der Bub allein in der Stub. Stoß ihm das Eisen in den Hals! In den Sack mit ihm! Und über die Mauer! Das ist sicher. Vor Mitternacht muß es geschehen sein. Melden brauchst du es nit in der Nacht. Da hab' ich nit Zeit. Du tätst mich nit finden." Ein heiseres Lachen. „Aber kommst du am Morgen und meldst, es ist geschehen, so mußt du's mit vielen Wörtlein sagen. Die will ich zählen und zahlen. Einen Goldgulden für jedes."

„Herr!" stammelte der Knecht. „Das ist eine kitzlige Sach."

„Bei Seel und Leben, ich steh für dich ein. Du und ich! Das soll so bleiben für alle Zeit. Und du bist, was du sein willst!"

Ein kurzes Zögern. „Gut, Herr! Ich tu's."

Leis auflachend, eilte Eberhard zum Herrenhaus hinüber, sprang durch die Spittelhalle, in der auf dem Stroh die Verwundeten miteinander schwatzten, und jagte über die Treppe hinauf, so flink es sein Eisen ihm gestattete. Bevor er den Mauergang erreichte, vernahm er die auf den Steinfliesen klingenden Schritte des anderen.

Nun sah er den Lien im letzten Licht des Tages an der graugewordenen Mauer hinschreiten zur Tür der Herrenstube. Erschrocken streckte er die Hand und wollte rufen, wollte noch eine Lüge suchen, die ihm half – und tat es nicht – und meinte in seiner Feigheit, das wäre Trotz und Mut: Meintwegen! Soll der Vater im Ärger schreien nach mir. Ich laß mich nit finden. Wer weiß, wie's morgen ist? Und ich bin Herr! Und mein ist das Himmelreich.

Unter spöttischem Lächeln hielt er den Kopf über die Mauerecke vorgeschoben und sah den Lien zur Stube des Puechsteinischen Perlenschreins hintreten.

Vor der Schwelle zögerte Lien. Mit halblauter Stimme rief er: „Höi? Darf ein Soldknecht eintreten?"

Die Tür wurde aufgetan, und grau vor einem grauen Raum erschien Frau Engelein. „Wer redet da?“

„Ich bin's, gute Frau! Mit einer Botschaft.“

„Die bring' meinem Sohn! Mein Mann muß Ruh genießen.“

Neben Frau Engelein tauchte etwas Dunkles auf, mit weißen Ärmeln geflügelt, und ein ersticktes Stimmchen fragte: „Lien?“

Da klang die müde Kehle des Herrn Melcher: „Komm nur, Bub! Pflicht geht über alles.“

Es roch in der dunklen Stube so ähnlich wie im Zelt des Heini von Seeburg. In der vorderen Hälfte des Perlenschreines war viel Bewegung und heftiges Schnauben; in der hinteren Hälfte lag eine lange, magere Sache unbeweglich in den Kissen. Aus der finsteren Ecke hinter dem Himmelbett zitterte die bange Stimme der Frau Scholastika. „Kommt ein Medikus?“ Und Hilde, die den Lien bei der Hand genommen hatte, sagte leis: „Tu reden, Lien! Mein Vater und Herr Melcher wissen alles.“

Lien, dem das Atmen eine harte Mühe wurde, fragte scheu: „Wie geht's, ihr guten Herren?“

In der Puechsteinischen Hälfte des Perlenschreines ließ, sich ein mattes Lachen vernehmen, in der Trutzbergischen Halbscheid sagte Herr Melcher mit schwerer Zunge: „Es könnt' noch schlechter sein. Wie's kommt, so muß man es haben. Tu reden, Lien! Bringst du den Medikus für meinen Korbi?“

„Bringen nit! Hab' ihn auch nit gesehen, Herr!“ Nach dieser mühsamen Stimme zu schließen, schien der gesunde Lien viel kränker zu sein als sein verwundeter Herr. „Wie's ist mit dem Medikus, das wird wohl in dem Brief da stehen.“ Er beugte sich gegen das Fräulein hin. „Nit sorgen. Er muß noch kommen in der Nacht. Der Brief wird's weisen.“

Als Herr Melcher die Schnur des Pergamentes entzweigerissen hatte und das Blatt entfaltete, glitt ihm ein zweites in den Schoß. „Geh, liebes Weibl, tu ein Kerzenlicht bringen und zünd die Ampel an.“

„Viel Licht wird deinen Augen nit gut sein!“ sagte Frau Engelein rasch, mit einer merklichen Unruh in der Stimme.

„Wie soll ich lesen? Und lesen muß ich. Hol das Licht. Ich will dir versprechen, daß ich das Bett mit dem Wachs nit bekleckern tu.“

Die Trutzin verließ die Stube.

Es war so dunkel geworden, daß von den Linnlaken des großen Bettes nur noch ein matter Schimmer zu sehen war. Lien und Hilde standen gleich schwarzen, unbeweglichen Bildsäulen vor dem schwachen Dämmerschein der kleinen Fenster, und völlig verschwand Frau Schligg in ihrer finsteren Ecke.

„Wie ist's gewesen, Bub, erzähl!“

„Die Waffen hab' ich abtun müssen. Die Augen haben sie mir zugebunden. Vier Schlangen stehen in der Schanz. Pulver und Kugeln hat man zugefahren, einen festen Haufen. Von einem neuen Sturmwagen hab' ich nichts gemerkt. Aber hohe Sturmleitern haben sie gezimmert. Die liegen nach links hinunter, gegen die Puechsteiner Seit'. Wenn sie stürmen heut nacht, geht's wider die linksseitigen Schützengäng' zwischen Turm und Haus.“

Aus der hinteren Hälfte des Perlenschreins klang langsam eine kämpfende Stimme: „Da müssen sie wieder schwefeln, um die Leitern unbeschossen an die Mauer zu bringen. Eh sie nit schwefeln, stürmen sie nit. Bis das Stinken anhebt, können wir liegenbleiben.“

In der finsteren Ecke ein tonloses Angstgestammel: „Jesus! Mann! Du wirst doch nit –
“

„Tu den Schnabel halten, liebe Schligg! Man redet um ernstes Mannswerk. Täten die Weibsleut nit schweigen, so müßt ich sie aus der Stub schicken! – Weiter, Lien!“

„Das Geläger hinter den Schlangen ist seit dem Morgen gewachsen. Man hat viel Kriegsleut von den Talseiten heraufgezogen.“

„Lien!“ keuchte der Puechsteiner. „Sechs Wachen und der Jungherr – das ist genug für die Nordmauer, alle anderen Leut zum Schützengang zwischen Mauer und Haus.“

„Will's ausrichten, Herr! Ich selber sorg: der Sturm kommt in der Nacht oder gegen Morgen. Im Geläger hat man abgespeist um die fünfte Stund nach Mittag. Die Kriegsleut unter den Zelten sind im Schlaf gelegen, daß sie munter sein können in der Nacht. Beim Sturm wird der Heini von Seeburg nit gebieten. Der hat einen Stimmschaden. Muß eine Brandwund haben zwischen Ohr und Maul. Ums Gesicht hat er einen Bund herum.“

Da stemmte sich Herr Korbin aus den Kissen, und seine kämpfende Stimme bekam einen Klang ins Heitere: „Hat's ihn? Hat's ihn? Gottselige Pulverkist! Du liebreiches Kästlein!“ Unter Tönen, die halb wie ein Lachen waren, fiel er zurück.

Immer, wie in sprachlosem Staunen, hatte Herr Melcher geschwiegen. Jetzt lallte er: „Bub! Du Weltsteufel! Wie hast du das alles sehen können? Mit verbundenen Augen?“

Lien wußte keine Antwort. Statt seiner lispelte der Puechsteiner: „Ein richtiger Mensch sieht mit den Ohren, hört mit der großen Zeh und spürt –“ Die leise Stimme erlosch in einem langströmenden Atemzug. Hilde sprang zur Bettseite des Vaters hin, und Frau Scholastika, unter gewaltsam bezwungenem Schluchzen, wusch mit dem Essigtuch das regungslose Gesicht ihres Mannes.

„Korbi?“ stammelte Herr Melcher erschrocken.

„Nit sorgen, nit sorgen!“ flüsterte Lien. „Er schnaufet schon wieder leicht. Ich hör's.“

„Gott sei Dank!" Die Stimme des Burgherrn wurde leis. „Lien! Komm her! Ob mein oder nit, ich glaub's. Du bist ein Mannsbild. Tu mir die Hand bieten."

„Ist die Red nit wert, Herr!" Immer waren die Augen des Lien bei der Puechsteinischen Hälfte des Perlenschreins. „Wär nur das Licht schon da! Daß man lesen könnt! Wann der Medikus kommt?"

„Die Hand tu her, du Lümmel!" schalt Herr Melcher aus dem Dunkel heraus. Und als er die Hand des Lien zwischen seinen Tatzen hatte, bekam seine rauhe Kehle, ohne daß sie eines lösenden Eidotters bedurft hätte, einen milden, fast träumerischen Klang. „Wahrhaftig, Bub! Die Ohrfeig, die ich dir geben hab' müssen, ist Gottesgnad und Erleuchtung gewesen! War der andere bloß halb wie du, ich tät den Kopf heben, bis er oben anstoßt in meiner Stub."

Lien hörte nicht. Er hatte im Schlüsselloch der Tür einen feinen Schimmer gewahrt und stammelte: „Das Licht ist da, das Licht. Jetzt kann man lesen."

Die Tür ging auf, und die schmale Glanzgarbe, die zuerst hereingefallen war und senkrecht einen Goldstrich an die Mauer gezeichnet hatte, floß auseinander und machte die Stube hell. Frau Engelein brachte einen Eisenleuchter mit zwei Wachskerzen, deren wehende Flämmchen im Dunst des Raumes von einem sternigen Strahlenschein umgeben waren.

„Jesus! Hinter den Himmel mit dem Licht!" bettelte Frau Scholastika. „Das blendet den Korbi. Nit die Ampel zünden Nit! Nit! Nit!"

„Mein Mann hat die Ampel geboten." Frau Engelein hatte eine scharfgespitzte Nase im blassen Gesicht. „Die Puechsteinerin will allweil was anderes haben."

Herr Melcher mahnte: „Sei gütig, Weibl! Stell das Licht auf mein Tischlein her! Da hat der Korbi Schatten, und ich kann lesen."

Stumm und starr, die zitternden Fäuste an die Bauchschalen des Panzers geklammert, stand Lien hinter dem Fußbrett des Perlenschreins. Der erste Lichtschein, der übers Bett gefallen hatte ihm den wulstig verbundenen Schädel des Herrn Melcher gezeigt, mit den Blutfäden im glühenden Gesicht, mit den roten Klunkern im struppigen Bart. Das war hart zu sehen, war aber doch das Bild eines Lebens, an das man glauben durfte. Dann war das Licht hinübergeglitten über die Puechsteinische Grenze. Und da drüben lag der verläßliche Tod. Der hatte noch offene, langsam gleitende Feueraugen, hatte noch ein Lächeln des starken Lebens um den bläulichen Mund. Unter den Falten der Hemdärmel und unter dem dünnen Linnlaken lag etwas Langes und Knochiges, mager und regungslos. Im Kloster am See, vor Jahren, hatte Lien als Schäferlehrling das unterirdische Steingewölb mit den Nischen gesehen, in denen die toten, dürrgewordenen Mönche lagen. So, wie diese Mönche, so sah der Korbin von Puechstein aus. Nur daß die Mönche im Kloster am See nicht lächelten, keine offenen Augen, keinen

Pulverruß am Hals und in den weißen Ohrmuscheln hatten; und daß von den Mönchen ein jeder verlassen und einsam lag, nur überbeugt vom glitzrigen Steingewölb. Der lächelnde, noch lebendige Tod in der Puechsteinischen Halbscheid des Perlenschreins war nicht einsam. Vier kleine, rosenblasse, zitternde Hände betreuten ihn, und zwei in Müdigkeit hoffende Gesichter waren über ihn hergebeugt mit nassen Augen, die in Angst und Liebe jedes Zucken seiner haarigen Knochenhand und jede leise Regung seiner Augenwimpern als eine Verheißung des Himmels empfanden.

Lien atmete mühsam unter dem gewichtigen Stahl. Er drehte den Hals in der Berge, bewegte die Schultern unter den eisernen Kacheln und drückte am Küraß mit den Fäusten die Kanten krumm. Wie einer, der im Zorne grob ist und sich doch behütet, knirschte er gegen den Burgherrn hin: „Was steht im Brief? Wann kommt der Medikus?“

Da knüllte Herr Melcher in Wut zwischen seinen Fäusten das Pergament zusammen und schrie: „Gotts Not und Tod! Dem Hundsfott schütt ich alle Häfen meiner Burg auf den Grind hinunter. Der soll sich den letzten Stockzahn ausbeißen an meiner Mauer!“ Frau Engelein begann zu mahnen und zu schelten, die Puechsteinerin bettelte mit Augen und Händen, aber Herr Melcher schien blind und taub zu sein und brüllte weiter: „Lus nur, Korbi! Lus! Wie bescheiden das Luder ist! Alles ausliefern, was Puechsteinische Farben hat! Jedes Puechsteinische Feld soll Seeburgischer Acker werden, der Seeforst mit Holz und Wild sein gesiegeltes Gut! Hunderttausend Dukaten als Kriegskosten und Schadenlohn. Und eh die Stern scheinen, will er die Trutzburg haben auf Gnad und Ungnad! Ist das ein Narr oder nit? Und nit bloß ein Narr! Ist noch ein Sauglockenschwengel dazu! Und schließt den Brief mit einer Red, die ich verschluck, weil ich sie nit ausspeien mag vor unseren guten Weibern und deinem lieben Kind.“

Herr Melcher verlor den Atem und fuhr mit der Faust nach seinem verbundenen Kopf. Und die Hände der Trutzin, die mit geschlossenen Augen stand, tasteten ins Leere, als möchte eine Ohnmacht sie befallen.

In der schweren Stille ein leises Kichern des Puechsteiners.

Das Gesicht von kalkiger Blässe überronnen, fragte Lien: „Vom Medikus? Was steht vom Medikus?“

Ruhig und unbeweglich fing Herr Korbin mit seiner erloschenen Stimme zu reden an. „Wär ich der Heini von Seeburg, so hätt ich schreiben lassen: Wer hat den Medikus geholt, wie mein Bruder Peter im Bachtal verbluten hat müssen?“ Er lachte.

„So eine Red hätt' Witz und Verstand gehabt!“ schrie Herr Melcher, ohne die heitere Ironie in den Worten des Puechsteiners zu fassen. „Aber nit ein Wörtl schreibt er vom Medikus. Als war nit die Red davon gewesen in meines Sohnes Brief. Und find't bloß eine schweinische Red! Freilich. Sauglocken läuten ist leichter als ein Kirchenglöckl ziehen! Jetzt soll er die Antwort hören! Lien! Hinüber zum Turm! Noch hängen nit alle Stern da draußen am Himmelreich! Brenn meine beiden Mauerschlangen in die Nacht hinaus! Das ist die Antwort, die ich dem Heini von Seeburg schick."

Lien blieb unbeweglich. Hatte er nicht verstanden? Oder nicht gehört? Langsam glitten seine erweiterten Augen. Es schien etwas Dunkles und Strenges in ihm zu kämpfen.

Nach dem ersten Schreck wollte Frau Engelein reden, wollte mahnen. Herr Melcher schrie: „Mein Feind ist, wer ein Wörtl dagegen sagt." Seine Hände entfalteten das andere Blatt. „Korbi? Hab' ich recht oder nit?" Auf eine Antwort schien er nicht zu warten, fing gleich zu lesen an. Aus den Kissen des Puechsteiners klang es mit versunkenem Laut: „Recht ist bei jedem, der tut, was er muß."

Da nickte Lien in einer wunderlich steifen Weise vor sich hin und sagte mit harter Stimme: „Gut so. Ich tu's." Er wollte zur Tür, blieb stehen und sah seinen Herrn an, dem der verbundene Kopf hinuntergesunken war bis zu den Knien. Auch die anderen waren erschrocken. Herr Korbin stemmte sich aus den Kissen, und Hilde stammelte: „Vater Melcher? Ist dir was?"

Er schüttelte stumm den Kopf, hatte ein verzerrtes Gesicht und begann das Blatt, das mit der zierlichen Schrift seines Sohnes bedeckt war, in kleine Stücke zu zerrupfen. Das ging nicht leicht. Und einmal lachte Herr Melcher wild hinaus: „Recht hat der Seeburg! Mürb ist das Blatt da nit!" Dann faßte er das Häuflein der Pergamentfetzen zwischen die zitternden Hände. „Weib, komm her! Heb deinen Schurz auf!" Frau Engelein gehorchte, mit einem Gesicht, das wie aus versteinerter Asche geschnitten war. Er warf die Fetzen in ihre Schürze. „Das tu verbrennen. Flecken, die so tief sind, putzt man nimmer aus." Ein Klirren machte ihn aufblicken. Er sah den Lien in seinem klingenden Eisen zur Tür gehen. „Bub! Komm her zu mir! Und tu dich niederbeugen!" Langsam griff er mit seinen acht Fingern in die Höhe, faßte den Lien an der Halsberge, zog ihn zu sich herunter und küßte ihn auf die blaufleckige Wange.

Lautlos war Frau Engelein auf einen Sessel hingeknickt und preßte die geraffte Schürze an ihre magere Brust. „Höi?" sagte der Puechsteiner, ließ sich in die Kissen zurückfallen und streckte sich aus.

Lien erhob sich wie ein Träumender. „Vergelt's Gott, Herr! Jetzt hab' ich einen leichten Weg." Bei der Tür, in der Hand schon die Klinke, drehte er das Gesicht und sah das Fräulein von Puechstein an, mit einem heilig dürstenden Blick. Sein Mund bewegte sich. Doch schweigend wandte er sich ab und ging aus der Stube.

Im dunklen Mauergang, schon bei der Treppe, hörte er hinter sich das Rauschen eines Kleides. Ein Zittern befiel ihn.

Jetzt holte sie ihn ein. „Lien? Willst du was?"

Er nickte. „Wohl! Ich tät gern ein Wörtl reden. Das muß heut noch sein." Verstummend tat er einen tiefen Atemzug. Es war so finster, daß er die Züge ihres Gesichtes nicht klar unterscheiden konnte und nur das Glänzen in ihren Augen sah. „Jetzt muß ich nach Befehl die Mauerschlangen hinausbrennen in die Nacht. Ist's geschehen, so hab' ich beim geistlichen Herren zu tun, im Pfaffenstübl." Er sprach nicht weiter.

„Ja, Lien! Ich komm."

„Vergelt's Gott, edel Fräulein!"

Klirrend stieg er die Treppe hinunter, über die das Schwatzen und Lachen der Verwundeten heraufklang aus der Spittelhalle.

Kapitel 19

Dröhnend rollten die zwei groben Schüsse der Trutzischen Mauerschlangen durch die sinkende Nacht, in deren stahlblauer Höhe die kleinsten Sterne noch nicht sichtbar waren.

Tief im Westen, schon hinuntersinkend gegen die Stauden des fernen Bruchbodens, stand die dünne Sichel des wachsenden Mondes und winkte aus dem Himmelreich heraus gleich einem gebogenen Flammenfinger.

Wie ein stilles, steinernes Inselchen inmitten eines rauschenden Meeres lag im Herzen des Trutzbergischen Gemäuers die weiße Pfaffenstube.

Unter schwarzem Blechschirm brannte eine Talglampe, und auf dem Tische stand ein Holzschüsselchen, aus dem der Kaplan seine Milchsuppe gelöffelt hatte; in dem Lichtkreis, mit dem die Lampe den Tisch übergoß, war eine Legende aufgeschlagen. Der Alte las nicht. Er saß im Lehnstuhl, hörte bei seiner Taubheit nichts von dem wirren Lärm, der durch die offenen Fensterchen hereinscholl, fühlte die Nacht als heilige Stille und betete für die armen Seelen der törichten Kindlein, die er hinuntergesegnet hatte in den Acker der Auferstehung.

Der Lichtfleck an der weißen Stubendecke überwebte den engen Raum mit einem milden Dämmerlicht. Motten und kleine Nachtschmetterlinge schwirrten umher, stießen immer wieder mit den Köpfen gegen die beleuchtete Mauerstelle, flogen unter den Schirm der Lampe und fielen mit versengten Flügeln heruntet. Zwischen den Toten, für die kein Priester betete, krochen die lebendig gebliebenen Krüppel auf den Blättern des Legendenbuches umher.

Eine von den Tauben, die das Gebrüll der Mauerschlangen aufgeschreckt hatte, flog durch das Fenster herein, umkreiste ein paarmal die Stube, blieb ein Weilchen unter sichtbarem Herzpochen auf dem Bücherkasten sitzen und flog durch ein anderes Fenster, in dem sie den winkenden Feuerfinger des Himmelreiches gesehen hatte, wieder in die Nacht hinaus.

Vor der Tür raschelte was Flinkes über die Holztreppe des Burgfrieds herauf. Der Greis hörte nichts. Er sah von seinen gefalteten Händen erst auf, als die offene Tür, deren Geräusch er nicht vernommen hatte, einen schwülen, von Kiengeruch und Rauchschmack erfüllten Luftzug in das kühle Stübchen hereinstreichen ließ.

Beim Anblick des Fräuleins von Puechstein zappelte der Greis sich froh erschrocken und in mühseliger Hast aus dem Lehnstuhl.

„Nit, Ehrwürdiger!“ bat Hilde unter schweren Atemzügen. „Ich tät's für Sünd halten, wollt ich Euch betrügen um Eure Ruh.“ Sie klammerte die Hände um die Lehne des Sessels und lauschte gegen die Tür.

Verlegen und in Freude lallte der Greis ein paar von seinen zahnlosen Wörtchen, wurde still und täppelte, mummelte was schwer Verständliches, flocht die Hände vor seiner Brust ineinander und betrachtete das Fräulein mit glücklichem Lächeln. Nun war es seinen aufglänzenden Augen anzusehen, daß ein schöner Gedanke in ihm erwachte. Krumm gebeugt, die Hände streckend, humpelte er auf den Bücherkasten zu und nahm ein großes, in roten Samt gebundenes Meßbuch heraus, das silberne Schließen hatte. Immer schmunzelte er und öffnete mit drolliger, heimlich tuender Wichtigkeit die Silberspangen. Zwischen seinen Händen fiel das schwere Buch von selbst an einer Stelle auseinander, wo zwischen den mit Holzschnitten von Christi Leidensweg gezierten Blättern eine getrocknete, flach gequetschte Blume lag. Das war einmal eine rote Nelke gewesen. Jetzt war's wie ein bräunlicher, zierlich ausgezähnelter Tuchfleck mit vergilbtem Grün daran. Eine zarte Röte, kaum noch ein Hauch von Farbe, glitt über das weiße, frohe Faltengesicht des kahlköpfigen Greises, während er dem Fräulein stumm das Meßbuch mit der gepreßten Blume entgegenhielt.

Hilde erinnerte sich nimmer an die rote Nelke, die sie an jenem Sonntag nach der Himmelreichspredigt aus ihrem Kränzlein gezogen und dem Kaplan in ein Knopfloch seiner Kutte gesteckt hatte. Verwundert – auch zerstreut, weil sie immer lauschen mußte, ob nicht einer käme – sah sie das offene Buch und die dürre Blume und den greisen Priester an, der so kindlich lächelte, so froh und verlegen war und so schimmernde Augen hatte, als ginge ein stiller und zärtlicher Frühlingstraum durch sein neunzigjähriges Herz.

Heiter nickend, ein paar leise Laute murmelnd, klappte er das Buch zusammen und mußte es auf die Tischplatte heben, um mit seinen welken Händen die silbernen Spangen wieder schließen zu können. Das Schweigen des Fräuleins war ihm nicht verwunderlich; für ihn schwiegen die Menschen fast immer; er hörte sie nur, wenn sie brüllten wie Herr Melcher im Rausch, oder kreischten wie Frau Engelein im Zorn. Drum vernahm er auch nicht das flinke Eisenklirren, das über die Holztreppe des Burgfrieds heraufkam. Mit dem kostbaren Buch beschäftigt, sah er auch das jähe Erglühen des Fräuleins nicht. Er hob erst das Gesicht, als ihn der Luftzug wieder anwehte und Lien schon auf der Schwelle stand.

„Gottes Gruß zum Abend, hochwürdiger Herr!" Das sagte Lien sehr laut. Dann leise: „Vergeltsgott, Fräulen, daß du gekommen bist! Ich tu deinen kranken Vater um nötige Pfleg berauben. Aber hätt's nit sein müssen, ich hätt' nit gebeten drum."

Er legte ein Bündel dicker Stricke und den Helm, den er im Arm getragen hatte, auf den Boden.

„Viel ist's nit, was ich sagen muß. Wirst gleich wieder gehen können."

Nun trat er auf das Fräulein zu, in den entzündeten Augen einen heiligen Ernst und ein andächtiges Trinken ihres Anblicks. Stumm reichte sie ihm die beiden Hände. Die nahm er. Und da vermochte er nicht gleich zu reden.

Neben dem Tische stand der Kaplan, hielt mit dem einen Arm das Meßbuch an seine Brust gedrückt und hob mit der anderen Hand den Blechschirm von der Lampe. Flackernde Helle beleuchtete die zwei jungen Menschen. Der mummelnde Greis, die beiden betrachtend, nickte schmunzelnd vor sich hin. Schnell verstand er, was das bedeutete: daß die beiden sich so bei den Händen hielten, sich so ineinandertranken mit den Augen. Kein Schreck, kein Staunen war in ihm, nur Wohlgefallen und Freude. Und kein Jungherr fiel ihm ein. Er selbst hatte vor zehn Jahren die Kinderehe zwischen Eberhard und Hilde gesegnet. Das war vergessen, lange schon, wie vieles andere, das älter als einen Monat oder eine Woche war. Kaum haftete in ihm noch eine blasse Erinnerung daran, daß dieser junge starke Kriegsmann – oder war das der Schäfer Lien gewesen? – bei ihm gebeichtet hatte als frommer und andächtiger Christ mit vielen unverständlichen Sünden. Er sah die beiden, Hand in Hand und Aug in Auge, und wußte nur, was er seit zwei Mannesaltern nie an sich erlebt, doch zu hundert Malen an anderen gesehen hatte: wie es die Jugend zur Jugend zieht, das Herz zum Herzen, das Blut zum Blut. Und weil er des Blutes dachte, geriet er nun doch ein bißchen in Sorge und mußte fragen: „Habet ihr was zu beichten, ihr zwei?" Er selber wußte wohl, was er sagte. Für Lien und Hilde blieb es unverständlich. Sie schienen die lallenden Laute des Greises gar nicht zu hören.

Lien atmete tief. „Heut bin ich dumm gewesen. Das muß ich bekennen. Ich hätt' des Schweigbefehls nit achten sollen, hätt' reden müssen und hätt' nit kommen dürfen ohne den Medikus,"

„Nit, Lien!" Mit heißen, nassen Augen sah sie zu ihm auf, „Tu dich nit schelten! Was du tust, ist allweil, wie du bist. Da muß es das Rechte sein."

Er schüttelte den Kopf und sagte streng: „Du bist viel zu gütig. Das ist nit recht. Ich hätt' den Medikus bringen oder sterben müssen.“

Ein banger Schreck durchrieselte sie.

Obwohl er's an ihren Händen fühlte, sprach er in Ruhe weiter: „Es ist nit das einzige, was ich verschuld't hab'. Den Stein im Seeforst hab' ich werfen müssen. Ist wahr! Aber viel Elend ist draus gewachsen. Dem will ich ein End machen in der heutigen Nacht. Und eh der Morgen da ist, hol ich den Medikus.“

Sie stammelte seinen Namen, zitterte in heißer Sorge um sein Leben und war doch in Herz und Blut durchleuchtet von einem starken und frohen Glauben. „Was willst du tun?“

„Ich sag's nit. Man soll nit essen, was halb gebacken ist und teigig schmeckt. Ich tu's. Deswegen mußt du dich nit sorgen! Es ist ein leichtes Ding. Ein jeder könnt's machen. Bloß ein lützel Glück muß man haben. Mein Gröschl behütet mich, und am Glück kann's nit fehlen, wenn du hilffst dazu. Magst du knien an meiner Seit, wenn der geistliche Herr mich segnet? Mehr braucht's nit. Magst du?“

„Ja, Lien! Das tu ich von Herzen gern.“

„So komm! Wir müssen's eilig machen. Die Nacht ist kurz. Ich muß noch allerlei schaffen.“

Er führte sie an der Hand vor den greisen Priester hin und sagte sehr laut: „Ich bitt schön, hochwürdiger Herr, jetzt tu mich segnen! Fest!“ Den Kopf gegen die Halsberge drückend, ließ er sich niederfallen auf die stählernen Kniemuscheln. Und Hilde, mit zitterndem Händchen die ruhige Hand des Lien umschließend, kniete an seiner Seite.

„Meine Hand mußt du auslassen!“ flüsterte Lien. „Wir müssen beten.“

Vor dem Küraß faltete er auf eine steife, hölzerne Art die Hände, die nicht reinlich waren; seit zwei Tagen hatte er nimmer Zeit gefunden, sich zu waschen; wie zwei braun- und graugesprenkelte Sperberflügel sahen sie aus, während die Hände des Fräuleins wie die Schwingen einer jungen weißen Taube waren. Unbeweglich die groben Flügel, unbeweglich die zarten Schwingen – so flogen zwei Herzen, die keiner tragenden Kraft bedurften, in heißem Gebet zum Himmelreich empor; keines betete für sich, jedes dachte vor Gott nur des anderen.

Lächelnd, unter etwas erregtem Kopfgewackel, hatte der alte Kaplan sein kostbares Meßbuch fortgelegt. Das greise Pfäfflein besaß wahrhaftig nicht den Blick eines Adlers. Doch auch das matte Lichtempfinden seiner fast hundertjährigen Augen genügte, um deutlich zu sehen, daß um seinen Segen zwei Menschenkinder baten, die einander angehörten in Liebe und rein aller Sünde waren. Lateinische Verse murmelnd, segnete er die beiden mit dem Zeichen des Kreuzes. Vor den offenen Fenstern ging ein Geräusch durch die Lüfte wie das leise Lachen vieler Geisterstimmen; es war das wachsende

Flammengeprassel des Holzstoßes, den man im Burghof angezündet halte. Die Fenster füllten sich mit rotem Schein, und züngelnde Feuerreflexe brannten immer heller über die weißen Mauern des Pfaffenstübchens, während der Greis die welken Zitterhände auf die in Andacht gebeugten Köpfe des knienden Paares legte. Von den nicht übermäßig zahlreichen Heilworten, die seine schwachen Geisteskräfte noch unverloren bewahrten, gab er ihnen das heiligsie und beste: „Kindlein, liebet einander!" Doch weil er dieses Wort in so froher Erregung und so zärtlich sagte, klang es unverständlicher als je. Freundlich nickend, faßte er die Hände der Knienden und wollte sie aufrichten. Dazu reichten seine Kräfte nicht; aber Lien erkannte, daß die heilige Handlung zu Ende war. „Amen!" sagte er mit inbrünstiger Stimme und bekreuzigte sein Gesicht so langsam, wie er an friedlichen Tagen zu essen pflegte. Klirrend sprang er vom Boden auf, half noch mit scheuer Achtsamkeit dem Fräulein, sich zu erheben, und dann war er plötzlich von einer unruhig treibenden Hast befallen.

„Vergeltsgott, Hochwürden!" schrie er dem Greis in das Ohr. „Jetzt müsset Ihr das edel Fräulen hinüberführen ins Herrenhaus! Es nächtet schon arg." Er packte seinen Helm und das schwere Strickbündel, während der Kaplan in flinker Zustimmung nickte. „Ich spring hinunter und leucht dem Fräulein mit einem Kienbrand über die finstere Stieg." Schon hatte er die Türklinke in der Faust.

„Lien?" flüsterte Hilde, als dürfte er so nicht gehen.

Er wandte das Gesicht, kam zu ihr und faßte ihre Hand. Ein schöner Glanz erwachte in seinen Augen, und ein Lächeln war um seinen Mund. „Jetzt kann ich's. Eh die Sonn kommt, bring ich den Medikus. Mir helfen zwei feste Leut: du und der liebe Gott." Ohne zu sehen, daß sie sprechen wollte, befreite er seine Hand und sprang zur Tür.

Ein Gerassel auf der Stiege draußen. Dann aus der Tiefe herauf die Stimme des Lien: „So, ihr zwei, kommet nur! Jetzt ist's hell!" Während die beiden sich hinuntertasteten über die steile Holzstiege – Hilde den Kaplan, nicht der Kaplan das Fräulein führend –, stand Lien am Fuß der Treppe, über dem Kopf einen Kienbrand, den er aus einem Eisenring der Halle gerissen hatte. Und sobald die zwei heruntertauchten in das Fackellicht der Halle, sagte Lien: „So, da ist's hell genug. Und draußen leuchtet der Holzstoß. Ich muß mich schleunen." Er sprang davon.

Mit dem wehenden Kienbrand rannte er über den Innenhof, durch die Halle des Söldnerhauses, hinauf zur Stube des Sergeanten. Helm und Stricke warf er auf sein Bett, das Kienlicht steckte er beim Ofen in den Eisenring.

In der Stube war's nicht still. Unter dem Bett des Lien ließ sich ruhelos ein leises Klopfen vernehmen, und Kassian Ziegenspöck, der auf dem Rücken lag, schnarchte trotz seiner nassen Maulbinde sehr hörbar.

„Höi! Kassel!" Lien rüttelte den Schlafenden an den Schultern. „Auf!"

Der Sergeant erwachte, riß die Lider auseinander, guckte ein bißchen stumpfsinnig in die Welt, zerrte die Maulbinde herunter und fragte schwammig, doch immerhin ganz verständlich: „Wo steht der Krug?“ Er meinte den Wasserkrug.

Lien dachte an des Kassels ewigen Weindurst und sagte streng: „Jetzt sauf nit! Du hast den Wachwechsel verschlafen. Es muß schon ein Dutzend Vaterunser über die neunte Stund sein. Und ich sorg, der Feind wird stürmen in der heutigen Nacht.“

„Gotts Not!“ Kassel fuhr aus dem Bett heraus und begann sich zu waffnen, sehr flink, doch mit sonderbar ungeschickten Bewegungen, wie er sie sonst nicht hatte. Einmal griff er mit seiner heftig wackelnden Hand an die Lippen. „Guck her, du! Ist's besser?“

Lien, der sein Eisen vom Leib herunterzerrte, sah flüchtig hin. „Wohl! Ganz gut ist's! Tu dich schleunen, Mensch!“

Ganz gut war der rätselhafte Flachhieb noch immer nicht, aber doch merklich gebessert.

Während Kassian Ziegenspöck seine kriegsmännische Tracht vollendete, geriet er immer wieder für einige Sekunden in einen traumhaften Stillstand, als müßte er sich auf irgend etwas besinnen, was ihm um die Welt nicht einfallen wollte. Und plötzlich klagte er in seinem nüchternen Elend: „Bub, ich bin geliefert! Mein Magen ist wie neugeboren. Aber ich sorg, ich hab' mein Gehirn verspielt. Ich kann keinen Wein mehr saufen. Sooft ich aufgewacht bin, Hab' ich's versucht. Aber wenn ich das Fäßl bloß riech, so geht mich ein Grausen an, wie den Teufel vor einer andächtigen Klosterfrau, die noch Jungfer ist.“

Lien, auf seinem Bett sitzend, entwirrte das Strickbündel. „Kassel, das wär ein Glück für dich!“

„Nit wahr ist's! Ein Elend wär's. Beim Wassersaufen muß ich vertrotteln. Es hat mich schon so weibisch gemacht, daß ich keinen Gestank nimmer schmecken kann. Guck die Stub an. Die hab' ich aufputzen müssen. Sonst hätt' ich's nimmer ausgehalten.“ Ein schweres Stöhnen. „So weit kommt ein Mannsbild beim Wasserschlampen.“ Vom vielen Reden begann ihn der Flachhieb zu schmerzen. „Gotts Not! Gotts Not!“ Er tauchte die Hand in den Wasserkrug und netzte die geschwollenen Lippen. „Hat das unerforschliche Himmelreich mit mir nit bald ein Erbarmen, so geh' ich drauf.“ Den Eisenhut über den Kopf stülpend, schlürfte er in Schlangenlinien und wie ein müder Greis der Richtung zu, wo er die Tür vermutete. Doch er kam zum Ofenloch.

Wirklich, um den Verstand des Kassian Ziegenspöck war es übel bestellt. Er – dieser sonst im Rausch so Verläßliche, im Suff so Besonnene – fragte im gehirnzermalmenden Zustand seiner Nüchternheit mit keiner Silbe nach Herr oder Feind. Er sah, daß Lien in sorgenvoller Stunde nicht bei der Mauer war, sondern auf dem Bett saß– und fragte nicht: Warum? Er sah, daß Lien in ruheloser Hast aus festen Stricken eine Leiter zu knüpfen begann – und fragte nicht: Wozu? Es war in ihm nur ein einziger

Wissenswunsch. Und weil er ihn aus eigener Kraft nicht zu erfüllen vermochte, mußte er fragen: „Guter Lien? Wo ist denn eigentlich die Tür?“

„Mensch!“ In Zorn sprang Lien auf den Sergeanten zu, faßte ihn am Arm und rüttelte ihn. „Bist du denn so besoffen? Wo der Feind vor der Mauer liegt?“

Mit geschwollenem Lächeln und kummervollen Augen sah Kassian Ziegenspöck zu ihm auf und schüttelte klagend den Kopf: „So nüchtern bin ich! Das ist mein Elend!“

Wieder rüttelte Lien den Taumelnden. „Kassel! Ich brauch' dich zu einer ernsten Sach'.“

„Da mußt du dich tummeln. Noch zehn Vaterunser, und es ist zu spät. Da bin ich ein Wickelkind.“

In den Augen des Lien war Feuer und seine Zähne knirschten. „Mensch! Das mußt du machen: daß mit der elften Stund zwei gute Puechsteinische Leut auf der Westmauer die Wach haben.“

Kassian Ziegenspöck wurde nicht neugierig. Er nickte: „Meintwegen! Ich will's besorgen. Gleich. Sonst rinnt's mir mit dem verfluchten Wasser aus meinem leeren Hirnkastl hinaus.“

„Du! Mensch!“ Die Faust des Lien preßte sich wie eine stählerne Klammer um Kassels haarige Geierklaue. „Wär' nit Verlaß auf dich, so müßt' ich dich niederschlagen im Zorn.“

Kassel fühlte sich nicht als Sergeant, der solche Rede eines Untergebenen übel aufnehmen mußte. Unter wohligem Seufzer sagte er sehnsuchtsvoll: „Da wär' ich erlöst. Und könnt' in Nüchternheit auffahren zum lieben Himmelreich.“ Er machte eine Besinnungspause. „Erst muß ich zum Brunnen. Hab' ich Wasser im Bauch, so besorg' ich's. Gleich.“ Während er hinausduselte in den finsteren Treppenschacht, memorierte er mit seiner wulstigen Stimme: „Elfte Stund – zwei Puechsteinische – Westmauer –“

Lien stand unschlüssig. Eine Sorge schien zu wühlen in ihm. Er warf sie von sich ab mit dem Wort: „Besoffen oder nüchtern, der Kassel ist der Kassel!“ Dann sprang er zum Bett hinüber und begann wieder in Hast an der Garnleiter zu flechten, spannte den Strick mit Fuß und Knie, zog die Knoten mit Fäusten und Zähnen.

Unter der Bettlade klopfte der unsichtbare Wulli immer mit der Schweifquaste.

Lien hörte nichts; er flocht und knüpfte, sprang ein paarmal zum offenen Fenster hin und guckte nach dem Stand der Sterne.

Noch ehe die Lichter des Himmelreiches auf die elfte Nachtstund wiesen, war die Leiter fertig. Lien prüfte grob ihre Festigkeit. „Die reißt nit! Da könnt' ich auf dem Buckel einen Ochsen tragen.“ Er warf die Leiter auf das Bett des Kassel, riß seine Söldnertruhe auf und kramte sein Schäferkleid heraus. Kein Gedanke des Erinnerns an die Herde, an Pferch und Karren, an das Bruchland und die schöne Schäferzeit befiel ihn. Er, der einst des Glaubens gewesen daß er sterben müßte, wenn man ihn fortnähme von der Heide, hatte jetzt andere Dinge in Hirn und Herz. Sein Schäferkleid war ihm in dieser Stunde nur eine notwendige Hilfe für den Weg, den er gehen mußte. Mißrät ihm, was er will, so haben die Seeburgischen einen Schäfer, der stehlen wollte und den man hängt. Und Herr Melcher hat keine Ungelegenheiten.

Er begann sich zu entkleiden, streifte die Söldnerschuhe von den Füßen und wollte schon die Strumpfschläuche herunterziehen. Da knurrte der kranke Wulli unter der Bettlade, und, Lien fuhr lauschend mit dem Kopf in die Höhe. Durch den Treppenschacht tappte ein Schritt herauf, einer, den Lien nicht kannte. Er warf die Bettdecke des Kassel über die Strickleiter und das Schäferkleid, sprang in sein Bett und sah wie ein Erwachender aus, als der Reitknecht des Jungherren in die Sergeantenstube trat, mit einer reichlich gefüllten Schüssel und einem großen Weinkrug.

„Ich komm' schon“, sagte Lien und fuhr mit den nackten Füßen aus dem Bett, „grad hab' ich mich waffnen wollen.“

„Kannst liegen bleiben!“ lachte der Knecht. „Dem Jungherren ist leid wegen seines Jähzorns. Und weil er meint, daß du müd sein mußt, soll ich dir Freinacht ansagen bis um die dritte Morgenglock. Und feste Zehrung hab' ich dir bringen müssen.“

„So? Vergeltsgott! Das kommt mir gelegen.“ Lien faßte den Krug und trank, weil ihn dürstete. Er trank, wie man Wasser trinkt. „Ui! Der ist gut!“

„Gelt, ja?“ Der Knecht lachte wieder, sah sehr aufmerksam in der Stube herum, maß den Kienbrand, wie lang er noch brennen würde, musterte das Schwertgehang des Lien, zog das Eisen unter freundlichen Späßen aus der Scheide, schob es wieder zurück und stellte die Waffe hinter das Fußbrett des Bettes.

Lien aß von dem kalten Wildbret und trank wieder.

Immer knurrte Wulli.

„Du?“ sagte der Knecht, „ist dein Hundl allweil so feindselig?“

Erschrocken nahm Lien den Bissen, den er zwischen die Zähne genommen, wieder aus dem Mund und stammelte: „Jesus, der Wulli! Der hat nichts mehr gekriegt, ich weiß nit, wie lang!“ Er schob die Schüssel gegen das Bett hin und lockte zärtlich. Eine schwarze Schnauze kam zum Vorschein. Auch Wullis Leiden schien gebessert zu sein, der dicke Bullbeißerschädel nahm schon wieder die Linien eines schlanknasigen Schäferhundskopfes an. In den Augen ein heftiges Mißtrauen gegen Reitknecht und Schüssel, aber doch getrieben von seinem Hunger, rutschte Wulli halb unter dem Bett heraus. Doch weil das kalte Wildbret ein bißchen gepfeffert war, befiel den Wulli ein fürchterlicher Schreck. Winselnd fuhr er wieder unter die Bettlade und mißachtete jeden Locklaut seines Herrn.

Lien sagte in Sorge: „Der muß noch allweil krank sein!“

Wulli knurrte, kratzte, raschelte und klopfte.

„Da wirst du nit schlafen können“, meinte der Reitknecht, „wenn der Hund allweil so lärmet.“

Sich aufrichtend, nickte Lien. In seinem Gesichte war ein strenger Ernst. „Da hast du mir einen guten Einfall gegeben. Wahr ist's: den Wulli muß ich versorgen.“

Der Reitknecht fragte rasch: „Soll ich ihn mitnehmen?“

„Mit dir geht er nit.“ Lien lockte. Wulli klopfte immer, kam aber nicht. Auf den Boden niederkniend, griff Lien unter die Bettlade. Ein Schnapplaut, ein Klappen fester Zähne. „Höi? Wulli? Schnappen wider den eigenen Herren? Pfui Teufel!“ Lien tat einen festen Griff und zog den Hund unter dem Bett heraus. Das ging so schnell, daß der Knecht, der lautlos gegen den auf dem Boden liegenden Jungsöldner zugesprungen war, das Messer nicht aus der Scheide brachte. „Sooo, mein guter Wulli! Gelt, jetzt kannst du folgen?“ Hastig knüpfte Lien dem zitternden Hund einen festen Strick um den Hals, ohne gleitende Schlinge, mit einem unverrückbaren Knoten, damit sich Wulli, wenn er Sehnsucht nach seinem Herrn bekäme, nicht würgen könnte. „Komm, du!“ sagte Lien zum Reitknecht, sprang barfüßig mit dem Hund davon und gewahrte nimmer, daß der Knecht in der Sergeantenstube zurückblieb.

Wohin mit dem Wulli? Auf die Mauer? Da konnte man den Hund nicht brauchen. In die Küche? Da würde Margaret schimpfen. Aber die verwundeten Leut in der Spittelhalle? Die würden sich wohl gern die Zeit vertreiben mit einem guten Tier.

Das Flackerlicht, das von der Hirschkrone der Halle herunterfiel, beleuchtete die zwanzig, die auf dem Stroh lagen und nach Essig dufteten. Die einen schliefen, andere schwatzten miteinander, während zwei Mägde umhergingen und den Dürstenden gesäuertes Wasser zu trinken gaben. Einer, mit dem Arm in weißer Schlinge, saß auf einem dreibeinigen Sessel. „Gelt, du, bist so gut und tust mir Obacht geben auf mein Hundl!“ Lien knüpfte den Wulli fest an den hölzernen Stuhl. Und während er dem Hund über Augen und Ohren strich, sagte er ernst: „Tät' ich den Wulli am Morgen nimmer holen können, so schick ihn zum Fräulein von Puechstein hinauf, mit einem ehrerbietigen Gruß von mir.“ Seine Brust hob sich. „Aber ich mein' schon, daß ich den Wulli selber wieder hol'.“ Sich niederbeugend, preßte er die Wange an die geschwollene Schnauze des Hundes. Wulli benahm sich sehr wehleidig, begann aber gleich am Strick zu ziehen, als Lien auf seinen nackten Sohlen lautlos davonsprang.

Im Hof prasselte der Feuerstoß. Turm und Südmauer waren ruhig, obwohl da droben an die sechzig Leute standen. Von der Westmauer klang ein Eisengerassel, als zöge über dem Losament der Maistube eine neue Wache auf, und undeutlich konnte Lien die kummervolle Elendsstimme des Kassian Ziegenspöck vernehmen.

„Gott sei Lob und Dank! Er hat's besorgt.“

Lien jagte zum Söldnerhaus, hinauf in die Sergeantenstube. Bei der Hast, mit der er die Strumpfschläuche herunterriß, bemerkte er nicht, daß der Kienbrand, obwohl er noch einen spannenlangen Stumpf hatte, unter Qualm zu erlöschen drohte wie eine Fackel, die naß geworden.

Das Söldnerwams klebte am Rücken des Lien. Es mußte herunter. Ein fester Riß, und die Sache war erledigt. Jetzt pickte nur noch das Hemd. Das konnte bleiben. Geht's schief, so werden die Seeburgischen wohl nicht fragen: Wie kommt der Schäfer zu einem Söldnerhemd?

In die kurze Zwilchhose! Die Lammsfelle um die Waden herum! In die schwergenagelten Holzschuhe! In den Schäferkittel! Und das mürbe Hütl aufs Haar! Nur flink, flink, bevor der Kienbrand erlöschen will!

Jetzt war der Schäfer fertig und hatte das Wolfseisen in der Faust. Nur drei fremde Dinge waren an ihm: das klebende Söldnerhemd, an seinem Gürtel der unter Stricken verborgene Dolch des Puechsteiners und an seinem Hals das heilige Gröschlein.

Er tat noch einen festen Trunk von dem feurigen, kraftschenkenden Wein, den der gütige Junker ihm geschickt hatte.

Die Strickleiter über die Schulter und den grauen Mantel darüber!

Tief atmend streckte Lien sich auf und betete, mit dem Wolfseisen im Arm, die steif gefalteten Hände am Kinn.

Eine rote Dämmerung war in der Stube. Glimmende Funken fielen vom glühenden Kienbrand, an dem nur noch ein winziges Flämmchen lebte.

Hätte Lien nicht so aufmerksam mit Gott und seinem Himmelreich geredet, seine scharfen Ohren hätten in dieser Stille hören müssen, daß außer ihm noch der Atem eines anderen Menschen in der Stube war.

Die Kienfackel erlosch.

„Amen!“ sagte eine klare, ruhige Stimme in der Finsternis.

Feste Schritte klappten gegen die Tür hin. Während sie durch den Treppenschacht hinunterklangen, knirschte in der Sergeantenstube ein leiser Fluch, und unter dem Bett des Kassian Ziegenspöck raschelte was, als hätte Wulli einen Doppelgänger mit verbranntem Maul.

Wieder tappte einer durch die finstere Stube hinaus in den Treppenschacht, rannte atemlos zum Brückenturm, suchte den Jungherren auf allen Turmböden, in den Schützengängen der Südmauer und fand ihn nirgends. Als der Reitknecht zur Nordmauer laufen wollte, rannte er in dem vom Holzfeuer überflackerten Burghof an den Sergeanten hin, der von der Maistube kam.

„Kassel? Hast du den Jungherren nit gesehen?“

„Such ihn in seiner Haut! Kann sein, da steckt er.“

„Gotts Jammer, so red doch ernst, ich muß ihn haben, wo ist er?“

„Laß mich in Ruh! Ich versteh' die Welt nimmer.“ In Bogenlinien bewegte sich Kassian Ziegenspöck gegen den Brunnen hin, tat einen schweren Trunk und trat in die Spittelhalle. Hier ging es munter zu. Ein Spaßvogel hatte dem Wulli ein weißes Leinwandmäschlein an die Schwanzspitze gebunden. Hin und her wirbelnd, immer behindert durch den Strick, mit dem er an den Sessel gefesselt war, suchte Wulli den lästigen Schmetterling zu fangen. Während der Hund bei dem aufregenden Spiel halb rasend wurde, gerieten die Verwundeten auf dem Stroh in so lustige Laune, daß sie Tränen lachten. Nur Kassian Ziegenspöck behielt sein kummervolles Gesicht mit dem unwillkürlichen Lippengrinsen und torkelte brummend über die Treppe hinauf, um seinem Herrn eine Meldung zu machen, die – wie Kassel auch in seiner hirnzerquetschenden Ernüchterung noch erkannte – nicht verschwiegen werden durfte.

Vor der Türe der Krankenstube sagte ihm auch das bescheidene Restlein seines Verstandes noch, daß er jeden gröblichen Lärm vermeiden müßte. Die Knie hoch aufziehend, machte er Schritte wie ein Hahn mit verletzten Klauen. So trat er in den Leidenstempel des Puechsteinischen Perlenschreins.

Der Kerzenschein war durch einen Blechschirm abgeblendet. Das Bett lag in tiefem Schatten; beleuchtet war nur Frau Engelein, die ein entstelltes Gesicht hatte und mit zitternden Händen eine Leinwandbinde säumte. Sie sollte wachen bis Mitternacht; dann sollte sie abgelöst werden von Hilde und Frau Schligg; ein Machtwort des Puechsteiners hatte die beiden zur Ruhe geschickt; in Müdigkeit und Erschöpfung wider ihren Willen vom Schlaf befallen, lagen sie auf dem großen Bett der Fürstenstube in den Kleidern aneinandergehuschelt, Wange an Wange, eins das andere mit den Armen umschlingend.

Als Kassian Ziegenspöck mit seinem lautlosen Hahnentritt auf der Schwelle erschien, sprang Frau Engelein auf und wehrte mit den Händen und wollte den Sergeanten wieder hinausdrängen in den Mauergang.

Herr Welcher erwachte und stemmte sich in den Kissen auf. Weil er glaubte, daß sein Herzbruder Korbin schliefe, fragte er leise: „Was bringst du, Kassel?“

Der Sergeant machte den Versuch, gerade zu stehen, blieb stumm und sah mit kreisrunden Augen die Burgfrau an.

„Kassel! So red doch!“

Der Nüchterne schwieg, immer mit dem gleichen Sorgenbllck auf Frau Engelein.

„Kannst du nit reden vor meinem Weib?“

Ein kurzes, spitziges Lachen der Burgfrau. „So? Bin ich schon wieder überflüssig? Ich geh' schon!“ Sie schoß zur Türe und verschwand, getrieben von ihrem Zorn, gezogen von der quälenden Angst um den Sohn.

„Also, Kassel, red!“

„Herr, jetzt muß ich melden, was ich lieber als Wasser verschlucken tät. Aber melden muß ich's!“

Ein Laut in Sorge: „Was?“

„Der Lien ist ein Lump geworden!“

Nach kurzem Schweigen ein rauhes Lachen. „Kassel! Du bist nüchtern!“

„Gotts Not, Herr, ich bin's! Mein Verstand ist Sägmehl, und mein Blut ist Buttermilch. Aber Augen hab' ich noch. Mit eigenen Augen hab' ich's gesehen, Herr, wie der Lien in seiner Schäferwad auf einer Garnleiter über die Mauer geflohen ist.“

In der anderen Hälfte des dunklen Perlenschreines rührte sich was.

„Ich hätt's noch hindern mögen. Da hat der untreue Kerl mich Nüchternen ein besoffenes Schwein gescholten, hat mir einen Stoß vor die Brust gegeben, daß ich torkeln hab' müssen, und ist am Garn hinuntergefahren über die Mauer.“ Die wulstige Stimme des Kassian Ziegenspöck bekam einen schmerzvoll klagenden Ton. „So geht's zu auf der Welt! Ein Mensch, den man bei hellem Weinverstand für den Besten gehalten und liebgewonnen hat! Ein Kerl wie ein heiliger Baum! Und sündigt wider Eid und Pflicht, wird feig und untreu, schmeißt seine Kriegsmannswad in den Dreck, schlupft in seine Schäferlappen und hupft aus der notvollen Mauer hinaus! Und beredet noch zwei Puechsteinische Leut zur Mithilf bei seiner Untreu! Und dreht seinen guten, redlichen, bloß ein lützel nüchternen Serjanten um den Daumen! So geht's zu auf der Welt! Und melden muß ich's auch noch. Pfui Teufel! Da mag ich nimmer leben!“ In einer heftigen Krise seines Wasserelends drückte Kasstan Ziegenspöck das Gesicht in die dattrigen Hände und fing so bitterlich zu schluchzen an wie ein grüner Junge, der des ungewohnten Weines zuviel verschluckte.

Herr Melcher schnaufte schwer. Bevor er reden konnte, griff eine hagere Hand über die Puechsteinische Grenze ins Trutzbergische Bettland herüber. „Denk nit Unsinn, Melcher!“ Mit solch einer müden, schleppenden Stimme reden die Schlaftrunkenen. Dennoch schien Herr Korbin bei wachem Verstand zu sein. Denn er befahl: „Kassel! Geh Wein saufen!“

„Ich kann nit!“ flötete der in Tränen aufgelöste Sergeant. „Mir graust!“

„So leg dich ins Bett und schlaf deine Nüchternheit aus! Eh du dich niederlegst, befiehl meinen Leuten: Wenn die Seeburgischen schwefeln, soll man's melden. Fangen sie bloß mit Steinkugeln an, so hör' ich es selber, da bleib' ich liegen. Ich muß mein Fadenrestlein sparen für die letzte Not. Hast du verstanden?"

Der Sergeant nickte unter einem schluchzenden Schnapplaut.

„So mach, daß du weiterkommst, du nüchternes Schwein!"

„Jetzt hab' ich's!" heulte Kassian Ziegenspöck, „Jetzt mögen mich auch die Herren nimmer. Besoffen bin ich ein Schwein, und nüchtern bin ich eines. Mich hat niemand lieb, niemand auf der weiten, weiten Welt!" Heftig weinend verließ er mit seinem vorsichtigen Hahnentritt die Stube.

Der sonderbare Zustand des Sergeanten schien die Gedanken des Herrn Melcher nicht zu beschäftigen. Was anderes wühlte in ihm. Das stieß er aus sich heraus, bevor der Kassel die Türe geschlossen hatte. „Korbi? Was ist das? Mit der Untreu des Lien?"

„Unsinn!" Langsam, mit schwerer Zunge, kam Wort um Wort. „Die Wahrheit redet man im Rausch. Der Kassel ist nüchtern über Maß. Was los ist mit dem Lien? Ich weiß nit. Daß der Bub eine verwegene Sach beginnt, das hab' ich schon aus den Glanzaugen meines Mädels gelesen, wie sie der Mutter die heimliche Tröstung zugewispert hat: „Der Lien wird helfen!"" Ein mattes Lachen. „Ach, Melcher! So fest, wie meine liebe Maus an deinen Schäfer glaubt, so fest möcht' ich zwischen heut und morgen an Gott und Himmelreich glauben können!"

Aus diesen Worten, die mancherlei sagten, hörte Herr Melcher nichts heraus. Sein Gehirn konnte immer nur eine Sache umschließen. Jetzt umschlang es den Lien. „So red doch, Korbi! Kannst du dir denken, was er außer der Mauer tut?"

„Melcher, ich plag' mich nit gern umsonst. Was wir Gescheiten denken können, das tut er nit. Und was er tut, das können wir Dummen nit denken. Wir vom Leben Gebeizten und Gepfefferten verstehen die unversäuerte Einfalt der Jugend nimmer. Tu dich nit sorgen, Melcher! Der Lien? Und feig und untreu? Nein!" Wieder jenes matte Lachen. „Es heißt: Gott züchtigt, die er liebhat. Meintwegen! Soll's, wahr sein! Glauben kann ich's nit. Aber hält' der Allgütige auch Freud am Zorn und am Peitschen mit Ruten – so grausam ist er nit, daß er einen Vater am gleichen Tag um zwei Söhn' betrügt. Ob du noch mehr hast, weiß ich nit."

Eine Weile schwieg Herr Melcher, als hätte er zu seinen schweren Stirnwunden noch einen festen Schlag auf den Kopf bekommen. Dann griff er plötzlich mit beiden Fäusten in die Puechsteinische Betthälfte hinüber und packte, was er zu fassen bekam. „Korbi! Daß der Lien mein Mut ist? Von wem weißt du das?"

„Von dir."

„Ich hab' doch nie geredet!"

„Nit viel mit der Jung. Genug mit Herz und Augen." Die Stimme des Korbin von Puechstein wurde ein schwaches, mühsames Lispeln. „Und was du glaubst, Melcher? Das weiß deine Frau. Frag sie!"

Ein Keuchen in Zorn und Sehnsucht. „Sie redet nit! Und sie redet nit!"

„Ein Weib redet allweil einmal! Tu dich gedulden, Melcher! Sie wird reden, bevor ich sterb'. Jetzt laß mich aus! Du druckst mich. Und vor den Augen ist mir's, als wär' ich der nüchterne Kassel –" Die Stimme erlosch, und der Perlenschrein knarrte ein bißchen, weil der Puechsteiner sich streckte.

„Jesus! Tu mir verzeihen, Korbi!" Mit den Fäusten am blutigen Stirnbund fiel Herr Melcher in seine Kissen zurück. Das war ein fester Plumps. Von der Erschütterung wurde auch das Tischlein neben dem Bett befallen; der Blechschirm, der die Kerzenflammen abblendete, fiel um, und der Leuchter mit den zwei brennenden Lichtern kleckerte heiße Wachstropfen aus und wollte einen Purzelbaum in die Trutzbergische Hälfte des Bettes machen. Ein Glück, daß im gleichen Augenblick Frau Engelein in die Stube getreten war. Erschrocken aufkreischend, haschte sie den gaukelnden Leuchter, bevor er den Purzelbaum vollenden konnte.

„Da hast du's wieder!" zürnte sie. „Wär ich nit gewesen, so täten wir brennen lichterloh!"

Herr Melcher schwieg. Es schien ihm sehr schwül zu sein. Mit zuckenden Beinen arbeitete er gegen die Bettdecke und entblößte sich halb.

Das übersah Frau Engelein. Außer dem Schreck des Augenblicks redete noch etwas anderes aus ihrem Gesicht. Sie hatte den Sohn gesucht und nicht gefunden, hatte das Umfragen nach ihm unterbrochen, um auf dem Posten zu sein, wenn sie die Puechsteinischen um Mitternacht aus dem Schlaf zu reißen hatte. Dann wollte sie wieder suchen. Nur ein kleines Restlein des Stundenglases mußte noch ablaufen.

Mit so ungeschickten Bewegungen, wie Kassian Ziegenspöck sie im nüchternen Elend hatte, versuchte sie den bucklig gewordenen Blechschirm wieder aufzustellen. Da fiel ihr Blick in das noch erhellte Puechsteinische Land hinüber. Ihr Gesicht wurde scharf, und ihr magerer Leib streckte sich. Sie faßte flink den Leuchter, trat zum Fußbrett des Perlenschreines, ließ das Kerzenlicht über den Puechsteiner fallen und sagte mit kalter Ruhe: „Der stirbt. Jetzt gleich. Da muß man den geistlichen Herren zum Beten holen."

Erschrocken raffte Herr Melcher sich auf und tat einen Atemzug der Erleichterung, als er seinen Herzbruder ein bißchen lachen hörte.

Korbin von Puechstein hatte groß die Augen aufgeschlagen, sah die Trutzin spöttisch an und sagte mit seiner schlaftrunkenen Stimme: „Noch nit. Ein lützel Geduld, Frau Engelein! Sterben muß ich. Aber hetzen mag ich mich nit lassen. Und muß es geschehen, so wag' ich's allein. Einen Helfersmann, der halb blind und dreiviertel taub ist, hab' ich nit nötig."

„Liebster!" stammelte Herr Melcher. „Wie ist dir?"

„Besser. Menschliche Güt hat allweil was Belebendes."

Frau Engelein schien den Wunsch zu fühlen, den schwülen Raum noch vor Mitternacht zu verlassen. Sie öffnete die Tür der Fürstenstube und rief mit scharfen Lauten hinein: „Auf, ihr da drinnen! Mitternacht! Postenwechsel!"

Zwei taumelnde Stimmen und ein Geraschel.

In Erwartung der beiden, die da kommen würden, wollte Herr Melcher die Schwüle geduldig ertragen und sittsam seine Blößen bedecken. Dabei machte er eine grauenvolle Entdeckung und keuchte: „Weib, Gott steh uns bei! In der Burg ist die Pest. Ich hab' schon die schwarzen Flecken."

In Entsetzen kam die Trutzin gesprungen und beschaute mit scheuer Vorsicht das sehr gewichtige Bein ihres Gatten. „Du Narr!" schalt sie erleichtert. „Das sind doch Tintenspritzer!"

„Wieso?"

„Seit du mein schönes Bett und dich selber bekleckert hast mit der Tintenkapsel des Wanderpfaffen, hast du dich vom Hals nach abwärts nimmer gewaschen."

Seufzend drehte Frau Engelein das Stundenglas um und verließ in großer Eile die Stube.

Herr Melcher lachte. Und Korbin von Puechstein lachte mit.

Das war für Hilde und Frau Schligg ein beruhigender Willkomm.

Kapitel 20

In wachsender Sorge stieg die Trutzin zu allen Turmböden hinauf und rannte durch die Schützengänge. Immer wieder hetzte sie aus ihrer Seele die Frage heraus: „Wo ist mein Sohn?" Seit der zehnten Abendstunde hatte kein Söldner, kein Knecht den Jungherren mehr gesehen. Und noch eine Stunde länger war es her, daß Herr Welcher den Namen seines Sohnes nimmer nennen wollte – seit er das eine der beiden Pergamente in kleine Fetzen zerrissen hatte.

„Hätt' ich nur geschwiegen!" stöhnte Frau Engelein vor sich hin. „Hätt' ich ihm nur vom Zorn des Vaters nit geredet!" Während sie durch den Burghof zur Westmauer rannte, wo sie noch nicht gesucht hatte, wurde sie gepeinigt von einer schrecklichen Bilderflucht.

Im schwachbesetzten Schützengang über der Maistube fand sie einen, der in seiner kriegsmännischen Würde wissen mußte, wo der Jungherr war. Sie fragte und fragte. Der Unbegreifliche blieb stumm. Er hockte auf dem Boden des Schützenganges, mit dem Rücken gegen die Mauer gelehnt, die zittrigen Hände um die aufgezogenen Knie geschlungen. Klare Wassertropfen glitzerten an seinem Bart und auf den Brustplatten. Mit den geschwollenen Lippen, auf die er beim Sturmgefecht in der Torhalle einen Flachhieb bekommen hatte, machte er sonderbare Bewegungen und sah mit pfennigrunden Triefaugen stumpf ins Leere.

„Serjant, Serjant! Um Christi Barmherzigkeit! So tu doch reden! Wo ist mein Sohn?"

Kassian Ziegenspöck blieb stumm. Aber einige Bewegung kam in den Regungslosen. Seine Stirne verkürzte sich zu enggereihten Falten; es zwinkerte um seine Augen herum, seine Wangen schlotterten, seine zur Hälfte schon gebesserten Lippen verzogen sich grinsend in die Breite, und so fing er zu weinen an, leis und geduldig wie ein gutmütiges, verlassenes Kind.

Die beiden Puechsteinischen Söldner, die bei der Mauer die Wache hatten, entfernten sich kopfschüttelnd, soweit es ihnen der kurze Schützengang gestattete.

In Frau Engelein weckten die Tränen des Kassian Ziegenspöck eine gesteigerte Angst.

„Serjant! Um Hergotts willen! Weswegen mußt du so weinen? Ist was Übles mit meinem Sohn?"

Das gleiche Schweigen, die gleichen Tränen.

„Jesus, Jesus, was ist denn im Kassel?"

Ein Söldner sagte: „Die trunkene Not!"

Da richtete sich die Trutzin voll Empörung auf und sprach das gleiche Wort, das schon von anderen mehrfach wider den Sergeanten und seinen Zustand gebraucht worden war. Und Kassian Ziegenspöck, noch kläglicher weinend, deutete mit der Datterhand, als möchte er sagen: „Da haben wir's wieder!"

Frau Engelein wandte sich von ihm ab und wollte die Suche nach ihrem Sohn aufs neue beginnen. Da gewahrte sie eine Strickleiter, die am Gebälk des Schützenganges befestigt war und über den Bord der Mauer hinaushing. Hastig guckte die Trutzin durch eine Scharte in die Nacht hinaus. Die Stricke der Leiter verschwanden in der Finsternis. Aus der Tiefe sah ein steiles Felsgeschröf mit schwarzen Staudenstecken herauf.

Die Augen der Trutzin flackerten heiß. „Wer ist da über die Mauer gestiegen?"

Der eine der beiden Söldner wurde verlegen, der andere sagte ruhig: „Wir müssen schweigen. Es ist Befehl."

Frau Engelein nickte erregt. Seit Herr Melcher in den Puechsteinischen Kissen lag, führte ihr Sohn den Befehl in der Burg. Hatte Eberhard dieses Gefährliche und Tollkühne gewagt: mit dem Heini von Seeburg mündlichen Vergleich zu suchen? Es war das einzige, was ihr noch zu denken verblieb. Mit beklommener Stimme fragte sie: „Wie lang muß die Leiter da noch hängen?“

„Wir müssen sie aufholen, wenn es tagen tät und der Aussteiger wär' noch nit eingestiegen.“

Freundlich reichte die Trutzin jedem Söldner die Hand: „Wachet, ihr guten Leut! Der ausgestiegen ist, wird wiederkommen!“

Gläubig nickten die zwei Puechsteinischen, während Kassian Ziegenspöck unter Tränen ein böses, hohnvolles Lachen vernehmen ließ. Der Sergeant sah aus, als wäre sein sonst so weinheller Geist nun völlig gestört.

Hastigen Ganges kehrte Frau Engelein zum Herrenhause zurück. Immer sah sie die finstere Tiefe der Westmauer und das schwarze Staudengewirr im Geschröf. Zwei Gefühle begannen in ihr zu streiten: Bewunderung für die Verwegenheit ihres Sohnes und ein quälender Zweifel, der sie immer härter bedrängte.

Sie kam zur Spittelhalle, in der alle Verwundeten wach waren und sich über den wunderlich aufgeregten Schäferhund belustigten. Auch Wulli mit seiner geschwollenen Schnauze und den verzerrten Lefzen schien zu lachen. Es sah nur so aus. In Wahrheit brannte in ihm eine Tragödie der Schmerzen und ein Trauerspiel der Sehnsucht.

Die Trutzin, schon wieder den Ausdruck von Angst im irrenden Blick, stieg in die Küche hinunter. Zwei Mägde waren beim Herd beschäftigt, die anderen hockten duselnd auf Bänken und Schemeln. Die Margaret kam ihrer Herrin entgegengelaufen, um glückselig zu melden, was sie seit dem Abend noch nicht an die Frau hatte bringen können: „Heut ist's gut gegangen im Hühnerstall! Wir haben Eier, soviel, als wir legende Hennen haben.“

Ein unbegreifliches Wunder geschah: kein Schimmer von Freude erwachte in Frau Engelein. Ihre qualvollen Augen irrten in der Küche umher. Ein tiefer Schreck schien ihre Seele zu befallen: „Wo ist die rote Pernell?“

„Die ist müd gewesen zum Umfallen. Ich hab' ihr aus Erbarmen gestattet, daß sie schlafen geht ein paar Stündlein.“

Frau Angelas Hände tasteten ins Leere. „Meine Latern!“

Als sie die kleine, dickverglaste Leuchte, die sehr rasch ein heißes Blech bekam, in der Hand hatte, jagte sie stumm davon und über die steilen Treppen hinauf. In den Mauergängen, durch deren zerschossene Fenster die Nachtluft hereinfiel, herrschte ein pfeifender Zug. Der fuhr auch, als Frau Engelein die Tür öffnete, in das stille, leere Trutzische Ehegemach. Beim Anblick des unbevölkerten, doch von den verwichenen

Tagen her noch vielfach bekleckerten Himmelbettes ließ Frau Engelein ein paar Laute vernehmen, die der „trunkenen Not" des Kaffian Ziegenspöck zu vergleichen waren. Das Kleid schürzend, hastete sie über das Wendeltrepplein empor und wollte die unverriegelte Falltür hinaufdrücken. Das ging nicht; droben im Kämmerchen stemmte sich irgend etwas Schweres dagegen. Zornig hämmerte Frau Engelein mit der Faust gegen die Falltür und erhob ein zeterndes Schelten. Dumpf klangen droben die Sprünge nackter Füße, und eine undeutliche Mädchenstimme schien erschrocken immer das nämliche zu sagen: „Gleich, Frau! Gleich, Frau! Gleich, Frau!"

Etwas Schweres wurde gerückt; dann gab die Falltür dem Armdruck der Frau Angela nach; im Kämmerchen klirrte was, als hätte die Zugluft beim Öffnen der Tür am Dachfenster gerüttelt.

Mit erhobener Laterne leuchtend, stieg Frau Engelein vollends in das kleine Gelaß hinauf. Sie sah ein hochbeinige Bettlade, in der, das Linnlaken bis an den Hals gezogen, die zitternde Pernella lag, sah die Magdtruhe neben dem Loch der Falltür stehen, sah das stille dunkle Fenster, sah die kahlen Wände – sonst nichts. Die Trutzin atmete erleichtert auf, ohne die Angst zu gewahren, die das Gesicht der lautlosen Magd verzerrte. Zu gewissenhafter Probe leuchtete Frau Engelein noch unter die Bettstelle und öffnete den Truhendeckel. Als sie die wirr durcheinander gewühlten Kleidungsstücke und Leinwandlappen sah, verzog ein Lächeln ihren Mund, und gallig sagte sie: „Wenn die Puechsteinischen Mägd so unordentlich und schlampig sind, ist's kein Wunder, daß auf dem Puechstein allweil die Not hat hausen müssen. Wie das Gesind, so die Herrenleut!" Sie ließ den Deckel zufallen. „Warum hast du die Tür verrammelt?"

Unter Zittern lallte das blasse Mädel: „Die Truh - ich weiß nit wie – die Truh muß sich verschoben haben –"

„Jede Truh hat ihren Platz. Da muß sie stehen. Das merk dir!" Frau Engeleins Stimme wurde noch strenger: „Tu Ordnung machen in deinem Sach! Dann kannst du dich wieder niederlegen. Wir brauchen dich nit. Es ist mir lieber, du bleibst in deiner Kammer. Auf dem Trutzberg ist man noch allweil ohne die Puechsteinischen fertig geworden."

Das Laternlein hebend, wandte sie sich zur Falltür. Da dröhnte ein dumpfer Donner durch die Nacht – die Seeburgischen hatten den ersten Schuß getan. War die Steinkugel da draußen, nicht weit vom Fenster, in das Dach des Herrenhauses gefahren? Wohl hatte man keinen schweren Einschlag vernommen, kein Splittern im Gebälk – nur einen matten Aufklatsch, ein Rutschen und Kollern, ein Geprassel von zerschlagenen Ziegeln, die über das steile Dach hinunterglitten, und einen Laut, der dem Krächzen einer aufgescheuchten Eule glich.

„Jesus!" schrie Pernella in Entsetzen und griff mit beiden Händen gegen das Fenster hin.

„Du feiges Weibsbild! Hat's dich getroffen? Den Schaden hab' ich. Sonst niemand." Frau Engelein trat zum Fenster, um sich zu überzeugen, ob die Seeburgischen nicht eine Brandkugel auf das Dach geworfen hätten. Da draußen war alles finster. Nirgends ein Feuerschein. Sich hinausbeugend in die Nacht, leuchtete die Trutzin mit dem Laternchen vor dem Dachfenster hin und her. Sie gewahrte nichts Verfängliches, hörte nur noch ein leises Geriesel des Ziegelbrösels.

Während Frau Engelein zur Falltüre ging, brüllte wieder ein Schlangenschuß der Seeburgischen. Wie aus weiter Ferne hörte man von der Südmauer den Kugelschlag, ein Gepolter von Mauerbrocken und das Geschrei der Söldner.

Pernella hielt noch immer die Arme gestreckt, hatte eine starre Angst in den Augen, wollte reden, brachte keinen Laut heraus und war wie gelähmt.

Das Laternchen vor sich hinstreckend, tauchte Frau Engelein durch die Luke hinunter, ließ die Falltür zuklappen und stieß den Riegel vor. „Die ist aufgehoben."

Noch drei Schüsse der Seeburgischen dröhnten, bis die Trutzin hinunterkam in die Spittelhalle.

Hier ging es zu wie in einer friedsamen Fastnacht. Die Verwundeten fanden ein heiteres Vergnügen an den wahnsinnigen Zuckbewegungen, zu denen Wulli durch das feindliche Schlangengebrüll veranlaßt wurde.

Wieder donnerte ein Schuß, der näher klang und deutlicher zu hören war als die früheren. Aufheulend machte Wulli einen Sprung in die Luft, überschlug sich am Strick, kollerte um die Sesselfüße, sprang wieder auf und brachte durch sein wütendes Gezerr den dreibeinigen Stuhl ins Wanken, auf dem ein Lachender saß, mit dem Arm in einer weißen Binde. Um nicht zu Boden geworfen zu werden, sprang der Lachende unter dem lustigen Geschrei der anderen auf. Dadurch verlor der Sessel seine Widerstandskraft und machte, dem Zug des Strickes folgend, einen lärmenden Purzelbaum. Erschrocken, unter kläglichem Gewinsel, jagte Wulli wie der Blitz davon. Der am Strick hängende Sessel sauste gaukelnd und mit Geklapper hinter ihm her. Weil der Hund in seiner blinden Verzweiflung keinen Ausweg fand, ging die Jagd des gehetzten Tieres, das sich verfolgt sah von einem rasselnden, puffenden und gröblich zuschlagenden Ungeheuer, immer im Kreise zwischen den Strohbetten der Verwundeten umher. Rings erhob sich ein brüllendes Gelächter, bei dem die Leidenden aller Wunden und Schmerzen vergaßen. Aus der Küche kamen die Mägde gesprungen, schlugen die Hände zusammen und bogen sich vor Lachen.

Der gezerrte Sessel machte aberwitzige Sprünge, schlug mit den Füßen, schlug mit der Lehne und schien verwandelt zu sein in etwas irrsinnig Lebendiges, in einen grausamen Dämon, der ein von Angst durchzittertes und von Zorn durchbranntes Geschöpf der Erde mit quälendem Haß verfolgte. In Wullis verstörter Seele wechselten mit rasender Schnelligkeit alle Regungen der Verzagtheit und des tapfersten Mutes. Bald rannte er mit geducktem Kopf und eingezogenem Schweif und ließ sich wehrlos prügeln von diesem schrecklichen Klapperdrachen; bald wandte er sich mit wütendem Gekläff und ging zu heldenhaftem Angriff über und biß in die Sesselfüße, biß in die radschlagende Lehne. Doch dieser tobende Ringkampf zwischen Holz und Leben war so possenhaft grotesk, so unsagbar komisch, daß das Hallengewölb erdröhnte von Gelächter und Geschrei. Die alten Mägde wurden wie kreischende Kinder. Die Verwundeten, aller Pein des beschädigten Leibes ledig, hockten auf dem Stroh und trommelten unter erschöpftem Lachen mit den Fäusten auf ihre Knie los. In alles Geschrei und Gelächter mischte sich das Donnergebrüll der feindlichen Schlangen, die eine klaffende Bresche in die Trutzische Mauer schossen.

Da riß der Strick, der den Hund und das Holz verhängnisvoll aneinanderkettete. Der Sessel kam sofort zu ruhiger Vernunft und blieb als ungefährliche Sache liegen. Wulli, noch immer winselnd und kläffend, noch immer ins Leere beißend, hetzte über Stroh und Kissen, sprang über menschliche Bäuche und Köpfe hin, fand das Hallentor und sauste in die vom Feuerstoß erleuchtete Nacht hinaus.

Augenscheinlich war in ihm kein Funke von Bewußtsein dafür, daß er eine Erlösungstat vollbracht und zwanzig Leidende mit schmerzstillender Heiterkeit überschüttet hatte. Nach der schreckvollen Hast seiner Flucht zu schließen, schien er in dieser Minute sehr schlecht von der unbegreiflichen Welt, von ihren grausamen, dreifüßigen Holzdämonen und ihren erbarmungslos brüllenden, Zweifüßlern zu denken. Nur an ein einziges Geschöpf der Erde glaubte er noch: an seinen verzauberten Schäfer. In diesem Zustande seelischer Verstörtheit rannte er sogar am Brunnen vorüber, ohne die Glutgeschwulst seines Gaumens und seiner Lefzen durch einen Trunk zu kühlen. Winselnd jagte er durch den Burgfried zum Söldnerhause, fand die Fährte des Lien, verfolgte sie unter ruhelosem Geschnupper und mußte auf die Ergründung der Wahrheit eine angestrengte Mühe verwenden, weil sein feiner Geruchsinn durch Dotterwirkung und Pfefferdünste noch immer ein bißchen beeinträchtigt war. Alle in Wulli waltenden Natur- und Gemütskräfte waren so intensiv auf die Ausforschung des Lien gerichtet, daß jedes andere Ding der Erde für ihn versank. Jetzt erschrak er nimmer über den Seeburgischen Schlangendonner, hatte auch kein Ohr für das Geschrei der Trutzbergischen, die mit jedem Schuß die Bresche der Südmauer wachsen sahen.

Immer schnuppernd, jeden neuen Zweifel durch die Einkreisung der Rückfährte stillend, gelangte Wulli zum ruhigen Schützengang über die Maistube. Beim Anblick des auf dem Boden hockenden Kassian Ziegenspöck schien er in Freude zu denken: „Jetzt ist mein Schäfer nimmer weit!" Um dieses Seligkeitsgefühl zu äußern, schlapperte er mit der langen, triefenden Zunge dem Sergeanten übers Gesicht. Auch im Stumpfsinn seines nüchternen Elends erkannte Kassel den Wulli noch als ein Stück des zum Lumpenkerl und Desertierer gewordenen Lien und beantwortete die Zärtlichkeit des Hundes mit einem wütenden Fußtritt. Freilich traf er dabei nur ins Leere. Wulli stand schon winselnd an der Mauer aufgerichtet, schnupperte nach den Stricken der Garnleiter und spähte in die schwarze Tiefe hinunter. Zu anderer Stunde, bei ruhiger Gemütsverfassung, hätte er sicher den Sprung in die bodenlose Nacht gewagt, hätte in Tapferkeit und Treue seinen Schäfer ausgeforscht, ihn durch ein Freudengebell den Feinden verraten, hätte den kühnen Nachtweg des Lien behindert, sein Leben gefährdet. Doch glücklicherweise war in Wulli vom Kampf mit dem klappernden Holzdrachen ein Restlein lähmender Vorsicht zurückgeblieben.

Kassian Ziegenspöck in seiner stumpfsinnigen Verachtung spuckte immer gegen den winselnden Hund hinüber, während die beiden Puechsteinischen Wachposten den aufgeregten Wulli gar nicht beachteten. Bald spähten sie über die Mauer hinunter, bald lauschten sie wieder hinüber zum Lärm der Südmauer. Weil schon seit einer Weile kein Schuß der Seeburgischen mehr zu hören war, sagte einer von den Söldnern: „Ich sorg', das Loch in der Mauer ist ihnen groß genug. Gib acht, jetzt schwefeln sie gleich, und der Sturm hebt an."

Doch Minute um Minute verging, ohne daß sich da draußen in der Nacht was rührte. Jetzt in der Ferne ein wirres Geschrei, kaum noch vernehmbar. Dann sah man hinter der Seeburgischen Schlangenschanze eine Rakete hoch hinaufsteigen in die Finsternis.

„Was ist denn das? So befiehlt man doch nit den Sturm?"

Eine zweite Rakete stieg, eine dritte. Tief drunten im Wiesental unter der Westmauer glomm bald hier und bald dort der Schein einer gaukelnden Fackel auf, und man hörte einen Stimmenlärm, der sich gegen den Wald unter der Nordmauer fortpflanzte.

„Serjant! Spring her da und guck! Bei den Seeburgischen muß was los sein. Die haben Notbrander in die Luft geschmissen und haben um die ganze Burg her die Wachen lebendig gemacht."

Kassian Ziegenspöck versuchte sich aufzurichten, plumpste aber wieder auf die Schattenseite. Greinend streckte er die Hände nach Hilfe aus.

Die beiden Söldner gewahrten seine stumme Klage nicht; sie lagen über den Bord der Mauer gebeugt und spähten in die Tiefe hinunter, in der ein wachsender Lärm immer näher heranbrandete gegen das Felsgeschröfe unterhalb des Mauerfußes. Der Schuß einer Handbüchse knallte, und eine angstvolle Stimme schrie da unten: „Nit schießen! Jesus Maria, nit schießen!" Eine dem Wulli völlig fremde Stimme war's. Dennoch begann der Hund zu winseln und benahm sich wie verrückt, sprang auf das Mauergesimse, tänzelte und wedelte, spitzte die Ohren, schüttelte den Kopf, scharrte mit erhobenem Vorderlauf in die Nacht hinaus und erhob ein Gekläff, aus dessen Lauten, obwohl sie noch immer sehr geschwollen und behindert klangen, alles tiefste Glücksgefühl einer Tierseele heraustrompetete.

So ein gottsvermaledeites Hundsvieh!“ schimpfte der ältere Söldner und befahl dem jüngeren: „Herrgott, du, so pack doch den Hund und würg ihm den Hals zu! Der lockt ja die Seeburgischen zur Leiter her!“

Nun mußte Wulli neuerdings eine sehr unerquickliche Sache erleben. Weil seine ganze jubelnde Aufmerksamkeit in die schwarze Mauertiefe hinuntergelichtet war, gebrach es ihm an Vorsicht und Beobachtungsgabe nach rückwärts. Er fühlte sich plötzlich von zwei eisernen Armen umklammert, brachte keinen Laut mehr aus dem Hals, konnte nur mit der gedunsenen Schnauze hin und her pendeln und mit allen vieren ins Leere kratzen.

Die am Gebälk hängenden Stricke der Garnleiter strafften sich und zitterten und zuckten. Während der schreiende Lärm da drunten immer näher klang, fast schon am Fuß der Mauer, griff der ältere Söldner mit beiden Armen über den Zinnenbord und begann aus Leibeskräften an einer gewichtigen Sache zu ziehen. Jetzt tauchte der hutlose Kopf des Lien herauf; sein erschöpftes Gesicht war zerkratzt von Staudenrissen, war blutig und von Schweiß überflossen. Auf dem Rücken schleppte er einen großen schweren Pack, der in eine wollene Bettdecke gewickelt und mit Stricken umschnürt war und sich sonderbar bewegte. Mit den Knien den Mauerbord gewinnend und das Wolfseisen als lupfenden Hebel brauchend, keuchte Lien: „Die Leiter in die Höh!“

Der jüngere Söldner ließ den Wulli fahren und zerrte die Stricke aus der Nacht herauf, während der ältere dem Lien mit seiner Last hereinhalf in den Schätzengang.

Nun ereignete sich in zwei Geschöpfen etwas Wundersames. Das begreiflichere von diesen beiden Wundern vollzog sich im Wulli, als er seinen Schäfer völlig entzaubert sah, erlöst von allen schlechtriechenden Dingen, umwittert vom Heideduft, der noch immer, wenn auch ein bißchen geschwächt, an dem mürben, von Dornen zerrissenen Kittel, an der von Schweiß durchfeuchteten Zwilchhose, an den um die Waden geschnürten Lammsfellen und am ganzen, geliebten, neugeborenen Schäfer hing. Alle Schrecken des Lebens, die Donnergeräusche der Turmschlangen, Frau Engeleins spanischer Pfeffer, der grausame Sesseldrache und die würgenden Eisenarme – alles, alles war versunken und vergessen, und die böse, unbegreifliche Welt war für Wulli jäh verwandelt in ein schönes, freudenfrohes Himmelreich mit einem glaubhaften, unanzweifelbaren Heiligen. Während der Hund im springenden Irrsinn seines Jubels den erschöpften Lien beinahe zu Boden stieß, wußte er trotz aller Behinderung seiner gekränkten Kehle so tiefe und überzeugende Glückseligkeitstöne zu finden, wie kein Minnesänger und Troubadour sie jemals gefunden hat.

Wesentlich stiller, doch um so geheimnisvoller entwickelte sich das Erneuerungswunder, das sich beim Anblick des Lien im nüchternen Elendszustand des Kassian Ziegenspöck zu vollziehen begann. Er konnte sich plötzlich aus eigenen Kräften vom Boden erheben, allerdings sehr langsam, und mehrfach mußten dabei seine heftig wackelnden Hände die Mauer in Anspruch nehmen. Noch immer walteten dunkle Mächte unter seinem Haardach; denn dieser Kriegsmann erhob sich waffenlos und ließ sein Sergeantenschwert auf dem Boden liegen. Als er aufrecht stand, nur noch ein bißchen im Halswirbel knappend, glitzerten auf seinem maßlos erstaunten Gesicht noch ein paar winzige halbvertrocknete Tränchen. In seinen weit aufgerissenen Augen fing es zu leuchten an. Das mußte Freude und erneutes Leben sein – was ehemals Wein gewesen, hatte sich restlos aus Kassian Ziegenspöck entfernt, und Wasser, auch in mirakulöser Menge verschluckt, kann im Blick eines Menschen nicht so heilig erglänzen. Und während so die Freude stumm aus den Augen des Sergeanten schimmerte, machten seine beiden Zitterhände die gleichen Deutbewegungen, mit denen er wortlos zur Frau Engelein geprochen hatte: „Da haben wir's wieder!" Nur war in dieser Zeichensprache jetzt ein wesentlich anderer Sinn. Denn niemand hatte den Kassian Ziegenspöck in den vergangenen Augenblicken ein besoffenes Schwein gescholten. Die beiden Söldner, ohne sich um den Sergeanten zu kümmern, schwatzten in Erregung auf den Schäfer ein, und Lien, seit er sich auf dem Boden des Schützenganges befand, hatte überhaupt noch kein Wort geredet.

Tief erschöpft, nach Atem ringend, unter der schweren Last gebeugt, stand er auf das blutfleckige Wolfseisen gestützt, suchte mit der freien Hand den verrückten Wulli von sich abzuwehren und schüttelte immer den Kopf, um von seinem Gesicht die Schweißtropfen fortzuschleudern.

Jetzt begann er mühsam zu reden: „Kassel! Komm! Ich brauch' einen Verläßlichen."

Stumm machte Kassian Ziegenspöck einen Körperzuck, als hätte man ihm zur Erleichterung seiner aufrechten Festigkeit eine eiserne Stange durch den Kopf hinuntergestoßen bis zu den Knien.

Lien wandte sich an die zwei Puechsteinischen Söldner: „Es geht ums Leben eures guten Herrn. Wieviel ist die Glock?"

„Nit weit von der ersten Morgenstund."

Leichter atmend, nickte Lien: „Die Zeit wird reichen. Aber flink, du! Leg der Puechsteinischen Fuchsstut' einen Sattel auf. Die kenn' ich. Und sattel dazu den schnellsten von den Trutzischen Gäulen! – Und du! Spring zum Turm und laß vier Balken über den Torgraben legen, so breit, daß man die Gäul' hinüberbringt."

Die Söldner zögerten. Und der ältere murrte: „Für das Leben meines Herrn tu ich alles. Aber darf ich davonlaufen von der Mauerwach? Darf man über den Graben eine Bruck legen? Jetzt? Eh die Seeburgischen anrucken zum Sturm?"

Ein müdes und dennoch heiteres Lächeln ging um den Mund des Lien. „Die stürmen nimmer. Auf meinem Buckel trag' ich die Ruh."

Noch immer zögerten die Söldner. Da wurde die starre Körpersäule des Kassian Ziegenspöck lebendig. Wie ein Feldherr hob er den Arm, datterte ein bißchen mit den Fingern und ließ eine völlig neue Stimme vernehmen, die noch niemand an ihm gehört hatte: „Der Lien befiehlt. Wer nit gehorcht, sieht unter Kriegsrecht."

Die zwei Puechsteinischen sprangen davon. Und Lien sagte: „Gut so, Kassel! Komm! In deiner Stub droben packen wir meinen Binkel aus."

Ganz hell war es im Sergeanten noch immer nicht. Er vergaß sein Schwert. Mit den Händen manchmal eine Stütze an der Mauer suchend, stelzte er dem Lien voran. Und Wulli huschelte hinter seinem Schäfer her, drückte immer die Schnauze an eine Wade des Lien und bildete in der verschwollenen Kehle so seltsame Laute, wie ein Mensch sie hat, der vor Freude schreien möchte, doch weder reden, noch lachen, noch weinen kann.

In der Sergeantenstube schob Lien das Kienlicht, das er aus der Söldnerhalle mitgenommen, hinter den Eisenring beim Ofen, ließ den sonderbaren Pack von seinem Rücken vorsichtig auf das Bett des Kassel niedergleiten und schlüpfte aus den Tragstricken. Er war vom schweren Schleppen so starr geworden, daß er sich nicht gerade aufzurichten vermochte. Gierig trank er von dem starken Wein, den ihm der gütige Jungherr geschickt hatte, konnte sich strecken, tat einen festen Atemzug und nahm einen Fleischrinken aus der Wildbretschüssel, die der Hund verschmäht hatte. Auch jetzt, als Wulli den Pfefferduft dieser Schüssel witterte, fiel ein leiser Dämpfer auf seine Freude. „So, Kassel!" sagte Lien. „Pack aus derweil! Ich muß zwei Seeburgische Leut holen." In das Wildbret beißend, sprang er zur Türe, verschwand, und Wulli, der weder Durst noch Hunger hatte, huschelte winselnd hinter ihm her.

Ähnlich wie dem Schäferhund erging es dem Kassian Ziegenspöck. Er betrachtete die Schüssel, schielte den Weinkrug an und wurde von Grausen geschüttelt. Mit unsicheren Händen versuchte er die Stricke des Packs zu lösen, der auf seinen Bette lag. Er brachte die festen Knoten nicht auf, mußte sie mit dem Messer entzweischneiden. Und da klappte plötzlich die wollene Decke auseinander. Wie ein Teufelchen aus der Schnappschachtel hüpft, so schnellte sich ein zusammengerollter Mensch in die Länge. Zurückfahrend, wollte Kassel sein Eisen ziehen, fand am Gürtel eine leere Scheide, packte das Schwert des Lien und zog es blank. Die Klinge zum Schlag erhoben, stand er regungslos und sah, daß der auf dem Bett liegende Mensch einen Strick um die Füße, einen Strick um die Handgelenke, einen Wundverband um das Gesicht und einen Hanfknauel im aufgesperrten Mund hatte.

Kassian Ziegenspöck ließ die Klinge sinken und fuhr sich mit dem Arm über die Stirn, als traute er seinen Augen nicht.

Der Gefesselte war ein schlankes Mannsbild, an die Dreißig, mit einem Wust von zerwirrtem Blondhaar um den Kopf herum; er war ohne Wams, hatte ein Hemd mit gekräuseltem Besatz, hatte seine Strumpfhosen und hirschlederne Schuhe, wie die

Herren sie tragen. Was die verschobene Wundbinde von dem rasierten Gesicht sehen ließ, trug die Zeichen eines wilden Lebens und war entstellt durch die Knebelung. Eine Weile duselte der Gebundene wie in halber Ohnmacht. Jetzt schlug er die Augen auf, versuchte sich zu strecken, ließ den Blick herumirren und sah den Sergeanten an, mit Zorn und flehendem Gebettel.

Immer näher rückte das Gesicht des Kassian Ziegenspöck. Nun begann er mit wulstigen Lauten ein Selbstgespräch: „Meiner Seel, ich muß nüchtern sein! So nüchtern wie der Burgkaplan am Ostermorgen! Wär' ich besoffen und hell bei Verstand, ich könnt' nit denken: das ist der Heini von Seeburg!“ Seine lallende Zunge wurde stumm. Er hatte bei allem Stumpfsinn seines erbarmungswürdigen Zustandes das Seeburgische Wappen erkannt, das mit roter und blauer Seide in den Hemdärmeln des Gefesselten eingestickt war. Ein Zittern überlief die Gestalt des Sergeanten, und nach einem kurzen, wild ausbrechenden Gelächter strich er die blanke Klinge über den Boden hin und her und machte Bewegungen, als möchte er wachsen.

Da kam der Lien mit zwei Seeburgischen, die man nach dem Höllenspiel der Pulverkiste gefangen hatte. Sie trugen nur das Hemd und die kurze Leibhose; allles andere hatte man als Siegerrecht von ihnen heruntergeschält. Ihre müden Gesichter erstarrten, als sie auf dem Bett den Heini von Seeburg liegen sahen. Auch sonst noch gewahrten sie etwas sehr Verwunderliches. Kassian Ziegenspöck – wie ein Baum, den ein letzter Beilhieb umschmeißt – stürzte vor dem Schäfer auf die Kniemuscheln und brüllte zwischen Ernst und Lachen: „Lien! Jetzt sag: du bist der Teufel! Ich will dich anbeten!“

Wulli ließ einen heiseren Kläfflaut hören und fuhr hinter die Waden des Lirn zurück. Der sagte unwillig: „Geh, Kassel! Du Narr! Steh auf! Warum hast du nit völlig ausgepackt? Jetzt muß ich Zeit verlieren.“ Er sprang zum Bett, zerschnitt dem Heini von Seeburg mit dem Dolch des Puechsteiners die Stricke an Händen und Füßen und zog ihm den Hanfknebel aus dem Mund. „Vergebung, Herr! Das Versäumnis ist nit meine Schuld.“

Der Seeburger konnte nicht reden; er bewegte die Arme, bewegte die Füße, rückte langsam den verschobenen Gesichtsverband zurecht und machte mit dem Mund Bewegungen, wie sie der Trutzbergische Jäger nach seiner Erlösung gemacht hatte.

Lien faßte den Weinkrug und legte einen Arm um die Schultern des Schweigsamen. „Kommet, Herr! Das ist guter Wein. Der wird Euch zu Kräften bringen.“

Der Gefangene trank unter mehrfachen Schwierigkeiten. Weil er den Mund nicht völlig schließen konnte, betrenzte er sich wie Herr Melcher Trutz in gesunden Zeiten.

Während des Trunkes fragte Lien zu den zwei Seeburgischen hinüber: „Ist bei euch im Geläger ein guter Medikus?“

Einer von den beiden schüttelte den Kopf. „Bloß ein Feldscher. So ein dummes Luder, das nit viel versteht.“

Herr Heini, der noch immer trank, nickte während des Schluckens.

„Ich muß einen besseren haben!“ sagte Lien. „Herr! Da sind zwei Leut von den Eurigen. Denen müßt Ihr Auftrag geben, daß sie mir freien Weg zum Kloster am See verschaffen. Eh die Sonn' kommt, muß ich den Medikus haben. Ich muß!“

Der Seeburger schob den Krug fort, ließ sich zurückfallen, sah in Zorn und Staunen zum zerkratzten, unsauberen Gesicht des Lien hinauf und lallte: „Wer bist du?“ Der Klang erinnerte ein bißchen an die Sprache des Burgkaplans.

Hart wie Stahlklang kam die Antwort: „Ich bin der Schäfer Lien. Und krieg' ich den Medikus nit, so stoß ich Euch mein Messer durch die Gurgel.“

„Ist nit nötig!“ murmelte Herr Heini flink. „Bist eh schon grob genug mit mir umgesprungen. Du Lümmel!“

„Nichts für ungut, Herr! Wie's halt sein hat können in der Eil.“ Lien faßte den Griff des Dolches. „Also? Wie ist's mit dem Medikus?“

Ausspeiend, stemmte sich der Seeburger auf die Ellenbogen und keuchte: „Ich bin dein Gefangener und will mich lösen. Sicherst du mir ritterliche Ehr und mein Leben zu?“

„Was ritterliche Ehr ist, weiß ich nit. Das Leben ist Euch zugesichert von der Stund an, wo der Medikus in die Mauer geht. Bei meiner Seligkeit!“

Herr Heini schien an einem unbehaglichen Geschmack im Hals zu würgen. Mit den Augen winkte er einen von seinen geplünderten Leuten zum Bett heran und reichte ihm den Ring, den er mühsam von seiner geschwollenen Hand gezogen hatte. „Es muß geschehen, was der Lümmel will.“ Er ließ sich zurückfallen und drehte sich auf die Seite.

„Flink, ihr Leut! Mit mir!“ befahl der Schäfer. Zum Sergeanten sagte er: „Kassel! Auf dich ist Verlaß! Du hast bei dem edlen Herren die Ehrenwach!“

Der Nüchterne stellte das blanke Eisen auf den Boden hin und spreizte die Beine. „Verlaß dich, Bub!“ Dabei zitterten ihm die Hände.

Als Lien mit den zwei Seeburgischen und dem glückselig tanzenden Wulli die Stube verlassen hatte, wurde Herr Heini von einem schweren Übligkeitskrampf befallen.

Beim Anblick dieses Leidens erwachte in Kassian Ziegenspöck ein Gefühl von barmherziger Verbrüderung. „Ja, Herr!“ sagte er mit nachdenklicher Wehmut und stützte den Ellbogen auf das Schwertgestänge. „Ich weiß, wie das ist. Das kommt vom verfluchten Wein. Allweil ist's, als hätt' man die Höll im Magen. Da gibt's bloß ein einziges Mittel. Man muß Eier, schlucken, die gelegt sind, derweil man mit Feldschlangen geschossen hat. Und Wasser saufen, Wasser saufen, Wasser saufen. Pfui Teufel! Aber gesund ist's.“

Heini von Seeburg schien diese große, erprobte Weisheit nicht hören zu wollen und hüllte den faltigen Hemdärmel mit dem schöngestickten Wappen über sein Gesicht.

Kapitel 21

In der Stube des Puechsteinischen Perlenschreins brannte nur eine einzige Kerze. Ihr Lichtschein war abgeblendet durch den Blechschirm, ihr Flämmchen noch umhüllt von einem aus Pergament geformten Becher.

Wie ein schwerer, grauer Schleier hing das Zwielicht um alle Dinge des schwülen Raumes. In der Trutzischen Betthälfte klangen von Zeit zu Zeit die wunderlich wechselnden Schnarchlaute des Herrn Melcher, dessen fester Schlummer so mannigfache Register wie eine kunstvolle Orgel hatte. Über der Puechsteinischen Grenze war es still. Keine Bewegung im Bett, kein Laut, kein vernehmlicher Atemzug. Nur manchmal raschelte leis ein Kleid, wenn Frau Scholastika vom Sessel aufstand und sich in Sorge über den Regungslosen beugte, von dem sie nicht wußte, ob er schliefe oder bewußtlos wäre. So zart, wie ein Schmetterling die Blume berührt, die ihm Honig geben soll, befeuchtete sie wieder und wieder mit dem Essigtüchlein die klaffenden Lippen ihres Mannes. Dann stand sie lange über ihn hingeneigt, um seinen Atem zu erlauschen, der nicht zu hören, nicht zu fühlen war; daß Herr Korbin atmete, verriet nur seine Brust, die sich schwach bewegte; und zuweilen rieselte ein Schüttelfrost über seinen Körper hin. Befiel dieses Zittern den Puechsteiner, so zitterte auch Frau Schligg an allen Gliedern und stammelte ihr banges: „Ach, Gott! Ach, Gott!“ Und jedesmal, sooft sich dieser erloschene Himmelsschrei aus ihrer bedrückten Seele rang, hörte sie den gleichen hauchenden Trost, das gleiche lispelnde Glaubenswort ihres Kindes: „Nit sorgen, Mutter! Wenn die Sonn' kommt, ist der Lien mit dem Medikus da.“

Nie widersprach Fraw Schligg diesem Wort, obwohl sie den festen Glauben ihres Kindes für träumende Torheit, für Irrsinn einer glühenden Hoffnung hielt. Gibt es Menschen, die Wunder wirken und fliegen können? Gibt es Mauern, die versinken? Gibt es Feinde, die ohne Augen und barmherzig sind? Wäre der Kranke, der des Arztes bedurfte, ein anderer, und hätte Herr Korbin, dieser klügste und stärkste aller Männer, sich bei gesunden Kräften solch einer Tat unterfangen, dann hätte Frau Scholastika glauben können, daß mit der Sonne die Rettung käme. Aber ein Schäfer? Solch ein dummer und töriger Bub? „Ach, Gott! Ach, Gott!“ Doch immer, wenn sie das Trostwort ihres Kindes hörte, beugte sie sich nieder zu Hilde, die neben dem Bett auf dem Boden kauerte, und klammerte den Arm um ihres Kindes Hals, in heißer Sehnsucht, daß durch die körperliche Berührung ein Schimmer von Hildes leuchtendem Glauben überstießen möchte in ihre verzweifelte Seele.

Aus dem Burghof drangen dumpfe, wirre Geräusche herauf. Die beiden Wachenden vernahmen sie nicht, obwohl es da drunten immer lauter und lauter wurde. Das klang nicht mehr wie ein Lärm in Sorge und Zorn, es klang wie Geschrei von Menschen, die froh berauscht sind. Noch immer hörte Frau Scholastika nicht. Nur Hilde machte eine lauschende Bewegung und stammelte: „Mutter? Da muß was geschehen sein! Was Gutes!"

Das durch die Nacht heraufschallende Stimmengewirre wuchs zu einer Lärmwoge unverkennbaren Jubels. Und plötzlich bewegte sich Herr Korbin. Er öffnete die Augen wie ein vom Leben aus tiefem Schlummer halb Erweckter, richtete sich mühsam auf, hörte nicht, was Frau Scholastika zu ihm redete, sah mit brennendem Fieberblick ins Leere, fing wunderlich zu lächeln an und sagte: „Der Herzog kommt!" Aufatmend fiel er zurück und schien erst jetzt das Bewußtsein zu finden und völlig zu erwachen. Er sah seine Frau und sein Mädel an, sah zu dem schnarchenden Bettgesellen hinüber und lauschte in die Nacht. „Was ist da? Lauf, kleine Maus!" Ganz versunken klang seine Stimme. „Bring mir Botschaft und ruf ein Mannsbild her!"

Während Hilde hinüberlief zur Türe, sagte der Puechsteiner matt: „Ich seh' nit gut. Ist'„s Tag oder Nacht?"

Was Frau Schligg ihm antwortete, ging unter in Eisengerassel und lachendem Geschrei, das draußen von der Treppe herankam zum Mauergang. Es war ein Spektakel, daß sogar Herr Melcher davon erwachte, obwohl er auch im Wundfieber noch einen so gesegneten Schlaf hatte wie ein Dachs im Winter. Aus den Kissen auffahrend, keuchte er in Schreck: „Gotts Not! Was ist denn? Hat der Seeburger die Mauer geworfen?"

Hilde hatte die Tür geöffnet. Der Flackerschein von Kienlichtern fiel in die Stube. Vor einem drängenden Schwärm heiter lärmender Söldner und Knechte erschien Kassian Ziegenspöck mit dem blanken Eisen, ohne Leidenszug im Gesicht, nur das Maul noch ein bißchen geschwollen, viel aufrechter und helläugiger als in Zeiten, in denen er seinen Verstand mit vielen, vielen Gurken gepflegt hatte. Lachend stieß er einen vor sich her, der Zahnweh zu haben und aus dem Bett zu kommen schien; zwischen dem dicken, ein wenig verschobenen Gesichtsbund brannten zwei wutblitzende Augen heraus.

Herr Melcher, sich mit dem Stirnverband aus dem Bett beugend, hatte einen so verdutzten Blick. Schwer schnaufend, streckte er die acht Finger und brüllte: „Kassel? Bin ich besoffen? Oder bist du der Nüchterne?"

Die Söldner und Knechte kuderten vergnügt, während Kassian Ziegenspöck erklärte: „Herr, ich hab' so viel Wasser verschluckt, daß ich einwendig hell bin wie ein Bergbrunnen. Die reinste Sonn hab' ich unter dem Haardach. Nur die Händ dattern noch ein lützel. So weit ist die gesunde Sonn noch nit hinuntergetröpfelt."

Auf die Bekenntnisse des Sergeanten schien Herr Melcher nicht zu hören. Immer sah er den Gefangenen an und beugte sich noch weiter vor. Er wußte, wer das war, und konnte das Undenkbare nicht glauben. „Wer – wer ist das?“

„Ja, Herr!“ lachte Kassel. „Die Fehd ist aus. Ein Mutiger, an dem ich in der Nüchternheit irr geworden bin, hat dem Kriegsfrosch den Kopf heruntergebissen.“

„Gotts Teufel!“ schrie Herr Melcher. „Wenn du in der Nüchternheit mühlradschen mußt wie ein altes Weib, so besauf dich wieder, daß du das kurze Reden lernst!“

Der Sergeant schüttelte den Kopf. „Mir graust!“

„Reiß ihm das Tuch herunter!“

„Es stimmt, Herr!“ Mit derbem Griff entledigte Kassian Ziegenspöck den Gefangenen seiner Zahnwehbinde, wie man im Fastnachtsspiel dem verkappten Teufel die Larve des jungen Weibes herunterreißt. „Der Heini von Seeburg ist's, den der Lien gefangen und auf dem Buckel über die Mauer getragen hat wie eine abgestochene Sau.“

Unter dem Jubel der Knechte und Söldner vernahm man einen leisen Mädchenschrei, ein von Tränen ersticktes Auflachen. Sich streckend, hob Hilde die Arme wie eine Heilige, die in den Flammen ihres Martyriums den Glanz des offenen Himmelreiches schaut. „Er hat geholfen!“ Bei diesem jubelnden Schrei blieb es unklar, ob sie Gott oder einen anderen meinte.

Das Gesicht des Trutz von Trutzberg, schon glühend vom Fieber, bekam noch den Glanz einer staunenden Freude.

„Ja, Herr“, sagte Kassian Ziegenspöck, der vom vielen Reden ein bißchen merklicher wülstete, „ich hätt' Euch die Nachtruh bis zum Morgen gern vergönnt. Aber wie der edel Herr von Seeburg den Lien, der um den Medikus geritten, nimmer gesehen hat, ist er ein lützel anmaßig geworden. Der edel Herr ist ein schlechter Menschenkenner. Hat gemeint, ich wär' angesäuselt – vom Wasser –“ Kassel lachte in Tönen, die so klar waren wie nach einem Dutzend ungepfefferter Eidotter, „und hätt' mir gern das Eisen aus der Faust gerissen. Da ist mir die Serjantenstub nimmer sicher genug gewesen, und ich hab' wider den edlen Herren ein lützel unehrerbietig werden müssen. Es tut mir leid.“ Wieder fand Kassian Ziegenspöck diese feinen, hellen Lachtöne, die so komisch wirkten, daß die Knechte und Söldner sich unter Gelächter niederbuckelten bis zu den Knien.

Dann plötzlich war lautlose Stille. Hinter der Puechsteinischen Grenze war ein kurzes, wildes, hohnfreudiges Auflachen herausgefahren. Das war wie ein Lachen aus einer anderen Welt. Das verzweifelte Mahnen der Frau Schligg und die zärtliche Bitte seines Kindes mißachtend, hob und stemmte Herr Korbin sich auf. Obwohl er lachte, sah er mit den glühenden, weit geöffneten Hohnaugen aus, daß die anderen vor ihm erschraken. „Heini von Seeburg! Du Grimmiger, der die Trutzische Leinwand braucht? Wieviel verlangst du jetzt für deinen Bruder Peter?“

Dem Seeburger war's nicht gemütlich um dic Seele. Mit der roten Brandwunde, die vom Ohr über die Wange bis zum Kinn herunterging, mit dem zerwirrten Haar, der fahlen Stirn und dem ohnmächtigen Zornblick in den Augen, sah er aus wie ein angeschweißter Keiler, den die Meute der Hunde stellt. Eine Weile schwieg er, mit den Zähnen knirschend. Dann sagte er: „Der Lümmel, dem ich mich ergeben hab' müssen, hat mich meines adligen Lebens gesichert."

Gleich erklärte Herr Melcher in seiner Freude: „Was der redliche Lien verspricht, soll gelten!"

„Nit so!" Mit der mageren Faust umspannte Herr Korbin den Arm des Bettgenossen und schüttelte unwillig die Hände seiner Frau und seines Kindes von sich ab. „Melcher, du bist von den dummen Deutschen einer, die meinen, sie kämen mit Treu und Redlichkeit wider die Schlechten auf!" Die zerbrochene Stimme des Kranken schrillte in Zorn und Hohn. „Wer menschlich ist wider die Unmenschen, ist ein Rindvieh, dem sie das Fell scheren. Da muß es heißen: Rupf mich am Haar, und ich reiß dir die Seel aus dem Leib!"

Heini von Seeburg verfärbte sich. Nur die Brandnarbe blieb rot. Und seine Stimme war tonlos. „Puechstein? Bist du adlig?"

Herr Korbin hob sich auf die Knie, den mageren Leib umschlottert von den Falten des Hemdes. „Ich bin, wie dein Bruder und du mich gemacht haben." Wer den Puechsteiner ansah, fühlte ein scheues Grauen. „Tausend ungebüßte Sünden nehm' ich mit hinüber. Da kommt's mir auf eine letzte nimmer an. Wir müssen dich ohnmächtig machen für deine Lebenszeit. Mein Kind und meine Kindeskinder sollen schnaufen in Freuden, die du nimmer störst. Wehrst du dich wider meinen Spruch, so hängst du, eh die Sonn kommt."

Der Seeburger schien einzuschrumpfen um einen halben Kopf. Er fragte: „Was verlangst du?"

„Zehntausend Dukaten hast du begehrt für deinen toten Bruder. Billig gerechnet, bin ich das Doppelte wert wie der Peter Seeburg. Das mußt du zahlen an mein Weib und Kind. Noch höher wie das Tote steht das Lebendige im Preis. Du lebst. Ich will Erbarmen haben und will dich rechnen als einen Toten vom Unwert deines Bruders. Drum zahlst du zehntausend Dukaten als Läsgeld an den Schäfer Lien, der dich gefangen hat. Allen Schaden an Trutzberg und Puechstein wirst du gutmachen bis auf den letzten Heller. Und bis zur Mittagsstund muß abgezogen sein, was Seeburgische Farben hat. Du bleibst. Man soll den Burgpfaffen holen mit Feder, Tint und Pergament! Diktieren muß du, Melcher! So schreien kann ich nimmer, daß es der Burgpfaff hört. Und Kruzifix und geweihte Kerzen muß er mitbringen. Der Heini von Seeburg wird die Urfehd wächsnen unter Gottes Zeugschaft, wird die Kriegslust wider uns und den Jagdbann im Seeforst abschwören bei seiner Seligkeit!" Nach dem mühsamen herausstoßen dieser Worte kam ein heiteres Lachen. „Dem Schwur tät der adlige Seeburg brechen. Drum müssen wir ihn rupfen und schälen, bis er ein lausiger Bettler ist, der nimmer mitredet in der Welt. Solang er nit gezahlt hat, bleibt er in Haft. Machst du es anders, Melcher, so sterb' ich in Feindschaft weg von deinem Ellbogen." Herr Korbin taumelte ein bißchen, tastete mit den Armen wie ein Blinder, fiel auf die Kissen hin, umklammerte die Hand seines Kindes und sagte gleich einem Schlaftrunkenen: „So, liebe Maus! Soll's kommen, wie's mag! Jetzt habt ihr ein Heiratsgut."

In der beklommenen Stille, die diesen sinnlos scheinenden Worten folgte, sprach Herr Melcher auf eine Art, wie Knaben vor einem kraftvollen Manne staunen: „Korbi! Der Beste bist allweil du! In dir ist Hirn."

Eine schrillende Frauenstimme. Mit stoßenden Armen und schlagenden Fäusten drängte sich durch den Schwarm der Söldner die Trutzin über die Schwelle herein, anzusehen gleich einer Irrsinnigen, gleich einem Gespenst. Sie schien ein Stündlein geruht zu haben, schien aus dem Bett zu kommen, war halb entkleidet und hatte die Schlafhaube verloren. Die dünnen Haarschwänzchen hingen wirr über das fahle entstellte Gesicht herunter. Ihre verstörten Augen glitten in der Stube herum und suchten. „Wo ist er?" Mit zuckenden Händen faßte sie den Heini von Seeburg am Hemd. „Wo ist mein Sohn? Wo hast du meinen Sohn?"

„Wie soll ich wissen, wo Euer Bub ist?" Der Seeburger, mit einem Übligkeitsausdruck im verbrannten Gesichte, schüttelte das kreischende Weib von sich ab. „Ich bin nit seine Kindsmagd."

Frau Engelein war wie gelähmt, wie versteinert. Ihr Blick irrte im Leeren. Sie hörte nicht die halb erschrockenen, halb scheltenden Worte ihres Mannes, hörte nicht die Stimmen der anderen. Die zitternden Hände streckend, begann sie sich wie eine Nachtwandlerin zu bewegen und ging durch die Gasse hinaus, die der Schwarm der Söldner vor ihren langsamen Schritten aufmachte.

Um die zerschossenen Fenster des Mauerganges dämmerte schon das erste Morgengrauen.

Mit einer wortlosen Geste wies Frau Engelein jeden Menschen zurück, der ihr nachkam und zu ihr redete.

Sie ging und suchte, immer allein. Treppab und -auf. Durch Stuben und Kammern, durch Hallen und Gänge, durch Keller und Gewölbe. Überall suchte sie, wo sie wußte, daß sie ihren Sohn nicht finden würde. Eine starre Ruhe war in ihrem Schritt, in ihren Bewegungen, in ihrem Blick. Sie glich einer kranken, aber klugen und überlegten Frau, die weiß: ein Ding ist verlegt, ist nicht verschwunden von der Welt und muß sich wieder finden lassen. Den Mägden, die ihr begegneten, gab sie die häuslichen Befehle des Morgens, mahnte sie zu Vorsicht, Sparsamkeit und Fleiß. Immer wieder sagte sie: „Es taget. Ist jedes auf seinem Platz?"

Nun stand sie schon zum drittenmal vor ihrer Schlafstube und hatte wieder nicht den Mut, sie zu betreten. Sie kehrte um, kam bis zur Treppe und wurde gewaltsam wieder zurückgezogen von diesem ekelhaften und grauenvollen Gedanken, der sie nimmer verließ. Wie es Menschen machen, die einen Dieb überraschen wollen, so stieß sie die Tür auf.

In der Stube, die schon hell werden wollte, war eine peinliche Ordnung. Nur die Decke des großen Himmelbettes war auf dem linksseitigen Drittel ein bißchen eingeknüllt; hier hatte Frau Engelein in ihrem kurzen Erschöpfungsschlaf gelegen, als sie beim Jubel der Burgleute wach geworden.

Wie eine zitternde Aschensäule stand sie im grauen Zwielicht, sah immer die verriegelte Falltür über dem Wendeltrepplein an und lauschte auf die Murmelstimme, die von da droben herunterklang und wie das scheue Beten eines verzweifelten Weibes war.

Langsam schlurfte Frau Engelein um das Bett herum und gegen die Ecke hin. Und kletterte wie eine schwache Greisin hinauf und schob den Riegel mit lautloser Vorsicht zurück und drückte mit der Schulter die Falltür in die Höhe.

Inmitten der kleinen Kammer, in die durch das Dachfenster nur wenig Licht hereinfiel, kniete die rote Pernella angekleidet auf dem Fußboden, klein zusammengekrümmt, betend mit verkrampften Händen. Als durch die Luke das blasse Gespenstergesicht der Trutzin heraufauchte, stieß das Mädel einen erwürgten Schrei aus, wollte aufspringen, konnte die Glieder nicht bewegen, blieb auf dem Boden liegen und drehte nur in Entsetzen das verweinte Gesicht gegen das Fenster.

Frau Engelein hatte verstanden. Mit einer Fingerspitze wischte sie unter dem linken Auge hin; dann hingen ihre Arme schlaff hinunter. So stand sie vor dem zuckend zusammengekrümmten Mädel, starrte regungslos auf das Dachfenster und hörte, was sie vor Stunden gehört hatte: ein schweres Kollern, ein Gerassel fallender Ziegel. Alles sah sie, was da draußen war: das steile Dach, das erwachende Himmelreich und die tagende Ferne, in der die Morgensonne bald kommen wollte. Wäre Frau Engelein beim Fenster gestanden, sie hätte was anderes nicht sehen können; nicht das Burggärtlein, nicht die Ringmauer; jeder Ziegel, der über das steile Dach hinausglitt, wurde im Schwung des Falles über Garten und Mauer hinuntergeschleudert in das Geschröfe des Trutzberges.

Große Tränen fielen von Frau Engeleins unbeweglichen Augen. In lallenden Worten wurden ihre Gedanken laut: „Ein Held der andere! Der Meinige ein feiges Schwein! Und der Puechstein ist schuld an allem! Und du!“ Sie bewegte die Hände, als möchte sie Pernella an den Haaren fassen, und zog in Grauen die Arme wieder zurück.

Unter ersticktem Heulen drückte die Magd ihren Kopf hinunter bis zum Rocksaum des starren Weibes und klagte sich an und beschwor doch bei allen Heiligen ihre Unschuld.

Frau Engelein beugte sich nieder und hauchte: „Du! Das darf im Leben niemals wieder über deine Lippen kommen."

In die Hände schluchzend, schüttelte Pernella den Kopf.

„Das mußt du schwören."

„Ich schwör's."

„Bei Gott und deiner Seel!"

„Bei Gott und meiner Seel!"

„Und daß du brennen müßtest in alle Ewigkeit!"

„Und daß ich brennen müßt' in Ewigkeit!"

Sich hölzern aufrichtend, nickte Frau Engelein. „Nimm Leut! Die sollen suchen. Und haben sie – haben sie ihn – gefunden –, dann geh, wohin du willst. Ich kann dich nimmer anschauen."

Pernella schoß davon.

Noch lange stand Frau Engelein regungslos inmitten der kleinen, stillen Kammer. Schrittlein um Schrittlein ging sie der Luke zu und stieg hinunter, mit einer zitternden Schwäche in den Knien, schloß die Falltür und schob den Riegel vor. Auf der Wendeltreppe strich sie, ohne es zu wissen, mit der Hand unter dem Geländer hin und sah die Fingerspitzen an – wie sie es zu machen pflegte, wenn sie an irgendeinem Hausgerät die Reinlichkeit ihrer Weibsleute prüfen wollte.

Einer wandelnden Leiche ähnlich, glättete sie das Bett und strich, als die Decke schon in Ordnung war, noch immer mit den wachsbleichen Händen darüber hin. Und drehte immer wieder das verzerrte Gesicht gegen das Fenster. Nun sprang sie plötzlich wie eine Rasende auf die Nische zu, stieß die Guckscheibe in die Höhe und fuhr mit dem Kopf hinaus.

Da drunten war die grüne Linde, das enge Gärtlein mit Blumen und Rasenflecken. Sonst nichts. Kein Mörtelschutt und keine Ziegelbrocken. Alles, was vom Dache gefallen, war hinausgeflogen über die Mauer.

Und überall, in den Höfen und Schützengängen, war fröhliches Geschrei.

Heftig zusammenschauernd, glitt Frau Engelein auf den Boden nieder, lag gekrümmt und weinte und betete, wie es droben in der Dachkammer die Magd getan hatte.

Jählings hob sie den Kopf, als müßte sie auf den Schritt eines Kommenden lauschen. Was sie gehört hatte, war nur ein dumpfer Stimmklang ihres Mannes, der dem Burgpfaffen die Worte der Urfehd vorsagte und dabei mit aller Kraft seiner Lunge schreien mußte, damit der halbtaube Greis ihn deutlich verstünde.

Frau Engelein erhob sich, wusch die Augen, brachte ihr Gewand in Ordnung und versteckte die dünnen Haarschwänze unter der rot und grün gebänderten Taghaube.

Als sie den Mauergang erreichte und die vier Söldner sah, die vor der Stube des Puechsteinischen Perlenschreins bei offener Türe die Wache hielten, verwandelte sich Frau Engeleins Gesicht in eine steinerne Maske mit unbeweglichem Lächeln.

Langsam schreitend, hörte sie ihren Mann in der Stube sagen: „Sei verständig, Seeburg! Ich möcht' mich freuen an der Tat des tapferen Buben. Erzähl mir, wie's gewesen ist!"

„Ich bin gerupft", knirschte die Stimme des Gefangenen, „ich hab' geschrieben und geschworen. Jetzt will ich Fried haben. Laß dir's von dem langen Lümmel erzählen. Nit von mir."

Frau Engelein hörte das matte Lachen des Puechsteiners und seine schwere Schläferzunge: „Allweil sagst du: Lümmel? Redest du von dir?"

„Geh, Korbi, tu ihn nit reizen!" fiel Herr Welcher ein. „Erzähl, Seeburg! Da kannst du dich einschmeicheln bei mir!"

Eine unflätige Redensart. Dann kam der Mann mit der Zahnwehbinde und den schöngestickten Hemdärmeln aus der Stube, hinter ihm der aufrechte, augenklare, nur noch ein bißchen wulstmäulige Kassian Ziegenspöck, der sich durch festes Umklammern des Schwertgriffes alle Mühe gab, die Dattersucht seiner Hände zu überwinden. Die vier Söldner schlossen sich den beiden an, und so schritten sie an Frau Engelein vorüber, die sich in eine Fensternische drückte.

In der Stube prägte Herr Melcher zwischen, Behagen und Verdruß das weise Wort: „Was ein Ferkel ist, muß allweil das Schwänzl drehen." Ein rasselnder Atemzug, ein Plumps in die Kissen, dann die besorgte Frage: „Korbi, wie geht's?"

Als Frau Engelein über die Schwelle trat und die Türe schloß, sagte der schläfrige Puechsteiner: „Zum Unterschreiben hat's noch gereicht. Jetzt krieg' ich bleierne Finger."

Am Tisch verwahrte der greise Kaplan gerollte Pergamentblätter in einer Blechkapsel; er hatte heitere Augen, murmelte sehr vergnügt und guckte verwundert auf, als Frau Engelein die Kerze ausblies, die noch brannte. „Licht verschwenden! Wenn es Tag ist!" sagte sie und atmete unter der steinernen Maske auf, weil sie Frau Schligg und Hilde nicht in der Stube sah.

„Geh, mein Weibl, mein gutes, jetzt ist nimmer Sparenszeit." Herr Melcher lachte ein bißchen, während der Burgkaplan mit Bücklingen und unverständlichen Apostelworten die Stube verließ. „Der Heini von Seeburg laßt die Dukaten fallen wie ein Regen die Tropfen." Die heitere Stimme wurde ernst. "Was ich fragen will – was ist das mit unserem Buben?"

Frau Engelein, die in der Stube Ordnung machte, wandte sich schweigend gegen das Fenster und stand wie eine schwarze Säule in der Morgenhelle.

„Traut er sich nit herein zu mir?“

Keine Antwort kam.

„Der gute Tag soll ausgleichen, was unsinnig und schlecht gewesen. Das schieche Pergament, das er heimlich an den Feind geschrieben, ist zerrissen und verbronnen. Sag dem Buben, daß ich verzeihen will.“

Eine kalte, ruhige Stimme. „Er wird sich kränken.“ Frau Engelein, mit dem Rücken gegen die Bettlade, glättete ein Stück Leinwand und wickelte es zusammen. „Allweil ist das so: daß die guten Bäumlen die Birnen tragen, und daß die Landfahrer kommen und sie herunterschütteln.“

„Weib?“ Herr Melcher hob sich aus den Kissen. „Deine Red hat einen Stachel. Wem soll er wehtun?“

„Nit dir, nit mir.“ Frau Engelein griff nach einem anderen Leinwandfleck. „Die Wahrheit muß an das Licht. Meines Buben Brief an den Seeburger ist eine List gewesen. Was der Schäfer getan, das hat der Meinige tun wollen. Gestern am Abend hat er's beredet mit mir. Gegen die zehnte Nachtstund ist er über die Ostmauer hinuntergestiegen. Und ist zu spät gekommen. Einer, sorg' ich, hat erlauscht, was der Meinige mit mir beredet hat.“ Das alles kam so glatt und ruhig, wie die Worte eines Gebetes stießen, wenn nur die Lippen beten, nicht Herz und Seele.

Herr Melcher war sehr verdutzt und wußte nicht, ob er sich freuen oder sich ärgern sollte. Sich freuen: weil er zwei so mutige Buben besaß? Sich ärgern: weil dem Lien das Beste seines kühnen Streiches, der Einfall, genommen wurde? Das Gefühl des Ärgers überwog; auch kam der Zweifel dazu. Grob sagte Herr Melcher: „Weib! Das wirst du erweisen müssen!“

Bevor Frau Engelein antwortete, griff tastend aus der Puechsteinischen Hälfe des Bettes die dürre Hand des Kranken herüber. Mühsam sagte er mit seiner schwachen, von kämpfenden Atemzügen entzweigerissenen Stimme: „Melcher – du bleibst doch allweil – das gleiche Schaf!“

„Gelt, ja?“ nickte Herr Melcher schuldbewußt.

Wieder diese ringende Stimme: „Mir übelt – meine lieben Weibsleut – sollen kommen! – Der Mannshandel – ist aus – jetzt will ich – die Weibsleut – haben –“

Die Trutzin ging abgewandten Gesichtes um die Bettlade herum. Bevor sie die Tür der Fürsienstube erreichte, klangen zwei Laute, in denen ein versunkenes Lachen war: „Frau – Engelein?“

Sie drehte das steinerne Gesicht über die Schulter.

Aus dem Perlenschrein hoben sich fünf gespreizte, hagere, lange Finger heraus. „Gebt mir – Eure Hand – Frau Engelein –“ Zögernd tat sie es.

Wie ein stählerner Schraubstock klammerte sich die heiße Faust des Puechsteiners um die kalte, zitternde Frauenhand. Die Trutzin stöhnte und wollte ihre Hand befreien. Sie zog und zerrte. Und plötzlich erlahmte ihr Widerstand, weil sie immer in diese brennenden Augen schauen mußte, die aus dem abgemagerten, von Schmerzen verzerrten und dennoch lächelnden Todesantlitz des Herrn Korbin herausglühten.

Seine Brust tat tiefe Atemzüge. Er schien gewaltsam alle letzte Kraft seines versinkenden Lebens zusammenzufassen, um ruhig und heiter schwatzen zu können:

„Melcher! Paß auf! Dein Weib will reden. Gelt, Frau Engelein? Neugier ist an einem Mann wie ein Schnauzbart an einem Mädel. Aber zwischen hüben und drüben ist eine Bruck. Wer da steht und schaut hinauf oder hinunter, wird neugierig.“

„Frag den Pfaffen! Du!“ Das stieß sie schauernd durch die Zähne heraus.

„Vom Himmelreich weiß ich genug. Ich möcht' ein lützel was wissen von der lustigen Welt.“

Die Trutzin keuchte: „Meine Hand laß aus!“ Sie stemmte sich mit den Knien gegen die Bettlade und wand sich und zerrte mit allen Kräften, um ihre Finger zu erlösen.

Der Puechsteiner lachte; sein Faust hiel fest.

Erschrocken stammelte Herr Melcher: „Jesus, Korbi, du kranker Narr, was tust du denn da? So laß doch das gute Weibl aus!“ Um zu helfen, griff er mit seinen acht Fingern ins Puechsteinische Bettland hinüber.

„Geduld, Herzbruder!“ lallte Herr Korbin. „Dein gutes Weibl wird reden. Gleich.“ Während ihn die Trutzin gegen die Bettkante hinzerrte und seinen starren Oberleib von den Kissen aufriß, hielt der Puechsteiner die stählerne Faust geschlossen und sperrte weit die geröteten Lider auf, als müßte er gewaltsam ankämpfen gegen die lähmende Schlafsucht seines Leidens. Immer sah er mit heißem Blick in die von Angst und Pein und Schreck verstörten Augen des zerrenden Weibes. Und immer lächelte er. „Frau Engelein? Wer ist der dumme, tapfere Lien?“

Herr Melcher, als er diesen Namen hörte, mußte die Arme fallen lassen; er konnte seinem guten Weibl nimmer helfen. Auch in Frau Engelein schien jeder Widerstand erloschen zu sein; mit entgeistertem Gesicht, taumelnd wie eine Betrunkene, hing sie an der Faust des Korbin von Puechstein.

Ein leises Lachen. „Frau Engelein? Wer ist der Vater des reinen und mutigen Lien?“

Die Trutzin schwieg, ihre Zähne schnatterten; und während sie mit der gefangenen Hand das schreckvolle Zucken und Zerren wieder anfing, wurden die Fenster Heller. Hinter der Brandruine des Puechsteines fing der östliche Himmel zu glänzen an.

„Frau Engelein? Wie ist's gewesen mit der Germeid?“

Ihre blauen Lippen bewegten sich, doch es quollen nur tonlose Laute aus ihrer Brust. So riß und zuckte und kämpfte sie. Und irgendwo in den Lüften, hoch über dem Dach des Herrenhauses, schmetterte ein freudiger Hornruf, wie ihn die Türmer bliesen, wenn Gäste kamen.

„Frau Engelein? Wie war's im Stall? Wie war's mit dem schweinischen Knecht, an den ich nicht glaub'?“

Immer fröhlicher klangen die Hornrufe. Und von der Nordmauer, auf deren Schützengängen man hinaussah über das Bruchland und die Seestraße, tönte ein jubelndes Geschrei.

Der Puechsteiner schien nimmer zu hören. Seine Faust hielt fest, während er mit Kopf und Oberkörper unter dem Gezerr des stummen Weibes schaukelnde Bewegungen machte. Und Herr Melcher streckte wieder die acht Finger gegen Frau Angela hin und bettelte: „Sei ehrlich, mein gutes Weibl! Und sag's!“

Die Trutzin kicherte schrill und schlug mit der freien Faust gegen den Arm des Sterbenden los.

Der lachte. Und seine Stimme hob sich zu wilder Kraft: „Frau Engelein? Wer hat gelogen?“

In irrsinnigem Widerstand kreischte das Weib: „Leb oder stirb, du Narr! Ich red nit!“

Herr Melcher wollte wehren. Und aus der Fürstenstube, in blassem Entsetzen, kamen Frau Schligg und die alte Puechsteinische Magd gelaufen.

Wieder diese Stimme voll wilder Heiterkeit: „Redet ein Zünglein nit, so redet die stumme Wahrheit. Das Recht muß siegen. Oder die Welt geht unter. Weib! Wer hat gelogen?“

Frau Engelein blieb stumm; sie schlug und zuckte wie ein Fisch an der Angel; und während Frau Scholastika unter erwürgtem Schelten und Gestammel den schlagenden Arm der Trutzin einsing, machte die Magd, auf den Knien liegend, den nutzlosen Versuch, die stählerne Faust ihres Herrn zu öffnen.

Ein klingender Laut. Und wieder, wieder, immer näher. Die andere Tür der Stube flog auf, und ein blühender Jubel des Lebens wirbelte herein. „Der Medikus ist kommen!“ Mit ausgebreiteten Armen stand Hilde, auf der Schwelle, glühend, atemlos, in den Augen die Sorge um den Vater, und dennoch lachend. „Mein Lien ist da! Noch eh die Sonn erschienen!“

Herr Melcher gebärdete sich, als wäre er befallen vom heitersten seiner Räusche. Und der Puechsteiner, ohne die Faust zu öffnen, schrie seinem Mädel in Freude zu: „Hol ihn, liebe Maus! Der Bub ist dein!“ Er wollte lachen, wollte mit der freien Hand seinem davonjagenden Kinde nachwinken. Da rann ein Ausdruck so grauenvollen Schmerzes über sein mageres Gesicht, als hätte man ihm eine glühende Nadel durch Stirn und Augen gebohrt. Alle, die in der Stube waren, schrien auf. Nun wurde das Gesicht des Puechsteiners schon wieder ruhig. Ein bißchen verwundert sah er im Kreis umher; dann blieb sein fragender, etwas schläfriger Blick an Frau Scholastika hängen. Lächelnd sprach er noch eine einzige Silbe. „Schligg?“ Dann fiel er, seine Faust noch fester um die zerrende Hand der Trutzin spannend, auf die zerwühlten Kissen nieder.

Die Puechsteinerin griff mit den Armen ins Leere, faßte sich und lief unter hastigen Stoßgebeten nach Riechsalz und Essigtüchlein.

Herrn Korbins Augen waren halb geschlossen. Unter den bleichen, rotgeränderten Lidern quoll ein feuchtes Blitzen heraus. Die schmalen Lippen lächelten. Das war wie lustiger Spott, wie wissender Hohn.

Frau Engelein, die nur noch matte und ungeschickte Bewegungen machte, um ihre gefangene Hand zu befreien, fing heftig zu zittern an. Immer starrte sie auf diese halbgeschlossenen, spöttisch blitzenden Augen. Und ihre Zunge, ihr Mund bewegte sich. Der Lebende hatte sie nicht bezwungen. Dieser Sterbende, der schon aussah wie ein Toter, überwältigte sie. Taumelnd schloß Frau Angela die Lider und stöhnte: „Ich – ich – erlöst mich von ihm, und ich will bekennen – ich – ich hab' gelogen –“ Ohnmächtig, fast lautlos wie ein umkippender Kleiensack, fiel sie vor dem Puechsteinischen Perlenschrein auf den Boden hin.

Frau Scholastika schrie gellend auf, sprang zu ihrem Mann und sah, daß er Atem hatte und lächelte. Nur das Leben lacht. Drum glaubte die Puechsteinerin nur an einen Unfall von Schlafsucht, nur an Erschöpfung.

Da brachten Hilde und Lien den kleinen, schwächlichen Pater Medikus vom Kloster am See. Hinter den Dreien huschelte Wulli drein, noch immer ein bißchen kränklich und scheu, dazu erschöpft, von Staub bedeckt, mit pumpenden Flanken und langer Geiferzunge.

Wäre die Stunde nicht so weh und ernst gewesen, man hätte lachen müssen in der Stube des Perlenschreins – so drollig war es anzusehen: wie Lien das ärgerliche, von einem jagenden Ritt in allen schwachen Knochen zerrüttelte Mönchlein um den Rücken gefaßt hielt und hopsen und springen machte.

Als das Paterchen bei der Bettlade seine Freiheit fand, guckte es den gewalttätigen Schäfer wütend an, bekreuzigte sich schnell und murmelte: *“Apage, Satanas!“* Frau Schligg und Hilde faßten die Hände des Arztes, der den medizinischen Schnerfsack auf dem Rücken hatte. Das Mönchlein wehrte stch verdrießlich: „Nur aufschnaufen! Laßt mich nur aufschnaufen! Der Kerl ist geritten, daß mir's die Seel aus dem Leib gebeutelt hat. Im Seeforst hat der edel Herzog von Bayern hintbleiben müssen wie ein Schneck.

Und ist doch ein Herr, der reiten kann." Den Schnerfer abnehmend, guckte das Paterchen seine braune Kutte an, die sehr sonderbare Quetschfalten hatte.

„Lien!" Aus wortloser Erschütterung erwachend, streckte Herr Melcher die acht Finger nach dem Schäfer. „Mein Lien!"

Der sah und hörte seinen Herrn nicht, mußte was anderes tun, mußte der Magd helfen, die ohnmächtige Trutzin aufzurichten, sie zu erlösen von dieser krampfhaft geschlossenen Faust. Dem Willen des Lien gehorchten die eisernen Finger.

„Ja, Bub! Hast recht!" stammelte Herr Melcher. „Trag deine gute Herrin zu ihrem Bett! Und tu die Weibsleut rufen, daß sie helfen!"

Als Lien auf seinen Armen die ohnmächtige Trutzin aus der Stube trug, machte er eine Bewegung, wie um die Augen zu wenden. Er tat es nicht, sah sich nach dem Fräulein von Puechstein nimmer um. Nur seinem Hund rief er einen weisen Locklaut zu, der völlig überflüssig war – Wulli ließ die noch etwas geschwollene Nase nicht von der Wade seines Schäfers.

Jammernd zappelte die Magd mit dem Lien aus der Stube.

An der Kalkwand des Mauerganges glommen rosenrote Leuchtflecken auf. Die Sonne kam.

Kapitel 22

Frau Engelein lag auf ihrem Bett und wurde betreut. Und Lien, mit dem Wulli hinter der Wade, stieg die Treppe hinunter, langsam und müd. Sein Gesicht war hart und ernst, auch häßlich, vom Schmutz des eingetrockneten Schweißes und von den bläulichen Malen, welche grün und gelb die Puechsteinischen Farben zu spielen begannen.

Wie ein Blinder schritt der Schäfer durch die Spittelhalle, in der es sehr munter zuging, und durch den Hof, wo die heiter, lärmenden Knechte bei Frühmahl und Weinkrügen herumhockten. Lien hörte die jubelnden Rufe nicht, die ihm galten. Immer vor sich hinsinnend, ging er durch das Gewölbe des Burgfrieds, durch die Söldnerhalle hinauf in die Stube des Sergeanten, wo Wulli gleich auf das Bett sprang und sich niederduckte.

Es war eine alte Magd da, die sauber machte.

„Wo ist der Kassel?"

„Der muß vor dem Losament, wo der Seeburg sitzt, die Wach halten."

„So tu ihn grüßen von mir! Hat er Zeit, so soll er mich im Bruchland einmal besuchen."

Das Weib riß die Augen auf. „Mensch? Willst du denn fort? Jetzt? Wo die Herrenleut dich ehren müssen?"

Lien zog in Unbehagen die Stirn. „Schuldigkeit ist mehr als Ehr. Jetzt haben wir Fried. Da muß ich nach meiner Schafherd schauen. Ich sorg', die hungrigen Bauern fressen mir meine Lämmer auf.“ Er nahm die Salztasche aus der Truhe und reichte sie der Magd. „Die tu mir füllen! Fest! Und die Margaret soll mir den Zehrsack richten. Ein lützel gut! Mein Wulli wird Hunger kriegen, wenn er völlig gesundet.“

Den Kopf schüttelnd, ging das Weib davon.

Eine Weile blieb der Schäfer unbeweglich inmitten der Stube stehen, mit dem Arm vor den Augen.

Sich schüttelnd, ging er auf sein Bett zu, griff unter den Polster und atmete auf, als er die Leinwandschnipfelchen fand, die er da versteckt hatte. Er setzte sich neben Wulli auf die Bettkante hin und fing eine bedächtige Arbeit an. Aus dem größten Leinwandfleck, ein bißchen größer als eine Hand, machte er ein Säcklein, gab alle die Leinwandschnipfelchen hinein, dazu die Seidenschnur mit dem goldenen Weihgroschen. Von einem der zerschnittenen Stricke, die umherlagen, dröselte er einen dicken Faden herunter und band sich damit das Säcklin um seinen Hals. „So, Wulli! Komm!“ sagte er mit bleichen Lippen und strich dem Hunde mit der Hand über die Ohren hin. „Man muß zufrieden sein. Ein Schäfer hauset im Bruch, die Sternlein hängen am Himmelreich.“ Er nahm die alte, schepprige Armbrust hinter den Rücken und hängte das Wolfseisen an den Gürtel. Den Dolch des Puechsteiners wollte er in die Söldnertruhe legen. Nein. Er behielt ihn.

Wulli war neugierig geworden, schüttelte die dicke Schnauze und zeigte bei funkelnden Augen ein äußerst erregtes Ohrenspiel. Als er sah, daß der Schäfer die Schippe faßte, sprang er winselnd auf und begann trotz seiner Müdigkeit einen aberwitzigen Freudentanz. Für Wulli kam die gestörte Welt nun wieder völlig in Ordnung. Es fehlte zwar noch das Bruchland, die Herde, der Karren und der Pferch. Aber alles andere war vorhanden. Nur ein verlorener Schäferhut war noch abgängig – und die frohe, zufriedene Ruhe des Lien.

Der nahm der alten Magd das Zeug ab, das sie brachte, und als sie ihn im Namen der Margaret zu einem seinen Frühmahl in die Küche einlud, sagte er mürrisch: „Ich mag nichts.“

Er ging. Und Wulli sprang ihm kläffend voraus.

Die Frühsonne glänzte schon in die Höfe herunter und vergoldete alle Verwüstung, die da verübt war. Überall Geschäker und Lachen der Leute. Die vielen Tauben flogen umher, als hätten sie schon längst vergessen, daß ihr Türmlein im reinen Blau da droben eine Ruine mit verwesenden Vogelleichen geworden war. Und die Hennen, die ihre runde Morgenpflicht bereits erfüllt hatten, gackerten so freudenvoll, als hätte es nie eine gestörte Nachtruhe und ein Sodbrennen des Kassian Ziegenspöck gegeben.

Mit den Leuten, die im Burghof waren, ließ sich der Schäfer nicht ein. Er nahm nur einem hörigen Bauernbuben den Hut weg und sagte: „Wie! Gib her! Ich brauch' einen."

Wulli verursachte noch einen kleinen Aufenthalt. Er rannte zum Brunnen und schlapperte und war ein bißchen verwundert, weil er den gewohnten Durstkameraden beim Wassertroge nicht vorfand.

Nun ging's hinaus durch den in der Sperrmauer des Brückenturms ausgesparten Steinschacht – durch das Dunkel in die Sonne. Auch da draußen Verwüstung und Schutt; doch alles funkelte, alles glitzerte, alles war schön in der Schönheit des Morgens.

Das Horn des Türmers schmetterte wieder, und von den Burgleuten rannte jedes in Neugier zu einem Guckaus.

Lien überschritt den von ekelhaftem Wust erfüllten Torgraben und sah nicht zur Linken, nicht zur Rechten, sah nur immer hinauf zu der fernen Berghöhe, wo seine geretteten Schafe waren. So ging er an einem kalten Elend des Lebens und an einem schimmernden Glanz der Erde vorüber. Denn zur Linken, am Fuße des halb in Trümmer geschossenen Schützenganges, kamen aus dem Geschröf der Ostmauer vier Mannsleute heraufgestiegen, die etwas Blutfleckiges und Regungsloses herbeischleppten, während ein junges, rothaariges Weibsbild wie rasend über das Aschenfeld davonlief. Und zur Rechten klirrte und schimmerte in blankem Eisen, in Blau und Weiß, auf schabrackierten Gäulen ein langer Reiterzug aus dem Tal herauf, das Schutzgeleite des Herzogs Albrecht von Bayern-München.

Den Zug führte auf abgehetztem Roß der alte Veit des Puechsteiners; hinter ihm, an der Spitze des Reiterschwarms, neben dem Leibarzt, der ein langer Mensch mit verbuckelten Schultern war, ritt der Herzog aus einer ruhigen Schimmelstute.

Unter dem aufgeschlagenen Visier sah aus den Kanten des mit Adlerschwingen und Kronreif gezierten Helmes ein blasses, blauäugiges Gesicht heraus, in dem sich Strenge und kränkliche Scheu seltsam mischten mit Gutmütigkeit und schalkhafter Milde – das Gesicht eines Jünglings, durcheinandergewirrt mit dem Furchenantlitz eines Greises. Herr Albrecht, ein Fünfundvierzigjähriger, war vorzeitig gealtert. Seit man ihn den schönsten, der deutschen Fürstensöhne genannt, und seit ihn sein Vater Ernst in der Allinger Schlacht mit eigener Faust herausgehauen hatte aus dem feindlichen Gewühl, waren ihm Stürme des Lebens zerstörend über Herz und Stirn gebraust. Nach dem jubelnden Liebesfrühling zu Augsburg und nach drei Jahren eines lachenden Glückes war das grauenvolle Trauerspiel der Straubinger Donaubrücke gekommen; nach Empörung und Kampf wider den Vater, der Frau Nesens Ermordung befohlen hatte, kam aus politischem Zwang die kalte Versöhnung; dann harte Jahre mit drückenden Regierungssorgen, ruheloser Vetternzwist, endlose Fehden wider das in wilder Zeit anwachsende Raubrittertum, stete Verdrießlichkeit mit Bürgerschaft, Landständen und Adelsbünden; dazu eine schmerzhafte, aus Seelenstürmen hervorgeschlichene

Kränklichkeit und der mißliche Unfried in seiner Ehe mit der kühlen, herrschsüchtigen Anna von Braunschweig, von der er betrogen wurde, und die er selbst betrog. Alles versunkene Glück lag unter Asche begraben, doch es glomm noch immer in heimlicher Tiefe. Fromm aus Erziehung, aus Schreck und zärtlicher Sehnsucht, galt ihm der Sankt-Agnesentag noch immer als des Jahres heiligster, an dem seine Seele am inbrünstigsten beten konnte. Diese Sehnsucht war ein Besitz seines Herzens, den er mit keinem anderen teilen wollte. Niemand durfte Frau Nesens Namen vor ihm nennen, niemand die Erinnerung in ihm wecken.

Der Brief des Puechsteiners hatte ihn zuerst in schäumenden Zorn versetzt, und erst nach mißmutigen Tagen war die Güte, der Wille zur Hilfe in ihm wach geworden. Um Frau Neses willen. Mit der Erinnerung an diese Frau, an ihren Liebreiz und ihre Schönheit, blieb alles verknüpft, was neben der Verhärtung seines Wesens noch an Milde, Sanftmut und heiterer Laune seit den Tagen seiner blühenden Jugend in ihm verblieben war.

Im Trutzbergischen Burghof, den er mit dem etwas unsicheren Schritt eines Gichtleidenden betrat, wurde er unter ehrerbietigem Jubel begrüßt. Den leisen Spott gegen den Zuspätgekommenen, dessen Hilfe nimmer nötig war, versteckte man.

Als der Herzog die Verwüstung der schönen Burg gewahrte, von den Soldleuten die Geschichte der letzten Tage vernahm und im Gefangenenlosament vor Heini von Seeburg stand, zitterte er in Zorn und Empörung am ganzen Körper.

„Lebendiger Gott! Wie liederlich und ohne Not ist eine gute, wehrhafte Burg bedrängt worden! Die Bosheit hat überhandgenommen in der Welt! Falschheit und Untreu sind überall!“

Der Seeburger, der klagen wollte wider den ihm abgenöteten Vertrag, mußte verstummen; jedes Wort, das er sprach, schien den Herzog noch mehr zu reizen.

Nur die dattrige Hymne, mit welcher Kassian Ziegenspöck aus einem unersichtlichen Grund die mirakulösen Heilwirkungen des reinen Brunnenwassers besang, konnte dem Herzog ein flüchtiges Lächeln abringen.

Auf der Schwelle des Losamentes sagte der hohe Herr über die Schulter zu dem Gefangenen: „An meinem Hofe will ich dich nimmer sehen. Da hab' ich schon Geschmeiß in Fülle. Wär' ich der Kaiser, ich würde dein Wappen zerbrechen und würde ein neues ersinnen für den tapferen Schäfer, der dich übers Ohr gehauen. Dir geschah, wie es verdient war. Die Gerechtigkeit scheint eine Schwalbe zu sein. Immer fliegt sie, ist immer auf der Reise. Aber manchmal will sie zwitschern und rastet auf unserer Erde. Das sind die Augenblicke, in denen wir Menschen aufatmen.“ –

Weil Frau Scholastika ihren Gatten auch um eines Herzogs willen nicht verlassen wollte und Frau Engelein an Fieber und Schüttelfrösten litt, mußte Hilde Herrn Albrecht unter dem Hallentor des Herrenhauses empfangen. Die ungläubige Sorge, das gläubige Glück und die scheuen Hoffnungen, die in ihren feuchten Augen waren, während sie sich niederbeugte und leis und befangen die Worte der Begrüßung sprach, erhöhten allen Liebreiz ihres Wesens.

Der Herzog lächelte, viel gütiger noch, als er über die Weisheiten des Kassian Ziegenspöck gelächelt hatte. Und heiter sagte er: „Ei, sieh doch, zwischen den Rabenhorsten des Lebens ist immer noch Platz für ein Taubennest.“ An Hildes Hand betrat er die Spittelhalle.

Die Verwundeten sahen fröhlich aus und fühlten sich geehrt durch die Nähe des hohen Herrn. So störte kein Mißton den freundlichen Eingang des Herzogs. Um die erste Stunde seiner Ankunft nicht zu bedrücken durch ein übles Bild, hatten die Söldner den zur Unkenntlichkeit zerschmetterten Leichnam, den die Knechte aus dem Geschröf der Qstmauer herausgetragen, im Schützengang, der zerschossenen Südmauer zurückbehalten; aus Aberglaube und Höflichkeit; hohe Herren lieben das Leben und sehen den Tod nicht gern; Unbehaglichkeiten muß man verzögern, wenn man sie ihnen nicht ersparen kann. –

In der Stube des Perlenschreines, wo das Mönchlein mit dem schlafenden Puechsteiner beschäftigt war, übersah der Herzog die stumme Verbeugung der Frau Schligg und überhörte die feierliche Begrüßung des Hausherrn, der im Bette saß, ein frisches Hemd und einen frischen, unblutigen Stirnband trug und den goldenen Willkommsbecher sehr vorsichtig zwischen den acht Fingern hielt, um sich nur ja nicht zu bekleckern,

Herr Albrecht überschritt sofort die Puechsteinische Grenze, blieb am Fußbrette des Bettes stehen, das überleuchtet war von der Morgensonne, und betrachtete schweigend diesen blassen Schläfer, der in Frau Nesens Tagen und im Zerwürfnis des Prinzen mit dem Vater der getreueste seiner Getreuen gewesen war. Der Herzog richtete einen erschrocken fragenden Blick auf den Pater Medikus. Der sah zum Himmelreich hinauf und zuckte die Achseln. Lange blieb der Herzog mit den Augen an dem lautlos Schlummernden hängen, dessen Brust immer eine Weile unbeweglich blieb und dann eine rasche Bewegung machte. Sich abwendend, mit der kummervollen Scheu eines Knaben, der tief einen unbedachten Streich bereut, sagte Herr Albrecht: „Gilt es Hilf oder Dank, so kommen wir Fürsten immer zu spät.“ Er hob den Helm ab und strich mit der Hand über die faltige Stirn. „Man soll meinen Leibarzt holen. Der wird meinen Freund und Bruder Puechstein betreuen.“

Dem kleinen Pater Medikus war es anzusehen, daß diese fürstliche Verfügung ihn krankte, noch mehr, beleidigte. In Herrn Melchers Augen aber schimmerte feuchter Dank. Feierlich wiederholte er die Worte der Begrüßung, während Herr Albrecht auf ihn zutrat.

„Schauet, edelster Herr, mit Treu und Dankbarkeit entbiet ich Euch in meines lieben Korbi und in meinem Namen den Willkumm mit dem besten Tropfen, den ich im Keller hab'! Des Himmelreiches allerbesten Segen über Euch und Euer edles Geschlecht."

Dabei machte Herr Melcher die schwierige Sache mit dem großen Goldbecher so vorsichtig und so überraschend geschickt, daß er sein zierlich bekräuselte Hemd nicht mit dem winzigsten Tröpflein bekleckerte. Doch als er den Becher außerhalb des Bettes hatte, schwang er ihn mit so freudenvoller Empfindung, daß er den edlen Herzog zu Bayern-München von oben bis unten begoß. Ganz schrecklich war es. Erschrocken kamen Hilde und Frau Schligg mit Tüchern gelaufen und tupften und trockneten. Herr Trutz, den sein heißes Wundfieber nicht bleich werden ließ, war stumm entgeistert. Wohl sagte der Herzog unter gütigem Lächeln: „Das macht nichts. Die Seel ist rein geblieben." Aber Melcher Trutz von Trutzberg konnte sich nicht beruhigen und fing in Zerknirschung und Reue zu klagen an: „Ach, edler Herr, es ist ein Elend mit meinen acht Fingern. Allweil predigt mir mein gutes Weibl. Aber ich lern's nit, ich lern's halt nit." Der Kummerblick seiner guten Augen vertiefte sich noch. „Freilich, mein gutes Weibl könnt' jetzt sagen, daß ein Fortschritt in der Reinlichkeit nit zu verkennen ist: weil ich die anderen bedreck', nit mich."

Herr Albrecht mußte lachen, obwohl er nur fünf Schritte entfernt stand von einem unverscheuchbaren Tode.

Des Fürsten langer, buckliger Leibarzt, Doktor Hartlieb, der berühmt war als Vertreiber der Juden aus München, betrat die Stube. Zuerst sah er nicht den verbundenen Trutz und den todkranken Puechsteiner an, sondern den kleinen Pater Medikus vom Kloster am See. Die beiden Lieblinge des Äskulap tauschten Blicke, die wie geschliffene Dolchklingen funkelten. Jetzt hatte Herr Korbin zwei Ärzte. Nur einer – das wäre vielleicht auch umsonst und dennoch wesentlich besser für ihn gewesen.

„Wo kann ich mich reinigen?" fragte der Herzog.

Man führte ihn zur Fürstenstube, aus der schon alles verschwunden war, was daran erinnern konnte, daß hier ein Mädchen gehaust hatte. Von Hildes bescheidenem Eigentum waren nur die beiden Bilder im Erker und der Kämmerleinsherrgott zu Häupten des mächtigen Himmelbettes zurückgeblieben.

Es war nicht zum erstenmal, daß Herr Albrecht diese Stube betrat. Einmal, vor zwölf Jahren, hatte er mit Frau Nesen hier genächtigt.

Immer sah er in dem großen Raum umher, in dem es nach Wachs, Lavendel und vertrockneten Blumen duftete, sah immer wieder das mit verblichener Seide umhüllte Bett an nickte schweigend seinem Marschalk zu, der mit dem Reisesack erschien, den Fürsten entwaffnete, ihn beim Waschen bediente und mit frischem Gewand versah.

„Jörgi?“ fragte Herr Albrecht mit einer leisen Knabenstimme. „Weißt du es noch?“ Wieder sah er über die Wände der Stube hin.

Auch der alte Diener beschaute die stillen Mauern, das große, leere Bett. Schweigend nickte er und machte Ordnung und ging davon.

In dem weißgezwickelten Langwams aus blauem Samt und in linden, unhörbaren Schuhen trat der Herzog auf das Bett zu und strich mit zärtlicher Hand über die vergilbte Seide. Dann ging er zum Erker, tat einen schweren Atemzug, lehnte sich mit dem Arm gegen die verbleiten Scheiben und blickte hinaus in die sommerblühende Welt, die hinter den geringelten und gebuckelten Gläser nur undeutlich und verzerrt zu sehen war.

Unbeweglich stand er, während Hilde mit einer Magd in die Stube kam, um das Tischlein für ein Frühmahl zu decken. So lautlos machte sie alles, daß Herr Albrecht in seinem Sinnen nicht gestört wurde. Als der Tisch zierlich bestellt war, ging sie auf den Herzog zu und sagte mit ihrem feinen, von Erregung zerdrückten Stimmchen: „Edler Herr, Euer Mahl ist bereit.“

Er nickte, wandte sich vom Fenster ab und gewahrte die beiden Holzschnitte, die an der Mauer hingen: die Bilder vom Anfang und Ende der Joanne Darc, vom Glück und Sterben der Frau Rese Bernauerin. Die Augen des Herzogs erweiterten sich, schreckvoller Jähzorn entstellte sein Gesicht, und er machte eine Bewegung, als möchte er schreien: „Wer hat mir das angetan?“

Hilde, eine zerbrochene Hoffnung im Herzen, wurde so weiß wie die Wand. Stumm redete eine flehende Trauer aus ihren Augen, die sich mit Tränen füllten. Beruhigte der Anblick ihres unverhehlten Kummers den Erzürnten? Oder umschlangen ihn begütigend die zärtlichen Erinnerungsmächte dieses Raumes? Er sah das Bild von Frau Nesens Glück und Ende wieder an und schwieg. Die Verzerrung seines kränklichen Gesichtes löste sich, und das Blut, das ihm dunkel in die Stirn geschossen war, verschwand wieder. Seine Brust tat tiefe Atemzüge, Einen Schritt gegen die Mauer tretend, betrachtete er nicht mehr die untere Hälfte des Doppelbildes: den Brückenbogen mit den vielen aneinandergedrängten Menschen und den Strom mit den gesichelten Wellen, aus denen eine junge Frau die hilfesuchenden Hände streckt, während zwei Henkersknechte sie mit langen Stangen an den Flechten fassen, um sie hinunterzustoßen unter das Wasser, erbarmungslos, wie man ein Raubtier ersäuft.

Das sah er nicht an. Immer betrachtete er nur die obere Hälfte des Bildes: den zierlichen Augsburger Ballhaustanz, bei dem ein fürstlicher Jungherr und ein schmuckes, feinhälsiges Bürgermadchen Hand in Hand die lange Reihe der festlichen Paare führen.

Immer ruhiger wurde er und fand ein irrendes Lächeln. Seinen träumenden Augen war es anzusehen, daß Glück und Süßigkeit und heimliche Freuden aus dunkler Tiefe hell heraufstiegen zu seiner sehnsüchtigen Seele. Mit der gleichen scheuen Knabenstimme, mit der er zu seinem vertrauten Marschalk geredet hatte, fragte er, ohne den Blick von dem Holzschnitt abzuwenden: „Kleine Puechsteinerin? Hast du das Bild da lieb?“

Regungslos, das Gesicht von Tränen überrieselt, umwoben von der Sonne des Fensters, antwortete sie leis: „Ja, Herr, um Frau Nesens willen, und weil mir einer das Bild an die Mauer gehangen, dem ich gut bin.“

Lange schwieg er wieder.

„Kleine Puechsteinerin!“ Im Klang seiner Stimme war eine zarte Wärme. „Bis ich wiederkomme, mußt du mir eine Freude machen. Willst du?“

Sie nickte gleich.

„Du mußt die untere Hälfte des Bildes wegschneiden, mußt sie verbrennen an geweihter Kerze und die Asche begraben, wo eine weiße Rose blüht. Nur das halbe Bild, das von meinem Glück erzählt, sollst du aufhängen in der Stube deiner holden Jugend. Und beten sollst du, wenn du es betrachtest.“

„Ja, lieber Herr, so will ich es tun.“

Die Innigkeit ihrer Stimme machte ihn aufblicken. Freundlich streckte er die Hand und strich ihr über das wirre Haar. Und als sie das Wohlgefallen und die glänzende Güte in seinen Augen sah, erwachte in ihr alle Hoffnung wieder, die ihr Herz an diese Minuten, an das Alleinsein mit Herrn Albrecht geknüpft hatte. Was sie sagen oder fragen sollte, überlegte sie nicht. Aus ihren Worten redete, was sie empfand: „Herr Herzog, gelt, Ihr habt Frau Nesen arg liebgehabt?“

Erst schien es, als hätte sie sich mit dieser Frage übel vergriffen. Sein Gesicht wurde bitter, seine leuchtende Güte erlosch in Mißmut und Verdrießlichkeit. So wandte er sich ab, sah schweigend in die Sonne des Fensters und begann mit dem Finger, an dem ein großer Rubin funkelte, die Bleifassungen und die trüben Ringe der grünlichen Gläser nachzuzeichnen. Dazu sagte er mit erzwungener Ruhe: „In der Luft, die um uns her ist, soll dir gestattet sein, was außerhalb dieser Mauern niemand wagen dürfte vor meinem Gesicht. Da drüben, wo die welke Seide auf den leeren Kissen liegt, war das Glück an meinem Herzen, für eine der seligsten von unseren Nächten.“

Hilde zitterte an allen Gliedern; ein heißes Brennen überhauchte ihre schmalen Wangen, und in ihren großen Augen war das gleiche Dürsten und dennoch ein anderes wie damals, als der Wanderpfaff unter der Linde vom siegreichen Willen zum Himmelreiche gepredigt hatte.

Immer zeichnete der Finger des Herzogs. „Wie alt bist du, kleine Puechsteinerin?“

„Siebzehn Frühling, edler Herr!“

„So war sie, als ich sie lieben lernte. Sie ist schön gewesen ohnegleichen. Drum mußte sie sterben. Das Schöne empört die Häßlichen und macht ihnen die Erde unbehaglich.

Sie wollen unter sich sein." Ein kurzes, rauhes Lachen. „Manchmal denke ich auch, Gott wollte einen Engel haben, schöner, als seine Engel seit Ewigkeit waren. Mein Beichtvater meint, das wäre ketzerisch gedacht. Kann auch sein, daß es töricht ist." Das alles hatte er mit seiner strengen, harten Mannsstimme gesprochen. Nun bekam er wieder die leise, innerlich bebende Stimme eines Knaben, der einem Freunde kostbare Geheimnisse anvertraut. „Solche Schönheit kann Gott nur schaffen für die Erde. Den Himmel würde sie mit sündigen Wünschen erfüllen." Ein stockender Atemzug unterbrach seine flüsternden Worte. „Sie war das Weib, vor dessen Schönheit Gott empfand: Als ich Eva geschaffen, war ich Schüler, jetzt bin ich Meister. Zu ihren Augen verwandelte der Allmächtige zwei Veilchen in Sterne. Sie hatte langes goldenes Haar. Wenn sie roten Wein trank, sah man ihn hinunterrinnen durch das Hälslein. Und so schön, wie ihr holder Leib, war ihre Seele: klug und fröhlich, gütig und verstandsam, bedacht und tapfer, sparsam und doch barmherzig, rein und adlig und getreu bis in den Tod."

Den Arm emporrückend, preßte der Herzog seine Stirn an das sonnige Fensterglas.

Da klang es hinter ihm in zaghaften und dennoch freudig zitternden Lauten: „Und ist doch auch nur ein bürgerliches Kind gewesen, eines Blutes, das die Törichten niedrig nennen."

Der Herzog blieb eine Weile unbeweglich. Hatte er nicht gehört? Oder mußte er sich den Sinn dieser Worte erst überlegen? Nun drehte er langsam das Gesicht über die Schulter. „Auch?" Was er in Hildes Augen erkannte, machte ihn nähertreten. Lächelnd fragte er: „Kleine Puechsteinerin? Wer ist es, den du liebhast?"

Ihr schlankes Figürchen streckte sich. „Ein Schäfer." Das sagte sie so stolz, als wäre der Sinn dieses Wortes: ein Herr und König unter den Menschen. „Den hab' ich lieb über alles."

„Schäfer? Meinst du den Schäfer, der den Seeburg gefangen?"

Sprechen konnte sie nicht, nur nicken.

Nach kurzem Schweigen sagte der Herzog: „Eines Mannes Kraft ist hilfreicher als Turm und Mauer. Versprechen kann ich dir nichts, du kleine tapfere Puechsteinerin. Aber ich will mir diesen Schäfer besehen." Er klatschte mit den Händen. In der Stille, die nun folgte, hörte man aus der Stube des Perlenschreins die heftig debattierenden Worte der beiden lateinisch redenden Ärzte, das Klagen der Frau Scholastika und die zur Ruhe mahnende Stimme des Melcher Trutz.

Hildes angstvolle Augen irrten zu der Türe hinüber, durch die dieses Lautgewirre unverständlich hereintönte. Die Sorge um den Vater brannte in ihr, und die zur Glut erwachte Sehnsucht ihres Herzens zwang sie, um das Himmelreich zu kämpfen, nach dem sie dürstete mit Blut und Seele. Flüsternd, und doch in jagender Hast, begannen ihr die flehenden, um Hilfe ringenden Worte über die Lippen zu strömen. Da mußte sie verstummen. Jörgi, der Marschalk, kam durch die andere Tür der Fürstenstube herein.

„Kleine Puechsteinerin!" sagte der Herzog und deutete auf das Bild der Joanne Darc. „So tapfer bist du wie dieses Mädchen. Ich sehe dich brennen auf dem Scheiterhaufen deiner jungen Liebe. Asche sollst du nicht werden." Er nahm ihre Hand und befahl dem Marschalk: „Hole mir den Schäfer, der den Heini von Seeburg fing!"

Der Marschalk lief hinunter in den Burghof und begann zu fragen. Aber den Schäfer, den sich der Herzog besehen wollte, konnte er nicht finden. –

Lien war schon weit von der Trutzburg.

Auf heimlichen Waldwegen, dem Abzug der Seeburgischen ausweichend, erreichte er gegen die Mittagsstunde die zwischen Bergwäldern versteckten Almen.

Die Weiber, Kinder und Sennen kamen ihm schreiend entgegengelaufen; vom Gang der Fehde wußten sie nur, was ihnen das Rauchgewirbel des Puechsteins erzählt hatte.

Ohne Freude rief es ihnen der Schäfer zu: „Ihr könnet heimkommen! Fried ist!"

Sie jubelten. Viele rannten gleich zu den Hütten, um ihren Kram zu packen; andere wollten wissen, ob sie neue Häuser bekämen? Oder ob ihre alten Hütten noch stünden?

Lien nickte. „Zum Brennen ist dem Seeburger die Zeit entronnen. Es ist ihm nit hinausgegangen, wie er's mögen hätt'." Aus diesem Worte, das er selbst gesprochen, wuchs dem Lien eine so drückende Schwermut heraus, daß er nimmer redete. Schweigend drängte er sich durch den Hauf der Jubelnden und stieg zu den höheren Almen empor, die anzusehen waren, als hätte man hier die Haustierkammern von Noahs Arche geöffnet. Schweine, Ferkel, Ziegen, viele Rinder, ein paar klapperdürre Rößlein, Gänse, Enten und Hühner wimmelten und lärmten in Menge umher. Und höher droben, auf steilem Gehänge, nachbarlich zu einem Rudel Gemsen gesellt, werdete die kleingewordene Herde des Lien.

Während er aufwärts flieg, immer schneller, mit immer heißer brennendem Gesicht, sing er zu zählen an. Knirschender Zorn befiel ihn; außer den Schlachttieren, die Wulli in die Burg getrieben, fehlten vier Lämmer und ein Mutterschaf. Die hatten sich nicht verstiegen; die Herde war gut zusammengewöhnt; und Kinder verlassen ihre Mutter nicht, die Mütter nicht ihre Kinder; so ist es bei den Tieren, bei den Menschen mag es anders sein. Um seines Zornes sicher zu werden, befahl der Schäfer: „Such, Wulli! Verloren!"

Kläffend raste der Hund über den Berg hinauf. Die Schafe stutzten, wurden unruhig, schienen Freude und Schreck zu fühlen und sprangen auf einen Knäuel zusammen. Den umkreiste der Hund, zog immer weitere Ringe und schnupperte mit Nase und Lefzen über die Erde hin. Die Schärfe seiner Sinne war wohl noch immer ein bißchen gestört durch die Witterung des spanischen Pfeffers, von dem das eine und andere Körnchen sich in die innersten Falten von Wullis Schleimhäuten verkrochen haben mochte. Dennoch wurde er der Tatsache, daß kein Schaf und Lamm den Weideplatz überschritten hatte, so sicher, daß er schließlich stehenblieb, das ganze Fell mitsamt den Ähren schüttelte und fragend zu seinem Schäfer hinunterguckte. Nach dieser Pflichterledigung begann er sich mit Ausdauer und Behagen in den rotblühenden Almrosenstauden zu wälzen, um nach Möglichkeit die heftig beißenden Flöhe des Kassian Ziegenspöck loszuwerden. Das waren sehr gierige Tierchen, aus triftigem Grund; die Nährsäfte, die sie dem Sergeanten abzapften, hatten sehr säuerlich geschmeckt, doch Wulli hatte süßes Hundeblut; kein Wunder, daß sie es in der Sergeantenstube gelernt hatten, ihn zu bevorzugen.

Lien – in einer Sorge, die ihm den Hals würgte – sprang mit dem Sälzerschrei auf die zusammengedrängte Herde zu. Der grau und weiß gesprenkelte Hauf kam in Bewegung. Blökend und schmälend, mit Wackelrücken und Klunkerschwänzen, trotteten ihm die Schafe entgegen, um aus des Schäfers Hand das lang entbehrte Salz zu empfangen. Er sälzte ein Schaf ums andere, immer mit brennenden Augen nach den Lämmern spähend, immer suchend. Viele der kleinen, weißen Herdenkindchen zogen mit den Müttern an ihm vorüber. Jetzt kam das letzte. Nein! Es mußte noch eines kommen! Sein liebstes! Das mußte kommen, oder der Lien meinte sterben zu müssen. Er spähte, mit vorgerecktem Hals. Es wollte kein Lamm mehr kommen. Den Schluß der Herde bildeten die Zuchthammel mit den bösen, durstvollen Augen. „Gotts Not und Elend!" Eines von den vier Lämmern, die er vermißte, war sein „Silberweißlein", sein „Edelfräulen", dem er geschworen hatte, daß er es nicht schlachten ließe. „Gotts Not! Gotts Not!" Das schrie er wie ein Verzweifelter mit allem Weh eines Menschenheizens in die schöne lachende Sonne hinaus und wußte nicht, daß mit dem Zorn und Kummer um den weißen Liebling aus seiner Seele noch etwas anderes herauszitterte, das alle Festigkeit seines Lebens entzweizubrechen drohte.

Er fing von vorne zu suchen an, nahm Lamm um Lamm in seine Hände, sah jedem in die Augen und schüttelte den Kopf. Sein „Edelfräulen", sein „Silberweißlein" kam nicht, war verschwunden, für immer. Zerrissen von einem Wolf? Verschlungen von einem treuwidrigen Dieb, von einem gierigen Fresser? .

Was er in den Händen hatte, ließ er fallen und krampfte die Fäuste in seine Brust. „Gotts Not! Gotts Not!" Es warf ihn nieder, seine Zähne knirschten. Er biß in seine Arme, in seine Hände, daß sie bluteten. Seine Schultern begannen zu zucken, und etwas Unbegreifliches geschah – der Lien weinte. Er hatte das nie gelernt. Dieses Neue tat ihm so weh, als würde ihm mit glühenden Zangen der Leib zerrissen.

Blökend oder äsend waren im Ring die Schafe um ihn her, teilnahmslos, ohne Verständnis und Barmherzigkeit. Was sich mit dem Lien ereignete, sah für die Schafe genau so aus, wie wenn sich der Schäfer froh und wohlig in den Blumen des Bruchlandes kugelte. Ein feister, kluger Hammel benützte die günstige Gelegenheit und fuhr mit dem halben Kopf in die Salztasche. Plötzlich stob die Herde scheu auseinander. Wulli hatte seinen Herrn vermißt und kam herangesaust, um ihn zu suchen. Erst stutzte er ein bißchen, als er dieses schwerverständliche Gebaren des Lien gewahrte. Dann bellte er und machte spielende Sprünge, weil er die Sache für eine von den lustigen Narreteien hielt, wie sie der Lien im Bruchland mit ihm zu treiben liebte. Es schien aber doch was anderes zu sein. Wulli stutzte wieder, äußerte sein Befremden in einem geheimnisvollen Ohrenspiel – links aufwärts, rechts abwärts und umgekehrt – schlich langsam mit Raubtierbewegungen auf den Schäfer zu, streckte die noch ein bißchen geschwollene Schnauze und schnupperte, stand ratlos, leckte vorsichtig an Hals und Ohr des Lien, setzte sich auf die Hinterbacken und sang zum Himmelreich hinauf, als stünde der Mond da droben, nicht die Sonne.

Dieses mißtönige Klagelied weckte den Lien. „Wulli? Heulen? Pfui Teufel!“ Er sprang vom Boden auf, faßte Hut und Schippe, stieg zu den Hütten hinunter und schrie seinen Lockruf über die Herde hin: „Höia! Höia!“ Gleich liefen ihm die Mutterschafe und die Lämmer nach, und Wulli hetzte die klugen Hammel, die gern auf der schönen Alpe geblieben wären, wo das Gras viel süßer war als im sauren Bruchland.

Bei den Hütten gab's einen Aufenthalt. Lien, schon wieder ruhig geworden, erwies sich als scharfer Menschenkenner und ging auf einen dickbäuchigen Sennen zu. „Gelt, du! Sei zufrieden mit dem Fleisch! Und gib die Lammsfell' her!“ Der Senn maulte ein bißchen, ging aber doch in die Hütte und brachte die weißen, noch blutfleckigen Fellchen. Eines davon, das kleinste, war die Lebenshülle des Silberweißleins. Das Schädelfell war nur ein zerfasertes Stücklein Haut mit zwei runden, starren Löchern. Dennoch erkannte Lien das Gesicht und sah zwei sanfte, schmerzvolle Augen. Sein halb beschwichtigter Grimm erwachte aufs neue. Erst schlug er dem Sennen die zarten Felle so lange um das Maul, bis sie in Fetzen gingen. „Du Saukerl!“ Dann packte er ihn am Hals und verdrosch ihn unter Wullis kräftiger Beihilfe so fürchterlich, daß der Dickbäuchige auf die Knie fiel und um Barmherzigkeit bettelte. „Das merkst du dir, gelt! Es ist nit alles zum Fressen da! Für die Seel der Menschen muß auch was bleiben.“

Noch niemals in seinem Leben hatte Lien einen Menschen mißhandelt. Jetzt empfand er, daß es Stunden und seelische Verwirrungen gibt, in denen nichts so trostreich und wohltuend wirkt, als ein zweibeiniges Ekel mit aller Gründlichkeit zu verhauen.

Kapitel 23

Der Herdentrieb in das Bruchland wurde eine langsame und müde Reise. Die Schafe waren sprungfröhlich, immer zum Ausgrasen bereit; auch Wulli, obwohl er Hunger zu fühlen schien und Kleeblätter fraß, war ruhelos bei der Arbeit. Müde war nur der Lien.

Immer sah er vor sich hin auf die Erde und ging so gebeugt, als wäre der Zehrsack eine drückende Last für seine sonst so kraftvollen Schultern.

Achtlos schritt er an den Feuerstellen und Unratstätten der abgezogenen Seeburger vorüber. Als er mit der Herde durch das Wiesental am Fuße des TrußbergeS kam, war es ersichtlich, daß Wulli sich der Forelle erinnerte, die er da gefangen hatte; aber im Schäfer schien keine Erinnerung an die Trutzburg wach zu werden; er warf keinen Blick zur Mauer hinauf und machte trotz seiner schweren Müdigkeit so rasche Schritte, daß die Herde traben und Wulli die säumigen Hammel immer hetzen mußte.

Da klang ein rufender Laut.

Es überrieselte den Lien. Doch er sah nicht auf, machte nur noch flinkere Schritte.

Wieder klang es: „Lien – Lien – Lien!“ Es kam von irgendwo aus den Lüften. Kam's aus dem lieben Himmelreich? Oder nur von der Trutzischen Wesimauer?

In den Augen des Schäfers war ein Blick voll Trauer und Zorn. Unter hastigem Schreiten bohrte er den Kopf voraus, wie er es damals bei dem jagenden Ritt zum Puechstein getan hatte, mit dem Edelfräulein an seiner Brust.

Immer klang die rufende Stimme, immer schwächer, immer ferner. Sie wurde zu einem Laut, der wie das Schmälen eines irrenden Rehes war.

Seit dem Morgen hatte der Schäfer diese Stimme immer, immer und immer vernommen, bei jedem Schritt, bei jedem suchenden Blick in die leere Welt. Und immer war's Lüge gewesen, immer nur ein Schrei seines eigenen Herzens. Der war erloschen in ihm, seit er an dem blutigen Fell seines Silberweißleins die leeren Augenlöcher gesehen und allen Gram und Zorn seiner Seele aus sich herausgeprügelt hatte, zu seiner eigenen Erleichterung, zum Unbehagen eines anderen. Nun ist's vorbei, für ewige Zeiten, verschwunden, vom gefräßigen Leben verschlungen wie sein liebes, weißlockiges Lamm mit den sanften, zärtlichen Augen. Bei diesem Gedanken klammerte Lien die zitternde Faust um das Leinwandsäcklein an seinem Hals. Da drinnen war alles eingesargt, das Silberweißlein, der ganze Lien, sein Leben und Sterben. Jetzt ist das so: man ist wieder Schäfer, dem Himmel sei Dank, betreut seinen Pferch und hat den Wulli, wird alt und verschnauft im Karren. So muß es sein. Ist eh schon genug! Warum sich noch plagen lassen bei Tag und Nacht? „Schrei nur, ich hör' nit, ich mag nimmer hören!“ Stehenbleibend, preßte er die Augen zu, weil die Sehnsucht in ihm war, sich umzuschauen. Was ging ihn die Trutzburg an, seit sie nimmer in Not war? Da droben braucht man jetzt keinen Schäfer mehr. Da wird's ein Fest geben, mit großen Schüsseln, mit silbernen Krügen und feinem Trompetenblasen. Und festivieren sie nicht am heutigen Abend schon, so tun sie es morgen oder übermorgen, wenn Herr Korbin und und Herr Melcher wieder genesen sind und jede letzte Sorge von dem edlen Fräulein genommen ist – „Gotts Lob und Dank!“

War es das Rauschen seines Blutes, war es der hämmernde Schlag seines müden und wehen Herzens, war es das Keuchen seiner erschöpften Lunge – immer war ein quälendes Geräusch in seinen Ohren, wie ein mißtöniges und dennoch festliches Trompetenblasen. Und viele schöngeschmückte Leute sah der graukittlige Schäfer, der wie die anderen Knechte bei der Tür stehen und hineingucken durfte in den Saal. Und einer war da drinnen, der das Silberweißlein bei der Hand faßte –

„Gotts Not! Gotts Not!" Den Arm vor die Augen schlagend, schrie er alle Qual seines Lebens in den leuchtenden Abend hinaus, in dem schon, tief gegen Westen, die stärker gewordene Mondsichel schimmerte gleich einem blaßgebogenen Silbersinger, der herauswinkte aus dem Himmelreich.

Die Schafe, die zu glauben schienen, der Schäfer hätte ein bißchen undeutlich sein: „Höia, höia!" geschrien, drängten sich um ihn her und sahen ihn verwundert an, weil seine Hand nicht in die Salztasche griff. Auch Wulli kam, verstaubt, mit pumpenden Flanken, mit langer Geiferzunge, doch in den Augen eine glänzende Zufriedenheit, ein ungetrübtes Verständnis der schönen Welt.

Und während der Hund und die Schafe ruhig standen und immer den Schäfer anguckten, war eine halbe Stille um ihn her.

Da klang es wieder, schon ganz erloschen: „Lien – Lien –" Jetzt war es wie der ferne, ferne Schrei eines Falken, der so hoch in den Lüften fliegt, daß ihn die Augen eines Menschen nimmer sehen können.

Wie ein von Wölfen Gehetzter fing Lien zu rennen an, gegen das Bruchland hinaus, und Wulli und die Schafe hinter ihm her – und als es hinunterging über einen Waldhügel, hinter dem die letzten Turmzacken der Trutzburg verschwanden, atmete er auf und lächelte ein bißchen. So müssen Gefolterte lächeln, wenn sie den letzten Grad der Marter überstanden haben.

Sein Schritt wurde langsam, eine bleierne Ruhe überkam ihn, sein erschöpftes Gesicht war hart und streng. So ging er seiner Herde voran, auf der Seestraße, die zerrissen war von den Schlangenrädern und Troßkarren der Seeburgischen. Viele Spuren ihres eilfertigen Abzuges waren noch so frisch, als hätten ihre letzten Karren erst vor kurzer Zeit diese Furchen in den Grund geschnitten.

Das Bruchland leuchtete im Glanz des Abends, die Weiher und Tümpel schimmerten wie metallene Schilde. Verspätete Schmetterlinge gaukelten noch umher, Wildgeflügel strich über die Röhrichtfelder, und überall war Geschnatter und Vogelgeschrei. Das hing wie ein frohes und ungestümes Lebenslied in der milden Abendluft, im Wohlgeruch der vielen, unzählbar vielen Sommerblumen.

Von der brennenden Schönheit des Abends sah der Schäfer nichts. Seine Augen hatten einen stumpfen Blick, wie Augen, die nach einwärts schauen. Doch plötzlich schien ihm die Gewohnheit seiner Schäferfüße zu sagen, wo er war. Er hob das strenge, von allen Farben gesprenkelte Gesicht. Und sah umher. Und schrie: „Höia! Höi!“ Und sprang über die Straßenböschung hinunter auf den Bruchboden. Die Herde hinter ihm her.

Er ließ die grasenden Schafe in Wullis Hut und eilte hinüber zu den Stauden, hinter denen der unfertige Pferch darauf wartete, daß einer käme, ihn zu vollenden. Lien warf ab, was er auf den Schultern hatte, und begann zu schanzen, schlug die letzten Pfähle und verband die Pferchgeflechte. Alles tat er wie ein Blinder, der die gewohnte Arbeit sicher in seinen Fäusten hat.

Es dämmerte, als die Schafe Stücklein um Stücklein einzogen in den Pferch.

„So, Wulli!“ Mit müder Hand strich Lien dem Hund über die Ohren hin. „Jetzt mußt du noch ein lützel Geduld haben. Erst muß ich unseren Karren in die Höh lupfen und zum Trocknen aufhängen.“

Wulli, der sich neben dem geschlossenen Pferchtürlein niederstreckte, schien dieses Notwendige zu begreifen – wenigstens verstand er deutlich: daß vorerst noch nicht gekocht wurde. Ganz war also die Welt noch immer nicht in Ordnung.

Am Ufer des großen Weihers, in dessen Tiefe der versunkene Schäferkarren auf seine Erlösung harrte, warf Lien die Kleider ab, knüpfte das Leinwandbinkelchen von seinem Hals und verwahrte es vorsichtig in der Kitteltasche. Der Versuch, sich des Söldnerhemdes zu entledigen, begegnete einer unüberwindlichen Schwierigkeit; es schien mit dem Rücken des Schäfers unlösbar verwachsen zu sein. Die Sache war nicht anders zu machen: Lien mußte mit dem Hemd ins Wasser springen, wie ein schämiges Mädel beim Baden. Ein Pferchseil mitziehend, schwamm der Schäfer gegen die Mitte des Weihers. Obwohl es schon dunkel geworden, sah er beim Widerschein des noch blassen Himmels das Karrendach in der Tiefe schimmern. Er sog seine Lunge voll mit Luft und tauchte kopfüber hinunter; für einige Sekunden sah er aus wie eine umgestülpte weiße Ente, wenn sie gründelt; dann verschwand er. Luftblasen quirlten herauf, und der klare Weiher wurde trüb. Das lange, auf dem Wasser schwimmende Seil bewegte sich immer wie eine dünne, endlose Schlange, die aus der Tiefe stieg und ans Ufer will.

Jetzt erschien der Lien, schnappte und prustete, fing mit Armen und Beinen zu schlagen an und ruderte hinaus. Als er auf den Rasen kletterte, klebte das nasse Söldnerhemd gleich einer zweiten, weißen, straffen Haut an seinem stählernen Körper. Erst mußte er unter schauerndem Grauen zwei Roßegel fortschleudern, die sich an seiner Wade festgebissen hatten. Dann nahm er das Seil über die Schulter und begann zu ziehen. Er zog, daß seine Adern zu platzen, seine Sehnen zu reißen drohten. Der Karren bewegte sich nicht. „Er muß! Er muß!“ Lien band sich das Leinwandbinkelchen mit dem Weihgröschlein um den Hals und spuckte in die Hände. „Silberweißlein! Jetzt hilf!“ Keuchend stemmte sich der Schäfer gegen das Seil. Da rührte sich der Karren. Es gurgelte und gluckste im Weiher. Die Deichsel erschien, das Dächlein, und immer schneller ging's. Jetzt gaukelte der triefende Karren, der aussah wie ein Sarg auf Rädern, über das Ufer heraus und stand.

„So!“ sagte Lien. „Man muß nur die richtige Hilf haben.“

Bei sinkender Nacht riegelte der Schäfer das Türlein des Karrens auf und warf die Steine und alles im Wasser Verdorbene heraus, den in einen Teigklumpen verwandelten Mehlsack, die schwammigen Brotsladen, den leergewordenen Salzbinkel und die noch übrigen Schmalzkrapfen der Margaret. Nur die Käslaibchen waren noch brauchbar; die waren sogar besser geworben, sehr milde.

In schwarzer Dunkelheit, während die schimmernde Mondsichel hinter den westlichen Eidsaum hinuntertauchte, prasselte im Reisig das Feuerlein auf, dessen Schein und Geknister den Wulli mit gespannten Erwartungen erfüllte.

Die Tierstimmen des Bruchlandes waren verstummt. Das weite, stahlblaue Himmelreich war dicht behangen mit lebhaft funkelnden Sternen. In der südlichen Ferne war ein mattes, rötliches Glosten zu sehen; es kam von der letzten Glut der Puechsteinischen Brandstätte. Und daneben, vor schwarzen Waldmauern, hingen kleine trübe Sternchen, die dem lieben Herrgott bei ihrer Erschaffung nicht recht gelungen zu sein schienen – es waren die Fensterlichter vom Söldnerhaus und den Herrenstuben der Trutzburg.

Rot beleuchtet vom Schein des Feuers, warf der Schäfer einen schwarzen Schatten weit hinaus über die schlafenden Blumen des Bruchlandes. Neben ihm hockte Wulli und beobachtete mit funkelnden Augen die sonderbaren Bewegungserscheinungen des Nockenteiges, der sich in der Pfanne, von Schmalz umbrodelt, bald aufblähte, bald wieder niedersenkte. Form, Geräusch und Duft dieses geheimnisvollen Vorganges hielten die Sinne des Wulli so ganz gefesselt, daß er keinen Blick mehr für die Tätigkeit seines Schäfers hatte.

Der auflösenden Wirkung des Wassers vertrauend, machte Lien einen neuen Versuch, sich des Söldnerhemdes zu entledigen. Mit Vorsicht und Güte ging es nicht. Wieder sagte Lien: „Es muß!“, dachte mit heißer Seele an die hilfreiche Macht, die ihm beigestanden hatte beim Lupfen des Karrens, stülpte das Hemd über den Kopf und tat einen festen Riß. Es war erledigt. Und der Schäfer fühlte auf seinem Rücken weder Blut noch einen rauhen Schorf, nur ein Gitterwerk von seinen Häutchen, die ein bißchen empfindlich waren. Das gesunde Blut des Lien hatte diese Erneuerung, für die das Blut eines anderen einige Wochen gebraucht hätte, in drei Tagen zustande gebracht. Den Lien erfreute das nicht, im Gegenteil; als er seinen Rücken so glatt und leer fand, stammelte er in Schreck und Kummer: „Gotts Not! Wo sind denn ihre lieben Pflästerlen?“ Er fand sie; angeklebt an der Innenseite des Hemdes, sahen sie aus wie eine etwas sinnlose, aber doch sehr kunstvolle Stickerei. Bei ihrem Anblick erschien im harten Gesicht des Lien der Ausdruck einer klagenden Sehnsucht. Langsam beugte er den Kopf und küßte inbrünstig das umgedrehte Wunderwerk des Fräuleins von Puechstein. Dieser Vorgang war ein bißchen unverständig – das schwere Herz des Lien empfand dabei keine Erleichterung, aber seine Lippen wurden klebrig.

Heiß quälte ihn die Frage: Was soll jetzt geschehen mit diesem kostbar gewordenen Hemd? Soll er's zu lebenslangem Gedenken an die Innenwand seines Karrens nageln, so, daß er es immer fühlen kann mit der Hand, immer sehen in schlaflosen Nächten? Nein, das geht nicht. Da wird die Trutzin, die jeden Leinwandfaden in ihrem Haushalt kennt, bald kommen und fragen: „Mir geht ein Söldnerhemd ab. Wo ist's?" Und der Lien wird nicht lügen dürfen und wird sagen müssen: „Ich hab's." Und dann wird es den alten Waschmägden unter die groben Fäuste kommen, und Frau Engelein wird es einem Söldner zuteilen, der's nicht wert ist und nicht weiß, welch ein kostbares Heiligtum seinen schmierigen Leib umschmeichelt. „Nit ums Leben! Und wenn ich stehlen und betrugen müßt'!" Keinem Söldner auf Erden, nicht einmal dem Kassian Ziegenspöck, dem er von Herzen gut und dankbar war, hätte er dieses Heilige vergönnt.

Mit zitternden Händen wickelte er das Hemd zusammen, schob die an der Eisengabel hängende Pfanne beiseite und legte die Leinwandrolle ins kleine Feuer. Erst fuhr unter siedendem Gezisch ein weißes Dampfwölklein aus den nassen Fäden, dann gab's eine dicke Rauchwolke und jetzt ein schlankes, feines Flammengezüngel, aus dem der Geruch des heilsamen Balsams wie ein Waldfrühling herausduftete. Dann lag inmitten des roten Reisigfeuers ein silberweißes Aschenhäuflein, aus dem noch ein paar winzige Sternchen davonflogen in die Nacht.

Unter einem Laut, wie Menschen mit krankem Hals sich räuspern, beugte Lien das Gesicht in die Hände. Sein ganzer Körper zitterte heftig. Nicht von der kühlen Nacht.

Wulli wurde unruhig. Das Schicksal der Pfanne, in der das Brodeln verstummte, begann ihm ernste Sorgen zu verursachen. Erst winselte er ein bißchen, dann wurde er lauter. Und als der Schäfer noch immer nicht hören wollte, kratzte Wulli mit der Pfote, ohne zu wissen, daß eine nackte Menschenhaut etwas anderes ist als eine Zwilchhose.

Lien hob das Gesicht. Schweigend zog er die Pfanne über das Feuer, stand auf und kleidete sich an. Wenn man Schäfer ist, geht es auch ohne Hemd. Wozu braucht das Herzweh des Lien in seiner Leinwand zu stecken? Der mürbe Kittel genügt.

Nun aßen sie. Das Kochwerk des Lien, der sonst für den deutschen Kaiser hätte kochen können, war heute nicht glänzend ausgefallen. Er schien's nicht zu merken und aß in der gleichen langsamen Art wie sonst. Auch Wulli, ganz gegen seine Gewohnheit, ließ sich Zeit, obwohl er an gierigem Hunger litt. Lien hatte die größere Hälfte der Speise in die Hundsschüssel geschüttet, ohne daran zu denken, daß sie für den Wulli erst noch verkühlen mußte. Und als nun Wulli gleich zuschnappte, zog er die vom spanischen Pfeffer noch immer ein bißchen leidende Schnauze erschrocken zurück. Aber nun erwies es sich, welch ein geistig hochstehender Hund er war. Er scharrte mit der Pfote vorsichtig die Speisenbrocken aus der Pfanne heraus und kollerte sie in den Blumen herum, bis sic so kühl wurden, daß er sie schlingen konnte. Als nach geraumer Weile die Schüssel leer war, trabte Wulli zu einem Tümpel, soff sehr ausgiebig, kam vergnügt zurück, huschelte sich neben dem unbeweglichen Schäfer ins Heidekraut und schob die Schnauze unter den buschigen Schweif. Jetzt war die Welt für ihn völlig und tadellos in Ordnung.

Immer finsterer wurde die Sommernacht, immer schöner und heißer funkelten die zahllosen Sterne.

Seufzend streckte sich endlich auch der Lien ins Kraut. Er legte sich so, daß er die trüben Fenstersternchen der fernen Trutzburg nimmer sehen konnte. Sie wollten nicht erlöschen in dieser Nacht, die Zahl der trüben Sternchen vermehrte sich sogar; aber dem Lien, der sich ein paarmal umdrehte, schlich ein bleischwerer Schlaf aus den von Müdigkeit zerbrochenen Gliedern herauf ins Herz und in die Augen.

Er schlief so fest, daß er das Gebell der Füchse im Seeforst nicht vernahm und auch die feintingelnde Kapellenglocke nicht hörte, die von der Trutzburg durch die schweigsame Finsternis einherscholl wie das Gewimmer eines Käuzleins.

Diese Glocke läutete nicht für den Jungherrn Eberhard Trutz zu Trutzberg. Für ihn hatte man schon geläutet, während Lien auf den Almen war. Jetzt läutete man für einen anderen, an dessen Bett sich die beiden Ärzte seit dem Morgen unablässig gezankt hatten wie zwei Raben um einen Köderbrocken. Der eine wollte dem Bewußtlosen das „schwarze Blut" abzapfen, der andere wollte ihm das brandige Bein herunterschneiden. So stritten sie neben den Tränen der beiden Puechsteinerinnen den ganzen Tag miteinander, bis in die Nacht; und während sie sich lateinisch beschimpften, fiel es ihnen gar nicht auf, daß Herr Korbin unter dem spöttischen Lächeln seiner Bewußtlosigkeit, ohne ein Wort zu sagen, das Zeitliche segnete. Sie merkten es erst, als Frau Scholastika aufschrie: „Jesus! Meines Mannes Hand ist kalt!"

Nun war erfüllt, was sie bei der Predigt des Wanderpfaffen für sich erfleht hatte vom Himmelreich: daß Herr Korbin sie niemals verlassen, nie wieder ausziehen sollte zu Streit und Fehde. Jetzt blieb er bei ihr, für immer, unter steinernem Deckel, der seine ruhelose Wanderlust auf ewig beschwichtigte.

Im ersten Jammer war sie wie irrsinnig und ließ sich nicht trösten durch den mitleidenden Gram ihres Kindes, nicht durch die gütigen Worte des Herzogs, nicht durch das herzliche, ein bißchen wirre Gestammel des Herrn Melcher, der selbst eines ausgiebigen Trostes bedürftig war und seinen Herzbruder Korbi fast heißer betrauerte als den eigenen Sohn.

Nach einem Strom von Tränen fand Frau Schligg eine aufrichtende Festigkeit, die aus ihrem eigenen Herzen kam, aus ihrem Frauenstolz. Das Weib des klügsten und stärksten aller Menschen gewesen zu sein – solch ein Lebensgeschenk verpflichtet. Seines Angedenkens muß man würdig bleiben in Kraft und Ehre. Hätte solch ein Mann, solch ein Riese an Leib und Seele, weiterleben können als Verstümmelter, als Krüppel? Das zu denken, wurde für Frau Scholastika unmöglich. Die hohen Berge stehen, oder sie stürzen; aber sie können sich nicht verwandeln in Maulwurfshügel. Der Tod war für Herrn Korbin das Mildere als das Leben auf einem Bein. Drum mußte Frau Schligg das Härteste ihrer Seele überwinden, weil es das Bessere war für ihren Mann. Niemals war in dieser schwachen, von kleinen Zärtlichkeiten und bescheidener Sehnsucht zehrenden Frau eine starke Kraft gewesen; jetzt erwachte in ihr ein Zug von Größe; bevor ihre Tränen noch versiegten, war in ihrem Herzen ein Tempel erbaut, in dem der herrlichste aller Menschen als Heros gefeiert wurde von einer beneidenswerten Priesterin, von der reichsten aller Frauen. Und da konnte sie auch ihrem Kinde Trost zusprechen, konnte ihm sagen: „Du bist seines Blutes, du mußt dich aufrichten, mußt leben und tun nach dem Willen deines großen Vaters!" Sie konnte sorgen für die anderen, konnte arbeiten in dieser trauervollen Nacht und konnte Herrn Melcher betreuen, den man umgebettet hatte nach seiner eigenen Stube.

Dem Korbin von Puechstein das lächelnde Wachsgesicht zu waschen und ihn zu kleiden für den letzten Erdenweg – diese Ehre gönnte Frau Schligg keiner anderen Hand. Während es geschah, mußte Hilde bei Herrn Melcher bleiben. Sie saß an seinem Bett und hielt mit ihren Händen seine fünffingrige Linke umklammert. Die Fenstertür der kleinen Altane stand offen. Immer wieder und wieder sah Hilde hinaus in die Nacht; sie sah nicht die funkelnden Sterne des schwarzblauen Himmelreiches; immer suchten ihre nassen Augen in der finsteren Tiefe, suchten das winzige, trübe Erdensternchen, das zu Beginn der Nacht da drunten geleuchtet hatte und vor Stunden erloschen war – das Pferchfeuer des Lien.

Schweigend saßen sie, während Herr Melcher unablässig redete. Er war ein bißchen kurzatmig und schwatzte dunkel durcheinander. Sein Wundfieber hatte sich vermindert, er war bei ungetrübtem Bewußtsein, unverkennbar auf dem Weg der Besserung, obwohl er jede fieberstillende Arznei, die ihm gereicht wurde, zur Hälfte auf Bett und Hemdkrause verkleckerte. Doch allem klaren Bewußtsein zum Trotze redete Herr Melcher sehr wirr. In seinem guten Herzen vollzog sich eine ähnliche Verschiebung her wirklichen Dinge, wie in Iran Scholastikas groß gewordener Seele. Er brachte immer durcheinander, was der Lien getan und der selige Jungherr hatte tun wollen, und begann dem Toten zuzutrauen, was er dem Lebenden niemals zugetraut hätte: ein kühnes, waghalsiges Heldenstück. „Gelt, liebes Kind; wenn einer will, das ist doch auch schon was! Und ist was Schönes! Man wird meinen Buben ehren müssen. Auch wenn's ihm ein lützel gefehlt hat am rechten Glück. Wollen und Glück haben, und die richtige Kraft dazu – freilich, das ist halt das Beste!" Und da redete er nun wieder vom Lien, immer vom Lien, wurde dabei so heiß und erregt, als hätte sein Fieber wieder zugenommen, und war immer in Sorge, ob der gnädigste Herr Herzog auch sein Wort halten und bei Tageserwachen, vor dem Heimritt, kommen würde, um ein „notwendiges Ding" mit ihm zu besprechen.

Herr Melcher wurde schlafsüchtig, hielt sich aber durch ruheloses Schwatzen munter, nur um die Aussprache mit seinem gnädigsten Herren nicht zu verduseln.

Als der Morgen zu grauen begann, kam die Margaret und winkte das Fräulein aus der Stube. „Die Frau laßt sagen, man müßt' ihn zumachen, bevor es taget."

Während die Margaret bei Herrn Melcher blieb, eilte Hilde in jagender Hast hinunter zum Burggarten und brach einen Strauß von weißen Rosen. Die Dornen zerstachen ihr die Finger. Das fühlte sie nicht.

Der Frühwind machte im Dämmergrau die mächtige Krone der alten Linde rauschen. Die hohen, schmalen Kapellenfenster waren rot erleuchtet. Man hörte murmelnde Gebete und immer wieder das harte, eintönige Reden einer Frauenstimme.

Mit den weißen Rosen trat Hilde vom Garten in die Burgkapelle. Durch die andere Tür des kleinen Kirchleins gingen und kamen Leute. Die einen lagen auf den Knien und beteten mit murmelnden Stimmen; man verstand sie; was der greise Burgkaplan mit lauter Stimme vorbetete, blieb unverständlich. Andere waren um den Chorstuhl her, in dem Frau Engelein saß, schwarz gekleidet, mit unkenntlichem Gesicht, wider die Sitte ohne Haube, das dünne Haar zerwirrt. Immer sprach sie mit einer unveränderlichen, harten Stimme und erzählte von der Tapferkeit und dem mutigen Unternehmen ihres seligen Jungherrn. Jetzt verstummte sie, stand auf, blieb unbeweglich, die Augen erweitert.

Sie sah, wie Hilde erschüttert mit den weißen Rosen hintrat vor den noch offenen Eichensarg, in dem etwas Menschenähnliches lag, bedeckt mit weißer Leinwand und einem schwarzen Schleiertuche. Beim Flackerschein der zwölf dicken Wachskerzen, die den Sarg umstanden, sah Frau Engelein die Tränen glänzen, die über das blasse Mädchengesicht herunterfielen – sah, wie Hilde in Gram und Andacht betete, und sah, wie ihre Hand den Strauß der weißen Rosen an die Lippen hob, bevor sie ihn niederlegte zu Füßen des Sarges.

Frau Engelein fing zu zittern an, mit versteinertem Gesicht und doch mit einer ängstlichen Sehnsucht in den verstörten Augen. Und als sie sah, daß Hilde wieder hinaustrat in den dämmernden Garten, schob die schwarze Frau die verwunderten Leute fort, die vor ihr standen, und huschte dem Fräulein nach, durch den Burggarten, durch die Söldnerhalle, durch den Innenhof zum Gewölbe des Burgfrieds. Wenn Hilde ein Geräusch vernahm und sich wenden wollte, verbarg sich die Trutzin. Und folgte wieder, durch den Burghof, durch die Spittelhalle, in der die Verwundeten schnarchten, und über die Treppe hinauf, so scheu wie eine mutlose Verbrecherin, die etwas Übles begehen möchte.

Im Mauergang vernahm das Fräulein von Puechstein dieses Geraschel wieder. Das Gesicht wendend, sah Hilde die schwarze Trutzin erschrocken in einer Fensternische verschwinden, durch die der blaß erwachende Tag hereinblickte.

„Mutter Engelein?“

Zärtlichkeit, Kummer und Sorge waren in diesem fragenden Laut.

Da kam die Trutzin aus der Nische herausgeschossen wie ein hilfloses Weib, das vor einem grauenhaften Verfolger flüchtet und den rettenden Beistand eines Menschen sucht. Hilde mit den Armen umklammernd, fiel Frau Engelein auf die Knie, preßte das entstellte Gesicht in den Schoß des Mädchens und stöhnte: „Ich bin schlecht, mein Sohn ist gut gewesen, wahr ist alles von seiner redlichen Tapferkeit, aber ich bin schlecht! Tu mir helfen! Sei barmherzig! Schau, ich kann nit leben, wenn ich nit Mutter bin! Laß mich Mutter sein – zu dir – und zu dem anderen – den du wählen mußt – obwohl er der Mindere ist, der Schlechtere –“ Sie wurde stumm, geschüttelt von einem heftigen Krampf.

Erschüttert, ohne Verständnis, fast in Schreck und doch in heißem Erbarmen, klammerte Hilde ihre Hände um den zuckenden Frauenkopf und preßte ihn wie schützend an sich. Ratlos und unbeweglich stand sie so eine Weile. Ihr Blick irrte hinaus in den jungen Tag, weit hinaus über das hell werdende Bruchland. Da draußen sah sie etwas. Das war kein Feuerstern – um Sterne zu sehen, war der Morgen schon viel zu hell – nur eine feine, aufrechte Rauchsäule war es. In Hildes müdem Gesicht erwachte ein Hauch von Farbe, ein hoffender Glanz in ihren nassen Augen.

Aufatmend, sagte sie leis: „Tu mir verzeihen, Mutter Engelein, ich kann nit anders!“ Unbeweglich sah sie hinaus ins ferne Bruchland.

Da draußen, zwischen schimmernden Wasserspiegeln, stieg die schlanke, ruhige, aufrechte Rauchsäule aus der Tiefe empor zum erhellten Himmelreich, gleich dem Rauch vom Opfer eines Abels, den sein Bruder Kain nicht hatte erschlagen können, weil Abel der Stärkere war, der von Glück und Himmel Begnadete, der in Torheit Kluge, der wunschlos Gewinnende.

Es war die Rauchsäule vom Morgenfeuer des Lien, der selber nicht essen wollte, doch für den Wulli kochte.

An diesem Morgen trieb der Schäfer seine grasende Herde wieder gegen die Seestraße hin, so, wie es seit Hundegedenken und nach ewiger Ordnung festgesetzt war für den Lauf wichtigen Dinge auf Erden.

Aus Wullis Kläfflauten und aus seinen Sprüngen redete die reine Freude, die seine Seele erfüllte. Ein satter Hund! Gut ausgeschlafen! Ein Hund, der an der Welt nicht das geringste mehr auszusetzen findet. Und ein mangelhaftes Gedächtnis hat für üble Vergangenheiten. Kein Wunder, wenn solch ein Hund eine Freude fühlt, die ein bißchen blind ist und das physiognomische Erkenntnisvermögen beeinträchtigt. Für Wulli genügte es an diesem Morgen, zu sehen, wie ruhig der Schäfer hinter der Herde schritt, das blinkende Schippenschäufelchen zu sicher gezielten Würfen schwang und wieder stehenblieb, um Kinn und Hände auf den Schaft seiner Schippe zu legen. Bis zu der dunklen, strengen Trauer, die in den Augen des Schäfers brannte, guckte Wulli nicht hinauf.

Seine Freude erhöhte sich noch und wurde zu übermütigem Getoll, als nach der kühlen Frühe die warme Sonne kam und lange, in närrisch gewordenen Farben funkelnde Feuerbänder hinwarf über das Bruchland und die Wasserflächen.

Auch die Schafe begannen rascher und froher zu äsen, machten heiter bockende Sprünge und schüttelten das feuchte Fell, das in der Wärme zu trocknen und sich zu lockern begann. Zu dreien und vieren scherzten die Lämmer, sammelten sich zu ruhelosen Spielschwärmen, sausten durch Blumenbüsche und seichte Tümpel, huschten durch alle Stauden, rannten im Ringelreihen, pufften in lustiger Fehde gegeneinander und überkugelten sich.

In der Nähe der Herde schwiegen die Lebensstimmen des Moores. Doch in weitem Kreise, ringsumher, tönte das Sonnenlied der Frösche, das Entengeschnatter, das Pfeifen der Bekassinen, zärtlicher Amselschlag und der heitere Lärm der Kiebitze. Dieser wirre Gesang des Bruchlandes schien plötzlich verstummen zu wollen. Nein. Er dämpfte sich nur für wenige Sekunden – weil ein Wanderfalk aus dem Blau heruntergestoßen war und die kläglich schreiende Ente davontrug, die er geschlagen hatte. Alle Tiere sahen und hörten das. Nur der Schäfer stand unbeweglich auf die Schippe gelehnt wie ein Blinder und Tauber. Ehe seine halb erwachenden Sinne dieses Atemholen im Liede der Natur vernahmen, tönte über das weite Bruchland hin schon wieder das frohe Stimmengewirr, das zu singen schien: „Was ist der Tod? Er kommt und schwindet. Das Leben geht weiter und hat sein ewiges Lachen."

Über den Stauden, Blumen und Gewässern war nirgends eine Nebelflocke zu sehen. Alles funkelte in Farben, alles leuchtete in reinem Glänz. Der graue Schäfer wurde blau und schimmerte von goldenen Kanten, sein Schatten war wie ein Purpurstreif, heruntergeschnitten vom Mantel eines Fürsten. Die Schafe wurden rosenrot und himmelfarben. Jeder Schmutz der Erde begann zu glänzen. In der Ferne verwob sich das Blau der Berge duftig mit dem Blau der Lüfte. Und in der Nähe, über den Silberschilden des Wassers, über den Vergißmeinnichtbeeten, rings um den roten Blutschein des Heidekrautes und um die Dukatenhaufen der Dotterblumen, gaukelten in traumhafter Menge die kleinen Bläulinge, die weißen und gelben, und sandbraunen Falter. Es war, als hätte die frohe Erde alle lieblichen Gedanken ihres Morgenglückes ausgehaucht, und jeder von ihnen wäre verwandelt in ein selig schwebendes Leben. Und gegen Osten, hinter dem blendenden Feuergespinst der Wipfel und Stauden, schwamm die strahlende Sonne immer höher gegen das Himmelreich hinauf und sang im Schweigen ihres Glanzes: „Ich bin die treue, ewige Freundin des Lebens! Ich bin die große Mutter!"

Da kläffte der Schäferhund. Sausend kam Wulli zur Wadendeckung des Lien herangefahren, wie befallen von einer sorgenvollen Erinnerung an die mannigfachen Unerquicklichkeiten der Belagerungstage. Auch die Herde wurde unruhig und drängte aus der Nähe der Seestraße in den tiefen Bruch zurück.

Lien bedurfte einiger Zeit, um aus seiner dumpfen und müden Trauer zu erwachen. Als er die Augen wandte, fuhr ihm ein heißes Erglühen über das strenge, von den Gefechtsmalen entstellte Gesicht. Dann kam ein aschfarbenes Erblassen.

„Komm, Wulli, was geht das uns an?"

Er zwang sich von der Stelle weg, die ihn festzuhalten schien, folgte der fortdrängenden Herde und warf mit der Schippe die Rasenbrocken. Was kümmerte ihn das herrische Gepräng, das mit Glanz und Klirren auf der Seestraße herkam von der Trutzburg: ein langer Reiterzug, voraus ein gefürsteter Herr auf einem sanften Schimmel, an seiner Seite das Fräulein von Puechstein auf dem noch viel sanfteren Rößlein der Frau Scholastika? Wie seltsam, daß sie nicht ihren seinen, flinken Goldfuchs reitet? Es wird doch dem prächtigen Gaul nicht was Ungutes geschehen sein? Das tät' sie doch kränken müssen? Bei diesem Kummergedanken befiel den Schäfer ein wühlender Zorn. Und weil es der Zufall wollte, daß er auf einem Föhrenbusch eine sich putzende Elster sitzen sah, faßte er mit der Schippe einen Kiesel. Seine Zähne knirschten. „Wart, du! Jetzt mußt du sterben!" Er wollte werfen.

Da kam ein klingender Ruf von der Seestraße hergeflogen.

„Lien!"

Es war der gleiche Ruf wie gestern auf der Trutzbergischen Westmauer.

Die Arme des Schäfers erlahmten. Der Stein blieb ungeworfen, und gackernd flog die aufgescheuchte Elster davon. Das unruhige Völklein der Schafe drängte den nahen Stauden zu, und Wulli, der etwas Schreckliches zu vermuten schien, begann in so scharfen Lauten zu bellen, daß er selber nach jedem Kläffer die schmerzhaft berührten Spitzohren schütteln mußte.

Als Lien das blasse Gesicht gegen die Straße drehte, sah er den fürstlichen Herren und das Fräulein über die Böschung herunterreiten in den Bruch, umschimmert vom Glanz der Morgensonne, umwirbelt von vielen Schmetterlingen. Und vom Ende des Zuges, der auf der Straße stehenblieb, lösten sich noch andere Gäule: ein fester Rapp mit dem Kassian Ziegenspöck und der feine Puechsteinische Goldfuchs, der nicht das Frauensesselchen trug, sondern einen Männersattel mit Packwulsten und Ledertaschen, keinen Reiter hatte und geführt wurde von einem langen, mageren Bauernbuben in Schäfertracht, doch ohne Salztasche, ohne Schippe.

So viele Dinge konnte der Lien nicht auf einmal in die Augen fassen. Er sah nur das Fräulein und tat dabei, was bei ihm eine seltene Sache war; er zitterte. Und mit den

Händen, die sehr ungeschickt geworden, nestelte er an Brust und Hals seinen mürben Kittel zu, um nicht merken zu lassen, daß er ohne Hemd war. Der Zorn, der in seinen Augen gebrannt hatte, war verwandelt in einen fragenden Schreck. Auf dreißig Gänge konnte er nicht sehen, welche stumme Sprache in den Augen des Fräuleins glänzte; er sah nur, wie blaß und verhärmt dieses schmale Gesichtchen war. Sie trug das gleiche braune Hauskittelchen wie damals, als Lien die Elster nicht getroffen hatte, und das Braunhaar und die Stirne waren eingefangen von einem schwarzen Schleiertuch.

So kam sie neben dem fürstlichen Herren über die Blumen des Bruches und durch das Gewirbel der Schmetterlinge geritten und sagte mit einem leisen, von Schmerzen umschleierten Lächeln: „Schauet, edler Herr! Das ist mein Lien!"

Was kränkte den Schäfer an diesem Wort? Er sagte hart: „Puechsteinisch bin ich nit. Ich bin noch allweil Trutzisch."

Sie beugte sich aus dem Sattel, mit leuchtenden Augen, und mahnte leis: „Lien, du mußt ehrerbietig sein! Das ist unser gnädigster Herr von Bayern."

„So?" Er sah den Herzog an und zog mit einem hölzernen Griff den Hut herunter, der nicht sein eigen war.

Herr Albrecht lachte. Immer besah er den Schäfer, der ihm zu gefallen schien, ungeachtet der vielfarbigen Male, die das Gesicht des Lien beinahe häßlich machten. „Du? Bist du der Schäfer, der den Heini von Seeburg fing?"

Die Stirn des Lien bekam Furchen. Er gab keine Antwort und nickte nicht. Aber ruhiger wurde er. Es schien ihm lieb zu sein, daß er Ursach hatte, immer den Herzog anzusehen. Das war minder quälend als ein anderer Anblick.

„Laß meine Neugier nicht warten! Wie hast du das angestellt? Erzähle, Lienhard!"

Ein wunderliches Staunen war im Blick des Lien. Zum erstenmal im Leben hatte er seinen ganzen Namen gehört.

Wieder beugten sich die leuchtenden Mädchenaugen zu ihm herunter. Und eine süße, frohe, herzliche Stimme sagte: „Tu reden, Lien! Von dir darfst du alles sagen. Da ist nichts, was du verhehlen müßtest."

Ein tiefer Atemzug wölbte seine Brust. Er sagte rauh und hastig: „Viel ist nit dran. Ein jeder hätt's tun können. Wie ich beim Seeburg gewesen bin mit dem weißen Fähnl, hab' ich doch alles gesehen."

„Mit verbundenen Augen?"

„Man hat doch Füß und Ohren."

„Du!“ Herr Albrecht lachte wieder. „Meine Zehen sind taub. Und in meinen Ohren hör'ich das Gezwitscher von kranken Schwalben, ohne daß ich sie fliegen sehe.“ In seinen Augen war ein freundlicher Neid. „Wie gesund du bist! Erzähle!“

„Mein – weil ich halt gewußt hab', wie alles ist, bin ich hingesprungen in der Nacht. Im Holz kenn' ich doch jeden Weg. Beim Zelt hab' ich gehört, wie der Seeburger schnarkelt. Fürsichtig hab' ich einen Schnitt in das Zelttuch gemacht, bin auf den Herren zugesprungen, hab' ihm das Maul verstopft und Händ und Füß gebunden. Ein lützel hat er noch kreisten können. Und ein Seeburgischer springt herein. Den hab' ich mit dem Wolfseisen niedergeschmissen. Es hat sein müssen. Eh die anderen gekommen sind, hab' ich den Herren auf dem Buckel gehabt. Im Holz ist's finster gewesen. Das hat mir geholfen. Hinter mir hat ein Lärmen angehoben. Unter der Mauer hätten mich die Seeburgischen gern gefangen. Mein, ist halt ein Glück gewesen, daß ich ein lützel besser spring wie die anderen. So ist's gewesen. Jeder hätt's machen können.“

„Ich nicht!“ sagte Herr Albrecht zu Hilde. „Das ist eine kurze Geschichte, kleine Puechsteinerin! Was fehlt, müssen wir uns denken. Ich denke mir viel.“ Wieder sah er mit Wohlgefallen den Schäfer an.

Der achtete nimmer des Herzogs, sah verstört zu dem blassen, schmerzmüden Geslcht des Fräuleins hinauf und mußte flüstern: „Silberweißlein? Deine Augen sind froh, dein Gesicht ist traurig. Was tut dir weh?“

Sie trieb das sanfte Schimmelchen dicht an seine Seite und legte dem Schäfer die Hand auf die Schulter. „Was traurig ist, will ich dir heut nit sagen, Lien! Du sollst froh bleiben, sollst freudig fortreiten.“

„Reiten?“ Als er das Wort schon gesprochen hatte, bewegte er noch immer die Lippen.

„Ja, Lienhard!“ fiel Herr Albrecht ein. „Mit mir.“

Der Schäfer warf einen raschen Blick über das Fräulein hinauf, hinüber zu den Stauden, in denen seine letzten Schafe verschwanden, und auf den Wulli, der sich in Unbehagen und verschüchtert zwischen das Heidekraut geduckt hatte. „Fort? – Jesus! - Muß das sein?“

Das Fräulein von Puechstein nickte stumm, und der Herzog sagte: „Herr Welcher will, ich soll dich erziehen zum Hauptmann der Trutzburg und des Puechsteins.“

In den erweiterten Augen des Lien war alles andere, nur nicht Freude. Er stammelte: „Ach, du liebes Himmelreich –“

„Wie denkst du das zu machen?“ fragte Herr Albrecht heiter. „Diese schöne, stolze Burg zu führen?“

Lien in seiner quälenden Verlorenheit stotterte: „Ich weiß nit, Herr, das müßt' ich erst lernen. Aber mit der Trutzischen Schafzucht tät's aufwärtsgehen. Da versteh' ich mich drauf."

Jetzt lachte der Herzog. Und auch das Fräulein von Puechstein fand ein glückliches Lächeln.

„So komm, du Schafkundiger!" sagte Herr Albrecht. „Dort wartet dein Sattel. Mir eilt es. Und hier in der Sonne wird es schwül." Freundlich zu Hilde hinübernickend, wandte er das Pferd. „Dein Schäfer, du kleine Puechsteinerin, wird mich einholen. Er ist ein guter Reiter. Gestern vor Tag, im Seeforst, hätt' er mich fast über den Haufen geritten." Er lenkte den Schimmel gegen die Seestraße, drehte sich im Sattel und hatte wieder ein bißchen Neid in den ernstgewordenen Augen. Oder war's nur ein schmerzendes Erinnern an die eigene Jugend, die ein Glück hatte verlieren müssen, das diese beiden gewannen?

„Jesus!" Ein paarmal sagte Lien dieses gleiche Wort. Dabei schien er nicht zu merken, daß ihm der lange Bauernbub, der wie ein Schäfer gekleidet war, die Salztasche vom Gürtel und die Schippe aus der Hand nahm. Seine Seele sah in die kommende Zeit, seine Augen sahen das Fräulein von Puechstein an – und da sah er ein ewiges Elend, eine ewige Not seines Herzens. Schwer atmend streckte er sich. „Wenn es fein muß, in Gottes Namen, so muß es sein! Ich will meinem gütigen Herren gehorsamen!" Schon wollte er zu dem wartenden Gaul hinüberschreiten. Und wandte sich und umklammerte den Arm des neuen Schäfers mit beiden Fäusten. „Du!" Mehr als seine Worte, sagten seine bettelnden Augen. „Mit meinen Schafen ist nit hart auskommen. Gut muß man sein. Da folgen sie gern. Und täten sie boshaft werden, so muß man streng sein in aller Ruh. Solang du's noch nit verstehst, wird dir Wulli helfen. Den mußt du –" Dem Lien riß die Stimme entzwei. Er wollte zu dem Hund hinübersehen und tat es nicht. „Den Wulli mußt du halten wie ein Maidl sein Herzgeschmeid, wie ein Herr seine Burg." Wieder versagte ihm das Wort.

Da klang es leise: „Lien?"

Ein Schauer befiel ihn bei diesem zärtlichen Laut. Er blickte hinauf zu ihr und sah ihre nassen Augen in Freude schimmern, sah ihre schmalen Wangen überhaucht von einer Farbe, wie die dunklen Rosen sie haben.

„Lien? Er tät' es besser haben bei mir. Ich möcht' ihn behalten. Magst du mir deinen Hund nit schenken?"

Er schloß die Augen. „Dir geb' ich alles."

Sie beugte sich aus dem Sattel und legte den Arm um seinen Hals. „Dich selber auch?"

Ein erwürgtes Wort. „Jesus!" Zitternd löste er sich von ihrem Arm. „Wo ist denn mein Gaul? Jetzt heißt's aber reiten – Gotts Not –" Er tappte mit den Händen ins Leere. So taumelte er auf den reiterlosen Gaul zu, den der Sergeant Kassian Ziegenspöck am Zügel hielt; drum datterten die Riemen ein bißchen. .

Lien wollte schon in den Sattel springen, trat aber wieder zurück. Er hatte den Gaul erkannt. Die seine Puechsteinische Fuchsstute war's.

Diesen Augenblick des Schweigens benutzte Kassian Ziegenspöck, um mit einer etwas tuscheligen, aber doch überraschend klaren Stimme zu sagen: „Bleib gescheit, Bub! Mit dir geht's aufwärts. Tu alles, was recht ist! Bloß nit Wein saufen im Übermaß! Das Wasser treibt einen auf, ist schon wahr. Aber gesünder ist's. Und tätst du krank werden einmal, so mußt du ein Dutzend Eier schlucken, die gelegt sind, derweil man mit Feldschlangen schießt. Die wirken Wunder. Das wissen die lateinischen Doktoren nit. Mir kannst du's glauben."

Von dieser redlichen Freundespredigt hatte Lien nicht ein einziges Wort vernommen. Es ging ihm wieder wie damals, als der Wanderpfaff unter der Burglinde vom gründlichen Christenwillen und vom ersiegbaren Himmelreich gepredigt hatte. Im rauschenden Blut und Herzen des Lien war immer nur dieser eine stumme Schrei: „Das ist ihr Rössel! Das ist doch ihr Rössel! Ihr eigenes Rössel!"

Er wandte das zwischen Glut und Blässe wechselnde Gesicht. Stumm nickte sie ihm zu. Dann kam sie auf dem sanften Schimmel heran. „Ja, Lien! Ich muß dir zum Abschied auf ein Jahr doch auch was schenken. Was mein ist, Lien, ist dein!"

Eine Weile blieb er stehen wie eine eherne Säule, suchend mit weit geöffneten Augen, lauschend mit allen Sinnen, grübelnd mit allen Kräften seines Lebens. Und plötzlich spähte sein jagender Blick nach der Seestraße, auf der sich der Reiterzug des Herzogs gegen den Seeforst entfernte. Sich räuspernd wie einer, der zu ersticken fürchtet, sprang er in den Sattel und nahm die Fuchsstute zwischen die Schenkel, daß sie stöhnen mußte.

Mit der Hand machte Hilde eine Bewegung gegen den Sergeanten. „Tu wegreiten, Kassel! Was ich noch sagen muß, ist für den Lien allein."

Einer mit Weinverstand unter dem Haardach hätte sich durch solchen Befehl beleidigt und schwer gekränkt gefühlt. Doch gesundes Wasser macht hell und läßt die geheimnisvollsten Dinge des Lebens begreifen. Zufrieden lächelnd, entfernte sich Kassian Ziegenspöck mit seinem Rappen gegen den Wulli hin, der sehr heftig winselte und sich die Strickschlinge des neuen Schäfers nicht gefallen lassen wollte.

„Komm, Lien! Gib mir deine Hand!" sagte Hilde von Puechstein mit bebendem Stimmchen, in Antlitz und Augen eine heilige Strenge. „Tu mir wieder heimkommen, wie du gehst! Ich hab dich lieb und will warten auf dich. Wenn du kommst, so will ich dir gehören mit Leib und Herz. Und es wird kein Glück auf der Welt so rein und kostbar sein wie das unsre. Gott wird dich behüten, bis wir uns haben. Jetzt tu reiten, mein Lien! Schau, der Herzog ist schon im Wald! Große Herren warten nit gern. Wir kleinen

Weiblen bringen es besser fertig." Sie beugte sich nieder und wollte ihre Wange hinschmiegen auf die sonnverbrannten Finger des Lien. Es gelang nicht recht. Der sanfte Schimmel hätte wohl kein Hindernis verursacht. Aber die zitternde, keuchende Fuchsstute wollte nicht stillhalten.

Um des erregten Pferdes Herr zu werden, brauchte der Schäfer die beiden Fäuste. Er saß im Sattel wie einer, der sich aufs Retten nicht versteht, wie ein Berauschter, der zu stürzen droht. Und stammelte: „Jesus - Herr Jesus – ich versteh' nit –" Und riß die Stute herum, sah noch mit dürstenden Augen über die Schulter und ließ den Goldfuchs davonrasen, daß Heideblumen, Rasenflocken und Moorfetzen unter den schlagenden Hufen herauswirbelten wie Spreu aus einer Kornmühle.

Jetzt sauste er über die Böschung der Seestraße hinauf und hob sich im Glanz der Sonne vom westlichen Blau des Himmelreiches ab wie eine schimmernde Goldgestalt. Er jagte weiter, gegen den Seeforst hin. Bei diesem Rasen, das wie eine irrsinnige Sache aussah, schien aber doch im dummen Lien eine Art von kluger Erkenntnis der Dinge zu erwachen, die mit ihm geschahen. Er wandte sich im Sattel. Und da klang ein Schrei in die Sonne, so wild und gellend, daß er eine minder feste und gesunde Brust zerrissen hätte. Und nun verschwand der Lien.

In Hildes Augen war ein träumendes Leuchten, um ihren Mund ein stilles, allem Schmerz entwundenes Lächeln.

Auch Kassian Ziegenspöck war heiter und konnte, als er den bockbeinigen Schäferhund am Stricklein herbeizerrte, die erfreuliche Wahrnehmung machen, daß seine Hände jetzt viel weniger datterten als am verflossenen Abend.

Nur Wulli war mit dem augenblicklichen Zustand der Welt höchst unzufrieden, obwohl er aus der etwas groben Faust des Kassian Ziegenspöck in die sanfte, zärtlich ziehende Hand des Fräuleins von Puechstein geriet. Weil ihm keine Ahnung seiner vierbeinigen Seele sagte, daß er sich für die Zukunft aus einem niedrigen Pferchköter in einen begnadeten Herrenhund verwandeln sollte, mißverstand er die Erscheinungen der Gegenwart sehr gründlich. Er empfand sie als schmerzhafte Trennung von seinem geliebten Schäfer, war unsagbar traurig, winselte und heulte, guckte sich hundertmal um, zerrte und riß und biß am Stricklein, überpurzelte sich, ließ allen üblen Eigenschaften eines braven Hundes die Zügel schießen und gebürdete sich so widerspenstig, daß seine gewaltsame Verbringung auf die Trutzburg sich für das edle, gütige Fräulein von Puechstein zu einem handzerquetschenden und kräftezermürbenden Kampf gestaltete.

Immer kleiner wurden auf der Seestraße die zwei berittenen Figürchen mit dem zappelnden Hund dazwischen.

Höher und höher stieg die Sonne, und immer heißer begann sie zu brennen.

Die Blumen des Brachlandes dufteten schwül, unzählbar summten die Immen und Hummeln, die vielen Schmetterlinge gaukelten wohlig durch das weite Moor, und über dem Farbenglanz der Erde wölbte sich rein und wolkenlos die Glocke des blauen Himmelreiches.